A E
& I

Las hijas del Capitán

Autores Españoles e Iberoamericanos

María Dueñas

Las hijas del Capitán

 Planeta

© Misorum, S.L., 2018
© Editorial Planeta, S. A., 2018
Diagonal, 662-664, 08034 Barcelona
www.editorial.planeta.es
www.planetadelibros.com

Parte 1: Anuncio: Compañía Trasatlántica Española. © Diario *La Prensa*. Derechos
    Reservados
Parte 2: The center of New York. In: «Flug und Wolken» (Flight and Clouds), Manfred
    Curry, Verlag F. Bruckmann, München (Munich), 1932. © Quasipalm /
    Wikimedia Commons
Parte 3: Restaurant La Bilbaína, Calle 14. Cortesía © Archivo personal Luz Castaños
Parte 4: Hotel Saint Moritz, Central Park South, New York. © Archivo personal de la
    autora.
Parte 5: Vista de la Estatua de la Libertad. © Archivo personal de la autora.
Parte 6: People Gathering by Brooklyn Bridge (Original Caption) Brooklyn Bridge
    Anniversary Observed. Crowds watch the great water and land pageant from the
    Brooklyn, New York, side of the Brooklyn Bridge, during the elaborate
    ceremonies on May 24th, 1933. Commemorating the fiftieth anniversary of the
    span considered an engineering marvel at the time of its construction.
    © Bettmann / Getty Images

© Ilustración del mapa de la página 7: © Paloma de Casso
Imágenes de las páginas 167, 223 y 224: © Diario *La Prensa*. Derechos Reservados.
Resto de imágenes del interior: Colección particular
Fotografía de la página 621: *Aerial view of the tip of Manhattan*, New York, 1931 /
    © U.S. National Archives

Diseño de la colección: © Compañía

Primera edición: abril de 2018
Depósito legal: B. 7.495-2018
ISBN: 978-84-08-18998-5
Composición: Realización Planeta
Impresión y encuadernación: Cayfosa
Printed in Spain - Impreso en España

El papel utilizado para la impresión de este libro es cien por cien libre de cloro
    y está calificado como **papel ecológico**

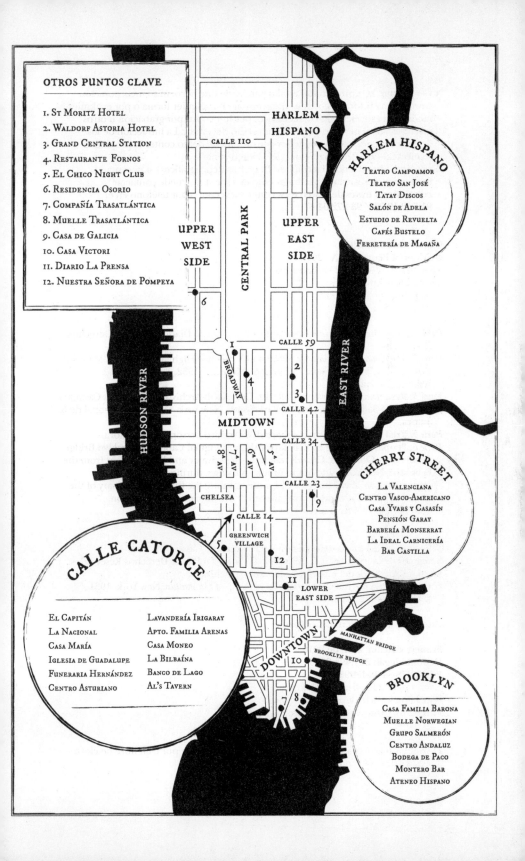

OTROS PUNTOS CLAVE

1. St Moritz Hotel
2. Waldorf Astoria Hotel
3. Grand Central Station
4. Restaurante Fornos
5. El Chico Night Club
6. Residencia Osorio
7. Compañía Trasatlántica
8. Muelle Trasatlántica
9. Casa de Galicia
10. Casa Victori
11. Diario La Prensa
12. Nuestra Señora de Pompeya

HARLEM HISPANO

HARLEM HISPANO

Teatro Campoamor
Teatro San José
Tatay Discos
Salón de Adela
Estudio de Revuelta
Cafés Bustelo
Ferretería de Magaña

UPPER WEST SIDE

CENTRAL PARK

UPPER EAST SIDE

CALLE 110

HUDSON RIVER

EAST RIVER

CALLE 59

BROADWAY

MIDTOWN

CALLE 42

CALLE 34

8ª AV
7ª AV
6ª AV
5ª AV

CHELSEA

CALLE 23

CALLE 14

GREENWICH VILLAGE

CHERRY STREET

CHERRY STREET

La Valenciana
Centro Vasco-Americano
Casa Yvars y Casasín
Pensión Garay
Barbería Monserrat
La Ideal Carnicería
Bar Castilla

CALLE CATORCE

El Capitán
La Nacional
Casa María
Iglesia de Guadalupe
Funeraria Hernández
Centro Asturiano

Lavandería Irigaray
Apto. Familia Arenas
Casa Moneo
La Bilbaína
Banco de Lago
Al's Tavern

LOWER EAST SIDE

DOWNTOWN

MANHATTAN BRIDGE

BROOKLYN BRIDGE

BROOKLYN

Casa Familia Barona
Muelle Norwegian
Grupo Salmerón
Centro Andaluz
Bodega de Paco
Montero Bar
Ateneo Hispano

A mis hermanas, imprescindibles y auténticas como las Arenas.
A mis primas, casi hermanas.

A todos aquellos a los que la vida empujó a emigrar.

1

Seguían vestidas de negro de los pies a la cabeza: los zapatos, las medias, los velos, los abrigos. Tras ellas entró un puñado de vecinas, quizá pensaban que aún no convenía dejarlas solas. Una puso la cafetera al fuego, otra plantó encima de la mesa una lata de galletas; entre murmullos y palabras quedas, se fueron amontonando en la cocina. Sentaron a la madre empujándola por los hombros, ella se dejó hacer. Victoria sacó unas cuantas tazas desparejadas de un armario, Mona se quitó el sombrero que le habían prestado, hundió los dedos entre el pelo y se rascó el cráneo, Luz se apoyó contra el borde de la pila sin parar de llorar.

Acababan de despedir al padre, sepultado bajo una mezcla de barro y nieve en el cementerio del Calvario de Queens: allí reposaría Emilio Arenas para los restos, rodeado de huesos de gente que nunca habló su lengua y que jamás sabría que se iba de este mundo en el momento más inoportuno. En realidad, casi todos los momentos suelen ser bastante poco convenientes para morir, pero cuando uno lo hacía a los cincuenta y dos años, separado de su tierra por un océano y dejando atrás a una familia desarraigada, un mediocre negocio recién abierto y unas cuantas deudas por pagar, la situación se tornaba más gris todavía.

Ni su mujer ni ninguna de sus tres hijas habría sido capaz de recomponer de una manera ordenada cómo se sucedieron los hechos desde que uno de los chavales de la calle subió a zancadas los escalones hasta su cuarto piso y les aporreó la puerta con los puños. La noticia había corrido como el fuego: un accidente, repetían las voces. Un suceso lamentable. Descargaban el *Marqués de Comillas* en los muelles del East River cuando un gancho mal sujeto provocó la caída de una red llena de bultos. Una desgracia, insistían. Un infortunio atroz.

Fatal head trauma, eso era lo que ponía en el informe médico que andaba por ahí, medio arrugado junto a la estufa de kerosén. Ninguna lo había leído. De haberlo intentado, tampoco habrían entendido nada: estaba redactado en un inglés indescifrable, lleno de formalismos y términos clínicos. Región frontoparietal derecha, fractura con salida de masa craneoencefálica, infiltración hemorrágica. Incluso si hubiera estado escrito en su propio idioma, sólo habrían sido capaces de captar tres palabras. Mortal de necesidad. Y la madre, ni siquiera eso: no sabía leer.

Desde ese instante, en sus memorias apenas quedó grabada una sucesión de fogonazos sueltos. Ellas lanzándose escaleras abajo detrás del muchacho y corriendo luego arrebatadas hacia La Nacional, donde se recibió el aviso. La gente que las miraba desde las ventanas y las aceras, un vehículo de la autoridad portuaria que frenó a su lado con un chirrido de ruedas, el hombre de uniforme que salió acompañado de un trabajador español y las apremió a subir al auto. Las calles a través de las ventanillas a lo largo del traqueteo hacia el Lower East Side, las fachadas por las que zigzagueaban las escaleras de incendios, los transeúntes que pululaban precipitados y cruzaban sin orden las calzadas. La llegada al muelle 8 de la Trasatlántica, el médico calvo que las recibió en ese cuarto que hacía de enfermería y el movimiento de sus labios bajo un bigote ceniciento teñido de nicotina, las palabras que soltó al aire y ellas no comprendieron. Los hombres de ceño apretado que se plantaron a sus espaldas, el cuerpo cubierto por una sábana sobre la camilla, un cubo metálico que desbordaba gasas llenas de sangre espesa y oscura. La madre desgarrada, las hijas descompuestas. La vuelta a casa sin él.

A partir de ahí, las imágenes se les seguían amontonando aunque ya con una cadencia más lenta: el ataúd en el que lo trajeron al apartamento al cabo de unas horas y que por poco se quedó encajado en los ángulos estrechos de los descansillos, los cirios y los ramos de flores sobre peanas bruñidas, grandes e incongruentes, que llegaron desde la funeraria sin que ninguna de ellas las pidiera. La puerta abierta, gente que entraba y murmuraba pésames con acento gallego, asturiano, caribeño, vasco, italiano, griego, irlandés, andaluz. Hombres que bajaban las miradas con respeto mientras se quitaban las gorras, las boinas o los sombreros; mujeres que las besaban en las mejillas y les apretaban las manos. Más lágrimas, más pañuelos, carraspeos y voces que rezaban al fondo del pasillo, donde había quedado instalada la caja con el cadáver maltrecho sobre un par de borriquetas. Hasta que empezó a amanecer.

Volaron las horas en el nuevo día, llegó el traslado a un camposanto lejos de Manhattan, el descenso al hoyo, las paletadas de tierra sobre la madera de la tapa, la enorme corona de claveles con una banda atravesada que alguien encargó en su nombre sin preguntarles: Tu esposa y tus hijas no te olvidan. El responso, los vibrantes sollozos de Luz entre el silencio del resto, el adiós. Cayó otra vez la noche temprana con un alboroto de luces, sensaciones y sonidos bailándoles alocados en la cabeza, ya estaban de vuelta deseando que todo el mundo se fuera y las dejara en paz. El trasiego fue flaqueando a medida que se acercaba la hora de la cena, sobre el poyete de la cocina quedó lo que cada cual pudo ofrecerles con sus escasos medios y su mejor intención: una cazuela de albóndigas, una musaka, un pastel de carne, una lechera de estaño llena de caldo de gallina.

Al fin quedaron sólo ellas cuatro para hacerse cargo de la realidad. Remisas todavía a poner en común sus pensamientos, las hijas arrancaron a trastear sin cruzar palabra: abrieron grifos y cajones, pusieron la mesa con el parco menaje de todos los días. La madre, entretanto, se sorbía los mocos por enésima vez y se pasaba el pañuelo hecho un gurruño por los ojos enrojecidos.

Masticaron en silencio sin alzar las miradas, ni otro ruido que el chocar de las cucharas contra la loza. Y después, cuando en los platos no quedaban más que corazones de manzanas y curruscos de pan, Mona, la más pragmática, levantó los ojos y dijo en alto lo que el barrio entero se llevaba preguntando desde que se supo que el baúl de un anónimo viajero le había partido la crisma a Emilio Arenas, el de El Capitán.

—Y ahora, nosotras, ¿qué?

2

La madre descargó un puño sobre la mesa con un golpe derrotado. Luego apoyó los codos, escondió la cara entre los dedos huesudos y se echó otra vez a llorar.

Desde que conoció a su Emilio en unas Cruces de Mayo cinco lustros atrás, nunca habían convivido del todo. A temporadas, sí: cuando él desembarcaba en Málaga sin aviso previo cada año y medio o dos, se quedaba unos meses y la dejaba preñada para luego, en cuanto ella empezaba a construir fantasías sobre la posibilidad de convertirse en una familia normal como el resto de los vecinos de su corralón, a él todo se le comenzaba a quedar apretado y otra vez se le agarraba a las tripas esa indómita querencia suya a buscarse la vida partiendo de la nada, como si no hubiera un ayer. Preparaba entonces su petate y una madrugada cualquiera, tras repartir un puñado de besos sobre las frentes dormidas de las criaturas y soltarle unas cuantas promesas difusas a su mujer, se marchaba rumbo al muelle nuevo, en busca de cualquier barco que lo trasladara a la siguiente etapa de su incierto porvenir.

Estibador en los puertos de Marsella y Barcelona, camarero en la plaza Independencia de Montevideo, vendedor callejero en Manila, pinche de cocina en un carguero holandés. Sabía tallar madera y tocaba con gracia la guitarra, imitaba voces, preveía las tormentas y hacía como nadie las cazuelas de fideos. Tenía la piel cuarteada cual barro seco, frente ancha, huesos afilados y un pelo que fue negro y empezaba a escasear por las entradas. Atesoraba conocidos por medio planeta; en pocos rincones le faltaba alguien dispuesto a darle unas palmadas cordiales en la espalda o a invitarle a un vaso de ron, de ouzo, de pisco, de vino. Al final del día, sin embargo, prefería apartarse del ruido y casi siempre andaba solo, fumando callado bajo las estrellas.

Su mujer, corta siempre de carácter, soportaba las ausencias con mansedumbre y suspiros; sus tres hijas —las que sobrevivieron entre siete embarazos y cuatro partos— adoraban sus regresos cargado de inútiles regalos: un puñal africano, unas maracas criollas, el pellejo de algún animal; nunca le reconocieron que bastante mejor les habría venido una manta o un par de zapatos. Y su suegra Mama Pepa —que había parido diez hijos de un marido bebedor y brutal, y que además acogía bajo su techo a la desamparada prole que él dejaba a su suerte— se pasaba el día diciendo a quien quisiera escucharla que el hombre de su hija Remedios era un irresponsable más grande que el sombrero de un picador.

Ajeno a los diretes de la anciana y a los suplicantes reclamos de su mujer para que volviera o se asentara al menos en algún sitio, tras esfumarse de un remolcador del canal de Panamá, Emilio Arenas había recalado en Nueva York a principios de 1929, apenas unos meses antes de la caída de la bolsa y el inicio de la Gran Depresión. Y aunque los años siguientes fueron amargos y duros para el país entero, de una manera u otra él se las arregló a fin de que nunca le faltara trabajo allá o acá: lo mismo descargando buques mercantes que despiezando fletanes en el mercado de Fulton o empujando sobre los adoquines del Downtown —la parte baja de la ciudad— una carretilla de reparto durante el tiempo en que sustituyó a otro compatriota en el almacén de Casa Victori en Pearl Street.

Hasta que los años y las secuelas de sus desbarajustes empezaron a desgastarlo pausadamente, como un cuchillo de sierra sobre una tabla: sin ímpetu arrollador pero sin atisbo alguno de misericordia ni de vuelta atrás. Le dolía la espalda, tosía ronco, no veía bien de cerca, notaba que iba perdiendo vigor para según qué trabajos. Y, por primera vez en su traqueteada vida, la idea de regresar a su pellejo errante y volver a ponerse en movimiento le generaba una extraña sensación de apatía.

A la par de ese desgaste físico, algo nuevo le fue sucediendo por dentro también. Él, que siempre había sido un verso suelto, un tiro al aire indiferente a los dioses, los himnos y las banderas, de una forma inconsciente se iba poco a poco reconcentrando en un entorno cada vez más cercano: replegándose hacia el núcleo de los que hablaban con sus mismas palabras y procedían de un mapa común, adosándose al tuétano de aquella colonia de seres con los que compartía eso que los melancólicos llamaban patria.

Probablemente la culpa la tuviera el hecho de haberse instalado en un cuarto de alquiler en la zona de Cherry Street, el asentamiento de españoles más antiguo de la ciudad. Allí, en el extremo sureste de la isla de Manhattan, frente al waterfront, junto a los muelles, bajo el ruido estrepitoso del arranque del puente de Brooklyn, se concentraban desde finales del siglo pasado varios miles de almas procedentes del mismo rincón del globo. En un principio eran sobre todo gentes del mar: fogoneros y engrasadores, cocineros, estibadores, meros buscadores de inciertas fortunas y montones de simples marineros que embarcaban y desembarcaban en un constante vaivén. La colonia fue después creciendo y diversificando ocupaciones, llegaron parientes, paisanos, cada vez más mujeres, hasta familias enteras que se amontonaron en pisos baratos por las calles cercanas: Water, Catherine, Monroe, Roosevelt, Oliver, James...

En La Ideal compraban chuletas, mollejas y morcillas; con el pulpo se hacían donde Chacón; para el jabón, el tabaco y los trajes hechos iban a Casa Yvars y Casasín; para los remedios, a la Farmacia Española. Los tragos y el café los tomaban en el bar Castilla, en el café Galicia o en El Chorrito, donde su dueño, el catalán Sebastián Estrada, los atendía con sus más de cien kilos de energía contagiosa y les recordaba un día sí y otro también que la gran Raquel Meller era clienta asidua cada vez que pisaba la ciudad. El Círculo Valenciano, el Centro Vasco-Americano y algunas sociedades locales gallegas tenían por allí sus cuarteles; había sastres, barberías, fondas y tiendas de comestibles como Llana o La Competidora Española en donde hacerse con garbanzos, habichuelas y pimentón. Había en definitiva, entrelazando las idiosincrasias regionales, un mullido sentimiento de comunidad.

En ese entorno encontró su enésimo empleo Emilio Arenas en la primavera de 1935: en La Valenciana, el negocio en la esquina de Cherry con Catherine que se anunciaba como hotel aunque en realidad se tratara de algo infinitamente más elástico y operativo. Multitud de inmigrantes españoles habían desembarcado en Nueva York con tan sólo esa referencia retenida en la memoria o apuntada con mano torpe sobre un trozo de papel: La Valenciana, 45 Cherry Street. La planta superior la ocupaban los cuartos de hospedaje, en la primera había un comedor, y en el piso bajo estaba la tienda con todo lo que los trabajadores de la zona portuaria podrían necesitar para aviarse en sus empeños cotidianos, desde botas de cuero hasta gruesa ropa interior, guantes y zamarras. Al reclamo de cualquier interesado, el propietario de la casa actuaba además como intérprete, intermediaba en la compra de pasajes de barco o giraba dinero a través del océano. Y para beneficio colectivo, en un panel colgado de la pared a diario se pinchaban con chinchetas las ofertas de empleo de la zona, y en una gran caja vacía de puros habanos, a la manera de una humilde y espontánea estafeta de correos, se guardaba la correspondencia procedente de la Península para que los hombres de vida itinerante, sin ataduras ni domicilio fijo, acudieran a recogerla de tanto en tanto a fin de saber de los suyos al otro lado del mar.

Era el de Emilio Arenas un puesto maleable que lo mismo servía para despachar detrás del mostrador que para arrimar el hombro en la cocina, reforzar la cuota de camareros o hacer recados y trámites. Y fue durante su desempeño, un día cualquiera, cuando escuchó los retazos de una conversación que habría de torcer el rumbo de su porvenir.

Los dos hombres estaban sentados frente a frente en una esquina del comedor vacío, aún era media mañana. A la izquierda, Paco Sendra, el dueño del negocio: alicantino de Orba, uno de los tantos de aquellas tierras de la Marina Alta que llegaron a América en las primeras décadas del siglo. A la derecha, un hombre entrado en años de pelo ceniciento y hombros caídos que Emilio no conocía. Éste era el que mantenía el hilo de la charla con acento del norte; en su hablar mezclaba la frialdad de alguien que expone números y cuentas con el relato sincero de un inmigrante desgastado por la distancia, el tiempo y la soledad. Muchos años, mucha lucha, le oyó decir Emilio mientras les servía sendos vasos de vino y unas rodajas de butifarra. La familia, los ahorros, las ausencias, escuchó al rellenarlos. Ya se iba alejando cuando le llegaron a los oídos otras cuantas palabras sueltas. Cerrar el negocio. Volver.

Veinte minutos después, mientras colocaba una partida de cajas de cerillas en su correspondiente estantería, los observó de reojo al acercarse a la salida. Se estrecharon las manos, Sendra palmeó el brazo al desconocido un par de veces.

—Que haya suerte, Venancio. Vaya usted con Dios.

3

Emilio Arenas aprovechó que aún no había empezado el ajetreo del mediodía y se escurrió disimuladamente de su quehacer. Con el mandil aún atado a la cintura, mientras metía los brazos por las mangas del tabardo, siguió la espalda cansada del hombre hasta el cruce con New Chambers, a la altura de la barbería de Monserrat.

—¡Oiga, amigo!

El desconocido se giró.

—No ha habido manera, ¿eh?

En realidad le faltaban casi todos los datos, pero había agarrado algo al vuelo y se estaba dejando arrastrar por la más desnuda intuición. Aquel tipo estaba a punto de clausurar una etapa de su existencia y él, por primera vez en la propia, andaba pensando en que le convendría no dar más bandazos y asentarse. Y en medio de ambos extremos, de un individuo que anhelaba alejarse y otro que buscaba apuntalar su estabilidad, había algo que se le escapaba: lo que fuera que el hombre le había ofrecido a Sendra, y que Sendra no había aceptado, y que tal vez a él le podría servir.

Por eso preguntó sin rodeos. Y el otro, con idéntica franqueza, respondió.

—Busco un comprador para el mobiliario usado de una casa de comidas. Mesas, sillas, taburetes. Y menaje: platos, cubiertos, manteles, ollas, cacerolas. Ando preguntando a todos los hosteleros de la colonia que se dedican al negocio, lo dejo a buen precio, ¿le interesa a usted?

Caminaron acompasados en dirección noroeste, relatándose sus respectivas vidas a brochazos mientras recorrían Bowery y Canal Street, atravesando las zonas abarrotadas de los chinos y los italianos, hervideros de almas que se amontonaban para subsistir en angostos tenements, modestísimos bloques de pisos de alquiler.

—Y usted, Venancio, ¿cuánto lleva por aquí?

—Llegué cuando perdimos Cuba, al tiempo regresé a mi aldea un verano, casé con la novia, me la traje para acá, abrimos juntos el negocio. Trabajamos sin respiro, logramos sobrevivir. Pero enviudé hace nueve años, y el hijo mayor marchó para Harlem porque casó con una dominicana, y el pequeño se me hizo representante de cuchillas de afeitar y ahora recorre New Jersey cargando una maleta y apenas para por la ciudad.

Nada le ataba ya a su remoto pueblo cántabro más allá de las nostalgias de juventud y una hermana soltera medio ciega. Y aun así, tras casi cuarenta años de ausencia, creía que era momento de cerrar un ciclo. Plantó entonces una manaza sobre el hombro izquierdo de Emilio: la mano ruda de un trabajador al que ya no le quedaban fuerzas en el cuerpo ni ambiciones por cumplir.

—Es hora de regresar a casa, aunque sólo sea para ver esos prados por última vez.

Continuaron andando hasta llegar a un pedazo de asfalto que, con otros nombres y otros rostros, volvía a desprender un pulso familiar: la calle Catorce en su tramo entre la Séptima y la Octava avenida, haciendo bisagra entre Chelsea al norte y el West Village al sur. Allí se asentaba otro núcleo de compatriotas; quizá no armaran un enclave tan compacto como el de Cherry Street y alrededores, pero su existencia evidente se notaba en los letreros de algunos negocios, en las voces altas de un par de corrillos, en los saludos entrecruzados, los gritos de las madres llamando a sus hijos desde las ventanas y en el aspecto inconfundible de unos cuantos ancianos que fumaban silenciosos sentados en los escalones de los portales.

No era una zona desconocida para Emilio Arenas; desde que, como tantos compatriotas, acudiera a inscribirse a La Nacional, había estado por allí un buen montón de veces entregando pedidos o asistiendo a algún evento. Nunca había entrado, sin embargo, en el local frente a cuya puerta se pararon los dos.

—Y esto es —anunció el hombre— lo que tengo que ofrecerle.

Una pequeña casa de comidas ubicada en un semisótano cerca ya de la Octava avenida, en los bajos de un vulgar edificio de tres plantas sin lustre ni atractivo aparente. Sin el menor signo externo de nada prometedor.

Fue a todas luces una temeridad tomar una decisión así un martes cualquiera, parados ambos frente a la fachada con las manos en los bolsillos, pero la opción de Emilio resultaba del todo coherente con su trayectoria y su habitual manera de proceder. Embarcarse a la buena de Dios, recalar donde menos lo esperaba, cambiar de oficio, levar anclas, volver a asentarse. Aquélla había sido su tendencia: dejarse llevar por lo que la vida le pusiera por delante, sin voluntad, sin criterio, hasta que el viento soplara en otra dirección. Y en aquel día de principios de noviembre de 1935, una imprevista corriente le había llevado hasta la calle Catorce, aquel pedazo de pálpito cercano, empotrado entre dos grandes avenidas de la inmensa Nueva York.

Sin pensarlo apenas ni concederse un tiempo prudencial para sopesar la viabilidad del asunto, en un puro arrebato carente del mínimo poso de reflexión, así fue como Emilio Arenas decidió no sólo quedarse con el mobiliario y los enseres de su viejo compatriota, sino proseguir también con el negocio. Esa misma tarde habló con la dueña del inmueble, una viuda holandesa de la cercana Horatio Street; se entendieron medianamente y acordaron mantener el precio del alquiler. Algo había ahorrado en el tiempo que llevaba sin volver a Málaga: con eso podría comprarle a Venancio Alonso el contenido que dejaba y pagar la renta del primer mes.

Se instalaría a vivir en el almacén trasero, pensó, para ahorrarse el coste del hospedaje en la pensión Garay de Cherry Street; allí le cabría un camastro, no necesitaba más. Duplicaría las horas de trabajo en La Valenciana y, a la vez, sacaría el local de su estado lamentable con sus propias manos. Habría que raspar techos y paredes, revocar la fachada, algo de albañilería, arreglar grifos, pintar. Y cuando todo estuviera listo, él mismo se encargaría de ir cada madrugada a comprar pescado al mercado de Fulton donde trabajó un tiempo y donde aún mantenía contactos para hacerse con producto barato. Cocinaría luego al estilo de su tierra y lo mezclaría con otros sabores y maneras que a trompicones había aprendido por acá y allá. Serviría almuerzos y cenas para la gente del barrio a precios modestos, pondría una barra en un lateral... Todo le pasó por delante de los ojos en una secuencia deslavazada, hasta que la voz rocosa del viejo le cortó la fantasía.

—Aunque el nombre, digo yo, igual debería cambiarlo.

Emilio Arenas fijó la vista en el letrero. O, mejor dicho, en lo que quedaba de él. El Ca... A partir de ahí, el resto de las letras estaban caídas, en consonancia con el alma del negocio.

—Lo arrancó un vendaval hace un par de inviernos, ya no lo arreglé —aclaró el propietario encogiéndose de hombros—. Hasta entonces ponía El Cántabro, que es como a mí me llaman por aquí. Pero me temo que a usted, con ese acento andaluz que gasta, el nombre no acaba de cuadrarle.

Cierto, pensó Emilio. Si optara por seguir con la costumbre, lo natural sería llamarlo El Malagueño, pero tampoco tenía él un particular deseo de ese protagonismo tan evidente. Podría ser quizá El Calamar, y así aprovecharía las pocas letras iniciales que quedaban intactas. O El Canasto, o tal vez El Cacique. Aunque, bien pensado, aquellos nombres le resultaban tan ajenos como esa Cantabria remota en la que jamás había puesto un pie. El Ca, Ca, Ca..., musitó entre dientes. Y entonces le vino a la cabeza un nombre rotundo para un proyecto ilusionante: algo que él nunca llegó a ser porque jamás puso la menor ambición en ninguno de sus empeños. Ahora sí, sin embargo. Por primera vez había trazado una proyección voluntariosa hacia algo mejor, superior. Y por eso, él, que siempre careció de mando o rango alguno, decidió llamarlo El Capitán, sin imaginar que aquél sería el apodo por el que se le empezaría a conocer a partir de entonces en el barrio.

Así fue como su propósito echó a rodar, mientras un Emilio desconocido emergía con brío desbordado ajeno a las fatigas y los desalientos. Y así fue atravesando el otoño del año 35 con energías renovadas, como un rompehielos, trabajando catorce horas diarias, cruzando constantemente y siempre a la carrera entre su mundo nuevo en la calle Catorce y su viejo mundo del Lower East Side.

Hasta que en alguno de aquellos días, puede que en medio de una tormenta o de una angustiosa calma chicha, quién sabe, dos cartas se cruzaron en algún punto impreciso del Atlántico: la que, aliñada con unas cuantas faltas de ortografía, Emilio Arenas escribió a su mujer y la que su mujer analfabeta dictó a una vecina para que le llegara a él.

Quizá incluso, aun separados por la inmensidad de un océano, las abrieron al alimón.

Hay buenas noticias, Remedios, decía él optimista en la misiva que partió dentro de una saca desde Nueva York. Voy a asentarme, como tú siempre has querido... Trabajaré noche y día... Ahorraré... Volveré cuando llegue el momento...

Hay malas nuevas, Emilio, decía ella multiplicando su habitual pesimismo en aquellas cuartillas que surcaron las olas en el sentido contrario, franqueadas por sellos de la República Española. Ha muerto Mama Pepa y nos desahucian del corralón... No tenemos adónde ir... Cada vez me cuesta más trabajo hacer carrera de tus hijas... Son ya unas mujeres, han crecido sin norte, no van bien encarriladas... Que no se te olvide que tienes una responsabilidad.

Acababa de entrar en La Valenciana cuando remató la lectura de las últimas frases, aún llevaba la gorra puesta. Se la quitó despacio, se rascó la cabeza clavándose fuerte las uñas sucias. Después, con las novedades calientes arrugadas en un puño, se acercó al mostrador.

—Señor Sendra, necesito cuatro pasajes a cuenta, pídaselos usted a don Valentín Aguirre, hágame ese favor. Pero vaya por delante que no sé ni cómo ni cuándo se los voy a pagar.

4

Continuaban en la cocina, Remedios aún mantenía el rostro escondido tras las manos. Nunca fue una mujer de carácter firme como su propia madre, y la escasa garra que algún día tuvo se le desaguó después de morir Jesusito, la cuarta criatura que le nació viva, aquel niño que llegó al mundo con la cabeza hinchada y una maraña de venas donde debería haber pelo, y que apenas cumplió los cinco meses completos. Dieciséis años habían pasado desde que sepultaran su cuerpecito envuelto en una sábana y ni un día a partir de entonces había dejado Remedios de suspirar por él, a pesar de que en su breve existir la pobre criatura sólo fue capaz de darle sinsabores. El llanto punzante a todas horas, los vómitos explosivos y las convulsiones, los ojos que nunca abría, el rechazo a mamar: todo eso se le había quedado a la pobre mujer tan aferrado a las entrañas que jamás logró ser la misma cuando la vida la empujó a vivir sin él, sin el varón que tanto había ansiado en todas sus preñeces, el hombrecito entre tanta fémina que nunca llegó a ser.

Sus hijas la contemplaban ahora en silencio mientras de la garganta seca le seguía saliendo a borbotones una montonera de condenas y reniegos.

—Maldito sea el momento en que Mama Pepa decidió morirse y dejarnos sin un techo debajo del que vivir, maldito sea el día en que a vuestro padre se le ocurrió sentar la cabeza después de tantos años siendo un veleta, maldita sea mi estampa por pedirle ayuda, por hacerle caso...

Seguir las órdenes de Emilio y arrastrar con ella a sus hijas desde Málaga le había supuesto a Remedios un tortuoso via-crucis plagado de amargas peleas, desplantes, sollozos y gritos. Victoria, la mayor, jaleada por el sinvergüenza del joven con el que andaba en amoríos, juró que antes se echaba a la mala vida que irse a Nueva York. Mona, la segunda, a fin de tener una excusa con la que poder quedarse, se buscó en el paseo del Limonar una casa buena para servir como criada con de-recho a habitación. Y Luz, la más chica, pasó semanas enteras hipando por los rincones. Las broncas fueron monumentales y se oyeron por medio barrio de La Trinidad; tuvieron que intervenir los vecinos del corralón en que vivían, la familia próxima y la lejana, la madre de rodillas ante la imagen del Cautivo en la iglesia medio arrasada desde el 31 y —en última instancia— hasta una pareja de la Guardia Civil. Alertados por un vecino de peso de un potencial acto de desacato a la auto-ridad paterna, un par de agentes uniformados no las perdió de vista hasta tenerlas a bordo del buque *Manuel Arnús* en su escala malagueña entre Barcelona y el Nuevo Mundo, puestas a recaudo del capitán médico de la tripulación.

Flacas, desmejoradas, ateridas por el frío, con los estóma-gos encogidos y la sensación de tener la boca llena de estopa; así se adentraron las hermanas Arenas en Nueva York una he-ladora mañana de enero. Once días consolándose unas a otras entre náuseas, vómitos y lágrimas les costó llegar: semana y me-dia de travesía diabólica con humildes pasajes para literas de entrepuente hasta desembarcar en el muelle 8 del East River; hacía ya unos años que ni siquiera los recién llegados en las clases más inferiores necesitaban pasar por la isla de Ellis en busca de una autorización para pisar el país.

La entrada en el grandioso puerto no las dejó impasibles, naturalmente. Difícil no conmoverse al pasar junto a la gigan-tesca estatua verdosa y flotante de aquella extraña señora con corona de siete puntas y una antorcha en la mano aunque ellas no supieran que representaba la libertad iluminando al mundo; imposible no maravillarse al ir viendo cada vez más cerca los rascacielos amontonados en el horizonte o al vislumbrar los gigantescos puentes suspendidos, los buques que entraban y salían deslizándose armoniosos sobre el agua gris, los imponentes trasatlánticos italianos, franceses, ingleses, noruegos, americanos. Cómo no volver las cabezas, los ojos y los oídos hacia las barcazas carboneras y los remolcadores que silbaban con un estruendo que parecía sonar jubiloso aunque se tratara de meros llamamientos a la cautela, cómo no devolver el saludo a las gentes apelotonadas sobre las cubiertas de los ferry-boats, que agitaban pañuelos y sombreros para dar la bienvenida a los recién llegados tan sólo porque sí, porque ellos mismos, o sus padres, o sus abuelos, accedieron a aquel mundo de esa misma manera.

Nueva York las deslumbró, naturalmente, aunque hicieron lo posible para fingir que todo aquello no les llamaba en absoluto la atención: mientras el vapor avanzaba hacia su correspondiente muelle, aferradas a la barandilla con las mejillas arreboladas por el aire cortante, las tres jóvenes simularon no sentirse anonadadas por la apabullante efervescencia de todo lo que percibían. Como si no las impresionara irse acercando a las terminales de las compañías navieras con sus banderas de colores y sus lucidos carteles, ni a los almacenes que recibían mercancías de todos los puertos del globo, ni a los edificios cada vez más colosales conforme se aproximaban.

Ay mi madre, musitó Luz bajando la guardia momentáneamente. Victoria entrelazó entonces los brazos con los de sus hermanas, como si creyera que agarradas podrían transmitirse el coraje y los arrestos necesarios para no sucumbir al abrumador escenario que las rodeaba. Se apretaron fuerte, buscando refugio entre ellas. Virgen santa, musitó Mona entre dientes. Pero se recompusieron, y disfrazaron sus miedos y sus inseguridades, y ni las sirenas, ni los gritos del gentío, ni el rugido ensordecedor de los motores las hizo deponer su fachada desafiante una vez que atracó el barco. Aguantaron el tipo ante la nieve que caía a ratos aquel día helador de principios de enero, algo que ellas, junto a su soleado Mediterráneo, no habían visto jamás. Nos han traído a la fuerza, nos importa un pimiento esta maldita ciudad, venían a decir con su actitud. Y a la primera que podamos, a la menor oportunidad que se nos presente por delante, por el medio que sea y en compañía del mismísimo Satanás si hiciera falta, nos volvemos. Y así, ocultando su embobamiento tras una actitud de fieras acorraladas, descendieron del vapor de la Trasatlántica una tras otra, en orden de edad. Ni siquiera claudicaron ante los rostros severos de los agentes de inmigración.

Ese afán por demostrar su desapego permaneció prácticamente inalterado con el transcurso de los días. Emilio había alquilado un apartamento de dos habitaciones en el último piso de un edificio de ladrillo rojo en la esquina entre la Catorce y la Séptima avenida: un humilde hogar temporal con pocos metros y poca luz que, con todo, superaba el confort del corralón en el que ellas se habían criado. Al menos tenía cuatro bombillas eléctricas, agua corriente y un diminuto cuarto de baño propio; un tanto precario pero privado al fin y al cabo, para evitarles tener que salir cada dos por tres a compartir retrete con los vecinos. Pero ni por ésas: desde el día de la llegada, entre las paredes que las cobijaron hubo de todo menos paz. A diario, como una noria imparable, de las caras largas pasaban a las voces altas, de las voces altas al llanto y del llanto a las peleas, los reproches y las amenazas. Y vuelta a empezar.

Alternativamente y con lengua punzante, lo mismo acusaban de su desgracia al padre Emilio que a la madre Remedios, a la difunta abuela Mama Pepa, al vecino que convocó a la Guardia Civil, al malasombra del médico del barco o a la odiosa ciudad que las acogía: lo mismo les daba un culpable que otro, tan sólo necesitaban un objetivo contra el que disparar su rabia. Me voy a tragar un buche de matarratas a ver si me muero, decía cualquiera de ellas. Me voy a fugar con un marinero para que me lleve de vuelta, soltaba otra. Me voy a tirar a la vía del tren.

Incapaz de imponer la menor autoridad sobre aquellas borrascosas veinteañeras, la tarea de ejercer como padre se tornó tan ingrata para Emilio que, tras apenas diez días de vida en común, optó por regresar a su camastro en el almacén de El Capitán. Lo hizo con ojo, no obstante, y de conformidad con su mujer; dejándolas sin un solo centavo y con el aprovisionamiento mínimo para que no pudieran subsistir más de tres o cuatro jornadas sin necesitar de él. Cuando se les acabó el café o faltó el jabón, no tuvieron más remedio que dejarse caer por la vieja casa de comidas en la que el padre y la madre seguían faenando sin más ayuda que sus cuatro manos.

El local estaba casi a oscuras, sólo entraba la luz del día desde la puerta abierta. Ella fregaba las ollas, él raspaba la superficie de una mesa al fondo cuando las oyó llegar. Pararon ambos, Emilio se incorporó despacio, el maldito dolor de espalda no le daba un respiro.

—¿Necesitáis perras? —preguntó a voz en grito a las siluetas plantadas en la entrada.

Ninguna contestó ni cambió el gesto, como si estuvieran oliendo vinagre.

—Os las tendréis que ganar entonces, la ayuda nos vendrá bien.

Las tres permanecían hombro con hombro sin despegar los labios, formando una especie de muro de contención. Remedios, en la retaguardia, se mantenía en silencio.

—Si seguimos trabajando nosotros dos solos, tardaremos en abrir —prosiguió Emilio—. En cambio, si me echáis una mano, en una semana podemos empezar a servir a la clientela. Este negocio también es vuestro, tenedlo claro. Y cuanto más ganemos con él, antes podremos todos volver.

Volver. Al oír la palabra, algo se les resquebrajó en su coraza. Volver, las seis letras que eran el motor de la colonia entera, el carbón que les llenaba las calderas del alma y les permitía seguir trabajando sin tregua para ahorrar lo suficiente y cumplir el sueño ansiado.

Mona, en el centro del trío, les clavó a sus hermanas los codos en los riñones, y con ese brevísimo movimiento, sin necesidad de más, cómplices como siempre, las tres se entendieron. Aun a regañadientes, sabían que no tenían otra salvo ceder.

5

Con las melenas recogidas en pañolones y con las vestimentas más gastadas de sus míseros guardarropas, esa misma tarde comenzaron a involucrarse en la empresa familiar.

Durante cuatro días seguidos, de la mañana a la noche, sumadas al esfuerzo de los padres, arrancaron mugre y capas de grasa hasta quedarse casi sin uñas, restregaron sartenes, peroles y cacerolas, lijaron muebles e intentaron sin demasiado fruto sacar brillo a los cristales. Consiguieron con ello sanear algo el decadente local, pero lo cierto fue que, a simple vista, nada cambió en demasía, igual que el trabajo mecánico tampoco les enmendó el humor. El mismo semisótano oscuro, los mismos techos bajos, hasta el mismo cuadro de un mar embravecido que Venancio Alonso dejó colgado: la esencia del caduco Cántabro aún exudaba por todos los rincones. Movido por el iluso objetivo de crear un supuesto ambiente marinero, Emilio apareció a la mañana siguiente con unas viejas redes de pescadores, un par de remos y un timón desportillado que sus hijas colocaron sin tiento ni interés. Hasta que El Capitán logró empezar su travesía.

No arrancó bien, pese a todo. No cuajó. Con Remedios al mando de los fogones y Emilio desviviéndose por recibir a los clientes y trasegar las comandas con sus mejores maneras, rara era la hora del almuerzo en la que llegaban a cubrir una cuarta parte del comedor. Las hijas, entretanto, echaban una mano en la cocina o servían alguna mesa suelta con desgana suprema. En el pensamiento de Emilio, paralelamente, se iba formando una densa nube de preocupación.

Había fantaseado con un local lleno de trabajadores que engullían platos calientes tras largas horas de dura faena, como tantas veces había visto en las casas de comidas de la zona de Cherry Street. Se había imaginado a la gente entrando y saliendo sin cesar, él sirviendo cucharón en mano, choques de vasos, los ruidos de las patas de las sillas al arrastrarse sobre las losetas del suelo, broncas voces masculinas y alguna risotada suelta, billetes en la caja detrás de la barra. Pero no atinó, nada acabó así. Quizá no había tenido en cuenta que esta zona de la Catorce y sus alrededores, pese a contar con un amplio contingente de compatriotas, se alzaba sobre otra idiosincrasia diferente a la de su antiguo barrio, otra manera distinta de ser, más hilvanada en el tejido de la ciudad y menos concentrada en su propia esquina. O quizá era que hasta allí llegaban menos varones solos que a los muelles del East River, o puede que fuera porque la zona contaba con otros restaurantes que con el tiempo se habían ido ganando una merecida reputación.

Él, en cambio, no era más que un advenedizo agarrado a la estela de un decrépito negocio al que tan sólo habían lavado el rostro malamente. A su mujer apenas la conocía nadie porque salía lo menos posible de la cocina, acobardada siempre por todo lo que se movía alrededor. Y sus tres hijas, con esa actitud tan insolente y farruca que ninguna se molestaba en disimular, se habían ganado a pulso una fama que bien poco contribuía en su beneficio. Y eso que ya no había ley seca, y que El Capitán ofrecía vino español a un precio más que ajustado porque, gracias a sus contactos y trapicheos, Emilio lo conseguía directamente en los muelles, recién desembarcado. Y eso que Remedios freía el pescado como nadie y elaboraba unos guisos rotundos y unas cazuelas con rape y almejas que hacían saltar las lágrimas con su sabor a mar.

Pero las cuentas no salían, por mucho que Emilio las repasara cada noche sentado en la penumbra del comedor vacío. Y las deudas se amontonaban: el alquiler impagado del mes anterior, los proveedores, el apartamento, los pasajes de barco que aún debía a Sendra... Y aunque se estrujaba los sesos en busca de una solución, no hallaba manera de sacar la cabeza. Puso anuncios en *La Prensa*, el diario que cada mañana leía la colonia española e hispana extendida por toda Nueva York. Hizo imprimir octavillas que luego repartió por los comercios de las calles vecinas, hasta optó por plantarse él mismo en la acera a la caza de clientes, con la carta en la mano y ataviado con su delantal, sonriendo con un esfuerzo infinito. ¡Cocina española!, typical Spanish food, proclamaba a grito pelado frente al local. El pescado más fresco del mundo, best fresh fish in the world. Los mejores precios, ladies and gentlemen; señoras y señores, we have the best prices in town. Ni por ésas. Unos lo esquivaban como si fuera un mero bulto que les entorpecía el camino, otros desviaban la mirada o negaban abiertamente con la cabeza. No, thank you; no, muchas gracias, pero no.

Contra pronóstico, sin embargo, la congoja de Emilio tuvo algo de positivo. A medida que su desazón aumentaba, el caparazón de férreo rechazo que blindaba a sus hijas empezó a fisurarse. Quizá fue el simple agotamiento de las muchachas, tal vez un poso de compasión. Al principio sólo se notó en gestos pequeños:

—¿Y si cambiamos un poco la carta? —propuso Victoria.

Mona por su parte recolocó las viejas redes con algo más de gracia y les añadió unos mantoncillos floreados que aportaban una pizca de color. Y Luz, la menor, un mediodía de febrero azotado por ventarrones impíos, sorprendió a su padre acompañándole en la acera, dirigiéndose a los transeúntes con desparpajo mientras se apretaba la falda contra los muslos para que el viento no se la alzara.

—¡Pasen, señores, no se pierdan la mejor casa de comida española en Manhattan! —gritaba cantarina, invitando a todo el mundo a entrar y probar.

Fue por entonces cuando Emilio volvió a dormir en el

apartamento y la tensión familiar se relajó un tanto. Con todo, las chicas seguían manteniéndose ajenas al bullebulle del barrio y la ciudad. No asistían a las misas de domingo en la cercana Nuestra Señora de Guadalupe, no participaban en los bailes ni en los encuentros entre compatriotas de La Nacional. Jamás habían ido más allá de la calle Dieciséis ni de la Sexta avenida, nunca habían bajado al subway ni subido al tren elevado o a un autobús, apenas cruzaban más frases de las imprescindibles con los vecinos, los dueños y dependientes de los comercios cercanos. Se arreglaban el pelo entre ellas, no tenían ni una sola amiga, se negaban a aprender inglés. Y como consecuencia de tan patente terquedad, a sus espaldas dejaban casi siempre un murmullo indisimulado de cuchicheos. Qué lástima de criaturas, tan jóvenes y tan airosas como son. Qué manera tan tonta de echarse a perder tienen las hijas del Capitán.

Hasta la mañana en la que Emilio salió de casa rumbo a los muelles del Lower East Side tras compartir con Remedios un café callado en torno a la mesa de la cocina. Acostumbrarse a las pequeñas rutinas domésticas le iba resultando a ratos gratificante y a ratos arduo: no era fácil convivir de pronto con los trastos y los ruidos de cuatro mujeres, y mucho menos aún con todo aquello que ellas emanaban y que ni se veía, ni se oía, ni se olía, pero que estaba siempre presente, llenando las habitaciones de techo a suelo, tan impalpable como latente. Aun así, sabía que adaptarse a ese nuevo entorno era un camino que tenía que recorrer, y más cuando sus hijas al fin empezaban a mostrar un resquicio de racionalidad.

Bajó los cuatro pisos hasta la calle con su afán ahorrativo bulléndole en la cabeza. Necesitaba aceite de oliva y aunque Sendra se lo dejaba fiado y aunque en los establecimientos de Unanue y Victori le venderían a buen precio las latas de Ybarra, era consciente de que había una forma de conseguirlo más barato todavía. Como casi todos los miembros de la colonia, estaba al tanto del calendario de los barcos que periódicamente llegaban desde España: cuatro alternativos, todos de la Compañía Trasatlántica. Dos de la línea del Cantábrico y dos de la del Mediterráneo, haciendo siempre el encaje desde la Península con México, Cuba y Nueva York.

Por eso sabía que ese sábado de finales de marzo se esperaba al *Marqués de Comillas* con el buche lleno de pasajeros y mercancías. Y por eso se encaminó al familiar muelle 8 del East River a fin de probar suerte: raro sería que no llegara en él alguna partida de aceite y que no diera con algún conocido que pudiera distraerle unas cuantas garrafas a cambio de un precio interesante para los dos. De este modo, si retenía gastos de acá y se precavía de los de allá, quizá pudiera ponerse al día con la viuda holandesa en la renta.

Y así seguía el dueño de El Capitán una vez en el muelle, con la mente repleta de planes y cálculos, a la espera de que se completaran las faenas de descarga, sin saber aún si el vapor traía dentro el jugo de los olivares de Utrera o de Tortosa, de Cabra o de Jaén; tan abstraído que no registró las voces de alerta que se oyeron alarmadas a su alrededor. Algo había ido mal en la maniobra de estiba, una grandiosa red repleta de bultos había quedado precariamente suspendida en el aire, hubo carreras y alaridos, alguien lo agarró del brazo en el último segundo.

El tirón, sin embargo, sólo sirvió para apartar el cuerpo del brutal impacto, la cabeza no se salvó.

Tumbado sobre el suelo como un fardo acabó sus días Emilio Arenas, con el cráneo reventado y la imagen de un montón de garrafas de aceite brillante y untuoso tornándose oscura en su cerebro hasta desvanecerse en un charco de sangre, objeto de miradas llenas de espanto mientras alrededor sonaban los gritos y las sirenas.

6

Las tres hermanas Arenas se fueron a la cama sin respuesta la noche del entierro. Exhaustas, confusas, atenazadas por una mezcla alborotada de sentimientos en las tripas y en el corazón; con la misma pregunta machacándoles las sienes como un martillo implacable. Y ahora, nosotras, ¿qué vamos a hacer?

Les escocía en lo más hondo la muerte del padre, el hombre al que estaban empezando a conocer tras toda una vida plagada de ausencias. Pero no era ésa su única angustia, a la pena desnuda se le superponía algo más: el ser conscientes de que con él se había marchado el único amarre que tenían en la ciudad extraña de invierno interminable, una metrópoli de siete millones de almas que se abría ante las españolas como un páramo infinito de desolación.

Remedios, como siempre, se levantó antes que ellas con las primeras claras del amanecer; sus hijas solían hacerlo bastante más tarde, sin un horario fijo, según les pedía el cuerpo. Al fin y al cabo, hasta aquel momento no habían tenido ninguna obligación más allá de echar alguna mano desganada en el negocio y mostrar ostentosamente su desdén. Esa mañana, en cambio, tras una noche de sueño quebradizo, fueron apareciendo temprano en el ensanchamiento del pasillo donde se ubicaba la cocina, todas con el pelo revuelto, los ojos hinchados, escasas ganas de hablar.

La primera fue Mona, la mediana. Se acercó arrastrando los pies, el rostro de rasgos rotundos y la melena morena y espesa suelta hasta media espalda. Sobre el viejo camisón se le superponían tres capas de ropa desparejada, hacía un frío helador. En vez de un ortodoxo buenos días, de su boca salió una especie de gruñido ronco.

—Ya está la leche caliente —musitó la madre sin volverse del fogón mientras ella se sentaba en uno de los taburetes que rodeaban la mesa. Callada, mirando al vacío con los ojos entrecerrados bajo sus anchas cejas.

Al igual que sus hermanas, lo mismo que su madre y que las varias generaciones de mujeres que las precedieron, Mona tenía los ojos oscuros, la piel separada de los huesos por una fina capa de carne, y una gracia al moverse del todo natural. En realidad la bautizaron como Ramona a mayor gloria de una parienta de Mama Pepa que acababa de morir de una apoplejía en El Perchel. Pero los niños del corralón le mutilaron la primera sílaba del nombre desde muy chica: una inocente provocación infantil que se acabó convirtiendo en su señal de identidad. Porque en realidad ella era así, como su nombre abreviado: ágil, viva, con una rapidez casi animal en la vista, la lengua y la mente que la impulsaba a reaccionar con soltura y sin brida cada vez que la coyuntura lo requería.

Aquella mañana siguiente al entierro del padre, sin embargo, Mona mantuvo el silencio hasta que la madre le puso delante un tazón de café con leche y un trozo grande de pan. En las tiendas de comestibles del barrio vendían bollos, hasta piezas que parecían jugosas magdalenas, pero ellas siguieron fieles a sus costumbres de siempre, al pan nuestro de cada día. Tan sólo se habían prestado a sustituir su añorado pan cateto malagueño por un simulacro de miga compacta que horneaba un viejo calabrés en la Quince; así arrancaban el día con las tripas llenas de su humilde tradición.

Apenas había bebido el primer sorbo cuando entró en la cocina la hermana mayor.

—Buenos días nos dé Dios —musitó.

O algo así, porque Victoria lo dijo entre dientes y apenas lograron entenderla.

A diferencia de sus hermanas, solía llevar el pelo recogido y sus rasgos eran algo más sutiles y un poco menos marcados; con su nariz fina y los pómulos altos, sus grandes ojos negros y el rostro ovalado, quizá tenía la belleza más canónica de las tres. Era además una chispa más alta que las otras, como si su propio cuerpo hubiera elegido remarcar su posición en el orden familiar. El nombre no le venía de ninguna pariente, sino de una promesa. Si Emilio vuelve para cuando nazca mi criatura y en caso de que sea niña, te juro, madrecita, que le pongo como tú: ése fue el ofrecimiento que Remedios hizo ante la imagen de la Virgen de la Victoria cuando su primer embarazo se encaminaba al desenlace. Su hombre, sin embargo, no volvió para el parto; lo hizo once meses después, cuando la niña ya tenía seis dientes y estaba a punto de soltarse a andar, pero Remedios no se atrevió a incumplir su palabra; le dio no sé qué.

Entre las hermanas mayores no cruzaron ni una frase, se limitaron a sorber y masticar sentadas frente a frente, con el desconcierto pegado al rostro: por la brutal muerte del padre y la precariedad en que quedaban, por no tener ni la más peregrina idea de cómo iban a subsistir.

Luz entró rascándose el cuello apenas diez minutos después, parecida a las mayores y dueña simultáneamente de algo distinto que la hacía singular: el pelo un tono más claro, el cuerpo algo más carnal, un poco más recortada en estatura; la más alegre y vivaracha de las tres. Lo primero que hizo fue echarle a su madre un brazo por los hombros y plantarle un beso en la cara, un muac sonoro como una ventosa que Remedios recibió sin signo alguno de gratitud mientras continuaba enredando en el fogón.

—Pero ¿ya habéis terminado? —preguntó con su voz de sonajero mientras se sentaba en un tercer taburete, a la espera de que Remedios le pusiera delante su tazón y su ración de pan.

En realidad eran ya tres jóvenes mujeres que de sobra sabían valerse por sí mismas en las faenas domésticas, pero entre ellas, en esos asuntos de intendencia casera, seguía rigiendo un tenaz matriarcado que ninguna se molestaba en rechazar. Total, para qué, si Remedios no iba a ceder.

Luz fue Luz por decisión de su padre: la única vez que Emilio llegó a tiempo para el nacimiento de una de sus hijas. En el petate traía una medalla de plata ennegrecida de la Virgen de la Luz que había llevado al cuello un marinero de Tarifa con el que estuvo embarcado en su última travesía. Francisco se llamaba, y a pesar de ser un hombre curtido en mil tempestades, un tétanos lo rindió dos semanas después de hincarse un gancho oxidado en el muslo en una noche oscura como el carbón. Pa tus chiquillas, Milio, le había dicho entre espasmos y babeos el pobre desgraciado después de rezar a trompicones su último avemaría. Y para la recién nacida fue no sólo la medalla, sino también el nombre, que en los oídos del padre siempre sonó a mar y a amistad.

Pasó un tiempo impreciso frente a la mesa del desayuno; desde el patio de luces entraban los ruidos de otras viviendas, Remedios había encendido la estufa de kerosén, en el fondo de los tazones apenas quedaban pegadas gotas ya medio resecas de café con leche. Victoria mantenía agarradas entre los dedos las puntas de un mechón de pelo y se las miraba con el gesto falsamente concentrado, Mona se recolocaba una vieja toca de lana sobre los hombros por quinta vez, Luz se mordía la uña del meñique. En realidad, el pelo, la toca y la uña no les generaban la menor preocupación: eran absurdas maneras de intentar mantener la atención distraída de la siniestra realidad que tenían alrededor, de la angustia por no saber qué iba a ser ahora de ellas. La conciencia abrumadora de saberse sin recursos ni apoyos para salir a flote en aquel mundo feroz.

No lo consiguieron, claro. Lo que tenían encima se les antojaba tan atroz que sólo podían centrarse en eso, en buscar una respuesta para la escueta pregunta que dejaron sin responder la noche previa. Y ahora, nosotras, ¿qué vamos a hacer?

Fue finalmente la madre quien rajó el silencio con voz rasposa.

—Habrá que devolver todo esto, digo yo...

Se refería a los cacharros —antes llenos de comida y ahora vacíos, limpios y colocados boca abajo— que les llevaron las vecinas en un inesperado gesto de condolencia y solidaridad. Conocían de vista a casi todas aquellas mujeres que acudieron al velatorio, aunque de nombre tan sólo a unas cuantas y de trato —y muy escaso— apenas a cinco o seis. Con ninguna en realidad tenían cercanía o afecto, pero allí aparecieron ellas hombro con hombro para que no velaran solas al padre y marido, y después las acompañaron al cementerio de Queens, y después las devolvieron al apartamento y se aseguraron de que quedaban en orden y les dejaron comida hecha para un par de días. Discretas y juiciosas se mostraron todas, sin lágrimas falsas ni plática innecesaria; conocedoras de lo doblemente desgarradora que podía llegar a ser una pérdida cuando alrededor flotaba una monstruosa sensación de desaliento.

No les quedó otra que asentir a la sugerencia de Remedios. A ninguna iba a resultarle grato enfrentarse a esas mujeres a las que no se habían dignado a mirar siquiera desde su llegada hacía ya casi tres meses, pero sabían que ésa era su obligación más inmediata. Ir a las casas y a los negocios para devolver en cada sitio una tartera, una cazuela o un puchero; agachar la cabeza y tragarse esa altivez testaruda que las había mantenido con insolencia al margen de las gentes entre las que vivían. Dar las gracias con humildad. De corazón.

Se arreglaron calladas en la estrechura del cuarto compartido, se pusieron las ropas de siempre porque no tenían otras.

—Y que no se os olvide pasar por la funeraria, a ver si...

Que sí madre, que sí; quédese usted tranquila, dijeron mientras empezaban a descender la escalera. A ellas también les generaba un hondo desasosiego el tener que hacer frente a los gastos de aquel entierro suntuoso que alguien les impuso anónimamente, sin preguntarles, sin consultar.

La primera etapa la cubrieron llamando a unas cuantas puertas dentro de su propio edificio, arracimadas en los angostos descansillos. Todos allí vivían de alquiler; los humos, las voces y los ruidos de las cañerías se colaban por debajo de las puertas y a través de las paredes.

Las vecinas, una a una, interrumpieron sus quehaceres y las recibieron con calidez. Asturianas y gallegas de voces melodiosas a las que les costó comprender por esa cadencia tan distinta que tenían al hablar. La señora Costos —la temperamental griega del primero—, con la que se medio entendieron mediante gestos y muecas. Las cuñadas irlandesas que vivían puerta con puerta y se llevaban a matar y, a pesar de eso, el día anterior aparecieron juntas agarrando a cuatro manos un pastel de carne. La mayoría de las mujeres lucían delantales y zapatillas de andar por casa; todas sin excepción las invitaron a pasar, les ofrecieron café, té, más pan, rosquillas de anís. Ellas intentaron negarse, argumentaron prisa y obligaciones, pero les insistieron con tanto empeño que en un par de ocasiones no tuvieron más remedio que aceptar.

Todos los pisos eran parecidos: modestos de tamaño y parcos en mobiliario. A pesar de sus metros escasos, no era infrecuente que convivieran en ellos dos y hasta tres familias o algún grupo de hombres desparejados que se alternaban para dormir en los mismos colchones dependiendo del turno de trabajo de cada cual. Así ahorramos, decían. Así ahorraban, y además hacían más llevadera la soledad.

Solía haber ropa tendida en cordeles al calor de las cocinas y más camas de la cuenta, muchas de ellas eran simples camastros plegables, empujados contra las paredes y cubiertos con cortinillas de cretona; por la noche se abrían y se expandían por los rincones acogiendo los cuerpos cansados de parientes, paisanos de paso o meros huéspedes realquilados a los que el sueldo no les alcanzaba para permitirse otro alojamiento. Así ahorramos, repetían. Y ahorraban, sin duda.

De todas las viviendas se escabulleron ellas en cuanto les

fue posible, abrumadas por la cordialidad con la que las trataron. Ánimo, muchachas, escucharon repetidamente antes de irse. Hay que ser fuertes y seguir luchando, hay que tener coraje. Y aquí estamos, para lo que necesitéis.

Lograron al cabo bajar al escueto vestíbulo ya sin los cacharros más voluminosos, deprisa, turbadas todavía, ansiosas por que el aire les refrescara los rostros y les llenara los pulmones. Pero no lo consiguieron: estaban a punto de abalanzarse al exterior cuando alguien al otro lado de la puerta les blindó el paso.

Las tres hicieron un voluntarioso esfuerzo para no arrugar el gesto más de la cuenta: con la mujer que llegaba de la calle cargada con montones de periódicos mantenían una especie de guerra permanente, y no estaban sus ánimos esa mañana para enfrentamientos.

Alta, gastada, angulosa, vestida enteramente de negro con la falda hasta los tobillos, el pelo canoso recogido en un moño del que escapaban unas cuantas guedejas: ahí estaba la señora Milagros, bloqueando el hueco de la puerta e impidiéndoles la huida. Vivía sola la gallega en el apartamento situado justo debajo del suyo y derrochaba por lo general un humor de mil demonios; a menudo sacaba la cabeza por la ventana del patio trasero para abroncarlas a voces cuando ellas hacían más ruido de la cuenta, en otras ocasiones golpeaba violenta el techo con el palo de la escoba para mandarlas callar. Y las hermanas Arenas, según el humor del momento, alguna que otra vez obedecían a regañadientes y otras la provocaban con saña y se lanzaban a patear el suelo rabiosas para soliviantarla más todavía, o le gritaban púdrete, vieja, y le arrojaban cáscaras de huevo y mondas de patatas contra los cristales.

No habían llamado a su casa esa mañana porque no tenían nada que devolverle, ella fue la única que apareció en el velatorio con las manos vacías. Peor aún: no sólo no se marcó un detalle, sino que además acabó comiéndose sin rastro de pudor la mitad de un bizcocho de almendras que alguien les había llevado.

—A buscar trabajo supongo que saldréis, ¿o no?

Eso les espetó a modo de saludo nada más verlas, áspera y cortante. Contrariamente a lo común en ellas, ninguna le replicó con el descaro habitual. Sin necesidad de ponerse de acuerdo, las tres optaron por mantener cerradas las bocas.

Nunca la habían visto tan de cerca y a la luz del día, era la primera vez que notaban que tenía el ojo izquierdo turbio, como si una especie de veladura grisácea le tapara la córnea. Con el derecho en cambio, oscuro y ágil a pesar de los años, las mantenía enfiladas, en el punto de mira como un cazador sagaz. Entre los brazos sujetaba unos voluminosos montones de prensa manoseada; claramente no se trataba de las noticias frescas del día. Ya la habían visto de lejos en otras ocasiones con un cargamento similar, no tenían la menor idea de para qué usaría tales cantidades de papel, quizá para alimentar una estufa, o para impedir que el frío se le colara por los resquicios de las ventanas.

Mona fue quien reaccionó tras unos instantes tensos.

—Déjenos salir, haga usted el favor.

Aún se tomó su tiempo la señora Milagros para hacerse a un lado, antes les siguió clavando el ojo bueno con una insolencia turbadora. Parecía querer decirles algo más, pero no lo hizo finalmente. Tan pronto dio un paso y quedó un resquicio libre, las tres se escurrieron por la puerta entreabierta. En cuanto pisaron la acera, respiraron con alivio; por insufrible que fuera la vieja y por mucho que ellas se envalentonaran frente a sus insidias resguardadas entre las paredes de su casa, en la distancia corta acababa de causarles una intimidante sensación.

7

El tráfico fluía ligero en la Catorce: unos cuantos automóviles, algún furgón y algunos carros tirados por caballos haciendo los repartos cotidianos. Por las anchas aceras, la gente transitaba con el mismo pulso de todos los días. Viandantes con rumbos diversos, vecinos, repartidores y clientes que entraban y salían de los establecimientos, un vendedor ambulante de trastos de estaño, otro con el espinazo hecho un cuatro por el peso de las barras de hielo que suministraba.

El primer destino de las chicas estaba nada más cruzar la acera, casi en la esquina con la Séptima. De allí, de la lavandería Irigaray, salió el día de antes su dueña para plantarse en el apartamento y prestarles dos abrigos y una capelina negra después de preguntarles discretamente si necesitaban alguna ropa de luto para acompañar el ataúd.

Una ola de calor espeso las recibió nada más entrar en el local; tras el mostrador doblaba prendas el propietario, un sesentón corpulento, don Enrique les había dicho alguien que se llamaba. Llevaba las mangas de la camisa blanca arremangadas por encima del codo, las saludó con un sobrio muy buenos días, señoritas, las acompaño en el sentimiento; aún no había soltado la última sílaba cuando metió la cabeza entre un montón de prendas limpias colgadas del techo para reclamar a su mujer. Apareció entonces ella, entrada también en años y en carnes. Aunque apenas las conocía, las besó sonora en las mejillas: sería por eso de la recién estrenada orfandad.

—Venimos a devolverle la ropa que nos prestó.

La que habló fue Victoria, y por respuesta sólo obtuvo un enfático no, no, no... Insistía la propietaria para que se quedaran con todo eso que pretendían devolverle, insistían ellas para no aceptarlo.

—Que no, que no, que no —machacó bonachona—. Son pingos de viejas clientas que nunca los recogieron, llevan por aquí años, no hacen más que estorbar.

—Pero, pero, señora... Pero, pero nosotras...

Era la primera vez que alguien quería regalarles algo en la vida: estaban tan abrumadas que no sabían cómo responder. Hasta que el matrimonio logró convencerlas, ellas reiteraron a tres voces su gratitud y se despidieron alegando otras obligaciones.

Aún estaban paradas en la acera, desconcertadas, cuando doña Concha asomó la cabeza.

—¡Chicas!

Detrás salió el marido: los botones de la camisa abiertos hasta el esternón, el vello del torso poblado y canoso a la vista.

—Estábamos pensando...

Se miraron cómplices entre ellos, decidiendo quién de los dos tomaría la palabra para comunicarles lo que acababan de decidir entre ambos hacía apenas unos segundos. Por fin lo hizo él, más directo:

—¿A alguna podría interesarle trabajar aquí?

Todavía estaban digiriendo confusas el ofrecimiento cuando su mujer prosiguió:

—Estamos ya un poco mayores, no tenemos la energía de antes, los hijos andan cada uno a lo suyo...

Por respuesta, de las bocas de las Arenas sólo salieron unos balbuceos.

—Bueno, nosotras, la verdad es que...

—No hace falta que os decidáis ahora mismo —zanjó contundente el vasco—. Pensáoslo y ya hablaremos.

La pareja retornó al negocio mientras ellas asimilaban la propuesta. El siguiente destino fue Casa Moneo, la tienda de víveres; para alcanzarlo tan sólo tuvieron que cruzar la calle de nuevo. Desde allí les habían mandado unas latas de conservas metidas en una canasta que ahora debían devolver.

No habían terminado aún de empujar la puerta del colmado cuando les llegó a los oídos una pequeña avalancha de voces. Alguien estaba preguntando en español por el hijo de un dependiente recién operado de anginas; alguien más pedía una ristra de ajos, dos pastillas de jabón Lagarto; de los ganchos colgaban morcillas, chorizos y sobrasadas, olía a encurtidos y a vinagre. Apenas habían avanzado un par de pasos hacia el interior cuando notaron que las conversaciones se apagaban de repente, como si las hubieran segado al ras con el mismo cuchillo que usaban para cortar el jamón serrano. El silencio cubrió la tienda mientras todas las miradas de la clientela se volvían en una única dirección.

Contemplaban a tres jóvenes mujeres vestidas de oscuro pegadas hombro con hombro, parecidas y distintas a la vez, tan hermosas como mustias e inseguras. Aun así, con los rostros tristes y las ropas más tristes todavía, componían una imagen digna de ver.

La tensión se rompió en cuanto empezaron a brotar algunas frases espontáneas de condolencia. Arrancó una de las mujeres; después, como si se hubieran contagiado, los murmullos se extendieron por el aire. Lo lamento mucho. Lo siento en el alma. Dios lo tenga en su gloria. Era un buen hombre, un muy buen hombre era el Capitán, sí señor. Por las mejillas de Luz resbaló un par de lágrimas y a Victoria se le secó la garganta, Mona fue la única capaz de musitar un fugaz muchas gracias para inmediatamente agarrar de las muñecas a sus hermanas y tirar de ellas hasta acercarlas al mostrador.

Por fortuna doña Carmen Barañano, la propietaria, no tardó en rescatarlas: otra vasca de Sestao con bata blanca, las uñas pintadas de rojo intenso y los sesenta a la vuelta de la esquina.

—Pasad para adentro —dijo firme apartando una cortina.

Se las llevó a la trastienda, una estancia repleta de cajones, sacos y estantes cargados de mercancía. Había comestibles dulces y salados, desde turrones de almendra hasta enormes tarros de cristal llenos de aceitunas aliñadas; había boinas y guitarras, alpargatas, castañuelas, paellas, botas de vino: nadie diría que se encontraban en pleno Manhattan, a un tiro de piedra del río Hudson, a escasas manzanas de Union Square. Había también unos cuantos burdos banquillos de madera con dos peldaños que servían normalmente para llegar a las baldas más altas, y ahí es donde les indicó que se sentaran. Obedecieron sin rechistar.

Como iba siendo común, antes de nada llegaron las imprescindibles frases de pésame y unas cuantas alabanzas a la figura del padre. Una gran persona, un gran trabajador fue Emilio, tan cordial siempre... Lo que llevaban escuchando la mañana entera, en fin. Hasta que, de pronto, algo distinto las impactó.

—Y de la cuenta que él tenía abierta en esta casa, de momento no tenéis que preocuparos.

Ninguna movió ni una pestaña, pero las palabras les cayeron encima como si alguien les hubiera volcado sobre la cabeza uno de aquellos sacos llenos de legumbres. La dueña de Casa Moneo acababa de ratificar lo que ya presentían: que no sólo habrían de batallar contra la ausencia y la incertidumbre, sino también hacer frente a las deudas que el padre dejaba atrás. Los pasajes de barco pendientes, los alquileres atrasados, el entierro suntuoso que nadie solicitó... La angustia se les agarró a las tripas, ninguna fue capaz de decir ni pío.

—Imagino que andaréis buscando trabajo —fue lo siguiente que oyeron.

El desconcierto se les multiplicó: era la tercera vez que oían esa sugerencia en menos de media mañana. Primero la vecina gallega, luego los dueños de la lavandería, y ahora esa mujer. Al igual que en las otras ocasiones, tampoco se atrevieron a replicar; ninguna fue capaz de confesar abiertamente que aún no sabían qué hacer con sus vidas; que se habían quedado tan sin ánimo, tan sin capacidad de reacción como los bacalaos secos que colgaban del techo de aquel almacén.

—Yo no necesito a nadie, por ahora estamos más que servidos de empleados; si todo esto hubiera sido en Navidad, pues a lo mejor... —Chasqueó la lengua, como quitando importancia a lo dicho—. Pero igual da eso ahora mismo; el caso es que de vez en cuando alguna amistad me pide que le localice a alguien y por eso sé que, de momento, hay necesidad de un servicio para esta misma tarde en una casa de las buenas buenas buenas del Upper West Side.

La miraron sin entender.

—Me han pedido que mande unas cuantas viandas para una recepción, y precisan tres chicas españolas como camareras por horas —continuó—. Ya había comprometido a la niña de Luisa la del practicante y a dos sobrinas de Pérez el fotógrafo de La Artística, pero una de ellas ha venido nada más abrir a decirme que tiene que irse a Newark por no sé qué historia de la familia. Así que queda un puesto libre; de hecho, iba a decírselo ahora mismo a Carmina la navarra, que tiene una hija... Pero en fin, ya que estáis aquí os lo propongo a cualquiera de vosotras tres. Pagan decentemente, el transporte va aparte. Y doña Damiana, la encargada, es de toda confianza y no digamos la marquesa, menuda señora...

Esta vez no había escapatoria, era imposible negarse. Mona, la más rápida siempre, fue la que se ofreció.

—Cuente conmigo, si le parece a usted bien.

La propietaria sonrió sin despegar los labios, como si les diera por perdonadas las veces que había tenido que soportar su mal talante antes de la muerte del padre, cuando ellas se pasaban de tanto en tanto por la tienda con el morro largo y la lengua afilada.

—A las tres y media aquí.

Se dio una sonora palmada en el muslo para zanjar el asunto y se levantó del banquillo, ellas la imitaron. Antes de salir del almacén les tendió tres tabletas de chocolate Elgorriaga y amagó con pellizcarles las mejillas; al prever las intenciones, las tres dieron un paso atrás.

Era casi mediodía cuando salieron de nuevo a la calle, Luz fue la primera que vocalizó en un susurro acobardado la misma pregunta que bullía en las mentes de las tres.

—¿Y por qué todo el mundo se piensa que vamos a quedarnos?

8

La funeraria era el último establecimiento, la habían dejado adrede para el final de la mañana anticipando que sería la más lúgubre de las visitas. Y la más gravosa también: alguien les había dicho que La Nacional, la Sociedad Española de Beneficencia a la que el padre pertenecía, cubriría los gastos básicos del entierro como afiliado que era, pero lo que el día anterior vieron se les antojó desbordado, ostentosamente excesivo.

—El ataúd parecía como de un ministro —susurró Luz.

—Y las peanas doradas —añadió Victoria—, y todas esas velas y adornos, y la corona en nuestro nombre con tantísimos claveles.

—Y los coches, esos pedazos de coches en los que nos llevaron...

Desconocían quién se había encargado de organizar todo eso: suponían que algún vecino dispuesto a evitarles el mal rato, quizá un antiguo compañero de trabajo del padre de los que llegaron a darle el último adiós desde Cherry Street. Ignorancia aparte, lo que sí tenían era la certeza de que todo aquello habría costado un dineral.

Recorrieron la acera sur de la Catorce agarradas del brazo, atravesadas en línea, entorpeciendo sin importarles un pimiento el paso de los transeúntes que se veían obligados a esquivar la barrera que conformaban. Estaban a punto de llegar a El Capitán cuando cruzaron de nuevo al otro lado. Se les había puesto un nudo en la garganta, preferían no pasar por delante de la fachada.

La funeraria Hernández se encontraba prácticamente enfrente, casi vecina del Centro Asturiano. Empujaron la puerta cautelosas, entraron medio de puntillas con el estómago encogido. Como si hubieran atravesado un túnel, nada más pisar el establecimiento las envolvió el silencio, la semipenumbra y un olor raro, como a desinfectante mezclado con tristeza.

Permanecieron cohibidas unos segundos, rodeadas por unos pedestales con jarrones de alabastro. De las paredes colgaban estantes con velas y crucifijos, las baldosas del suelo brillaban impolutas. En una reacción inconsciente, Victoria se apretó contra Mona y Mona se estrujó contra Luz: la necesidad de cercanía física les surgió espontánea, como si así, piel con piel, pudieran soportar mejor lo tétrico del momento. Hasta que por fin oyeron pasos.

El chico que surgió tras la cortina del fondo llevaba un trapo sucio en la mano, probablemente estaba limpiando algo cuando las oyó entrar. Al verlas apretadas como una piña con tres cabezas, se quedó sin palabras y el trapo se le cayó a los pies. Ellas, siempre tan rápidas de lengua, en esta ocasión tampoco supieron qué decir.

Tenía los ojos saltones y el pelo castaño y rizado, los bajos del pantalón le quedaban más cortos de la cuenta y dejaban al aire un par de tobillos flacos como mondadientes. Lo conocían de vista, de pasada: hartas estaban de cruzárselo por el barrio como un vecino más.

—¡Ya... ya... ya están aquí!

Apenas unos segundos tardó en salir un hombre idéntico al muchacho, sólo que con veinticinco años más, una corbata al cuello y algo menos de pelo. Aunque ellas no lograban recordarlos con claridad, ambos habían estado en el apartamento organizando la entrada de la caja, y dispusieron un gran ropón de terciopelo negro sobre un tablero para que la depositaran encima, y colocaron la corona de claveles, y prendieron los cirios, y empujaron las escasas sillas contra la pared.

—Venimos a... a arreglar lo de... lo de...

Victoria se esforzó por encontrar las palabras, el dueño del negocio no la dejó acabar.

—Fidel Hernández, de Ponce, Puerto Rico. Siempre al servicio de la comunidad.

Tenía la voz cuchicheante y acento del Caribe, les fue estrechando la mano una a una.

—Les ruego que me acompañen a mi despacho, por favor.

Mientras les indicaba el paso a una estancia adjunta, lanzó una mirada punzante al hijo. Tú a lo tuyo, vino a decirle. Pero el chico no se movió, quizá ni siquiera procesó la orden, tan ensimismado como estaba con estas tres bellezas dolientes que acababan de entrar en su tétrico negocio para alegrarle mínimamente el día, si es que algún día podía ser alegre en ese local.

—Tomen asiento, señoritas; están en su casa.

Las aguardaban tres sillas en línea frente a la mesa, obedecieron cohibidas pero tan sólo se apoyaron en el borde, sin acomodarse, recelosas ante tanta deferencia.

—Expresen por favor mis más profundos respetos a su señora mamá —prosiguió el hombre mientras él ocupaba su lugar al otro lado del escritorio—. Quise hacerlo yo mismo en su momento, pero entendí que la señora no se encontraba en la más óptima condición.

Continuó entonces con una perorata sobre la vida y la muerte, los que se quedaban y los que se iban; seguramente la soltaba a modo de prolegómeno a todos los deudos que pasaban por allí a ajustar cuentas. Ellas lo escucharon manteniendo la espalda recta y las manos en el regazo con los dedos entrelazados, como si fueran las culpables de un crimen tortuoso a la espera de sentencia.

—Confío en que todo el sepelio fuera de su agrado —dijo a continuación—. En esta casa siempre nos esforzamos...

Hasta que Mona, harta, decidió agarrar el toro por los cuernos. Total, el susto iba a ser el mismo antes o después de tanta palabrería.

—¿Cuánto?

El tal Hernández apretó el entrecejo.

—¿Perdón?

La mediana de las Arenas reformuló la cuestión rápida como una navaja barbera:

—Que cuánto se debe y qué condiciones nos da para pagárselo.

Al comprender, a Hernández se le extendió por la boca una sonrisa entre paternalista y ufana.

—Me complace informarles, señoritas, de que el importe ha sido ya debidamente cubierto en su totalidad.

Ni tres gatas apedreadas habrían saltado con tanta viveza.

—¿Cómo diceee...?

—Pero ¿está usted locooo?

—Pero ¿cómo, cómo, cómo... pero cómo que...?

Abrió entonces el hombre con mucha calma una carpeta de cuero, extrajo un folio y lo hizo resbalar sobre la superficie pulida de la mesa con meditada lentitud. Las tres avanzaron los torsos y las cabezas como movidas por un resorte. Se trataba de una factura, por fortuna detallada en español. En una breve lista se desglosaban a la izquierda los distintos servicios prestados. A la derecha, en una columna pareja, los costes: más de cien dólares que casi les cortaron la respiración. Al pie del documento, justo al lado de la cantidad total, figuraba un sello estampado en tinta roja. Vistoso, rotundo. En mayúsculas; inequívoco a pesar del inglés. PAID IN FULL. Pagado al completo. Entero. Todo.

Las preguntas embarulladas de las hermanas llenaron de estrépito la habitación: ¿quién?, ¿cómo?, ¿cuándo?, ¿por qué?

—Acá queda indicado expresamente —aclaró Hernández señalando una línea de la factura con la uña del meñique.

Compañía Trasatlántica Española. New York Agency. Eso fue lo que ellas —despacio, porque ninguna tenía bien cultivado el arte de la lectura— consiguieron entender.

—Su señor padre, don Emilio, tenía el seguro de entierro

básico incluido en la cuota que todos los meses pagaba a La Nacional; como habrán comprobado, no obstante, los variados detalles del sepelio de ayer superaban con mucho la categoría más elemental que le habría correspondido en su situación. De un entierro de tercera, digamos, habríamos pasado a uno de calidad Super A.

Volvieron a estallar en un rebujo de preguntas atropelladas: ¿por qué?, ¿cómo?, ¿cuándo?, ¿quién?

—El agente de la naviera ha satisfecho la integridad de los gastos hoy mismo a primera hora —ratificó el propietario sin molestarse en disimular un patente tono de orgullo. No siempre recibía uno en su negocio al responsable de los vapores que enlazaban Nueva York con los puertos españoles y algunos americanos, esos buques con los que soñaba la colonia entera porque llegaban siempre cargados de gentes, noticias, anhelos y mercaderías.

—Pero... pero... pero...

Seguían sin atinar con las palabras, y cuanto más desconcertadas y más confusas se mostraban las hijas del protagonista de aquel sepelio de lujo, mayor parecía el regocijo íntimo del funerario.

—De haberse tratado de unas exequias comunes, lo habríamos enterrado en una parcela colectiva y grabado su nombre al final de una lista de infortunados compatriotas, no habría habido despliegue de detalles estéticos y ustedes tendrían que haber acompañado al féretro en el coche de algún vecino. Recordarán en cambio que el trato y los aditamentos fueron muy distintos y podrán comprobar asimismo que esta factura incluye una lápida de mármol individual de primera calidad pendiente aún de encargo; estoy a la espera de que ustedes me detallen los datos del finado y elijan los ornamentos.

No tenían ni la más remota idea de lo que significaba la palabra *ornamento*, ni se imaginaban que, al mencionar al finado, el propietario del negocio se estaba refiriendo a su pobre padre sepultado bajo el barro. Lo único que ansiaban era que les recalcara otra vez esto de que todo estaba pagado y salir de allí corriendo. Abandonar el local de olor mareante y perder de vista a ese hombre de maneras repolludas y ojos de besugo. Huir.

—Ha sido usted muy amable encargándose de todo, señor —dijo finalmente la candorosa Luz—. Si... si algún día nosotras podemos servirle de algo, si quiere usted pasarse por nuestra casa de comidas, estaremos gustosas de convidarle...

Una patada de Mona por debajo de la mesa la paró en seco. Calla, insensata, venía a decirle. Vamos a digerir esto primero, olvídate de momento de tanta cortesía. Y no por desconfianza: el funerario sin duda no pretendía engañarlas, pero ellas no estaban acostumbradas a que nadie las tratara con deferencia y estima, y aquella situación las abrumaba. Aunque quizá era hora de dejar de lado las suspicacias, pensó, tal vez Luz tuviera razón al brindarle al tal Hernández una modesta invitación en correspondencia a su amabilidad.

—Cuando usted guste, ya sabe dónde estamos —añadió venciendo sus reticencias y forzando algo parecido a una sonrisa—. Cualquier día, cuando a usted le venga mejor.

Se despidieron finalmente del puertorriqueño con su catálogo de adornos siniestros tras haber elegido al tuntún, y salieron disimulando la mezcla agitada de turbación y euforia que llevaban dentro.

El hijo las contempló embobado desde la semioscuridad de la trastienda, con la boca medio abierta y el trapo mugriento en la mano.

9

Apretaron el paso mientras se iban quitando una a otra la palabra, gesticulaban y entremezclaban a gritos sus conjeturas y pareceres. Tan ensimismadas caminaban, tan reconcentradas en lo suyo, que apenas notaron las miradas y los comentarios que a su paso surgían de tanto en tanto. Ahí van las muchachas del desgraciado de Emilio Arenas, qué lástima. Ahí van, pobres criaturas, las hijas del Capitán.

Entraron en su edificio en pelotón, subieron apresuradas de dos en dos los escalones; cuando alcanzaron el último tramo encontraron a Remedios esperándolas en el descansillo, aferrada a la baranda con la puerta del apartamento abierta a su espalda.

—¡No sabe usted, madre, lo que nos acaba de pasar!

—¡Chsss!

Se la veía agitada, nerviosa; las obligó a entrar con gesto apremiante sin parar de ordenarles que se callaran. Ellas ansiaban soltarle la gran noticia de la mañana; de todo lo demás —la oferta de la lavandería, las deudas de Casa Moneo, el trabajo que Mona había aceptado— ya casi ni se acordaban. El entierro pagado de cabo a rabo, el coche fúnebre y la lápida... eso era lo único que les importaba.

—¡No va a creerse usted lo que nos han dicho!

—¡Que os calléis!

—¡De piedra se va a quedar cuando se lo contemos, madre!

Ante la escasa obediencia de sus hijas, hasta acabó repartiendo manotazos sin tino, para que cerraran el pico de una vez.

—Hemos tenido visita —logró decir al fin con voz estremecida.

Estaban en mitad del pasillo, taponando el espacio con sus cuatro presencias. Casi a oscuras, porque la luz del mediodía nunca llegaba hasta allí.

A empujones, las forzó a adelantarse hasta la cocina y les señaló la mesa con un respeto de Viernes Santo. Sobre ésta, ordenados con pulcritud milimétrica, había cuatro sobres y dos tarjetas de visita.

—El entierro está pagado: si es ésa la gran noticia que queréis contarme con tanta prisa, ni os molestéis porque ya me lo sé. Pero no es la única novedad.

Tomó aire con ansia, lo expulsó por la boca.

—Nos han dado unas buenas perras. Y cuatro pasajes... —La voz se le quebraba, respiró hondo acopiando fuerzas a fin de llegar hasta el final—. Cuatro pasajes en primera clase. Para volver.

El grito de las hijas hizo temblar las paredes. Después se abrazaron, dieron botes aferradas entre ellas, patearon el suelo con furia, chillaron otra vez, Mona se rió a carcajadas, Luz agarró el rostro de su madre entre las manos y se la comió a besos. El estruendo se escapó por las ventanas que nunca encajaban del todo, se extendió por el patio trasero y por el hueco de la escalera; los vecinos estarían haciéndose cruces sin entender semejante jolgorio en una casa donde todo debería ser duelo y amargura; a la señora Milagros le faltaban segundos para aporrear el techo con toda la fuerza del palo de su escoba. Cómo iba a saber ninguno de ellos que allí, enfrente, sobre la burda mesa de la cocina, dentro de una serie de elegantes sobres alargados, estaba la causa de su monumental estallido de felicidad.

Igual las chicas se cruzaron por la calle con ellos sin saberlo, lo mismo llegaron mientras ellas estaban en la lavandería de los Irigaray o hablando con doña Carmen en el almacén de Casa Moneo rodeadas por sacos de legumbres. El caso era que, en algún momento impreciso de la mañana, dos señores habían entrado en su portal, habían subido los cuatro pisos pertinentes y habían llamado a la puerta con un respetuoso toc, toc, toc que Remedios —acobardada— tardó en responder. Uno vestía de calle con corbata a rayas y elegante terno gris. El otro, de uniforme: chaqueta cruzada azul marino, galones dorados en las hombreras y bocamangas, gorra de plato en la mano. Ambos rondarían los cuarenta y pocos, empezaban a peinar canas y se comportaban con la más exquisita corrección.

Primero habló el que iba de paisano.

—Antes de nada, señora, sepa que la acompañamos en lo más profundo de su sentimiento. Permítame presentarme, si lo tiene a bien. Mi nombre es Santiago Lemos y soy el agente y máximo responsable de la Compañía Trasatlántica Española en su delegación de Nueva York.

Remedios, que para entonces seguía asustada como un conejo y sin abrir del todo la puerta, observaba sendas mitades de los dos varones a través de la estrecha abertura que le permitía la cadena aún echada.

—Me acompaña don Enrique Arnaldos, capitán del vapor *Marqués de Comillas* —prosiguió el recién llegado—, bajo cuya carga tuvo la desgracia de perecer su infortunado esposo.

El del uniforme agachó entonces el mentón con un gesto sobrio, casi militar.

Transcurrieron unos instantes de silencio por ambas partes: los hombres aún en el descansillo a la espera de una reacción y ella incapaz de superar el desconcierto. Lemos introdujo entonces su tarjeta por el resquicio abierto y Arnaldos le imitó con la suya propia unos segundos después. Remedios observó ambas detenidamente, tomándose su tiempo. En realidad, lo que su analfabetismo procesó no fueron más que unas cuantas ristras de letras incomprensibles. Pero los rectángulos de cartulina al menos le aseguraron que se trataba de gente decente. O eso prefirió pensar.

Por fin se atrevió a quitar despacio la cadena y, sin palabras de por medio, se echó un par de pasos atrás para permitirles acceder a la minúscula entrada del apartamento. Dudó luego hacia dónde dirigirlos. En el cuarto del fondo aún quedaban restos del velatorio y el catre plegable donde dormía Luz, esa mañana no había tenido ella cuerpo como para ponerse a limpiar. Tampoco la cocina le pareció el lugar adecuado para aquellos hombres mundanos de empaque y saber estar, con los botones de ancla dorados del oficial de la marina mercante y los gemelos en los puños del ejecutivo de una solvente compañía. Y aparte de un aseo impresentable y dos dormitorios minúsculos, en la casa no había más.

Mientras Remedios se decidía, los recién llegados disimulaban su incomodidad al verse entre esas paredes pardas llenas de desconchones, frente a una mujer huesuda y morena que sin duda había sido hermosa algún día y que ahora, relativamente joven aún, acusaba los estragos de la edad antes de tiempo. Sin haber cumplido aún los cuarenta y tres, Remedios ya había emprendido una rodada sin freno hacia la decadencia, ajada por el sol del sur, las escaseces y los sinsabores; por los embarazos que acabaron en buenos partos y los que se quedaron en el camino; por la muerte de Jesusito, el varón que tanto ansiaba y cuyo dolor llevaba aún clavado en el alma como un puñal; por la herencia genética de una larga cadena de ancestros mal alimentados y desposeídos.

A la vista de que la mujer era incapaz de conducirlos a ningún otro sitio, ahí mismo, encajonados en la entrada, con una bombilla pelada de luz amarillenta colgando sobre sus cabezas como única decoración, Lemos carraspeó, se ajustó el nudo de la corbata y arrancó.

—Mire usted, señora...

A continuación vino un monólogo en el que habló del accidente tan infausto como fortuito recién acontecido, de una probable imprudencia temeraria por parte del difunto Emilio Arenas, ausencia de negligencia por el lado de la compañía, exoneración de culpa, carencia de responsabilidad...

El marino permaneció mudo y Remedios no comprendió ni papa: demasiados conceptos abstractos, demasiadas palabras campanudas. Hasta que el hombre se echó mano al bolsillo interior de la chaqueta y la verborrea impenetrable empezó a adquirir un contorno más preciso. Por fin la viuda vislumbró el sentido de todo aquello con un mínimo de nitidez.

—La Compañía Trasatlántica —anunció Lemos solemne—, como muestra de su mejor voluntad y a modo de compensación desinteresada, se encargó ayer de proporcionar el mejor de los sepelios y hoy ha cubierto gustosamente su importe completo, pero no sólo. Ahora, si nos lo permite, tiene a bien ofrecerles un generoso resarcimiento materializado en un efectivo de doscientos dólares por familiar dependiente para afrontar otros gastos sobrevenidos por el deceso, así como cuatro pasajes...

A partir de ahí, la infeliz de Remedios no fue capaz de seguirle: se echó a llorar con un desconsuelo tan amargo, tan desgarrador, que Lemos no tuvo más opción que ir bajando la voz hasta enmudecer.

Ay, Emilio, Emilio, Emilio, repetía en un murmullo mientras intentaba en vano secarse los ojos con el delantal. El agente de la naviera y el capitán del *Marqués de Comillas*, abochornados, concentraron las miradas en las puntas de sus respectivos zapatos. Como si en ellas pudieran encontrar una fórmula mágica para que el tiempo pasara volando y así escapar cuanto antes de aquel triste apartamento y aquella triste viuda.

10

Tras un montón de aspavientos, cachetes y tirones de las mangas, Remedios logró que sus hijas bajaran el tono del alboroto. Con los ojos brillantes y los rostros encendidos, se sentaron al fin en los taburetes de la cocina robándose todavía una a otra la palabra mientras se esforzaban por encajar las piezas, hasta que creyeron comprender la situación.

Seguramente esos señores estaban en lo cierto. Seguramente todo fue un lamentable percance: el padre se encontraba donde no le correspondía, mezclado entre los trabajadores del barco y del muelle en busca de su maldito aceite de oliva, sin tener allí cometido alguno. Distraído, ajeno, fuera de lugar. Menos mal que habían dado con una empresa decente y con esos dos varones cabales y misericordiosos que se apiadaron de ellas a pesar de todo. Gracias a Dios.

La Compañía Trasatlántica, el agente Lemos y el capitán Arnaldos pasaron automáticamente a convertirse en el equivalente neoyorkino de la Santísima Trinidad. El Padre, el Hijo y el Espíritu Santo, con su bondad infinita y su magnanimidad gloriosa, repartiendo pasajes de lujo y billetes de cincuenta dólares tan nuevecitos y tan tiesos que parecían recién planchados y hasta crujían al tentarlos entre los dedos. Jamás en su vida habían visto ellas semejante dinero junto, y eso las arrastró a construir a toda prisa un cúmulo de planes, algunos más o menos sensatos y otros con desbarros de fantasía.

—Lo primero que hay que hacer es pagar los pasajes a

Sendra, que aún los tenía vuestro padre pendientes en La Valenciana —fue la juiciosa propuesta de Remedios.

Victoria puso unos cuantos billetes sobre la mesa con una palmada sonora.

—¿Será por dinero? —dijo sin empacho. Sus hermanas la secundaron con una carcajada.

—Habrá también que averiguar cuánto tenemos pendiente en Casa Moneo —sugirió Luz a la vez que plantaba encima otros cuantos billetes, la palma de la mano volvió a sonar seca al aplastarlos.

—Y saldar los alquileres pendientes de este apartamento y de El Capitán.

Prosiguieron así un rato, mezclando el conteo de deudas con el de dineros, haciendo cábalas y operaciones entre risas y chillidos. Hasta que se les terminaron las obligaciones económicas a las que hacer frente y un momentáneo silencio planeó sobre sus cabezas. Encima de la mesa, esparcidos como las cartas de una baraja al final de una partida, quedaban todavía unos cuantos cientos de dólares.

La quietud se prolongó unos instantes, hasta que Mona la rompió con un susurro.

—Y en cuanto paguemos, nos largamos de aquí a todo correr.

Agarró acto seguido un folleto con las fechas de los vapores rumbo a España de los que Lemos había dejado junto al dinero.

—Próxima salida, el 17 de abril —dijo señalando una línea con el dedo. Lanzó entonces una mirada al calendario que colgaba en la pared, el único adorno en la parca cocina, un almanaque publicitario de la cercana librería Galdós del todo incongruente con aquel hogar en el que no había ni un solo libro—. Podemos largarnos en menos de tres semanas o, si no, quedarnos hasta...

¿Tú estás chalada, para qué vamos a esperar? Como si tenemos que coger el portante mañana por la mañana, lo mismo nos da, no tenemos a nadie de quien despedirnos ni nada que hacer aquí; nos vamos ya, pero ya mismito, echando las muelas... Las protestas de sus hermanas se entremezclaron alborotadas: ninguna parecía dispuesta a prolongar la estancia ni un minuto más de lo imprescindible.

Incluso Luz, la más soñadora siempre, empezó a ilusionarse con la travesía de vuelta.

—Y además vamos a ir en primera...

A la memoria les retornó entonces el viaje de venida a América en el *Manuel Arnús*, los otros viajeros de su misma categoría con destino a Nueva York que quizá se quedarían entre las calles de la ciudad o tal vez continuarían desparramándose por el inmenso mapa de los Estados Unidos en largos periplos por ferrocarril. Hacia las minas y los hornos de West Virginia, a criar ganado a las praderas de Idaho y Nevada, a picar piedra en las canteras de granito de Vermont, a trabajar en las grandes plantas de acero en Ohio o en las cadenas de las envasadoras de frutas en California o sabía Dios. Tampoco se habían olvidado de los otros tantos buscadores de un futuro que proseguirían por mar hasta La Habana o Veracruz, lo mismo que retenían una imagen diáfana de las cuatro estrechas literas que les asignaron entre los centenares que se acumulaban en los entrepuentes; las largas horas a la intemperie para evitar la oscuridad siniestra de aquella zona del barco, el ruido implacable, la sensación permanente de humedad, los vómitos, las lágrimas, los arrebatos intentando rebelarse contra su negra suerte por verse obligadas a emprender ese viaje aborrecible.

—En primera clase —repitió.

Volvieron a evocar el contraste brutal con otras zonas del barco, la realidad que se les abrió ante los ojos la tarde en que, huyendo de los perennes lamentos de la madre y dando esquinazo a un puñado de fogoneros que las acosaban a sol y a sombra, se atrevieron a traspasar las áreas prohibidas: las destinadas a los seres tocados por la vara de la fortuna, y no a pobres muertas de hambre como eran ellas tres. Las galerías con butacas tapizadas en piel granate y zócalos de azulejos, las chimeneas de piedra labrada, la suntuosa escalera de hierro forjado, la claraboya de mil colores en el techo del comedor.

—¿Os acordáis de cuando nos colamos en la sala de baile? —preguntó entonces Victoria.

Por respuesta, las tres soltaron una nueva ráfaga de carcajadas.

—¿Y el tío del piano? ¿Recordáis al tío del piano con su bigotón?

Victoria se puso el pulgar a modo de mostacho sobre el labio superior y frunció el ceño, volvieron a reír. El lugar que rememoraban se trataba en realidad de un salón de música con empaque donde los viajeros de tronío escuchaban a un repolludo pianista con las puntas del bigote retorcidas que tocaba las *Danzas gitanas* de Joaquín Turina con una mediocre pericia. Pero ellas estaban ya dentro, encapsuladas en otro universo, y era la primera vez que oían algo de música en mucho tiempo, y estaban muy muy muy hartas de todo, y lo mismo les dio: no se contuvieron porque no les dio la gana y arrancaron a bailar a su manera en una esquina, transmitiendo con sus movimientos la frescura de las calles malagueñas y toda la rabia que llevaban acumulada dentro, haciendo palmas, sacudiendo las melenas y cimbreando las caderas con una gracia infinita, primero las tres a una, luego replegándose las dos mayores para jalear a Luz, la más vistosa.

—¿Y cuando nos hicieron corro?

—¿Y cuando nos echaron casi a patadas?

Al percatarse los pasajeros presentes, unas cuantas cabezas se giraron hacia ellas entre la curiosidad y la alarma, algunos empezaron a ponerse en pie. Precavidos primero, fascinados luego, se les fueron acercando hasta acabar alrededor de ellas: varones de pechera impoluta y habanos entre los dientes, mientras sus esposas, enjoyadas y estupendas, las contemplaban escandalizadas desde la retaguardia. Hasta que entre cuatro camareros las echaron con cajas destempladas dejando atrás una catarata de voces de protesta, un chorro de silbidos desaprobatorios, y unos cuantos señores de buen tono con ganas de librarse de gemelos y corbatas y hacerse pasar por emigrantes para seguirlas hasta su penoso rincón en las tripas más oscuras del trasatlántico.

Aquél fue el único momento memorable entre los días infernales que duró la travesía, y ahora tenían en su mano la posibilidad de resarcirse: podrían ocupar con pleno derecho ese salón de música, dormirían en camarotes con cuarto de baño propio en vez de ocupar modestas literas entre desconocidos, con noches plagadas de ronquidos, lamentos y llantos ajenos y oliendo a vómito y a orina, cenarían con cubiertos de plata bajo la claraboya en lugar de ocupar aquellas mesas corridas donde se sentaban los desclasados a sorber sopa aguada en tropel.

—¿Sabéis lo que estoy pensando...?

Mona fue quien las sacó de los recuerdos, las otras dijeron a coro:

—¿Qué?

Agarró los billetes esparcidos sobre la mesa, los arregló formando un abanico y se los colocó frente a la punta de la nariz.

—Que a lo mejor podríamos llevárnoslo todo. Embarcar con nosotras las mesas, las sillas, la vajilla, los peroles... Todos los enseres de El Capitán. Y con eso y con este dinero, podríamos abrir en Málaga un negocio.

La miraron como si fuera una iluminada. Un negocio, había dicho. Un negocio en su mundo: de qué mejor manera podrían sobrevivir. Entre su gente, con los suyos, sirviendo el pescado que ellas mismas comprarían después de que los pescadores sacaran el copo hasta la orilla tirando de las redes para separar luego los boquerones de las sardinas y las sardinas de los cangrejos y los cangrejos de las estrellas de mar. Pececitos chicos como de plata que rebozarían en harina y freirían en sus fogones y pondrían encima de las mesas a los viajeros de paso y a los vecinos, y con ellos hablarían en su lengua y compartirían sobreentendidos, claves y chascarrillos en un patio con paredes encaladas y macetas de geranios y voces de vecinas en las casas cercanas y gatos perezosos a la espera de las raspas y las tripas.

—Un Capitán en nuestro mundo —sugirió Luz casi en un susurro—. Qué mejor...

11

El timbre sonó brusco: un sonido del todo distinto a los discretos golpes de los nudillos con los que el agente y el marino mercante habían llamado por la mañana.

Madre e hijas fruncieron el entrecejo; quién será, bisbisearon. Tal vez alguna vecina, o algún conocido de Emilio que se había enterado tarde de su muerte y acudía sin demora a dar el pésame. Por si acaso, las ocho manos recogieron ávidas el botín: los sobres, los billetes de cincuenta dólares, los pasajes aún sin fecha, la lista de salidas. Mientras se lo guardaban todo atropelladamente entre la ropa, en la calidez del pecho o en los bolsillos, quienquiera que fuera volvió a llamar insistente.

Sólo cuando la mesa quedó limpia, Victoria se levantó a abrir.

La oyeron trastear con la cadena y descorrer el cerrojo, se oyó una voz masculina que desde dentro no lograron entender. Después llegaron unos instantes de silencio, como si la hermana mayor se estuviera pensando si abrir o no. Hasta que chirriaron los goznes de la puerta y supieron que alguien estaba a punto de entrar.

Victoria reapareció con el gesto descompuesto, a su espalda se distinguía la silueta de un hombre.

—Es un abogado —aclaró con la voz flaca como un hilo—. Dice que no se nos ocurra tocar ni un duro del dinero que nos han dado, que lo devolvamos todo inmediatamente, los pasajes también.

La miraron con las bocas entreabiertas y los ojos como platos soperos.

—Parece que con esto sólo pretenden comprarnos para quitarnos de en medio sin que hagamos ruido. Que hay que buscar culpables y negociar una intem... indrem...

Ahí se quedó trabada, no le salía la palabra.

—Indemnización —concluyó la voz masculina en un español forzado.

Entonces, sin esperar a que nadie lo invitara, el hombre sorteó de canto el cuerpo de Victoria y se plantó con aplomo en medio de la cocina.

—Y si dejan el asunto en mis manos, yo puedo conseguirles diez veces más.

Hablaba distinto a ellas, pero se manejaba y logró hacerse entender.

—Fabrizio Mazza a su servicio, signora... —anunció agarrando la mano de Remedios sin que a ella le diera tiempo a reaccionar.

Amagó con besársela, pero la madre la retiró brusca. Precavido ante el rechazo, con las hijas optó por no intentarlo.

—Signorine... —dijo tan sólo, e inclinó la cabeza con cortesía. Ninguna respondió.

Iba envuelto en un abrigo de espiguilla cruzado y de éste sobresalía el nudo de una corbata encarnada; tenía la frente estrecha, los mofletes carnosos y el cabello oscuro peinado con abundante pomada. Rondaría los cuarenta, sostenía con la izquierda un sombrero de fieltro gris claro y en el anular llevaba un anillo de oro con una piedra granate. Un intenso aroma a loción varonil se expandió alrededor, un aroma extraño para ellas, que venían de un mundo donde los hombres sólo olían a hombre, a tabaco, a vino, sal y sudor.

Nadie le invitó a sentarse y él, cauto frente a los ojos desconfiados, se mantuvo en pie componiendo una estampa incongruente entre los cacharros domésticos y la pared abombada por la humedad. Un cotejo fugaz cruzó el pensamiento del italiano: sono bellissime las hijas del muerto, se dijo para sí. Pero se precavió de verbalizarlo, intuyó que detrás de los rostros agraciados y los apetecibles cuerpos de las jóvenes mujeres, podrían esconderse unos temples poco dispuestos a dejarse embaucar por unas cuantas galanterías.

—Io sono sempre del lado de los más perjudicados, pueden confiar plenamente en me...

Así arrancó un monólogo que se prolongó durante unos cuantos minutos y del que ellas, aunque se perdieron a ratos, lograron sacar en claro la enjundia principal: que aquel abogado caído del cielo había sabido del accidente del padre y venía a ofrecerles sus servicios porque contaba con experiencia en percances similares, en litigios por accidentes portuarios y trabajadores sin asegurar, responsabilidades que nadie asumía y compañías que pretendían lavarse las manos descaradamente.

—Pero él no era un trabajador ni del puerto ni del barco —aclaró Mona, la primera que se atrevió a intervenir.

—Certo, ma ché importa —aventuró el abogado—. Fue una víctima, y questo è la cosa più importante.

Prosiguió nombrando casos pasados que se resolvieron favorablemente en los tribunales; mencionó conceptos como incumplimiento, riesgo, anomalías, evidentes faltas de precaución. Aunque a ellas se les seguían escapando un buen montón de detalles tanto por la manera de hablar del hombre como por su propia ignorancia, algo indiscutible les fue quedando claro: Fabrizio Mazza parecía saber lo que se traía entre manos. Y cuando remató sus parrafadas con frases que aludían a compensaciones, contraprestaciones adicionales y un acuerdo económico muy superior al ofrecido por la Trasatlántica, tanto la mujer como las hijas del bueno de Emilio Arenas se convencieron de que, como contrapeso de la Santísima Trinidad que formaban la naviera, el agente y el capitán del *Marqués de Comillas*, ahora tenían frente a ellas a un supuesto ángel redentor.

—Piénsenlo bien. Los asuntos judiciales no son rápidos, pero hay mucho que ganar.

Buscó entonces entre las amplias solapas del abrigo y sacó su tarjeta de un bolsillo interior.

—Qui è la mia dirección —anunció mientras la dejaba encima de la mesa, prefirió no acercarles siquiera la mano.

Se despidió finalmente con un par de inclinaciones de mentón: signora, signorine. Después, anticipando que ninguna tenía intención de acompañarle hasta la puerta, les dio la espalda, se puso el sombrero y se fue.

Un silencio de sepulcro impregnó la cocina mezclado con el rastro mareante de la fragancia masculina, hasta que oyeron el resbalón de la cerradura y el repicar de las suelas de los zapatos desvaneciéndose conforme descendía la escalera. Cuando se sintieron a salvo del extraño, sin embargo, no se revolvieron como gallinas en el corral: esta vez no hubo chillidos eufóricos, ni palmas, ni carcajadas. Entre ellas quedó sólo flotando un desconcierto tan espeso que casi se podría haber cortado con las tijeras del pescado que guardaban en un cajón al lado del fregadero.

Sin soltar palabra todavía, Mona fue la primera que se rebuscó entre los pliegues de la falda y sacó unos cuantos billetes mal doblados y un sobre arrugado con el membrete de la Compañía Trasatlántica; contrajo el ceño y los contempló unos instantes, luego los lanzó furiosa sobre la mesa. Las demás la imitaron, y de los escotes, los bolsillos y las bocamangas empezó a surgir todo lo que habían escondido de forma precipitada: todo aquello que apenas media hora antes les había provocado una desenfrenada alegría y que ahora, de la manera más imprevista, acababa de convertirse en materia potencialmente envenenada.

En el aire denso de la cocina, como un gran pájaro, planeó una pregunta que nadie formuló en alto pero que todas se hacían en su interior. Una pregunta muy simple: ¿sí o no?

—Igual deberíamos consultar con alguien antes de decidirnos...

La réplica a Victoria llegó al unísono, rabiosa de impotencia:

—¿Con quién, so inocente?

Sabían que no tenían a nadie, ahora más que nunca sentían que su realidad era así de desoladora. Cuatro náufragas a la deriva en una inmensa ciudad, eso eran simplemente: cuatro pobres ignorantes a las que unos hombres bien vestidos y con las ideas tan firmes como enfrentadas les ofrecían propuestas tentadoras cuya solvencia ellas no alcanzaban a entender. Su desconocimiento de casi todo y su absoluta inexperiencia vital les impedían discernir si los señores de la Trasatlántica, con sus gemelos y sus galones dorados, pretendían tenderles una mano sincera o quitárselas de en medio sin tiempo para que rechistaran. Y a la vez, por sí mismas tampoco eran capaces de anticipar hasta qué punto el abogado de la sortija, el olor intenso y el abrigo importante sería capaz de velar por lo que realmente pudiera corresponderles o terminaría al cabo convirtiéndose en humo, dejándolas solas, más hundidas todavía de lo que estaban y ya sin pasajes ni un mísero dólar para regresar.

Volvían a ser cuatro pobres mujeres enfrentadas a la incertidumbre en una ciudad gigantesca, perdidas entre extraños, y ya no había planes alocados ni recuerdos de bailes espontáneos, y esa luz mediterránea que parecía haber inundado de pronto la cocina se enturbió hasta apagarse para arrojarlas otra vez ante la verdad desnuda y canalla, ante el desconcierto y la soledad.

12

El timbre las sacó de la zozobra: por tercera vez en el curso de unas cuantas horas, alguien llamaba a esa puerta que nadie había tocado nunca a lo largo de los meses anteriores. La madre se santiguó con un aspaviento nervioso, ellas tres contuvieron el aliento. Tras unos instantes, Victoria se levantó de nuevo y, sin apenas hacer ruido, acudió a abrir.

Para alivio común, no se trató de ningún otro hombre dispuesto a sacarse una propuesta perturbadora de la chistera, sino de un joven repartidor de Casa Moneo.

—Doña Carmen está esperando a una de las señoritas; habían quedado para las tres y media y son ya casi las cuatro, las otras muchachas ya están allí.

Entremezclando reniegos, maldijeron el olvido y explicaron a trompicones a la madre para qué requería a una de ellas la dueña de la tienda de comestibles.

—Para hacer de criada esta tarde, o de camarera o algo así... —aclararon entre Victoria y Luz mientras Mona salía disparada.

Cuando voló escaleras abajo, el vacío que dejó su ausencia se hizo extraño, casi palpable. Apenas se habían separado desde que llegaron a Nueva York: en su obstinado rechazo a todos y a todo, se habían convertido en un tríada compacta permanentemente en contra de esa nueva vida que les habían obligado a asumir. Ahora, sin embargo, en el más confuso de los momentos, se desgajaban por primera vez.

En la cercana trastienda de Casa Moneo, doña Carmen

aguardaba con el ceño encogido; junto a ella, otras dos chicas y una mujer madura vestida de negro de pies a cabeza con el largo de la falda casi hasta el suelo, profundas ojeras oscuras y un ostensible gesto de desagrado pintado en el rostro de pájaro. Doña Damiana, oyó que la llamaba la dueña de la casa.

En vez de un saludo, fue una orden lo que Mona recibió por parte de la desconocida nada más entrar.

—A ver, las manos.

No reaccionó; no estaba segura de haberla entendido bien.

—Las manos he dicho, enséñamelas —repitió exasperada.

Vacilante y dubitativa, Mona se las tendió despacio. La desconocida se las agarró y se las volvió repetidamente del derecho y del revés, revisando las uñas, las palmas, hasta los huecos entre los dedos.

—Dientes —exigió luego.

Ella, confusa todavía, estiró los labios de manera exagerada para enseñarle la dentadura frontal mientras la otra la examinaba como quien va a comprar una yegua a una feria de ganado. Después le apresó la barbilla, la alzó y la movió a izquierda y derecha, buscando en el cuello y debajo de las orejas algún resto de roña que no logró encontrar. Cuando la liberó del cepo de sus dedos como sarmientos, lanzó una orden más.

—Alza los brazos.

Turbada todavía, Mona separó los miembros del cuerpo y los levantó despacio. La mujer bajó la nariz hasta llegarle a la altura de las axilas y se las olisqueó. Medianamente satisfecha ante la aparente ausencia de hedores indeseables, lo siguiente fue tenderle una prenda oscura.

—Ponte esto, deprisa.

La furia que bullía dentro de Mona estaba a punto de desbordarse, pero se esforzó por contenerla mientras empezaba a desabrocharse su vieja chaqueta de lana. La dueña de la tienda, un tanto abochornada ante la revisión cuartelaria a la que la vieja la estaba sometiendo, le señaló un rincón: una especie de minúsculo cubil tras una pila de cajones amontonados que serviría para proporcionarle un mínimo de privacidad.

Tardó poco Mona en salir vestida con un uniforme negro de cuello y puños blancos. Le quedaba algo ancho y lo disimuló amarrándose con fuerza a la cintura el pequeño delantal con blonda que la agria mujer le entregó mientras añadía:

—Y ya te estás recogiendo esa maraña de pelo.

Doña Carmen preguntó entonces a las otras chicas:

—¿No echa alguna de vosotras una mano de vez en cuando en donde Encarna la peinadora?

—Servidora —replicó una de ellas tímidamente.

Era una joven rechoncha de escasa estatura, con la cara redonda como una luna y el cabello pajizo rizado; Mona la conocía de vista, se había cruzado con ella un buen montón de veces por la calle o en tiendas del barrio. Pero no sabía cómo se llamaba; ni ella, ni la otra compañera con la que iba a compartir faena, la grandota de mandíbula hacia fuera que esperaba callada en una esquina.

—Pues hazle un moño bien recogido... —ordenó la vasca sacando de un armario un cepillo de pelo y un puñado de horquillas de alambre.

La tal doña Damiana la obligó a sentarse sobre uno de los banquillos, la chica se puso a su espalda y le hundió los dedos entre la melena que llevaba sin peinar desde primera hora de la mañana. Oscura y lustrosa, ondulada hasta debajo de los hombros, ajena a los cortes modernos y a los recogidos habituales de las mujeres de su edad. Unos cuantos tirones al desenredarla le hicieron morderse el labio para no gritar, la chica empezó a meter horquillas entre el cabello espeso. A duras penas contuvo Mona el impulso de ponerse en pie, soltar cualquier fresca y coger el portante. A su puta madre le va a mandar usted que la peinen, vieja asquerosa, le habría dicho de buena gana con su desparpajo callejero del sur.

Por suerte, la chica tenía manos rápidas y en apenas unos minutos susurró: lista. Cuando Mona se dispuso a levantarse, la vieja le clavó en el hombro los dedos como garfios. Quieta, farfulló.

—La cofia —dijo áspera tendiendo algo blanco a la improvisada peluquera—. Pónsela.

En la calle las esperaba un automóvil imponente; alrededor se arremolinaba un hatajo de chavales que admiraban las llantas y los faros, los guardabarros resplandecientes y el brillo color noche de la pintura mientras intentaban sin suerte asomarse al interior. Se lo impedía el chófer uniformado, otro español —cómo no— de pelo gris.

Les abrió las portezuelas apenas las vio salir de la tienda de comestibles: doña Damiana se instaló en el asiento delantero, las chicas irían detrás. Mona entró la última, el chófer le miró sin pudor el culo hasta que ella logró sentarse, después repartió unas cuantas collejas entre los chiquillos y se acomodó al volante.

El interior olía a cuero fino, a cera perfumada y a sustancias para las que Mona no tenía nombres. Enfilaron en silencio la Octava avenida rumbo al Upper West Side mientras ella traspasaba con la mirada el cristal de la ventanilla y en las tripas se le amarraba un nudo.

Por primera vez desde que desembarcaron furiosas como potrancas en los muelles del East River, la hija mediana de Emilio Arenas se aventuraba sin sus hermanas en la grandiosidad de otra Nueva York.

13

La cocina a la que las llevaron se parecía a la de las Arenas lo mismo que una ballena a un boquerón: mientras en la del apartamento de la Catorce todo era estrechez, poquedad y falta de luz, allí en cambio sobrecogía la amplitud y la altura de los techos, las impolutas superficies de mármol, los azulejos esmaltados en las paredes.

Con el mismo ojo inquisidor con que le había revisado a Mona en Casa Moneo desde el olor corporal hasta las muelas del juicio, doña Damiana, en su función de ama de llaves, controlaba ahora los más menudos detalles en aquella residencia en la planta diecisiete del edificio The Majestic: el brillo de la cristalería debía ser nítido, los aperitivos que iban a servir necesitaban estar milimétricamente colocados, el hielo habría de tener el corte preciso, y las puntillas de las servilletas, el doblez exacto.

Las obligaron a aguardar todavía un rato en el office anexo a la cocina, sin salir. Hasta que un hombre alto, el mayordomo, asomó la cabeza y lanzó una señal a doña Damiana. Por réplica, ésta se llenó de aire el pecho, lo soltó por los agujeros de la nariz y anunció áspera: allá vamos.

La empleada veterana marcó el paso y ellas la siguieron en orden según la estatura. Por delante iba la chica que había peinado a Mona, que resultó llamarse Mercedes: una gallega de Sada que vivía con sus tíos paternos y aspiraba a ahorrar dolarciño a dolarciño para volver algún día a abrir su propia peluquería en su Galicia natal. Cerraba el desfile Luisa, la fortachona, una asturiana de Llanes que —contrariamente— ya no tenía la menor intención de regresar a su tierra porque había llegado de pequeña a América y ahora asistía tres días por semana a una escuela de taquimecanografía y apenas recordaba nada de todo aquello que oía rememorar con tanta nostalgia en su casa y en las reuniones semanales del Centro Asturiano a las que sus padres la obligaban a asistir.

Mona marchaba entre ambas: como si estuviera abocada por el destino a ocupar siempre una posición intermedia. Caminaban tiesas como velas, así les había dicho doña Damiana que debían andar, literalmente. Cada una sostenía una bandeja de plata a la altura del pecho; sobre ellas, canapés, hors d'oeuvre y pequeños bocados. Aunque a simple vista no se notaba demasiado, a Mercedes el uniforme le quedaba largo en exceso, a Luisa le faltaba poco para reventar las costuras de los costados, y a Mona le bailaba sobre el esqueleto a pesar de haberse atado ya tres veces con fuerza el delantal. Eran las consecuencias de usar prendas alquiladas sólo para esa noche; al día siguiente alguien las devolvería al lugar del que salieron, cuando ellas estuvieran de vuelta a sus pequeñas vidas de todos los días lejos de aquella parte hermosa y ajena de la gran ciudad.

El runrún de saludos y conversaciones fue llegando a los oídos de las chicas a medida que avanzaban por el ancho pasillo de baldosas en damero. Voces no muy altas, discretas, mullidas, de hombre y de mujer, en español sobre todo; en inglés algunas sueltas. Llegaron hasta unas puertas acristaladas, dobles y abiertas; el ama de llaves las hizo parar unos instantes, luego masculló:

—Para adentro las tres; ahí enfrente tenéis que plantaros, delante del tapiz.

Las lámparas repartían una luz envolvente sobre los contornos del gran salón; tras los ventanales, la tarde terminaba de caer. Embobada momentáneamente por el escenario, Mona al entrar tropezó con el borde de una alfombra y estuvo a punto de desplomarse sobre una mesa lateral en la que reposaba un jarrón cantonés. A las mejillas le subió una ola de calor mientras hacía equilibrios con la bandeja y contenía el aliento; creyó que nadie se había dado cuenta, pero un pellizco en el brazo le confirmó su error. A ver si estamos a lo que estamos, so pava, oyó gruñir a doña Damiana entre dientes.

Identificar a la anfitriona no les resultó difícil: era sin duda la señora con pelo gris azulado, vestido color lavanda y tres vueltas de perlas al cuello que recibía a los recién llegados con contenida cordialidad. Una aristócrata madrileña, le había susurrado Mercedes a Mona al oído mientras aún estaban en la cocina. Añosa. Viuda. Doña Esperanza Carrera y de la Mata, marquesa de la Vega Real. O algo así. Casi quince años llevaba en América ocupándose de rentabilizar los inmuebles que el marido le dejó cuando murió de pronto en un viaje a Nicaragua, un sitio del que nunca supo nadie qué demonios fue a hacer allí el marqués. Junto a ella, la noble señora trasladó a Nueva York un cargamento de muebles y a su servicio de toda la vida, tanto los unos como los otros de origen netamente castellano: la estricta Damiana, que lo mismo llevaba la casa que hacía de cocinera si era menester, Fulgencio el mayordomo, que además se entendía con las cuentas y los recados, y Severino, el mecánico que había trasladado a las muchachas en el Packard. Incluso de la provincia de Segovia le mandaron a dos jóvenes criadas que, para disgusto de la señora, se acababan de casar a la vez hacía un par de semanas con unos primos sicilianos que se las llevaron a New Jersey descabalando la intendencia doméstica en el momento más inoportuno.

Volvió a sonar el timbre mientras las chicas esperaban la orden siguiente para proceder, plantificadas hombro con hombro en un lateral, delante de una sangrienta escena de caza. Piernas juntas, barbilla alta, espalda recta, así las había instruido el ama de llaves con su lengua de guindilla. Y calladas como tumbas; a la primera que oiga hablar, le parto la boca con el canto de la mano.

El mayordomo acompañaba ahora desde la entrada a cuatro invitados más, dos parejas mixtas de americanas y españoles. A los pocos minutos condujo hasta la anfitriona a un señor calvo que llegaba solo y disculpándose, parecía venir con prisa. Sumarían en total unos treinta, quizá treinta y tantos, y sin duda se conocían entre sí. Casi todos rondaban ya una cierta edad, había una rotunda señora sentada en una silla de ruedas que no paraba de hablar con todos más alto de la cuenta; tan sólo se veían un par de hombres jóvenes y una mujer de veintialgunos vestida en color guinda que zigzagueaba entre los invitados con una desenvoltura un tanto estridente, soltando por aquí una carcajada, por allá una exagerada exclamación. Es la hija de la marquesa, volvió a susurrarle al oído Mercedes a Mona contraviniendo las órdenes de doña Damiana. La madre la llama Nena y quiere casarla con un español de su nivel.

Las vestimentas de los presentes denotaban clase, se palpaba entre ellos dinero, posición y mundo. Por último hizo su entrada una señora de porte imponente, con turbante de terciopelo fruncido y una llamativa capa púrpura. Desde su puesto en la retaguardia, Luisa, la joven camarera asturiana sin memoria de la patria, musitó atropellada:

—Ay, mi madre, pero si es la Bori, la soprano, una vez la vi en...

¡Chsss! Doña Damiana la cortó de raíz.

Cesó el flujo de invitados, pero aún no se servían bebidas, los aperitivos no circulaban, apenas nadie había optado por sentarse. En el ambiente, entre humo de habanos y cigarrillos finos, flotaba una cierta tensión: todos parecían esperar a alguien más, y todos sabían quién era ese alguien, y ese alguien no llegaba.

Desde la distancia, las camareras temporales intentaban no relajar los brazos para mantener así las bandejas a la altura indicada. Mona estaba muerta de hambre: con los vaivenes y las abrumadoras novedades del día, cuando el chaval de Casa

Moneo acudió en su busca ellas aún no habían tenido tiempo para comer.

Las voces de los invitados, entretanto, se mezclaban en el aire con las volutas de humo.

—De La Habana viene entonces, ¿no?

—Solito como la una dicen que ha llegado el pobre, parece que ella se quedó allí...

—Habrá divorcio, seguramente...

—Y después de renunciar a todo, qué contrariedad...

—Puede que ahora regrese a Europa, para alivio de los padres...

—Mejor así, todos juntos, por si algún día pueden volver...

—Recuperar sus derechos va a serle difícil después de lo que dejó firmado, pero quién sabe...

A la marquesa de la Vega Real nunca le interesaron las fiestas bulliciosas ni la agitada vida social neoyorkina: todo lo que excediera la docena de invitados y —particularmente— todo lo que se adentrara en la noche le generaba una incómoda contrariedad. Prefería los luncheons discretos, las galas benéficas a media tarde o los encuentros en residencias privadas con compatriotas para comentar los aconteceres del otro lado del océano. Pero a veces no tenía más remedio que hacer una excepción. Como cuando unos años atrás presentó en sociedad a su hija en el Plaza, o como cuando se implicaba en la organización de algún evento en pro de causas caritativas. Había días como aquél, sin embargo, en los que valía la pena trastocar sus rutinas y abrir los salones para recibir a un invitado tan especial. Al fin y al cabo, aun desprovisto del título que ostentó, seguía siendo hijo de quien era, y más sugestivo incluso lo hacía el saber que estaba a punto de quedar libre de ataduras conyugales y —en consecuencia— matrimoniable otra vez.

Había elegido con tiento a los invitados para su cocktail party; después de enviarles el correspondiente tarjetón, incluso los telefoneó uno a uno. Algunos —los de su círculo sobre todo, miembros de la alta sociedad española que por razones distintas residían en Nueva York— habían aceptado entusiastas. A unos cuantos —los americanos, mayormente— el asunto les generó una golosa curiosidad. Y hubo también quien planteó algunas reservas: representantes de la Cámara de Comercio como Seguí o Subirana, o miembros del Spanish Exporters Club, por ejemplo. O Camprubí y Torres Perona, dueño y subdirector respectivamente de *La Prensa*, el único diario en español de la ciudad que ella, como todos los expatriados e inmigrantes sin distinción de clase, ojeaba todos los días. Tan sólo le era infiel con el *Abc* que le enviaban desde Madrid en paquetones mensuales: poco le importaba a la marquesa enterarse de las noticias con retraso, prefería mil veces eso al vacío. Y más según estaban las cosas por España en los últimos tiempos, con tanto revuelo político y tanta sinrazón. Por eso también había invitado esa noche al corresponsal de su diario de cabecera, Fernández Arias, y ahí estaba el hombre tan satisfecho, charlando con unos y otros frente a un bargueño de taracea después de haberse quitado de encima a Máxima Osorio, la señora de la silla de ruedas, esa plasta de mujer que cada vez que lo pillaba por banda le insistía machacona para que comentara en sus crónicas sociales los avances de su ahijado como asistente del doctor Castroviejo, ambos presentes, y del que se decía que llevaba un carrerón espectacular.

A quien la aristócrata no se había molestado en convocar —para qué, se dijo con gesto de disgusto— fue al cónsul y al resto de los diplomáticos patrios. Fieles a la Segunda República del demonio y dada la filiación del gran invitado de la noche, pensó, antes serían capaces de lanzarse al vacío desde lo alto del Chrysler Building que dignarse a aparecer.

14

Eran ya casi las ocho y al otro lado de los amplios ventanales hacía rato que había caído la noche con todo su peso sobre Central Park. El mayordomo había retirado repetidamente los ceniceros de cristal tallado llenos de colillas para sustituirlos por otros limpios y, excepto la señora impedida y la soprano —que había decidido sentarse dejando resbalar por la alfombra el vuelo de su grandiosa capa—, el resto continuaba en pie, conversando en corrillos que cuajaban y se desmembraban con un ritmo mesurado.

Mientras las conversaciones seguían flotando cautas y discretas, dos rostros estáticos contemplaban al grupo desde la repisa de la chimenea. No eran pinturas, sino un par de fotografías en soberbios portarretratos de plata con sendas dedicatorias en un ángulo. A la izquierda, un hombre de cara flaca, frente ancha y mentón adelantado; a su derecha, una mujer de enormes ojos claros e imponente tiara de brillantes sobre el cabello rubio. Las chicas, ajenas en su distancia, no alcanzaban a apreciar los retratos, pero si los hubieran podido mirar de cerca y después se hubieran estrujado la memoria, seguro que habrían sido capaces de ponerles nombre a ambos.

A las ocho y media, la marquesa, el mayordomo y la vieja sirvienta Damiana se habían cruzado ya varias miradas interrogantes. Lamentaban haber mandado sacar los aperitivos de la cocina, pero quién iba a imaginar que se demoraría tanto. ¿Qué hacemos?, se decían entre ellos sin palabras. ¿Seguimos aguardando? ¿Procedemos a servir?

Eran ya las nueve menos diez cuando al fin sonó un timbrazo que pilló a los invitados desprevenidos. Para entonces, el hielo de las cubiteras había empezado a derretirse, no quedaba ninguna señora en pie y algunos de los varones también habían tomado asiento. Al intuir que por fin llegaba el esperado, todos se levantaron como si los hubiera alertado un toque de corneta.

Hubo carraspeos, crujidos de telas, polveras que se abrieron con urgencia para un rápido retoque. La anfitriona dio unos pasos y quedó aguardando en el centro de la estancia. Detrás, su hija Nena. El resto, alrededor.

Alto, delgadísimo, de frente despejada, pelo fino, claro y lacio peinado hacia atrás y unos inmensos ojos azules, casi transparentes. Así percibieron al invitado al que todos esperaban cuando finalmente hizo su entrada en el salón. Con fino bigote recortado, cigarrillo entre los largos dedos y una dinner jacket de seis botones. Frisaba en los treinta años, pero se apoyaba en un bastón: cojeando, se acercó a la anfitriona con una sonrisa plantada en la cara y sin sombra de excusa por el retraso.

Lejos de protocolos, el invitado amagó con rozar la mano de la aristócrata con los labios y después le plantó dos castizos besos en las mejillas; por último, le volcó una pequeña broma en el oído y la marquesa rió con cierto artificio, haciéndose a la vez a un lado para ceder a su hija el protagonismo. Al fin y al cabo, para eso había planificado con tanto esmero la soirée: para rendir pleitesía al recién llegado, claro, y de paso para que Nena y él pudieran conocerse ahora que se vislumbraba de nuevo su libertad.

Comenzó a continuación la ronda de cortesías entre los asistentes, sin grandes alharacas ni formalidades. Destensado el ambiente tras la relajada actitud de él, el tono de las voces subió ligeramente y, sin que nadie lo notara, la marquesa hizo un gesto al mayordomo con efecto dominó: éste dirigió otro a la vieja Damiana y ésta a su vez pasó la orden a las chicas, hartas —como todos— de esperar. De inmediato empezaron las tres a circular por la estancia tal como las habían instruido, ofreciendo discretas el contenido de las bandejas a los asistentes. El mayordomo, en paralelo, se dispuso a llenar copas y a combinar cocktails, entre el runrún de las conversaciones se mezcló el entrechocar del hielo contra el cristal, tragos cortos y simples para los señores, mezclas largas o afrutadas para ellas, hubo también quien se lanzó a los sabores familiares de la patria. Un scotch on the rocks para el invitado estrella, un pink lady para la señora de raso gardenia, un amontillado para la de la silla de ruedas. Las camareras, en constante movimiento entre la cocina y el salón, apenas atrapaban ya fragmentos deslavazados de charlas, pequeñas virutas sueltas.

El recién llegado seguía captando la atención de la concurrencia en pleno y él, sabedor de que era el centro inequívoco de la velada, asumía el protagonismo sin complejos: hablaba en un tono deliberadamente alto para que todos pudieran oírle, dejaba caer anécdotas y gastaba alguna broma que la audiencia reía con entusiasmo algo impostado. Unos se dirigían a él como alteza; otros, dubitativos, le decían tan sólo señor, señor conde a veces. Puedes llamarme Alfonso, querida, oyó Mona que le pedía a la tal Nena mientras sostenía en la mano su segundo whiskey. La marquesa, que simulaba estar ajena al intercambio de frases entre los jóvenes, plasmó en el rostro un rotundo gesto de satisfacción al oírlo.

La noche avanzaba fluida, todas las señoras se habían ido acomodando entre sofás, sillones y butacas, todos los señores se mantenían de pie, copa en mano. Él, levantado también, continuaba atrayendo ojos y oídos como un imán, mencionando encuadres que a todos parecían resultar familiares: el club de tiro en La Granja, los caracoles de L'Escargot Montorgueil en París, las noches en el casino de La Habana, los paseos mañaneros por Lausanne a la orilla del Lac Léman... De los lugares pasó a los establecimientos, de éstos a las gentes y en algún instante, usando como puntero su vaso con el tercer escocés, señaló a la pareja de las fotografías que reposaban sobre la chimenea para pasar luego a desgranar unos cuantos aconteceres relativos a los suyos como si éstos fueran miembros de un clan próspero y cosmopolita pero más o menos convencional. El pobrecito Kiki murió en Austria tras un absurdo accidente, Beatriz se casó en Roma el año pasado, Edel se ha quedado en el Vedado con su hermana y su cuñado Pepe Gómez-Mena...

La realidad, sin embargo, no podría ser más distinta: nada, absolutamente nada, era normal alrededor de la estirpe de aquel hombre que, llegado un cierto momento y a pesar de los esfuerzos, no tuvo más remedio que musitar una disculpa, dejarse caer a plomo sobre la butaca más próxima y estirar la pierna izquierda en una posición bien poco regia al tiempo que intentaba disimular un gesto de intenso dolor.

Dos hombres se le acercaron precipitados mientras el resto cruzaba miradas de alarma y un silencio incómodo se expandía por el salón. Ambos eran médicos y no estaban allí en condición de tales, sino como un par de invitados más. El mayor le dirigió unas palabras quedas a la vez que le apoyaba una mano en el hombro, el más joven se agachó a su lado. Agua, dijo el primero unos instantes después. Y Mona, que estaba apenas a tres metros de distancia parada como un poste con una nueva bandeja de fruslerías entre las manos, la depositó sin miramientos sobre una cómoda y corrió a obedecer.

Regresó en unos segundos; tan volada iba que derramó un poco por el camino. Sin mayores miramientos, se plantó delante y tendió el vaso al invitado, ignorante de que era la primera vez en su vida que un sirviente le ofrecía algo de una forma tan abrupta, sin plato accesorio ni fina servilleta de por medio. Él, indispuesto y con los ojos momentáneamente cerrados, no se dio cuenta de que, a dos palmos de su rostro, una mano flaca, femenina y mojada, sostenía un vaso de cristal tallado lleno casi hasta el borde.

Fue el médico más joven quien se hizo cargo, el otro estaba concentrado en su quehacer.

—Gracias —musitó mientras rozaba los dedos de Mona con los suyos.

Entre los veintimuchos y los treinta y pocos, tenía el pelo castaño peinado con la raya bien marcada a un lado y gastaba lentes sobre un rostro liso y afable.

—Que intente beber —ordenó entonces el mayor de los doctores.

El otro, vaso en mano, no pareció escucharle.

—Acérquele el agua, Osorio —insistió.

Sólo entonces cayó el joven doctor en lo que se le requería: antes no había podido hacerlo, concentrado como estaba en la cercanía de la hermosa camarera a la que llevaba la noche entera observando en silencio.

Absortas en su trajín y vigiladas por el celo carcelero de doña Damiana, ni Mona ni sus dos compañeras habían reconocido al personaje que poco a poco recobraba el color y parecía recomponerse, para alivio de todos. Mercedes y Luisa llevaban largos años lejos de su país de nacimiento, Mona se crió en un humildísimo universo encapsulado entre corralones y coplas de vecinas con un enjambre de mujeres por toda familia cercana: un entorno radicalmente ajeno a los devenires políticos y las convulsiones que llenaban los diarios.

Por eso ninguna de ellas sabía que, desde que en el Palacio Real de Madrid se anunció su nacimiento en 1907 con veintiuna salvas de cañón y hasta que primero la llegada de la República y después el amor trastocaron su destino, aquel hombre fue príncipe de Asturias y estuvo destinado por línea sucesoria a convertirse en el rey de España.

Y por eso desconocían también que ahora, a punto de cumplir veintinueve años, hemofílico, sin blanca y con el corazón partido en dos, se movía por la vida casi casi como un ciudadano común.

15

Una media hora después anunció su despedida, con el buen humor bastante repuesto y la entereza física más o menos recuperada. Eran ya más de las once, casi todos los presentes le imitaron, fueron pocos los que se quedaron en el domicilio de la marquesa. Aun así, resultaron suficientes como para que las chicas agarraran al vuelo los últimos retazos de conversación.

Estuvo en las últimas, más de un mes hospitalizado en La Habana, llegaron a darle la extremaunción, oyó decir Mona mientras retiraba los vasos y las copas de los que acababan de marcharse. Un desbarajuste —prosiguieron las voces—, con el padre en Roma, la madre en Londres y los hermanos repartidos por ahí... ¿Sabes que Azaña está viviendo en la Quinta de El Pardo, donde él se instaló cuando se le hizo insufrible pasarse el día encerrado en palacio? Y eso que dice de que su esposa Edelmira se ha quedado tranquilamente en La Habana con su familia, en fin, la verdad es que resulta difícil de creer...

Hasta que doña Damiana les ordenó que volvieran a la cocina y a ella le fue imposible escuchar nada más.

—Mañana quiero los uniformes en la tienda de doña Carmen —les advirtió antes de despacharlas sin darles las gracias siquiera.

Aun a disgusto, no tuvo más remedio que pagarles lo convenido, tres dólares a cada una por seis horas de trabajo: una cantidad que sonaba a patética broma en aquel entorno tan opulento y que a la vieja le costó soltar como si le estuvieran arrancando la piel a tiras. Mona se guardó ávida los billetes:

cualquier grano de arena era más que ansiado en su desastrosa situación.

Se pusieron los abrigos en silencio mientras la empleada no les quitaba ojo con los brazos férreamente cruzados sobre el torso; lo mismo temía que robaran un tenedor de plata que un salero. Ninguna tenía la menor intención de llevarse nada, pero Mona estaba tan harta de la inquisidora y llevaba tanta hambre acumulada en las tripas que, en un despiste de la otra para atender un reclamo del mayordomo, agarró un puñado de canapés sobrantes, los envolvió precipitada en una servilleta y se los echó al bolsillo. Tía asquerosa, dijo para sí. Anda y que te den.

Bajaron en el montacargas trasero: un mareante descenso de diecisiete pisos aliñado con crujidos de engranajes durante el cual las tres se libraron a tirones de los delantales y las cofias del pelo; Mona además se deshizo el moño, sacudió con brío la cabeza y volvió a dejarse suelta como siempre la melena. Esta vez no iba a ser el chófer quien las llevara; doña Damiana lo había arreglado de antemano con la dueña de Casa Moneo. Las esperaría un chico del barrio que trabajaba para Bustelo el del café arriba en la Ciento quince, acababa a esa hora su turno y le pillaba de paso llevárselas; por el dólar que iban a pagarle, en casa de la marquesa se evitaban así volver a sacar el Packard.

Salieron a la noche por la puerta de servicio, a unos cuantos metros de la principal; desde la distancia percibieron que todavía quedaban algunos invitados formando un corro en la acera. Serían seis o siete frente a la fachada art déco del The Majestic, continuaban rodeando al protagonista de la cocktail party y a cuyo flanco se había adosado ahora un nuevo individuo que parecía pendiente de él, un fortachón rubio con la cabeza cuadrada y el cuello rotundo. Se estaban despidiendo entre todos ellos a la manera española, sin aparente prisa, alargando hasta el infinito las últimas frases, los últimos parabienes, las últimas cortesías. Junto a ellos, alineados a la espera, varios automóviles con los motores en marcha y sus correspondientes mecánicos.

Mercedes y Luisa volvieron las cabezas a izquierda y derecha, ansiosas por localizar al chico que habría de recogerlas: doña Damiana les había dicho que el punto de encuentro era la esquina con la Setenta y uno, pero ahí no veían más que una simple farola. Rompieron a quejarse a dos voces, se acercaba la medianoche y aún les quedaba un tirón; estaban reventadas, a la mañana siguiente, como siempre, las esperaba un madrugón considerable. Mona, ajena, observaba entretanto al grupo que empezaba a desmigarse.

Los automóviles emprendieron sucesivamente la retirada, el último que quedó fue el del hombre al que unos habían llamado alteza, otros conde, y otros tan sólo señor. Se demoraba porque el acompañante al que Mona acababa de ver a su lado, el que al parecer hacía de asistente y conductor, se disponía a ayudarle a instalarse.

Fue entonces cuando algo trastocó de pronto la escena. Un coche que aparcó detrás con un potente chirrido de ruedas, portezuelas que se abrieron en simultáneo, pasos rápidos sobre el asfalto y un par de figuras apremiantes: dos varones con largas gabardinas —uno calvo y recio, otro rubiejo y poca cosa— se plantaron enfrente del hombre que aún no había logrado sentarse.

Mona contempló la situación desconcertada, pero sólo pudo entender las primeras palabras con las que el tipo de más edad —el calvo— se dirigió brusco a él:

—Covadonga! Hey, Covadonga!

El resto se le escapó porque sonó en un inglés desenfrenado. Tell me, Covadonga, ¿a qué ha vuelto usted a New York?, ¿por qué se quedó su mujer en La Habana?, ¿es cierto que el divorcio es inminente?, ¿es cierto que ella ya no aguanta más?

Aun sin comprender las preguntas, Mona percibió que estaban acosando sin tregua al invitado y que su acompañante —el fortachón que iba a ayudarle a acomodarse en su asiento—

se esforzaba por protegerle sin conseguirlo. El más joven de los recién llegados, el rubio enjuto, alzó en ese momento un armatoste que llevaba colgado del cuello y, de pronto, el perímetro del automóvil empezó a llenarse de fogonazos deslumbrantes. Flash, flash, flash.

Todo sucedió en segundos: el asistente, acompañante o lo que fuera consiguió apoyar a su señor contra el coche y dejarlo medianamente estabilizado; acto seguido se lanzó con el puño en alto a por el sujeto de la cámara, que continuaba disparando cegadores destellos de luz mientras su compañero, bloc en mano, proseguía a gritos con su ráfaga agresiva de preguntas. Hey, Covadonga, answer me, ¿es cierto que no mantiene ningún contacto con su padre?, ¿es cierto que él sólo le pasa una asignación ridícula?, ¿es cierto que ha estado usted a punto de morir desangrado?, ¿es cierto que pretende reunirse en algún lugar de Europa con su madre en breve?

—¡Monaaaaa!

Atónita ante el altercado, no se dio ni cuenta de que a su espalda Mercedes y Luisa la llamaban a voces; el chico del furgón encargado de devolverlas a la Catorce, entretanto, las apremiaba tocando la bocina.

¡Monaaaaa!, le seguían gritando sus compañeras, aunque ella no las oyera. O quizá sí; puede que sí le entraran por los oídos las dos voces de mujer joven que chillaban a pleno pulmón, pero no fue capaz de interpretar que era a ella a quien requerían: toda su concentración estaba pendiente de lo que ocurría un poco más allá. El fotógrafo enzarzado en una pelea con el acompañante, el reportero calvo que continuaba acorralando con sus preguntas al hombre importante, el hombre importante angustiado y sin fuerzas que empezaba a perder el equilibrio y se agarraba a la desesperada al armazón del coche con los dedos como garfios, intentando encontrar un punto de apoyo para no desmoronarse. Pero no lo logró, y mientras el otro persistía en su machaque inclemente, él comenzó a tambalearse con el terror pegado al rostro. Hey, Covadonga, say yes or no, ¿es cierto que le tiene echado el ojo a otra caribeña?, ¿es verdad que otra cubana va camino de ocupar su corazón?

No hubo tiempo para pensárselo: con unos cuantos pasos rápidos, Mona alcanzó el automóvil, dio un brusco empujón al fustigador para apartarlo y sostuvo al invitado por debajo de la axila justo cuando a éste se le doblaban las rodillas y estaba a punto de precipitarse al suelo. Cerró él entonces los ojos —clarísimos y aterrados— y en su cara se plasmó un gesto de alivio infinito. Después murmuró algo: quería decir gracias, pero de los labios temblorosos apenas le salió un hilo de voz.

El calvo, entretanto, parecía confuso; dudaba entre agarrar a la joven y plantarle un par de bofetadas por meterse donde nadie la llamaba, o cejar de una vez en su empeño. Si a esas alturas no había sacado nada en limpio del conde de Covadonga, mucho se temía que podía dar la noche por perdida, a no ser que su compañero Boris el ruso hubiera conseguido alguna fotografía jugosa para *Town Topics*, la revista en la que ambos trabajaban y cuyo plato fuerte eran los pecados —veniales y mortales— de la alta sociedad. Aun sin declaraciones, concluyó para sí el reportero, con una imagen impactante y un poco de imaginación quizá la pieza saliera medianamente potable.

Mercedes y Luisa, por su parte, seguían llamándola desgañitadas —¡¡Monaaaaa!!— mientras el chico de la camioneta, harto ya de lanzar furiosos toques de claxon, había quitado el freno de mano y parecía dispuesto a marcharse de vacío. Su agotamiento esa noche valía más que el mísero dólar que iban a pagarle por el servicio, no aguantaba más. Pero Mona las ignoró, ayudando ahora al invitado a sentarse en el coche, impactada por su rostro desencajado y por las dificultades de su cuerpo aún joven para articularse con normalidad.

Para entonces, el reportero y el fotógrafo se habían dado por satisfechos y subían atropellados al auto, sin que el acompañante del regio invitado lograra hacerse con las placas a pesar de los esfuerzos. Alertados por el alboroto —el claxon del furgón, los gritos de las chicas, el rifirrafe entre los hombres y las voces increpantes del calvo acosador—, hasta allí habían acudido alarmados los porteros del edificio y el ascensorista. Todos rodeaban ahora la portezuela del copiloto, mientras Mona terminaba de acomodar el cuerpo exhausto en su sitio. El hombre, pálido como un lienzo y tragando saliva con una mezcla de pavor y desahogo, se lo permitía: sólo él era consciente de qué habría sido de su organismo si aquella muchacha anónima no hubiera llegado a sostenerlo en el último instante, impidiéndole una caída a plomo sobre el pavimento.

Tan pendiente de su labor estaba Mona, que no vio ni oyó cómo Mercedes y Luisa se subían por fin en la camioneta mientras seguían gritando su nombre sin resultado —¡Monaaa! ¡¡Monaaaa!! ¡¡¡Monaaaaa!!!—. Les acobardaba la idea de dejarla sola, pero sabían también que su oportunidad de regresar a casa estaba a punto de escapárseles con un par de acelerones. Entre quedarse tiradas en medio de la noche a causa de la absurda testarudez de su compañera o marcharse seguras con el chico impaciente, se inclinaron por la segunda opción.

Hasta que por fin llegó la calma a la ancha acera frente al 115 de Central Park West. Los empleados del edificio se dispusieron a regresar a sus lugares, el fortachón rubio se colocó al volante y el invitado ilustre, recostado en su asiento y aún con los ojos cerrados, se afanó por acompasar poco a poco la respiración.

Todos parecían haber olvidado súbitamente a la chica morena que seguía plantada entre la fachada y el automóvil, tomando por fin conciencia de la realidad que la rodeaba: sus compañeras se habían largado en un furgón con olor a café, el hombre al que había ayudado estaba a punto de desaparecer en su elegante Lincoln, y ahí seguía ella, una simple camarera ocasional cargada de ignorancia y desconcierto, sola en plena noche frente a la inmensa ciudad.

Fue entonces, con el motor ya en marcha, cuando el cristal de la ventanilla del auto se abrió unas pulgadas.

—Señorita...

Una mano de dedos largos se asomó con una pieza blanca sostenida entre el índice y el corazón.

—Le quedo infinitamente agradecido; aquí tiene mis coordenadas, por si en algo puedo servirla alguna vez.

A partir de ahí, sin que ella tuviera tiempo para responder, el cristal se cerró de nuevo y el coche comenzó a rodar lentamente, hasta que sus focos traseros empezaron a confundirse con otras luces y quedaron poco a poco diluidos entre los miles de puntos que brillaban como estrellas en las arterias de Nueva York.

Dentro, sin ella identificarlo, llevaba a un hombre que podría haber llegado a ser rey de España. El primogénito de la familia real al que, al sacarlo del vientre de su madre, presentaran desnudo sobre una bandeja de plata cumpliendo con la regia tradición, el heredero que fue inscrito en el registro dinástico por el ministro de Justicia y Gracia: un hermoso bebé rubio arrullado por un mantillón de encajes al que cristianaron con agua del Jordán y doce nombres de pila, y al que su padre impuso con pompa regia el toisón de oro y la Gran Cruz de la Orden de Isabel la Católica a los pocos días de nacer.

Todo eso lo desconocía Mona mientras observaba la tarjeta haciendo equilibrios entre la turbación y la curiosidad; la familia real española le pillaba muy lejos, llevaba ya años en el exilio, nada sabía ella de los cambios de títulos asignados a sus miembros al ritmo de los aconteceres, a su mundo jamás llegaban noticias de los tumbos de los miembros de la realeza ni de tantas otras cosas. Su atención estaba ahora en aquel cuarto pedazo de cartulina impresa que pasaba por sus manos en un solo día, después de los de los representantes de la naviera y el abogado italiano. Todo un hito para ella, que jamás antes había conocido a nadie con un grado de formalidad tan sofisticado en la manera de identificarse; en su barrio de La Trinidad todos atendían por el nombre de pila, por un diminutivo o por un mote adosado que a menudo se prolongaba durante generaciones. Juanillo el de los pelaos, Luciana la seca, Paca la del carbón...

Así siguió unos instantes: inmóvil frente a la gigantesca oscuridad vegetal de Central Park, con los ojos concentrados en las letras.

Alfonso de Borbón y Battenberg
Conde de Covadonga

Nada de alteza real ni mención principesca alguna. Tan sólo, debajo del título, una dirección en Evian, Francia, tachada con pluma estilográfica.

Sustituyéndola, una simple anotación manuscrita:

St Moritz Hotel
New York

16

Manhattan se fue abriendo ante Mona según descendía por la Octava avenida. Había bajado la temperatura y el frío empezaba a ser cortante, mantenía los brazos cruzados sobre el pecho y llevaba subido el cuello del abrigo de segunda mano que le permitieron que se quedara esa misma mañana en la lavandería. El primer abrigo de su vida; no se imaginaba entonces que su cuerpo iba a agradecerlo tanto y en tan poco tiempo.

Las indicaciones necesarias se las dio un empleado del edificio contiguo al del The Majestic, al confirmar los porteros de éste que aquella joven era absolutamente incapaz de comunicarse en nada que no fuera español. Llamaron entonces a un cubano que trabajaba en el turno de noche en el vecino The Dakota y éste, con cuatro indicaciones en la lengua que compartían, le aclaró lo que tenía que hacer: caminar simplemente en línea recta a lo largo de casi sesenta manzanas. ¿Cómo tú quieres que lo calcule, mi amor?, respondió a Mona cuando le preguntó cuánto tardaría. ¿Dos horas? ¿Tres? ¿Cuatro, quizá? Depende, chica, del ritmo con que muevas esas piernas tan lindas que Dios te dio. Aunque en el subway llegarías mucho mejor, sólo tendrías...

Le cortó sin miramientos: ni muerta estaba dispuesta a bajar sola a esas cavernas donde decían que los trenes pululaban como gusanos por las entrañas de la ciudad. Dio las gracias y las buenas noches, se arrebujó dentro de su abrigo usado y echó a andar.

Apenas se cruzó al principio más que con unos cuantos

viandantes aislados, había poco movimiento en aquella zona residencial distinguida del Upper West Side. No tardó en llegar hasta Columbus Circle: aunque ella no lo supiera, aquel señor tallado en mármol que vigilaba la plaza desde las alturas era Cristóbal Colón. La amplia avenida comenzó a animarse según avanzaba, los edificios eran cada vez más altos e imponentes, se cruzó con algún grupo ruidoso de amigos, fachadas de hoteles que acogían o escupían huéspedes, parejas agarradas por la cintura, bares abiertos, bocinas, voces altas, carcajadas. Apabullada por el ambiente, Mona aminoró el ritmo y contempló anonadada los neones de colores impactantes mientras movía la cabeza en todas direcciones: se estaba adentrando en la zona de los teatros, de los majestuosos movie palaces y las salas de espectáculos; ignoraba que sus pasos la llevaban caminando casi paralela a Broadway, desconocía que estaba a un tiro de piedra de Times Square.

Al pasar bajo la marquesina del Madison Square Garden, sin tener idea de que allí se reunían cotidianamente miles de almas para ver combates de boxeo, notó de pronto un fuerte golpe en el hombro. Gritó de susto y dolor: abstraída como iba, había chocado contra un varón que andaba haciendo eses con una botella de licor metida en el bolsillo de la gabardina. Dos mujeres jóvenes increparon al hombre y sostuvieron a Mona.

—¡Eh, idiota, a ver si miras por dónde andas! ¿Estás bien, cariño? ¡Menudo bruto! —dijeron en inglés.

Ella no logró entenderlas, sólo percibió que llevaban el pelo teñido de un vistoso rubio pajizo, que iban maquilladísimas y que insinuaban cuerpos sinuosos debajo de los abrigos —uno rojo fuego, otro azul turquesa—. Eran bailarinas de un musical y acababan de terminar la función nocturna, tenían un hambre canina y estaban ansiosas por comerse un sándwich gigante con montones de patatas fritas antes de volver a su pequeño apartamento compartido en Queens, meter un rato los pies en un barreño de agua caliente con sal, e irse a la cama embutidas en los recios camisones de franela que les cosieron sus abuelas en algún pueblo de Kansas, o de Nebraska o de Kentucky de donde habían salido en pos de un éxito incierto en la gran ciudad. A Mona, en cambio, se le antojaron seres de otro planeta, tan resueltas, con los labios tan pintados, las cejas delgadas como hilos, las pestañas cuajadas de máscara y restos de purpurina en los pómulos todavía. Por eso se apartó de ellas rápidamente, cohibida.

—Estoy bien, estoy bien —murmuró tan sólo. Y siguió su camino.

Atrás fue dejando los rutilantes anuncios que reclamaban clientes y anunciaban estrenos con letras cargadas de color y electricidad, las placas en las esquinas marcaban su avance según cruzaba calles: la Treinta y nueve, la Treinta y ocho, la Treinta y siete... A la altura de la Treinta y cinco se topó con The New Yorker, el hotel más grande de todo Manhattan, decían; apareció después a su derecha la General Post Office, a la izquierda Penn Station, la más hermosa estación de ferrocarril, decían también, que los ojos humanos jamás verían.

Siguió caminando, siguió, siguió. Le iba quedando menos trecho ahora que salía del Midtown y se adentraba en Chelsea; ya apenas sentía frío y había matado el hambre con los bocados que llevaba medio espachurrados dentro de un bolsillo, los que birló en la cocina de la vieja Damiàna. A la altura de la Grand Opera House, un automóvil disminuyó la marcha hasta ponerse a su paso: el conductor, tras la ventanilla abierta, la empezó a requebrar con palabras que ella no comprendía. Se le aceleró el corazón y notó la boca seca mientras mantenía el paso apretado y la vista fija en las puntas de los zapatos: uno, dos, uno, dos... Nada iba a ganar si salía corriendo, así que en eso se concentró, en controlar su propio movimiento para paliar el miedo que le atenazaba las entrañas. Uno, dos, uno, dos... Hasta que el baboso, frustrado, la insultó con unos cuantos berridos y acabó por dejarla en paz.

El escenario en esa zona era totalmente distinto: ni rascacielos, ni carteles luminosos, ni apenas rastro de actividad. Pasó por delante de humildes bloques levantados con ladrillos rojos, tramos de calle vacíos, solares yermos y cuerpos adosados a las fachadas cubiertos con trapos y cartones. Pasó por delante de tiendas modestas y barberías, casas de empeño y cafés, todos cerrados y fantasmales. Entre la Veintiuno y la Veinte, dos hombres alzaron el cristal de una ventana de guillotina y le gritaron algo incomprensible desde un segundo piso; uno de ellos se agarró luego la entrepierna y movió obsceno las caderas adelante y atrás: un gesto elocuente de lo que haría gustoso con ella si la tuviera a mano. Después se rieron con carcajadas bestiales, remataron de un trago sus cervezas y le lanzaron las botellas vacías. Por fortuna, los cascos estallaron en montones de cristales color caramelo al chocar contra el suelo a unos palmos de sus piernas, tan sólo unos cuantos pedazos le rebotaron contra el bajo del abrigo y volvieron a caer.

Hasta que al cabo de la agotadora caminata empezó a percibir siluetas que le fueron resultando familiares, nombres de establecimientos que conocía, presencias mudas y reconfortantes en medio de la madrugada: fachadas, puertas, toldos, letreros, escaparates. Un alivio hondo le atoró la garganta, tuvo que hacer esfuerzos para no echarse a llorar. Ya en la Quince, en cuanto calculó que la distancia era abarcable, arrancó a correr. Bajó hasta la Catorce, torció a la izquierda, llegó a la puerta de su edificio sin resuello, subió de dos en dos los escalones de madera apretando en el puño la llave, abrió al fin y la oscuridad y el silencio de su diminuto apartamento se le antojaron el único cobijo en el mundo capaz de devolverle la calma.

No despertó a su madre ni a sus hermanas; sigilosa, se movió entre las tinieblas intentando no hacer ruido. Dejó caer el abrigo sobre una silla, ni siquiera se quitó el uniforme de camarera ni pasó por el parco cuarto de baño. Tan sólo se descalzó y se escurrió entre las mantas en el estrecho catre del cuarto que compartía con Victoria. Se hizo un ovillo y apretó fuerte los ojos, ansiando dormir.

Pero tardó. Contra las paredes de su cerebro aún rebotaban enloquecidos los sonidos y las voces de las últimas horas, las imágenes se le multiplicaban en fragmentos como un espejo partido en mil trozos por una pedrada violenta. El talante avinagrado de la vieja Damiana, las chicas que se desgañitaban voceando su nombre, los fogonazos del fotógrafo, los gritos broncos del reportero. Covadonga, hey, Covadonga! Tell me, man to man, ¿es cierto que su esposa cubana le acusa de tener dependencia de ciertas sustancias? ¿Es cierto que le echó de casa y por eso ha cambiado La Habana por Nueva York? Las letras de neón que anunciaban salas de baile, vodeviles y cocktails tropicales se mezclaban en su mente con mujeres rubias de pechos exuberantes y labios rojos como rajas de sandía. El borracho que chocó contra su cuerpo y le dejó un hombro dolorido entró tambaleándose por una esquina de su cerebro, el tío guarro que le lanzó procacidades desde un auto lo hizo por otra mientras un individuo sin rostro se agarraba grosero la bragueta y soltaba una feroz carcajada para arrojarse después al vacío desde lo alto de un rascacielos.

Poco a poco, muy poco a poco, las tortuosas imágenes se fueron fundiendo dentro de su cabeza como la cera caliente, el brillo de las luces empezó a apagarse en su mente agotada y todo se acabó apaciguando mientras Mona se adentraba en el sopor. Hasta que creyó sentir que algo le rozaba el rostro, y se sentó en la cama con un brinco angustiado, una mano en la cara y otra sobre el corazón.

Pero no pasaba nada, todo estaba en orden. Su hermana dormía serena a su lado, las tuberías achacosas sonaban como siempre, el contorno del viejo armario ropero se intuía a sus pies entre las sombras.

Respiró hondo y volvió a tumbarse, esta vez boca arriba con los ojos abiertos.

Todo había sido una mala jugarreta en las primeras etapas del sueño. En el cuarto no había ningún hombre de dedos largos, nadie le había deslizado por la mejilla una regia tarjeta de presentación.

17

Eran casi las once de la mañana cuando la sacaron del sueño a tirones. Mona, desorientada y confusa, tardó unos instantes en reubicarse y caer en la cuenta de que no estaba en su Málaga de toda la vida, sino al otro lado del océano. Sólo entonces fue consciente de que esa mañana no había salido por el barrio de La Trinidad a hacer los recados que a diario le encargaba Mama Pepa porque su abuela llevaba ya unos cuantos meses criando malvas, y que tampoco la estaba esperando junto a la fuente Joaquín, el chico de la taberna de la calle Jaboneros, mirándola silencioso con sus ojos negros como carbones porque al muchacho lo mandaron a cumplir con el servicio militar a Larache.

Lo único que vio fue a su madre y a sus dos hermanas sentadas en el borde de la cama contigua, esperando su regreso a la realidad mientras ella se incorporaba a medias apoyando los codos sobre el colchón, con el pelo revuelto y los ojos todavía entrecerrados.

—¿Qué es esto? —preguntó Luz con un grito de extrañeza. Y para que quedara claro a qué prenda se refería, dio un pellizco al uniforme negro lleno de arrugas con el que Mona se había acostado.

Antes de que el sueño recién roto le permitiera reaccionar, Remedios soltó un manotazo a su hija pequeña: hay prioridades, déjate ahora de tonterías, vino a decirle con uno de esos cachetes que entre ellas eran moneda común.

Habló entonces Victoria, yendo al grano:

—Hay una pechada de cosas que tienes que saber...

Sin tiempo apenas para acomodarse al nuevo día, Mona fue escuchando a tres voces lo que había ocurrido durante su ausencia la tarde anterior.

Salir por piernas fue la primera decisión que Victoria y Luz tomaron al poco de que a ella la arrastrara el chico de los recados de Casa Moneo. Sin el empuje de su hermana se sintieron mutiladas, y el panorama doméstico se les presentaba tan indeseable encerradas en el apartamento con su madre, asaetadas por sus suspiros, sus lágrimas y temores, que optaron por largarse también.

Les faltaban tan sólo unos escalones para llegar al descansillo de la segunda planta y aún se oían en la distancia los vituperios de Remedios cuando vieron que la puerta más indeseable del edificio se abría. Frenaron en seco, Victoria soltó un rebufo y Luz torció el morro, pero era ya demasiado tarde para deshacer lo bajado, y el descansillo demasiado escueto como para pasar por delante haciendo caso omiso, así que no tuvieron más remedio que volvérsela a encontrar. Ahí estaba de nuevo la señora Milagros, mirándolas con sus ojos desparejos y un rictus de agria reprobación.

El desparpajo de Luz frenó la embestida: una ocurrencia imprevista que soltó antes de que la vecina se les encarara censurándolas por la bulla que habían liado un rato antes, cuando los pasajes y los billetes de la Trasatlántica les dibujaron un horizonte repleto de optimismo y el abogado italiano aún no había aparecido para echarles por encima un barril de agua helada.

—¿Usted podría decirnos, señora Milagros, cómo se va hasta Cherry Street?

El tono, entre considerado y timorato, era más falso que un beso de Judas, pero les sirvió para librarse del broncazo al menos de primeras.

La réplica, desconfiada, no tardó en llegar. Al estilo gallego, con otra pregunta, naturalmente:

—¿Para qué queréis saberlo?

—Para ir a ver a don Paco Sendra. Tenemos una cosa importante que hablar con él.

Más de cuatro décadas llevaba Milagros Couceiro en Manhattan, y otro montón de años hacía desde que dejó siendo casi una niña su Camariñas natal en la Costa de la Muerte para servir en una casa buena de La Coruña. Convertida ya en una hembra bien formada, antes de cumplir los diecinueve se había casado con Amadeo, el muchacho que semanalmente se ocupaba del reparto de la leña, un guapo valentón que ya había ido y había vuelto de la Argentina y que en menos de dos meses le robó la virtud y el corazón. Emigraron con el primer niño aún en brazos y ella encinta del segundo rapaz, sin que le faltaran los avisos desde un principio: su propia familia, sus primas y vecinas, incluso los señores a los que sirvió, todos estaban en contra de aquel desatino. No te vayas, Milagros, déjale que marche solo a América y ya verás tú luego, no seas tan tola, mujer. Ninguno se fiaba de él: que si le vieron, que si le oyeron, que si les dijeron por ahí... Ella, obcecada, optó por hacer oídos sordos y darles la espalda, poniendo a su hombre por delante sin más justificación que su incauto amor.

Llegaron a Manhattan, se asentaron, nada fue bien. Para cuando por fin ella empezó a ver las cosas claras, él había volado ya. Y eso que, desde antes, se anticipaba un desenlace poco prometedor: en uno de sus constantes forcejeos, un empujón de él la hizo darse tal golpe con la manilla de una ventana que perdió la visión en un ojo. Sola, tuerta y a cargo de dos criaturas quedó Milagros Couceiro al año de llegar a América, después de que su marido partiera una mañana en busca de trabajo para no volver más.

Y ella no salió en su busca: cómo habría de hacerlo una joven inmigrante con dos criaturas a rastras, sin un dólar en el bolsillo, sin conocer a nadie más que a su sombra y sin hablar inglés. Orgullosa como era, sin embargo, tampoco se planteó retornar a su tierra, a escuchar de por vida una cansina letanía:

ya te lo dije, ya te lo advertimos, ya lo avisé. Así que decidió vestirse de luto ignorando si realmente era o no viuda, y se lanzó a trabajar: acabó como costurera en un taller del Garment District, como tantas inmigrantes españolas e italianas, y así logró sacar adelante a sus hijos y después, cuando ellos formaron sus propias familias y ella podría haber vuelto a disfrutar de sus ahorriños porque todos los que la precavieron estaban ya muertos y nadie le daría la monserga ni la haría avergonzarse por su torpeza, fue cuando quebró el Banco de Lago en el que tantos compatriotas tenían sus ahorros, y ya no hubo opción. Se quedó en Nueva York, haciendo en el salón de su casa flores de papel que después vendía a una tienda a tres centavos la pieza. Y se dedicó a esperar, por si alguna vez alguien le daba cuentas del paradero de su Amadeo. O de su paso al más allá. O por si acaso el muy sinvergüenza seguía vivo y en algún momento la soledad de la vejez o la perra mala conciencia le corroían las entrañas y se le ocurría regresar con ella.

Nada de eso sabían la mayor ni la menor de las Arenas, naturalmente, cuando la agria vecina se adentró de nuevo en su apartamento sin invitarlas y volvió a salir en breve con un plano mugriento doblado en la mano.

—Vamos a ver... —dijo desdoblando el viejo mapa y extendiéndolo en vertical, apoyado sobre la sucia pared del descansillo.

Conocía de sobra la zona de Cherry Street por la que Luz había preguntado: allí vivió de recién llegada y en los primeros tiempos de su soledad, durmiendo en el mismo jergón con sus dos hijos, a los que dejaba a cargo de las vecinas para poder irse a trabajar, compartiendo cuarto con otra familia emigrada, peleando por subsistir.

—Lo más fácil es ir en bus, caminando sería una buena tirada, ¿qué preferís?

A pesar de que no tenían previsto ir a ningún sitio, la respuesta sonó en un rotundo dueto. A pie. Preferimos andar. La otra opción habría sido aterradora para ellas: jamás se habían subido en uno de esos vehículos, no sabrían cómo pagar, dónde bajarse, dónde coger el siguiente; desconocían las calles, los destinos, las maneras; no serían capaces de distinguir entre el este y el oeste, entre el norte y el sur.

—Entonces tenéis que ir por aquí...

Les señaló rectas y quiebros mientras arrastraba zigzagueando un dedo índice deformado por el uso de las agujas y las tijeras: sus herramientas de supervivencia durante larguísimos años, las armas que usó en la batalla para luchar contra la penuria y la adversidad.

A medida que escuchaban las instrucciones, en las mentes de Victoria y Luz empezó a tomar forma una opción imprevista. Quizá no sería una tontería convertir en verdad aquella mentira que le habían lanzado a la vieja, hacer una realidad de la excusa recién concebida. En un principio no tenían ninguna intención de visitar al dueño de La Valenciana, era sólo una patraña que se habían inventado a matacaballo para evitar la bronca. Pero qué tal si lo hicieran, por qué no.

Consultar al antiguo patrón del padre, el hombre para el que estuvo trabajando hasta que le vino al pensamiento la peregrina idea de abrir El Capitán: ése fue de pronto el objetivo de la mayor y la menor de las Arenas para aquella tarde sin Mona. Al fin y al cabo, Sendra se les había ofrecido para lo que hiciera falta cuando acudió al velatorio, y su otrora empleado lo había tenido en estima porque era un hombre cabal y toda una institución entre la colonia. Además, aunque fuera a consecuencia de una deuda, ellas se encontraban irremediablemente ligadas a él. Y, además de ese además, sobre todas las cosas, no tenían a nadie más a quien acudir.

Id con Dios, les dijo la vecina cuando por fin ellas le aseguraron que tenían clara la manera de llegar. Y se volvió a encerrar con sus recuerdos y sus dolores de huesos, a pensar qué demonios habría sido del canalla de su Amadeo a lo largo de todos aquellos años.

18

Se perdieron seis o siete veces, desanduvieron lo andado en unas cuantas ocasiones, se hicieron entender con gestos al preguntar a extraños, se chillaron entre ellas para ponerse de acuerdo, Victoria intentando ser juiciosa y precavida, Luz, arrolladora, movida como siempre por su ímpetu instintivo. Y al final, agotadas y con la tarde convertida en noche, lograron llegar a La Valenciana en el 45 de Cherry Street.

¿Qué les dijo Sendra? Que en toda Nueva York no existía una compañía más seria que la Trasatlántica Española. Que no había agente naviero más honesto que don Santiago Lemos. Que la compensación ofrecida era, desde su punto de vista, más que razonablemente generosa. Que esa ciudad no era un buen lugar para mujeres solas y que su consejo, por el aprecio a la memoria de su antiguo empleado, era que volviesen a España: a su mundo, con su gente. Sin demora. Ya.

La visita acabó en breve; lo que tardaron en oír las contundentes recomendaciones del antiguo patrón y en beberse los vasos de moscatel que amablemente les puso delante. Al abogado italiano ni lo mencionaron, con el fervor con el que Sendra defendió a la naviera patria, para qué.

—Antes de irnos, don Paco —pidió Victoria por último—, recuérdenos la suma que nuestro padre le dejó pendiente, háganos el favor.

El propietario se dirigió a su oficina en la parte trasera del negocio. Entretanto, ellas contemplaron con curiosidad el establecimiento: los estantes repletos de género y los empleados con sus mandiles por debajo de la rodilla, hombres que entraban, saludaban, rebuscaban en el cajón de habanos lleno de correspondencia con sellos y remites españoles, y después se marchaban a veces rasgando un sobre y a veces con el gesto contrariado y las manos caídas ante la ausencia de nuevas. Había clientes a la espera de ser atendidos en busca de un rollo de cuerda, un par de gruesos calcetines de lana, un paquete de cuchillas de afeitar: pequeñas cosas de uso común necesarias en el día a día de aquellos compatriotas que casi siempre vivían sin los suyos cerca y casi siempre pasaban las semanas entrando y saliendo del mar.

—Trescientos cuarenta dólares, a ochenta y cinco por pasaje —anunció Sendra a su regreso.

Las dos sintieron cómo el moscatel recién bebido se les revolvía en el estómago, casi les entraron ganas de vomitar. Trescientos cuarenta dólares, Santa Madre de Dios. Una cantidad monstruosa que podrían cubrir con los billetes de la Trasatlántica si seguían las recomendaciones de aquel hombre y los aceptaban, o que se convertirían durante un tiempo impreciso en un peso asfixiante si accedían finalmente a que el abogado italiano se encargara del asunto.

Como garantía les ofreció un recibo que Victoria dobló deprisa, sin atreverse a mirarlo; luego se lo guardó bajo un tirante del sostén. No preguntaron los plazos para saldar el pago: no quisieron forzar a Sendra a que les dijera que, si bien no había una urgencia exagerada, cuanto antes, mejor.

Concluyeron la despedida ocultando su turbación y salieron a la calle oscura en aquella zona cercana a los muelles del Lower East Side, debajo del arranque del puente de Brooklyn, donde todo parecía un poco más lúgubre y un poco más desmadejado que en su propio barrio. Era hora de cenas, había movimiento por la calle pobremente alumbrada: hombres sobre todo, acercándose a pensiones y a las casas de comidas solos, o de dos en dos, o de tres en tres, hablando alto en español, en griego, en italiano, en portugués, palmeándose los hombros con un pitillo a medio fumar entre los dientes, abrigados con gruesas pellizas de trabajador y gorros de lana.

Apenas habían dado tres pasos cuando Sendra se asomó de nuevo.

—¿Cómo tenéis pensado volver, xiquetes?

—Andando —replicaron al unísono.

—Ni hablar.

Metió entonces el cuerpo en el interior del negocio y lanzó un grito; en unos segundos tenía en la puerta a un muchacho orejón con un juego de llaves.

—Lleva a las señoritas a la Catorce y no te demores, que aún queda faena esta noche.

Después le dio una colleja al chaval, alzó la mano a modo de despedida y volvió a entrar.

En menos de media hora estaban de vuelta en su territorio, doblemente aliviadas: se habían librado del largo camino a pie y habían logrado un sabio consejo por parte de Sendra. Lo habían venido hablando entre ellas apretadas junto al muchacho orejón en el asiento delantero de la furgoneta, sin mirarlo siquiera, como si no existiese.

—A ti te parece que tendríamos que hacer caso a don Paco, ¿verdad?

—Para mí que sí, que será lo mejor.

Quedaron convencidas, anticipando que, en cuanto se lo contaran a Mona y a su madre, estarían de acuerdo. Pagarían sus deudas. Volverían a Málaga. Se olvidarían del abogado. Se olvidarían de Nueva York.

Subían una detrás de otra la escalera agarradas al pasamanos como a una tabla de salvación. Deprisa, la decisión parecía haberles levantado el ánimo; optimistas y ágiles, un pie, otro pie.

—¿Y cómo fue?

La pregunta provino de la señora Milagros: acababa de abrir su puerta al oírlas llegar. Todo bien, dijeron sin más; qué le importaban a la vieja sus asuntos, pensaron; a ver si va a creerse que por habernos señalado el camino vamos a tener que darle explicaciones...

—¿Os vais a conformar, entonces?

A las dos hermanas se les quedó la boca entreabierta.

—Pregunto que si os vais a contentar con las migajas que den, como a las gallinas. —Comenzó a imitar el gesto de echarles maíz, deslizando rítmicamente el pulgar sobre el índice con la mano extendida hacia el suelo—. Pitas, pitas, pitas, pitas...

Ninguna se rió. Ella tampoco.

—Pero usted, usted, usted ¿qué sabe? —balbuceó Luz—. Usted ¿qué...?, ¿qué...?

—Me lo contó vuestra madre, lo de los del barco y lo del otro —respondió sin ambages señalando con su decrépito pulgar el piso de arriba—. La oí llorar por la ventana de la cocina, sabía que estaba sola, subí.

Así que la tuerta está al tanto de todo, lo que nos faltaba, pensaron las hermanas. Y maldijeron calladamente a su madre por su imprudencia.

—Don Paco Sendra dice que la compensación de la Trasatlántica es generosa —aclaró Victoria con un punto de osadía.

La gallega fogueada por los años y la vida las ensartó con el ojo bueno, chasqueó la lengua y movió la cabeza a un lado y otro con gesto de compasión.

—Ay, raparigas, pero qué inocentes y qué parvas sois...

Ninguna reaccionó mientras la mujer entraba de nuevo en su casa, sacaba las llaves de la cerradura y agarraba una tosca toca de lana negra. Se la echó sobre los hombros y cerró con un portazo.

—Tirad a por vuestra madre y vamos a la calle. Hay alguien a quien ya va siendo hora de que conozcáis.

19

Habían pasado a menudo por delante de aquel estrecho edificio revestido con estuco amarillento adosado a la iglesia, muy cerca de La Nacional. Casa María, rezaba encima de la puerta. En su perpetuo desinterés por todo, nunca se preguntaron qué habría detrás.

Moviéndose con confianza, la señora Milagros entró sin llamar y enfiló un breve pasillo, torció a la izquierda, giró de nuevo. Remedios y sus hijas la siguieron en un silencio cohibido, hasta que la vieja vecina empujó enérgica una puerta batiente y ante sus ojos se abrió un escenario lleno de luz artificial.

Había al menos diez o doce mujeres esparcidas por la amplia estancia, una especie de cocina y comedor amalgamados. Algunas tenían las manos metidas en pilas de agua espumosa, otras secaban los cacharros de la fregaza, un par de jóvenes barría el suelo. Sentadas en un flanco de la larga mesa central, dos religiosas de hábito y toca blancos hablaban en voz queda con una chica ojerosa que amamantaba a una criatura.

La llegada de la gallega arrancó una explosión de voces. Pero ¡bueno, Milagros, qué sorpresa verla por aquí a estas horas! Ella repartió saludos ágiles y bromas rápidas, dejando a las Arenas más desconcertadas todavía ante aquella desconocida faceta de su hasta ahora agria vecina.

No necesitó explicar a qué iba, todas parecían saberlo.

—Ahí arriba tiene a sor Lito, hija mía —respondió una de las monjas—. Sepultada como siempre entre sus papelotes...

A ninguna de las presentes pareció extrañarle tampoco que llevara tres mujeres adosadas a la espalda; con ellas había entrado en la cocina por una puerta y, con ellas tras de sí, volvió a salir por otra distinta instantes después.

Seguía sin darles explicaciones a medida que subían tramos de escalera y recorrían galerías. De una habitación cerrada oyeron salir frases de mujeres jóvenes enredadas en una discusión, de otra, el llanto de un niño pequeño. En algún momento se cruzaron con una muchacha de cabeza rapada que murmuró un buenas noches con la barbilla baja y acento indescifrable. Unos cuantos quiebros más tarde, la señora Milagros llamó a la puerta de su destino con los nudillos. Sin esperar respuesta, entró.

Entre la penumbra se percibía humo, libros y papeles: en los estantes, sobre los muebles, en pilas desordenadas esparcidas por el suelo. Al fondo, detrás de un escritorio alumbrado por una tulipa de cristal verde, alguien las recibió con gesto de irónica sorpresa.

—Blessed Mary Mother of God, gallega, pero ¿es que siempre tienes que aparecer a las horas más intempestivas?

Las voces de las dos mujeres se aunaron en una carcajada; después, la ocupante de la estancia se levantó a recibirlas. Fue entonces cuando ellas descubrieron dos cosas. La primera, que la desconocida era una monja canónica tan sólo a medias: gastaba el hábito de las Siervas de María pero no llevaba toca y mostraba a la vista una cabeza de cabello entrecano cortado a trasquilones. La segunda, que la tal sor Lito tenía prácticamente la misma estatura sentada que de pie.

La señora Milagros y ella se fundieron en un abrazo desequilibrado: la primera tuvo que agachar el torso mientras la otra alzaba los brazos. Cuando se soltaron, la vecina las señaló con la barbilla.

—Te traigo a estas rapazas de visita.

—Y algún problema vendrá con ellas, I guess —espetó la otra con una voz rotunda y áspera, incongruente con su pequeño tamaño—. Bien, siéntense por donde puedan, mis niñas, y empiecen a contar...

Con la boca aún bien cerrada, Remedios y Victoria lograron encontrar acomodo en sendas sillas arrimadas a la pared después de despejarlas de montones de pliegos y carpetas, Luz acabó encima de un pequeño baúl. La monja había vuelto a su sitio y la gallega se situó a su espalda, de pie, recostada contra un radiador frente a una ventana sin cortinas por la que entraba plena la noche.

Pasaron unos momentos de mutismo prolongado: ni la madre ni las hijas parecían dispuestas a abrir la boca, sumidas en la incertidumbre de no saber por qué se habían dejado arrastrar por esa vecina con la que hasta ahora habían mantenido una antipática relación, sin entender con qué objetivo las había llevado frente a aquella extravagante religiosa que gastaba hechuras de tapón de alberca.

Ante el silencio, después de repasarlas una a una con ojos de liebre, sor Lito preguntó sin miramientos:

—Se les comió la lengua el gato, or what?

La señora Milagros se hizo cargo con un gesto de impaciencia.

—Comience usted, Remedios, haga el favor.

Venciendo la desconfianza, la viuda arrancó a contar su historia a trompicones, un tanto timorata primero, más segura después. A medida que avanzaba en el relato, Victoria y Luz se atrevieron también a meter la cuchara: inicialmente con aportaciones breves y en tono bajo para corregir detalles o aclarar extremos, luego con confianza creciente. Entre las tres y casi quitándose una a otra la palabra, acabaron componiendo un fresco de lo acontecido, una panorámica algo alborotada pero del todo veraz.

La monja había sacado entretanto un par de cigarrillos de una arrugada cajetilla de Lucky Strike; alzó hacia atrás la mano derecha por encima del hombro y le tendió uno a la gallega sin mirarla. Ambas los encendieron con largos fósforos de cocina, entrecerraron los ojos mientras expulsaban el humo y, echando de cuando en cuando la ceniza aleatoriamente en una taza de té medio llena o entre el esqueleto de una planta seca dentro de una maceta, continuaron escuchando con atención.

Hasta que llegaron al final.

—Ya veo... —dijo tan sólo la religiosa mientras se sacaba de la boca una brizna de tabaco.

Otro manto de silencio y humo se expandió alrededor. Prosiguió entonces, ajena a ellas:

—Esto que cuentan es, gallega, lo que la madre Corazón habría llamado en nuestro tiempo un dilema de imprevisibles consecuencias que demanda actuar con inmediatez. O lo que es lo mismo, un petardo cuya mecha hay que apagar antes de que estalle.

Y las dos amigas se echaron a reír a carcajada limpia.

Había sido un largo día para la viuda y las hijas de Emilio Arenas; un día difícil repleto de emociones arrebatadas e incertidumbre. A esa hora estaban ya física y anímicamente exhaustas, y quizá fuese ésa la causa por la que aquellas risotadas se les antojaron como un cubo de agravio volcado a traición sobre sus cabezas. Las tres las miraron hastiadas, haciendo un esfuerzo para contenerse y no largarse dando un portazo después de gritarles cualquier barbaridad. Váyanse a burlarse de otras, pedazo de cabronas, por ejemplo. O algo así.

20

Sor Lito, sin embargo, las frenó antes de que las palabras les llegaran a las lenguas.

—Tranquilas, mis niñas, no nos reímos de ustedes: son sólo las nostalgias de un par de viejas. Centrémonos en el asunto, a ver qué podemos sacar en limpio.

Nacida en un burdel del infame vecindario de Five Points, hija de una prostituta canaria y del órgano reproductor de un cliente cualquiera que una noche imprecisa pagó unos centavos por aliviarse dentro de ella sobre un mugriento jergón: ése era el origen de sor Lito. La carga genética que aquel macho anónimo le dejó a la niña apuntaba sin duda hacia alguien más bien achaparrado, mediterráneo y rápido de entendederas. Un napolitano, un macedonio, un portugués del sur, un corso, tal vez un libanés o un turco, quién sabe si algún español. Un inmigrante sin nombre, en cualquier caso: uno más entre las decenas de miles de almas que a finales de la década de los ochenta del siglo xix pululaban por el Downtown de Manhattan. Consuelo, el nombre, fue lo único que heredó la criatura de su madre, y Lito el diminutivo con el que creció: nadie por allí era capaz de retener el dulce diminutivo intermedio de Consuelito; demasiado largo para ese universo lleno de bullicio y prisa.

Fue cumpliendo años en la absoluta sordidez de aquella zona abarrotada de brutalidad e inmundicia en la que, a veces distribuidos por áreas y a veces amalgamados en completa cercanía, lo mismo habitaban negros libres que cuerpos procedentes de la famélica Irlanda, de la China indescifrable, del paupérrimo sur de Italia o de tristes enclaves del este de Europa donde se hablaba yiddish y se adoraba a Yahvé. Desde los seis años cargó Lito cubos de agua hasta el tercer piso de un tenement al borde del colapso de Mulberry Bend donde, en una asfixiante subdivisión del espacio, madre e hija vivían arracimadas junto con otras diez o doce mujeres de vida tortuosa. Bajo la batuta de la pareja de canallas húngaros que las envilecía con un dominio férreo, con aquella agua medio sucia igual fregaba suelos y cacharros que lavaba las toallas acartonadas, las bragas de las putas o los recios echarpes de lana con los que combatían el helor del invierno. A los ocho años era la encargada de pelar patatas y de ratear por la calle lo que pudiera para preparar la gran olla de guiso insulso con el que se alimentaban todas las inquilinas. Parte de su cometido por entonces era también airear a diario las sábanas de cada cama después de seis o siete coyundas: a primera hora de la mañana, hacia las tres de la tarde y sobre las nueve de la noche, que el fornicio en aquella morada no entendía de horarios ni fiestas de guardar.

Acababa de cumplir los once cuando la forzaron a abrirse de piernas por primera vez: a la muerte de la tinerfeña que le dio la vida y al reclamo de un cerdo cualquiera que babeaba con las jovencitas a medio desarrollar, la obligaron a ocupar el camastro que su madre había acabado dejando libre la noche en que la asfixió un borracho polaco que luego se largó sin pagar siquiera. A partir de ahí, Lito paró de crecer. Tres años más tarde, un mediodía en que logró salir en busca de un remedio para un doloroso absceso que le mortificaba las encías, en la cola frente al mostrador del decrépito druggist del vecindario se topó con unas presencias grotescamente insólitas en aquel cogollo depravado y descreído: dos religiosas católicas de hábito impoluto que hablaban entre sí en una lengua que a la joven le evocó tiempos perdidos.

A pesar de su indumentaria, las mujeres no iban en misión

evangelizadora: eran conscientes de que poca parroquia nueva podrían granjear por aquel territorio. Su objetivo se limitaba a asistir a algunos grupúsculos de viejos originarios de la Península o de Dios sabe qué rincón de las Américas, pobres diablos varados entre dos mundos, sin amarre en aquel lado y sin un lugar al que volver en ningún otro sitio. Y como la encomienda apostólica de las Siervas de María radicaba en la caridad, allá acudían las religiosas de mes en mes para dar una vuelta a ese pequeño montón de desarraigados: a llevarles bicarbonato o a cortarles las uñas; a ofrecerles consuelo, limpiarles úlceras y escaras, y brindarles un rato de compañía, un poco de tabaco de Tampa, la señal de la cruz en la frente o media pastilla de jabón. Intentando comprar unas botellas de láudano estaban precisamente esa mañana, cuando una jovencita de aspecto entre famélico y astroso las sorprendió con una frase amorfa que sólo podría oírse en sitios como ése:

—You parlare, amica, lo español?

Para entonces, la pequeña Lito había desvirtuado la lengua que aprendió de su madre hasta convertirla en una jerga sin nombre en la que se entremezclaban palabras y expresiones de las más disparatadas procedencias. Pero las hermanas la entendieron a la primera y ella, arrastrada por los recuerdos casi desvanecidos, entabló una zarrapastrosa conversación. El adjetivo *trastornadas* se quedaría corto para etiquetar el efecto que causó en las pías mujeres cuando la oyeron narrar su día a día con la más pasmosa naturalidad en un discurso involuntariamente lleno de obscenidades y patadas a la gramática.

Vente con nosotras, niña, le murmuró atropellada al oído la religiosa de más edad. Hay que sacarte de aquí como sea. La palabra *niña* le removió a Lito las entrañas. Así la llamaba su madre con su dulce cadencia canaria: *mi niña* le decía siempre, de noche y de día. No había vuelto a oír aquellas dos sílabas juntas desde la madrugada en que a ella se la llevaron muerta escaleras abajo envuelta en una manta; nunca supo dónde acabó ese cuerpo baqueteado que un mal día abandonó su isla afortunada por seguir a un marinero mentiroso que le prometió amor al otro lado del mar y sólo le acabó dando tormentos, palizas y amarguras. Por eso, al oír ese simple *niña* en boca de la madre Corazón, una lágrima súbita empezó a recorrerle la mejilla.

No sabía quiénes eran esas dos mujeres: no sabía de dónde venían, ni por qué vestían tan estrambóticamente, ni adónde tendrían previsto llevarla, pero no se lo pensó. Miró rauda a izquierda y derecha en la tienda abarrotada y no vio a nadie sospechoso que pudiera rendir cuentas acerca de ella si a alguien le diera por preguntar. Salió a la calle emparedada entre los amplios hábitos blancos de las hermanas, con su pequeñez medio tapada por los pliegues de algodón. Allí las esperaba el achacoso carruaje que las monjas usaban para moverse por la ciudad. En tres pasos estuvo dentro, en cuatro minutos dejó Mulberry Bend, en cinco calles se alejaba por primera vez en su vida de Five Points. Nunca volvió.

Con ella se llevó tan sólo una estatura infantil a pesar de haber cumplido los catorce años, un cuerpo abusado hasta la depravación, y unas encías repletas de pus y sangre. Nada más, porque nada más tenía. Ni enseres, ni papeles que la identificaran, ni recuerdos de algo que no fuera su perpetuo malvivir. Sin saberlo, no obstante, la crudeza la había provisto también de un arsenal de capacidades que a la larga le resultaron enormemente útiles para plantar cara a los infortunios venideros contra viento y marea: un olfato infalible para detectar las miserias de la condición humana, un repudio férreo a los agravios y los atropellos, y una demoledora ironía a través de la que filtraba los juicios que le dictaba su intuitiva lucidez callejera.

Instalada entre las monjas de la calle Catorce, poco a poco se fue despojando de capas de rudeza, ignorancia e insolencia, se nutrió con comida rotunda y vasos de leche caliente, depuró su español y su inglés hasta llegar a leer y a escribir en ambas lenguas más que decentemente y hasta desarrolló un apetito lector tan imprevisto como voraz. A base de éter, tenazas y una cirugía tan milagrosa como navajera, el vecino doctor De Rosa le arregló compasivo la piorrea que le consumía la boca. Una comadrona del cercano French Hospital —después de hacerse cruces ante el horripilante espectáculo de desgarros e infecciones que contempló al examinarla— optó por olvidarse de las femeninas compresas de caléndula y de los ligeros lavados con aceite de árbol del té: lo que hizo fue mandarla de inmediato al hospital católico de St Vincent, donde la trataron a la brava, tal como habrían hecho con cualquier varón de pelo en pecho infectado hasta los tuétanos de gonorrea: a base de agresivas pastillas de mercurio e inyecciones diarias de arsénico y bismuto que a la joven le hacían ver las estrellas y que le intoxicaron irremediablemente el hígado, los riñones y los huesos sin que llegara a saberlo.

A lo largo de aquellos primeros tiempos, Lito también fue dando forma a algunas voluntarias decisiones de futuro que trazarían las coordenadas de su provenir. Su primera determinación fue que jamás consentiría que ningún hombre volviera a rozarle el cuerpo ni en cien años que viviera. La segunda, que entre mujeres había habitado siempre, y que ya no sabría hacerlo de otra manera que no fuera así. Sumando ambas resoluciones, tuvo claro el camino: decidió tomar los hábitos y unirse a la orden de las Siervas de María. Nadie le preguntó nunca si creía o dejaba de creer en Dios.

Desde un principio quedó patente, sin embargo, que jamás sería una religiosa al uso: se dormía en los maitines, fumaba como un trabajador de los remolcadores, plantaba cara hasta al lucero del alba, soltaba exabruptos cada dos por tres. Las componentes de la pequeña congregación perseguían por entonces un sueño compartido con los miembros más influyentes de la comunidad española residente en Nueva York; un sueño que ya tenía nombre aunque aún carecía del capital necesario para construirlo: el Sanatorio Hispano. Entre todos llevaban varios años recaudando fondos a través de donantes y actos benéficos, y las monjas pensaron que tal vez deberían empezar a prepararse para cuando por fin lograran ver el proyecto materializado. Así las cosas, ofrecieron a Lito un plan para encauzar a la levantisca novicia y conseguir en paralelo algo positivo para la comunidad. ¿Por qué no te preparas, hija, en la Escuela de Enfermeras del Bellevue? Ni majara que estuviera, fue la respuesta. Pero déjenme las tardes y las noches libres, y les prometo que les devolveré con creces el esfuerzo que han hecho por mí.

La madre Corazón hubo de pedir permiso al arzobispo Hayes, aquel descendiente de irlandeses paupérrimos que casualmente creció en el mismo tremendo vecindario de Five Points. Y el futuro cardenal consintió. Tras largos años de afrontar la vida con voluntad titánica, y aunque la viuda y las huérfanas de Emilio Arenas aún no lo supieran, sor Lito había acabado siendo la primera religiosa católica que se sentó en las aulas de la cercana Universidad de Nueva York.

21

—Entonces, si no entendí mal, lo que ustedes mis niñas se plantean es una disyuntiva bien simple: si les interesa volver a España con unos cuantos billetes cosidos en las cinturillas de las faldas, o si les conviene aceptar la oferta de un italiano desconocido que les promete la luna y las estrellas, right?

Remedios y sus hijas asintieron; en pocas palabras, ésa era la situación.

—Pues si yo estuviera en el caso de ustedes —prosiguió la monja canija desde detrás de su escritorio—, no consentiría ninguna de las dos.

Victoria y Luz se revolvieron como si les hubieran pinchado en las nalgas con un punzón.

—Pero ¿cómo dice eso?

—¿Es que está usted loca, hermana?, ¿cómo vamos a decir a todo que no?

Sor Lito las dejó desahogarse; cuando se quedaron sin quejas ni exclamaciones, encendió otro pitillo y, tras la primera calada, prosiguió:

—Empecemos por el italiano: ¿nombre?

La madre se sacó la tarjeta de un bolsillo y la acercó a la mesa.

—Fabrizio Mazza —leyó la monja poniéndola bajo la luz de la pantalla verde y entrecerrando los ojillos. Luego sonrió con sarcasmo y expulsó de nuevo el humo por la comisura alzada—. Valiente pájaro...

—¿Lo conoce?

—Lo suficiente como para saber que iría a despellejarlas sin contemplaciones.

Les lanzó entonces la tarjeta de vuelta, pero ésta no llegó a las manos de ninguna: se habían quedado tan desconcertadas que se les bloqueó la capacidad de reacción. La cartulina sobrevoló la superficie llena de papeles del escritorio y acabó cayendo al suelo, ninguna se agachó a recogerla.

—Este tipo es sobrino de Marcelo Mazza, el que fuera un abogado legendario para los italianos de la peor calaña de Manhattan; sufrió un ataque cerebral y hoy por hoy se encuentra impedido y al cuidado de las Hermanas Misioneras del Sagrado Corazón. En sus buenos tiempos, no hace tanto, era un tipo ordinario, impulsivo, explosivo, vociferante... Pero listo como un hurón e ingenioso hasta lo imprevisible, capaz de defender de sus más turbios desmanes a cualquier canalla hasta hacerlo parecer a ojos públicos como un pobre diablo más inofensivo que san Rocco en la procesión de agosto.

Las miró unos instantes, consciente de su estupor.

—El sobrino, el que las visitó hoy, no es más que un segundón que carece de la garra y la picardía de su tío, y que está echando a perder el despacho del que se hizo cargo tras quedarse el otro imposibilitado. Por eso con toda seguridad ha venido a buscarlas con tanta rapidez: mantendrá sin duda a los mismos soplones a comisión que tenía su tío en lugares donde puede encontrarse clientela fácil, allá donde haya proletarios ignorantes potencialmente expuestos a los accidentes y los infortunios. En las excavaciones de los túneles por debajo del Hudson, en el puente de Triborough, en los edificios en construcción del Midtown... Y en los muelles, cómo no.

Las hijas y la viuda de Emilio Arenas la seguían contemplando atónitas mientras hablaba. En primer lugar —y sobre todo— por lo que les estaba narrando. Y, colateralmente, porque jamás habían escuchado a una mujer desenvolverse con semejante elocuencia y aplomo. Y menos a una monja con talla de primera comunión que empalmaba un pitillo con otro mientras continuaba abriéndoles los ojos a su triste realidad.

—Seguramente Mazza arañaría algo si pleiteara —añadió sor Lito sin darse un respiro—, pero cuando a ustedes les llegara la hora de cobrar la indemnización correspondiente, anticipo que él les presentaría una larguísima factura llena de gastos ocasionales, comisiones imprevistas, tarifas que se sacaría de la manga y sabe Dios qué más. Y al final, de esa supuesta tajada que en un principio les ha prometido, lo único que haría sería arrojarles las mondas.

Transcurrieron unos momentos de quietud.

—¿Y los de la Compañía Trasatlántica? —se atrevió a preguntar Victoria en voz baja, previendo que la respuesta apuntaría también hacia algún territorio ingrato.

Sor Lito volvió a sonreír sardónica.

—Lo que el agente de la Trasatlántica ha pretendido básicamente es comprar el silencio de ustedes, nada más. Que no haya demanda, eso es lo que quiere. Que el buen nombre de la ilustre naviera no se manche con ninguna publicidad negativa, que nada trascienda más allá de lo estrictamente necesario. Si en unos días se las quitan a ustedes de en medio y las facturan al otro lado del Atlántico, todos respirarán tranquilos: muerto el perro, se acabó la rabia. You follow me, right?

La entendían, claro que la entendían. Y por eso asintieron con enfáticos movimientos de cabeza. Pero continuaban sin tener ni idea de adónde demonios quería llegar.

—¿Qué pretende usted entonces que hagamos? —susurró al cabo Remedios.

La monja, siempre imprevisible, se salió por la tangente.

—¿De qué lugar de España son?

Le respondieron a coro.

—¿Y qué es lo que allá dejaron?

Esta vez, en cambio, ninguna contestó de inmediato, como si estuvieran armando mentalmente una lista.

—Alguna gente... —empezó a responder Victoria tras unos largos instantes.

Sor Lito la cortó.

—¿Gente que de verdad está esperando a que vuelvan?

Victoria bajó entonces la cabeza un tanto avergonzada, sin decir ni que sí ni que no. La que habló fue Luz.

—Esta idiota —dijo irónica señalando con descaro a su hermana mayor— se piensa que la espera un hombre, pero no le ha mandado ni una letra desde que llegamos, y eso que le prometió una carta por semana, y eso que...

Salvador Berrocal era el nombre de las alegrías y los anhelos de la mayor de las hijas de Emilio Arenas, un eterno estudiante de Derecho, hijo de un abogado malagueño de relumbrón, que alternaba su carrera interminable entre los exámenes de la Universidad de Granada, los cariños de Victoria y las juergas con amigos en el café de Chinitas hasta el amanecer. En su familia se enrabietaban con tan sólo recordar la simple existencia de la joven: demasiado poca cosa les parecía aquella muchacha de barrio humilde para el retoño aspirante a letrado una vez que decidiera sentar la cabeza; quién sino esa morena igual de hermosa que pobre y descarada, decían, era la causa de sus fracasos académicos y sus desparrames. Salvador, en cambio, le juraba amor eterno y moría por sus encantos: por sus ojazos, le aseguraba, por su carita gloriosa, por su cuerpo y el olor de su piel. Aunque esto sólo ocurría cuando, de tanto en tanto, él se acordaba de ella y aparecía en su busca por el corralón de La Trinidad después de dejarla plantada unos cuantos días seguidos, porque a menudo los profundos sentimientos y las buenas intenciones se le disolvían al joven como un pedazo de hielo en la sartén. Lo mismo, exactamente, que se había olvidado de escribirle desde que ella se marchó.

Victoria contuvo las ganas de soltarle a su hermana un sopapo por bocazas; se resistió mordiéndose el labio por respeto a la monja. Le quemaba la sangre que alguien le recordara que Salvador era un embaucador y un embustero malcriado, pero sabía que era verdad. Con todo, a pesar del tiempo y la distancia, no pasaba ni un solo día ni una sola noche sin que pensara en él.

—Y a usted, mi niña, ¿quién la espera?

La pregunta de sor Lito iba ahora dirigida a la propia Luz.

—Mis amigas, mis vecinas, conocidos... —respondió con desparpajo alzando un hombro.

—Demasiados conocidos... —murmuró Remedios con un punto de reproche.

—¿Y por qué no? —replicó Luz airada—. ¿Qué quiere usted, madre, que no salga a la calle, que me quede encerrada todo el día, viendo la vida pasar desde detrás de una ventana?

Victoria intervino entonces, dispuesta a tomarse la revancha.

—Antes se muere ésta que estarse quieta entre cuatro paredes, que en la bulla siempre hay alguien a quien encontrar, aunque luego le acabe saliendo rana. Como Rafaelito, el de la guitarra del puente de la Aurora, que se fue a Antequera y no volvió más, ¿o es que ya no te acuerdas? O como aquel Miguel al que conociste en el Corpus Chiquito y que resultó luego que andaba ennoviado con otra...

Luz replicó agria, alzando la voz.

—Pues mejor que tú estoy así, sin andar pendiente de ninguno...

Su madre la reprimió con un chisteo imperioso y se inclinó para darle un pellizco que ella esquivó por los pelos echándose hacia atrás. La religiosa optó entonces por cortar la discusión: había tenido suficiente para hacerse una idea de por dónde iban los tiros y para sacar una imagen diáfana de las dos. La mayor, la bella joven de rasgos armoniosos y cuerpo esbelto, parecía prudente y responsable, pero a la vez mostraba una tendencia clara a dejarse arrastrar con cierta mansedumbre. La menor, hermosa también aunque de otra manera, funcionaba por fogonazos de instinto a menudo quizá precipitados y hasta imprudentes.

—Y usted, Remedios, ¿qué tiene que decir?

La viuda cogió aire antes de replicar con un rictus de dolor pegado a la boca.

—Yo, hermana, tengo los nervios echados a perder desde lo de mi Jesusito, el varón que me nació malo y se me fue a los cinco meses. Mi madre, que era la que siempre me sacaba las castañas del fuego, se me murió el año pasado para el Día de los Santos, y mi marido está enterrado en un cementerio a tomar viento de aquí, adonde ni siquiera puedo ir a rezarle un padrenuestro... Por no esperarme, no me espera ni un techo debajo del que vivir, porque nos echaron del corralón.

Miró entonces a sus criaturas con gesto adusto.

—Lo único que yo quiero, hermana, es enderezar a estas hijas mías y meterlas en vereda. Nunca he tenido carácter suficiente para manejarlas, me han salido bravas y se han criado sin un padre y sin temor de Dios. Y ya ve usted lo que son ahora mismo, estas dos y la otra que me falta hoy, la Mona, la mediana: tres mujeres como tres carros que andan por la vida sueltas como pericos, derechitas a la perdición.

Ambas intentaron salir en su propia defensa, pero sor Lito las cortó con un potente chisteo.

—Ésta, la grande —añadió Remedios señalando a Victoria con un brusco gesto—, ya ha oído usted: anda enzarzada en amores con un señorito que no la quiere nada más que para entretenerse, y la muy tonta bebe los vientos por él. Y ésta, la chica —prosiguió, lanzando el gesto ahora hacia Luz—, es callejera como un chucho sarnoso y se junta con cualquiera que le diga échate un cantecito, niña, o vamos a bailar, hasta que un mal día me venga con un disgusto, con un susto en el cuerpo o con una barriga, o se la encuentren por ahí tirada cualquier madrugada en un terraplén...

Victoria y Luz amagaron con seguir protestando; la monja las frenó fulminante.

—Ya he oído suficiente, no necesito más. ¿Quieren escuchar mi propuesta?

Ninguna dijo ni que sí ni que no.

—Quédense.

Entonces sí volvieron las voces altas y las caras rabiosas de las hermanas, mientras Remedios, anonadada, permanecía en silencio.

—Temporalmente —aclaró la monja intentando calmarlas—. Al fin y al cabo, nada ni nadie las reclama de inmediato en ningún otro sitio, por lo que veo.

—¿Y qué pretende, que nos encomendemos al malasangre del italiano, con todo lo que nos acaba de decir de él? —inquirió Victoria con un punto de insolencia.

—No way.

La miraron atónitas.

—¿Entonces?

—Voy a defenderlas yo.

Como si se hubieran convertido en estatuas de sal, así se quedaron: desconcertadas, paralizadas, sin encontrar una palabra con la que reaccionar.

—Llevará su tiempo —continuó sor Lito haciendo un esfuerzo por no echarse a reír. No era la primera vez que percibía esa reacción de incredulidad cuando presentaba sus credenciales como abogada en ejercicio—. Habrá que ver qué entidades hay implicadas en el accidente, qué grado de responsabilidad tiene no sólo la Trasatlántica, sino también la gerencia de los muelles, la autoridad portuaria... en fin, todos los posibles involucrados.

Se expandió un rato hablando de cosas que no entendieron pero que sonaron serias y contundentes, seguramente pretendía convencerlas de que controlaba el terreno que se proponía pisar. Hasta que al final descendió a su nivel.

—¿Quieren saber por qué lo hago?

Asintieron con el mentón. Enfáticas, ansiosas por entender.

—Porque son ustedes inmigrantes. Porque son iletradas,

ignorantes y pobres. Porque son mujeres. Pongan estos factores en el orden que les dé la gana: el resultado va a ser el mismo. Tienen todas las papeletas para ganar la lotería de los más propensos a los abusos y las canalladas. Y nadie va a estar dispuesto a echarles una mano con un mínimo de honradez, así que no les queda otra salida que fiarse de mí.

No encontraron argumentos para rebatirla.

—¡Ah, y una razón más que olvidaba! Voy a representarlas también porque, a modo de honorarios, espero quedarme con la mitad del dinero que les consiga.

La estupefacción de sus rostros hizo soltar a las viejas amigas otra carcajada.

—¡Cambien esa cara, por el amor de Dios! —les gritó sor Lito. Después apagó su último cigarrillo en la tierra de la famélica maceta—. Un cincuenta por ciento puede parecerles mucho de entrada, pero ¿cómo creen ustedes que se mantiene esta casa y con qué medios pretenden que atendamos a tanta pobre desgraciada como viene por aquí?

Seguían chapoteando en el desconcierto cuando la religiosa más estrafalaria que habían visto en su vida les lanzó su última carga.

—Y óiganme, mis niñas. Mientras la cosa se va resolviendo, en vez de compadecerse de ustedes mismas o soñar con hombres que nunca van a quererlas, ¿qué tal si se ponen a trabajar?

22

Mona seguía metida entre las mantas, con la espalda apoyada contra la pared que hacía las veces de cabecero, el pelo desgreñado como una leona morena y el uniforme de camarera hecho un guiñapo. Sus hermanas llevaban un largo rato hablando como cauces desbocados, arrebatándose una a otra la palabra sin miramientos para ponerla al tanto de lo que ocurrió primero con Sendra y después en Casa María.

—Pero, pero... pero ¿cómo pretende esa monja que nos hagamos cargo de El Capitán nosotras solas, si no sabemos cómo se lleva el negocio y no tenemos ni un real?

Remedios intervino casi por primera vez.

—Le pidió a la señora Milagros que nos hiciera un préstamo y, aunque parezca mentira, la otra no dijo que no.

Se sacó entonces un prieto rollo de billetes resobados de un bolsillo del mandil: el minúsculo capital con el que contaban para echar a andar, un grotesco contraste si lo comparaban con los flamantes dólares que les llevaron los representantes de la naviera. Todavía tenían fresco en la memoria su tacto crujiente, su tersura, las ilusiones alocadas que despertaron en sus cabezas. Y aún los mantenían escondidos dentro de un perol.

—Sor Lito ha dicho que le llevemos los pasajes y el dinero esta misma mañana, que ni los toquemos —explicó Victoria—. Ella se encargará de devolverlos; dice que a partir de ahora todo tiene que pasar por sus manos, que no hablemos con nadie, que a nadie demos cuenta de nada...

—Y esa religiosa tan rara —insistió Mona todavía incrédula— ¿seguro que es de fiar?

Exactamente lo mismo le habían preguntado a la señora Milagros mientras regresaban a casa la noche previa. La gallega se paró entonces en seco frente a la taberna de Al el escocés y la luz amarillenta de una farola callejera le alumbró el viejo rostro repleto de surcos.

—Conozco a esa mujer desde hace casi cuarenta años —masculló agarrando con dedos como garfios las muñecas de las chicas.

Si se hubieran podido adentrar en su cerebro, habrían visto cómo los recuerdos de la anciana daban tres volteretas hacia el pasado para retroceder hasta aquellos tiempos duros en los que a ambas las acogieron en Casa María, a cuál más infeliz y más miserable: la una criada entre la peor ralea del barrio más inmundo de Manhattan, la otra abandonada por su marido en una tierra extraña con dos criaturas y una mano delante y otra detrás. Pero no dijo más; echó a andar simplemente, atravesando la calle oscura y vacía envuelta en su toca de lana. Y ellas, que no tenían otro asidero, tuvieron que conformarse con aceptar por garantía el valor de esa amistad.

Ante la pregunta cautelosa de Mona y el silencio meditabundo de las otras dos, Remedios, insospechadamente, fue la que acabó dando el asunto por zanjado.

—No nos queda otra, hijas mías, así que ya podéis poneros en marcha. Llevadle a la monja el dinero y los pasajes, y que Dios nos coja confesadas: venga, andando, no hay más que hablar.

Se levantó por fin Mona de la cama, se organizaron, salieron y acudieron a Casa María seguras de lo que iban a hacer, era una decisión unánime. Unas migas de incertidumbre les bailaban en las tripas, sin embargo, intuyendo que aquello difícilmente tendría marcha atrás.

Un rato después, tras recoger a su madre, se plantaron delante de El Capitán. Ahí seguía el cartel chapucero con el nombre, la modesta entrada casi imperceptible empotrada en un semisótano entre dos inmuebles anodinos.

Remedios sacó el manojo de llaves de su marido; las hijas, a su espalda, esperaron con un mutismo respetuoso a que abriera primero un candado y luego la cerradura, apretando mientras las muelas para no echarse a llorar. Les conmovía el afán concienzudo del padre muerto, el esfuerzo por mantener férreamente protegida su parca posesión para evitar a los intrusos y los indeseables, como si allí hubiera algo grande, algo valioso capaz de provocar las tentaciones de los amigos de lo ajeno. Pero no. Tan pronto entraron y se enfrentaron a la frialdad oscura del local, reconfirmaron con tristeza que todo seguía tan mísero como siempre.

Caminaron casi a tientas entre las mesas con las sillas amontonadas en lo alto: el patético testimonio que evidenciaba que lo último que Emilio Arenas hizo fue fregar a conciencia el suelo, ignorando que aquel simple acto sería su último adiós. Entraron apelotonadas en la cocina, encendieron la luz. Todo estaba ordenado, comprimido en su estrechez: la encimera de piedra, el fogón apagado, las sartenes negras y baqueteadas colgando de sus ganchos, la ristra de ajos pendiente de un clavo.

Salieron de nuevo al comedor, seguían sin hablar, trasegando cada cual a su manera con las memorias colectivas y sus propias tristezas privadas. Remedios se sentó y se echó a llorar: lo previsible en ella. Luz se mantuvo a su lado, en pie, limpiándose una lágrima con el dorso de una mano mientras la otra reposaba sobre el hombro de la madre. Victoria miraba al suelo con el gesto contraído, incapaz de hallar el menor signo de optimismo entre las pilas de platos desconchados y los montones de desolación.

—Tres latas de atún, un pedazo de bacalao y el fondo de un saquillo de arroz. No hay más.

Eso fue lo que Mona enumeró tras hacer un rápido inventario; era la única que aún no había salido de la cocina, y a su recuerdo silencioso volvió la residencia del Upper West Side en la que trabajó la noche anterior, con su despensa repleta y esa sensación desconocida de confort y opulencia. Pero no dijo nada; sumidas como estaban las otras en los tumbos del presente, tan sólo Victoria le había preguntado justo antes de salir del apartamento y sin demasiado entusiasmo ¿qué tal fue ayer? Bien, musitó ella entre dientes mientras metía los brazos en las mangas del abrigo. Ni mención a la casa y a la gente distinta, al hombre frágil y el incidente con los reporteros o a su largo camino de vuelta recorriendo en canal medio Manhattan. Bien bien, insistió. Nada más.

El silencio se mantuvo tras el desolador recuento de existencias, pero la mediana de las Arenas prefirió proseguir activa y puso al fuego la gran cafetera de estaño abollado heredada del anterior propietario. Diez minutos después, cada una tenía una taza de café amargo en la mano —ni siquiera quedaba azúcar— y la plena conciencia de que había llegado el momento de decidirse.

Incertidumbre y angustia, inseguridad, vacilación. Ellas lo ignoraban, pero todas aquellas sensaciones eran a menudo la patria común de los trasterrados, los grandes desasosiegos que atravesaban el alma de casi todos los que habían abandonado su mundo en pos de otro mejor. Una vez desarraigados, trasladados y reubicados, siempre había una decisión de futuro más grande o más chica que tomar. Entre las familias, en los trabajos, en las mudanzas y en los amores. En las diminutas lavanderías de los chinos, en los oscuros restaurantes napolitanos, en las pequeñas sastrerías de los hebreos o en los carromatos ambulantes de los alemanes; en todas partes siempre había un instante en el que por fuerza había que decir a algo sí o no.

En algunas ocasiones la suerte se dejaba al azar, en muchas otras la decisión era seriamente sopesada. A menudo las disyuntivas se resolvían de manera conjunta y había momentos en los que la tiranía se imponía de forma arbitraria sobre un colectivo, una pareja, un clan. Unas veces se acertaba; en otras, la alternativa elegida acababa siendo una monumental equivocación. Pero de un modo u otro había que dar el paso, no se podía huir de él.

En eso estaban en ese instante las cuatro mujeres de la familia Arenas un mediodía de marzo del año 36, ellas que siempre se habían movido según soplaran los vientos, sin haberse visto jamás en la coyuntura de tener que tomar sus propias determinaciones. Desgarradas, turbadas, asustadas, solas. Con un abismo abierto a sus pies.

Rompió el silencio la espontaneidad de Luz.

—Entonces, ¿abrimos de nuevo El Capitán?

Atravesando el desasosiego y las vacilaciones, al menos despuntaba una certeza: se tenían unas a otras. Con sus talantes distintos y sus maneras dispares de plantarse ante la vida, las tres hermanas Arenas habrían de seguir siendo una roca. Se apoyarían entre ellas cuando los vientos soplaran feroces en aquella ciudad descomunal y extraña, se darían consuelo cuando la turbación les arañara el alma y, en las noches más crudas, se soplarían calor y aliento.

—Abrimos —confirmó Mona rotunda.

—Abrimos —confirmó Victoria desde su rincón.

La madre tan sólo movió los labios, pero asintió con la barbilla mientras en el puño estrujaba un pañuelo sucio.

SEGUNDA PARTE

—

23

Pasó más de un mes y El Capitán seguía sin levantar cabeza. Algo de movimiento hubo al principio, cuando aún acudía gente a presentarles sus condolencias, a llenarles una mesa por aquello de hacerles un favor, o simplemente a husmear cómo marchaban aquellas muchachas que tan altaneras y distantes parecían y que luego, por perra mala suerte, se habían visto obligadas a claudicar y arremangarse.

Después de esas jornadas, sin embargo, todo volvió a la parquedad más lamentable y, en consecuencia, la decisión de disgregarse tardó poco en llegar: tan pronto como se dieron cuenta de que era un desperdicio dedicar ocho manos a jornada completa para hacer funcionar algo tan flojo.

La primera en volar fue Luz: entre todas decidieron que aceptara la oferta para trabajar en la lavandería con el matrimonio Irigaray, así ganaría unos cuantos dólares para la bolsa común. En cuestión de días, Mona se distanció también. Siempre fue la más rápida con los números, las componendas y los mandados, por eso asumió enteramente las cuentas y las provisiones. Unos días se acercaba al Gansevoort Market en busca de frutas y verduras, otros bajaba al mercado de West Washington y sin entender apenas nada, compraba pollos esmirriados o aquello barato que pocos querían: sesos, quijada, lengua, careta; había mañanas en las que cruzaba de amanecida hasta el East River, al Fulton Fish Market, en donde durante un tiempo también trabajó su padre despiezando peces gigantescos, desconocidos en su mar. Los madrugones que se echaba al cuerpo eran de órdago y las caminatas agotadoras, cargando siempre con la angustia de las deudas acumuladas y el no saber cómo solventarlas por muchas vueltas que le dieran, pero al menos así lograba minimizar los gastos hasta el extremo. Y siempre volvía con algo sustancioso que Remedios era capaz de convertir en una sabrosa cazuela a pesar de que nunca parase de refunfuñar por la falta de los ingredientes tan mediterráneos y elementales con los que estaba acostumbrada a guisar. Las almendras. Las olivas. El perejil. El laurel.

Aquella mañana de abril, Mona empujó la puerta de la casa de comidas con un hombro y entró deprisa. Iba retrasada, presuponía que su hermana y su madre la recibirían con el morro torcido: el mediodía se aproximaba y aún no había nada en el fuego. Para su sorpresa, sin embargo, no se topó con las increpaciones habituales sino con un varón al que nunca había visto, sentado en un taburete frente al mostrador por el que sacaban las comandas. Remedios y Victoria se encontraban detrás, en la cocina, al otro lado, visibles tan sólo de cintura para arriba. Por la postura relajada del desconocido, parecía que llevaban un rato de conversación.

El hombre se levantó al verla y Mona lo tasó veloz. Cercano a los cincuenta, calculó. O igual los superaba: no tenía ella mucha experiencia en el trato con hombres maduros, le costaba atribuirles una edad. Decentemente vestido aunque la ropa sin duda acumulaba uso de años, estatura media y algo de barriga, pelo castaño encanecido en las entradas, cejas espesas y oscuras, un poco de papada. Frente a él tenía un atado de cigarros puros; en el suelo, en una pila compacta sujeta con tiras de tela anudadas, había unas cuantas cajas con etiquetas de colores.

—Lamento su triste pérdida, señorita... —dijo en su mismo español del sur peninsular.

Le tendió luego una mano y al intentar Mona responder al saludo sosteniendo la compra voluminosa que acarreaba, del paquetón se le escaparon dos cebollas que terminaron rodando por el suelo.

—Muchas gracias —murmuró a la vez que se agachaba a recogerlas.

Sin más parlamento entró en la cocina; el desconocido entretanto miró el reloj, soltó unas frases sobre otros compromisos, y agarró la mercancía que aguardaba a sus pies.

—¿Y este tío quién es? —preguntó a Victoria en tono quedo acercándose al oído de su hermana mayor.

—Uno que dice que conoció a padre, Luciano no-sé-qué ha dicho que se llama.

Esperó a que el tipo acabara de despedirse y emprendiera el camino hacia la salida para señalar la caja que había dejado sobre el mostrador: la tapa mostraba a una hermosa joven con grandes flores rojas en el pelo; alrededor de ella, hojas de palma, escudos y la marca Cuesta-Rey.

—Se dedica a la venta de tabaco —aclaró Victoria—, es representante de una casa de Tampa, de la Florida; se ha empeñado en que nos quedemos con estos puros; dice que casi todos los restaurantes los ofrecen a sus clientes, que dejan un buen beneficio.

—¿Y con qué piensas que se los vamos a pagar, si cada día estamos más caninas?

—Los tenemos en prenda. Si les damos salida, bien. Si no, se los vuelve a llevar. Es buen hombre, viudo reciente.

Giró la cabeza hacia la madre, sonrió con picardía.

—Lo mismo podrían consolarse entre los dos...

Mona ahogó una carcajada y dio un manotazo a su hermana.

—No estarás pensando en enredar a madre con un hombre, loca.

Pero ella también fijó la mirada en Remedios, gastada por los años, los trotes y su eterno decaimiento. Con todo, la vio aún hermosa a su manera, con su pelo tirante y el rostro anguloso porque apenas comía y esos ojos tan negros a los que siempre asomaba una lágrima en el momento más insospechado. Aún manchaba los paños todos los meses; hasta hijos podría tener si quisiera.

La propia madre, ignorante de lo que cuchicheaban ellas a su espalda, las plantó de nuevo en la realidad.

—Malo es que tengamos poca clientela, pero peor va a ser si empieza a llegar el personal y no hay nada que ponerles encima del mantel. ¿Qué es lo que pasa aquí hoy, que queréis que nos hundamos más todavía?

Probablemente la trastornaron las prisas por el retraso acumulado, o el recuerdo del marido muerto que le avivó la visita del tabaquero, o una simple distracción: el caso fue que un chillido taladró a las dos hermanas los tímpanos mientras organizaban las mesas apenas media hora después.

Corrieron a la cocina, encontraron a Remedios tapándose un lado del rostro con el gesto contraído por dolor, ambas se le abalanzaron a gritos:

—¡A ver, madre, déjenos!

—¡No se toque, no se frote, tenga cuidado!

El aceite hirviendo tuvo la culpa, le saltó al freír el pollo; las salpicaduras le provocaron una fea quemadura en el párpado y otras más pequeñas en el pómulo derecho y la sien. Sus hijas la obligaron a volcar la cabeza sobre el fregadero para rociarlas con agua fría, le hicieron sentarse levantando la cara hacia el techo ahumado, le pusieron sal.

El paso de las horas no le calmó el dolor y anduvo el día entero apretándose un paño mojado en vinagre contra la cara, molesta y quejosa, con un humor infernal. Agradecieron que se fueran los últimos clientes al final de la jornada: en un rato, en cuanto dieran cuenta de las sobras, podrían irse a casa ellas también. Estaban a punto de sentarse a la mesa cuando llegó Luz. Pese a la hora y el cansancio, con la pequeña de las hermanas parecía entrar siempre una ráfaga de frescura; rara era la noche que no traía una anécdota, una novedad o un chinchorreo con los que se esforzaba por levantar la moral común.

—Hoy he salido antes de la lavandería —anunció tras soltar una catarata de chillidos alarmados al ver a la madre con medio rostro tapado—. En La Nacional van a empezar a ensayar una zarzuela por las noches y doña Concha me ha dejado ir a enterarme.

Habían repartido octavillas con la convocatoria por los locales del barrio; lo mismo, chica, le había dicho la vasca, con lo que te gusta a ti cantar y bailar, se te podría dar bien... El año pasado representaron *La Revoltosa*, contó mientras sacudía una camisa impoluta; el anterior, *La rosa del azafrán*. Todos los participantes eran meros aficionados, se ensayaba en los locales de La Nacional y después, para el estreno, se alquilaba el teatro San José de la Quinta avenida, y las entradas se agotaban, y no había hablante de español en Nueva York que no acudiera y no aplaudiera a rabiar.

—Para este año tienen en mente *Luisa Fernanda* —le había anticipado la propietaria de la lavandería.

—Pero si yo zarzuela no he cantado en mi vida, señora.

—Pero gastas buen oído y no te falta voz.

—Y gracia —añadió el marido sumándose a la sugerencia a la vez que plegaba un gabán—. Gracia tienes para parar un tren.

Pasó Luz la jornada entera dando vueltas a la idea de verse encima de un escenario, pensando en cómo sería el sentirse rodeada por la música, las luces, las voces, los aplausos. Aunque fuera en un papelito irrelevante. Aunque sólo fuese una más en un coro; un rostro y un cuerpo casi invisibles dentro de un pelotón. Corroída por la curiosidad, al final de la tarde se acercó a averiguar cómo funcionaba aquello. Y luego quiso compartirlo con su madre y sus hermanas, optimista, ilusionada.

—Mañana hacen las pruebas y he pensado que me voy a presentar.

Obviamente, no contaba con la agria respuesta de Remedios, rápida como un navajazo esquinero.

—Y el trabajo, ¿qué? Y el luto de tu padre, ¿qué? —farfulló.

Mezcladas con las palabras furiosas, de la boca le salieron gotas de saliva y briznas de carne a medio masticar.

Durante unos momentos desconcertantes sólo se oyó el goteo del grifo de la cocina.

La intervención de Mona, lenta y cautelosa, rompió tentativamente la tensión.

—Ha dicho que los ensayos serán por las noches, madre, después de cerrar la lavandería. Y lo de padre, pues...

No hubo manera de terminar la frase.

—¡Pues si le sobra el tiempo, que se busque otra colocación y se deje de cantes y de bailes, que la muerte de vuestro padre merece un respeto, y buena falta nos hace el dinero! ¿O es que ya se os ha olvidado lo que debemos todavía? —bramó Remedios poniéndose de pronto en pie. El trapo que le tapaba las quemaduras cayó al suelo, y quedaron a la vista el rostro enrojecido y el párpado medio cerrado.

Las hermanas mayores insistieron en ayuda de la menor.

—Pero, pero, pero madre...

De la garganta de Remedios salió un grito desgarrado.

—¡He dicho que no!

La miraron atónitas; no estaban acostumbradas a que perdiera el temple de esa forma, el mal día que llevaba a rastras debía de ser la razón. Lo más aconsejable, consecuentemente, habría sido dejar el asunto ahí, para que ella lo fuera digiriendo a su ritmo y quizá retomarlo al día siguiente con más calma. Pero Luz no logró contenerse.

—¿Sabe lo que le digo, madre? Que trabajo nueve horas al día y con eso ya cumplo con mi parte; si este negocio no funciona, no es culpa mía. Y, además, si soy capaz de ganarme yo sola un jornal, lo mismo también puedo decidir en qué otras cosas gasto el poco tiempo que me sobra.

—¿Y eso es lo que tú decides, faltar a la memoria de tu padre?

La pequeña de las Arenas, fuera ya de sí, continuó a voz en cuello.

—¡Decido que no tengo por qué mostrar a nadie una pena que no siento!

Sus hermanas la miraron anonadadas, a Remedios empezó a temblarle el labio inferior.

—Luz, por Dios, no seas tan bruta... —susurró Mona, mientras Victoria le acercaba una mano al brazo para serenarla. Como si en vez de los dedos de su hermana la hubiera rozado la lengua de una víbora, Luz se apartó con brusquedad.

A pesar del empeño por sosegarla, las hermanas mayores eran conscientes de su sentimiento porque a ambas les ocurría algo parecido: el recuerdo de Emilio Arenas se les iba secando a medida que pasaba el tiempo, como un pequeño charco bajo el sol del mediodía. Su convivencia había sido tan breve, tan escasa y frágil, que la huella que dejó ya casi se había desvanecido. Le guardaban cariño, un afecto tan cierto como difuso. Pero no les dolía su ausencia. Ya no. Para lo bueno y lo malo, les había cicatrizado el arañazo del corazón.

—Él me habría animado a hacerlo —remató Luz levantándose furiosa; tanto ímpetu puso, que tumbó la silla—. Se sentiría orgulloso de mí, así que mucho más honraría su memoria dedicándole aunque fuera un miserable papelito en esa zarzuela, que no quedándome con las ganas tan sólo por un luto ridículo que a nadie importa si guardamos o no.

A partir de ahí, todo fue a peor. Más chillidos, más reproches, fuego cruzado, munición cargada de crudeza.

—¡Estamos aquí por su culpa, madre, porque usted nos trajo, maldita sea!

—¡Mala hija, desvergonzada!

—¡Bastante nos ha amargado ya la vida, déjeme en paz!

Se marchó dando un portazo; tras ella quedó una silla tirada en el suelo y un desconcierto denso y amargo. Cuando las otras llegaron a casa media hora más tarde, Luz ya estaba acostada en su camastro plegable, acurrucada, ausente.

24

Ninguna la vio por la mañana: Mona salió como siempre antes de que el resto se levantara y para cuando lo hicieron la madre y Victoria, la pequeña de las Arenas se había marchado ya, dejando el catre revuelto.

Aunque esquivaron rememorar lo que pasó por la noche, el ambiente en la casa de comidas estuvo tenso y amargo desde un principio. Para disimularlo, cada cual se volcó calladamente en las tareas cotidianas. Como colgados del techo por hilos transparentes o aferrados a las paredes cual telarañas, invisibles e insonoros pero reales, ahí habían quedado sin embargo jirones de los reproches y las asperezas, ecos de los gritos entre madre e hija de la noche anterior.

Eran ya casi las ocho de una jornada desagradable, y encima a esas horas no habían atendido más que nueve servicios de cena, y Remedios seguía con el ojo medio cerrado como consecuencia de las quemaduras, y el humor colectivo se mantenía igual de oscuro. Y en la calle había empezado a llover.

—Voy a salir un momento antes de que cierren en Casa Moneo; me dijo ayer doña Carmen que estaba a punto de llegarles un pedido de... de...

Terminó Mona la frase en un murmullo aturullado, en realidad importó poco porque su madre no le hizo ni caso y porque Victoria sabía que estaba mintiendo; ya lo habían hablado antes entre ellas. No iba a Casa Moneo, no había ningún pedido de nada a la vista, pero se escabulló igualmente.

Cruzó a zancadas la calle para no mojarse, apenas necesitó

luego recorrer un breve tramo de acera para alcanzar la puerta de La Nacional. Había gente subiendo la escalera con prisa, hombres y mujeres con los cuellos alzados o cubriéndose precariamente la cabeza bajo la lluvia imprevista con lo que tenían más a mano: un periódico haciendo de tejado a dos aguas, un pañuelo, una bolsa de papel. Había también paraguas que se cerraban e iban dejando sobre las baldosas un reguero mojado.

La audición tendría lugar en el salón de actos, en el piso principal. La amplia estancia estaba abarrotada de sillas, ocupadas ya casi todas a esa hora por muchachas vestidas de domingo y muchachos peinados con brillantina a pesar de que la prisa les había impedido limpiarse la mugre de las uñas al salir de la fábrica, la obra o el taller. Vio también a jóvenes madres con criaturas medio dormidas alrededor, y a algunas matronas de colmillo retorcido, a varones entrados en años que fumaban y luego carraspeaban intentando sacarse las flemas del esternón. Algunos eran vecinos del barrio, otros gente que había subido desde la zona de Cherry Street, los había llegados en metro desde Harlem, desde Washington Heights, el Bronx y Brooklyn, en ferry desde Staten Island, unos cuantos vinieron incluso desde Newark y Elizabeth, en New Jersey, al otro lado del Hudson: hasta todos los rincones donde residiera un cogollo de españoles grande o chico había llegado la noticia de aquella convocatoria anual.

A cada instante saltaban saludos entrecruzados y risas sueltas, algún grito de sorpresa, algún abrazo emocionado. La lengua común fluía entre las paredes con mil acentos distintos, hasta que un tipo de lentes redondas y bigote historiado se sentó al piano sobre la tarima de madera del fondo y empezó a desgranar notas mientras las voces bajaban el tono y por la sala se extendía una ráfaga de sonoros chisteos.

De pie, parada junto a la puerta, Mona buscó a Luz entre el gentío. Tardó en dar con ella porque la tenía de espaldas, sentada en la cuarta fila con la melena recogida en un moño tirante adornado con un par de claveles. Ante la tozuda negativa de su propia madre, la flanqueaba protector el matrimonio Irigaray, doña Concha a su derecha, don Enrique al otro lado. Incapaz de ver el rostro a ninguno de los tres, Mona no tuvo más remedio que imaginárselos: nerviosos, expectantes bajo fachadas de aparente sobriedad. Sopesó la idea de abrirse paso para llegar hasta ellos, pero en ese momento otro hombre subió a la tarima y reclamó la atención de los presentes. ¡Señoras y señores, por favor! El personal acabó de ocupar sus lugares, crujieron las sillas, se apagaron las conversaciones. Mona, sola de pie en mitad del pasillo, no tuvo más remedio que sentarse deprisa en uno de los escasos sitios libres.

La audición se hizo eterna y todo fue un tanto caótico, pero no había otra manera: el elenco potencial tan sólo lo formaban aficionados con más buena voluntad que garganta, un enjambre de modestos trabajadores y amas de casa, muchachos de reparto, chicas de servicio, albañiles, manicuras, costureras, camareros. A medida que se iban adjudicando los papeles, se oyeron rechiflas, reproches y bufidos, y hubo quien protestó con lengua cortante y hasta quien se marchó con airado disgusto por no haber resultado escogido para hacer de coronel, de don Florito, de posadera.

Eran más de las diez de la noche cuando a Luz le llegó el turno, para entonces la sala estaba llena de sillas descolocadas, huecos vacíos y caras que rezumaban cansancio y aburrimiento. Tan pronto la vio subir a la tarima, Mona se sacudió la modorra y enderezó la espalda. Ahí estaba su hermana pequeña, ese rabo de lagartija que fue de niña convertida ahora en una espléndida mujer embutida en el vestido de tela barata que Mama Pepa le cosió a mano un par de meses antes de marcharse al otro barrio. Sobre los hombros llevaba un mantoncillo prestado; en los labios, algo de carmín. Lo demás —el talle, la soltura y el brillo que irradiaba— lo traía de natural.

Arrancó el piano por enésima vez, Luz miró al techo y cogió aire, barrió la sala con los ojos, sonrió segura y empezó a cantar. Y de pronto, todo pareció despertar de una densa somnolencia. Ahí estaba la hija pequeña del desgraciado del Capitán, peleando como una jabata por el papel de la joven modista Rosita, la que abría *Luisa Fernanda* con su canto chispeante y desenfadado.

> *Mi madre me criaba pa chalequera,*
> *pero yo le he salido pantalonera...*

Toda la gracia del sur, todo el sol de su tierra parecían haberse concentrado en ella a pesar de no haber cantado en su vida zarzuela: ahora giraba un hombro, ahora acunaba las caderas, luego requebraba al pianista y le lanzaba un guiño. Con desparpajo y movimientos entre airosos y seductores, Luz dominó el escenario como si no hubiera hecho otra cosa desde que Remedios la trajo al mundo.

El salón entero la aplaudió en pie.

Mona, en cambio, no fue capaz de dar más de tres lentas palmadas: tantos sentimientos se le habían juntado dentro, que se le puso la piel de gallina.

25

—Tiene usted que ir a que le vean ese ojo, mujer. Deme un papel que le apunte la dirección del doctor Castroviejo, dígale que va de mi parte, me conoce de sobra porque le llevo cajas de puros cada dos por tres, le encantan los Ponce de León, los más caros. O no, mejor no; mejor déjeme que le llame yo y le pida hora a Lolita...

El tabaquero había vuelto a aparecer ese mediodía por El Capitán; tras otro rato de conversación supieron que se llamaba Luciano Barona, que sufría de acidez de estómago y que nació en Alhama de Almería. Salió de su pueblo hacía más de dos décadas, cuando faltaron los barcos para el flete de la uva al extranjero a causa de la Gran Guerra y los hombres jóvenes de la zona se quedaron sin porvenir. Dejó atrás a su mujer y a un niño chico; lavó platos, fregó suelos, picó verduras, selló paquetes de azúcar en la Domino Sugar Refinery, entró después como dependiente en una pequeña tienda de tabacos en Atlantic Avenue en la que vendían cigarros de manufactura casera; se entendió con el dueño y éste le ofreció instalarse en el piso de arriba, cerca de los billares donde él solía reunirse con sus paisanos para ponerse al tanto de las noticias que les llegaban. Logró ahorrar, mandó pasajes para la esposa y el hijo, se convirtió en vendedor transeúnte a comisión para un distribuidor local y unos años más tarde, al morir el propietario, se quedó con el alquiler de su vivienda y la concesión en exclusiva de una de las casas que representaba, la tampeña Cuesta-Rey.

—Mire que las quemaduras son traicioneras; no lo deje, señora, que se le puede complicar...

Sus hijas le secundaron a coro:

—¿Qué quiere usted, madre, quedarse medio cegata?

—¿O acabar tuerta como la señora Milagros?

—¿O terminar con un parche como aquel tío de Málaga, Nicasio el churrero?

A esas alturas, tres días después de que le saltara el aceite, estaba claro que de poco le servían los paños empapados en vinagre que ella misma se ponía para aliviarse; era necesario algo más.

Conchabado con ellas, Barona salió en busca de un teléfono y regresó al rato con la confirmación: había conseguido que le hicieran un hueco aquella misma tarde a última hora.

—Pero ¡que no tenemos con qué pagarle! —protestó Remedios.

—A cuenta —replicó él.

—Pero ¡si tenemos más trampas que un pajaritero, hombre de Dios, cómo vamos a echarnos encima más gastos todavía!

—Pues ya me encargaré yo de que sea a fondo perdido —insistió paciente—, no se preocupe usted.

Nerviosa y reacia, la madre siguió planteando obstáculos:

—¿Y quién va a venir conmigo?

Se aventuró Mona, la más ducha en los callejeos.

—Yo la acompañaré, madre; no se preocupe, que no la vamos a dejar sola.

—Y aquí nos quedamos nosotras dos a cargo de las cenas —dijo Victoria señalando a Luz con la barbilla; ésta hizo un mohín apretando los labios, todavía le escocía la bronca a raíz de la zarzuela.

Sin más justificaciones, los nervios agarrotaron a Remedios y la sumieron en un estado de abatimiento profundo. Sólo dos veces se había visto cara a cara con un médico, y la memoria de ambas la trasladaba a los momentos más dolorosos de su vida: cuando nació su pobre Jesusito y cuando cinco meses después, tras la muerte del niño, ella decidió que también iba a dejarse morir. Pero ya no se pudo echar atrás, la cita estaba concertada y todo en orden en los asuntos domésticos, no había razón. Entre las hijas la pusieron medio presentable a fin de poder hacer frente a lo que en el mundo del que venían se consideraba una eminencia casi inaccesible: un doctor. Para su buena fortuna, uno de los clientes medio fijos de la casa de comidas, un asturiano de corpachón rotundo que las oyó hablar entre ellas, se ofreció para llevarlas. Cruzo cerca todas las tardes haciendo el reparto, les dijo, paro aquí en la puerta media hora antes y les toco la bocina. Se ahorraban así el viaje en el temerario transporte público y evitaban a Remedios un desasosiego adicional.

Absorta fue Mona a lo largo de todo el trayecto en un carromato traqueteante hasta la calle Noventa y uno Este. Sin hablar ni pensar, contemplando la majestuosidad de Manhattan al tornarse cada vez más llamativa y opulenta conforme recorrían la Quinta avenida. Las fachadas, los letreros y los escaparates de las tiendas y los grandes almacenes, el enjambre de autos, los peatones. Su madre, estrujada contra su costado izquierdo, reconcentrada y sombría, ni siquiera alzó la cabeza para ver qué había al otro lado de los cristales.

El aspecto de ambas no podía ser más incongruente con la sobria distinción del Upper East Side, con el empaque casi aristocrático de aquel sanatorio de techos altos y estancias amplias y con la pareja de pacientes atildados con los que se cruzaron al llegar. Remedios entró acobardada ante el imponente conserje negro que les abrió la puerta, con Mona casi tirando de ella, bien consciente del aspecto humilde que rezumaban ambas: ropa casera y gastada, los zapatos deslucidos, pelos modestamente arreglados y una sensación como de haberse colado por error en un sitio que no les correspondía. Con todo, las recibieron con cordialidad; jamás había dicho no el doctor Castroviejo a cualquier compatriota en apuros, y menos aún su recepcionista Lolita, una brava gallega del Lower East Side que sabía por experiencia propia lo que era pasarlas canutas entre extraños.

—Acompáñenme, por favor, siéntense aquí; el doctor las atenderá enseguida, permítame que le retire el trapo que lleva, señora, póngase en su lugar esta gasa higienizada, ¿quieren que les traiga un vaso de agua fresca, un té?

Nunca, ni la madre ni la hija, habían sido tratadas con tanta dignidad. En apenas diez minutos las invitó a levantarse de nuevo. Por aquí, por favor.

A pesar de la semipenumbra de la consulta, Mona lo identificó nada más verle: aquél era el médico que asistió al invitado ilustre cuando se indispuso en la elegante residencia a la que la mandaron desde Casa Moneo; el doctor que llevó la voz cantante. De estatura mediana, rostro ancho y amistoso, el pelo oscuro en retroceso dejándole la amplia frente despejada. La gran diferencia era que ahora él no llevaba traje oscuro ni corbata de lazo al cuello, sino una impecable bata blanca cerrada con doble botonadura. Las maneras rápidas de profesional competente seguían siendo las mismas.

—Bueno bueno bueno...

Ni siquiera preguntó a Remedios cómo había sido el percance, seguramente estaba al tanto a través de lo que Barona le contó a su enfermera. Se limitó por su parte a instalarla en un moderno sillón reclinable, le dirigió a la cara un chorro de luz cegadora, murmuró ajá y pidió algo incomprensible a un asistente que hasta ahora había permanecido de espaldas preparando el instrumental. En condiciones normales, la buena mujer se habría puesto a chillar como una posesa al saber que un objeto metálico y puntiagudo estaba a punto de hincársele en el párpado, pero no tuvo ocasión. Visto y no visto: la pericia del especialista fue tal que en menos de dos minutos había acabado.

—Lista —zanjó dándole un cachete afectuoso en la mejilla—. Era cosa de poco, el globo ocular estaba intacto. El doctor Osorio vendrá ahora, terminará con la cura y le dará las pautas para el cuidado.

Las saludó con un golpe de barbilla y se dispuso a marcharse; ya había cumplido con su labor y no era el riojano Castroviejo hombre de desperdiciar el tiempo innecesariamente.

En cuanto Remedios le oyó hablar con alguien en la estancia vecina e intuyó que ya no estaba cerca para vigilarla, pugnó por levantarse de aquel engendro mecánico donde la había sentado, un demoníaco artilugio a medio camino entre un sillón y una camilla. Para qué esperar más. ¿No había dicho el hombre que estaba lista? Pues aire, a correr. Clavó entonces los codos en el respaldo y empezó a enderezarse torpemente, con dificultad para encontrar el equilibrio.

Alertado por el rebufo esforzado que oyó tras la puerta entreabierta, el médico asistente entró rápido y se abalanzó hacia ella.

—¡Espere, señora, espere, que no hemos terminado todavía!

Jamás había cometido un fallo desde que se convirtió en mano derecha del reputado Castroviejo; sólo faltaba que su primer error fuera una paciente caída al suelo.

—¡Estese quieta, por Dios, madre! —oyó a su espalda.

Acababa el doctor de plantar sus propias manos en los hombros de la paciente para recostarla de nuevo cuando notó otro par de manos leves encima de las suyas y un torso de mujer flaco y cálido que se volcó sobre él, impidiéndole enderezarse. El objetivo era ayudarle a contener a Remedios, pero no hacía falta: ella ya había acatado sumisa la orden. Lo único que logró Mona al aplastar involuntariamente su cuerpo contra el de él fue provocarle una súbita ola de ardor.

—Perdón —musitó al ser consciente de su vehemencia. Se despegó azorada, dio unos pasos hasta alejarse.

El médico, turbado, tardó unos segundos en reaccionar.

—Enseguida terminamos —dijo en voz queda sin volverse.

Se concentró en su trabajo de espaldas a ella, sin que Mona lograra verle el rostro. Al terminar activó un mecanismo que enderezó el asiento de Remedios.

—Ahora sí puede levantarse, señora.

Sólo entonces él se giró.

La vio acercándose para ayudar a su madre: la misma chica morena y garbosa de huesos finos, cejas rotundas y ojos brillantes como candelas que les sirvió los aperitivos durante la recepción en casa de la marquesa de la Vega Real, la joven a la que él se pasó la velada contemplando a hurtadillas y cuyo recuerdo le acompañó un tiempo, la que le rozó con los dedos mojados al tenderle un vaso de agua y no se separó de su lado mientras el ilustre doliente se recuperaba. Fueron quizá cinco, seis, siete minutos los que la sintió cerca, cómo calcularlos; sólo le quedó grabado a fuego el recuerdo de sus muslos esbeltos plantados a dos palmos de su rostro bajo la tela del uniforme mientras él permanecía en cuclillas, supuestamente atento a la deteriorada pierna del conde de Covadonga. En aquel momento, sin embargo, la tersura del cuerpo de hembra joven, o el olor de su piel, o el magnetismo de su sola presencia, o lo que diablos fuera que emanara de aquella preciosa muchacha, pudo más que el celo profesional. Cuando el exprínipe de Asturias pareció reponerse y ella volvió a su quehacer ignorante de lo que le había provocado, él no tuvo más remedio que permanecer agachado todavía unos instantes, haciendo como que buscaba algo sobre la alfombra, disimulando mientras su excitación se aplacaba.

Y ahora, en el fin de esa larga jornada de trabajo, en el remate de un día como otro cualquiera, ahí estaba ella de nuevo para rozarle una vez más involuntariamente y hacerle sentir algo a lo que César Osorio no estaba acostumbrado en su vida primero de esforzado estudiante de Medicina y después de incipiente y afanoso profesional. La misma joven mujer, sin el moño que la otra vez le enmarcaba el rostro y sin el uniforme negro y el pequeño delantal, con la melena ahora suelta y vestida de diario con una ropa sin demasiada gracia y una chaqueta de tosca lana gris, un tanto avergonzada quizá por haberse echado sobre él de una forma tan brusca, por haber provocado que sus cuerpos quedaran íntimamente pegados unos segundos.

—Tendrá que ponerse esta pomada tres veces al día —dijo tendiéndoles un tubo cuando Remedios ya estaba en pie con su apósito impecable sobre el párpado.

Sólo entonces la miró a los ojos.

Mona lo había reconocido al instante, pero se lo guardó para sí. Le pareció atractivo a su manera aquella primera vez, templado y apuesto con el pelo de perfecta raya rectilínea y su traje oscuro y sus lentes de montura fina, pero tan distante de su órbita que apenas le dedicó dos pensamientos. Ahora, con la bata blanca, le seguía resultando igualmente garrido e igualmente remoto, y ni se le pasó por la cabeza que él la pudiera recordar.

Ninguno dijo nada mientras el medicamento pasaba de una mano a la otra. Gracias, musitó ella tan sólo al deslizarlo en el bolsillo de la chaqueta.

La amable gallega las acogió en la sala de espera vacía mientras César Osorio cerraba la puerta tras de sí con la sangre bombeándole las sienes. Le había costado semanas sacarse de la cabeza a aquella anónima compatriota de origen evidentemente humilde y de la que no sabía ni el nombre; logró apartarla de su raciocinio cartesiano pensando que jamás volvería a verla y, sin embargo, ahí estaba otra vez.

26

A la vuelta de la consulta, estaban esperando en casa de la señora Milagros con la puerta entreabierta, pendientes del momento en que sus pasos hicieran crujir la madera de los peldaños.

—Para adentro —les ordenó Victoria en un susurro imperioso.

Sin darles tiempo a reaccionar, las metió en el apartamento prácticamente a empujones y las guió a través de un oscuro pasillo en el que se amontonaban los paquetones de prensa vieja en los costados. Olía a cerrado, a tabaco y a algo punzante que no fueron capaces de distinguir; a pesar de la cercanía, era la primera vez que entraban en el domicilio de la vecina.

Cuando llegaron al cuarto del fondo, Mona y Remedios reaccionaron con el mismo espanto.

—¡Virgen santa, sor Lito! Pero ¿qué le ha pasado a usted?

Tenía el brazo izquierdo en cabestrillo y el mismo lado del rostro desollado y teñido con mercurocromo rojo intenso; estaba sentada en un raído sillón con tapete de labor sobre el reposacabezas. A un lado, Luz permanecía de pie con gesto de angustia; al otro, la dueña de la casa fumaba un pitillo con el ceño contraído y un ciento de arrugas cuarteándole la piel.

—Mazza —soltó entonces Victoria.

Siguieron mirando a la monja despavoridas, sin reaccionar.

—Mazza, el abogado, ha hecho que la tiren por la escalera del metro, el muy cabrón.

Remedios se llevó las dos manos a la boca para ahogar un lamento, Mona soltó un exabrupto mientras Victoria, Luz y la vecina alzaban la voz para narrar cada cual su versión del percance. Tanto se embarullaron entre insultos e increpaciones al culpable, que sor Lito acabó pidiendo silencio a gritos.

—¡Ya lo explico yo!

Cerraron las tres el pico y el silencio se expandió unos segundos sobre el cuarto repleto de humo. Las cortinas de la única ventana estaban corridas; una especie de mesa de taller ocupaba el centro de la pequeña estancia, alumbrada por una bombilla de luz intensa; sobre ella, montones de delicadas flores de papel, tan hermosas como fuera de lugar.

—De principio a fin, hermana —musitó Mona—. Cuéntenoslo todo, de principio a fin.

La religiosa se llenó los pulmones de aire, lo retuvo unos instantes mientras las cinco mujeres la contemplaban. Patética. Tristemente patética era la imagen que tenían delante: el hábito sucio y desgarrado en el bajo, el pelo más astroso que nunca, despeinado, mal cortado, entre blanco y gris. La postura agotada y todo el lado izquierdo, gesto, rostro, brazo, atestiguando la agresión.

—Su última estrategia fue usar a un par de muchachos para hacerme caer al bajar a la estación del subway. Pretendía asustarme, ésa era su intención.

Hizo una pausa y barrió con la mirada los cuatro pares de ojos de la familia Arenas.

—Lo que ahora quiero que sepan, mis niñas, es que está haciendo todo lo posible por arrancarme de las manos el caso de ustedes. Y que no sé hasta dónde va a ser capaz de llegar.

A pesar de sus reticencias iniciales, trastornada ahora por el golpe o simplemente convencida de que ya no había otra salida, sor Lito había decidido ponerlas al tanto de lo que les llevaba ocultando semanas: que la muerte de Emilio Arenas había dejado de ser un expediente más.

Las tres hermanas replicaron con un asalto de preguntas al unísono, sin entender:

—Pero ¿por qué se ha emperrado de esa manera?

—¿Por qué ese empeño si ya le dijo usted que no en nuestro nombre?

—¿Por qué no nos deja en paz?

La explicación fue simple:

—Porque con el expediente de Emilio entre las manos, crecerá su poder.

Perdidas todavía, Mona exigió con tono abrupto:

—Hable claro, hermana, haga el favor.

La monja tomó aire por la nariz, como si necesitara oxígeno para exponer la situación con palabras accesibles.

—Hay un poderoso sindicato que defiende a los trabajadores de los muelles; sus condiciones laborales son duras y los accidentes, numerosos, algunos bastante graves. Han contratado a un despacho de abogados serio para que defienda en bloque a todo el montón de perjudicados de los últimos meses, van a presentar una demanda colectiva contra la autoridad portuaria, además de los requerimientos individuales a las compañías implicadas en los percances.

—Pero nuestro padre no era un trabajador ni de los muelles ni de la Trasatlántica —protestó Victoria—, ya se lo dijimos...

—Eso es lo de menos: falsear un contrato o un carnet y encontrar a unos cuantos testigos dispuestos a mentir no sería ningún problema.

Las tres volvieron a saltar a voz en grito. ¡Sinvergüenzas! ¡Abusones! ¡Mala gente!

—¡Dejadla terminar, carallo! —bramó la gallega—. ¡A callar todas de una vez!

Consciente de que mejor sería abreviar la cuestión al mínimo, la monja sintetizó.

—Les hace falta un muerto, punto final. Y con prisa, porque ya está medio encauzada la demanda común.

Ninguna reaccionó ante la manera en la que nombró al padre y marido: el muerto, sin más. A esas alturas sobraba la retórica: pura frialdad judicial.

—Sin muerto —añadió—, el sindicato lograría tan sólo una tajada mediana con su demanda colectiva. Con muerto, la cosa sería mucho más sustanciosa.

Así de simple era la cuestión: sumada a los otros casos que componían la larga ristra de percances acontecidos últimamente en los muelles, Emilio Arenas sería la pieza clave, y no porque el infeliz del malagueño fuera relevante en sí mismo, sino porque constituiría el único accidente del paquete con víctima mortal. La gota que colmaba el vaso. La guinda del pastel.

—¿Y por qué esos abogados importantes no se lo piden a usted directamente? —preguntó Luz.

—Ya lo han hecho media docena de veces, pero saben que no voy a ceder. Por eso Mazza piensa que, si lo logra él por su cuenta y riesgo y se lo ofrece a los otros, lo acogerán como agua de mayo y todo se pondrá a su favor: se aliará con un bufete grande y solvente para revitalizar su despacho mortecino y su pobre credibilidad como abogado, que cada día va a peor.

—Por eso le estorba usted —murmuró Mona en voz queda, entendiendo finalmente.

—Por eso le estorbo yo, eso es. Sin mí, Mazza y los abogados del sindicato presionarían no sólo a la Compañía Trasatlántica a título individual sino también, y con mayor contundencia, a la autoridad portuaria y a sus correspondientes aseguradoras a fin de obtener unas jugosas tajadas como indemnización.

—Y de eso, a nosotras... —apuntó Victoria.

—De eso a ustedes, tras arramblar con lo suyo cada eslabón de la cadena, no les quedarían más que las migajas.

Rodeada por difusos retratos, sentada en el sillón orejero de su vieja amiga, el cuerpo compacto de la religiosa parecía más corto todavía: los pies no le llegaban al suelo y por debajo del hábito desastrado le asomaban unas pantorrillas desnudas llenas de mellas y manchas violáceas, dos tobillos informes y un par de baqueteadas botas de niño. Contrariamente, lo que soltaba por la boca con una narrativa desprovista de paños calientes carecía del más mínimo rasgo de infantilidad.

—Su tío Marcelo —prosiguió volviendo a Mazza— era otro sinvergüenza sin escrúpulos, pero al menos mantenía un respeto por cualquier cosa que oliera al catolicismo bajo el que lo criaron antes de que emigrara; tanto que hasta fundó junto con unos cuantos paisanos la sociedad de la Madonna della Pietà. Este sobrino, sin embargo, además de bastante menos inteligente, es un cabestro de otra pasta, nacido ya en América sin ese temor de Dios que los otros traían pegado a la piel. Para salirse con la suya lo mismo le da llevarse por delante a un cura que a una monja; hasta a su santa madre vendería si le fuera necesario para sus intereses.

Mientras sor Lito hablaba, ellas se mantenían en pie formando a su alrededor un semicírculo. Al cansancio del día y a la sensación de hartazgo que acumulaban, al sufrido ojo de Remedios y al resentimiento aún latente de Luz, se les sumaba ahora esta nueva desazón. Lo que nos faltaba, pensó cada una para sí. Y por enésima vez se preguntaron si no habrían cometido un error monumental al rechazar los pasajes de vuelta y el dinero crujiente de la naviera, si no habían sido unas incautas al abrir sus vidas a la estrambótica religiosa que ahora encendía otro Lucky Strike, alzaba la cabeza y echaba el humo al techo por el lado menos perjudicado de la boca.

—En cualquier caso, mis niñas, tan sólo quiero que sepan que sigo en la brecha, que a mí no me acobarda un malasangre así como así. Pero después de lo ocurrido esta tarde, tenía que ponerlas al tanto antes de que alguien les fuera con el cuento, o de que me vieran con este aspecto.

Se despidieron en el rellano, sor Lito se negó rotunda a que la acompañaran hasta Casa María. ¿Qué se piensan —insistió—, que me voy a dejar amedrentar? La observaron mientras bajaba pesadamente la escalera con su cuerpo de albóndiga, la cara masacrada teñida de un rojo diabólico y el brazo en cabestrillo apretado contra la barriga: la monja más rara que jamás vieran. Por alguna razón incomprensible, sin embargo, no acababan de perder la confianza en ella.

27

Aún no eran las siete de la mañana cuando Mona se echó a la calle y para las nueve y media ya había terminado de comprar las provisiones de la jornada: era uno de esos días raros en los que todo había encajado y no llevaba la lengua fuera.

De vuelta a la Catorce se permitió detenerse frente a una tienda de tejidos, un establecimiento estrecho y modesto propiedad de un judío.

Había rollos de género apoyados contra las paredes a ambos lados de la puerta, del dintel de la entrada colgaban grandes retales con precios acordes a las humildes economías de la zona. Pasaba por allí con frecuencia y se paraba alguna vez, le tenía echado el ojo a un enorme pedazo de tela a cuadros blancos y verdes del que calculaba que podrían salir unos cuantos manteles. Quizá fuera una fantasía, pero la idea de cómo revitalizar la triste marcha del negocio no se le iba ni de noche ni de día y pensó que tal vez un lavado de cara podría ayudarlas: deshacerse del ajuar lleno de lamparones que heredaron del viejo cántabro y aportar a El Capitán un soplo de novedad.

En la mente le bullían las cuentas mientras sostenía el género entre los dedos: sopesaba si valdría la pena desprenderse de los parcos ahorros que tenía acumulados para hacer frente a las deudas del alquiler, un rulo con apenas unos dólares escondido en el fondo del cajón de los cubiertos. En ésas estaba, calibrando los pros y contras de su potencial inversión, cuando se vio obligada a hacerse a un lado para dejar paso libre a dos mujeres que salían de la tienda. Treintañeras rotundas, una empujaba un cochecito infantil, la otra había montado un abanico con unos cuantos billetes; hablaban en español con acento del Caribe y, entre risas, rozaba con ellos la punta de la nariz del bebé. Se cruzaron con Mona sin mirarla, pero a su paso quedaron flotando algunas palabras: ganancia, número, bolita, cash rico.

Las contempló marchar calle abajo, tentada de seguirlas y preguntarles de qué hablaban, a qué se referían, cómo podría ella optar también a eso de lo que ellas iban charlando con unas grandes sonrisas plantadas en los rostros color caramelo. Pero no lo hizo: se quedó parada tan sólo, con el pico del retal entre los dedos. Cuando por fin volvió a centrarse en lo suyo, las ganas de hacerse con nuevos manteles se habían evaporado; de pronto pensó que estaba perdiendo el tiempo, que no había ninguna necesidad de cambiar nada en El Capitán si lo que de verdad ansiaban era abandonarlo cuanto antes y retornar a su mundo. Y volvió a acordarse del abogado italiano y sus ambiciones y su sucia jugarreta con sor Lito, y la luz de la mañana se le hizo ingrata como si un nubarrón denso hubiera tapado el sol.

Fue entonces, en el momento preciso en que la tela le resbaló de la mano, cuando él se acercó.

Se estaba poniendo el sombrero, vestía un traje de lino claro y arrugado, salía de la tienda con paso ágil mientras deslizaba algo en el bolsillo izquierdo del pantalón; en la otra mano sostenía unos papeles doblados llenos de anotaciones.

Tan a lo suyo iba cada uno, tan sumido en sus propias historias, que estuvieron a un pelo de colisionar.

—Sorry! —exclamó el joven al frenar en seco.

Alto, flaco, afilado, desenvuelto, con una mirada verdosa y un punto de desvergüenza en la comisura izquierda. Ella querría haber sabido replicar en inglés, pero le faltaban las palabras, así que farfulló espontánea entre dientes:

—¡Sorry a tu padre, a ver si tienes cuidado, idiota!

Ni se le pasó por la cabeza que él la fuera a entender. Pero sí. Resultó que sí, que la entendió, y por eso se le dibujó en la cara un irónico gesto de asombro y estuvo a punto de soltar una carcajada. El amago, sin embargo, fue efímero: apenas estaba empezando a apuntarla cuando un silbido callejero captó su atención, dejando la risa congelada.

El aviso había sonado cercano, más alto que el ajetreo que los envolvía frente a la entrada de la tienda, por encima de las voces de los montones de transeúntes, de los ruidos de los carros, los cascos de los caballos y los motores de las camionetas: un silbido cortante y cómplice que le puso en guardia.

Prevenido, el atractivo desconocido frunció el ceño y giró la cabeza raudo a derecha e izquierda, hasta que distinguió algo que seguramente preferiría no haber visto: dos policías cruzaban la calle deprisa, abriéndose paso bruscos entre los vehículos y el gentío, dirigiéndose con puntería firme hacia el sitio exacto donde Mona y él permanecían.

—Hágame un favor, guárdeme esto...

Su voz fue un susurro apremiante; con una mano mostró a Mona los papeles que llevaba doblados, con la otra sacó veloz el fajo de billetes que se acababa de introducir en el bolsillo. No esperó a que ella dijera adelante o lo rechazara: sin perder un segundo, metió todo en el canasto que la mediana de las Arenas llevaba colgado del brazo y lo hundió entre manojos de acelgas y un paquete de higadillos. Un instante después le había dado la espalda y arrancaba su huida con zancadas elásticas y las manos vacías.

Cuando los policías lograron alcanzar la acera y ella fue consciente de lo que había ocurrido, el hombre del traje claro, ágil como un felino, ya se había escabullido por un callejón transversal.

Mona, atemorizada, cruzó la calle a la carrera con el corazón a punto de saltársele por la boca, dispuesta a escapar también. Sin pensar siquiera en el rumbo que tomaba, ansiando tan sólo poner distancia, dobló esquinas al azar hasta confirmar que nadie la seguía y enfiló hacia la Catorce por un camino distinto al de todos los días, incapaz de dejar de preguntarse cómo había podido ser tan incauta.

—Señorita...

Estaba ya en su calle y continuaba avanzando deprisa, con la mirada al frente y la capaza apretada contra el abdomen, como si temiera que alguien pudiera arrebatársela. Ni se le pasó por la cabeza que la voz que sonaba a su espalda se estuviera dirigiendo a ella.

—Señorita, disculpe...

Ni caso.

—Señorita...

Sólo reaccionó a la tercera, cuando una mano le rozó el hombro. El salto y el grito hicieron a su propietario replegar de súbito el brazo.

—Perdóneme, por favor; siento haberla importunado... —Sin la bata blanca y a la luz del mediodía, para su sorpresa, allí estaba otra vez el joven doctor que remató la cura de su madre la noche previa—. Pasaba casualmente por la zona a visitar a unos pacientes.

Mentira. Mentira podrida. El joven doctor César Osorio, ayudante del prestigioso Castroviejo en su reputada clínica del Upper East Side, ni hacía visitas a domicilio, ni jamás pisaba esa parte de la ciudad: en la zona alta de Manhattan tenía su trabajo, su hogar y todo lo necesario para sobrevivir. Como para tantos otros españoles de buena posición, los enclaves de compatriotas trabajadores del Downtown le quedaban muy lejos en lo geográfico y en lo sentimental.

—... y he pensado en acercarme a ver cómo se encuentra su madre.

Mona le miró con suspicacia, plantada en mitad de la acera mientras a ambos flancos seguían pasando los transeúntes. Desde luego no era el mejor día para venirle con ocurrencias inesperadas, todavía estaba nerviosa, enfadada consigo misma y con el hombre que acababa de huir. ¿Y usted cómo sabe que vivimos por aquí?, estuvo a punto de preguntarle. Pero no fue necesario; él mismo se lo aclaró.

—Lolita, la asistente de la clínica, me facilitó su dirección.

Continuaba teniendo buena prestancia. El pelo castaño claro bien peinado, un traje serio sobre el cuerpo bien armado, las lentes. Alguien del todo distinto al mundo de Mona que, aun así, se esforzaba por sonar cercano, natural. La preocupación de ella por sus propios asuntos le impidió sin embargo percatarse de otros detalles tras aquella fachada de hombre sereno. Que le sudaban las manos, por ejemplo, mientras le hablaba. Que le ahogaba la corbata mientras se esforzaba para que sus embustes sonaran medianamente creíbles.

—Andará ya en la cocina, venga conmigo —dijo Mona por fin cediendo a sus recelos.

Ahí estaba Remedios, metida en su cubículo como siempre a esa hora, laminando champiñones con el párpado impregnado de la pomada amarillenta que él mismo le entregó tras la cura. Jamás habría imaginado la pobre mujer que un médico acudiría a examinarla por voluntad propia, pero no se cuestionó el porqué de aquella intempestiva visita, ni se le pasó por la cabeza que pudiera haber algo detrás; a la fuerza se iba acostumbrando a que ocurrieran las cosas más raras en esa rara ciudad.

—Si se le ofrece quedarse usted a comer...

Ante el pasmo de sus propias hijas, ésa fue la única manera que la viuda encontró para intentar pagarle la deferencia después de que el joven oftalmólogo le revisara supuestamente la intervención: mire ahora hacia arriba, hacia abajo, a derecha, a izquierda; cierre, abra, cierre otra vez... En realidad no hacía ninguna falta, se trataba de una lesión externa carente de la menor envergadura, pero la ignorancia de la mujer le permitió tratar el asunto con el detenimiento propio casi de uno de esos trasplantes de córnea que su superior Castroviejo empezaba a practicar por aquellos días. Y le sirvió, de paso, para cumplir su objetivo con Mona. Volver a verla.

Para alivio de todas, el doctor Osorio rechazó la invitación. Bastante esfuerzo le había supuesto inventar una excusa para ausentarse de la clínica esa mañana, desplazarse luego hasta esa calle ajena a su territorio y recorrer sus aceras arriba y abajo hasta dar con la chica a fin de soltarle luego una mentira con respecto a la necesidad de vigilar de cerca el ojo de la madre. Quedarse a almorzar en la parca casa de comidas habría sido demasiado para el día.

—Le acompaño a la puerta —dijo Mona, agradeciendo para sí la negativa de él.

Se le habría hecho un mundo comportarse con la fingida amabilidad que requería el interés del médico hacia su madre, toda la preocupación de la mediana de la familia estaba puesta en aquello que continuaba en el fondo de su capaza, lo que otro hombre más desconcertante todavía acababa de dejar a su recaudo sin entender ella el motivo aún.

28

Remedios se levantó de la mesa en busca del postre.

—Esta tarde ha venido a ver el ensayo en La Nacional una artista de las de verdad —anunció Luz en un susurro arrebatado.

Estaban sentadas frente a la cena escasa y tardía de todas las noches; a duras penas había logrado contener las ganas de lanzar la noticia. El momento preciso en que su madre se quitó de en medio unos instantes le brindó la ocasión: algún rescoldo quedaba del enfrentamiento entre ambas por aquello del luto y la zarzuela, y no tenía interés en reavivarlo. Se sacó del bolsillo un anuncio doblado en varios pliegues.

CHANIN THEATRE 46 ST. OESTE
DE BROADWAY

MAÑANA DOMINGO a las 2.30 P. M. en punto

GRAN FESTIVAL

ORGANIZADO POR

"EL COMITE DE SOCORRO ESPAÑOL"

PARA BENEFICIO DE LOS NECESITADOS DE LA COLONIA ESPAÑOLA

Presentación y actuación de la bonita zarzuela

"LA PATRIA CHICA"

dirigida por el maestro NILO MENENDEZ y CARLOS BLANC

Variedades por los renombrados artistas:

CARMEN SALAZAR, JOSE MORICHE, JUAN PULIDO y señora de PULIDO, TITO GUIZAR y NENET NORIEGA, G. VILLARINO, ANGELITA LOYO, FAUSTO ALVAREZ con la rondalla "GALICIA." Las parejas de bailes LOLA BRAVO y JOSE CANSINO, BARCELO y MARTINEZ. Orquesta "LOS CHICOS" dirigida por MANOLO GOMEZ, el caricaturista "ARROYITO."

Precios: $2, $1.50, $1., 75 centavos

—Al final se ha quedado para hablar conmigo, dice que quiere proponerme algo, que me espera mañana por la mañana aquí, en el mismo teatro donde presentaron hace un par de años otra zarzuela y donde ahora está eligiendo gente para un espectáculo nuevo —añadió en el mismo tono quedo y apresurado.

—Pero si no sabes ni quién es esa mujer —protestó Victoria áspera—, ¿cómo vas a ir a donde una desconocida te mande así como así?

—Se llama Marita no-sé-cuántos y es de confianza, seguro; algunos de la función la conocían.

—No puedes fiarte de cualquiera —insistió ahora Mona.

—Me ha dicho que tengo garra y una voz excelente, que tal vez con un poco de educación...

—Eso y nada es lo mismo, a saber.

Así continuaron las tres en un agrio tira y afloja con voces bajas y a la vez rápidas y punzantes, Luz defendiendo su prometedora opción y sus hermanas metiéndole palos en las ruedas. Hasta que la pequeña no aguantó más.

—Pero ¿qué es lo que os pasa a vosotras dos?, ¿que estáis amargadas y os toca las narices que algo me salga bien?

Remedios, ajena, retornó en ese momento con la fruta en las manos.

—Hoy no hay más que dos peras.

Aquello zanjó la discusión; Victoria y Mona se replegaron y Luz apretó los labios con un gesto desafiante e inequívoco. Conociéndola como la conocían, las otras supieron que no se iba a echar atrás.

Aunque sin atinar del todo, no iba desencaminada Luz al intuir que algo ocurría esa noche a sus hermanas. Por separado, reconcentrada cada una en sí misma, ambas acumulaban largas horas de desazón.

Lejos habían quedado aquellos días en los que Victoria fuera la más mundana de las tres, si es que por mundano pudiera interpretarse el salir de cuando en cuando de los límites del modesto barrio de La Trinidad y adentrarse del brazo de Salvador en las calles más prósperas y céntricas, donde había cafés y terrazas, señoras bien arregladas y comercios con escaparates. En Nueva York, contrariamente, era la que llevaba una vida menos volandera: mientras Mona y Luz iban rompiendo el cascarón y dando pequeños pasos hacia los nuevos escenarios que las rodeaban, ella permanecía encerrada día a día en El Capitán, sin apenas sacar la cabeza del semisótano oscuro y de su propia zozobra. Todavía le escocían las heridas por el malquerer de ese hombre que le juró pasión perpetua y del que nada había vuelto a saber a pesar de los reclamos desesperados que desde su llegada ella le había lanzado por escrito con tozudez semanal: cartas fogosas rebosantes de faltas de ortografía y desprejuiciadas confesiones de amor.

Cuando quería engañarse a sí misma, siempre encontraba Victoria una excusa a la que aferrarse ilusamente. En ocasiones optaba por pensar que él no respondía porque su altanera familia le requisaba las misivas que ella le mandaba; otras veces imaginaba que éstas se escapaban por arte de magia de las sacas de correo, volaban como gaviotas y caían al océano en mitad de la travesía, diluyendo la tinta y con ella sus palabras. En cambio, cuando la lucidez la embargaba y por fin se avenía a aceptar la realidad en su versión más cruda, apenas le cabía duda de que el muy malasangre ya no sentía afecto por ella y tan sólo dedicaba una ojeada de refilón a sus cuartillas de renglones desarrapados antes de quemarlas con un mechero, o tal vez se las guardaba en el bolsillo y después las leía en voz alta delante de sus amigos en las noches de jarana, para reírse juntos de la ingenuidad, la osadía y la pésima letra de esa muchacha tan hermosa como primaria a la que él sacó unas cuantas veces de su barrio para hacerla soñar. Y así seguían las cosas en la cabeza y el corazón de Victoria, con días en los que pensaba que el futuro habría de tornarse luminoso en cuanto lograran embarcarse de vuelta a casa, y con otros en los que sus propias entrañas le aconsejaban que más le valdría irse olvidando de aquel ayer.

Todo eso mantenía sumida a la mayor de las Arenas en una melancolía que no acababa de desvanecerse y por esa razón, porque la enturbiaban sus pesadumbres, aquella jornada a la hora del almuerzo no se percató de que el cliente al que estaba a punto de llenarle el primer plato, y que a menudo le musitaba algún comentario procaz, andaba ese mediodía más verraco de la cuenta. Y ante el vestido liviano que la cubría y ante la ausencia de clientes en las mesas cercanas, se creció el muy marrano, y mientras ella mantenía las manos ocupadas sirviendo la sopa de menudillos, él le agarró la cara delantera de un muslo con su tosca mano abierta, se la deslizó hasta la entrepierna y le apretujó el pubis como si pretendiera sacarle el jugo a un limón. Pero qué rica que estás, hija de la gran puta, masculló lascivo entre dientes. Pero qué rebuena estás.

El grito, los chorreones de caldo y fideos al volcarse la sopera, el estrépito de la loza al chocar contra el suelo y romperse en pedazos, las cabezas de los otros comensales giradas hacia el escándalo, los insultos a voces descarnadas: tío asqueroso, cacho guarro, so desgraciao... Sus manotazos coléricos sobre el abusador, el acobardamiento bochornoso de él. Todo aquello le retumbaba todavía a Victoria por dentro, y por eso aquella noche no estaba de humor para las fantasías burbujeantes de Luz. Aunque aparentemente hubiera recuperado la calma, aún le escocía por dentro el llanto que le llegó después de que entre dos clientes lanzaran al indeseable a la calle, un desconsuelo que brotó cuando encontró refugio en la lóbrega despensa vacía, sentada sobre un cajón de madera, con la espalda curva, los hombros encogidos y el rostro oculto entre las manos. Humillada, avergonzada, dolida, sucia.

Remedios, siempre tan timorata, una vez más había echado esa noche el cerrojo por dentro después de que el último cliente abandonara el local. Apenas habían empezado a trocear las peras para repartirlas entre las cuatro cuando oyeron que alguien desde fuera movía la manilla de la puerta; al no poder abrirla, llamó con los nudillos.

Mona se puso en pie, haciendo un esfuerzo supremo por empujar la fruta garganta abajo. Igual que Victoria, llevaba también el día entero con el corazón arrugado y el ánimo punzante, sin humor tampoco para dejarse contagiar por las ingenuas ilusiones de Luz. No conseguía sacarse de la cabeza el encontronazo mañanero con el desconocido que la cargó con esas pertenencias que atufaban a algo turbio; no sabía cómo librarse de aquello que sacó de la capaza y ocultó en la despensa detrás de un saquillo de arroz, tal vez volviendo a la tienda de tejidos y entregándoselo al dueño, tal vez tirándolo a una alcantarilla. Tan ahogada había estado a lo largo de las horas, que ni siquiera se le había hecho sospechosa la visita encubierta del doctor.

—Voy a ver quién es —susurró cuando logró tragar. Una corazonada le atravesaba el alma: intuía que podría ser él.

De camino a la puerta, paró un instante en la despensa; apenas tardó un segundo en coger lo que buscaba, luego lo comprimió bajo el brazo tapándoselo con la chaqueta.

Su conjetura se confirmó nada más abrir: ahí estaba. Con su cuerpo huesudo dentro del traje claro y arrugado y su rostro anguloso y el pelo algo revuelto y la corbata floja, plasmando en el rostro una sonrisa conciliadora.

—Llevo buscándola desde esta mañana, pensé que no sería capaz de dar con usted...

Para evitar que las otras lo vieran, ella cerró deprisa a su espalda. Quedaron en la acera uno frente a otro, alumbrados por la luz mortecina del viejo farolillo insertado en la fachada. Mona miró a ambos lados para comprobar que no había nadie conocido de quien precaverse; en cuanto se aseguró de que tan sólo circulaban las siluetas oscuras y distanciadas de unos cuantos transeúntes anónimos, por fin escupió su rabia a borbotones.

—¿Cómo me ha encontrado? ¿Y cómo se atreve a venir aquí?

¿Y cómo se le ocurrió esta mañana usarme de esa manera tan... tan... tan...? —No halló la palabra que buscaba, así que tiró por la calle del medio—: Pero ¿es que usted es imbécil, o qué?

Acto seguido se sacó del costado los papeles mal doblados llenos de anotaciones y el grueso fajo de billetes desparejados y viejos.

—Tenga —farfulló clavándoselo todo en el abdomen. Prefirió no preguntar de qué se trataba, mejor no saberlo—. Y ahora, ahueque el ala y déjeme en paz.

—¿No va a permitir que le dé una explicación?

Lo cortó tajante.

—No me hace falta.

—Mi intención no fue comprometerla, se lo prometo...

—Que se marche he dicho.

—Verá...

—Pero ¿en qué estaba pensando, pedazo de caradura? —le increpó explotando de nuevo ante su insistencia—. Ni me preguntó, ni le importó que pudiera verme metida en sus problemas cuando yo a usted no lo conozco ni de la bulla de la feria; lo mismo le dio que, después de ir a por usted, la policía pudiera volver a por mí.

Mientras ella liberaba en un torrente toda esa angustia que llevaba acumulada dentro, él, sin alterarse, se dedicó simplemente a observar a la temperamental mujer que tenía delante: los labios maleables y la mirada brillosa y oscura de sus ojos enormes, la manera de mover la cabeza al compás de las palabras, los gestos airados para enfatizar.

—¿Es todo?

¡Qué más quieres, imbécil!, estuvo a punto de gritarle. Pero optó por contenerse: había vomitado su rabia, mejor dejarlo así.

—Ya puede largarse por donde ha venido, eso es lo único que me queda por decirle.

Él se llevó dos dedos a la sien, emulando un saludo militar; ella musitó agria:

—Con Dios.

Rozaría los treinta, le sacaba un palmo, era castaño claro y fibroso, tenía el rostro afilado, los ojos seguían medio verdes bajo la escasa luz. Atractivo, reconoció a su pesar. Con todo, después de lo sucedido, lo único que ella quería era que desapareciera para siempre, así que amagó con entrar en El Capitán mientras él se guardaba sus pertenencias.

—Una última cosa solamente.

Estaba ya Mona de espaldas a él, a punto de empujar la puerta.

—¿No quiere saber si me agarraron o no?

No se giró. No respondió. Prefiero no enterarme, pensó mientras cerraba con un portazo dejándolo plantado en la acera. Ni loca quería volver a saber de él; ni su nombre siquiera le había dicho. Era guapo y era atrayente, pero olía a problemas que tiraba para atrás.

29

La cita estaba prevista a las once, llegaron a la altura de la calle Cuarenta y seis encaramadas en la parte superior de un autobús de dos plantas; la señora Milagros les dio las explicaciones necesarias: cómo pagar, cómo moverse dentro del enorme vehículo, dónde subirse, dónde bajar.

A primera hora de la mañana Mona, tragándose el recelo, había preguntado a Luz por sus intenciones.

—Voy a pedirle a doña Concha que me acompañe —le había replicado resuelta—. Ella sí que cree en mí.

A la memoria de la mediana de las Arenas había vuelto el recuerdo de la audición de la zarzuela en La Nacional, la triste sensación que le recorrió los huesos al ver a su hermana pequeña arropada por los dueños de la lavandería mientras ella permanecía sola al fondo de la sala y su madre, enfurecida, le negaba una simple migaja de apoyo. Tras repasar con la memoria las provisiones que a lo largo de los días habían ido quedando remanentes en El Capitán, calculó que podrían sobrevivir sin salir a comprar esa mañana.

—Mejor voy yo contigo.

Llevaba puesta Luz una blusa nueva, blanca, con una gran lazada en la parte delantera. Se la había comprado en los saldos de S. Klein, los almacenes de precios populares de Union Square, después de arrancarle unos cuantos pellizcos a lo que ganaba lavando y planchando con los Irigaray y de sisarle a las cuentas que le hacía a su madre al final de cada semana. Con la prenda de estreno no sólo realzaba su prestancia, sino que además, callada pero intencionadamente, plantaba cara a la férrea oposición de Remedios a sus aspiraciones. El resto de la indumentaria, sin embargo, transpiraba modestia y desgaste; ni siquiera llevaba medias porque no tenía ningunas finas, tan sólo las gruesas de invierno fuera ya de lugar con esas temperaturas de abril tardío. Para mitigar la humildad del atuendo, apenas subieron al autobús se sacó de la cinturilla una barra de carmín.

—Alguien se la dejó en el bolsillo de una capa que trajeron a limpiar a la lavandería —dijo tendiéndosela a su hermana—. Píntame.

Mona le deslizó el lipstick por los labios, después le dio un par de toques en las mejillas para subirle el rubor.

—¿Y si te sueltas el pelo del todo?

Entre las dos arrancaron las horquillas con las que salió de casa y extendieron sobre los hombros la melena castaña, ondulada, lustrosa, con un mechón tendente a caerle sobre el ojo izquierdo.

—Ahora pareces un poco más artista —dijo Mona con un guiño. Y rieron tontamente y entre ellas brotó de nuevo la complicidad.

Para cuando se bajaron del autobús, hacía rato que se habían quitado las chaquetas de punto e iban con los rostros encendidos y los brazos al aire, acaloradas. El ambiente de la zona les resultó muy distinto al de la Catorce y sus cercanías, se diría que todo el mundo andaba con más brío: tocados con sombreros y trajes de primavera, multitud de hombres y mujeres entraban y salían con paso garboso de las tiendas y oficinas, de los restaurantes, las agencias y los cafés. Watch out!, farfulló un tipo malencarado cuando estuvo a punto de chocar contra Luz mientras ésta contemplaba embobada un escaparate. Sorry, babe!, se disculpó otro con Mona después de darle un pisotón.

Conscientes de que iban cortas de tiempo, se esforzaron por ajustarse al ritmo del resto de los viandantes y sortearon con pericia todo aquello que las obstaculizaba: un par de viejos andrajosos que pedían limosna tendiendo manos mugrientas y cacillos de hojalata, un individuo que leía absorto mientras caminaba y comía un hot-dog, vendedores de prensa, jóvenes que llevaban grandes anuncios colgados de los hombros.

—Mira, mira... —se decían una a otra cada dos por tres. Y se daban un codazo, o un manotazo, o señalaban estirando el brazo y apuntando con el pulgar.

Electric razors, el mejor espectáculo del momento, el sastre más rápido de la ciudad, photos while you wait. Cada cual iba a lo suyo y todo se movía deprisa deprisa deprisa. El tráfico era constante, los cláxones sonaban con estrépito, los edificios se elevaban hasta casi el más allá. Estaban, definitivamente, en otra Nueva York.

Vacilaron un par de veces, retrocedieron, reencontraron el camino y comprobaron al fin que estaban en el lugar correcto alzando la cabeza hacia la imponente fachada con tres arcos sobre una marquesina y un cartel en vertical. CHANIN THEATRE, leyeron. Con veinte minutos de retraso, empujaron a la par las barras de cobre que atravesaban las puertas.

En contraste con el bullicio de la calle, el vestíbulo las acogió silencioso como un panteón; ambas sintieron una súbita sensación de frío. Al no hallar a quien dar cuenta de que estaban allí, optaron por avanzar intentando mitigar sin éxito el sonido de las tapas claveteadas de sus viejos zapatos.

Empezaron a oír notas sueltas de piano; tras unas gruesas cortinas de terciopelo hallaron el patio de butacas, grandioso, opaco y vacío. La única luz provenía de un par de focos sobre el escenario. Apenas habían asomado las cabezas cuando la música paró súbitamente para dar paso a un vozarrón.

—Ya era hora, ¿no?

Recorrieron el pasillo central casi trotando mientras la tal Marita Reid bajaba del estrado con cautela extrema para no dar un traspié en la penumbra; al acercarse, la fueron percibiendo con más nitidez. Era alta, atlética, superaba los cincuenta y llevaba puesto una especie de sobretodo floreado un tanto extravagante, iba maquillada con generosidad: las cejas pintadas con un trazo negro, la boca de un rojo demasiado rabioso para aquella hora del día.

Sus primeras frases sonaron en español con acento andaluz y esa cadencia les generó de entrada una cierta confianza. Entremedias, no obstante, intercalaba palabras y expresiones en inglés: lo mismo las llamaba muchachas que you girls, tan pronto decía *El barbero de Sevilla* como *The Barber of Seville*.

—¿Así que venís de Málaga? —preguntó tras abroncarlas por el retraso—. Pues yo soy de cerca, mi mamá era española de La Línea y mi papá, un llanito de Gibraltar, donde nací yo también, aunque dejé pronto el Peñón. Pisé mis primeras tablas con una troupe de cómicos antes de cumplir los siete años, recorrí media España en carromato haciendo espectáculos ambulantes, a los dieciséis me vine para New York en un carguero italiano que tocó el puerto de Algeciras, todo el mundo decía que aquí había un futuro prometedor, por eso habréis venido vosotras también, ¿no?

Se encogieron de hombros, sin sacarla de su ingenua suposición. No, a ellas nunca las movió nada prometedor: las arrastró la vida sin más, nunca tuvieron ambiciones ni sueños. De momento, sin embargo, con aquel gesto vago prefirieron no dar explicaciones; total, a aquella señora tan pagada de sí misma lo mismo iba a darle.

—Estuve con la Compañía de Teatro Español desde que Zárraga la fundó en el 21 —prosiguió—, fui la Malvaloca de los Álvarez Quintero y la María en *El nido ajeno* de Benavente, me sumé a los montajes que Narcisín Ibáñez Menta se trajo de Buenos Aires, conocí al poeta García Lorca cuando estuvo por aquí hace unos años fascinado con los negros de Harlem; he hecho sainete, astracanada, opereta y vodevil, Fortunio Bonanova quiso llevarme a Hollywood en el 32 y le dije que nanay...

Mona y Luz la contemplaban en silencio intentando disimular su ignorancia: nada de lo que decía les sonaba familiar; suspiraron por eso aliviadas cuando la propia artista acabó por ponerse freno.

—So let's go; vamos a lo nuestro, que bastante retraso acumulamos ya...

Antes de volver a las tablas miró fijamente a Mona.

—¿Tú también aspiras a ser artista, honey? ¿Quieres que te haga una prueba a ti también? —Dio un paso hacia ella, le agarró el óvalo de la cara con dedos como tenazas y se los hundió en los carrillos—. Con esos ojazos tan negros, harías una novia divina en *Bodas de sangre*, my dear...

Sin esperar respuesta, la soltó, subió de nuevo los escalones y se dispuso a sentarse frente al piano, echando hacia atrás el vuelo de su atuendo lleno de brillos y gladiolos. Come on, chiquilla!, gritó a Luz. Tira para arriba, come on! ¿A qué estás esperando? ¿A que te crezcan las alas? ¿A que te lleve en volandas un príncipe azul?

El teatro frío y desnudo se fue llenando de música y con ella pareció que entraba también algo de calor. A diferencia del día en que cantó en La Nacional para ganarse un puesto en la zarzuela, nadie aplaudió ahora a la hija pequeña de Emilio Arenas, pero Mona, sentada sola en la tercera fila, percibió desde la distancia las reacciones apreciativas de la veterana artista cada vez que su hermana atendía a las órdenes que le lanzaba.

Un ramalazo de orgullo le recorrió el cuerpo al comprobar que Luz no se achicaba ante nada. Ahora una taranta, niña; venga una copla, chiquilla; vamos con un cuplé...

30

Todo estaba listo en El Capitán para empezar a servir almuerzos a pesar de que Remedios y Victoria, ante la ausencia inesperada de Mona, se las habían tenido que arreglar con los restos más que justos que quedaban de días anteriores. Los peroles en la lumbre, las mesas montadas y la puerta semiabierta aguardaban a los primeros clientes; por lo común eran tres albañiles de Gijón recién bajados de los andamios del edificio que estaban levantando en la Octava avenida.

Contrariamente a la costumbre, sin embargo, no fue el trío de asturianos quien entró primero aquel mediodía, sino un varón solo que, a diferencia de los otros, no llevaba peto de faena ni boina proletaria. Y además llegó en auto: dentro se le quedó esperando otro tipo más joven, más retraído, como si su sitio fuera siempre la retaguardia.

Ninguna respondió al saludo del recién llegado. Victoria se detuvo con un brazo en alto, camino de colgar una sartén en su gancho; a Remedios se le paralizó la mano con la que estaba secando una fuente.

Fabrizio Mazza, el abogado italiano, avanzó con paso decidido hacia el mostrador que separaba comedor y cocina. Al igual que cuando las visitó en el apartamento, iba vestido con empaque y una vistosa corbata color violeta; al quitarse el sombrero, de nuevo mostró aquel pelo oscuro, ondulado, reluciente de brillantina. Sonrió al tenerlas delante, con más artificio que verdad.

—Sea lo que sea lo que haya cocinado hoy, signora Arenas, sepa que huele maravillosamente —dijo inclinando la cabeza en gesto de cortesía. A continuación dirigió la mirada hacia Victoria—. Aunque con un ángel de semejante belleza a su lado, è molto difficile que le falte inspiración...

Forzó una nueva sonrisa enseñando los dientes, pero ni la madre ni la hija lograron reaccionar: se limitaron a mirarlo, mudas y acobardadas, sosteniendo aún los cacharros entre las manos.

—Io voglio parlare —prosiguió él sin alterarse— acerca del mismo asunto que me llevó a visitarlas tras la muerte del signore Emilio, Dio benedica la sua anima.

Se santiguó entonces, y en eso tampoco lo imitaron. Ni siquiera movieron una pestaña, casi no se atrevían a respirar. Más allá de su pegajosa zalamería y su fingida piedad, madre e hija eran conscientes de que enfrente tenían al hombre que en teoría se ofreció para defender sus intereses y les ocultó que pretendía además llevarse la parte del león. El mismo que más tarde decidió acosar a sor Lito para que cesara de representarlas y, ante su negativa, mandó que la dejaran maltrecha.

Ante el férreo silencio, el italiano decidió cambiar de estrategia, no entretenerlas con más palabrería y plantear de otra manera el motivo de la visita. Que estaba harto de la cerrazón de la monja para negociar con él, les dijo, y por eso prefería discutir con ellas directamente. Que se estaban equivocando al confiar el caso a esa loca, que él se hallaba más al tanto de todo y mejor relacionado, que recapacitaran por favor. A modo de réplica tan sólo encontró una barrera infranqueable de silencio: ambas seguían paralizadas, calladas como tumbas.

Cada vez más incómodo frente la prolongada quietud de las mujeres, prosiguió exponiendo sus razones acelerándose por momentos, mencionando plazos y avances, cantidades, negociaciones y fechas; refiriéndose a las víctimas de otros percances similares, a indemnizaciones espléndidas y compensaciones poco menos que millonarias... Cuando se le terminaron los argumentos, el temple con el que había arrancado a hablar fue dando paso a un nerviosismo creciente.

—Porca vacca —escupió cargando sin ambages contra la religiosa—. Figlia di puttana...

Proseguía el italiano con sus improperios cuando Victoria, de reojo, se dio cuenta de que su madre había empezado a llorar, como siempre que las cosas la sobrepasaban. Lejos de contagiarla, lo que las lágrimas de Remedios consiguieron fue un efecto radicalmente distinto: una especie de angustia se le removió por dentro a la mayor de las hermanas. Se le abrieron las aletas de la nariz y comenzó a absorber aire cada vez con más fuerza. Hasta que no pudo más.

Ni siquiera se molestó en colgar en su sitio la sartén que aún sostenía; la lanzó sin más con furia sobre la encimera, sin importarle que se deslizara hasta el borde del poyete y se acabara estampando contra el suelo. Sólo cuando el local vacío se llenó del ruido estrepitoso del metal al chocar contra las baldosas, el italiano, desconcertado, interrumpió su matraca.

En medio del momentáneo silencio, el grito femenino le atravesó los tímpanos.

—¡Lárguese de aquí!

Remedios intentó retenerla agarrándole un brazo, ella se zafó brusca.

—Déjeme, madre —farfulló con voz rabiosa—. Déjeme.

Salió de la cocina y se plantó frente al abogado, a dos palmos de su cara, extendiendo un brazo hacia la salida.

—¡Márchese de esta casa, olvídenos!

Mazza intentó decir algo, incluso pareció querer apaciguarla con otra de sus hipócritas sonrisas. Lo más que consiguió esbozar en el rostro fue una mueca grotesca.

—Signorina, prego...

Pero Victoria, a esas alturas, estaba ya encendida como la mecha de un cartucho. Todos los sinsabores acumulados en los últimos meses, toda la tristeza y la nostalgia, la frustración por el desprecio del miserable de Salvador, por la lentitud con que las cosas se movían, por las manos abusonas del tío cerdo que le sobó sus partes, por la paupérrima marcha de El Capitán... Todo se conformó en una montonera de ira que acababa de empezar a arder.

—¡He dicho que a tomar viento! —chilló fuera de sí—. ¡A la puta calle, lárguese...!

Ya no había ninguna sonrisa condescendiente en la boca de Mazza: se le estaba agotando la paciencia, se le había olvidado que se había propuesto a sí mismo no dejar de mostrarse cordial. Con todo, no se movió. Hasta que ella, en reacción a su rigidez, le estampó sendos palmetazos en las solapas e intentó empujarle en dirección a la puerta mientras seguía soltando un chorro de improperios. Mal hombre, malasombra, hijo de perra, desgraciao...

Lo único que me faltaba, pareció pensar de pronto el abogado tensándose. Que esta zorra, además de poner zancadillas a mis intereses, me venga a hablar así. Fue en ese preciso momento cuando comenzó a alzar el brazo para hacerla callar.

Tanta era la tensión entre la primogénita de Emilio Arenas y el abogado, tan cegados estaban ambos, que no advirtieron que alguien se dirigía hacia ellos a zancadas. Sólo cuando lo tuvieron prácticamente encima, Victoria vio dos manos masculinas, anchas y rudas, que agarraron por la espalda al italiano justo antes de que éste descargara sobre ella la primera bofetada. Una vez inmovilizado, el recién llegado lo giró como quien mueve un costal de papas, replegó el codo para preparar el golpe y le enjaretó un puñetazo.

Mazza se tambaleó aturdido, apoyó la mano en el respaldo de una silla, la tumbó y ésta, a su vez, arrastró otro par de ellas al suelo. Al intentar enderezarse tropezó con una mesa preparada para el almuerzo, la volcó también. Entre el estrépito de platos rotos y cubiertos que tintineaban al chocar contra las losetas, el abogado medio recuperó el equilibrio y pretendió torpemente devolver el golpe. Era demasiado tarde, sin embargo: su agresor se había alejado ya unos pasos llevándose con él a Victoria refugiada contra su torso. El puño derecho, por si acaso, lo mantenía cerrado y atento. Por lo que pudiera pasar.

La llegada de los tres asturianos de todos los días puso fin a los instantes de desconcierto. No necesitaron explicaciones para interpretar la situación: con un simple vistazo, sacaron sus cuentas. Si la señora Remedios estaba en la cocina pidiendo entre gritos histéricos la intercesión de María Santísima, y si el tabaquero andaluz sujetaba a la hermosa muchacha protegiéndola pero sin bajar la guardia, el que evidentemente sobraba de la escena era el cuarto elemento. El gomoso despeinado con la corbata torcida que se llevaba una mano a la mandíbula con gesto de dolor. El que aún no había conseguido recomponer del todo la postura vertical.

—¿Qué prefiere, amigo, que lo echemos nosotros o encargarse usted?

Conocían de vista a Barona, sabían que era un compatriota cabal que aparecía por el barrio de tanto en tanto a vender sus cigarros sin meterse con nadie.

—Déjenle.

Fue Victoria quien respondió por él, soltándose de su abrazo protector con un tirón. Rabiosa todavía, no estaba dispuesta a achicarse: con un par de pasos al frente, volvió a plantarse desafiante frente al italiano. Llevaba el recogido deshecho, un puñado de mechones rebeldes le caía sobre el rostro y del liviano vestido azul se le habían desabrochado un par de botones. Respiraba agitada, tenía los ojos cargados de una furia orgánica, primitiva, casi animal.

Ninguno de los hombres pudo dejar de mirarla.

—Salga de nuestras vidas —masculló—. Y no se le ocurra volver por aquí.

31

Del escenario del Chanin Theatre habían pasado a un camerino abarrotado de vestuario, un batiburrillo de prendas decadentes llenas de brillos, volantes y plumas que colgaban de perchas y ganchos por todos los rincones. Sobre una mesa, frente a un espejo, tres pelucas en sus soportes y un montón de potes cosméticos.

—Tengo menos de media hora para almorzar antes de que llegue la próxima tanda de aspirantes —les dijo la Reid—. Si no hubierais llegado tarde, ya habríamos terminado; venid conmigo al camerino y hablamos allí.

Sin molestarse en esperar respuesta, las obligó a salir por las bambalinas laterales e hizo que la siguieran a través de un lóbrego pasillo. Apenas entró, lanzó un gesto impreciso.

—Sentaos por donde podáis.

Mona y Luz se miraron de reojo pero no osaron decir ni una palabra: dentro del angosto camerino, la presencia grande de Marita Reid se hacía todavía más imponente. Mientras ellas se creaban un hueco, la artista, tarareando con su voz profunda la pieza que acababa de tocar al piano para Luz, les dio la espalda para encender un hornillo y colocar sobre él una cacerola de estaño. A lo largo de los minutos que siguieron, mientras el cuartito se llenaba de un olor indescifrable, las ignoró por completo y continuó con su quehacer removiendo, probando, sacudiendo un mantelito y colocando cubiertos, llenando un vaso de agua. Al término de la secuencia, cuando lo tuvo todo en orden, se desplomó sobre una butaca que había conocido tiempos mejores; las caídas de su extravagante sobretodo se desparramaron por el suelo en una catarata de pliegues llenos de papagayos y frutas tropicales.

—Acercadme alguna la bandeja, hacedme el favor.

Una vez que la tuvo sobre las rodillas, se plantó la servilleta al cuello y pinchó algo que parecía un trozo de carne bañado en una salsa oscura y espesa. Las hermanas, pegadas una a otra cual siamesas sobre un estrecho banco, continuaban entretanto mudas y nerviosas, a la espera de un veredicto que no acababa de llegar.

—Aceptable. Más que aceptable —añadió al fin con la boca medio llena apuntando a la menor de las Arenas con el tenedor.

Pensaban que se refería al guiso, pero inmediatamente les hizo ver que no.

—Has superado mis expectativas, niña; para lo que tengo en mente, me encajarías la mar de bien.

Mientras a Luz le subía una ola de calor a las mejillas, la artista revolvió el contenido de la cacerola y ensartó un segundo trozo.

—Dejadme que os diga que yo he sido siempre una actriz de raza y que ojalá pudiera seguir dedicándome al teatro serio, al auténtico: el de los grandes dramaturgos y las audiencias refinadas y entendidas. Pero hoy día —agregó chasqueando la lengua— eso da poco dinero porque el público es el que es.

Hizo una breve pausa y masculló entre dientes a esto le falta sal, luego retomó el hilo.

—Los españoles con posibles que viven en el Upper West Side y en el Midtown; los empresarios, los que tienen intereses comerciales, los cultos y bien alimentados, bien preparados y bien relacionados, van a las galas y a las óperas del Met, a los conciertos del Carnegie Hall y a las grandes producciones de Broadway. Si de tanto en tanto hay algo interesante de lo nuestro; si tocan por ejemplo Pau Casals o Andrés Segovia en el

Town Hall o si la Argentinita monta un espectáculo, allí acuden también ellos, claro. Pero en caso de que no haya nada con sabor a la patria, sobreviven sin el menor problema entre los espectáculos para americanos, y lo mismo de contentos acuden a disfrutar de un ballet ruso que de la orquesta de Duke Ellington.

Paró unos instantes y se limpió delicadamente los labios con unos pequeños golpes de servilleta, como si estuviera almorzando en un restaurante de lujo y no en ese cuchitril.

—La mayoría de la colonia, sin embargo, es muy distinta, ya lo veis vosotras mismas. Igual que casi todos los hispanos de New York, suele tratarse de gente modesta, pura clase trabajadora que dejó atrás sus miserias y ahora faena día y noche para sacar adelante a sus hijos, o para mandar dinero a los que quedaron en el pueblo, o para ahorrar para un modesto negocio, o simplemente para sobrevivir. Como vosotras más o menos, ¿no?

Seguía comiendo mientras hablaba, algo se le quedó atascado y, para ayudarse a tragar, se dio un par de sonoras palmadas debajo de la clavícula.

—Lo que la inmensa mayoría de ese público busca no es arte soberbio, sino purito entretenimiento: funciones que les permitan pasar un buen rato, que los saquen del cansancio y los problemas de todos los días y después les hagan volver a casa con una sonrisa bien plantada en mitad de la cara para echarse a la cama a dormir. You know what I mean, right?

De nuevo hicieron un gesto que lo mismo valía para afirmar que para lo contrario. En realidad, estaban aturdidas ante tanto palabrerío mezclado con carne en salsa, pero no osaron interrumpirla.

—A esa gente hay que darles bulla; hacerles que toquen las palmas, que pateen el suelo y rían a carcajadas. Y si se les ofrece una buena dosis de nostalgia, de morriña, como dicen los gallegos, tampoco está nunca de más. Si eso lo aliñamos con un toquecito de picante —añadió guiñando un ojo—, mucho mejor: ya tenemos el show completo, voilà!

Rebañaba ya el contenido de la cacerola, rescató del fondo los últimos bocados.

—Por todo ello, chiquillas, ando con la idea de montar una compañía; una pequeña compañía con la que hacer una larga gira por lugares donde hay colonias de trabajadores españoles: empezaríamos aquí, en New York, para viajar después a la parte de las canteras de granito de New England, subir hasta Maine y Vermont, hacer luego el cinturón industrial entero: ir a Canton, a Dayton y a Cleveland en Ohio, a actuar para los de la metalurgia, que ésos ganan buenos jornales, y después seguir por Donora, en Pennsylvania, y por la zona de las minas de West Virginia, que me imagino yo cómo van a agradecerlo las pobres criaturas, con lo solos que por allí están metidos días y noches en esos socavones... A las praderas y a California no llegaríamos aunque por allí haya también buenos montones de compatriotas, pero aquello está a tomar viento; a donde sí a lo mejor podríamos ir es a Saint Louis, Missouri, que por allí andan todos los del zinc, o tal vez bajar a Tampa, en la Florida, donde se ganan buenos dólares en las fábricas de tabaco...

Inmóviles en su banco, Mona y Luz la contemplaban aparentemente atentas, disimulando. En realidad, no había forma humana de que pudieran absorber ese precipitado garabato por la geografía norteamericana que la artista acababa de trazarles.

—Ésa es la razón por la que he estado recorriendo los locales de la ciudad, para que se corra la voz y encontrar potenciales artistas aunque se trate de humildes amateurs; ya se irán puliendo. Y por eso fui ayer a La Nacional. Algo he ahorrado a lo largo de los años: aunque en esta profesión no se ganen millones que se diga, he trabajado como una mula, no he tenido familia y he sabido administrarme razonablemente bien.

Se arrancó la servilleta del cuello y dirigió un gesto imperioso a Mona para que le retirara la bandeja de las rodillas.

—Pero las cosas están cambiando —dijo haciendo palanca

con los brazos para ponerse en pie—. Oh, my God, si están cambiando... El cine sonoro les va comiendo terreno a las tablas a pasos agigantados y yo voy cumpliendo años, so, to make a long story short, lo que pretendo es ganar lo suficiente como para asegurarme una digna vejez.

—Entonces... —intervino Luz intentando aclarar de una vez por todas su posible participación en aquel embrollado asunto—. Entonces, lo que usted quiere montar es un... un...

—Se llama espectáculo de variedades ambulante, sweetheart: un poquito de zarzuela como la que estáis ensayando en la Catorce, algo de humor que les haga reír, buenas dosis de folklore, un par de números de guitarra, un galán que recite unos versos bien sentidos, una artista algo descocada que cante el cuplé con picardía... Y a ti, después de haberte visto hoy, te quiero para que aportes la cuota andaluza ligera, la de la copla y la tonadilla, ya sabéis...

Marita Reid enderezó su cuerpo grande y con él en pie volvió a llenar la estancia, ellas la imitaron y cada una se esforzó por exprimir a su manera lo que acababan de escuchar.

Dejando de lado las referencias a concertistas de prestigio y a grandes orquestas de jazz, lo único que Mona logró sacar en claro era que todo sonaba disparatadamente abrumador y desmesurado, excesivo para su hermana, una muchachita malagueña a la que todavía le faltaban unos cuantos hervores y que jamás se había planteado convertirse en una artista verdadera aunque fuera con una compañía trashumante de escaso pedigrí. Y además, su madre no se lo consentiría ni muerta: antes ataría Remedios a su hija pequeña a una pata de la cama que permitirle marchar sola por esos mundos de Dios.

Ajena a los pensamientos de Mona, sin embargo, los de Luz iban por derroteros muy distintos.

—Una pregunta, señora —se atrevió a decir mientras Marita Reid, lista para reemprender la actividad, acercaba su rostro al espejo y se atusaba el cabello teñido.

—Shoot, my dear.

—¿Para cuándo tendría que decidirme?

Se volvió a ella y le clavó sus ojos negrísimos cargados de kohl.

—Quiero emprender el viaje antes de que se nos eche encima el verano. Y para eso necesito tu respuesta cuanto antes; en un par de días, tres a lo sumo. Me urge empezar los ensayos y tengo previsto hacerlo en un pequeño teatro del Bronx. De éste he de irme pasado mañana; me lo ha cedido un viejo amigo tan sólo unos días, pero tienen otros asuntos y yo debo volar.

32

El enfrentamiento arrancó al dejar el teatro, nada más salir al bullicio de la calle.

—Me lo voy a pensar —anunció Luz.

El chillido de Mona hizo a varios viandantes volver las cabezas.

—Pero ¿tú es que te has vuelto tarumba o qué? ¿Cómo vas a irte tú con esta tía loca por este país de gente rara, a cantar y a bailar por las minas y las fábricas con una cuadrilla de titiriteros?

Plantadas en mitad de la acera, las hermanas se enzarzaron en una discusión que fue acalorándose hasta convertirse en un estrepitoso guirigay: gritos, improperios, aspavientos y agarrones de las mangas, incluso estuvieron a punto de llegar a las manos. Después hicieron el viaje sin mirarse siquiera, en pie gran parte del camino, hasta que Luz consiguió un asiento libre al fondo y Mona se quedó delante, sujeta a la barra y mirando tras el cristal.

Seguían sin cruzar palabra cuando llegaron a la casa de comidas; apenas les dio tiempo a extrañarse al encontrarla cerrada a aquella hora, antes las había asaltado con un vivaz griterío un puñado de niñas que jugaba a la comba en la acera.

—¡Se han ido a Casa María, dicen que vayáis para allá!

Denominar *biblioteca* a aquel espacio era un tanto ostentoso; en realidad se trataba de un cuarto amplio con algunas estanterías en las paredes y una gran mesa central: libros no habría más de quince o veinte, pero cumplían su función. Allí había conducido otra religiosa de la casa a Remedios y a Victoria, a la espera de que sor Lito llegara; el tabaquero iba con ellas. No tardará, les dijo la monja, está al caer. Mataban el tiempo sentadas alrededor de la mesa, Barona permanecía en pie, apoyado contra una consola con la chaqueta quitada y la cara sombría, el primer botón de la camisa abierto y el nudo de la corbata tres dedos por debajo de su sitio.

—¿Qué pasa que habéis cerrado El Capitán? —preguntaron Mona y Luz alarmadas al entrar.

La madre empezó a tartamudear sin hacerse entender; Victoria la cortó abrupta.

—Pasa que he metido la pata hasta el corvejón.

En cuatro frases concisas les narró lo sucedido desde que el abogado italiano irrumpió en el negocio envuelto en palabrejas e hipócritas sonrisas, hasta que media hora después salió a la calle humillado, aturdido y contuso; acababa de llegar al final del relato cuando oyeron a sor Lito avanzar por el pasillo.

—¡No será lo que me estoy imaginando! —venía diciendo a gritos.

Se adentró en la estancia con el estrambótico aspecto de siempre: la estatura canija, el cabello revuelto, las viejas botas más propias de un chaval acostumbrado a pegar patadas a los balones que de una fiel servidora del Señor. En el rostro aún le quedaban señales de la caída por la escalera del subterráneo; bajo un brazo traía un carpetón lleno de documentos; el otro, el perjudicado, parecía moverlo medianamente bien.

Estrechó con brío la mano del tabaquero cuando se lo presentaron, después se sentó, encendió un Lucky Strike del paquete arrugado que sacó como siempre de entre los pliegues del hábito y, mientras expulsaba el humo, barrió los rostros con la mirada.

—Un encontronazo con Mazza, ¿no?

La parca biblioteca se tornó de pronto en un gallinero,

hasta que sor Lito se hizo una idea nítida de la situación. Luego, harta de un cacareo que ya no llevaba a ningún otro sitio, alzó la voz.

—¿Y usted, Barona, qué tiene que contar?

—Que el tipo era un malasombra indeseable, hermana, qué quiere que le diga. Ya tenía el brazo en alto el hijo de mala madre y, si no llego a pararlo, le parte la cara a esta pobre criatura. Pero también reconozco, bien lo sabe Dios, que el puñetazo me lo podría haber ahorrado; que con frenarle habría sido suficiente...

Aspiró aire con fuerza y pareció que el pecho se le ensanchaba. Después lo expulsó sonoro, con gesto de impotencia.

—Pero no pudo ser.

La sierva de María asintió en silencio; me hago cargo, pareció decir. Les ocultaba, no obstante, que la duda la consumía desde semanas atrás; que a menudo pensaba que mejor habría hecho recomendando a aquellas pobres mujeres que se olvidaran de pleitos y jaleos; que agarraran el dinero y los pasajes de la Trasatlántica y pusieran de nuevo rumbo a su mísero pasado. Pero se resistió. Aun sin conocerlas, se negó a dejarlas retornar. No anticipó, sin embargo, las consecuencias colaterales de su decisión.

A todos cogió por sorpresa la contundente palmada que soltó sobre la mesa. Y con el golpe, como por arte de magia, llegó un radical cambio de actitud.

—Yo me encargo de pararle, voy a cambiar de estrategia. Voy a intentar negociar con él, no habrá más problemas —dijo con una resolución tan falsa como convincente. Apenas se notó que su supuesta seguridad era tan frágil como el cristal.

Mientras las tranquilizaba, sor Lito se tomó unos instantes para observar uno a uno los rostros hermosos y atribulados de las muchachas Arenas enmarcados en sus melenas oscuras, con esos ojos otras veces tan vivos, consumidos ahora por la zozobra. Decidió entonces hacer de tripas corazón.

—¿Sabe qué estoy pensando, Barona? Que si quiere usted

expiar su culpa por haberle machacado la mandíbula al italiano, igual hay una manera.

—No tiene más que decirlo, hermana; estoy a su entera disposición.

—¿Conoce usted El Chico, el local de Grove Street?

—¿Cómo no? Mis buenas cajas de cigarros le vendo a Benito Collada de vez en cuando.

—Pues llévese allí a las niñas a cenar.

Todas miraron a la monja como si fuera un espectro.

—Sáquelas, ande —insistió—, distráigalas un rato, que bastante llevan en el cuerpo. Dígale a Collada que va de mi parte; seguro que los invita al postre por lo menos.

Ninguna de las hermanas Arenas aplaudió el plan. No sabían lo que era El Chico, ni estaban de humor. En cuanto a Remedios, plantó en la cara un gesto de zozobra, como siempre que se le proponía cualquier cosa que desbordara su elemental sota, caballo y rey.

Ni caso le hizo la monja; dando por sentada su autoridad, soltó otra palmada sobre la mesa, más recia todavía.

—Andando, mis niñas, arréglense un poco, pónganse lindas y olvídense de los fogones, los abogados miserables y los problemas. Salgan al menos una noche a disfrutar.

33

Fueron en taxi aunque no estaban lejos: lo propuso él, por aquello de darle a la cosa un punto de formalidad. Luciano Barona iba sentado delante, junto al conductor; ellas en el asiento posterior. Victoria en medio, azorada todavía por el desagradable encuentro con Mazza, con muy escasas ganas de farra y muchas de hundir la cabeza debajo de la almohada y olvidarse del mundo. A sus flancos, Luz y Mona tensas y abstraídas, negándose la palabra todavía, la una sopesando ponerse el mundo por montera y unirse a la troupe de Marita Reid, la otra angustiada ante esa misma posibilidad.

Por encima de sus cuitas personales, además, las tres se mostraban cohibidas, conscientes de la extrañeza de la situación. Cierto que el tabaquero había librado a Victoria del golpe del italiano, pero una vez que los cuatro se apelotonaron en la intimidad del habitáculo de un automóvil y empezaron a descender por el Village, apenas hubo nada que decir. La incomodidad casi podía acariciarse mientras ellas simulaban mirar por las ventanillas y contemplar las aceras prácticamente vacías.

La sensación era también desconcertante para el tabaquero: no todos los días se veía un viudo reciente con semejante compañía. Pero se lo había pedido aquella monja estrafalaria que les llevaba el asunto de la muerte del padre y... Y bueno, a él en el fondo... Bueno, para qué darle más vueltas, pensó. El caso era que ahí estaban las tres jóvenes compatriotas a su espalda, extrañamente calladas para lo común en ellas.

Aún conservaban el calor de las tenacillas con las que se habían arreglado el pelo a la carrera; olían a colonia barata y a mujer joven, olían bien. Por toda indumentaria llevaban puestos unos modestos vestidos caseros, no tenían otra cosa que echarse al cuerpo. Para aliñar la parquedad de los atuendos, se habían pintado los labios en el descansillo del primer piso, lejos de la censura materna.

Se acercaban a Sheridan Square y a la memoria le vino a Luciano Barona el recuerdo de la última vez que llevó a El Chico a su mujer, ¿cuántos años haría ya? Cinco o seis, por lo menos, calculó. Cuando Valentín Aguirre, el del hotel Santa Lucía y el Jai-Alai, le hizo un pedido de los grandes, tres docenas de cajas, y él se empeñó en celebrarlo. Antes de que Encarna enfermara y los tumores la fueran consumiendo; antes de que Chano se marchara, cuando aún vivían los tres en la casa de Atlantic Avenue y ella le echaba una mano con las cuentas mientras él salía a atender a los clientes de Manhattan y por la noche se sentaban juntos a la mesa y los domingos acudían a ver a los paisanos de Alhama a Park Slope. Antes de que todo se desbaratara y la soledad entrara en su vida como un aluvión.

Pero no era momento para nostalgias, el taxi acababa de parar. El nombre del establecimiento aparecía rotulado en los flancos del gran toldo que cubría la entrada: EL CHICO. Un conserje barrigón embutido dentro de una larga casaca color granate abrió la portezuela trasera a las muchachas mientras él pagaba al taxista.

Los recibió una bocanada de música, voces altas, carcajadas, humo denso y luz tenue, camareros que se desplazaban entre las mesas haciendo equilibrios con las bandejas en alto, clientela contenta, olor a comida mezclada con perfumes de señora, tabaco y lociones de varón. Bulla, en definitiva. Gente, mucha gente pasándolo bien.

Se les acercó un empleado con pajarita, la frente le brillaba sudorosa. Bienvenidos a El Chico, muy buenas noches, bienvenidas, señoritas, gusto de verle otra vez, amigo, dijo palmeando el brazo del tabaquero.

—Denme nada más un minutito, estamos hasta arriba, no sé qué pasa hoy...

Desapareció entre el tumulto y los dejó a la espera. Ellas, apretadas como en un cogollo, contemplaban abducidas el ambiente; él quedó separado del trío por un par de pasos, con las manos metidas en los bolsillos. La decoración destilaba un homenaje a la lejana patria tan efusivo como estridente: arcos moriscos, geranios, azulejos, candiles de forja, falsos tejadillos. En el centro había una pista de momento vacía, al fondo se vislumbraba el reducido escenario; sobre él, una pareja estaba terminando de interpretar un número entre lo cómico y lo flamenco para deleite de un público entusiasmado. Él llevaba un sombrero cordobés, ella una bata de lunares; entre música, bromas y chanzas, se requebraban y peleaban, se interpelaban con chispa y picardía. Culminaron con un último taconeo, un último guitarreo, una última carcajada. El aplauso final fue clamoroso; el supuesto gitano se despidió doblando el espinazo mientras lanzaba claveles a las señoras de las mesas cercanas; su pareja saludó agradecida haciendo arabescos con las puntas del mantón.

El maître, de vuelta, rompió el embeleso.

—Pasen por aquí, por favor, síganme...

El movimiento se tornó incesante tras el número, les costó abrirse camino hasta que alcanzaron su mesa en un lateral: tras la marcha de los clientes anteriores, la estaban montando en ese instante con mantel amarillo y cuatro servicios bajo un mural del acueducto de Segovia. Acababan de sentarse cuando a la tarima subió con salto ágil un varón de torso grande y cabeza de pelo prácticamente rapado sobre un cuello poderoso, rezumando solvencia y dotes de mando.

—¿Ése es el dueño del que hablaba sor Lito? —preguntó Luz.

Barona asintió a la vez que desdoblaba la servilleta y se insertaba un pico bajo el cuello de la camisa.

Una vez en el centro del escenario, el tipo carraspeó, miró alrededor mientras se ajustaba el nudo de la corbata y esperó unos segundos, dando tiempo al respetable. Hasta que arrancó.

—Adorables señoras, insignes amigos...

Los últimos comensales regresaron a sus sitios, se amansaron las voces y el movimiento de las sillas; los camareros se esforzaron por hacer menos ruido al servir las copas y retirar los platos.

—Respetadas señoras, reputados amigos...

Por fin el silencio se expandió sobre la sala y Benito Collada, asturiano de Avilés a pesar del ardoroso folklorismo del negocio, empezó a hablar.

—Se acerca la fecha en la que conmemoraremos un año de ese desgraciado accidente aéreo que a los españoles y los hispanos de esta ciudad y del mundo entero nos partió el corazón...

No todos los clientes eran capaces de entenderle: había también un amplio contingente de americanos, algunos acompañados por amigos y otros por cuenta propia. Porque les atraía esa cultura remota con reminiscencia de donjuanes, toreros y bellezas apasionadas, porque hacía unos días habían leído una reseña elogiosa en una guía gastronómica o en *The New York Times*, o porque esa noche no tenían ningún sitio mejor al que acudir más que a aquella inclasificable mezcla de cabaret, mesón sofisticado, pequeña sala de fiestas y célebre night-club. El caso era que a Collada le importaba un comino si, entre tragos y bocados, entendían o no. Que les traduzca el vecino de mesa, debía de pensar. O que interpreten, o que se imaginen, o que se lo inventen.

—Un año casi ha transcurrido desde aquel accidente maldito que acabó en Medellín con la vida de ese hombre cuyo recuerdo jamás morirá...

A la mesa del tabaquero y de las chicas se acercó un camarero para tomar la comanda, pero tan abducidas estaban ellas que ni siquiera habían echado un ojo a la carta.

—Un ser único —prosiguió el maestro de ceremonias—, un ser mítico, legendario, inolvidable...

—¿Prefieren que escoja yo? —les preguntó Barona cómplice.

Las tres asintieron con la barbilla, enfáticas y aliviadas. Jamás habían tenido otro menú entre las manos que no fuera la simple nómina de platos comunes que su padre ideó para El Capitán; no habrían sabido qué pedir.

—Esta casa fue la suya en los días en que la Paramount lo trajo a grabar a los estudios Kaufman Astoria de Queens —continuaba Collada con su vozarrón—. Ahí, en esa misma mesa, recaló muchas noches el zorzal criollo tras las largas horas de rodaje de *El día que me quieras* o *Tango Bar*...

Un haz de luz enfocó de pronto una mesa vacía; sobre ella, un solitario sombrero de fieltro y la fotografía enmarcada de un hombre de sonrisa deslumbrante. Casi todo el mundo se puso de pie, estirando el cuello para ver el pequeño montaje; por la sala se extendió una ovación sentida. Las hermanas dudaron, amagando con levantarse pero inseguras; aún no se habían alzado del todo cuando la clientela en bloque volvió a sentarse, ellas también.

—¿De quién habla, Luciano? —preguntó Luz asumiendo la ignorancia de las tres.

—De Gardel.

—Aaaahhh... —replicaron a una. Les sonaba el nombre, sabían que cantaba y había estado de moda, pero poco más: los gustos musicales del universo del que venían andaban por otros territorios.

Sumidas en su honda ignorancia, desconocían que había muerto en Colombia, en un percance aéreo el año anterior; tampoco tenían ni idea de qué demonios sería eso de la Paramount y tan sólo el nombre de Queens les sonaba remotamente porque allí enterraron a su padre. En cualquier caso, se sumaron al aplauso cuando Collada lanzó su anuncio:

—Pero ¡la gran noticia es, señoras y señoras, que todo apunta a que el rey del tango canción tiene ya un heredero en puertas!

Abriendo los brazos para recibirle, dio paso a un joven de andar cadencioso, traje sobrio con grandes solapas y pelo negro brillante peinado hacia atrás.

—Con ustedes, ¡el gran Fidel!

A pesar de los aplausos y la expectación inicial, el cantante flaqueó pronto. *Por una cabeza* fue la primera pieza, interpretada con una intensidad impostada a todas luces excesiva. El público la celebró sin demasiado entusiasmo y siguió comiendo, bebiendo y charlando mientras el supuesto artista acometía *Sus ojos se cerraron*, de nuevo con éxito escaso. Desde una esquina sonó un rotundo silbido, desde otra un improperio seguido de una carcajada colectiva.

—¡Vos no sos Carlitos ni en sueños, boludo! —gritó un individuo que no se dejó ver.

Con el gesto contraído, Collada observaba desde la retaguardia: el número del galán tanguero que ese día estrenaban no estaba resultando como había supuesto, maldita sea. Por mucho que se partiera el alma, el imitador no resultaba convincente; la inmensa mayoría de los presentes seguramente había visto al verdadero Gardel en cine, o lo había escuchado en la radio o en los discos que grabó para la RCA Victor, o acudió en su día en masa al teatro al estreno de *Cuesta abajo* en el Campoamor. Hoy mismo me liquido a este idiota, pensó el asturiano; esta noche le doy boleto a este patético incapaz.

Y al toro por los cuernos, pensó ante el escaso ardor que la actuación estaba despertando; algo había que hacer.

Se acercó entonces a una de las mesas y sacó a bailar a una despampanante rubia de hombros desnudos, la pista no tardó en llenarse de parejas pese a la mediocridad del número. El cantor dejó de ser el centro de atención; Collada le ordenó entre pieza y pieza que se limitara a interpretar a su manera, que no pretendiera emular a nadie, y ahí insistió el joven, peleando y sudando, desgranando acobardado un par de tangos más.

Entre lo que se llevaban a la boca y lo que les entraba por los ojos y los oídos, las hermanas Arenas seguían con todos los sentidos embriagados. Al fondo del pensamiento habían pasado momentáneamente el abogado Mazza y Marita Reid, las tensiones, las incertidumbres. Ya no les importaba tener constancia fehaciente de que eran las mujeres peor vestidas de la noche, aunque a un buen puñado de hombres alrededor eso no pareciera importarles lo más mínimo a juzgar por las miradas que les lanzaban cada vez con menos disimulo. Mañana será otro día, pensó Victoria chupando un mejillón mientras Luz movía de un lado a otro la cabeza imaginándose cómo sería actuar en un local así. Mona, por su parte, contemplaba todo maravillada ante la esplendidez del negocio, anticipando los ingresos sustanciosos que debía de generar. Fue entonces cuando en la mente se le encendió una luz. ¿Y si...? ¿Y si...?

—¡Mirad la gorda de los rizos, le va a estallar el vestido como siga bailando así!

La exclamación de la hermana pequeña sacó a Mona de sus cavilaciones, Victoria y ella buscaron sin disimulo a la oronda mujer y estallaron en una carcajada común mientras Barona intentaba contenerlas sin suerte. Él también se había ido relajando; no tuvo más remedio que reírse con el creciente desparpajo y las rotundas ignorancias de las chicas, con su frescura y su cada vez más suelto desenfado.

Algo parecido al orgullo le corrió por las entrañas al saber que, al menos por un par de horas, había logrado entretenerlas. Quizá por eso se atrevió.

—¿Alguna quiere bailar?

Todas se morían de ganas, aunque les encantaría tener

por pareja a un galán distinto a aquel maduro compatriota. Victoria recordó entonces que le debía una:

—Yo.

Sonaban los acordes cadenciosos de *El día que me quieras* cuando el tabaquero viudo y la mayor de las hijas de Emilio Arenas pisaron juntos una pista de baile por primera vez.

34

Mona arrancó la mañana acelerada; tanto que ya estaba de vuelta cuando su madre y Victoria andaban aún abriendo las cerraduras y los candados de la casa de comidas. Apenas se paró con ellas: se limitó a traspasarles los víveres del día y se despidió precipitada diciendo vagamente que iba a los mataderos en busca de sesos, o de riñones, o de lo que fuera que tuvieran por dentro los animales. Qué importaba otra mentira más.

Antes de abandonar la Catorce, pasó por la lavandería de los Irigaray y se asomó con disimulo: tras el cristal, al fondo, percibió la silueta de Luz concentrada en la plancha, quitándose de la cara con el dorso de la mano un mechón de pelo que le estorbaba. Por dentro la recorrió un ramalazo de orgullo: la chica de la casa convertida en una joven mujer trabajadora y capaz, aunque todavía anduviera dando vueltas a la propuesta del vodevil ambulante.

Satisfecha con lo visto, Mona regresó a sus planes. El autobús la llevó de nuevo al bullicio del Midtown, volvió a abrirse camino entre los transeúntes con el paso presto y en apenas unos minutos entró en el Chanin Theatre, atravesó el vestíbulo decidida y asomó la cabeza al patio de butacas sin dejarse ver, medio oculta por el denso cortinón de terciopelo. Comprobó que aún estaba sola la artista, ordenando unas partituras frente al piano; se atrevió a entrar.

—¿Puedo hablar con usted un momento, doña Marita?

Su voz se mezcló con las primeras notas, no obtuvo respuesta. Tras unos segundos, carraspeó y probó otra vez, más alto ahora.

—Señora, que si me deja hablarle.

Ni caso tampoco. Tras unos instantes amagó la tercera intentona en un volumen más elevado todavía.

—¡Señora!

Por respuesta, al fin, recibió un grito airado.

—¡Ya te he oído, ya te he oído!... Primero termino, luego te atenderé.

En realidad, a Mona no le parecía que tuviera nada que terminar, porque lo que la formidable Marita Reid estaba haciendo era únicamente encadenar notas sueltas con algunos pedazos inconclusos de melodías. Por si acaso, no osó interrumpirla más y, escurriéndose callada en una butaca, se sentó a esperar hasta que la artista dio por finalizada la retahíla de estiramientos.

—Lista —dijo al cabo de un rato—. Ya puedes hablar.

—Estuve... Estuve ayer aquí con mi hermana... —avanzó con la voz alta y el cuello alzado.

—¿Tan vieja te crees que soy como para no acordarme?

Me lo va a poner difícil, se recordó Mona por enésima vez. Más me vale ir al grano, mejor no marearla más de la cuenta.

—Vengo a proponerle un negocio, señora.

—¿Un negocio? —preguntó la otra irónica. Y recorrió una escala con la mano izquierda: do, re, mi, fa, sol, la, si, do. Las notas vibraron en el escenario vacío—. ¿Un negocio pretendes ofrecerme tú a mí?

Contuvo ella los nervios retorciéndose los dedos.

—Lo que quiero decirle es... es... es... que por qué no montamos un espectáculo a medias.

La ronca carcajada de la gibraltareña resonó por todo el patio de butacas.

—Para eso me sirvo yo sola, sweety. No te necesito a ti.

Al grano, se repitió a sí misma Mona. Al grano, ya.

—¿Conoce usted El Chico, doña Marita?

—¿El club de Collada en el Village? Cómo no...

—Pues yo le ofrezco participar en una cosa parecida.

Eso era lo que llevaba pensando la noche entera, durante la vigilia con los ojos abiertos y en el duermevela con ellos entrecerrados. Un espectáculo con el que intentar reavivar la casa de comidas y ofrecer una oportunidad a Luz. Ésa era la idea que le machacaba la cabeza a Mona como un martillo pilón, desde que le estalló la noche previa al contemplar en vivo el éxito del negocio del asturiano.

—¿El Chico Junior, en eso quieres embarcarte? —preguntó con sorna la artista. Y aporreó el piano para sacarle otro enérgico compás. No la estaba tomando en serio, naturalmente.

—Nuestro local se llama El Capitán.

Sin un respiro, tan rápida como sucinta, le desglosó dónde estaba situado, cuál era su origen, qué capacidad aproximada tenía y qué daban en él de comer.

—Pero no funciona —acabó reconociendo—. Y nosotras ya no sabemos qué hacer. Y por eso he pensado que podríamos reconvertirlo, meterle algunos números a la hora de la cena y después, que siga hasta entrada la noche con baile, y con...

—Ya. Como El Chico entonces dices, ¿no? —zanjó la Reid.

—Parecido, señora. Algo así.

La artista se levantó de la banqueta, recorrió el escenario haciendo crujir las tablas y bajó cuidadosamente la escalera para no desnucarse con un traspié. Ahora que la tenía cerca, Mona comprobó que llevaba otro vistoso sobretodo lleno de aves zancudas y floripondios, similar al del día anterior. En ese estampado concentró ella la vista, en la melé aturullada de colores y brillos, para no mirarla a los ojos y no dejarse amedrentar.

Tan sólo las separaban ya dos pasos cuando Marita Reid le espetó sin pizca de sarcasmo:

—¿Tú sabes lo que pretendes, niña? Un tipo como Benito Collada, un asturiano bragado que ha dado siete vueltas al planeta y es capaz de capar marranos con las muelas del juicio, se puede permitir mantener un club en esta ciudad, pero ¿tú...? —La miró de arriba abajo, tasando su insignificancia—. ¿Tú tienes a alguien dispuesto a financiarte? ¿Un padre, un marido, un hermano, novio, amante, protector...?

—No, señora —respondió en voz baja—. Sólo tengo a mi madre y a mis hermanas.

—¿Contáis con cash propio, al menos? ¿O algo que os avale, alguna propiedad que hipotecar?

Negó con la cabeza y la Reid soltó un chasquido despectivo, como diciéndole tú estás mal de la cabeza, chica. Pero Mona no se desfondó; no todavía. Siguió insistiendo, ofreciéndole usar su establecimiento para presentar al público el espectáculo que la gibraltareña pretendía organizar; que en vez de montar una función itinerante para las colonias de obreros españoles desperdigados por el mapa de Norteamérica, los artistas que ella contratase se quedaran en Manhattan y se subieran a un escenario en El Capitán.

Oídos sordos fue todo lo que a partir de ahí recibió por respuesta. Y cuando Mona se empezó a quedar sin argumentos y su mirada vagó por la sala como si buscara a la desesperada razones para continuar, descubrió sorprendida otras presencias que habían llegado entretanto. Tres jóvenes delgadísimas que estaban cambiándose de zapatos mientras cuchicheaban entre ellas, seguramente se disponían a hacer una prueba de baile; un padre y un hijo con humildes vestimentas, el chaval de unos trece o catorce años llevaba colgado un acordeón. Venían sin duda a sus audiciones y Mona fue consciente de que estaba sobrando.

Marita Reid concentró entonces la vista en un papel que se sacó de entre los pliegues de su excéntrica vestimenta y consultó el orden de pases previsto.

—¡Trío Las Montero! —gritó dándole la espalda sin la menor cortesía—. ¡Vayan preparándose, please!

En la garganta se le atascaron a Mona las ansias de suplicar. La veterana artista estaba ya volcada en lo suyo; de nada iba a servirle una insistencia empecinada. El murmullo que emitió como despedida se quedó sin respuesta; su única opción a aquellas alturas fue recorrer el pasillo hacia la salida con lágrimas de rabia a punto de saltarle de los ojos. Cuando alcanzó el foyer desnudo, en la distancia sonaba el arranque de un vibrante taconeo; en unas cuantas zancadas estaba otra vez en la calle, envuelta en ruido y luz.

—Oiga...

Giró la cabeza tragándose la angustia, vio a un joven. Aguardaba en el flanco derecho de la puerta, al primer golpe de vista le resultó remotamente familiar.

—La escuché mientras le proponía su negocio a la vieja.

Bajo el sol del cercano mediodía y en mitad del bullicio mañanero, Mona no lograba ubicarle aún.

—¿Me regala cinco minutos para que hable con usted?

35

Le sonaba, le sonaba... La cara, el tipo, la voz incluso. Todo le sonaba, pero ¿de qué?

—Nos conocimos cuando vino con sus hermanas al negocio de mi familia para arreglar las cuentas por el entierro de su papá —adelantó él ante la mirada de extrañeza de Mona.

¿El muchacho de la funeraria? Era igual de esmirriado, efectivamente. Y de cerca comprobó que tenía aquellos ojos saltones. Pero no parecía el mismo, no encajaba. Más lo asociaba con algo cercano, casi presente. Pero ¿con qué?

—Igual no me reconoce por el cabello —aclaró señalándose la cabeza con el índice—. Lo cambié. Me lo tiñeron de negro y me lo alaciaron en una peluquería.

—Ya... —musitó ella desconcertada.

—Por lo de Gardel.

La boca de Mona se le abrió entonces con ademán de sorpresa supina; ahora sí lo asoció. Aquel flaco que ahora iba ataviado con una simple camisa clara y un gastado chaleco de punto marrón era el cantante de tangos al que algunos clientes, la noche previa, acabaron lanzando improperios y pitadas en El Chico. Desde la distancia de la mesa donde ellas estuvieron sentadas, entre el humo, la penumbra y los vaivenes de la clientela, con ese pelo tintado de color ala de cuervo y vestido como iba con un terno bien armado, a ninguna de las hermanas se le ocurrió sospechar que lo conocían. A él sin embargo, a pesar de su infeliz actuación, no se le escapó la presencia de las Arenas en el local.

—No fue mi mejor día —confesó encogiéndose de hombros—. Apenas terminé, Collada me pagó de mala gana y me dijo que no volviera más. Una patada en el culo en toda regla, you know...

Tal vez esperaba unas palabras compasivas, o quizá que Mona le dijera que en el fondo no estuvo tan mal. Tan atónita se había quedado en cualquier caso, que no logró abrir la boca.

—Pero no estoy dispuesto a tirar la toalla —prosiguió ante el prolongado silencio de ella—. Tengo que seguir intentándolo; ahora, después de devolver el traje alquilado, venía a ver si encontraba alguna otra cosa, me dijeron que la Reid andaba buscando gente para un espectáculo.

—¿Ya no trabaja en la funeraria?

—Sí por el momento, pero no quiero continuar. ¿Va con prisa?

—Bastante.

En verdad no era cierto, pero tampoco tenía interés alguno en seguir hablando con el fracasado aspirante a tanguero. Quería estar sola, lo necesitaba: aún debía terminar de tragarse el sapo de la abrupta negativa de Marita Reid.

—¿Cómo vino? —insistió el chico.

—En autobús.

—Voy con usted en ese caso.

Me llamo Fidel, Fidel Hernández, quiero ser cantante y para mí Gardel es Dios: ésa fue su triple declaración mientras esperaban en la parada, cuando Mona se hizo a la idea de que no iba a librarse de él.

—Tanto lo admiro y lo venero que no me atrevo a llamarle Carlitos ni en el pensamiento, me parece una falta de respeto que la gente se dirija a él como si fuera un cualquiera. Carlitos —masculló con gesto de desprecio—. Car-li-tos —repitió escupiendo las sílabas—, como si le conocieran de toda la vida...

Entraron finalmente en el autobús abarrotado, se abrieron camino entre los viajeros casi a empujones sin que el muchacho parara por ello de hablar.

—Confieso que empecé a conocerle tarde, no me entró esta pasión hasta que lo tuve cerca. Antes ni siquiera tenía sus discos y ni me molesté en ir a ver sus películas; me parecía que eran exageradas las masas que movía, esas mujeres que chillaban como locas y esos hombres que le imitaban hasta en el peinado, usted no estaba en la ciudad todavía cuando se estrenó en el Campoamor *Cuesta abajo* hace dos veranos, ¿verdad?

—No, nosotras llegamos hace tan sólo unos meses.

—Pues no se imagina lo que fue aquello, las calles desbordadas de gentes sin entrada, cientos, miles coreando su nombre, tuvieron que retrasar el inicio tres horas por la masa humana que se formó en las puertas, finalmente sacaron parlantes para que todos pudieran oírle desde fuera.

El autobús avanzaba zarandeando a los viajeros con su traqueteo sobre los adoquines. No habían logrado sentarse, se habían quedado en pie apretados entre otros cuerpos, embutidos casi, Mona agarrada a una barra rememorando su infructuosa conversación con Marita Reid mientras el hijo del funerario seguía hablando con su verbo desbocado.

—Cuando lo trajeron desde Colombia fue cuando todo cambió. Ocho días, nueve noches estuvo con nosotros, y yo apenas me separé de él. Entonces se me despertó la curiosidad y empecé a descubrir su verdadera magnitud. A partir de ahí, me robé unos cuantos discos en la tienda de Castellanos, memoricé las letras, ensayé sus tonos y la manera de pronunciar las palabras...

Continuaban encajonados, cada vez hacía más calor, los baches y los frenazos propulsaban a los viajeros a izquierda y derecha, adelante y atrás. Que si fue él mismo quien se encargó de custodiarle, prosiguió narrando; que si fue a todas horas su acompañante durante aquella última estancia...

—Por eso me lo tomo tan en serio, porque casi se ha convertido en mi razón de ser, aunque me doy cuenta de que aún me falta un largo camino, a long, long way...

Si los meneos del bus le ponían a Mona difícil seguir el hilo narrativo, tampoco la ayudaba el acento de este hijo de puertorriqueños nacido ya en Manhattan que a veces decía cosas con un acento y unas palabras que ella no entendía, y otra veces dudaba y se atascaba y se iba al inglés y después tenía que retroceder para volver a intentarlo.

—Llevo ayudando a mi padre y mi tío en el negocio desde los doce años —le contó luego—, y sueño con el día en que pueda abandonarlo. Desde que mi mamá se marchó harta de un negocio con tanto muerto y de un marido también medio apagado, mi papá empezó a obligarme a echarle una mano al salir de la escuela. Aunque era jovencito todavía, mi misión con el cadáver de turno era hacer eso de lo que antes se encargaba ella; lo primero que aprendí fue a ponerles el make up, que algunas familias quieren que los suyos lleguen al cielo bien handsome, bien guapitos. Por eso conozco gente —aclaró—, conozco a mucha gente; cuando alguien deposita en uno la confianza para que les prepares el cadáver de un ser querido, para que lo laves y lo vistas y lo metas en su caja y le cierres la boca y le coloques las manos sobre el pecho, parece como si quedara establecido forever un nexo, una unión. Después, si no tienen familia o por allí no aparece ni un amigo, cuando acabo con la faena hasta me siento y echo unas lágrimas, o les rezo unos cuantos padrenuestros.

Así prosiguió el chico, entre más frenazos y más sacudidas, con una Mona cada vez menos atenta a su lado, ansiosa por llegar a su destino y pisar la calle otra vez; no estaba acostumbrada a los vehículos de motor y, si la pasión por Gardel le importaba poco, las entrañas del oficio funerario le interesaban bastante menos todavía. Estaba a punto de pedirle que cerrara el pico un rato y la dejara en paz cuando el monólogo se desvió abruptamente hacia una dirección muy distinta.

—Sé que la vieja ni se ha planteado asociarse con usted. Pero, si me permite, yo sí. Yo puedo ayudarla a buscar clientela; puedo ayudarla a preparar un show para su local. También conozco gente del newspaper *La Prensa*, porque soy quien se encarga de las esquelas; seguro que les puedo colar algún anuncio y seguro que los convenzo para que manden a un reporter a hacer una crónica el día de la inauguración.

Mona hizo un esfuerzo por sacudirse el desmayo y se volvió hacia su compañero de viaje con un fogonazo de lucidez. No era ninguna tontería lo que acababa de oír. Aun sin tener ni la más remota idea de cómo funcionaban esos negocios, intuía que no se trataba de ingredientes que desdeñar. Clientes, al menos en un principio. Anuncios públicos. Que corriera la voz. Por primera vez a lo largo del día, en la boca de la mediana de las Arenas despuntó una media sonrisa: no estaba dispuesta a dejarse derrotar. Su opción inicial había fracasado estrepitosamente, pero podría haber otras salidas. Apenas conocía ese ambiente, pero la intuición le decía que el mundo de los artistas españoles en Nueva York ni empezaba ni terminaba con Marita Reid.

Casi habían llegado a la parada, estaban de pie de nuevo a punto de bajar del autobús. De reojo, una Mona reavivada observó al chico con una mirada distinta; con un punto casi tierno. Pobre criatura, pensó. Y se compadeció por su vida entera, del derecho y del revés.

—Y lo que querrías pedirme a cambio, si todo saliera adelante, sería entrar en el espectáculo tú también, ¿no?

Había comenzado a tutearle, él hizo lo mismo.

—Puedo mejorar, te lo prometo.

Igual sí, igual no, se dijo Mona. Le faltaban referencias, qué sabía ella de tangos. Para hacerse una idea se atrevió a preguntarle:

—¿Alguna vez te oyó cantar tu amigo Gardel?

—No, no, no —protestó azorado—. Jamás tuve el honor de conocerlo en vida. Él murió quemado en aquel accidente en Medellín y allí estuvo enterrado hasta diciembre; luego, en enero de este año, trajeron el féretro a Nueva York para que saliera por barco a la Argentina, pero las autoridades sanitarias se demoraron en conceder el permiso. Y entretanto, yo simplemente me ocupé de lo perentorio: velar por sus restos achicharrados en una caja de zinc.

36

Habían invitado a Barona a sumarse al almuerzo con la familia en El Capitán; se sentían obligadas después de que las hubiera sacado por ahí la noche previa. Sentados a la mesa tardía, entre Victoria, Luz y él rememoraban detalles de El Chico, anécdotas, momentos, pareceres.

La única que permanecía callada era Mona. Su cuerpo seguía allí, sentado a la mesa, entre sus hermanas, rematando el final de su plato de estofado con un pellizco de pan. Su cerebro, sin embargo, andaba muy lejos. Había decidido proponerles su idea cuando llegara la noche y ya estuvieran de vuelta en el apartamento; por alguna difusa razón, creía que el entorno doméstico resultaría más propicio. Por eso se sorprendió cuando oyó brotar de su propia garganta una cadena de palabras que no tenía previstas soltar todavía.

—Estoy pensando que a lo mejor nosotras podríamos hacer lo mismo.

La miraron con gesto intrigado y ella se maldijo interiormente por su súbita reacción. Pero era demasiado tarde para morderse la lengua, el camino estaba ya abierto, para qué esperar.

—No sería tan difícil, a lo mejor podríamos ganar algo más de dinero mientras sor Lito nos soluciona lo otro; igual no sería tan complicado, seguro que vale la pena probar...

—Pero ¿es que estás majara, muchacha? —gritó la madre—. ¿En un cabaret de mala vida quieres que se convierta este negocio, otro clavo más vas a hincarle a tu padre en el ataúd?

Antes de que sonara el puñetazo de Remedios sobre la mesa, ya habían saltado las otras dos: Luz palmoteó eufórica entre frases entusiastas y carcajadas, Victoria exigió de inmediato explicaciones. En medio de la algarabía, Mona se siguió esforzando por plantear ordenadamente lo que le quedaba por decir.

—¡Estáis perdiendo la poca vergüenza que teníais! —sentenció la madre sin escucharla—. ¡Vais a acabar convertidas en unas degeneradas, no va a haber hombre decente que os mire a la cara, a disgustos me vais a matar!

Cuanto más voceaba Remedios, más elevaban el tono las hijas, y los gritos se superponían unos a otros y las manos volaban por el aire enfatizando las palabras y lanzaban palmetazos sobre los muslos, y la madre al final, como casi siempre, acabó echándose a llorar.

Se hizo un silencio antipático; mientras proseguían los sollozos ahogados, ellas fueron conscientes de que el tabaquero, sentado a la mesa, se había tragado la agria trifulca sin abrir la boca. Cierto era que entre ellos se iba tejiendo una confianza creciente y que la salida a El Chico aumentó la cercanía. Pero aun así.

Lejos de violentarse, Barona optó por quitar hierro y se llevó el índice a los labios, pidiendo discretamente a las chicas una tregua.

—Son cosas de los hijos, Remedios, no se sofoque usted tanto... —dijo conciliador.

Se echó entonces la mano al bolsillo interior de la chaqueta, sacó un sobre y lo dejó caer sobre la mesa. Todo su afán era cortar por el momento la tensión.

—Mire, esta misma mañana he tenido yo noticias de mi chico, desde Philadelphia me escribe.

Ya había mencionado en alguna ocasión que tenía un hijo, pero nunca hubo opción para que entrara en detalles. Que ya era grande y no vivía cerca era prácticamente todo lo que sabían.

—Tenía previsto venir la semana que viene, cinco meses hace que no lo veo y ahora, de pronto, me avisa de que esta vez tampoco va a poder ser. ¿Y qué hago yo cuando me entero? Pues aguantarme, Remedios, no me queda otra. Seguir con mi vida, aunque me lleven por dentro los demonios. Y eso que cuando era pequeño, cada vez que me oía encajar la llave en la cerradura, salía corriendo como un loco y se me echaba en los brazos...

Continuó narrando pequeñas historias de su familia hasta que logró su propósito: que se diluyera en el aire la idea de transformar la casa de comidas en un night-club y que los sollozos de la madre se fueran mitigando. Mona respiró aliviada, le deslizó un gesto cómplice. Gracias, musitó.

—¿Y a qué se dedica él ahora? —preguntó Luz, siempre indiscreta.

El tabaquero soltó un rebufo.

—Es boxeador.

Boxeador, repitieron las tres en voz queda. Nada más ajeno a su mundo, no supieron qué pensar. A tenor de la falta de entusiasmo, la pequeña incidió.

—¿Y es que a usted no le gusta el boxeo, Luciano?

Alzó irónico una comisura antes de responder.

—Pues claro, hija, ¿a qué hombre en su sano juicio no le ha de gustar? No hace mucho que estuve en el Madison Square Garden viendo al vasco Uzcudun, que es amigo de Valentín Aguirre, un monstruo entre los pesos pesados, todo un orgullo para la colonia aunque aquella noche sufriera el único K. O. de toda su carrera, y dentro de unas semanas...

Paró en seco: pareció darse cuenta de pronto de que a sus anfitrionas les interesaba bien poco del universo de los rings.

—Pero usted no quiere —insistió Victoria— que su hijo se dedique a darse guantazos por ahí, ¿verdad?

El tabaquero sonrió con tristeza ante la espontaneidad de la hermana mayor.

—Se me parte el alma cada vez que pienso que cualquier

día me lo van a devolver con los pies por delante. O ciego, o trastornado con la baba colgando. —Rebufó luego y sacudió la cabeza, como ansiando sacar de ella sus siniestros temores—. Es ley de vida, Remedios, no le dé usted más vueltas. Nosotros plantamos la semilla y ellos deciden. ¿No se empeñó usted en traer a sus hijas a Nueva York? Pues ahora toca atenerse a las consecuencias: lo mismo que hago yo, lo mismo que hacemos todos.

Dio el último trago al café, se arrancó la servilleta del cuello y se levantó pesado, malditos ardores. Sacó luego unos billetes del bolsillo, los dejó caer sobre la mesa sin preguntar cuánto debía.

—De mí heredó el nombre, el mismo de mi padre y de mi abuelo, pero en casa, desde niño, siempre le llamamos Chano; cosas de mi mujer, para distinguirnos sería. A pesar de todo lo que nos esforzamos por transmitirle de nuestro mundo, aún me pregunto cuándo se nos fue de las manos.

37

La acorralaron con cuchicheos precipitados mientras se ponían los camisones, no querían que la madre las oyera al otro lado del tabique.

—Entonces ¿qué te dijo la vieja del espectáculo? Pero ¿tú estás convencida de que esto que pretendes no es una chaladura?

—¿Y de verdad te parece que El Capitán puede transformarse en algo parecido a El Chico? ¿Y yo podré cantar delante de todo el mundo lo que me dé la gana?

Fingiendo un convencimiento que cuerpo adentro todavía se le tambaleaba, Mona serenó a sus hermanas con otros tantos susurros.

—He hablado con alguien que puede ayudarnos, he quedado en volver a verle mañana, me ha dicho que va a preparar una lista con todas las cosas que hay que hacer y cuánto tendríamos que gastarnos, él entiende de números porque tiene un negocio de la familia.

Prefirió callar de momento que bajo aquel prometedor contacto estaba el chaval de la funeraria: las rechiflas de Luz y las protestas de Victoria se habrían oído hasta en la azotea.

Para no contrariar más a la madre, que andaba ya apagando esas luces eléctricas que aún le parecían engendros satánicos a ella que se crió entre candiles, tardaron poco en meterse en la cama. Con todo, Mona no agarró el sueño todavía.

Dinero. Haría falta dinero: eso era lo que le rondaba la cabeza mientras sus ojos aún abiertos atravesaban la oscuridad. Todo lo demás lo podrían conseguir de alguna manera, artistas en potencia había a montones, ya los había visto en el ensayo de la zarzuela y en el teatro de Marita Reid. Y del resto, según le había asegurado él mismo, podría encargarse Fidel. Aunque a lo mejor no tendría que fiarse. O a lo mejor sí. O a lo mejor no...

—Eh, Mona, ¿estás despierta?

La voz amortiguada de Victoria la sacó de sus pensamientos desde la cama de al lado.

—Que no se te olvide mañana, cuando vayas a la compra, traerte la otra pomada.

—¿Qué pomada? —contestó en un volumen igualmente quedo.

—La nueva para el ojo que le ha mandado a madre el doctor, ¿no te lo ha dicho?

El tono ahora se le tiñó de incredulidad.

—Pero ¿es que ha vuelto por aquí el médico otra vez?

Así era, aunque en el tumulto del día tanto a Remedios como a Victoria se les hubiera despistado comentarlo con ella. Atildado, profesional, oliendo a loción buena después de un cuidadoso afeitado, por El Capitán se había pasado de nuevo aquella mañana el joven doctor Osorio. Todo en orden, señora, dictaminó tras examinar a la madre por segunda vez, pero no hay que bajar la guardia, voy a recetarle una nueva pomada, siga usándola una semana. Parecía andar más sosegado en esta ocasión, hasta les aceptó un café que se sentó a tomar en mitad del comedor vacío, aún faltaba un rato para el mediodía. Sin saber qué decir, la madre y Victoria se mostraban retraídas. Una cosa era intercambiar cuatro naderías con clientes de su clase y condición, y otra muy distinta atreverse a parlamentar de tú a tú con todo un médico.

Fue él quien rompió la tensa incomodidad. Se interesó por el negocio: cómo les iba, qué tal lo llevaban. Preguntó asimismo por la zona, por otros establecimientos, si eran buenos los comestibles de Casa Moneo, qué tipo de actividades organizaban en La Nacional. Estoy pensando en que quizá me acabe haciendo yo también socio, dijo como quien se ilumina de pronto con una genial ocurrencia. No tenía la menor intención, naturalmente: qué sentido había en que un profesional del Uptown que trabajaba para el doctor Castroviejo se integrara en una institución de beneficencia destinada a velar por el bienestar de los trabajadores que se dejaban la piel a menos de cincuenta centavos la hora. Pero lo soltó porque sí: para hacerse el cercano y que ellas no lo vieran tan distante. Para que se relajaran y le hablaran y le aclararan de una santa vez dónde andaba esa hermana que aquella mañana no parecía dispuesta a aparecer.

—Como son unas cuantas mujeres en la familia —se atrevió a proponer mientras se levantaba para marcharse—, igual a alguna le interesa un trabajo.

No, no, no, confirmaron las dos con elocuentes aspavientos; nos vamos arreglando, no se moleste usted, doctor. Ni locas estaban dispuestas a que atisbara las catastróficas finanzas de la familia, se limitaron a explicarle que la hermana pequeña estaba colocada en la lavandería y que la mediana se dedicaba a las compras y los recados. Ajá, concluyó él. Por fin entendía la ausencia.

—En cualquier caso, aquí les dejo mi tarjeta; llámenme si se lo piensan. Se trata de una tarea bien sencilla: acompañar a mi madrina, que está impedida, en sus salidas durante las mañanas y quizá a primera hora de la tarde, hasta eso de las tres o las cuatro más o menos. Ella no habla inglés y quiere al lado a alguien con quien pueda entenderse. El sueldo, por semanas, a convenir.

Ni caso le hicimos, concluyó Victoria mientras daba unos manotazos a la almohada para aplastarla y se volvía a recostar. Aunque por no hacerle al médico un feo, añadió, madre se echó la tarjeta a un bolsillo del delantal. Bastante tenemos nosotras encima como para dedicarnos también a hacerle compañía a una inválida, lo que nos faltaba.

El silencio retornó al minúsculo cuarto, cuando la hermana mayor terminó el relato de la visita del oftalmólogo, su respiración se fue haciendo acompasada mientras Mona continuaba bregando a brazo partido con sus pensamientos. Cantantes, dinero, clientes. Anuncios, contactos, dinero. Fidel, la Reid, dinero, el teatro. Dinero, dinero, los huesos de Gardel. Y ahora, también, el doctor.

No tenía la menor idea de qué hora sería cuando decidió levantarse. Las dos, las tres, las cuatro, poco importaba. Harta de pelear con el desvelo, descalza y cautelosa, intentó que su pisar fuera liviano para evitar el crujido de la madera. Los goznes chirriaron al empujar la puerta del cuarto contiguo, ella paró de inmediato. Para su alivio, al asomar la cabeza entrevió en la penumbra que su madre dormía más o menos sosegada, con su parche sobre el ojo y el embozo hasta la barbilla.

Solía colgar el delantal de todos los días en la pared de la derecha, en un simple clavo. Hartas estaban las tres hijas de repetirle que se lo dejara en la cocina de El Capitán y no fuera con él puesto por la calle, que nadie andaba así en plena Nueva York, pero a ella igual le daba. Esa noche, por fortuna, su cerrazón se tornó a favor de Mona. Evitando adentrarse en el cuarto materno, estiró el brazo todo lo posible hasta dar con la vieja prenda, luego tanteó pausadamente en busca de una abertura. En el primer bolsillo encontró un hueso de alerón, un par de horquillas del pelo oxidadas y unos cuantos fósforos medio consumidos. Siguió palpando con el brazo metido por la puerta entreabierta, localizó entre los pliegues el segundo bolsillo.

Estaba introduciendo los dedos cuando oyó chirriar el somier. Sacó rauda la mano, se echó atrás sobresaltada, oyó unos bufidos y el cuerpo de su madre al girarse sobre el colchón. Esperó unos segundos, hasta que intuyó que seguía dormida, que todo había sido un mero cambio de postura; repitió deprisa el movimiento a ciegas y entre un montón de garbanzos halló lo que buscaba.

Regresó a acurrucarse entre las sábanas con la tarjeta apretada en el puño. Ya no le importó el ruido de sus pasos sobre los tablones.

38

Fidel la esperaba a media mañana del día siguiente, abrazado a un cartapacio lleno de papeles. En plena calle, en la misma parada donde se despidieron el día anterior.

—Vámonos —dijo nada más verla.

Doblaron en la Once, caminaron brevemente y bajaron tres escalones hasta un modesto establecimiento; sobre la puerta había un cartel escrito en un alfabeto desconocido. Detrás del mostrador se amontonaban panes, bollos y extraños pasteles; los dueños, hombre y mujer, eran una pareja robusta de pelo claro y piel sonrosada, parecían mellizos y hablaban una lengua extraña.

Son rusos, aclaró el hijo del funerario, y casi todos sus clientes también, así nadie nos entenderá a ti y a mí. Luego les pidió algo incomprensible y arrastró a Mona hacia el fondo tirándole de la manga de la chaqueta, hasta una de las cuatro mesas descabaladas, todas las demás estaban vacías. Una vez sentados, depositó el cartapacio sobre el mármol y la miró con sus ojos de rana.

—Cuantas más vueltas le doy, más claro lo veo.

Sin más explicaciones, lo abrió y empezó a desplegar periódicos enteros y páginas sueltas, octavillas, menús, recortes de revistas. Mira esto, y esto, y esto, decía haciendo saltar el índice de unos papeles a otros, clavándolo con nerviosos tamborileos sobre las letras. Mira, el Stork Club que ahora está en la Cincuenta y tres lo montó hace seis o siete años, en plena ley seca, un tipo de un pueblo de Oklahoma, y El Morocco, éste en la Cincuenta y cuatro, lo abrió hace cuatro o cinco un italiano que luego se asoció con un potentado argentino, pero eso da igual. ¿Sabes qué son ahora? Son los sitios adonde van los más ricos y los más famosos y los más... los más, más de todo de Nueva York.

Mona intentó protestar, él alzó una mano para frenarla.

—Ya sé lo que vas a decirme, que la Catorce no es el Midtown y que qué demonios tienen que ver los ricos y famosos con tu negocio, perfecto, entendido, sólo quería que supieras que estamos en la época en la que todo el mundo anda como loco con los night-clubs, pero mira, mira esto también...

Tiró de la esquina de una revista para sacarla de entre el montón alborotado que cubría la mesa; al hacerlo se escurrieron hasta el suelo unos cuantos papeles que no se molestó en recoger.

—... aquí está, aquí lo tienes, el Cotton Club, abrió arriba en Harlem, puro barrio negro, tampoco es lo mismo, ya sé, éste lo montó un contrabandista y en él tocan las mejores orquestas de jazz, ya sé que en El Capitán no cabe una orquesta entera, lo que quiero decirte es que estaba en un sitio adonde antes a nadie con dos dedos de frente se le ocurriría ir y ahora, ahora mira, mira estas fotografías, colas en la puerta todas las noches y coches lujosos y señoras con joyas y capas de piel.

—Pero, Fidel...

—Ya, ya, ya sé que me vas a decir que qué tiene todo esto que ver con tu idea, pero mira también esto, mira acá —insistió exaltado abriendo un ejemplar del diario *La Prensa* con los brazos extendidos como un crucificado.

Se acercó entonces el dueño envuelto en su mandilón, les traía lo que parecían dos cafés con leche en tazas altas de cristal medio opaco a fuerza del desgaste; un manotazo involuntario del eufórico Fidel a punto estuvo de derramarlos. Ante la falta de sitio el hombre, sin palabras, optó por dejarlos sobre la mesa vecina y volvió al mostrador.

—A ver, escucha, escucha esto...

Empezó a leer a matacaballo, pasando páginas, mostrándole, obligándola a fijarse, abriendo y cerrando a ritmo frenético nuevos ejemplares. Mira, aquí está El Chico, aparece casi todos los días. Y estos otros, fíjate. La Fiesta, Casa Valencia, El Toreador... Y mira, Marta, un jardín español en el Greenwich Village, y El Patio, un castillo español en el 17 de Barrow Street, y mira esto también...

224

Mona, para entonces, había parado de protestar y absorbía las palabras como si no existiera el mundo alrededor.

—Y hay además otro buen montón de restaurantes que de vez en cuando traen artistas invitados; no es que yo los frecuente, se me van del presupuesto, pero me he enterado y aquí están también, mira: el Jai-Alai, el Internacional, el Fornos, el Segovia, La Chorrera, El Mundial... De arriba abajo —concluyó cerrando el último periódico y plegándolo con amorfos dobleces— esta ciudad, Mona, está llena de cabarets y night-clubs que ofrecen lo mismo que pretendes tú.

Hasta muy poco antes, el pequeño establecimiento había permanecido vacío; ahora, sin que se hubieran percatado de su llegada, se les estaba acercando un viejo arrastrando los pies; con las encías desdentadas daba bocados a un bollo que seguramente le habían regalado por caridad los rusos y que seguramente era del día anterior. Por la roña de las manos, la grasa de las greñas y el mugriento chaquetón deshilachado, no tenía aspecto de ser un sólido cliente, tampoco de entender ni palabra de la lengua en la que entre ellos hablaban. Por si acaso, Fidel bajó la voz.

—Ayer me pasé el día preguntando quiénes eran los dueños de todos estos sitios que se anuncian en *La Prensa*, y ¿sabes qué averigüé?

El viejo acababa de sentarse junto a la mesa sobre la que seguían intactos los dos cafés desde hacía rato. Ajeno a ellos como si fueran transparentes a pesar de la escasa distancia que los separaba, apoyó contra la pared la nuca, entornó los ojos y empezó a canturrear con timbre ronco una melodía machacona. Aún sostenía el bollo a medio comer entre los dedos de uñas negras.

—Que todos son gente como nosotros, ésa es mi conclusión. O por lo menos, lo fueron: inmigrantes, o hijos de inmigrantes, gente trabajadora, o lanzada, o temeraria incluso, que un buen día se atrevió a dar el paso. Nadie llega a esta ciudad cargado de billetes, Mona, ni con las líneas del destino bien trazadas, ni seguro de nada; aquí todo el mundo viene a abrirse camino y ahí están las oportunidades, agazapadas por todas las esquinas para quien se atreva a ir a por ellas. Nadie te obliga a que las busques, pero tampoco nadie te las va a negar.

De ruido de fondo, seguía el tarareo del indigente mientras Mona pensaba.

—¿Tú crees entonces que no es una locura arriesgarnos? —se atrevió por fin a preguntar.

Asintió él, carraspeó, volvió a hablar con cautela, como si aquel pobre viejo medio tarado fuera un infiltrado o un enemigo.

—Va a hacer falta mucho trabajo, pero creo que podremos conseguirlo.

—¿Y el dinero?

Los canturreos iban en aumento, el tipo había recogido del suelo una de las hojas caídas, un menú del club Havana-Madrid que pretendía leer del revés. El ruso le espetó algo desde la distancia, parecía regañarle. Frente al mostrador había ahora dos matronas con pañuelos en la cabeza, una tendía la mano esperando el cambio, otra guardaba en su cesto una hogaza redonda de corteza oscura.

—Yo tengo unos ahorros; mi padre apenas me paga pero, después de los entierros, la gente suele darme unas propinas sustanciosas.

Con uno de sus ojos saltones pretendió lanzarle un guiño cómplice; seguramente lo había ensayado docenas de veces frente al espejo como hacía con las sonrisas y los gestos de Gardel, pero le salió fatal.

—Llego casi a cien dólares —reconoció con un punto de orgullo— y los pongo todos a tu disposición.

A Mona se le hizo un nudo en algún sitio por dentro.

—Pero, criatura, eso te lo has ganado tú solo, no lo puedes meter en esto...

—Precisamente por eso. Es una inversión; después, si la cosa va bien, me los devuelves con algo de beneficio.

—¿Y si no funciona?

—Pues qué le vamos a hacer.

Mona estiró una forzada sonrisa que mezclaba el desasosiego con la ternura. Gracias, musitó.

Acabaron de hablar en la calle, atrás quedó el viejo mojando su bollo en los restos escasos de sus cafés. Fidel debía volver a la funeraria, le esperaba un sepelio. Mañana en el mismo sitio y a la misma hora, convinieron, todavía hay mucho que hablar.

Cada cual emprendió su camino entre los viandantes, él con su impostado andar arrabalero y el pelo teñido ya sin apenas brillo, ella con la cabeza bullendo como un perol de caldo en la lumbre, mirando al suelo.

—¡Fidel!

Una breve carrera la acercó de nuevo al chico, sólo los separaban unas decenas de metros.

—¿Esto está muy lejos de aquí?

Mona le plantó delante de los ojos la tarjeta que acababa de rescatar de un bolsillo de su viejo vestido de punto azul.

La misma que le había birlado en la madrugada a su madre del bolsillo del mandil.

39

Llámenme si a alguna de ustedes le interesa el trabajo, había dicho el joven doctor a Victoria y a su madre. El ojo de la buena mujer no revestía el menor problema, pero César Osorio seguía teniendo sus razones para fingir que sí. O mejor dicho, seguía teniendo su razón. Una, una única e incontenible razón: ansiaba ver a Mona, su rostro no se le iba del pensamiento. Ni su rostro, ni su cuerpo, ni su pelo, ni su olor.

Al fin y al cabo, no había mentido tanto: era verdad que su madrina andaba detrás de contratar a una nueva empleada, apenas unos días antes había terminado tarifando con la enésima chica que le hizo de asistente, cuidadora, paseadora y sufrida destinataria de sus manías y arrebatos, pero él jamás entraba en esos chalaneos, nunca se había preocupado por enderezar entuertos ni proponerle suplentes, ya se buscaba ella sola la vida. En esta ocasión, en cambio, sus pretensiones le soplaron al oído que tal vez ahora sí le conviniera intervenir. Llámenme, les dijo por eso a la madre y a Victoria. Pregunten por mí. Acababan de reconocerle que el negocio marchaba tirando a mortecino y que Mona era la que se ocupaba de las compras y los recados: la única que no tenía horarios comprometidos ni jefes exigentes ni clientes que atender. Abreviando, la única sin ataduras, ésa fue su conclusión. Y a la vista de lo parco del negocio, y ofreciéndole a espaldas de su madrina unos dólares extra, pensó que tal vez ella podría aceptar.

Pero Mona no estaba en El Capitán en aquellos momentos, así que no le oyó. Y, además, nunca había telefoneado a nadie en su vida, ni había anunciado jamás su llegada a ningún sitio, por eso simplemente recorrió con Fidel una parte del camino medio aturdida en el subway rumbo al Upper West Side, sin confesarle que era la primera vez que usaba el tren subterráneo, uno de esos gusanos gigantescos metálicos, mecánicos, ruidosos, que, según decían, transitaban como lombrices veloces por las tripas de toda la ciudad. Luego él le dio instrucciones para llegar a pie al domicilio, en la Setenta y tres Oeste.

Apretó el timbre del número que figuraba en la tarjeta, pero no hubo de esperar; apenas rozó la puerta con el brazo, notó que se encontraba abierta. Una vez dentro, para su sorpresa percibió que la puerta correspondiente a la vivienda en la primera planta lo estaba también.

Empujó despacio. Permiso, dijo cohibida asomando la cabeza. Nadie respondió. ¡Permiso!, volvió a decir, y se adentró un paso. Pero tampoco. Ni a la tercera. La entrada, escueta, daba paso a un salón mediano, semioscuro y abarrotado. Cuadros, lámparas de pie y de mesa, tapicerías, porcelanas, cachivaches, dobles cortinas de terciopelo granate en las ventanas.

—¿Eres la chica nueva?

La voz tronó desde alguna estancia de adentro, Mona dio un respingo. Sonaba remotamente a mujer pero, por su potencia, lo mismo podría ser la de un trabajador de los mataderos. Antes de responder titubeó. En realidad, no sabía si se refería a ella; no había anticipado su llegada, la decisión la tomó sobre la marcha.

—¡Que si eres la chica nueva! —oyó tras unos instantes, con un tono más rotundo todavía.

Se adentró otro par de pasos, se aclaró la garganta. Por otro lado, pensó deprisa, quizá Victoria no se explicó bien, quizá le hizo creer al médico que alguna de ellas acudiría a preguntar por el trabajo, lo mismo dijo ya veremos o algo así. Por decir algo, por quedar bien.

—¡Sí, señora, soy yo!

—¡Estoy con el masajista, ven más tarde, ahora mismo no puedo salir!

Más vacilación, nuevo titubeo.

—¡O mejor, vuelve mañana!

Una lechuza disecada la miraba con ojos inmensos, un ciervo herido parecía querer escapar del tapiz sobre el que corría, desde la repisa de la chimenea observaban su pasmo un par de rollizos gatos de porcelana.

Tragó saliva. Mejor largarse, sí. Qué pintaba ella en una casa como ésa, con aquella voz que no daba la cara y todos esos muebles y todos esos inquietantes animales.

—¡Eh, muchacha! ¡Y llévate la maleta que hay al lado del paragüero y ponte presentable, harta estoy de muertas de hambre desastradas!

Retornó a la entrada, la encontró en el sitio indicado. Mediana, desgastada aunque de buena calidad. Dudó unos instantes, sí, no, no, sí. Hasta que optó por agarrarla y volvió a salir.

Había pasado un rato cuando vio acercarse a una joven, caminaba con paso incierto mientras comprobaba los números de las fachadas. De su edad sería, año arriba, año abajo. Castaña clara, con ropa mustia, facha modosa, las pantorrillas fuertes y los mofletes colorados. Humilde a todas luces, como ella misma. También española, seguramente.

Al llegar a su altura, se paró en la acera para cotejar el número de la casa con el del papel que llevaba apuntado. Mona la esperaba sentada en un escalón, bajo el sol del mediodía, con las rodillas juntas y la maleta a los pies.

—¿Vienes por lo del trabajo?

La otra asintió, desconcertada.

—Pues ni te molestes en llamar porque ya está dado.

TERCERA PARTE

—

40

La selección de artistas para el espectáculo avanzaba tarde tras tarde en la pensión Morán de la Dieciséis, en la azotea de una casa de huéspedes de cuatro estrechos pisos que regentaba una afanosa asturiana mientras su marido cocinero se pasaba embarcado media vida. No era una mujer particularmente expansiva, pero le guardaba aprecio a Fidel desde que en la funeraria Hernández se encargara meses atrás del entierro de su suegro y ella ahora, agradecida, les permitía que usaran ese espacio y miraba hacia otro lado: por gratitud, por deferencia, sin cobrar.

Tal como prometió, Fidel se encargó de extender amplia pero discretamente el eco de la convocatoria: conocía a gente por montones, o conocía a gente que a su vez conocía a otra gente que a su vez podría llegar hasta alguien más. El llamamiento, en consecuencia, se expandió como la bruma por lo ancho, largo y transverso de la colonia, los primeros candidatos tardaron poco en llegar.

Un par de semanas llevaban para entonces valorando el potencial de los aspirantes que acudían en un goteo desequilibrado; el mismo tiempo más o menos que Mona llevaba trabajando con doña Maxi, la madrina del doctor. El maestro Miranda, un viejo huésped de la pensión que desembarcó años atrás con el bailaor Vicente Escudero, había aceptado acompañar a la guitarra los números que lo requirieran, y ahí, con ellos, estaba también el marchito gitano cordobés sentado en su silla baja: cadavérico, sin apenas dientes ni pelo, tieso como un estoque, con los ojos vidriosos, la ajada camisa blanca abrochada hasta el cuello y una botella de leche en el suelo, junto a los zapatos remendados hasta el infinito y faltos de medias suelas. Era parco en palabras, pero la patrona contaba por lo bajo que tuvo sus días de gloria; que se lo peleaban las americanas por su porte de torero melancólico y hasta llegó a actuar en el Radio City Music Hall cuando el alcohol aún no le producía temblores en las manos ni le hacía caerse redondo en mitad de las actuaciones, incluso se oía por ahí que una turbia borrachera de tres días y tres noches le llevó a perder el barco de regreso a España con su compañía y jamás pudo ahorrar lo suficiente para comprar otro pasaje. Ahora, rehabilitado, sobrevivía malamente dando lecciones sueltas y aliviándose la úlcera a base de tragos de leche.

Ni Mona ni Fidel tenían la más remota idea teórica de cómo montar un espectáculo de variedades, así que la intuición y el instinto eran sus únicos recursos. Si el número que les presentaban conseguía arrancarles una sonrisa o un gesto de asombro; si lograba hacerles marcar el ritmo con la palma de la mano o la punta de un pie, entonces lo consideraban interesante y mandaban repetirlo. Si por el contrario el olfato les decía que aquello no encajaba, daban las gracias de buenas maneras y decían otra vez será.

Por el roof top —el rufo, como por allí llamaban en español a los terrados de los edificios— habían desfilado ya jóvenes y maduros, gente de mediana edad y algún niño precoz. Entre ellos, cantantes y músicos, cómicos, de todo un poco, hasta un mago y un chalado que decía leer el pensamiento a través de la saliva. Al asomarse, algunos aspirantes no lograban disimular su desconcierto ante la sordidez del sitio: una destartalada azotea cerca de Union Square, coronada por un depósito de agua y montones de cagadas de palomas; un exiguo espacio abierto al cielo lleno de ropa tendida, con una jaula de pollos en una esquina, un guitarrista con empaque de momia en otra y, al mando del cotarro, un chico y una chica sin nombre ni mérito alguno en el mundillo artístico local.

La mayoría, con todo, optaba por quedarse a probar suerte. Algunos dubitativos y escépticos, otros ilusionados, optimistas, con ganas de hacerlo bien. Habían llegado después de largos viajes en el subway, en autobús o en el tren elevado, en ferry, a pie. Vestidos con humildad casi todos, intentando agradar, aceptaban el vaso de agua fresca que les ofrecían y se lo bebían de un trago. Después, algunos desenfundaban instrumentos o cambalaches y otros se cambiaban de ropa detrás de la colada que colgaba de los alambres. Muchos ni eso: actuaban sin acompañamientos ni artificios, a pelo. Desconocían cuál era en concreto el proyecto que los convocaba, pero habían oído las palabras mágicas —espectáculo español— y se lanzaban con los dedos cruzados, como hacían cada vez que había llamamientos para el dinámico circuito de las sociedades de compatriotas: lo mismo acudían a la Casa de Galicia, al Centro Asturiano o al Club Obrero que al Centro Andaluz de Brooklyn, al Hispanoamericano de la Quince o al Español de Elizabeth en New Jersey, que eran algunos de los más activos y populosos.

El último turno de aquella tarde de mediados de mayo lo componía una pareja de extremeños que arrancó su jota con las sábanas del tendedero como telón de fondo. Por mucho empeño que le pusieran, no hubo manera humana de que Mona y Fidel los consideraran viables; sin que entre ellos necesitaran ponerse de acuerdo más que con un brevísimo cruce de miradas, Fidel se levantó, simuló toser para aclararse la garganta y les agradeció el esfuerzo. En un costado de la azotea habían dejado a una niña flaquita que contemplaba ensimismada a los pollos mientras otra más pequeña se distraía jugando con un trapo arrugado. A Mona se le agarró un pellizco en el estómago cuando, tras el rechazo, la pareja cargó en brazos a sus criaturas y empezó a descender la escalera con las cabezas gachas y los labios apretados, arrastrando sus parcos enseres y la enésima desilusión.

Para entonces, al final de su jornada, acababa de llegar Luz. Victoria no estaba tan implicada activamente, pero las respaldaba en la retaguardia con tiento y prudencia para que Remedios no se enterara. Así lo decidieron entre las tres: vamos a intentar montar el espectáculo sin contar con madre, qué necesidad hay de enfrentarnos a ella, para qué hacerle mala sangre antes de tiempo. Si la cosa prospera y logramos un repertorio digno, ya la pondremos al tanto y aguantaremos el chaparrón. Si todo se desinfla y acabamos estampándonos, ese disgusto que le habremos ahorrado a la pobre mujer.

Y en eso se enzarzaron las dos hermanas menores para terminar el día, en repasar con Fidel las opciones, haciendo cábalas y confirmando veredictos sentados los tres sobre sendas cajas de fruta vacías. Hasta que los interrumpió el maestro Miranda con su estampa de palo de escoba, puesto de pronto en pie.

—¿Van a necesitarme otro rato, o me puedo bajar ya?

Luz se levantó aprisa y se remetió los bordes de la blusa por la cinturilla.

—Espérese un momento, don Manuel, vamos a darle una vueltecita al *Anda jaleo*.

El falso Gardel y la pequeña de las Arenas eran los únicos integrantes indiscutibles del futuro programa, ambos tenían del todo claro su repertorio: Fidel, tres tangos, y Luz, pura canción andaluza, lo suyo, lo que sentía y dominaba. Tan entusiasmada estaba con su actuación, tan en serio se la había tomado, que se negaba a que pasara un día sin un rato de ensayo.

—Cuando quiera, maestro... —anunció a la vez que se ensartaba las castañuelas en los pulgares.

Sonaron los primeros compases, lanzó los brazos al cielo y trazó una filigrana. Luego, con su garbo natural, empezó a cantar contoneando el cuerpo armoniosa, haciendo repiquetear los palillos. *Yo me subí a un pino verde / por ver si la divisaba / por ver si la divisaba...* Sonreía, meneaba los hombros y guiñaba un ojo, se alzaba la descolorida falda de todos los días cual si fuera una airosa bata de lunares; con las rodillas y parte de los muslos al aire, arrancaba un brioso zapateado como si actuara delante de una audiencia arrebatada y no en el terrado de un hospedaje de inmigrantes, frente a un guitarrista derrotado y un par de soñadores.

Mona tarareaba la letra entre dientes sin mirarla siquiera; seguía centrada en lo suyo, haciendo listas y cuentas; Fidel, en cambio, desde que iniciaron los ensayos, la contemplaba cada día más embelesado: cada vez que Luz cantaba, cada vez que hablaba o bailaba o respiraba o transpiraba o se plantaba ante el mundo, él se la comía con sus ojos saltones mientras mantenía las manos yertas sobre las rodillas y la boca medio abierta, rendido, fascinado. Con todo, ninguno de los dos la aplaudió al acabar; nunca lo hacían, no venía a cuento.

Aquella tarde, sin embargo, algo imprevisto rompió la tónica de todos los días.

—Wow.

El rotundo monosílabo surgió del fondo de la azotea. Después, tres palmadas lentas, huecas, sonoras, rasgaron el principio del atardecer.

Los cuatro giraron al unísono las cabezas. Al fondo, a contraluz, se percibía la silueta de un hombre. Compacto, estatura media, gabardina clara y ligera echada sobre los hombros, las mangas sin meter. Sobre la cabeza, un fedora que ocultaba un cabello claro y fino, bien peinado.

Con paso cadencioso y quitándose el sombrero, dejó atrás a Mona y Fidel sin mirarlos, ignoró al guitarrista y se dirigió directo hacia Luz.

—Wonderful —dijo tendiéndole la mano. Al hablar reveló una dentadura blanca y lineal.

Turbada, Luz dudó unos segundos; él, impasible, no desistió. Hasta que poco a poco ella estiró el brazo derecho y, lenta, tímidamente, depositó sus dedos sobre la palma del desconocido. Sin anticipar quién era, sin saber todavía que estaba a punto de entrar en su vida con el firme propósito de dar un vuelco a su porvenir.

41

—A huge pleasure, señorita —murmuró el extraño—. Un enorme placer.

Por respuesta, Luz esbozó una sonrisa cohibida. No sabía cómo contestarle, jamás ningún hombre se había dirigido a ella de una manera tan formalmente obsequiosa; dudaba entre retirar la mano o esperar a que él la soltara. Piel con piel todavía, el recién llegado continuó:

—Mi español no es muy bueno, disculpen mis errores, por favor. Alguien me dijo que están preparando un show y decidí venir.

La última luz de la tarde estaba empezando a desvanecerse. Abajo, en la calle, ya estaban encendidas las farolas y desde la distancia se percibían los miles de motas brillantes que arrojaban las ventanas de los rascacielos.

—Casi estábamos a punto de marcharnos, pero usted dirá...

Las palabras de Mona hicieron reaccionar súbitamente al resto: Luz se desprendió del hombre, Fidel se puso en pie. Incluso el maestro Miranda, sin soltar la guitarra, removió los huesos y cambió de postura.

—Si tiene algo que ofrecernos —añadió—, le atenderemos, por supuesto.

—No, no, no, I beg your pardon —aclaró el hombre alzando las palmas como si se declarara inocente de una grave acusación—. No vengo con intención de ofrecer nada, más bien lo contrario: mi intención es buscar.

Sonó un claxon insistente en el cruce cercano, sonó el traqueteo de un carro tirado por caballos. De las ventanas abiertas en los edificios vecinos salían voces y ruidos domésticos: trajín de mujeres en las cocinas, broncas familiares, hombres que se aseaban bajo el grifo para arrancarse la mugre que traían pegada tras la jornada en los muelles, en los túneles, en las fábricas y los andamios.

Ninguno replicó, no sabían qué decir.

—Permítanme presentarme, soy un talent broker —añadió el tipo—. Un talent scout, un buscador de talentos, me dedico a detectar promesas, futuros artistas. En una tienda de discos del Harlem hispano he sabido que andan preparando un show.

—¿En Tatay, la de la Ciento diez? —preguntó Fidel para asegurarse. Si era así, todo cuadraba más o menos, él mismo había divulgado el anuncio.

—Exactamente; andaba por allí esta tarde cuando oí la conversación entre unos clientes. Y decidí venir.

Se ahorró hablar de los comentarios que allí escuchó respecto a Fidel: sabe Dios en qué desvarío se está metiendo ahora el chico de Hernández el funerario, ¿se acuerdan cuando al pobre diablo le dio por adorar los huesos churruscados de Gardel? Por respuesta hubo una carcajada, pero el hombre que ahora tenían delante, con todo, decidió probar. En eso consistía su trabajo, básicamente. En mantenerse alerta, estar atento a las tendencias, pendiente de lo que se movía en la industria del espectáculo para luego buscar promesas en los márgenes, pulirlas e intentar recolocarlas en el lugar más óptimo. Nunca se sabe dónde puede aparecer un filón, una joya, solía decir.

—Pero me temo que ha habido un misunderstanding, creo que no capté bien la idea.

Los tres plasmaron en sus caras un gesto interrogativo, al viejo guitarrista se le escapó un eructo y pidió perdón por lo bajini.

—Pensé que ustedes ensayaban para un show latino.

—Bueno —aclaró Mona—, tendremos música española, tangos argentinos...

—No, no, no...

Para rubricar su rechazo, el tipo hizo un movimiento oscilante del pulgar.

—Sólo con el tema que acabo de escuchar, me basta para saber que su música es totalmente contrapuesta a mis intereses, disculpen la franqueza. Lo que yo tenía en mente era un show de otro tipo. Pensé que se trataría de un espectáculo tropical, cubano, caribeño, you know what I mean.

No dijo más, como si quisiera que el impacto de sus palabras quedara bien apuntalado; se limitó a sacar del bolsillo un paquete de Camel, extrajo un cigarrillo y lo prendió sin prisa con un encendedor dorado, no se molestó en ofrecer. El maestro Miranda, digno heredero de la estoica sabiduría cordobesa, agarró entretanto del suelo su botella de leche vacía, se puso en pie con la guitarra sostenida por el mástil y, arrastrando los pies, se encaminó a la escalera. Estas batallas a mí ni me van ni me vienen, pareció decir sin despegar los labios. Arréglenselas entre ustedes, no vaya yo a quedarme sin cenar.

Mona se levantó de su caja, nerviosa y malhumorada. Era prácticamente de noche, llevaba en pie desde antes de las seis de la mañana. Nada había dado todavía resultados positivos, todo era incertidumbre y, por si algo les faltaba, ahora tenían que soportar que un petulante desconocido acudiera a decirles lo poco que le cautivaban sus esfuerzos.

—Abreviando, mister; si tiene claro que no le interesamos, ¿hay algo más que quiera decirnos, o se marcha ya?

Él aspiró una densa calada y esbozó una sonrisa con un punto cínico, pareció hacerle cierta gracia esa desfachatez.

—Discúlpeme por hacerles perder su valioso tiempo, señorita —replicó a la vez que expulsaba el humo—. Tiene usted toda la razón: tal como les he dicho, nada tengo que ofrecerles. A menos...

Hizo otra larga pausa, mientras en las mentes de las Arenas y del hijo del funerario retumbaba un mudo ¿a menos que qué?

—A menos que acepten un consejo.

Con un aplomo ostentoso, dio otra lenta calada.

—Y se trata de un consejo valioso, permítanme que les diga porque, de lo contrario, van directos a un fracaso seguro.

Los tres fruncieron el entrecejo; seguían confusos, aturdidos, dudando entre si les convenía escuchar atentos lo que el individuo pretendía contarles, o más valdría plantar cara a su insultante osadía y echarle a empujones de la azotea.

—Rumba. Conga. Bongo. Maracas. Danzón —desgranó el desconocido ajeno a sus pensamientos—. ¿Ustedes todavía no se enteraron de que lo que acá triunfa ahora son esos ritmos? Everybody is crazy, todo el mundo está loco por ese tipo de música del Caribe, es lo último, lo más.

La noche había caído prácticamente; miles, millones de luces diminutas brillaban por las alturas de toda la ciudad, en el horizonte despuntaban con su belleza moderna y soberbia las torres del Chrysler Building y del Empire State. Ellos seguían inmóviles, demudados, ninguno sabía qué decir.

—La pieza que esta gorgeous woman acaba de ofrecernos is absolutely marvelous, eso nadie puede negarlo. Sincera, sentida, armoniosa... Y ella como artista tiene un gigantesco potencial.

Mientras hablaba, dio unos pasos hacia Luz y le puso una mano sobre el hombro izquierdo, cerca del cuello; cuando ella sintió los dedos masculinos a través de la tela de la blusa, la recorrió un escalofrío.

—La pena —añadió haciendo un sonoro chasquido con la lengua— es que su estilo tiene muy poco futuro aquí.

La brisa de la noche temprana sacudió las sábanas tendidas, se oyó el aleteo de un pollo, pasaron dos o tres automóviles, alguien soltó desde la calle una carcajada. Ninguno de los tres pestañeó.

—El flamenco, la música típica española, lleva décadas sonando en Nueva York, aunque siempre sin consolidarse, sin arrasar. It's beautiful, deep, exotic, pero jamás conquistará al país, nunca llegará a ningún sitio fuera de los círculos de inmigrantes y de algunos wealthy snobs, algunos ricos que regresan de sus tours por Europa y quieren hacerse los entendidos.

El tipo dio una última chupada al cigarrillo y lanzó la colilla al vacío; después continuó hablando. Sobre los actuales gustos y estilos musicales en el mundo cambiante en que vivían, sobre canciones, vaivenes y nombres de artistas que a ellos les sonaban poco o nada. Sin interrupción, con los tres jóvenes silentes frente a su abrumador alegato, hasta que cerró el círculo argumental y, a modo de conclusión implacable, llegó a lo mismo que les anunció en el planteamiento: lo que ellos perseguían para su espectáculo estaba absolutamente desfasado, totalmente outdated, y si se mantenían en ese camino equivocado, tendrían un muy oscuro porvenir.

Hacía rato que a Luz se le había borrado la complacencia del rostro, como si le hubieran pasado un estropajo; ahora apretaba los labios en una mueca de decepción. El ufano deleite, el momentáneo fogonazo de orgullo que le generaron los halagos de él, se habían extinguido de golpe: no estaba acostumbrada a que nadie le cuestionara eso en lo que ella ponía el alma, siempre había sido una pequeña estrella en su modesto firmamento, la que más brillaba, la que se metía a todo el mundo en el bolsillo con su gracia y su desenvoltura. Ahora, de un soplo, con apenas unas frases tan rotundas como hirientes, aquel individuo caído del cielo acababa de dinamitarle sus puntales.

—Hay otros negocios que se dedican a lo mismo y no les va mal.

Fue Mona la que habló. Con tono de insolencia, en busca de un desquite.

—Los hay, my dear lady, claro que los hay, pero están cambiando, preparándose para no perder el tren. En El Chico, por ejemplo, supongo que lo conocen, el dueño ya anda en trámites para contratar a Estela y René, una de las parejas de rumba más cotizadas; seguramente estrenará un show con ellos next month. Y el resto, El Patio, El Toreador, El Mundial, y otros tantos están en la misma línea. De momento, alternan lo español con lo latino, pero en breve todos van a inclinarse hacia el mismo lado.

Todo eran ya sombras sobre la azotea, quién es este hombre que viene a meternos candela en el cuerpo, de dónde sale, qué pretende, se preguntaban las tres mentes confusas. Hasta que, con el orgullo magullado y hasta las narices de tanta condescendencia y tanta palabrería, Luz intervino con un grito afilado.

—¿Por qué no nos deja en paz?

Un perro ladró en el patio trasero de una casa cercana, se oyó discutir a voces a una pareja en el edificio de enfrente, desde alguna radio sonó un locutor con garganta engolada. Apenas se vislumbraban los contornos, todo eran meras siluetas en la penumbra.

—Ya me marcho, no se preocupen. No sé si alguna vez volveremos a cruzarnos; en cualquier caso, mi nombre es Frank Kruzan, ka, erre, u, zeta, a, ene. Disculpen que no les dé una dirección fija porque ando de mudanza, pero me conocen en cualquier tienda de música del Uptown.

42

Asomados al pretil, lo vieron salir y alejarse hacia la Sexta envuelto en su gabardina clara. Apenas se diluyó en la distancia, Mona y Fidel empezaron a soltar barbaridades sin asomo de pudor: malasombra, tío cenizo, comemierda, cabrón. La primera no tenía demasiado claro a qué demonios se refería el tipo con aquello de los ritmos tropicales, pero la habían sacado de quicio su jactancia y su chulería. Fidel, hijo de puertorriqueños y bien consciente del tipo de música del que hablaba, protestaba por el sacrilegio de atreverse a considerar aquellos sones como algo artísticamente más valioso que lo que interpretaba su venerada Luz o los tangos de Gardel. En cualquier caso, protestaban ambos a voz en grito, ¿qué sabía aquel tipo de lo que ellos pretendían, cómo se le ocurría aparecer sin que nadie lo llamara y agredirlos así, carniceramente, en su propia cara?

Sumidos en su maraña de insultos y agravios, apenas se dieron cuenta de que Luz se mantenía en silencio, flotando entre dos aguas, confusa, turbada. El desprecio que había mostrado el tal Frank Kruzan ante sus querencias musicales le seguía escociendo en su amor propio; sus comentarios la habían dejado desalentada, como sin fuelle ni vitalidad.

Sólo cesaron al ser conscientes del tiempo desperdiciado, ¡ay Dios mío!, chilló Mona, ¡y encima mirad la hora que es! Al hijo del funerario no le quedó más remedio que salir zumbando directo a ganarse la enésima bronca de su padre; las Arenas hacía ya un buen rato que deberían estar de vuelta.

—Mañana seguimos hablando, Fidel —zanjó Mona apresurada—. Tú, Luz, tira para La Nacional, que lo mismo todavía llegas al final del ensayo; yo me cruzo a El Capitán, que madre me va a crujir...

Se despidieron en la esquina, cada cual siguió su rumbo. Con tal ímpetu iba caminando una vez se vio sola, tan precipitadas eran sus zancadas y tanta rabia la reconcomía por dentro, que fue incapaz de percibir la presencia sinuosa que se deslizó a su espalda en el tramo más oscuro de la calle.

Lo primero que notó fueron los dedos férreos clavados en su brazo; en paralelo, una garganta masculina le descargó un sordo susurro al oído.

—Signorina, prego...

Su reacción instintiva fue intentar gritar espantada; cuando iba a hacerlo, el individuo le tapó la boca.

Manotazos sin tino y codazos, patadas al aire: furia que no llegó a ningún sitio. En apenas unos instantes, el hombre cuyo rostro aún no había visto la había metido en un automóvil. Una vez allí, chilló a pleno pulmón, aporreó los cristales con rabia, pero no logró nada: su cólera la engulló el ruido del motor cuando el auto empezó a alejarse en la noche llevándosela dentro.

La acción fue rauda, impecable, mera cuestión de segundos. En la calle no se oyó una voz más alta que otra y ninguno de los viandantes, escasos a esas horas, se percató de lo ocurrido. Nadie se dio cuenta de nada excepto ellos tres: el hombre joven que la había forzado y que estaba ahora al volante, la propia Mona y el que aguardaba en el asiento trasero a que su subalterno rematara la operación: el abogado Fabrizio Mazza, con su olor a loción varonil y su porte inconfundible, tamborileando los dedos sobre su propia rodilla.

—Calma, calma. No se enfurezca, signorina; sólo pretendo que hablemos.

Sus palabras consiguieron el efecto contrario: enfurecerla más todavía. Hijoputa, malasangre, sácame de aquí por tus muertos. Más improperios, más palmetazos desesperados contra los cristales, sacudidas, patadas al asiento delantero; incluso intentó abrir la portezuela, dispuesta a saltar del vehículo en plena marcha, pero el conductor había tenido la lógica precaución de cerrarla desde fuera. Hasta que le flaquearon las fuerzas, o hasta que su instinto de conservación le anticipó que su cólera no iba a llevarla a ningún sitio.

Claudicó rabiosa finalmente y optó por cobijarse en el extremo del asiento, apretando el costado izquierdo contra la puerta, lo más alejada posible del italiano. Con el pulso desbocado y la respiración entrecortada todavía, Mona atravesó la ventanilla con la mirada: no tenía ni la más remota idea de adónde la llevaban, sólo veía calles despobladas, siluetas de indigentes y almas solitarias arrastrando sus miserias, algún perro flaco, solares desnudos. De tanto en tanto, una luz amarillenta sobre la fachada de un edificio grande y cuadrado, industrial, vacío.

—Tan sólo estamos dando un pequeño paseo nocturno; no se ponga nerviosa, cara mia.

No replicó Mona, no lo miró siquiera. Se limitó a apretar los brazos cruzados sobre el pecho y se contuvo, con el corazón latiéndole enloquecido y el miedo aferrado a las tripas. Poco después el automóvil tomó un desvío, aminoró la marcha, traspasó el hueco que dejaba abierto una empalizada y se acabó deteniendo en una explanada desierta. Al fondo, balanceándose, se veían pequeños barcos anclados, viejos remolcadores, barcazas. Detrás, el agua negra del Hudson y, en la lejanía, aunque ella no lo supiera, las luces de los atracaderos y los espigones de Hoboken, al otro lado del río.

—¿Prefiere que caminemos un poco? —preguntó Mazza enderezando la espalda a la vez que abría su portezuela.

Para entonces, el conductor había abandonado diligente su sitio frente al volante y estaba introduciendo la llave en la puerta del lado de Mona. Pero ella no se movió; no estaba dispuesta a ponérselo fácil a aquel par de cretinos para que al cabo la dejaran tirada como un fardo.

El abogado captó su mensaje y se volvió a recostar en el respaldo. Las puertas, no obstante, quedaron abiertas y Mona agradeció que entrara el aire de la noche y apaciguara el olor a varón agresivamente perfumado, a desazón y a recelo. El conductor —el secuaz que la siguió, le tapó la boca y la metió en el auto— se alejó unos pasos dándoles la espalda; debía de cumplir instrucciones, Mazza le habría ordenado que se quitara de en medio. Hasta entonces ella sólo había percibido que era joven y moreno, compacto, no demasiado alto; en ese instante, viéndole tomar distancia, comprobó además que tenía las piernas corvas y al andar las separaba más todavía.

—¿Por qué no me ha tirado por una escalera, como a sor Lito? ¿O por qué no me ha arreado un par de buenos golpes, como pretendió hacer con mi hermana? Así no se tendría que haber molestado en traerme hasta aquí, se habría ahorrado tiempo y gasolina.

La arrogancia de Mona provocó un apunte de sarcasmo en la comisura de la boca del abogado. Pazza ragazza, pensó. Loca muchacha, con su insumisión y su osadía.

—Lo primero, lo de la monja, resultó un accidente; digamos que me interpretaron mal. Y lo segundo, lo de su bella hermana, no fue más que la natural respuesta a una provocación.

—Menos mal que Barona le partió la cara; lástima...

—Shut up —masculló bronco—. Cállate.

Lo dijo en tono agrio y cortante, sin sombra ahora de cinismo: todavía le hervía la sangre cuando recordaba el puñetazo que le propinó el tabaquero frente a las dos mujeres. Pero intentó desprenderse de aquel recuerdo: pertenecía a otra categoría dentro de su catálogo de preocupaciones, iba por otro cauce y ahora no venía a cuento.

—He decidido hablar con usted porque me parece la más sensata de la familia.

Hizo una pausa artificiosa, como para dejarla asumir el impacto de su supuesto golpe de efecto. Luego prosiguió.

—Usted es la que hace las compras y lleva las cuentas del negocio, la que trabaja en una buena casa del Midtown y sabe más o menos moverse por la ciudad. La única, en definitiva, que muestra alguna ambición más allá de servir comidas o de lavar ropa y hacer gorgoritos.

Con la enumeración de sus propios cometidos y los de sus hermanas pretendía hacer ver a Mona que controlaba al milímetro su día a día, que las tenía a las tres vigiladas. Contrariamente a la reacción que Mazza anticipaba, sin embargo, ella no pareció inmutarse: tampoco estaba dispuesta a darle esa satisfacción.

—Por eso le pido que reflexione, cara mia, y convenza a las otras y a su madre. Háganse un favor a ustedes mismas y quítense de encima a esa monja grotesca de una vez por todas. No es nada personal, entiéndame; pero nos interesa a todos. Si ustedes colaboran y yo logro finalmente su defensa, el expediente de su padre se integrará en un gran paquete de casos y todos remaremos a una; todos, a la larga, terminaremos ganando. Avanzando solas, en cambio, ustedes apenas llegarán a nada. Niente di niente. Pero los plazos se acortan, yo tengo presiones... Por la cuenta que les trae, decídanse ya.

Inexpresiva, en apariencia imperturbable, cruzada aún de brazos, con la mirada perdida en la lejanía al otro lado del parabrisas, así permaneció Mona. Antes muerta que dejarle ver que tenía la boca seca y todos los músculos del cuerpo tensos, que la sangre le batía en las sienes como un tambor enloquecido.

Mazza encendió un habano; el humo y la luz anaranjada de la brasa se sumaron al asfixiante silencio. Nada, empero, salió de la boca de Mona. Él dio entonces una segunda chupada al tabaco, continuó aguardando, pero sólo consiguió más humo, más pesadez en el aire. La tercera calada fue más larga y profunda, el italiano se estaba empezando a hartar.

—¿No hay respuesta? —masculló.

Mona giró el cuello y, por primera vez en todo el tiempo que llevaban sentados juntos, lo miró cara a cara. A pesar de la oscuridad, intuyó sus rasgos. Las mejillas carnosas, la piel grasa, el entrecejo poblado. El nudo prominente de la corbata apretándole la nuez, el pelo reluciente de brillantina.

—¿De verdad que me ha traído hasta aquí para machacarme otra vez con toda esa mierda?

El italiano despegó la mano de la rodilla izquierda donde la mantenía y ella, instintivamente, hincó la barbilla en el hombro y apretó los ojos, como si quisiera protegerse la cara del golpe que presentía. Pero éste no llegó, puede que Mazza se contuviera o puede que su objetivo fuera otro desde el principio; sólo cuando Mona notó la sensación de calor pegajoso sobre su muslo, volvió a abrirlos, espantada. Ahí, comprimiendo su piel, su carne, avanzando, restregando hacia arriba, estaban los dedos anchos de Mazza, el oro del anillo con su piedra granate, el dorso de la mano pulposo y velludo.

Una arcada se le quedó atorada en la garganta mientras se precipitaba fuera del coche; tan pronto pisó el suelo, sacudió la cabeza a izquierda y derecha, al frente, en oblicuo. En ninguna dirección atisbó nada que le aliviara el espanto; aun así, echó a correr. A ciegas, movida por el asco y la furia, hacia la noche, hacia ningún sitio.

—¡Tomasso! —gritó bronco el abogado.

El conductor y ayudante, apartado hasta el momento, captó la orden y salió tras ella, Mona siguió corriendo ciega, rabiosa: hacia el pantalán, hacia los barcos, hacia el agua, hacia la nada.

Zancadas rápidas, alientos entrecortados, pisadas violentas sobre la grava. Costó que la alcanzara, tenía piernas ágiles la hija de Emilio Arenas. Hasta que llegó lo inevitable: la agarrada, el rechazo, el forcejeo. Creyó el subalterno que ya la tenía dominada cuando sintió el mordisco en la mano, el aullido del tal Tomasso se expandió entre las sombras.

Aun dolorido, logró retenerla y empezó a arrastrarla hacia el automóvil varado en mitad de la explanada, con las portezuelas todavía abiertas y los faros encendidos. Su recio abrazo le inmovilizaba el torso y los brazos, pero Mona se siguió resistiendo. Lanzaba puntapiés y rodillazos, sacudía los hombros y la cabeza, el pelo le cubría el rostro. Llevaba la falda alzada hasta casi las ingles, una manga descosida, el vestido malamente retorcido alrededor del cuerpo. Y gritaba, gritaba, gritaba. Como un animal acosado por los lobos, con la voz afilada como un cuchillo, angustiosa, descarnada.

Nadie acudió a su reclamo, naturalmente: para eso se había encargado Mazza de llevarla hasta aquel lugar desangelado donde un cuerpo podía quedar tirado como un bulto hasta la mañana siguiente.

Apenas restaban un par de metros para alcanzar el auto cuando Tomasso la soltó y ella contuvo el aliento. Adentro, masculló. Luego se llevó el dorso de la mano a la boca y se chupó la zona mordida. Sangraba.

Mazza se había cambiado de sitio, de la parte trasera había pasado al lugar del copiloto, continuaba fumando su habano con la nuca recostada en el respaldo.

—Andiamo.

No se oyó ni una sílaba mientras el motor arrancaba y trazaba una amplia u sobre la explanada, tan sólo las respiraciones todavía agitadas de Mona y el conductor; al olor a tabaco, se le unió ahora el del sudor de ambos. Rodaron unas decenas de metros y salieron de nuevo por el hueco de la empalizada, se reintegraron en la ciudad. Atrás quedaban las siluetas de las embarcaciones, el agua negra, las luces al otro lado.

—Déjame en Moneta's.

Esa orden seca fue lo único que salió de la boca del abogado mientras recorrían calles que Mona no sabía si conocía o no porque, aunque sus ojos se clavaban en el cristal, miraban al exterior sin distinguir nada. Como si la ciudad fuera un lienzo sin pintar, yermo, monocolor, vacío.

Siguieron callejeando, se adentraron en las entrañas de la zona italiana, en calles descuidadas y ruidosas a pesar de la hora. A tiro de piedra del barrio de los chinos, pararon en Mulberry Street sin detener el motor del automóvil, un toldo rojo y curvo protegía la entrada del restaurante. Había movimiento frente a la puerta, clientes tardíos, algún que otro automóvil, despedidas ruidosas, vecinos que caminaban por la calle, el traqueteo del tren elevado en las cercanías.

El abogado se ajustó el nudo de la corbata, se pasó las palmas de ambas manos por las sienes y dijo áspero:

—No tardes.

—D'accordo, zio. —De acuerdo, tío, fue la respuesta: entonces intuyó Mona que los dos hombres eran familia.

Mazza descendió del auto, primero las piernas, después la cabeza, finalmente el torso. Sin mirar hacia el asiento trasero, sin dirigir una palabra más ni a Mona ni al sobrino, entró en el local.

Hicieron en un silencio absoluto el trayecto de vuelta a la Catorce, cada cual replegado en sí mismo. Varias veces, sin embargo, el tal Tomasso la miró por el espejo retrovisor. Tan pronto se detuvo junto a El Capitán, abandonó el volante con intención de abrirle la portezuela trasera: una grotesca cortesía del todo innecesaria porque ella ya lo había hecho por sí misma y se estaba abalanzando hacia la acera como alma que lleva el diablo.

A modo de despedida, el sobrino de Mazza le lanzó un par de frases mientras se acariciaba la mano que ella le había mordido: dos arcos de marcas moradas atestiguaban la saña de sus dientes.

—Ándate con ojo, baby, porque está asustado —dijo en voz queda—. Y cuando a un miserable le corroe el miedo, puede volverse muy peligroso.

43

Remedios, lejos de recibir a Mona con las habituales frases de reproche por su retraso, siguió a lo suyo, trasteando. Ya se habían marchado todos los clientes, sus hermanas ocupaban la mesa de siempre y con ellas estaba Luciano Barona; antes acudía tan sólo al almuerzo, pero últimamente iba adquiriendo la costumbre de pasarse también a la hora de la cena. En cualquier caso, a ella eso ni le iba ni le venía: como si al buen hombre le diera por presentarse de madrugada. Lo único que en ese momento ansiaba era amalgamarse en silencio con ellos, desviarse del punto de mira de su madre antes de que ésta le lanzara su artillería. Y, sobre todo, cobijarse, cobijarse no sólo física, sino también emocionalmente. De Mazza, del tal Tomasso. De la explanada y las violentas carreras a oscuras, del miedo, de un súbito pinchazo de duda sobre lo acertado de haber dejado a sor Lito a cargo de aquella defensa suya que iba de mal en peor.

En el auto, a lo largo de los últimos tramos, se había esforzado por domar la melena desastrada, disimular el descosido de la manga, enderezarse el vestido alrededor del cuerpo y borrarse el espanto del rostro. Había intentado recomponerse, en resumen, para que nadie sospechara nada. Porque si algo tenía claro Mona tras su turbia experiencia, era que de su boca no iba a salir al respecto ni una palabra.

Los saludos escuetos de sus hermanas le confirmaron, para su alivio, que no había suspicacia alguna: vaya horas de llegar, por poco no cenas... Cayó entonces en la cuenta de que quizá su ausencia no había sido tan larga aunque a ella le pareciera que había durado media vida. Aun así, se escurrió en una silla sin decir ni pío y simuló interesarse por lo que el tabaquero contaba. El hijo ausente, los compatriotas, los recuerdos de su pueblo de sol y parrales, el sueño de volver algún día: los territorios recurrentes en el imaginario de todos los emigrados.

La mayor y la pequeña de las Arenas parecían escuchar concentradas pero, a pesar de su nerviosismo, Mona tardó poco en percibir que los tiros iban por otro lado. Victoria miraba fijamente a Barona mientras jugaba con el dobladillo del mantel, Luz tenía el codo apoyado en la mesa y sostenía la barbilla sobre la mano, parecía atender a sus palabras con la misma desgana que a un sermón dominical. Tras sendas fachadas, ambas andaban ahogadas en sus propias desazones.

A Luz aún le escocía la actitud del buscador de talentos; el desconocido Frank Kruzan que, tan sólo un rato antes y con tan sólo unas cuantas frases contundentes, había logrado hacer temblar los cimientos de su candorosa seguridad y la había lanzado de cabeza hacia la duda.

Y Victoria, por su parte, braceaba por dentro para encajar lo acontecido esa misma tarde, cuando estaban a punto de salir de casa con rumbo a El Capitán para el turno de las cenas.

Fue entonces, mientras madre e hija andaban recogiendo llaves y chaquetas para agarrar el portante, cuando oyeron el toque de unos nudillos sobre la puerta del apartamento. Se miraron una a otra con extrañeza, luego Victoria pegó la oreja a la madera y preguntó cortante:

—¿Quién?

—Traigo una carta.

Abrió arrebatada, sin asomo de cautela. Frente a ella encontró a un muchacho de orejas grandes que le resultó remotamente familiar.

—Vengo de parte de don Paco Sendra, de La Valenciana.

El joven empleado del antiguo patrón de su padre, el

mismo que aquella tarde las llevó a Luz y a ella hasta la Catorce en una camioneta desde Cherry Street; Victoria por fin cayó en la cuenta.

—Esta mañana llegó esto para ustedes en las sacas de correo del *Cristóbal Colón*. Uno de los barcos que vienen de España, ya sabe usted...

Le tendió un sobre, a ella se le puso el estómago del revés.

—Dame —masculló. Prácticamente se lo arrancó de las manos.

Estaba a punto de cerrarle la puerta en las narices: le urgía saber quién escribía, si era lo que ella codiciaba. El chico la contuvo, traía algo más.

—Don Paco también les envía esto, dice que lo disfruten a su salud, y que espera que se encuentren bien.

Remedios agarró el salchichón que el bueno de Sendra les mandaba: una pequeña cortesía con la viuda y las huérfanas de su viejo empleado. Victoria ni se enteró, sólo le interesaba descifrar el remitente y desgarrar el sobre con dedos ansiosos. El chico siguió soltando unas cuantas naderías, ganando tiempo mientras retorcía la gorra entre las manos a la espera de una propina o de un rato de charla con alguna de aquellas gloriosas hermanas cuyo recuerdo seguía poblando muchas de sus noches.

Pero la viuda de Emilio Arenas no había dado una propina a nadie en su perra vida y no iba a ser aquél el día en que cambiara sus costumbres, y Victoria estaba demasiado atribulada sacando a tirones las cuartillas como para hacerle el menor caso, así que al muchacho no le quedó otra que musitar una torpe despedida, calarse de nuevo la gorra dejando al aire sus prominentes orejas y marcharse por donde había venido.

Que sea Salvador, que sea Salvador, que sea Salvador... Eso musitaba Victoria en una torrentera aturullada. Pero no. Salvador Berrocal, el indeseable que juró quererla con la fuerza de los mares, seguía sin dar señales de vida. La misiva venía de Málaga, eso sí, pero quienes la enviaban eran las maduras vecinas del corralón de La Trinidad, las viejas comadres de Mama Pepa. Escribía a lápiz una de ellas, la Sebastiana, la única capaz de juntar letras porque estuvo un tiempo sirviendo en casa de un maestro y allí aprendió a hacerlo medianamente. Todas, no obstante, aportaban algo personal —un nuevo nacimiento en la familia, un fallecimiento o un matrimonio reciente, un diminuto acontecer—. Y, a la vez, mandaban un mensaje colectivo. Nos hemos enterado de la muerte del Emilio por un cuñado de la Engracia, un marinero que regresó de América hace unos días, decían las mujeres. Lo sentimos mucho, Dios lo tenga en su gloria. Pero hay más noticias: queremos que sepáis que por aquí por el barrio se lleva un tiempo oyendo que el ayuntamiento va a construir viviendas para los pobres, casas baratas y más corralones, y hemos pensado que a lo mejor allí en Nueva York habéis ahorrado algunos duros, o a lo mejor el Emilio os dejó algún capital por chico que sea y andáis pensando en volver. Estáis muy lejos y seguro que muy solas sin un marido y un padre que os guarde, que un varón siempre da buena sombra por malo que sea. Aquí seguimos nosotras con los mismos quehaceres y las mismas fatigas y el mismo cielo sobre las cabezas y las mismas calles debajo de los pies.

Victoria fue desgranando la torpe caligrafía frase a frase mientras Remedios asentía apretando los labios, haciendo esfuerzos como siempre para retener las lágrimas que le embestían desde el fondo de los ojos. Su gente, su mundo, rostros y voces que quedaron atrás: añoranzas que saltaban imprevistas de entre las líneas y que a ella le costaba un trabajo monstruoso digerir.

Cuando terminó de leer, la mayor de las Arenas hizo un gurruño con las hojas escritas, recostó la espalda contra la pared y, doblando las rodillas, se dejó escurrir lentamente hasta acabar sentada sobre los tablones del suelo. Luego apoyó los codos en las rodillas y escondió el rostro entre las manos.

La carta, o mejor dicho la ausencia de esa carta que tanto tiempo llevaba esperando, fue a sumarse al cúmulo de desazón que le crecía por dentro desde hacía unas semanas. Algunas de las contrariedades que le machacaban el ánimo eran las mismas de siempre: al asunto de la indemnización que no se solucionaba, la incertidumbre de seguir en esa tierra extraña sin saber qué iba a ser de ellas, el hartazgo de servir y recoger las mismas tristes mesas en el almuerzo y la cena todos los santos días, las obscenidades y los malos modos de algunos clientes.

Todo eso la atribulaba y la desgastaba, aunque a esas alturas se habían convertido en pesadumbres cotidianas con las que más o menos iba aprendiendo a convivir. Había, sin embargo, algo más. Algo adicional que en los últimos tiempos se había incorporado sin hacer ruido a su día a día, y quizá fuera eso lo que más la abrumaba, lo que en definitiva la confundía. Y ese algo no era una sombra del pasado ni un revés del presente, no. Era algo distinto, una especie de desasosiego que, paradójicamente, no le generaba desagrado sino una cierta excitación.

Las primeras veces se sintió desconcertada, no sabía cómo interpretar aquellas miradas, los gestos enmascarados: un tímido piropo al acercarse a su mesa, una frase con doble sentido. Luego llegaron las atenciones, aquel frasco de colonia de Myrurgia de la perfumería Gómez, la caja con tres pañuelos bordados; detalles inocuos pero cada vez más evidentes que ella fue ocultando dentro de sí misma, en los bolsillos o debajo de la cama, manteniéndolo todo encubierto, sus pensamientos, sus sensaciones y los regalos, a espaldas de su madre y sus hermanas porque no sabía cómo procesar todo aquello, no sabía lo que sentía ni qué hacer, excepto dejar que las cosas llevaran su propio cauce.

Quédese un ratito, Luciano, siéntese con las niñas a la mesa, dijo la madre esa noche cuando el tabaquero terminó la cena; voy a traerle una manzanilla para que después no tenga usted acidez. Luego se retiró, a seguir con sus quehaceres pensaron ellos, a secar platos y cubiertos con el eterno trapo que siempre llevaba sobre el hombro, a separar las cucharas torcidas de los viejos tenedores y los viejos tenedores de los cuchillos mellados que pedían a gritos un afilador.

El tabaquero aceptó la invitación esforzándose por mostrarse neutro. Bueno está, mujer, dijo; si insiste me quedo un rato, pero un rato corto, que mañana hay que madrugar. Entretanto, una pelea de sentimientos se batía a patada limpia en su interior. Sabía que debía contenerse, no exponerse todavía, pero en el fondo estaba exultante y, aunque se afanaba con todas sus fuerzas para que ni sus palabras ni su actitud exterior le traicionaran, dentro de sí el gozo le reventaba las entrañas.

Hacía ya un tiempo que no era el mismo, que se acostaba por las noches solo en su casa de Brooklyn Heights con un único pensamiento en la mente y dormía con él pegado en la almohada y no paraba de darle vueltas el día entero mientras negociaba con sus tabacos y sus clientes por los locales de media Nueva York. Al principio se negaba a aceptarlo, se resistía. Intentaba justificarse pensando que sus frecuentes visitas a la familia de Emilio Arenas no eran más que una atención hacia la viuda y las huérfanas del infeliz difunto, un nostálgico retorno a los sabores de siempre o quizá un revulsivo para combatir su propia soledad. Esas muchachas dejadas de la mano de Dios, la misma tierra, los mismos olores, el mismo acento: simples pretextos, en definitiva, para excusar lo que intuía que era una soberana locura, un desvarío que debería sacarse de la cabeza.

A partir de la noche de El Chico y de todo lo que ocurrió ese día con el abogado italiano, sin embargo, optó por claudicar: se olvidó de buscar excusas y explicaciones, se dio a sí mismo la absolución. Desde entonces admitió con plena certeza que no eran ni la compasión ni la soledad lo que le llevaba un día tras otro a la insignificante casa de comidas. Era otra cosa que aún no se atrevía a nombrar en voz alta, algo que le aceleraba el pulso cuando se acercaba a la Catorce y le agarraba el vientre cada vez que empujaba la destartalada puerta de El Capitán. Y ya estaba decidido: debía dar el paso, para qué esperar. Por ello últimamente ponía más esmero en arreglarse y acudía a que lo afeitaran a diario en la barbería del compatriota Pedro Flores y pedía luego que le untaran con Floïd; hasta se había comprado varias camisas y tres corbatas nuevas en Wanamaker's de la Cuarta avenida y llevaba un peine guardado en el bolsillo de la chaqueta y cada mañana frente al espejo sacaba pecho, metía barriga y se apretaba el cinturón un par de agujeros más.

Prosiguió un rato la charla entre el tabaquero y las chicas, casi era medianoche, pero Remedios no apremió; todo lo contrario. Resguardada en la cocina, recolocaba innecesariamente los cacharros mil veces colocados y repasaba por enésima vez las superficies con la misma bayeta. Que corriera el tiempo, en definitiva. Porque Remedios sabía lo que sentía Barona. Y como lo sabía, y como lo aprobaba, le dejaba hacer.

Los bostezos de Luz marcaron al fin la hora de volver a casa; ninguna de las tres había hablado apenas; todo lo que habían vivido aquel día se les acumulaba dentro como un barullo desquiciado de imágenes, sonidos y sensaciones que cada una intentaría digerir cuando se acurrucaran entre las sábanas y el silencio y la penumbra hicieran nido en sus cabezas.

No había un alma en las aceras de la Catorce cuando salieron, el tabaquero las acompañó hasta el portal. Demasiado tarde para tomar el metro, pensó después de darles las buenas noches. Cruzó la calle y se quedó parado en la esquina, aguardando hasta comprobar que en el cuarto piso se encendía una bombilla. Alzó luego un brazo cuando vio pasar un taxi, dio su destino, partió.

Jamás fuiste un sentimental, pensaba mientras cruzaban por la parte sur de Union Square, y tomaban la Cuarta avenida. En tu cabeza siempre hubo más cuentas y balances que emociones y ahora, ahora mírate. Siguió dando vueltas a lo mismo según avanzaba el taxi. Qué te está pasando, hermano, se preguntaba mientras el automóvil traqueteaba cruzando el puente de Brooklyn sobre las aguas negras del East River. Qué va a ser de ti.

Atrás fue quedando Manhattan, con sus miles de luces convertidas en destellos minúsculos sobre los retrovisores. Y allá iba Luciano Barona. Turbado, melancólico, confuso y loco de amor.

44

—Hoy voy a ir a comer más temprano —anunció Luz al día siguiente.

El matrimonio vasco asintió confiado y siguió a lo suyo, él ocupado en poner en marcha la gran máquina automática de lavar, ella almidonando cuellos. Cada día estaban más a gusto con su joven empleada en el negocio; no sólo aportaba dos manos bien dispuestas, sino también un soplo cotidiano de frescura. Por eso, aunque lo normal en ella fuera hacer una pausa para almorzar más tarde con su familia en la casa de comidas, ninguno desconfió.

Había poca gente en Casa Moneo aquel mediodía, un remanso de paz tras la mañana agitada.

—¿Puede salir Rosalía un momento?

¡Rosalía!, le gritaron al unísono las otras dependientas, girando las cabezas hacia el almacén. Desde detrás de la cortina, la chica se asomó haciendo un esfuerzo por tragar el bocado de pan con queso que acababa de meterse en la boca; vivía en el Lower East Side y no le daba tiempo a volver a comer a su domicilio, tampoco andaba sobrada de dinero como para hacerlo en algún establecimiento cercano, así que a diario se tomaba un simple bocadillo en la parte de atrás.

Pasa, pasa, le indicó a Luz desde el fondo con un gesto de la mano y la boca aún medio llena. Doña Carmen se ha ido a almorzar a su casa, vive ahí a la vuelta, dijo cuando logró engullir; luego se echa siempre una siestecita. Vente conmigo a la trastienda mientras termino.

Era una castellana campechanota con el pelo lleno de encrespados caracoles, llevaba casi una década en Manhattan y se conocían de los ensayos de la zarzuela, se habían hecho más o menos amigas aunque tan sólo se vieran un par de veces cada semana.

—¿Tú no me dijiste el otro día que una prima tuya te llevó un sábado a una tienda en el barrio de los puertorriqueños donde vendían discos de música en español? —preguntó Luz del tirón.

La otra asintió mientras clavaba otra vez los dientes en el almuerzo.

—Taray se llama, sí, o Titay, o algo parecido. —Al hablar se le escaparon unas cuantas migas—. Pero espera un momento —añadió tragando con esfuerzo a la vez que se palmeaba el escote, como si quisiera ayudar a bajar el bocado hasta las tripas.

Empezó a rebuscar por los estantes, Luz aprovechó para lanzar una mirada en derredor: estaban en el mismo almacén donde la propietaria del negocio las recibió el día después del entierro del padre, cuando todo era aún estupor e incertidumbre. Los mismos estantes cargados de productos y olores, los mismos sacos y cajones repletos, los bacalaos secos pendientes del techo y el teléfono de baquelita negra colgado de la pared, sobre el estante en el que tomaban nota de los pedidos. La voz satisfecha de su medio amiga le impidió empantanarse en los recuerdos: blandía un ejemplar atrasado de *La Prensa*.

Encontraron lo que buscaban en un pequeño recuadro al final de la sexta página, entre un anuncio con los últimos artículos de Casa Victori y otro del restaurante La Chorrera. Tatay era el nombre. «Discos. Partituras. Guitarras. Cuerdas. 1318 Fifth Ave, esq. 110 St.» Y al final, un teléfono: UNiversity 4-8729.

Con tono quedo, Luz disparó entonces lo que llevaba pensando media mañana:

—Y tú... ¿tú Rosalía me dejarías llamar desde aquí?

A la compañera de ensayos se le quedó paralizada la mano con el bocadillo camino de la boca.

—Doña Carmen nos lo tiene prohibido.

—Sólo un minuto, te lo juro, un minutillo para preguntar si... si tienen un disco que quiere mi hermana —mintió. Qué disco ni qué niño muerto iba a querer ninguna hermana, si jamás habían visto de cerca una vitrola.

—Que no, Luz, que me la juego como se entere la dueña.

—Un minuto, Rosalía. Sólo un minuto, por lo que más quieras. Un minuto y ya.

A pesar de sus reticencias, negarse se le hizo cuesta arriba: todos los compañeros de la zarzuela sentían una especial simpatía por la pequeña de El Capitán, se los tenía ganados con su belleza rotunda y su chispa espontánea, con sus ramalazos de graciosa ingenuidad. Tras un bufido, no tuvo más remedio que claudicar.

—Espera un momento.

Abrió levemente la cortina, asomó media cara a la parte delantera de la tienda. Seguía habiendo poca clientela, pero sus compañeras por fortuna parecían ocupadas.

—Venga, corre, date prisa —susurró imperiosa señalando el aparato.

—Yo no... No sé cómo se hace.

La otra chasqueó la lengua y masculló me vas a meter en un lío de mil pares de narices. Le tendió luego a Luz el bocadillo y agarró el periódico para fijarse en el número; con éste en una mano, trasteó con el índice contrario en la rueda giratoria, luego le tendió el auricular.

—Me quedo asomada para que no entre nadie; tú habla bajo y date prisa por lo que más quieras. Como se lo soplen a doña Carmen, me planta en la calle mañana mismo.

Pero Luz ya estaba al margen; con el pulso agitado se llevó el auricular al oído a la espera de la conexión. Un riiing. Otro riiing. Otro riiing. Así hasta siete. Al cabo, cuando ya casi se le salía el corazón por la boca, oyó un Hello? masculino. Tartamudeó, trastabilló; era la primera vez que hablaba con alguien en la distancia, el cuerpo le pedía hacerlo a gritos, pero más le valía controlar el volumen de su voz. Que quería dejar un recado para un señor americano que se llamaba Kuchan o Krutan o Kuflan o algo así, dijo a la caja. Ya, ya sabía que allí no trabajaba nadie con ese nombre, pero le conocían seguro, él mismo se lo había dicho; se dedicaba a... a... a buscar nuevos artistas. Sí, ése, ése, Frank Kruzan, ése era. Un mensaje, sí, haga usted el favor de apuntarlo. Que... que le ha llamado Luz Arenas, dígale, Luz A-re-nas, eso, la chica a la que escuchó cantar ayer. Que... que le gustaría hablar con él. Que...

Rosalía le lanzó un gesto apremiante.

—¡Venga, termina!

Que a ver si podría él volver a verla a su barrio, prosiguió nerviosa. Sí, a su barrio. Que le estaría esperando mañana, dígale usted, y si no pudiera venir mañana, pues al otro, o al otro. Pero que no subiera a buscarla a la azotea; no, eso, a la azotea no. Que la esperara en...

—¡Que cuelgues ya!

¡Que espere en... en... en la puerta del Banco de Lago!, chilló.

—¡Acaba o corto yo! —advirtió acercándose.

Cuando pronunció la última frase, Rosalía ya le estaba arrebatando el audífono de la mano. ¡Que espere en la puerta del Banco de Lago, a... a... a las seis!

Había tomado la decisión de madrugada, después de darle miles de vueltas en su camastro. Las palabras del tal Kruzan se le repetían en los tímpanos con una consistencia cada vez más esclarecida. Tengo talento, lo llevo en la sangre, se repetía a sí misma para autoconvencerse. Quizá no esté falto de razón, quizá lo que yo canto, las cosas de mi tierra, no tienen sentido aquí, tan lejos como estamos y tan poquitos como somos. Quizá, si cambio de estilo, se me abra un futuro, todo el mundo dice que en este país los sueños se cumplen. Pero si me quedo atada a El Capitán y a los planes de Fidel y mi hermana, lo más seguro es que nunca nadie más se dé cuenta de lo que

soy capaz, y además lo mismo eso del night-club acaba fraca-
sando, y yo habré dejado pasar este tren y me quedaré el resto
de mi vida lamentándome por lo que no hice, pudriéndome
en la lavandería.

Abrazó a Rosalía con un gesto de gratitud y le arrancó un
pellizco al bocadillo. Cuando salió a la calle, la voz de la conciencia le gritaba que era una traidora más grande que el trasatlántico que las llevó hasta Nueva York.

45

Recibió el primer improperio del día apenas empezó a empujar la silla de ruedas en la dirección equivocada.

—Pero bueno, niña, ¿es que hoy tampoco te sabes el camino, so torpe?

Tenía razón la señora: no, Mona no conocía la ruta. En otras ocasiones se preparaba antes, preguntaba a Fidel o a Barona o a la señora Milagros, o consultaba el mapa de la ciudad que compró en la librería Galdós junto a la iglesia, un plano plegable por el que ella poco a poco se iba abriendo paso con el dedo entre las líneas de calles y avenidas. Pero no había tenido tiempo para informarse. Ni ánimos. Ni ganas. Aún le bombeaba el recuerdo de la noche negra con los italianos, la tosca mano de Mazza sobre su pierna, el eco de las pisadas a la carrera triturando la gravilla de la explanada.

Como vuelva usted a decirme torpe, musitó la mediana de las Arenas, la planto en lo ancho de la calle y ahí la dejo hasta que la arrolle un autobús. Desde el principio establecieron entre ella y la madrina del joven oftalmólogo una relación extraña: intensa pero distante, casi nunca cordial, endemoniada en ocasiones. Tú tienes que llegar temprano aunque yo no soy de madrugar, pero por si acaso; luego ya veremos, según vaya el día te podrás marchar antes o después. Ésos fueron los requisitos de doña Maxi la segunda mañana que Mona apareció por su casa del Upper West Side. Ni loca, pensó ella; si le permito que tire de mí a demanda, acaba conmigo en una semana. Así que plantó boca arriba sus condiciones: antes de las diez no puedo llegar porque tengo otras cosas que hacer; después de las tres tampoco me quedo. Cinco horas diarias de lunes a viernes a cincuenta centavos la hora serán doce cincuenta por semana, el transporte aparte: lo toma o lo deja, señora, pero le aseguro que soy mucho mejor que cualquiera que pueda acudir a sus reclamos.

Tras un tira y afloja quedó contratada, aunque sin visos de nada duradero por ninguna de las partes. Por Fidel se había enterado Mona de cuánto cobraba una muchacha de servicio común; a la cifra que le dio, ella le subió una cuarta parte por el tiempo que perdería en ir y volver hasta allí. Los horarios inamovibles los planteó para poder seguir con las compras y los ensayos. Y en cuanto a la descarada alabanza a sus presuntas cualidades, simplemente pensó que más le valía hacerse respetar desde un principio, o aquella tremenda mujer podría comérsela por los pies. Porque Máxima Osorio, doña Maxi, era tremenda, torrencial, apabullante. En el cuerpo y en el ánimo, en público y en privado, desde que Mona cruzaba su umbral a las diez en punto de la mañana y hasta que la devolvía a su casa empujando la silla de ruedas con el tiempo justo para saltar veloz a un autobús y subir después a la misma velocidad la escalera de la pensión camino de la azotea. A reunirse con Fidel, a seguir levantando el armazón del night-club.

No tenía que asearla ni que vestirla, de eso se encargaba una vieja criada medio sorda que se trajo en su día desde Madrid; además, la inmovilidad de la señora no era total; cuando no había más remedio, aun renqueando, se las arreglaba para moverse sola. Con todo, el trabajo en sí resultaba cualquier cosa menos estimulante. Pero con doña Maxi ganaba algo de dinero, y ésa era su única intención: gracias a las horas que le dedicaba paseándola, atendiendo sus demandas y soportando sus impertinencias, Mona conseguía unos pellizcos que escondía atados en un pañuelo en el fondo del armario. Para ir pagando deudas, mintió a su madre; Remedios no sospechó.

El día en que cerraron el trato, el de la segunda visita a la casa, Mona se puso uno de los vestidos de la maleta que se llevó atendiendo a la orden que le dio a gritos la señora durante su sesión con el masajista; la maleta que en justicia debería haberse llevado la otra chica que llegó un rato más tarde y a la que ella arrebató el trabajo con un leve ramalazo de remordimiento. Sólo al llegar a casa, cuando la abrió sobre la cama, conoció su contenido: ropa como la que ellas jamás habían tenido en su vida, usada sin duda y un tanto recatada, pero de una calidad espléndida y en un estado más que decente. Faldas y blusas, tres vestidos, dos pares de zapatos que por desgracia le quedaban pequeños. Lo que no supo era que todo había pertenecido a aquella tal Nena, la hija de la marquesa en cuya casa Mona trabajó una noche: hija y madre se habían convertido para la señora en objeto de sus obsesiones y componendas. Una de sus últimas actividades conjuntas había sido la organización de una rifa de caridad: a ésta iba dirigida la maleta llena de ropa que la señora se quedó por la cara para adecentar a sus muchachas de compañía.

Aun con un toque de cruel ironía, Mona consiguió el plácet aquella segunda mañana, ataviada con unas prendas que le quedaban algo anchas y algo cortas, pero más o menos cumplían el papel. Una liviana camisa color vainilla, una falda verde botella.

—Si no tuvieras ese acentazo andaluz, esas greñas de gitana y esas cejas tan cuajadas, hasta parecería que vienes de buena familia —dijo la señora sin pizca de consideración.

Y si usted no fuera una solterona coja y no tuviera ese culo que casi no le cabe en la silla y esas tres papadas una debajo de otra, lo mismo no haría falta que una sarta de pobres muchachas pasáramos por su vida para empujarle el carrito y para permitirle que nos asfixie con sus reclamos antes de echarnos a la calle sin piedad. Pero mientras necesitara un trabajo y durara su turno en el carrusel de contratadas y despedidas, Mona sabía que era mejor callar.

Eran ya unas semanas las que llevaba a su servicio, poco a

poco se iba acostumbrando a sus obligaciones. Visitar a compatriotas en sus domicilios de aquella zona en la que también había una pequeña colonia española aunque de otro nivel social muy distinto al de la Catorce o a Cherry Street, trasladarla a algún acto benéfico en la iglesia de la Milagrosa, a atiborrarse de cocido en el restaurante Madrid de la esquina con Columbus Avenue o al cercano hotel Ansonia a birlar una revista o a ver si lograba pegar la hebra con algún compatriota, que allí tenía su sede el club de exportadores: ésos eran algunos de los cometidos de Mona. Y, sobre todo, acompañarla a comprar. O a hacer como que compraba.

—Mañana vamos a Macy's, niña; prepárate porque tendremos un buen paseo.

Eso le anunció la señora el día anterior, cuando Mona aún no sabía que un arrogante agente de talentos se les presentaría en la pensión Morán con el propósito de desbaratarles sus planes; cuando todavía tampoco anticipaba que el abogado italiano y su sobrino Tomasso se la llevarían por la fuerza a un muelle desangelado para meterle tal susto en los huesos que a la mañana siguiente aún no se le había pasado.

—A la derecha, gírame y empuja, vamos —exigió doña Maxi.

Tardaron una eternidad en llegar hasta Herald Square, Mona muerta de calor por el esfuerzo físico en aquella mañana de plena primavera, la señora cómoda y fresca con sus arrobas de carne confortablemente desparramadas sobre la silla de ruedas y el busto prominente por delante, como un mascarón de proa. Para distanciar sus pensamientos de la ingrata tarea, la mediana de Emilio Arenas iba pendiente de las calles, los cruces y establecimientos, de las gentes, los anuncios, letreros y escaparates. Eso era lo único positivo de su trabajo: gracias a él estaba conociendo nuevas zonas de Manhattan, el burgués y apacible Upper West Side; el agitado Midtown, su pedazo central. Y entretanto, al ritmo de los pasos y las calles, iba pensando y tomando decisiones acerca del proyecto para convertir El Capitán en un night-club: la bola seguía rodando en los ensayos por las tardes, aún había mucho que hacer.

No eran los de esa mañana los primeros grandes almacenes a los que doña Maxi llevaba a Mona; cada tres o cuatro días acudían a uno distinto; a veces más lujosos y distinguidos, como Lord & Taylor o Saks Fifth Avenue, y a veces más populares como Franklin Simon o Alexander's. Los ojos de Mona se abrían como balcones en el interior de aquellos templos del consumo abarrotados hasta el exceso de prendas y objetos inalcanzables, pero su escaso margen de movimiento le impedía detenerse en nada: cumplir órdenes era su única misión. A la sección de guantes, vamos, niña, exigía su empleadora. O a la de cosméticos, o a la de porcelanas... Tuerce a la derecha, luego a la izquierda, cuidado con esa imbécil del caniche, gira aquí, para ya.

Macy's, con todo, apabulló a Mona de tal manera que, tras abrirse paso con titánico esfuerzo empujando la silla entre la masa de viandantes y clientes que pululaban junto a su fachada, al entrar no pudo evitar parar en seco y soltar un sonoro Santa Madre de Dios. Los almacenes más grandes del mundo decían que eran, expandidos por una manzana entera, con su torre anexa y un interior de columnas forradas de mármol, detalles en bronce, luces centelleantes y aroma art déco.

—Necesito un regalo, un buen regalo —masculló entre dientes— con el que mi sobrino quede como todo un señor...

A pesar de que compartía vivienda con su tía y madrina, aún no se había cruzado Mona con el joven médico en ninguna ocasión: él salía a trabajar antes de que ella llegara y volvía a casa cuando ella ya no estaba. De hecho, probablemente ni siquiera tenía conocimiento de que aquella joven mujer que tanto lo turbaba acudía a diario a su propio territorio. Nadie lo telefoneó en su momento tal como pretendía, y él mismo contuvo las ganas de volver a bajar a El Capitán con la falsa y ya bastante dudosa intención de examinar una vez más el ojo de la madre. A duras penas habría podido enterarse además gracias a doña Maxi, porque de Mona ésta no sabía ni el nombre. Con llamarla niña, como hizo con todas sus predecesoras, tenía suficiente; así se libraba del incordio de tener que acostumbrarse a una identidad distinta en su imparable carrusel de sustitutas. Y si poco le interesaba a la señora el nombre, menos aún de dónde venía: jamás le preguntó por su origen, por su familia, ni a qué aspiraba, ni dónde vivía.

A cambio, en un ostensible desequilibrio, doña Maxi asaetaba a Mona sistemáticamente con memorias y referencias a su ayer. La gran casa de vecinos de la que era copropietaria en la calle Santa Isabel de Madrid y de cuyos alquileres vivía en Nueva York; el llorado hermano —tan viril y bien plantado, aseguraba— que falleció tras un fatídico accidente de automóvil en la cuesta de las Perdices, dejando a su único hijo huérfano y a ella medio inválida. La cuñada floja y mustia —la madre del sobrino— que fue incapaz de resistir el parto y murió la muy pava de una septicemia a las pocas semanas. El carrerón imparable del chico bajo el ala del doctor Castroviejo, al que conoció en la Facultad de Medicina en uno de los viajes de éste a Madrid; la insistencia del muchacho para que ella lo acompañara a especializarse a Nueva York; sus muchas, muchísimas amistades en Manhattan; los compatriotas de alcurnia que tanto la estimaban y a todas horas requerían de su presencia en ágapes, encuentros y reuniones...

Hasta el más mínimo detalle de esa muy particular versión de su vida conocía Mona cuando apenas llevaban juntas unas semanas, porque rara vez lograba doña Maxi dejar de darle a la lengua. Lo que nunca contaba, sin embargo, era lo que había detrás de aquel escaparate. El caserón de la calle Santa Isabel le había sido turbiamente legado por una anciana sin descendencia a su hermano, un procurador de escasos escrúpulos tendente a las barrabasadas. El accidente de automóvil lo provocó él mismo después de haberse metido en el cuerpo un costillar de cordero y botella y media de tinto en Casa Camorra, un merendero a pie de carretera. La difunta esposa no fue más que una joven sumisa y frágil a la que él preñó cuando apenas tenía dieciséis años. Las constantes invitaciones que ella ahora recibía se debían en gran manera a su desvergonzada insistencia o a la impertinente costumbre de presentarse donde nadie la llamaba. Y esa alianza tan supuestamente armoniosa que mantenía con su sobrino se debía, por encima del afecto familiar, a una taimada atadura en forma de cláusula testamentaria que los amarraba con la fuerza de un as de guía: la que firmó el hermano y padre moribundo en la misma cama del hospital de La Princesa donde agotaba sus últimas horas. Mediante una enrevesada maraña de estipulaciones, disposiciones, albaceas e intermediarios, dejó establecidas sus últimas voluntades para que sus dos únicos parientes nunca se desmembraran: o se mantenían tía y sobrino juntos y bien avenidos bajo el mismo techo fuera donde fuera, o se les cortaba el chorro y al cabo la herencia pasaba derechita al asilo de las Mercedes.

46

Numerosos clientes deambulaban esa mañana por la sección de complementos de caballero de Macy's: señoras elegantes solas o en grupo, alguna pareja madura, bastantes varones solos, un señor alto y corto de vista que necesitaba acercarse todo a los ojos exageradamente...

—Párame aquí; justo aquí, pero no eches el freno.

A partir de ahí, doña Maxi empezó a impulsar por sí misma las grandes ruedas de su silla, curioseando entre las bufandas livianas y las chalinas, los pañuelos, los foulards de seda estampada, los guantes de verano.

Media docena de dependientas atendían a unos y otros con eficacia y refinada cortesía, llevaban máscara de pestañas, manicura y los labios pintados, el cabello tirante en moños perfectos. Casi todas eran sólo unos años mayores que ella, cuatro o cinco, no más; Mona las contempló embelesada mientras su señora escudriñaba por su cuenta. Por encima de las mercancías dispuestas con una esplendidez tentadora; más que los grandiosos techos y las impactantes escaleras mecánicas movidas por sabía Dios qué ocultas fuerzas, aquellas jóvenes mujeres eran lo que más la fascinaba en sus visitas a los grandes almacenes. Una de ellas envolvía ahora algo con impecables dobleces de papel tissue, otra desplegaba sobre el mostrador un surtido de corbatas, una tercera despedía con una radiante sonrisa a un cliente.

Doña Maxi tardó poco en decidirse: señalando con el infalible dedo porque apenas hablaba inglés, eligió una caja de pañuelos blancos, probablemente los más baratos. Se los envolvieron, pagó, se colocó el paquete sobre los muslos y disparó la orden siguiente.

—Empuja, niña; vamos ahora a la sección de relojería.

Vitrinas de cristal impoluto, expositores forrados de terciopelo. Otra vez ambiente distinguido, los clientes justos, las dependientas exquisitas y Mona boquiabierta.

—Aquí me quedo otro rato; date una vuelta pero no te alejes.

Mientras doña Maxi echaba el lazo a una de las dependientas y, de nuevo a fuerza de índice, empezaba a exigirle que le mostrara primero una pieza, luego otra, después una tercera y así hasta el aburrimiento, Mona se dedicó a recorrer los pasillos cercanos y a contemplar con el rabillo del ojo las escenas. Un varón maduro con cuerpo de botijo probaba en la muñeca de una despampanante rubia exquisitos relojes con finas pulseras de oro; un poco más allá, una estrafalaria dama con turbante pretendía hacerse entender en una lengua incomprensible; en otra esquina una joven pareja consultaba tímidamente unos precios... De tanto en tanto, Mona lanzaba miradas a doña Maxi para comprobar que ésta seguía concentrada en su compra, disparando su dedo rollizo en distintas direcciones, obligando a la sufrida dependienta a abrir sin cesar estuches, cajones y vitrinas. Un poco harta, Mona siguió a lo suyo.

—¡Niña! ¡Niña, eh, niña!

Doña Maxi se le estaba acercando por la espalda haciendo rodar enérgica las ruedas de la silla; hablaba impaciente, imperiosa, de pronto parecía haberle entrado una descomunal prisa.

—¡Venga, venga, niña, vamos, vamos, vámonos!

Acostumbrada a sus imprevisibles cambios de humor, Mona, sin protestar, se colocó a su espalda y empezó a empujarla, pero sólo logró avanzar unos metros. Al llegar a mitad del pasillo, un hombre les interrumpió el camino. Ancho, rubio, recio, coloradote. Las piernas semiabiertas, las manos en jarras con los puños apoyados en las caderas. Con uniforme pardo, cara de poca broma y una gorra de plato sobre la cabeza.

Mona se detuvo, doña Maxi giró el cuello hacia ella y susurró nerviosa en tono ahogado: tú sigue, tú sigue, tú no te pares... Pero no había manera: el tipo uniformado las bloqueaba y no parecía tener intención de moverse.

Desconcertada y confusa, Mona miró alrededor en busca de algo que le ayudase a entender lo que ocurría. Se dio cuenta entonces de que a la espalda del hombre, cuatro o cinco pasos por detrás, había dos mujeres con el rostro serio. Una, algo mayor y sin sombra de maquillaje, con traje de chaqueta oscuro, los labios contraídos y una carpeta aferrada con fuerza contra el pecho; parecía una encargada, alguien que ocupara un puesto de alguna responsabilidad. Junto a ella, la dependienta que había estado atendiendo a la señora: sin sombra ahora de cordialidad en el rostro, incómoda a todas luces.

La primera dio entonces unos pasos hacia ellas, esquivó por un flanco al tipo de uniforme, se plantó frente a la silla de ruedas y dijo algo en inglés.

—No te entiendo, guapa —farfulló chulesca doña Maxi—. O me hablas en cristiano, o no me entero.

Haciendo caso omiso, la del traje oscuro continuó con su perorata mientras señalaba acusadora la fina manta de felpa que le cubría las piernas; solía llevarla en todos sus paseos, una especie de chal que le tapaba el cuerpo informe desde la cintura hasta debajo de las rodillas.

—¿Es por esto por lo que preguntas? —replicó con insolencia tendiéndole brusca la caja de pañuelos—. Bien pagados están, so lista, si quieres te enseño el recibo...

Impasible, la otra agarró la caja, la plantó sin mirarla sobre un mostrador cercano, y continuó hablando en tono áspero señalándole todavía el regazo; Mona, agobiada, contemplaba la escena desde la retaguardia de la silla, sin saber qué hacer, sin comprender.

Pero doña Maxi no estaba por venirse abajo.

—¡Que no te entiendo, cara de sota! ¡Venga, abreviando que es gerundio, dile al cacho carne ese que se quite de en medio, que nos tenemos que ir!

Los clientes cercanos habían desviado su atención momentáneamente y miraban hacia el grupo con gestos de curiosidad, un par de ellos incluso se aproximó unos pasos para verlos más de cerca. Intentando acabar cuanto antes con la embarazosa escena, la encargada amagó con levantarle ella misma la manta; por réplica recibió un manotazo.

—Pero ¿qué atropello es éste? —chilló doña Maxi perdiendo la compostura—. ¡Que tú a mí no me tocas, tía cochina! ¡Venga, niña, sácame de aquí ahora mismo!

La angustia de Mona crecía por segundos mezclada con la impotencia por no entender nada, cada vez eran más los clientes que miraban. A punto de perder la calma, la encargada se dirigió al hombre con firmeza:

—Please, proceed.

El tipo del uniforme no se anduvo con contemplaciones: a pesar de la resistencia y los mandobles de doña Maxi, de un recio tirón le arrancó la cobertura.

No fue sólo la falda de Máxima Osorio lo que quedó al aire. Para confirmación de las sospechas de los otros y para el atónito pasmo de Mona, entre sus carnosos muslos la tía del oftalmólogo tenía encajados una funda de terciopelo y un reloj.

A partir de ahí, Mona habría querido que se la tragara la tierra. Custodiadas por el guardia de seguridad y la severa encargada, con doña Maxi aún escupiendo vituperios y ella empujando la silla abochornada, iniciaron una vergonzante travesía a lo largo de secciones y pasillos, seguidas por las miradas de unos cuantos clientes indiscretos que se giraron a su paso. El destino fue un cuarto alejado de la zona pública, sin ventanas, iluminado con luz amarillenta. Clavados en las paredes, cuadrantes y avisos, normativas, un almanaque; por todo mobiliario, dos mesas, cuatro sillas y un par de archivadores. Ni sombra del glamuroso esplendor de fuera, como si las hubieran desterrado a otra galaxia.

En un par de minutos se les unió un tercer hombre con bigote, traje gris y aspecto de repulido oficinista; la encargada le explicó por encima lo ocurrido con un gesto de asco pintado en la cara, el otro dio una orden sin apenas despegar los labios. Que las cachearan. De arriba abajo. Mona intentó negarse, pero no lo logró y el sonrojo le subió hasta el arranque del pelo cuando el verraco del uniforme aprovechó el forzoso registro para meterle sus enormes manos por el sostén y sobarle los pechos obscenamente.

Los alaridos de doña Maxi retronaron a su vez como cañonazos; por insistencia del tipo, la encargada la estaba intentando obligar a que abriera las piernas. Fue entonces, en mitad de la escandalera, entre los zarandeos de una y los bruscos rechazos de otra, cuando empezaron los espasmos. Primero moderados, luego más violentos. Los ojos perdieron la visión y se le quedaron en blanco, siguió convulsionando con fuertes sacudidas, hasta la silla de ruedas parecía tiritar.

—Lla... lla... llama a mi sobrino, niña.

Eso fue lo último que salió de su boca antes de perder el conocimiento.

47

Tres días seguidos a las seis de la tarde estuvo Luz plantada en la puerta del Banco de Lago. En realidad, aquella entidad financiera española de Manhattan había quebrado antes del crash del 29, cuando su propietario Jaime Lago, un gallego espabilado, sinvergüenza y con pico de oro, la llevó a la ruina arrastrando los esforzados ahorros de miles de compatriotas. Ahora sus antiguas oficinas las ocupaba una empresa de importación y exportación americana, pero nadie en el barrio se molestó en aprenderse el nombre; todo el mundo seguía llamando el Banco de Lago a esa esquina sur de la Séptima con la Catorce.

Tres días llegó ella a las seis en punto, esperanzada y nerviosa, con los labios pintados a escondidas, su blusa blanca nueva y el pelo suelto recién peinado. Pero en las tres ocasiones dieron las seis y cuarto, y luego las seis y media, y luego las siete, y Frank Kruzan no apareció. Tonta, boba, pava, incauta, se repitió mil veces. No eres más que una pobre ilusa. Bien merecido te está este plantón por haber intentado engañar a tu hermana. Por traicionera, por desleal.

Todo seguía su ritmo en la mañana siguiente al día en que Luz se prometió que no lo esperaría más; estaba metiendo unas prendas dentro de un balde de agua en la trastienda de la lavandería cuando el propietario la llamó con su vozarrón. ¡Luz! ¡Sal!

Al otro lado del mostrador, en el sitio de los clientes, un chaval uniformado con traje gris y un gorrito ridículo esperaba con un ramo de flores apoyado en el ángulo del codo.

—Miss Lus Erinas? —pronunció ruinosamente.

El matrimonio contemplaba la escena entre guasón y enternecido, ella tartamudeó:

—So... soy yo.

Todavía se estaba secando las manos cuando el chico de reparto extendió los brazos y, a través del mostrador, le entregó las flores y un pequeño sobre; don Enrique sacó una moneda de la caja para la propina.

—Ya nos contarás quién es el galán —dijo con un guiño zumbón la patrona.

Sin encontrar palabras para darle respuesta, Luz volvió al interior sintiendo las piernas de mantequilla. Jamás le había regalado nadie un ramo de flores, no sabía cómo agarrar aquel despliegue de tallos, rosas y papel celofán.

«Perdón por el retraso, yo recibí su mensaje ayer», decía la tarjeta que sacó arrebatada del sobre. Olía a tinta y era de un blanco impoluto, parecía recién impresa con el nombre Frank Kruzan y una dirección. Debajo, otra frase manuscrita. «Por favor venga a mi oficina hoy 5.00 p. m.»

Casi se le cortó la respiración.

No sacó a los jefes de su inocente conjetura: mejor que pensaran que las flores provenían de un supuesto pretendiente. Así, cuando les pidió con timidez salir un rato más temprano, supusieron que era para verse con él y accedieron.

—¿Y podrían también adelantarme la mitad del sueldo de la semana?

Transigieron igualmente. Lo mismo quiere tener un detalle con el chico, cómo vamos a decirle que no, pensaron ambos mientras don Enrique le tendía un puñado de dólares. Eran las cuatro y veinte cuando Luz se subía sola a un taxi por primera vez en su vida: no tenía la menor idea de cómo llegar al 362 de la calle Cuarenta y cinco, tampoco sosiego como para intentarlo.

El despacho del buscador de talentos estaba al fondo de un largo pasillo, en la cuarta planta de un edificio de oficinas cercano a Broadway. Para subir usó la escalera, ni loca estaba dispuesta a meterse en uno de esos temerarios ascensores. Antes de localizar el sitio concreto que indicaba la tarjeta, se perdió unas cuantas veces. Todo le resultaba apabullante, abrumador, tantos corredores idénticos, tanto número y flecha indicadora, tanta gente moviéndose con prisas. Pasaban unos minutos de las cinco, era la hora de la salida, los oficinistas y las secretarias trotaban rumbo a los subways, a los elevated trains, a las últimas compras, al regreso a casa. Hombres de todas las edades, mujeres jóvenes y otras no tanto que caminaban apresuradas mientras cerraban bolsos, se echaban las chaquetas por los hombros y se repasaban el carmín. A contracorriente de todos ellos, avanzaba Luz.

Iba ya encarrilada cuando oyó los martillazos; al llegar a la puerta abierta, vio a Kruzan en mangas de camisa subido a una silla, intentando clavar algo en la pared.

—Hey, Miss Arenas! Please, come in!

Llevaba la corbata floja y todo era caos alrededor. Cajas de cartón repletas de papeles, pilas de discos y revistas, cuadros sin colgar. Él parecía menos amenazante en la distancia corta, sin la gabardina ni el sombrero. También mayor: con ojeras y la piel del rostro enrojecida, desecada por algunas partes.

—¿Le importa ayudarme, por favor?

Le señaló un cuadro con el índice, seguía subido en la silla.

Se agachó Luz a coger del suelo la fotografía enmarcada, se la alcanzó: un plano picado de una atractiva joven con la melena ondulada y los hombros al aire. Una vez colgado en su sitio, el retrato se sumó al conjunto de imágenes que poblaba media pared: rostros y cuerpos femeninos, hermosas mujeres solas o en grupo plantadas delante de un micrófono, o encima de un escenario, o en estudiadas poses para mostrar un aspecto seductor.

Él se bajó entonces de la silla pidiendo excusas por el desorden, tiró el martillo indolente sobre un paquetón de carpetas y se abrió paso a través de los bultos. Tras cerrar la puerta a su espalda, le tendió una mano y, para pasmo de Luz, no se la estrechó a modo de saludo: agarrándola, tiró de ella para conducirla entre el desbarajuste hacia un sofá en el otro extremo. Ella sintió la presión de su palma envolviéndola, desde algún sitio incierto le subió una especie de quemazón.

—No puedo ofrecerle nada, I'm truly sorry, aún me estoy instalando.

Con un gesto minúsculo Luz replicó que no importaba, tan azorada estaba que no le salió la voz de la garganta. Sentada donde él le había indicado, con las rodillas muy juntas y los labios apretados, sólo fue capaz de formularse a sí misma una retahíla de preguntas para las que no encontró respuesta. Qué haces aquí tú sola, cacho insensata, perdida al fondo de este pasillo, en un edificio que ya estará prácticamente vacío, en una zona de la ciudad que no conoces, sin haber dicho a nadie que has venido, delante de este hombre que no sabes quién es.

—¿Le gustaron las flores?

—Mucho. —Casi no se la oyó.

Kruzan no se sentó a su lado, se limitó a recostar el final de su espalda sobre el borde del escritorio, cruzó un brazo sobre el pecho cogiéndose el codo, y con la otra mano se cubrió la mandíbula. Luego la contempló sin prisa, intensamente.

—Superb —musitó.

Le ardían a Luz las mejillas mientras los ojos claros del buscador de talentos la escrutaban de una manera penetrante, reflexiva; se le habían arrebolado hasta los bordes de las orejas. Sal corriendo, lárgate, le insistía su propia conciencia. Vete a tu casa, con tu familia por pobretona que sea, a soportar las matracas de tu madre, a pelearte con tus hermanas, cualquier cosa es mejor que meterte en algo en lo que no tienes idea de cómo vas a salir. Pero no se movió, ni siquiera cuando él avanzó los dedos hacia su rostro. Tan sólo tragó saliva y contuvo la respiración.

No llegó a rozarle la piel, se limitó a levantarle el mechón de pelo castaño que le caía sobre la frente, como si quisiera comprobar la línea del nacimiento del cabello. Torció la boca con una mueca de complacencia. Good, good, musitó. Le alzó después la barbilla con la yema del pulgar y se la movió a derecha e izquierda, examinando ambos lados de la cara, el perfil, la línea del mentón. Good, good, good.

—Now, shake your head.

—No entiendo —balbuceó.

—La cabeza. Sacude la cabeza —insistió ante su inmovilidad—. De un lado a otro, así.

Obedeció tímidamente, sin darse cuenta de que él había pasado al tuteo.

—Más.

Obedeció otro poco.

—¡Más, más, más! —Para animarla, soltó tres palmadas—. ¡Mueve el pelo! Shake it! Move it! Fantastic; bájala ahora, así, completamente. —Sentada aún, con el cuello inclinado hacia delante, notó los dedos masculinos adentrarse en su nuca, abriendo los mechones, separándole el cabello—. ¡Arriba ahora, rápido!

Alzó la cabeza de golpe, la sacudida le echó hacia atrás la melena ahuecada como una leona morena, le brillaban los ojos, tenía los pómulos encendidos.

—Wonderful —murmuró Kruzan paladeando las sílabas—. Wonderful —repitió—. Estoy pensando en tu photogenicity. ¿Cómo se dice en español?

Fotogenia era el término, pero ella no lo sabía y se encogió de hombros.

—Hay mucho trabajo por delante, habrá que cambiarte el color de pelo, habrá que depilarte, abrillantarte la piel y pensar en un nombre artístico, maybe adelgazar unas cuantas libras, let me see.

La hizo ponerse de pie, le plantó ambas manos en la cintura, la palpó con manos expertas. La impulsiva Luz, siempre tan franca, tan deslenguada, descarada y expansiva, no dijo ni pío y se dejó hacer.

—Good, good, good... —murmuró apreciativo por enésima vez.

Terminado el examen, lanzó su veredicto.

—Si tú quieres, honey, puedo hacer algo grande contigo. Something big. Tendrás que recibir lecciones; técnica, mucha técnica, porque la gracia, el sentido del ritmo y la fuerza expresiva los tienes naturales, ya lo comprobé el otro día. Eres preciosa, eres graciosa y chispeante, tienes algo especial.

Luz sintió que el cuerpo se le hinchaba por dentro, a punto de reventarle la piel. Y algún día alguien me hará una fotografía como las de esas mujeres que ahora sonríen desde la pared, pensaba, y me subiré a un auténtico escenario, y recibiré aplausos, y...

Kruzan le frenó el descarrío.

—Pero hay ciertas cosas que te conviene saber.

—Lo que usted mande —logró decir con voz ahogada.

—Bien. ¿Tienes algo de dinero para invertir en tu preparación?

—No, señor.

—¿Alguien dispuesto a apostar por ti?

—No, señor.

Dándole la espalda, el cazatalentos se dirigió al sillón tras su caótica mesa de trabajo. Se sentó, cruzó los dedos en la nuca con los codos abiertos como alerones. Detrás de él, por la ventana sin persianas ni cortinas, entraba la luz ya floja del final de la tarde.

—En tal caso, yo podría asumirlo. Pero si aceptas, precisaré un retorno en cuanto consigamos los primeros contratos y empieces a ganar dinero. Contraerás un compromiso conmigo, ¿queda claro?

48

En cuanto comprobaron que no eran fingidas las convulsiones de la clienta en silla de ruedas a la que acababan de pillar hurtando un Rolex Queen, los tres empleados de Macy's se lanzaron a intentar aplacarla: el vigilante le sostuvo con firmeza los hombros para que no volcara la silla, la encargada le sujetó la cabeza y el tipo del bigote, haciendo de tripas corazón, le metió los dedos en la boca por si fuera un ataque de epilepsia. Doña Maxi, sin sentido, no fue consciente de nada; Mona por su parte los contempló aterrada desde un rincón. No entendía qué estaba pasando, no sabía cómo ayudar.

Quizá aquello no duró más que unos breves minutos, pero a ella se le hicieron angustiosamente eternos. Hasta que las sacudidas empezaron a remitir y la señora pareció ir saliendo del vahído, recuperándose. Todos respiraron aliviados, Mona estuvo a punto de echarse a llorar. Fue entonces cuando se abrió de golpe la puerta y los tres empleados se irguieron como si hubieran oído un toque de silbato. Un atildado individuo, calvo con barba cana y gafas de montura de oro, acababa de entrar en el cuarto; sin duda se trataba de alguien muy superior a juzgar por la actitud acobardada con la que los tres se dirigieron a él intentando explicarle la situación. En cuanto dejaron libre el espacio, Mona se precipitó hacia doña Maxi: desconcertada, confusa y desgreñada, la mujer iba poco a poco reencontrándose con la realidad. Ya pasó, ya pasó, ya pasó... le dijo a la vez que le agarraba una mano. La otra, aturdida todavía, cabeceó como diciendo que sí.

Aunque Mona no logró comprender al recién llegado, sí dedujo por el tono seco que no aprobaba en absoluto la manera de proceder de sus subordinados. Lo que no intuyó fue que los reproches de aquel gerente no tenían nada que ver con defender la dignidad ultrajada de las dos extranjeras, sino con la mala prensa que podría caerles encima a los grandes almacenes si a la extranjera de la silla de ruedas le hubiera llegado a pasar algo de gravedad.

Una vez que zanjó sus reproches y comprobó que la señora estaba medio restablecida, bisbiseó un par de órdenes que los otros se apresuraron a cumplir. De inmediato las sacaron del sombrío cuarto, el propio vigilante empujó la silla por los pasillos mientras la encargada les abría paso tragándose a duras penas el orgullo y Mona, muerta de vergüenza, caminaba en paralelo a doña Maxi con ésta aferrada aún a su mano; el tercer implicado cerraba la comitiva. Las condujeron a una sala de reuniones con moqueta, amplias ventanas sobre Herald Square y paredes satinadas en tono marfil. El cafre del vigilante se quedó en la puerta, al del bigote no volvieron a verle y la cara de sota tuvo que tragarse el sapo y servirles por mandato de su superior sendos refrescos sobre una bandeja de carey. Doña Maxi, medio sobrepuesta ya del susto y reconfortada al ver el trato deferente que les brindaban, pareció recuperar gran parte de su natural seguridad.

—¿Han llamado a mi sobrino? —fueron sus primeras palabras tan pronto se bebió los dos vasos enteros.

—Todavía no —le susurró Mona doblando la espalda y acercándose a su oreja—. No ha dado tiempo, no...

—Pues que lo hagan ahora mismo, porque después de esta cosa tan rara que me ha entrado en el cuerpo, yo de aquí no me muevo si no es con él.

Les costó convencer al gerente; lo que el tipo pretendía era despacharlas en cuanto confirmara que estaba del todo bien. Ni ellos volverían a mencionar el asunto del costoso reloj, ni ella que había sufrido una crisis a raíz del violento registro al que la sometieron. En la puerta de la Treinta y cinco las ponen a las dos en cuanto la gorda dé señales de que se encuentra en orden, había dicho al vigilante y a la encargada; entréguenles un regalito si hace falta, un calendario de cortesía o cualquier otra estupidez. No contaba con que la oronda señora se iba a negar.

—Dame mi bolso, niña.

Mona lo desprendió del gancho trasero de la silla donde lo llevaba colgando, ella rebuscó dentro hasta dar con una pequeña agenda. Se humedeció el pulgar con saliva, pasó tres o cuatro hojas, recorrió la página con la punta del índice y cuando encontró la línea, le clavó una uña.

—Aquí está su número en la clínica de Castroviejo, aquí. Elijan: o lo llaman ustedes, o me acercan a un aparato y lo llamo yo.

El tira y afloja fue tenso a pesar de que no se entendían, pero ella se hartó pronto. Si el arranque del primer ataque fue del todo imprevisto, en el del segundo tuvo mucho que ver su voluntad. Ante la oposición de los empleados, comenzó a sacudirse y a mover la silla fingiendo malamente un nuevo episodio de espasmos. El gerente calvo, para contener su irritación, cobijó una mano dentro de la otra e hizo crujir los nudillos mientras decidía qué hacer. Aquella mujer era una incapacitada entrada en años, lo mismo se les podía quedar tiesa si forzaban la cuerda demasiado. Y además tenía contactos con una clínica del selecto Upper East Side, no era una simple turista desubicada ni una pobre inmigrante sin recursos. Mejor sería no jugar con fuego. Por lo que pudiera pasar.

No era la primera vez que el doctor César Osorio se veía obligado a lidiar con los desatinos de su tía, ya tenía otros ingratos antecedentes: un costoso brazalete que pretendió llevarse de Bloomingdale's, el azucarero de plata que se echó al bolso tras una merienda en Rumpelmayer's. Después del último bochorno ella le juró por lo más sagrado que no volvería a ocurrir, pero probablemente hubo otras barrabasadas similares; igual no la pillaron, o de alguna manera se bandeó sola.

Lo que ni por lo más remoto anticipaba el joven médico cuando le telefonearon desde Macy's era que, aparte de sacar a su madrina de un nuevo atolladero, aquel mediodía iba a marcar en su vida el principio de algo más. Apenas entró, se le transmutó el gesto. Su madrina, el gerente, la sala de paredes satinadas y el gran almacén entero se le difuminaron hasta desaparecer de su campo de visión. Frente a él, fuera de sitio, dándose aire con un folleto de ofertas comerciales a modo de abanico, trabajando ahora para su madrina, estaba Mona. Y a ella, al verle de nuevo, un fogonazo de alivio la recorrió de la cabeza a los pies.

Todo lo demás pasó en una agitada secuencia: los gritos exagerados de doña Maxi, las explicaciones del directivo, las incursiones de la encargada... A todo dijo él que sí, todo le pareció correcto, como si le hubieran absorbido la capacidad para poner sensatez en su pensamiento. Incluso aceptó que llamaran a una ambulancia a fin de llevar a su madrina a una revisión, tal como reclamó ella con su despótica poca vergüenza. No vaya a entrarme otra vez esa cosa tan rara, hijo mío. Él, normalmente de natural juicioso, a pesar de que no había la menor razón, accedió.

—Bueno, pues aquí los dejo.

Ésa pretendió ser la despedida de Mona mientras entre dos camilleros metían a doña Maxi en la ambulancia por la puerta trasera. Estaban ya solos ella y el doctor en la esquina de la Treinta y cuatro, los empleados se habían desentendido ya del incidente, todo era ajetreo alrededor. Gentes, autos, gritos, buses.

—¿Se... se... sería mucho pedir que nos acompañara?

Iba a contestarle que su horario de trabajo terminaba en media hora, que bien se había ganado ese día el jornal soportando a la imbécil de su tía, que había pasado un rato de perros por su maldita culpa, que estaba harta, que quería irse a su barrio con los suyos, subir a la azotea de la pensión y pensar en su negocio, olvidarse de toda esa gente.

—Acompáñeme en mi auto, lo tengo aquí aparcado; a la hora de irse le busco un taxi que la lleve hasta su casa. —Luego, un poco más bajo, añadió—: O la vuelvo a llevar yo.

En medio del bullicio de la ciudad palpitante, a unos pasos de aquel aborrecible ser humano que era su tía, al doctor César Osorio se le veía tan sensato, tan solvente, que Mona fue incapaz de decir que no.

Dos días pasó doña Maxi en el hospital, tiranizando a las enfermeras y volviendo a los médicos tarumba, emperrada en que le hicieran pruebas de la cabeza a los pies. Los mismos dos días en que el prometedor oftalmólogo y la humilde aspirante a emprendedora del show business patrio, contra pronóstico, se empezaron a conocer.

49

¡Atención, atención!, gritó el ayudante del fotógrafo. Atención, colóquense de frente, miren a la cámara. Vamos allá, listos todos. A la de uno, a la de dos...

Acababan de abandonar la fresca oscuridad de la iglesia y estaban en la acera bajo el sol dominical de un verano anticipado, formando un grupo compacto en el que las felicitaciones volaban entreveradas con sonoros abrazos, choques de manos y besos en las mejillas. Victoria, radiante con su vestido de raso blanco y un larguísimo velo de encaje, recibía los parabienes sin soltarse del brazo de su recién estrenado marido, un Luciano Barona que se mostraba triunfal dentro de un traje de media etiqueta comprado en Varela Hermanos de Lenox Avenue, sin esforzarse en disimular su grandioso orgullo. Ante el padre Casiano y frente a la Virgen de Guadalupe habían prometido que iban a amarse y respetarse hasta el fin de sus días, amén. Y allí mismo, en plena calle Catorce, el fotógrafo de La Artística estaba a punto de inmortalizar el momento con un retrato de grupo, si es que su ayudante lograba que todos mirasen al objetivo.

El sufrido asistente se desgañitaba, ¡vamos, señoras, vamos, señores, por favor!, pero no había manera, cada cual seguía a lo suyo: más saludos, más agasajos, más congratulaciones que iban y venían. La señora Milagros había desempolvado un traje de hacía décadas que apestaba a naftalina; sor Lito lucía un hábito por una vez sin manchas, les había sacado brillo a sus ajadas botas infantiles y hasta se había puesto la toca blanca de su congregación. El matrimonio Irigaray rezumaba deleite y Paco Sendra el de La Valenciana había venido desde el Lower East Side trayendo como regalo una caja de moscatel.

Estaban también algunas vecinas del bloque de apartamentos, no faltaba tampoco la asturiana de la pensión Morán con el marido recién desembarcado a un flanco y el viejo maestro Miranda al otro. Más Fidel. Más la madre y las hermanas de la novia, por supuesto, deslumbrantes las dos con sus vestidos de seda floreada, los guantes claros de primavera y las vistosas pamelas de Nortons que les había regalado el novio. Que no, Luciano, que no; déjese, hombre, cómo va usted a gastarse semejante dineral... protestó Remedios en su momento. Pero no hubo manera: ropa por todo lo alto para la familia entera, insistió Barona. Faltaría más.

Él, por su parte, había invitado además a un puñado de tabaqueros y desde Park Slope, en Brooklyn, habían llegado unas cuantas parejas de paisanos de Alhama. Ellas, ajenas al barrio, eran las más silenciosas en el barullo que se había montado frente a la puerta de la parroquia: conocieron bien a la primera mujer de Barona y por ello esa boda tan imprevista les generaba resquemor. Poco más de un año hace que murió la pobre Encarna y ya está el viudo listo para poner a otra en su sitio, repetían desde que recibieron las invitaciones. Pero ¿es que el hombre no tiene derecho a rehacer su vida?, protestaban los maridos; casi todos ellos llegaron a América antes que sus mujeres y sabían en sus propias carnes lo dura que podía llegar a ser la soledad.

Una sola mancha nublaba la satisfacción del novio: su hijo. Le dio la noticia por teléfono en una llamada a larga distancia llena de ruidos; él mantuvo unos instantes el silencio y luego, con voz serena, dijo tú sabrás si haces bien. Lo volvió a llamar días más tarde para comunicarle la fecha, el sitio y la hora, calculó que para entonces el chico ya habría digerido el impacto. Él prometió que intentaría asistir; apenas hacía dos días que telefoneó de vuelta y confirmó que sí, que allí estaría, que después de su último combate en Baltimore tomaría el tren nocturno. Pero ya había concluido la ceremonia y no había aparecido, y al sentir su ausencia, algo así como un pinchazo se le clavó al tabaquero en el corazón. No importa, hay que entenderle, pensó. No debe de ser fácil para él aceptar que otra mujer vaya a suplantar a su madre; tiempo al tiempo, ya lo asimilará.

El fotógrafo Paul Pérez, el encargado de testimoniar con imágenes casi todos los momentos significativos de la colonia, estaba empezando a perder la paciencia. Tenía la cámara lista desde hacía rato y bajo la boina negra se le acumulaba el sudor. Harto de esperar, optó por dirigirse directamente al novio. Haga usted lo que sea, amigo, o yo me marcho, que me aguarda otro compromiso en el Jai-Alai de don Valentín Aguirre, le advirtió con impaciente educación.

A fin de evitar su marcha, Barona se apeó de su gloria y tomó el mando de lo terrenal: venga, vamos, todos preparados para el retrato; usted, Remedios, aquí a mi vera, y vosotras, las hermanas, aquí delante también... Por fin parecía que el grupo estaba dispuesto formando una media luna, Luz dio los últimos toques al velo de Victoria para que luciera perfecto, Mona enderezó su pamela, la novia recolocó el gran ramo de flores. ¿Listos?, preguntó el tabaquero.

Justo cuando iba a decir adelante, amigo, dispare, a Barona se le quedó la voz atorada en la garganta.

Avanzando hacia el grupo a zancadas, sujetándose el sombrero por la corona, un hombre joven estaba a punto de alcanzar la escena. Caminaba presuroso, consciente de su tardanza tan involuntaria como inoportuna; damn train, malditos retrasos, iba pensando. A medida que se acercaba, su figura se percibía cada vez más definida: musculoso sin excesos, fibroso, firme. Con la mano derecha agarraba una robusta maleta; la izquierda, la del sombrero, la llevaba vendada. En el mentón sin afeitar se entreveían zonas amoratadas, traía puesto un traje de diario color azul plomo arrugado hasta el infinito tras una noche entera de traqueteo en un vagón de segunda clase. Bajo el ala del sombrero, un ojo ennegrecido y una ceja reventada y cosida. Debajo, un pómulo violáceo; más abajo todavía, en la comisura del labio superior, un corte oscuro con la sangre a medio coagular.

Apenas intuyó su presencia, Barona rompió la armonía del grupo y dio un paso hacia delante, desbaratando súbitamente el encuadre.

—Chano, hijo... —murmuró abriendo los brazos.

Pero era demasiado tarde: el fotógrafo ya había apretado el obturador y en esa placa quedarían grabadas para la eternidad la imagen borrosa de un novio maduro al que su propio movimiento difuminó como la tinta en el agua, y la de una joven novia que plasmó en su rostro un abismal desconcierto cuando súbitamente se dio cuenta de que el matrimonio en el que acababa de comprometerse ante Dios y ante los hombres podía haber sido un descomunal error.

Apenas necesitaron los invitados cruzar la calle y recorrer unos metros de la acera opuesta para llegar a La Bilbaína; lo hicieron en bandada, sin desmigarse. En el piso superior los esperaba el banquete, en eso tampoco quiso Barona escatimar gastos a pesar de que Remedios habría preferido que no hubiera celebración. Que estamos de luto, por Dios bendito, repitió la mujer hasta el agotamiento. ¿Cómo que no vamos a festejarlo, madre?, bramaron a coro sus hijas. Lo mismo que cuando propuso que la novia vistiera de negro por aquello del luto paterno. Pero ¿es que se ha vuelto usted chaveta, madre?, le gritaron las tres.

No sufra, Remedios, todo va a ser discreto. Eso le prometió inicialmente el futuro yerno intentando sembrar paz en la familia, y ella optó por dejar de protestar. Sin embargo, alentado por el empuje arrollador de las jóvenes y por su propia dicha, la cosa se le acabó yendo de las manos al tabaquero, y eso que el dinero no le sobraba, que el negocio de la venta de tabacos llevaba un tiempo en declive a causa de los cigarrillos del demonio y de los malditos engendros industriales y, además, gran parte de los ahorros de la vida entera se le habían ido en pagar médicos, medicamentos y las hospitalizaciones de su difunta mujer. No, no le sobraba dinero a Barona y eso bien lo sabía él, pero cualquier cosa se le hacía poca para rubricar su felicidad.

Exultantes y acalorados, dieron comienzo a un ágape que las mujeres de la familia Arenas jamás habrían podido imaginar en los años flacos y descalzos de su simple niñez mediterránea, cuando lo más que comían eran jureles, gazpachuelo y boquerones. Sentadas ahora en el comedor de La Bilbaína frente a las mesas prolongadas, primero recibieron con ojos llenos de incredulidad las grandes fuentes repletas de entremeses, luego los magníficos troncos de merluza a la vasca en sus cazuelas de barro, después los cortes de vacuno —beefsteaks, los llamaban—; hasta una tarta nupcial de la Valencia Bakery hubo de postre. Y vino, que no faltara el vino. Y sidra El Gaitero y coñac español Lepanto y anís Las Cadenas, procedente todo de la bodega Mediavilla de la Ciento dieciséis. Y en paralelo a aquel despliegue de exquisiteces, rodeadas de rostros que rezumaban afecto, mientras se ponían las servilletas o mordían una rodaja de chorizo o se llevaban las copas a los labios y las bocas se les llenaban de burbujas, sin que ninguna lo dijera en voz alta por las mentes de las cuatro, de la madre y de las hijas, corrió en algún momento un ramalazo de fugaz confusión, como si la conciencia las alertara de pronto de que a partir de aquella boda todo cambiaba un poco: sin darse apenas cuenta se iban imbricando cada vez más en la vida de la ciudad.

Cuando ya tenían las ventanas abiertas para que corriera el aire; cuando los estómagos estaban repletos y los ánimos andaban eufóricos y las cabezas algo abotargadas, por la sala se extendió un llamamiento. Lo acompañaron golpes de nudillos acompasados sobre las mesas y un repique de docenas de tenedores contra el cristal de las copas: ¡que hable el novio!, ¡que hable el novio!, ¡que hable el novio! No costó convencerle; Barona, preparado para la ocasión, arrastró hacia atrás la silla, se levantó y se llenó de aire el pecho. Su elocuencia distaba un mundo de ser brillante, pero sonó pletórica y sincera: las palabras de un hombre que acumulaba en las espaldas desarraigos, vaivenes, desaciertos y dolores y, por un súbito capricho de la fortuna, había chocado de repente contra la felicidad.

—Lo que siento yo al saber que esta mujer se ha brindado a compartir su vida conmigo —dijo alzando emocionado su copa— es algo tan grande, tan profundo, que no soy capaz de expresarlo.

Tendió entonces la mano a Victoria, la hizo ponerse en pie.

La novia se levantó con cautela para no perder el equilibrio. Tenía las mejillas encendidas, estaba algo mareada, se moría de calor. Le habían rellenado tres o cuatro veces la copa y ella se había bebido obediente hasta la última gota; le habían cambiado el plato en otras tantas ocasiones y se había comido sin protestar todo lo que le sirvieron. Había sonreído a quien le sonreía y había respondido muchas gracias, muchas gracias, muchas gracias cada vez que alguien le halagó el vestido, o el marido, o el tocado, o el futuro, o el velo. Muchas gracias, muchas gracias, muchas gracias, había repetido sin ser apenas consciente una vez y otra vez y otra vez y otra vez...

Lo que nadie había percibido fue aquello que más la turbaba. Las miradas. Las miradas de él. Sentado enfrente, en el flanco contrario de la mesa con el rostro castigado, ausente de la algarabía, el hijo de su recién estrenado marido no dejó de contemplarla entre aturdido y confuso a lo largo de todo el almuerzo, como si le preguntara sin palabras ¿de dónde sales, mujer?

Parada ahora con la sonrisa congelada en los labios, sabedora de que los ojos magullados de Chano la seguían recorriendo, Victoria notaba cómo las sentidas frases del hombre al que acababa de aceptar en matrimonio le entraban por las orejas, discurrían camino del cerebro y allí parecían derretirse sin que ella llegara a procesarlas, resbaladizas, escurridizas, inaprensibles. No le incumbían, no iban con ella. Ya no.

Por fortuna, tan pronto como el tabaquero acabó su conmovedora intervención, Esteban Roig y sus Happy Boys irrumpieron torrenciales en la sala al ritmo de *El gato montés*. La concurrencia se puso en pie entusiasmada y empezó a tocar las palmas al compás de la trompeta, el acordeón y el clarinete; los camareros corrieron a mover mesas y sillas para improvisar una pequeña pista de baile. No había fiesta que se preciara en la colonia española sin la banda de ese compatriota que entre semana trabajaba como conserje en una empresa de seguros del Midtown: nadie como él para transportar a tanto trasterrado con la emoción de la música hasta el mundo que dejaron atrás.

Barona condujo a una sumisa Victoria hacia el espacio recién abierto, los asistentes formaron un amplio círculo alrededor. La plantó frente a él, la agarró por mano y cintura y empezó a seguir el pasodoble al canónico ritmo de dos por cuatro. Dejando que sus pies fueran por un lado y su cabeza por otro, Victoria apoyó la mejilla sobre el pecho voluminoso de él y cerró los ojos. Olía a perfume de varón, a tabaco, a sudor tras tanta algarabía. Te quiere, se dijo a sí misma. Te quiere, te quiere, te quiere como Salvador nunca te quiso, se dijo. Y tú tienes que aprender a quererle también.

La pequeña orquesta remató la primera pieza, pero no dio un respiro. Sin tiempo nada más que para que los recién casados recibieran un rotundo olé, un sonoro aplauso y el grito desgañitado de ¡vivan los novios!, los chicos de Roig arrancaron con *España cañí* y el resto de los invitados se precipitó en bandada al centro de la sala. Siguió un buen rato de baile colectivo, se sucedieron los pasodobles y los boleros, hasta que el tabaquero susurró al oído de Victoria: ven.

Chano estaba sentado solo al fondo, junto a un balcón abierto, en el extremo de una de las mesas arrinconadas llena todavía de platos con restos de tarta de merengue a medio comer. Apoyado contra el marco de una ventana de guillotina con la parte inferior totalmente abierta, fumaba con el lado menos maltrecho de la boca uno de esos pitillos que su padre tanto odiaba mientras sostenía entre los dedos un vaso con algún licor color ámbar y mucho hielo. Se enderezó en cuanto los vio acercarse; al hacerlo, en su cara se plasmó sin quererlo un gesto de dolor.

Barona le echó un brazo por los hombros y lo sacudió con afecto profundo. Todas las tensiones, todos los desencuentros y las dolorosas distancias que habían crecido entre ellos en los últimos años parecían haberse volatilizado aquel mediodía.

—¿Es que no vas a sacar a bailar a mi mujer?

Una ola de calor brotó de las entrañas de Victoria, por un momento creyó que el suelo se estaba moviendo debajo de sus pies. Y tan por sorpresa le cayó a Chano la propuesta que no supo qué decir. Como queriendo justificarse, se señaló la ropa desaliñada tras el viaje nocturno y buscó una excusa en ese español de su infancia que ahora le costaba hablar, pero las palabras no le llegaron a la boca. El tabaquero le animó con una palmada sonora en la espalda y una carcajada.

—¡Venga, hijo, no te me achiques! ¡Para que os empecéis a conocer!

Él dio un sorbo a su copa, ella tragó saliva, ambos sabían que no había escapatoria. Caminaron sin rozarse hasta la pista, los invitados despejaron de inmediato el espacio. Aún tardaron unos instantes en agarrarse y ajustar los cuerpos, hasta que lograron ensamblar mano con mano, tronco con tronco, piel con piel.

Conscientemente rígidos, tensos y distantes: así bailaron Chano y Victoria el día en que se rozaron por primera vez. Él se manejaba a duras penas con los pasos castizos, ella adoptó una postura que destilaba arrogancia impostada: un mero escudo para protegerse, en realidad. Con todo, ninguno de los dos fue capaz de resistirse a sentir al otro. Victoria lo notó musculoso y compacto bajo el traje lleno de arrugas: los brazos fuertes y las manos grandes, una áspera, la otra vendada. El labio partido, el pómulo morado, el mentón recio y rasposo. Y el olor, ese olor a piel de hombre joven sin afeites ni artificios. Un olor tan distinto al de su padre, cautivador, absorbente, casi animal.

Chano, turbado, sintió a su vez el cuerpo de mujer joven y plena. Aunque llevaba esforzándose desde que la vio en la puerta de la iglesia, no lograba superar su desconcierto. Si le hubieran propuesto adivinar entre cien candidatas cuál podría ser la elegida por su padre para convertirla en su segunda esposa, aquella joven habría quedado, en el mejor de los casos, en el número noventa y nueve. Tan esbelta y liviana, tan distinta. Tan sensual.

Apenas cruzaron más de tres frases, terminó la pieza, se miraron a los ojos. Ninguno de los dos supo qué hacer, fue Victoria quien rompió la tensión.

—Necesito..., necesito ir a...

Y desvió el rostro hacia un lado del salón.

—Claro, claro... —dijo él, soltándola.

Con mirada ansiosa, ella buscó entre la gente a sus hermanas.

—Para que me ayuden —musitó agarrándose la aparatosa falda del traje de novia con un crujido de enaguas y forros.

—Claro, claro... —repitió—. Y yo... yo... I should be leaving too. Creo que me voy a ir yendo.

Mona y Luz no la habían perdido de vista ni un instante; en cuanto intuyeron sus intenciones, se acercaron precipitadas.

Entraron al aseo en tropel, corrieron el cerrojo de un manotazo. Tan pronto se sintieron a salvo, Victoria dejó caer la espalda contra la pared.

—El hijo viene para quedarse.

Las preguntas salieron a borbotones de las bocas de sus hermanas.

—¿Con vosotros? ¿En la misma casa? ¿Los tres?

50

Antes de abandonar el toilet, se retocaron los peinados con los dedos y se pasaron de mano en mano y de boca en boca el mismo lipstick rojo oscuro. Estaban a punto de salir cuando Victoria, tras dudar unos instantes, se arrancó el velo con un resoplido de alivio: sin los metros de blonda y sin la multitud de horquillas que se le clavaban el cráneo, reconfortaba sentir de nuevo la cabeza ligera.

—¿Qué pasa aquí? —preguntaron sorprendidas una vez fuera, al ver que no había música ni parejas en la pista, sino cháchara y corrillos compactos.

Tan absortas habían estado encerradas en el aseo, que no se dieron cuenta de que los músicos habían dejado de tocar por el momento. Las sacó de la duda un camarero asturiano que cruzaba con una bandeja cargada hasta los topes de platos sucios.

—Acaban de llegar los boliteros, señoritas; corran, no vayan a quedarse sin jugar, que éstos salen cortando en cinco minutines.

Los boliteros: los vendedores de lotería clandestina que poblaban las calles de Nueva York, al olor de la fiesta ya estaban allí también. Desde Cuba había venido el juego de la bolita años atrás y, tras arraigarse, no paraba de crecer. Prohibida y perseguida por la ley, condenados sus responsables hasta con penas de cárcel, su popularidad resistía contra viento y marea. La lotería de los pobres, la llamaban algunos; a base de pequeñas apuestas, uno podía acostarse pobre como una rata y levantarse a la mañana siguiente dueño de una suma medianamente sustanciosa.

Mezclados entre los invitados, las tres hermanas distinguieron a unos cuantos muchachos ajenos a la celebración; poco más que adolescentes que agarraban billetes y monedas, entregaban a cambio papeletas y apuntaban números con una habilidad vertiginosa. La alegría, o quizá la nostalgia, o quizá todo junto, parecía haber aflojado las billeteras de los hombres y los monederos de las mujeres; pocos había que no estuvieran dispuestos a dejarse llevar por la ilusión de ganar uno de los premios que escupirían las bolitas de marfil cuando esa noche saltaran aleatorias en docenas de bancas ilegales repartidas por toda la ciudad.

Ajena a esos trueques, Victoria recorrió el comedor con la mirada y constató que Chano ya no estaba. Bien, se dijo con firmeza. Mucho mejor así. Con la compostura recobrada, enderezó el torso, alzó la barbilla y se dirigió decidida al reencuentro con su marido, dispuesta a empezar su vida de casada como mandaba el santo sacramento que acababa de contraer. Entregada, solícita, segura. Unos minutos antes, sentada en el retrete a la vista de sus hermanas, con las bragas bajadas hasta las rodillas y la falda alzada formando un tremendo barullo de pliegues y frunces alrededor de los muslos, se había convencido de que eso era lo único que tenía que hacer. Comportarse como era debido. Ser seria y consecuente. Esforzarse por hacer feliz al hombre al que había prometido amor y fidelidad. Cumplir.

A diferencia de Luz, que zigzagueaba entre los invitados perseguida por Fidel buscando dónde dejar el velo de novia que llevaba revuelto en el brazo izquierdo, Mona se quedó parada junto a un perchero cargado hasta los topes de mantones y chaquetas, los pies se le inmovilizaron sobre el suelo como si los hubiera metido en un charco de alquitrán.

Ahí estaba, respirando el mismo aire denso cargado de humo y transpiración humana, pisando la misma tarima de madera. El hombre joven que una vez la usó accidentalmente a fin de evitarse un problema con la policía, el que luego la buscó para recoger sus intereses y brindarle una gratitud que ella rechazó. Ahí estaba de nuevo él, entre todas las infinitas alternativas que ofrecía la tarde de un domingo de primavera en Nueva York.

Lo contempló inmóvil, nerviosa, sin saber qué hacer. Enfundado en un fresco traje de lino claro, con camisa blanca y corbata floja, el pelo castaño claro indómito, alto, flexible, afilado de rostro y hombros, estrecho de caderas. Tenía ambas manos metidas en los bolsillos del pantalón y se mostraba en apariencia relajado; no obstante, a poco que lo observó intentando disimular su desconcierto, Mona se dio cuenta de que la atención de él estaba bifurcada entre dos frentes. Una mitad departía amigablemente con Avelino Castaños, el dueño del local. Separados ambos de la algarabía en un flanco del comedor, el recién llegado escuchaba y hasta soltó en algún momento una carcajada que le hizo echar la espalda hacia atrás y alzar la mandíbula de una manera que a ella le erizó la piel. En paralelo, sin embargo, la otra mitad restante de su atención se mantenía en guardia, sin quitar ojo al movimiento de la sala: a los chicos que aceptaban dinero, repartían papeletas y anotaban transacciones con una pericia casi profesional. Su misión parecía ser controlarlos, advirtió Mona, como si estuviesen a su cargo y fuesen su responsabilidad.

Siguió observándole Mona sin moverse de su sitio, dudando entre ocultarse o dar la cara, y durante unos instantes, inconscientemente, por su recuerdo pasó la figura distinta de César Osorio, tan lejano de pronto, tan fuera de aquel mundo bullicioso y gritón de la Catorce y sus gentes, donde el hombre de las papeletas se movía como pez en un tanque de agua limpia. Hasta que el propietario del establecimiento consultó con discreción el reloj y, sin necesidad de palabras, el otro entendió lo que tenía que entender: que el tiempo acordado se acababa; era un riesgo para Castaños que los muchachos siguieran trajinando en su local. Por mucho que el cordial empresario quisiera contentar a sus compatriotas brindándoles la opción de jugar a aquella lotería prohibida en un entorno tan privado y tan seguro como su establecimiento, también era plenamente consciente de que se trataba de algo ilegal, y cada vez que la policía sabía de un encuentro con más de quince o veinte almas juntas hablando español, allá que acudían suspicaces como moscas a la miel. Y a La Bilbaína, o al negocio que le tocara en suerte, podría caerle encima un apercibimiento serio y hasta una multa de las que dejaban tiritando los balances contables unos cuantos meses. Los dos hombres lo sabían, ese al que Mona miraba y el propietario, y por eso, cuanto antes liquidaran el asunto y antes se esfumaran los vendedores de ilusiones monetarias, mejor sería para los dos.

El hombre joven alzó los brazos al aire y soltó una sarta de sonoras palmadas para reclamar a sus subalternos; en cuanto logró captar al más cercano, marcó un gesto que el otro interpretó lanzando a su vez un recio silbido. El resto de los chavales se volvieron hacia él obedeciendo a un protocolo establecido: todos habían captado el mensaje. Hora de largarse, chicos; vámonos. Disciplinados como reclutas, acataron la orden y aceleraron las últimas transacciones, empujaron dineros y papeles al fondo de los bolsillos y, en cuestión de segundos, se dispusieron a salir pitando.

Barrió él por última vez la sala con una mirada veloz a fin de asegurarse de que ninguno de los suyos se quedaba rezagado; siempre lo hacía. Por seguridad, por precaución, por no correr riesgos innecesarios. Fue entonces, en mitad de su minucioso procedimiento, cuando la vio.

Medio tapada por las prendas que colgaban del perchero, pero lo suficientemente expuesta como para que él la reconociera, con su vestido liviano plagado de grandes flores y la melena oscura algo rebelde a pesar de haber intentado domarla con los dedos frente al espejo del aseo. Con sus pocas carnes y sus muchos huesos y sus cejas anchas y sus primeras medias de seda y algún resquicio de la luz del Mediterráneo todavía pegado en la piel.

La contempló con sorpresa genuina. Luego, sin despegar los labios, esbozó el principio de una sonrisa y amagó con acercarse. Alguien, sin embargo, le frenó.

—¡Oiga, joven!

Era Barona quien le interpeló en voz alta y se precipitó hacia él, abordándolo sin preámbulos ni cautelas. El otro desterró de un plumazo la sonrisa destinada a Mona, tensó los músculos y se puso alerta, presto para saltar y escabullirse como un gato callejero acostumbrado a que los perros con hambre le ladraran alrededor.

Pero el tabaquero, con ese exceso de familiaridad tan común cuando alguien llevaba en el cuerpo unas cuantas copas, le agarró un brazo para reclamarle su atención.

—Disculpe, muchacho, pero le he visto por ahí, por las calles un par de veces y siempre pienso que es usted la viva estampa de alguien a quien yo conocí en otro tiempo...

Se le veía acalorado y exultante a Barona, sin chaqueta ya, con el nudo de la corbata flojo, la camisa sudada y un palillo entre los dientes: inofensivo a todas luces. Aun así el otro no bajó la guardia, por si acaso. Con suspicacia felina y un movimiento raudo y casi imperceptible a fuerza de haberlo repetido cientos de veces, el hombre joven miró a los cuatro vientos en busca de algún signo amenazante. Lo que encontró, sin embargo, fue un panorama pacífico a más no poder. Los músicos volvían a agarrar los instrumentos, las señoras cotorreaban dándole al abanico, los niños se perseguían desaforados corriendo entre las sillas y los hombres continuaban vaciando botellas transoceánicas junto a los balcones. Todo en orden, confirmó. Y se relajó un poco. Un poco sólo.

—Cada vez que me cruzo con usted, muchacho —prosiguió un Barona ignorante de la desconfianza del otro—, siempre pienso lo mismo: este chico..., este chico es clavado, lo que se dice clavado... Pero uno nunca sabe, evidentemente. Y, además, ha pasado ya tanto tiempo. En fin, seguro que son desvaríos míos nada más, pero... Pero ahora que le tengo delante, he pensado, qué demonios, por qué no aprovecho y le pregunto: usted, hijo, no tendrá nada que ver con Tampa, ¿verdad?

El otro se tomó unos instantes antes de responderle, previamente calculó el riesgo y se debatió entre mentir o ser sincero; al fin y al cabo estaba acostumbrado a hacer malabares a diario con ambas opciones, a transitar entre lo claro y lo oscuro, cruzar de la luz a las sombras y de las sombras a la luz.

Castaños, el grato propietario del restaurante, le había aclarado unos momentos antes que el hombre maduro que ahora le estaba preguntando por su origen con una curiosidad aparentemente inocua era el afortunado que acababa de casarse con el bellezón que andaba por la sala vestida de novia, así que él supuso que en este sitio y bajo semejante coyuntura, escaso peligro podría suponer reconocerle la realidad.

Y, además, ahí seguía ella, Mona, sola junto al perchero, sin dejar de mirarle con el ceño arrugado por la curiosidad. Enfrente, preciosa, testigo mudo en la escena imprevista. Quizá por ella accedió.

—Alguna relación tengo con Tampa, sí.

—¡Bueno bueno, entonces no voy tan desencaminado!

Desde la puerta sonó un silbido agudo, él se giró y lanzó una seña al chico que lo reclamaba, uno de sus boliteros. Ya estoy saliendo, vino a decirle. Luego retornó el rostro hacia Barona:

—Y a la otra pregunta que pretende hacerme, le respondo que también.

—Entonces ¿estoy en lo cierto?

—Afirmativo: sí, soy el hijo de quien usted cree. Y ahora, si me permite...

Sin darle opción a reaccionar o a que prosiguiera con sus indagaciones, estrechó la mano del tabaquero y luego dirigió la mirada a Mona. Llevándose dos dedos a la sien derecha, le guiñó un ojo a modo de despedida fugaz.

—¡Yo fui amigo suyo, amigo de su padre; no sabe cuánto lamento lo que pasó! —le gritó el tabaquero mientras él emprendía la retirada—. ¡Vuelva y hablamos algún día, muchacho! ¡Haga por verme, suelo estar aquí al lado, en El Capitán!

Pero la nuca, la espalda y las piernas ligeras del hijo de ese alguien cuyo nombre ninguno había pronunciado todavía estaban ya saliendo veloces por la puerta, trotando escaleras abajo hacia la calle, de vuelta a sus esquivos negocios y a sus inciertos quehaceres.

Mona, para entonces, se había ido acercando a su cuñado, hasta ponerse junto a él, hombro con hombro, contemplando ambos la ausencia del que se acababa de ir.

—¿Quién es el padre, Luciano?

Él se sacó un pañuelo del bolsillo y se lo pasó lentamente primero por el bigote, después por la frente brillante de sudor.

—Antonio Carreño, el que fuera agente de la tabaquera Cuesta-Rey y después propietario de un club en Ybor City —dijo con los ojos fijos en el vano vacío.

—¿Y qué fue de él?

Los pliegues del pañuelo le recorrían ahora el cuello congestionado.

—Le metieron dos tiros en el abdomen por andar en negocios de los que apenas entendía.

51

No hubo ocasión para más explicaciones: la orquesta de Roig atacó de nuevo, Barona dejó a Mona turbada a su espalda y se volteó en busca de su mujer.

La fatiga del largo día estaba haciendo mella y cada vez eran menos las parejas que ocupaban la pista ya definitivamente destartalada. A los de Park Slope les aguardaba una tirada, a las mujeres les dolían los pies a rabiar y avisaban a sus maridos de que iba siendo hora de regresar a casa; la señora Milagros, que se había trasegado tras la comida un par de copas de aguardiente, se había quedado dormida con la cabeza apoyada contra la pared y la boca medio abierta. Junto a ella sor Lito, que había bebido algo menos pero tampoco estaba al cien por cien sobria, aparentaba contemplar el comedor desbaratado aunque sus pensamientos hacía rato que andaban por otros lares.

Igual que el tabaquero, tampoco fue ella nunca una mujer romántica; en la aspereza de su niñez y juventud jamás hubo lugar para los afectos, la delicadeza o la ternura: tardó muchos años en saber que esas palabras figuraban en los diccionarios. Alguna vez, sin embargo, en momentos y en entornos como aquél cargados de sentimiento, la religiosa se preguntaba cómo habría sido su vida de haber nacido en un ambiente estructurado, en una familia cualquiera, rodeada de gente corriente y no de depravados. Con total seguridad no tendría un carácter tan combativo, descreído e insolente, no habría estudiado leyes, no pelearía por el bien ajeno con la garra y el tesón que le eran comunes. A cambio, empero, algunas otras cosas serían muy distintas. Su cuerpo, por ejemplo, no se habría constituido de una forma tan amorfa si no la hubieran maltratado como a un perro sarnoso desde la infancia; tampoco habría acabado en una orden religiosa ni se habría blindado hasta la eternidad del contacto carnal con cualquier hombre. Muy al contrario, habría convivido con ellos con sana naturalidad, se habría dejado cortejar por deseos masculinos robustos pero impecables, se habría dejado acariciar en su noche de bodas por las manos de un hombre que la adorara, como dentro de unas horas pasaría con Victoria y su tabaquero. Habría habido varones en su vida, sin duda alguna. Los habría besado, los habría querido, los habría tocado, los habría anhelado...

—Jesus, Mary and Joseph!

Su propio grito la sacó de la ensoñación; los niños de las vecinas, en una de sus carreras alocadas, habían arrancado el mantel de una mesa cercana llena de vasos, copas y botellas creando un estruendo demoníaco. Se sacudió brusca sor Lito la cabeza como si quisiera extraer de ella sus pensamientos febriles. Por los clavos de Cristo, musitó enderezando la espalda y recuperando con esfuerzo la compostura, cada vez tenía más dolores y menos energía, a ver si me acerco un día de éstos al médico, decidió sabiendo de antemano que no lo haría. Más te vale pensar en cómo vas a sacar a estas mujeres del atolladero en que siguen metidas, en vez de fantasear patéticamente con que eres una joven de bandera como ellas y un montón de hombres van a acercarse a pedirte tu amor. Porque el cabronazo del abogado sigue en celo, y aunque se lo sigas ocultando a ellas, la cosa tiene que encarrilarse antes de llegar a un final indeseable para todos.

—Come on, gallega, wake up! —dijo zarandeando a su amiga—. Sacúdete la moña y vámonos.

Mientras la vecina intentaba reajustarse al presente a fuerza de los tirones en el brazo que sor Lito le daba, los Happy

Boys estaban terminando de tocar *Granada* con el respetable tarareando a coro la letra; cuando se apaciguaron los aplausos finales, Esteban Roig, con un repique de tambor, pidió silencio.

—¡Y para finalizar esta inolvidable celebración, para felicitar a los novios y desearles un futuro lleno de bondades —gritó profesional y enérgico el líder de la banda a pesar de las horas que llevaban de machaque—, vamos a atender una petición muy especial!

La curiosidad se extendió por La Bilbaína mientras sonaba otro repique. Ratatata-tatata-tatá.

—Señorita Luz Arenas... ¡salga al centro de la sala, por favor!

Todas las cabezas se volvieron en su busca; la propia Luz, sorprendida, se señaló a sí misma con el índice y redondeó los labios para preguntar desconcertada ¿yo? El comedor se llenó al instante de palmas acompasadas. ¡Que salga! ¡Que salga! ¡Que salga!

Obedeció sin hacerse rogar demasiado; aunque intentaban entre todos mantener los ensayos para el night-club lo más en secreto posible, imaginaba que sería algo tramado por sus hermanas, que le harían cantar las canciones que se suponía que ofrecería en el show, *El vito* o *Los cuatro muleros* o un fandango o cualquier otra copla o tonadilla de su tierra. Apenas había alcanzado el centro de la sala, sin embargo, cuando entró la trompeta y de inmediato, como una tromba, el resto del acompañamiento musical.

Un gesto de incredulidad se le plantó en la cara en cuanto identificó la cadencia de una rumba: los Happy Boys no se achantaban con nada, conocían de arriba abajo el abanico musical de la diversa colonia latina, lo mismo los temas peninsulares que los ritmos caribeños. Una rumba les habían pedido y una rumba habría de ser.

Luz, aturdida, escéptica todavía, agarró las maracas que un joven músico le tendía mientras miraba ansiosa alrededor, como si buscara un rostro concreto entre los invitados. Un rostro que no vio, naturalmente, porque nadie le había invitado a aquella boda, pero ella estaba segura de que él andaba detrás de la desconcertante petición. Consciente de la expectativa que se había creado, empezó a menearse primero tensa y retraída, después con soltura creciente, hasta que más o menos relajada, prosiguió cimbreante, sensual, sacando cadera y echando atrás el torso, bamboleando los hombros al compás de *Ay mamá Inés...*

No quedó ni un invitado, ni una invitada, ni un niño, ni un camarero, que no se alzara dispuesto a acompañarla con las palmas, con el cacareo del estribillo y un vaivén corporal acompasado. Hasta sor Lito y la señora Milagros terminaron de salir de la modorra para seguir la cadencia con un movimiento machacón de la barbilla al ritmo de *Ay mamá Inés, ay mamá Inés* y los negros y el café...

La ovación final hizo temblar las paredes de La Bilbaína mientras Mona y Fidel entrecruzaban una mirada de absoluto desconcierto.

Ninguno sabía dónde demonios había aprendido Luz a bailar la rumba cubana con aquella soltura. Ninguno se dio cuenta tampoco de que por los ojos de la menor de las hijas de Emilio Arenas había pasado la sombra de algo parecido al estupor.

52

Todos los años, a principios de junio, el tabaquero tenía una tarea que cumplir: subir a Las Villas para dejar sus correspondientes remesas de tabaco. Pero ¿qué son Las Villas, Luciano?, quiso saber Victoria días antes de la boda, cuando él le propuso aunar aquel obligado viaje con una breve luna de miel.

—El destino de vacaciones más popular de la colonia, cuando se lo pueden permitir.

Tanto era así que a la zona había quien la llamaba los Alpes Españoles. Diseminados en las Catskills, más de una veintena de establecimientos ofrecían instalaciones de todo rango, desde pequeñas casas de huéspedes hasta hoteles de confort mediano. Villa Rodríguez, Villa Madrid, Casa Pérez, Villa Nueva, La Granja, La Cabaña... En todos había habitaciones en alquiler, menús castizos y promesas de diversión entre compatriotas: una tentadora opción cercana y económica para cuando el calor caía a plomo y la ciudad se tornaba asfixiante; un paraíso accesible para reencontrarse con esa vida de campo abierto, cielo limpio y leche espesa que tanto añoraban los que habían dejado atrás sus pueblos y aldeas, sus caseríos, cortijos y alquerías.

Hacia allá partieron el tabaquero y Victoria a bordo del auto de Avelino Castaños en su primera mañana de casados; el dueño de La Bilbaína se había ofrecido a llevarlos, tenía también un negocio en la zona, debía ir preparándolo para la temporada.

En Villa Nueva arrancaría la pareja el primer estadio de su convivencia, regresarían pronto no obstante porque apremiaban las obligaciones: así quedó estipulado en la breve lista de condiciones que Victoria planteó antes de dar el sí quiero. Condición número uno: en cuanto el asunto de la indemnización se enderezara, él se comprometía a volver con ellas a España. Condición número dos: ella podría seguir echando una mano en El Capitán. Condición número tres: él debería comprometerse a ayudar a Mona en el inminente proyecto de su night-club, aunque pensara que se trataba de un desatino. O aceptas mis exigencias, o no me caso contigo, le retó firme; tú verás.

Enamorado como un adolescente, a todo dijo el tabaquero amén. La honeymoon por ello sería escueta: cuatro días, que los negocios tenían que seguir marchando y además —aunque Victoria se lo callara— tampoco le arrebataba a ella la perspectiva de pasar demasiado tiempo los dos solos sin conocerse apenas en aquellos montes, entre vacas y pinos allá donde Cristo dio las tres voces.

Castaños los recogió con su Hudson Essex a las diez, lo estaban esperando ya con las maletas en la acera de la Veintitrés, Barona exultante, Victoria vestida de joven señora casada con el primer traje de chaqueta de su vida, la fina alianza de oro en el anular y un sombrerito de fieltro ladeado con gracia sobre la cabeza.

Los hombres se acomodaron delante, Victoria sola en el asiento trasero, contemplando en silencio las calles conforme subían por la Décima avenida, dejando atrás barrios y entornos. Chelsea, el Garment District con sus talleres y almacenes de ropa, Hell's Kitchen con sus proletarios irlandeses, San Juan Hill lleno de negros, el Upper West Side con sus casas buenas y su gente fina y sus muchos judíos cuando la avenida era ya Amsterdam, Bloomingdale District, Washington Heights donde volvía a haber negocios con anuncios en español. Cruzaban el puente George Washington cuando Barona se giró un instante para ver su reacción ante semejante maravilla de la ingeniería, pero ella ni se había inmutado.

—¿Vas bien? —preguntó.

Victoria asintió, se esforzó por sonreírle, él quedó tranquilo y retornó la vista al frente. No, no iba bien aunque fingiera: demasiadas sensaciones en su cuerpo y su cabeza, y esos huevos raros que le habían servido en el desayuno, y el olor concentrado a gasolina, tabaco, loción y cuero dentro del coche, y el calor...

Entonces dime, Avelino, ¿cómo ves tú a Azaña, hacia dónde te parece que va la República? Los hombres seguían enfrascados en su charla; habían dado ya un repaso a los negocios de ambos, tocaba ahora política de la patria lejana, los vaivenes del otro lado del mar que todos seguían con avidez. Las izquierdas, las derechas, candidatos, elecciones, tiranteces, alborotos...

Victoria había cerrado los ojos y recostado la cabeza contra un lateral, pero no dormía: simplemente, mecida por el traqueteo, dejaba que su mente vagara por la memoria cercana. Tampoco fue tan difícil que después del convite pasara lo que tenía que pasar. Y mientras su marido continuaba hablando con Castaños sobre socialistas y conservadores y sindicatos y agrupaciones, la mayor de las hermanas Arenas volvió a rememorar a fogonazos su noche de bodas tras los ladrillos rojos de la imponente fachada del hotel Chelsea.

Él suspirando al enredar los dedos en su melena oscura expandida sobre la almohada, besándole los ojos, la boca, el cuello, la frente, forcejeando a la vez a fin de subirle desde las rodillas y bajarle desde los hombros el camisón de novia para acabar hecho un gurruño alrededor de su estrecha cintura. Ella pensando en las mil arrugas que a la vuelta tendría que planchar poniéndole un trapo encima a la seda. Él volviéndose loco al acariciar sus pechos jóvenes, sus nalgas firmes, su piel lustrosa. Ella quieta como una balsa varada, sintiendo las manos ávidas arriba y abajo, abajo y arriba, el tórax voluminoso de él aprisionando su delgada anatomía, aplastándola, dejándola casi sin respiración. Él abriéndose camino entre sus muslos tersos, hasta entrar en ella con un rugido triunfal. Ella inmóvil con la cabeza vuelta al balcón entreabierto, a su barandilla de forja labrada y a las cortinas que flotaban como fantasmas al filtrarse desde la calle un soplo de aire, notando cómo algo se le clavaba con un dolor afilado en las entrañas, escuchando en su oreja izquierda la respiración masculina tórrida y entrecortada.

Traqueteaba el auto en dirección noroeste, ya sólo se veían campo y granjas, pinos, planicie. Los hombres continuaban enfrascados en su charla ajenos a Victoria, se habían quitado las chaquetas y abierto las ventanillas, habían sacado los codos, seguían fumando. Alcalá Zamora, Largo Caballero, Indalecio Prieto, Martínez Barrio, la Ley de Reforma Agraria, el rey en el exilio, la CEDA, la Falange, está tensa la cosa, Avelino, se está poniendo cada vez más negra, sabe Dios en qué va a acabar...

A sus espaldas, la mente de Victoria seguía rebobinando. Él moviendo las caderas atrás y adelante, adelante y atrás, sin despegar el torso de ella, jadeando con estridencia de macho hambriento en cada acometida. Ella concentrada ahora en la puerta que abría directamente a un cuarto de baño propio y privado, sacando su mente de la cama y distanciándola volátil de lo que estaba ocurriendo sobre el colchón, imaginándose descalza sobre las baldosas frías del suelo, parándose irreal frente al gran espejo, observando la porcelana reluciente de los sanitarios y la brillante grifería, hundiendo con el pensamiento las puntas de los dedos en las toallas mullidas. Él empujando más deprisa, más fuerte, más deprisa, más fuerte, gimiendo ronco de placer. Ella olvidándose del escozor que le ardía dentro y del cuerpo opulento que la aprisionaba y la asfixiaba, con la mente aún en el aseo, pensando en si podría llevarse las pequeñas pastillas de jabón Ivory que había en la repisa del lavabo envueltas en tissue. Él sudando, embistiendo furioso con los dientes apretados pegados a su cuello, otra vez, otra vez, otra vez. Ella ausente, ajena a las bruscas arremetidas, preguntándose si estarían incluidos en el precio de la habitación esos rollos de liviano papel blanco que había visto junto al inodoro, calculando si le cabría en la maleta un par de ellos porque en el retrete del apartamento sólo tenían pedazos de periódicos viejos clavados en un gancho de alambre que colgaba de la pared.

¿Y el ejército? ¿Qué crees tú que va a pasar con el ejército, Avelino? Acuérdate cuando lo de Asturias, no hace ni dos años. Y los comunistas, y los curas, y los anarquistas, y la CNT...

Victoria ya no los oía siquiera, tan aislada, tan absorta como iba en sus recuerdos. Él estallando en espasmos, emitiendo un grito bronco, echando atrás la cabeza con una sacudida violenta. Ella pensando si en lugar de dos rollos de papel, quizá le cabrían en la maleta tres. Él inmóvil unos instantes prolongados, como si se hubiera convertido en una estatua de granito que cada vez pesaba más, saliendo luego de ella, girándose hasta caer a plomo sobre su propia espalda, enrojecido, agotado, con los ojos entrecerrados y la boca abierta, sin recuperar del todo la respiración. Ella notando cómo su propia mente abandonaba la lejanía y regresaba a la cama, a unirse consigo misma. Él susurrando algo incomprensible mientras ella, acoplada de nuevo en su cuerpo, por fin se levantó de verdad, hizo que el camisón arrugado se deslizara hasta el suelo y, tambaleándose desnuda se adentró, ahora sí, en el cuarto de baño mientras notaba que algo le chorreaba entre las piernas, denso y caliente como la tinta de calamar.

Dejando al hombre exhausto, sumido en el sopor antes de que la silueta oscura de ella cerrara la puerta a su espalda, por fin se miró en el espejo, dolorida pero orgullosa. Orgullosa de sí misma porque en todo el tiempo que duró la consumación carnal de su matrimonio, a pesar de que otra presencia viril estuvo rondándola mentalmente con ansias de lobo, con el rostro machacado y una mano vendada, ella logró mantener la cabeza a raya, sin permitir que ni su pensamiento ni su deseo invitaran entre las sábanas a otro hombre que, aun llamándose igual, no era el mismo Luciano Barona al que había prometido frente al padre Casiano respeto y fidelidad.

53

El apartamento había quedado hecho una zorrera tras el gran día, pero los cuartos eran pequeños y las manos de Remedios rápidas: no habían dado todavía las diez cuando ya había terminado con sus faenas. Lió entonces en un paquetón los vestidos floreados y el traje de novia con los bajos inmundos, dispuesta a llevarlo todo a la lavandería para que les devolvieran la prestancia que tuvieron antes, cuando eligieron el vestuario para la boda en esos almacenes a los que las condujo el novio una tarde de sábado por sorpresa, la primera vez en su vida que ella vio tanto género junto y tanta gente comprando y descubrió la existencia de esas muñeconas pasmadas a las que llamaban maniquíes.

Abandonó su casa con el gran montón de ropa bajo el brazo y echó tres vueltas de llave a la puerta mientras recordaba el miedo que había sentido al subir por la escalera mecánica de aquella gran tienda, Nortons se llamaba, ahogando un grito y agarrada a sus hijas con dedos como garfios; rememoró también su rechazo a elegir un traje que no fuera negro por eso del luto, su rotunda negativa a quedarse en enaguas dentro de una cabina para probárselo... Pero ha valido la pena, pensó mientras bajaba la escalera. Vaya si ha valido la pena, vaya que sí.

La celebración le importó tres pepinos: ni los pasodobles, ni los parabienes, ni la tarta de merengue de dos pisos le generaron la menor emoción, y eso que jamás en su miserable vida se había visto rodeada de semejantes manjares. Para ella lo

importante era lo importante, lo cabal: el matrimonio, el víncu-
lo indisoluble que le había asegurado a su hija de por vida un
hombre, un techo, comida en la despensa y unos duros en el
monedero; el acuerdo bien firmado que la escudaba de los
indeseables que pretendían meterle la mano hasta los higadillos y le susurraban marranadas y le proponían porquerías. Un
varón siempre da buena sombra, le decían en su carta las vecinas del corralón malagueño. Cuánta razón, suspiró. Cuánta
razón, Señor.

Aunque aquí en Nueva York las cosas son distintas, reflexionó Remedios con su sabiduría parda. Aquí, se dijo a sí
misma plantada en el rellano, parece que la gente puede salir
del hoyo con más facilidad; parece que una no está senten-
ciada por haber tenido la perra suerte de nacer donde le tocó
nacer. Aquí, concluyó, es como si todo el mundo pudiera llegar más fácilmente a más.

Tan satisfecha con la boda de Victoria estaba Remedios,
absorbiendo por vez primera la esencia de ese American
Dream que llevaba más de dos siglos atrayendo barcos cargados de inmigrantes del mundo entero, que su mente comenzó
a trazar planes a medida que seguía bajando los últimos tramos, organizando sus ideas escalón tras escalón.

Para cuando pisó la calle, el rumbo de su destino era otro
distinto al que tenía en la cabeza al salir. Ya iría a donde los
Irigaray más tarde, no había prisa: otro asunto le empezó a
acuciar.

—Buenos días nos dé Dios, vengo en busca de sor Lito
—dijo sin dirigirse a nadie en concreto al entrar en la gran cocina de Casa María.

Le devolvieron el saludo un par de monjas y alguna de las
jóvenes que trasegaban entre los pucheros colectivos, el resto
siguió a lo suyo mientras ella se adentraba.

—¡Pero bueno, Remedios! ¿Y usted por aquí? Recordando
lo bien que salió todo ayer estaba yo hace un rato...

Ahí estaba la sor Lito de siempre, sin toca, con el mismo

pelo entrecano cortado a trasquilones y la misma mirada de liebre vieja, algo menos briosa quizá. Tarareando guasona, arrancó un patético contoneo al ritmo de ay mamá Inés, ay mamá Inés... Pero tardó poco en frenar: en cuanto ese maldito dolor en el costado le impidió seguir.

—De eso precisamente quiero hablarle, hermana.

—Usted dirá, mujer.

—Un favor quiero pedirle, pero antes necesito que me diga de verdad cómo anda lo nuestro.

Se tomó unos segundos.

—Va marchando —respondió esquiva.

Remedios tomó aire con fuerza, como si quisiera meterse en los pulmones el coraje necesario para continuar hablando.

—Mire usted, hermana, yo de pleitos y de papeles no entiendo ni papa. Ni de pleitos, ni de papeles, ni de casi nada, porque analfabeta soy y a duras penas me llegan los dedos de las manos para contar hasta diez. Pero he estado pensando... —dijo golpeándose el cráneo con los nudillos—. Y lo que quiero para mis hijas sí que lo tengo bien claro.

La religiosa frunció el entrecejo con gesto interrogativo.

—En un verbo se lo cuento, verá. Lo único que me hace falta, ahora que ya tengo colocada a la primera, es encontrarles maridos a las más chicas. Y a ser posible, hombres que les saquen un puñado de años, como el Luciano, no cualquier mamarracho sin oficio ni beneficio, ¿me entiende usted?

—En fin, Remedios, a mí me parece que deberían ser ellas las que...

La viuda alzó la palma de la mano.

—Pero ¿es que no vio usted a la Luz ayer, meneándose delante de todo el mundo, moviendo el culo como una... como una...?

Sor Lito intentó interrumpirla de nuevo, pero Remedios iba ya embalada.

—Yo no sé lo que se trae ésa entre manos, pero anda muy rara últimamente. Y lo mismo la otra, la Mona; en algo raro andan las dos. Y no me gusta, no me gusta —dijo palmeándose el corazón—, lo siento aquí...

Sor Lito sacó un cigarrillo del paquete que tenía sobre la mesa y se lo llevó despacio a la boca.

—Y la única solución que usted ve para que las niñas sienten la cabeza son unos maridos que las aten cortas, ¿no? —preguntó con sorna a la vez que rasgaba un fósforo.

—Tan claro lo tengo como el agua bendita, hermana —dijo mientras a la monja se le arrancaba un golpe de tos con la primera calada—. Ya le digo, para eso precisamente estoy aquí, para pedirle que me los busque usted.

Dando por resuelto el primer cometido, Remedios recorrió el trecho de acera que separaba Casa María de la lavandería de los Irigaray con el gran bulto de ropa debajo del brazo; un trozo de la cola del traje de novia se le había escapado de entre el montón de prendas y colgaba como una bandera blanca que pide paz, pero tan a lo suyo iba que no se dio ni cuenta.

Estaba poco acostumbrada a andar sola por la calle; casi siempre lo hacía con alguna de sus hijas, pero esa mañana se sentía distinta, más segura, más decidida: con una boda resuelta y otras dos solicitadas, sus temores cotidianos parecían haberse volatilizado como las pompas del jabón untuoso con el que a diario lavaba la loza en el fregadero de El Capitán. Ese día no la acobardaban los automóviles que otras veces se le antojaban diabólicos, ni los furgones que la aterrorizaban con sus bocinas estridentes, ni los carros de reparto que traqueteaban tirados por unos caballos que siempre le parecían gigantescos.

Mientras la viuda de Emilio Arenas seguía caminando satisfecha con su decisión, ajena al ajetreo callejero, sor Lito, sepultada entre sus libros y papeles, se recostó sobre el respaldo de su vieja butaca y se llevó una mano al abdomen con gesto de dolor. ¿Y si no le faltara razón a Remedios, por iletrada e ilusa que fuera la pobre mujer? Quizá su elemental tabla de valores no era del todo desacertada, pensó; quizá unos maridos solventes, dispuestos a proteger a toda costa a sus jóvenes esposas, fueran la mejor solución para esas muchachas cuya causa se iba enturbiando con el paso de los días. Porque la monja no se lo había dicho ni a la madre ni a las hijas, pero nada se estaba enderezando en el asunto de la indemnización; más bien al revés. El proceso transcurría lento, las complicaciones con la autoridad portuaria y la Compañía Trasatlántica se estaban tornando infinitamente más tortuosas de lo que había previsto. Y Mazza, el abogado, desde aquel día en que Victoria lo retó en El Capitán y Barona en su defensa le encajó un puñetazo, les tenía declarada una guerra sin cuartel. En los tribunales o en lo personal, ya se vería cómo ejecutaba su desquite; la religiosa aún no lo sabía con certeza, pero lo anticipaba. Incluso, aunque las chicas lo callaran, tal vez él había extendido ya su acoso.

Por eso sor Lito, cuya misión fundamental en la vida había sido ayudar a valerse por sí mismas a las jóvenes más desfavorecidas; ella, que siempre fue una abanderada de la causa del no darles peces sino enseñarlas a pescar, por una vez se paró a pensar que tal vez en aquella ocasión se había equivocado de arriba abajo, y aquellas tres hermanas lo único que necesitaban era un paraguas que las amparara de las inclemencias, un escudo protector. En otro momento, la monja habría puesto en solfa a la madre, le habría lanzado tres gritos y la habría aleccionado luego mencionándole principios tan básicos como la dignidad o el respeto. Ahora, y muy a su pesar, dudaba de todo aquello que hasta la fecha creía inamovible.

Entretanto, mientras la religiosa seguía reconcentrada en sus pensamientos esperando a que se le pasara ese dolor intenso que cada día le daba más la lata, la Remedios siempre apocada que ese día se había crecido planteando resueltamente sus intenciones para con sus hijas pequeñas entraba con paso firme en la lavandería donde la menor se ganaba un modesto jornal.

54

Sus buenos días nos dé Dios llegaron acompasados con el repique de la campana sobre el dintel. Los Irigaray la recibieron cordiales, orondos y acalorados como siempre, ella con su bata blanca, él con la camisa arremangada y el vello rizado y canoso saliéndole del cuello abierto.

—Aquí les traigo todo esto —anunció al tiempo que plantaba el paquete de ropa sobre el mostrador.

El propietario agarró el fardo entre sus antebrazos velludos.

—Descuide, Remedios, que se lo vamos a dejar como de estreno otra vez, ya verá.

—Ay, ojalá, ojalá —le interrumpió su mujer—. Ojalá pudiera su hija vestirse otra vez de novia y pudiéramos revivir otra celebración igual, con lo bien que lo pasamos ayer...

La conversación los entretuvo un par de minutos, hasta que entró una nueva clienta.

—Díganle a la niña que salga un momento, háganme el favor —pidió antes de despedirse—. A ver si decidimos qué vamos a comer, que como hoy no hemos abierto El Capitán...

La pareja de vascos se miró entre sí.

—No está.

Remedios arrugó la frente.

—¿Cómo que no está?

Dejaron pasar unos instantes, intuyeron que había algo que la madre de su empleada desconocía.

—He dicho —insistió agria— que cómo es que mi hija no está.

Volvieron a mirarse el marido y la mujer.

—Nos pidió el día libre esta mañana.

—Un descanso después de la boda, dijo. Con tanto ajetreo...

El silencio incómodo quedó flotando en el aire, mezclado con los vapores y el olor a detergente.

—Ya... —musitó la viuda tras unos segundos. Y se dio la vuelta dispuesta a marcharse, disimulando a duras penas su desconcierto. Pero no llegó a agarrar la barra de cobre de la puerta, antes se giró de nuevo—. ¿Lo hace mucho?

No parecieron entenderla. O prefirieron fingir que no la entendían.

—Que si les pide permiso a menudo para largarse por ahí.

Los dos se encogieron de hombros, debatiéndose entre ser sinceros o cubrir a Luz.

—No, mujer; qué va —aclaró él intentando sonar conciliador—. Es una chica estupenda, trabajadora como ella sola; puede estar usted bien orgullosa, quédese tranquila.

—Ya... —musitó otra vez.

—Fíjese —apuntaló la esposa para enfatizar sus virtudes— que desde que nos propuso lo de la media jornada no ha vuelto a perder ni un..., ni un...

El gesto que Remedios plantó en la cara hizo a doña Concha debilitar la voz hasta convertirla en un hilillo.

—¿Media jornada ha dicho usted? —preguntó la madre con el entrecejo más comprimido todavía—. ¿Que ella les pidió trabajar menos horas, eso es lo que me quieren decir?

Pasaron unos segundos, hasta que don Enrique respondió esquivo:

—Algo así.

La escueta contestación no fue suficiente; Remedios insistió acalorada, alzando la voz:

—¿Cómo que algo así?

—Hará cosa de un mes más o menos que nos planteó marcharse a las dos.

El cristal de la puerta tintineó peligrosamente cuando la viuda abandonó la lavandería masticando juramentos y reproches. El optimismo con el que se echó a la calle esa mañana le había reventado como cuando en la cocina se le resbalaba un plato de entre las manos y se partía en pedazos contra el suelo. Ese día, por primera vez desde que pisó aquel mundo extraño, se había encontrado afrontando el futuro con una pizca de ilusión, pero la realidad la acababa de poner en su sitio, haciéndola sentir de nuevo tan miserable como todos los días. El porvenir de sus hijas pasó en el acto a un segundo plano, su prioridad volvía a ser el presente y el aquí, un problema concreto: la menor de sus hijas la engañaba con insultante descaro, se escabullía de sus obligaciones y pasaba por ahí la mitad del día. Sabía Dios dónde. Sabía Dios con quién.

Averiguar hasta dónde llegaban las mentiras de Luz se convirtió en ese momento en lo fundamental. Dónde lleva semanas metiéndose este demonio de niña, se preguntó indignada la mujer. Con quién zascandileaba desde las dos hasta la hora de las cenas tardías en la casa de comidas, cuando ya no había clientes y entre todas repelaban las sobras. Un par de tardes se suponía que iba a La Nacional, a ensayar su zarzuela, pero Remedios sabía que allí no se empezaba hasta pasadas las siete porque muchos de los participantes tenían que desplazarse después de largas jornadas de trabajo desperdigados por toda la ciudad. Y de que cobrara menos sueldo por trabajar menos horas tampoco se había enterado, que era Mona la que llevaba las perras y las cuentas.

Decidió cruzar entonces a Casa Moneo; por la propia Luz sabía que una de sus empleadas participaba en la zarzuela también y allá que fue sin pensarlo, a intentar saber más. Iracunda, apretando la quijada, con los brazos tenazmente cruzados bajo el pecho y sus ajadas zapatillas de diario, bajó del bordillo de la acera y se dispuso a atravesar la calle sin molestarse en mirar a los lados. Una camioneta frenó a dos palmos de su cuerpo, a punto estuvo de atropellarla. Las ruedas chirriaron, los viandantes cercanos giraron alarmados las cabezas, la carga de jaulas de botellas de seltz —de sifones, como decían en su tierra— entrechocó con estrépito y se tambaleó peligrosamente mientras el conductor, furioso, sacaba medio cuerpo por la ventanilla y le gritaba una ristra de improperios en italiano. ¡Tus muertos, desgraciao!, le voceó ella por respuesta. Y siguió decidida su camino hacia la otra acera, ajena al entorno y a ese bullicio callejero que de pronto volvió a resultarle como siempre lo había percibido: agresivo, amenazador, hostil.

—¡Muy buenas, Remedios!

La propietaria de Casa Moneo, rodeada de morcillas, sobrasadas y ristras de chorizos, la saludó con simpatía desde el fondo de la tienda al verla entrar.

Sin responder siquiera, la viuda se abrió paso entre las clientas a empujones casi. Una vez plantada ante doña Carmen, le lanzó su pregunta como quien arroja una pedrada.

—Rosalía, así se llama la chica, sí —respondió la de Sestao desde detrás del mostrador de mármol—. Ahí la tiene, la que está ahora mismo trajinando con la romana, pesando el pimentón —añadió señalándola con la barbilla.

La empleada siguió a Remedios mientras se limpiaba en el delantal el polvo rojo que le manchaba las yemas de los dedos. A pesar de que doña Carmen Barañano les había ofrecido que hablaran en la trastienda, la viuda prefirió la calle.

—¿Sigue acudiendo mi hija a los ensayos? —le espetó sin prolegómenos apenas abandonaron la tienda.

La joven miró cohibida a aquella mujer de rostro afilado, moño tirante y gesto avinagrado.

—¿Su hija es Luz?

—Ésa.

—Pues...

Titubeó, no sabía hasta qué punto metería a su amiga en un aprieto si decía la verdad.

—¿Pues qué?

—Pues que hace tiempo que no la veo.

Desde el mediodía en que le permitió usar el teléfono, concretamente.

—Ella participa sólo al principio de la zarzuela, y esa parte ya se terminó de ensayar.

Remedios la taladró con los ojos entrecerrados; la chica, acobardada, notó que le temblaba el labio inferior.

—Es muy buena artista su hija, señora —dijo casi en un susurro, intentando añadir una nota positiva que aliviara la negrura del rostro de la madre—. Su papel lo borda, parece una profesional...

Pero Remedios ya no la escuchaba, se estaba encogiendo de hombros, encorvándose sobre sí misma. Sin dirigir a la empleada ni una palabra más, se dio la vuelta. Ni gracias, ni vale, ni adiós.

Al menos antes, cada vez que alguna se le descarriaba, siempre había alguien que con mejor o peor intención la ponía sobre aviso. Las vecinas, la familia, las comadres de Mama Pepa, alguna chismosa en cualquier esquina del barrio o el primer correveidile que pasaba por su puerta. No te descuides, Remedios, le advertían, que a la grande la anda rondando un señorito con aire de frescales; ándate con ojo, mujer, que a la mediana la han visto por ahí muy suelta; estate atenta, que a la chica le va mucho la jarana; al quite tienes que estar siempre, Remedios, que las tres te pueden dar un disgusto cualquier día.

Pero nada es lo mismo en esta jodía ciudad, se lamentó agria, a viva voz en medio de la calle. Aquí cada cual va a lo suyo y nadie te viene con avisos ni consejos. Me cago en tu estampa, Emilio Arenas, maldijo recordando a su difunto marido. Y se secó las lágrimas con los puños mientras se dirigía al apartamento vacío. Me cago en ti y en todos los de tu sangre, por no haberte preocupado nunca de nosotras, por habernos arrastrado hasta aquí.

Cuando empezó a subir la escalera, sentía en los huesos una abismal soledad.

CUARTA PARTE

55

Mona acompañó a los recién casados hasta la salida de El Capitán; tan pronto se vieron en la puerta libres de los oídos de la madre, les lanzó su decisión.

—Hay que sacarla de aquí. Durante tres días por lo menos, a partir de pasado mañana, que es cuando Fidel y yo pretendemos empezar con la reforma. A ver qué inventamos, pero no puede quedarse mientras vienen los carpinteros y los pintores y le lavamos la cara al local.

Al tanto ya del proyecto de su cuñada, Barona habría querido remachar que aquello era un disparate, que una cosa era que Nueva York ofreciera oportunidades a los inmigrantes para prosperar a fuerza de trabajo, y otra muy distinta pretender que el sueño descarriado de cualquier insensato se hiciera realidad. Pero se mordió la lengua: había prometido a su mujer no meterle a Mona palos en las ruedas, y no era cuestión de contradecirse recién llegados como estaban de su breve luna de miel.

—¿Y si nos la llevamos a Brooklyn?

Las palabras de Victoria hicieron tensarse al tabaquero. La noche previa fue la primera que la recién casada pasó en el que a partir de entonces sería su hogar, aquel modesto segundo piso en Atlantic Avenue encima del negocio de venta de tabacos, uno de tantos establecimientos de la colonia española en la cercanía de los muelles, al sur de Brooklyn Heights, desmigados por la avenida y por Hicks Street, por las calles Henry, Joralemon, Court... Hasta entonces, Victoria sólo había estado allí un par de veces: una primera cuando Luciano la llevó a que conociera su barrio, y otra segunda con su madre y sus hermanas una semana después. Había observado con disimulo los muebles y los enseres de la otra esposa, el menaje y los cachivaches domésticos que la difunta Encarna fue acumulando con el paso de los años. Su ropa al menos ya no estaba porque Luciano se encargó de llevarla poco antes de la boda a la cercana parroquia del Pilar. Aun así, con las prisas o con ese descuido involuntario de los hombres para con los detalles medianos y menudos, eran todavía multitud las pertenencias ajenas que asomaban por los rincones. Un delantal colgado detrás de la puerta de la despensa, una caja con bigudíes, un costurero donde guardaba entre bobinas de hilo un paquete de cartas de los suyos.

Sentirse menos intrusa en aquella casa fue una de las razones que empujaron a Victoria a asir al vuelo la inesperada oportunidad que su hermana acababa de lanzarle: la presencia de su madre en Brooklyn la ayudaría sin duda. Pero eso era en definitiva lo de menos; había otra causa más poderosa, más perturbadora.

Eran casi las siete de la tarde del día anterior cuando la pareja llegó desde su breve estancia en Las Villas, sin anunciarlo lógicamente: a nadie se le ocurre dar aviso cuando vuelve a su domicilio. Tan pronto abrieron la puerta, se dieron cuenta de que la casa no estaba vacía. Billie Holiday cantaba *No Regrets* desde la radio, corría el aire entre las ventanas abiertas, había signos de vida. A medida que se fueron adentrando, otros testimonios les salieron al paso. Una chaqueta dejada con descuido sobre una silla, olor a pan tostado. Al fondo, en la cocina, él.

Allí estaba Chano, con su rostro rotundo algo menos masacrado y el ojo derecho algo más abierto, pero aún mostrando las marcas inequívocas del último combate. Rodeado por las mismas paredes entre las que se crió, comiendo un sándwich de queso, jamón y huevo, como tantas veces hizo en su infancia y juventud, bebiendo relajado una cerveza mientras escuchaba un programa musical en la NBC y leía las crónicas deportivas del *New York Herald*. Sin esperar a nadie, descalzo, con la camisa abierta sobre una camiseta interior, dejando entrever el torso de peso medio curtido en centenares de entrenamientos y asaltos.

Su reacción fue de puro desconcierto: no imaginaba que llegarían tan pronto. A Luciano en cambio se le iluminó la cara. Mientras su hijo bajaba el volumen de la radio hasta enmudecer la voz quebrada de la cantante de jazz, él se acercó y le revolvió el pelo castaño como si siguiera siendo el niño que fue. Su mano afectuosa le cayó luego a Chano sobre el hombro; con ella, además de transmitirle afecto paternal, impidió involuntariamente que pudiera levantarse de la silla mientras él le asaetaba a base de preguntas que el joven contestó con voz rocosa y monosílabos. Victoria, entretanto, esperaba muda junto a la puerta, con el sombrero granate aún puesto sobre la melena oscura que ahora llevaba suelta y algo más corta, con su cuerpo de espiga y sus ojazos, ignorante de la luz turbadora que irradiaba siempre, sintiéndose una advenediza, ansiando convertirse en humo.

—Pero pasa, pasa, muchacha, entra, no te quedes ahí... —la instó el tabaquero cuando reparó en su presencia distanciada.

Mientras el padre se giraba para animarla a sumarse a ellos, Chano volvió a clavarle aquella mirada suya; igual que en el convite, parecía preguntarle confuso y sin palabras de dónde sales, mujer, qué haces tú aquí. Ella se la sostuvo unos brevísimos instantes; luego, turbada, desvió los ojos hacia el fregadero lleno de platos sucios.

—Deja ese bocadillo, ahora preparamos algo —insistió Luciano del todo ajeno a aquel cruce de reacciones—. O podemos ir los tres a algún sitio, a lo mejor a la trattoria del padre de tu amigo Ricco, a comer esos spaghetti all'amatriciana que tanto te gustaban de chico y así Victoria va conociendo el barrio, o quizá...

Un parapeto de excusas sirvió a Chano para escabullirse: me esperan, un compromiso, maybe mañana... Sus movimientos resonaron en la casa sólo unos minutos más; después Victoria, mientras colgaba su ropa escasa en el armario grande y vacío de la alcoba de la otra mujer, oyó a padre e hijo despedirse y el sonido seco de la puerta cuando Chano la cerró tras de sí.

No fue capaz de contenerse. Con una blusa en una mano y una percha en la otra, se acercó de puntillas a la ventana. Asomó el rostro entre el cristal y el visillo, lo vio salir, contempló su espalda fuerte y fibrosa, las zancadas atléticas, su cuello firme, su nuca. Estaba anocheciendo, hacía buena temperatura, no llevaba chaqueta y caminaba rápido con las manos en los bolsillos del pantalón. Al alcanzar la esquina con Court Street, antes de torcer a la izquierda, se giró y alzó los ojos; ella echó atrás el torso súbita. Imposible saber si la vio.

Cenaron solos finalmente, unas simples tortillas francesas y algo de fiambre sin más compañía que el ruido de los cubiertos sobre los platos con el borde floreado de la pobre Encarna, sentados frente a frente a la mesa de aquel comedor oscuro que tantas veces unió a la familia Barona antes de que el hijo volara a partirse hasta el alma en los cuadriláteros, antes de que la enfermedad devorase a la madre y de que Victoria, sin proponérselo, soliviantara los sentimientos más primarios del padre y viudo. De tanto en tanto cruzaban una frase o una débil sonrisa, nada más. Se acostaron temprano y cumplieron con el débito del santo matrimonio a la manera que ya empezaba a ser habitual —él esforzado, ella ausente—. Sin más quehacer y con la noche caída, la única opción era dormir.

Luciano, colmado y satisfecho, cayó rendido de inmediato. Victoria, en cambio, no pudo. Tendida junto al cuerpo del tabaquero de cuyo abrazo posesivo logró a duras penas zafarse, las horas fueron punteando la madrugada entre las sombras mortecinas que entraban desde la calle. Muy de cuando en cuando oyó pasar un automóvil en dirección a los muelles o tal vez viniendo desde allí; el resto del tiempo, sólo se tuvo a sí misma por compañía.

Eran casi las tres de la mañana cuando oyó el chasquido de la llave. Inmóvil, con los ojos clavados en el techo y tan despierta como si fuera mediodía, lo sintió entrar: sus pasos haciendo crujir la tarima a pesar del esfuerzo por sonar quedos, la puerta del cuarto de baño al cerrarse, su orina al chocar violenta contra la porcelana del sanitario, el agua al salir a borbotones de la cisterna, el tránsito hasta el dormitorio, las patas de la silla que arrastró por el suelo y luego frenó brusco al ser consciente del ruido, el silencio mientras se desnudaba, los chirridos del somier cuando su cuerpo cayó sobre la cama, la quietud tensa que llegó al final.

Rígida como un mástil de bandera permaneció Victoria a lo largo de toda la secuencia: con la garganta áspera, intuyendo la presencia masculina al otro lado de la pared, imaginándole en la penumbra. Hasta le pareció, a ratos, que oía su respiración.

Por todo ello, porque con la propuesta de Mona de sacar a la madre a fin de remozar secretamente El Capitán vio el cielo abierto tras aquella noche larga y turbia, Victoria propuso llevársela inmediatamente: ni pasado mañana, ni mañana. Hoy, ya. Necesitaba romper la tensión de aquel triángulo como fuera, necesitaba que entrara en la casa algún elemento disuasorio que la ayudara a no perder la razón.

56

Seguían junto a la puerta de la casa de comidas, hablando arrebatadas; la madre estaba dentro sola, no convenía que levantaran su susceptibilidad. Victoria insistía, Mona decía que todo era demasiado precipitado, Barona escuchaba crecientemente intranquilo. La llegada de Luz rasgó la discusión.

—¿Y tú qué te has hecho en el pelo? A ver que te mire, ¿y esas cejas? Pero ¿dónde están tus cejas, so tarada?

En vez de un saludo en regla, aquellas preguntas a gritos preñados de asombro fueron la reacción de Victoria en cuanto tuvo enfrente a la nueva versión de su hermana pequeña. Su melena castaña había pasado a ser pelirroja, se había depilado las cejas hasta dejarlas convertidas en dos finos trazos arqueados que parecían pintados con un pincel.

Como siempre que algo no le interesaba, Luz se salió por la tangente. Nada, tonterías mías, contadme vosotros, qué tal el viaje, cómo ha ido todo... Llevaban sin verse unos días, desde que la pareja partió a Las Villas, desde que ella, aquella misma mañana del día siguiente a la boda, pidió permiso en la lavandería para cogerse libre el día entero.

Varias semanas antes le había dado el sí a Frank Kruzan, el agente de talentos: un sí cohibido, dubitativo e incauto, pero un sí al fin y al cabo. Aceptaba su propuesta, quería que la convirtiera en una chica como las de las fotografías que llenaban su pared. Nada de castañuelas, ni mantones, ni peinetas. Una artista moderna, a la moda, como las americanas, de las de verdad.

A partir de ahí, todo se precipitó para la pequeña de las Arenas en un tumulto de nervios, encubrimientos, idas y venidas. Pidió la reducción de su jornada a los Irigaray, empezó a comer menos y a contar mentiras. Kruzan le asignó un profesor, Revuelta se llamaba, un cubano amanerado y flaquísimo con la piel color café con leche que tenía una school of dancing en la Ciento nueve Oeste, una sala enorme llena de desconchones en un edificio que en su día debió de ser una residencia bastante aceptable y ahora estaba al borde de la demolición. Sin que nadie en su entorno lo supiera, allí comenzó a acudir Luz tarde tras tarde para aprender acelerada los pasos y contoneos de la rumba y otros ritmos tropicales, nociones de carioca y peabody, tango y foxtrot.

En un principio serás chorus girl, corista, chica de conjunto, le fue anticipando Kruzan a lo largo de aquellas primeras jornadas; luego intentaré que entres en el cuerpo de baile de una gran orquesta y no mucho después darás el salto. Pasarás a un musical de Broadway, uno de calidad, we'll see, o puede que probemos en alguno de los clubs, el Stork tal vez, o el Kit-Kat o en El Morocco si tenemos suerte; en breve podremos ir pensando en el cine... Fíjate en la hija de Eduardo Cansino, un compatriota tuyo, otro pobre inmigrante de la colonia española que llegó de joven con su padre y sus hermanos en busca de un futuro. Se casó con una irlandesa, bautizó a su niña como Margarita del Carmen y le enseñó desde chiquita a bailar flamenco, hasta que ahora ella ha caído en las manos acertadas, ha plantado al padre y se ha reinventado. Se abrevió el nombre, se colocó el apellido de soltera de la madre, se tiñó la melena oscura de color fuego y con una técnica nueva le han echado hacia atrás el nacimiento del pelo para darle más amplitud a la frente y la mirada; ya está empezando a hacer películas en Los Ángeles como Rita Hayworth, y no pienses que ella es mucho más linda ni tiene más garbo que tú...

Luz se lo tragó todo como si engullera una pócima mágica

333

que en parte la estimulaba y en parte le trastocaba la cabeza. No puso en duda todas esas prometedoras perspectivas, ni se paró a pensar en qué grado estaba aquel Frank Kruzan realmente implicado en el auténtico show business para poder determinar sus pasos futuros con tal precisión. Nunca se cuestionó, con su candor eterno, por qué aquel hombre que tan firmemente asentado decía estar en la industria del espectáculo no tenía en ese instante más representados que ella, o por qué andaba regateándole por lo bajo el precio de las lecciones de baile al cubano Revuelta; tampoco llegó a saber que acababa de mudarse de oficina porque le echaron por falta de pago de la anterior.

Y cuando la confianza fue creciente, y a cada piropo a la gracia y las capacidades de la menor de las Arenas se le sumó una mano que se adentraba en el escote de la blusa o le magreaba el culo o le corría por los muslos debajo de la falda, y a cada nueva promesa de futuro esplendoroso se le añadió una boca ávida en busca de sus labios, y a cada supuesta triunfal perspectiva le acompañó un cuerpo encendido frotándose contra ella, Luz cerró los ojos, apretó los dientes, se clavó las uñas en las palmas de las manos y se dejó hacer. Creyó —o prefirió creer— que eso era natural y correcto, que así debían de funcionar las cosas en ese país entre un representante y una aspirante en el formidable mundo de los verdaderos artistas. Creyó que todo era normal.

Hasta que llegó el día de la boda de Victoria y Luciano cuando Roig, el director de la pequeña orquesta, la invitó a lucirse con *Ay mamá Inés* delante de todos los invitados. Desde los primeros compases Luz intuyó que aquello era un encargo de Frank Kruzan, y se sintió traicionada porque nunca habían acordado eso entre los dos. Ya veré yo la manera de hacérselo saber a mi familia, le había repetido ella con insistencia, ya encontraré el momento. Le descomponía pensar en cómo iba a fallarle a su hermana en su sueño del night-club, confiaba en poder convencer a Frank para que le permitiera no dejarlos tirados y poder alternar sus nuevas ambiciones aunque fuera con un pequeño número en El Capitán.

—No way, baby. Olvídate de eso, ya te lo he dicho cien veces. Ahora son otros tus objetivos, ya lo sabes.

Pero Luz quería ganar tiempo; ilusa de ella, pensaba que al final lograría persuadirle, conseguiría su aprobación. Contrariamente a sus ingenuos pronósticos, en cambio, Kruzan no sólo se saltó a la torera sus intenciones, sino que la puso en el disparadero: empujándola a bailar en público una rumba, la haría levantar suspicacias, tendría que dar explicaciones, y ya no habría marcha atrás.

Por eso aquella mañana del lunes que siguió al día de la boda, ella mintió a sus jefes y salió a la carrera en su busca: porque estaba dolida, rabiosa. Pero no lo encontró en su oficina, y quiso preguntar en los despachos ajenos si alguien sabía su horario y nadie la entendió, y se quedó a esperarle pegada a la puerta y nadie llegó. Al cabo de horas de guardia inútil optó por salir a buscarle por las tiendas de música que él frecuentaba en el Uptown, pero tampoco dio con él. Tuvo que aguardar a la tarde para hallarlo donde siempre, en la puerta del estudio del cubano. Estaba esperándola, fumaba un pitillo recostado contra el dintel, con el pelo húmedo de recién levantado y un tobillo cruzado sobre el otro, fresco, ufano, a mil millas emocionales de las congojas de ella. Agotada para entonces de dar tumbos, frustrada, acalorada, muerta de hambre, endemoniada contra él, contra sí misma y contra el mundo, Luz no logró contenerse.

—¿Quién te manda ti, so imbécil, ponerme a bailar la rumba delante de mi madre y de mi gente, eh? —le espetó a gritos plantándole dos palmetazos en el pecho.

Él marcó un falso gesto de sorpresa; luego, conciliador, lanzó el pitillo al suelo y pretendió agarrarla con suavidad.

—Calm down, baby, let me explain...

—¡Eres un cretino y un embustero, eso no se hace, eso no era lo que tú y yo habíamos hablado!

Kruzan alegó unas cuantas justificaciones: es la mejor manera de que se enteren de una vez por todas, tienes que cortar esa relación de dependencia con tu familia, ellas deben saber que tú tienes otras aspiraciones, que no vas a participar en ese miserable show... Pero Luz no aceptó sus excusas; ni siquiera pareció oírlas y prosiguió la discusión encendida, sacando a borbotones todo el desasosiego que llevaba acumulado.

—Pero ¿quién te has creído tú que eres? ¿Quién te...? ¿Quién...?

Ya sin explicaciones, el buscador de talentos seguía contemplando su rostro rabioso, sus gestos airados, el porte casi felino. Estaba más hermosa que nunca la pequeña Luz con ese aire salvaje, pensó; tan dramática, tan desgarrada. Regodeándose internamente, se limitó a aguantar con un gesto cínico en las comisuras, sin intentar apaciguarla, anticipando un desenlace que de sobra conocía. Todas son iguales, concluyó con regodeo. Todas. Sólo hay que esperar.

El instante preciso llegó cuando a ella empezaban a fallarle las fuerzas, y los gritos se convirtieron en meras frases entrecortadas, y las lágrimas hicieron acto de presencia. Te tengo, se dijo. Ya no te vas.

La agarró entonces por las muñecas y diciendo tranquila, honey, tranquila, tranquila, la arrastró al interior del local. El mulato Revuelta estaba terminando su clase previa con tres cuarentonas rubias que se esforzaban sin gracia alguna con los compases caribeños de *Siboney*; Kruzan le lanzó un ademán y el otro, sin dejar de mover pies y caderas, le devolvió su asentimiento: ni era la primera vez ni la última que entre ambos conchababan algo así. Condujo entonces a Luz de la mano hasta la parte trasera del decrépito salón, allí tenía el profesor de baile su zona privada, una estancia con el papel de arabescos dorados de la pared desvaído y medio arrancado. Por todo utillaje había un infiernillo sobre el escritorio, paquetes de sopa de sobre, una estufa de kerosén, montones de partituras y un catre.

Cómo me enciende verte brava, baby, murmuró Kruzan mientras cerraba la puerta tras de sí. Esta vez le habló en su propia lengua, pero todo era tan evidente que no fue necesaria traducción. Luz, desconcertada, debilitada por la tensión y el sofocante arrebato, no consiguió reaccionar. Irse, quedarse, calmarse, gritar, reconciliarse, huir... Las posibilidades le saltaban enloquecidas dentro de la cabeza, pero su cuerpo no se movió.

Lucy, Lucy, Lucy, no seas tan cruel conmigo, murmuró él deslizándole la boca húmeda por el cuello a la vez que la empujaba contra la pared que los separaba de la música, del maestro y de los torpes movimientos de las americanas. Todo lo que yo hago es por tu bien, sweetie, voy a convertirte en una estrella, en una diva, le susurró con voz rota mientras se desabrochaba el cinturón. Todo lo que se me ocurre es siempre pensando en lo mejor para ti, my love, dijo mientras se abría la bragueta. Todo todo todo para ti, susurró mientras se bajaba a tirones el pantalón.

Lo que después pasó fue áspero y rápido, brusco, destemplado. En pie todavía, Luz sintió un dolor agudo primero, luego una rara sensación de obstrucción. Las manos masculinas le estrujaban los pechos causándole un dolor intenso, notó su propia nuca golpear contra la pared al ritmo de los empujones, el tintineo de las monedas en los bolsillos caídos del pantalón de él al moverse en un vaivén frenético, y al final el sonido gutural y bronco que a Frank le salió de la garganta, como si se quebrara.

Hoy no habrá ensayo, musitó resbalando fuera de ella. You can leave now. Lárgate.

Volvió en metro a la Catorce aturdida, con una quemazón ardiéndole por dentro y otra achicharrándole el alma, agarrada a una de las arandelas que colgaban del techo del vagón, sacudiéndose con el traqueteo, incapaz de fijar la mirada, sin lograr encajar las piezas. Subió luego lentamente la escalera de la estación del subway con la cabeza gacha. Como si le faltaran las fuerzas, como si no quisiera tener un destino al que llegar.

La azotea de la pensión Morán fue el único sitio en el que se le ocurrió refugiarse, ansiaba encontrar allí a su hermana, aferrársele al cuello y esconder el rostro en su cobijo como en las noches de tormenta cuando dormían juntas de niñas en su viejo jergón compartido. Necesitaba llorar hasta sacarse toda aquella angustia que la estaba ahogando, explicarle sus sentimientos y sensaciones, hablarle de sus anhelos, de sus miedos, contarle lo que acababa de pasarle, preguntarle si había errado al haber sido incapaz de resistirse.

—¿Se puede saber dónde llevas metida todo el día?

El chillido rabioso de Mona la frenó en seco. Estaba nerviosa y alterada, preparaban los últimos ensayos, aún no habían llegado los participantes. Al ver entrar a Luz, cegada ella por sus propias preocupaciones y ajena al abatimiento de su hermana, le plantó a cara de perro una catarata de órdenes y quejas descarnadas:

—¡Haz el favor de decirme ahora mismo dónde te metes, en qué andas y con quién! Los Irigaray le han dicho a madre que llevas semanas escapándote del trabajo, por lo de ayer en el convite yo sé que tú estás aprendiendo a bailar en algún sitio, apenas vienes ya por la azotea, nos tienes engañados, ¿por qué nos mientes así?

Seguramente nunca había oído aquel refrán de que no hay mejor defensa que un buen ataque, pero en aquel instante, acobardada, confusa, incapaz de defenderse y corroída por el desaliento, a Luz sólo se le ocurrió revolverse contra Mona también a grito limpio.

—¡No voy a decirte nada porque no me da la gana! ¡Y que sepas que no pienso participar en esta mierda de espectáculo que estáis montando!

Fidel, anonadado por el arranque de aquella Luz a la que cada día adoraba con más furia, se plantó junto a ellas en cuatro zancadas; hasta el maestro Miranda se había puesto en pie con su guitarra en la mano. Los tres contuvieron el aliento mientras la pequeña de las Arenas bramaba desgarrada:

—¡Yo tengo otras aspiraciones, tengo otras ambiciones, para que te enteres! Yo tengo talento, tengo madera de verdadera artista, y tengo... tengo...

A partir de ahí, la voz se le empezó a quebrar.

—Tengo a, a, a... a alguien que confía en mí, y, y, y... y él me va a abrir las puertas para actuar en sitios que de verdad valgan la pena, porque yo, yo, yo...

Nadie la interrumpió; ella misma fue la que paró un instante, alzó la barbilla y, tragándose a duras penas las lágrimas, falsamente altiva, lanzó su último envite.

—Yo merezco mucho más.

En ese momento preciso fue cuando Mona le soltó el bofetón.

Desde entonces, casi una semana antes, se habían dejado de hablar.

57

No se llevaron a Remedios a Brooklyn tan precipitadamente como Victoria ansiaba, pero sí dos días después. Y tan pronto la pobre mujer salió del barrio engañada, la actividad entró como una tromba en El Capitán.

Las mesas y las sillas quedaron arrumbadas en montones por las esquinas, el menaje y los cacharros de la cocina cubiertos con papeles de periódico para que no se llenaran de porquería mientras entraban y salían operarios, repartidores, los artistas integrantes del repertorio y montones de vecinos curiosos.

Tal como había prometido, con sus contactos y sus parcos ahorros, Fidel contribuyó en todo lo posible a adecentar el local. Dos jóvenes pintores conocidos suyos habían empezado a lavarle la cara a brochazos, aunque con pintura de tres colores distintos: la que lograron afanar en el edificio de apartamentos de lujo donde trabajaban; llevarse varias latas de la misma clase habría resultado demasiado sospechoso. Verde jade para la fachada, un potente anaranjado y un turquesa luminoso para las paredes interiores: todo un barullo cromático que, cuando menos, prometía resultar arrebatador. Precisamente con ellos andaba discutiendo, cuando oyó gritar a Fidel desde la puerta:

—¡El toldo! ¡El toldo ya está aquí!

Mona se bajó de la banqueta en la que se había subido para colgar una sarta de banderitas y salió disparada hacia la puerta.

Inicialmente, su intención había sido dejar de atender a doña Maxi tan pronto le dieron el alta tras el amago de robo en Macy's: si el mal rato que le hizo pasar al birlar el reloj le quitó a la mediana de las Arenas las ganas de seguir a su lado, los días de ingreso hospitalario la llevaron al borde de la desesperación. Sólo logró convencerla la propuesta de su sobrino:

—Le doblo el sueldo si se queda —le propuso él—. Pero sin que ella se entere, por favor.

—¿Por qué? —preguntó Mona turbada—. Puede encontrar a otras chicas por la misma cantidad, por menos incluso si las aprieta.

La respuesta fue una mentira, aunque ella no llegó a sospecharlo.

—Por la sencilla razón de que me fío de usted.

Bien poco le importaba al joven doctor la confianza en la manera en que Mona trataba a su tía, su interés iba por otro camino radicalmente distinto: tenerla cerca se había convertido para César Osorio en un gozo inesperado. Las horas de trabajo en la clínica de Castroviejo transcurrían para él ahora con una lentitud exasperante entre córneas, pupilas y cristalinos: el celo profesional que antes era su motor se había transformado casi en una pesada rémora, sólo ansiaba despedir a su último paciente para arrancarse la bata blanca y salir al sol de la calle, volver a casa, verla otra vez.

Aquélla era su ilusión creciente, la quemazón por la que las noches se le hacían eternas y las mañanas insoportables: hallar a Mona trajinando en la cocina, sentir su cuerpo moviéndose apresurado de un lado a otro, oírla resoplar acalorada y mascullar entre dientes en respuesta al carácter de su madrina, a sus absurdos caprichos y sus volubles demandas. Le desarmaba su frescura, le fascinaba su arrebatadora naturalidad, los brazos ágiles saliendo de las mangas cortas de las blusas, esas manos que gesticulaban airadas como las alas de un pájaro raro y hermoso, su pelo oscuro indomable, el empaque esbelto y el cuello largo, el brillo limpio en los ojos de aquella mujer tan distinta a todas las que a diario tenía alrededor.

Solían tropezarse por las habitaciones, él se encargaba de ello a pesar de que hacerlo le costara un mundo. Cruzaban frases cortas, breves pedazos de conversación banal, él le preguntaba cómo iban las cosas, fruncía el ceño solidario cuando ella soltaba sin pudor sus reproches hacia el temperamento de su madrina, la sosegaba cuando de tanto en tanto amenazaba con marcharse, harta de tanta absurda tiranía.

Mona, aún ajena a la hondura de los sentimientos que despertaba, iba incrementando con los días su afecto por el médico: era sólido a la vez que afable, muy alejado de los hombres a los que ella trataba y, en cierta manera, cercano también. A raíz del suceso de Macy's, últimamente solía regresar temprano tras cumplir con su jornada reducida en la clínica de Castroviejo; llevaba dos años y medio sin vacaciones y la excusa del cuidado de su tía parecía una causa razonable para justificar su petición, cómo iba a imaginar el eminente oftalmólogo que era una razón del todo distinta la que movía a su discípulo.

En una ocasión trajo a Mona una caja de bombones envuelta en delicado papel de seda, alegó que eran regalo de una paciente y que prefería que no se quedaran en casa para evitar que su madrina se viera tentada por el azúcar, dada su condición; no era cierto, los había comprado él mismo, con ella en el pensamiento. En otra, fue un ramillete de petunias blancas lo que le llevó; alegó que tanto le había insistido la vieja vendedora callejera que no se pudo negar. Alguna tarde, con la excusa de una necesaria salida casualmente paralela a la hora en que ella terminaba su trabajo, la acompañaba a la parada del autobús, apretando el paso para seguir el ritmo acelerado de sus piernas.

Si la breve hospitalización fue para doña Maxi una distracción fascinante, el regreso a casa se convirtió en una prolongación de su nueva gran aventura vital. Hizo publicar la noticia de su trastorno en el diario *La Prensa*, insistió en que todas las visitas serían bienvenidas, presionó a conocidos para que corrieran la voz y acabó convirtiendo su domicilio en una especie de salón social. A Mona pretendió ponerla de uniforme para dar más empaque al asunto, ella se negó. Aun así, a lo largo de un buen montón de días no se libró de abrir y cerrar la puerta constantemente, de acompañar al interior a señoras aburridas y a señores obligados, de servir tés, cafés y grandes vasos de agua con hielo, y de atender cientos de caprichos cada vez más inusitados. Pero con todo, se quedó: aceptó el aumento de sueldo que el doctor le propuso y sepultó su descontento repitiéndose a sí misma en los momentos más desesperantes que necesitaba aquel dinero como el aire, que gracias a él podría conseguir algo más para El Capitán. Contribuir a la compra de un toldo, por ejemplo, lograr que su local tuviera en su fachada un toldo similar al de El Chico, vistoso, atrayente, con personalidad. Sólo por ello seguía en casa de los Osorio, para pagar religiosamente los plazos del que ella misma había elegido y negociado, para hacer realidad esa ilusión. Y ahora el toldo había llegado.

No tardaron demasiado en instalarlo, ella no se perdió ni un minuto de la operación mientras a su alrededor se iban sumando mirones y curiosos. Cuando por fin se abrió en toda su magnitud, en la calle sonó un aplauso espontáneo y Mona creyó que el suelo se sacudía bajo sus pies. Sobreimpreso en tela roja, en grandes letras blancas, acababa de ver la luz Las Hijas del Capitán.

58

El ajetreo prosiguió entre martillazos y el sonido rasposo de la sierra de los carpinteros; entre el mareante olor a pintura y la gente que entraba y salía trayendo, llevando, preguntando oiga amigo, oiga señorita, dónde dejo estas cajas de vino que mandan desde el almacén de Unanue, este capote torero que les presta un compatriota que vive en Washington Heights, estos carteles de promoción que pidieron en el Patronato de Turismo de España de la Quinta avenida.

En medio de los trajines, Fidel entró como un ciclón.

—Conseguí... Conseguí...

Llegaba con el aliento entrecortado, dándose palmetazos en el pecho como si con ello quisiera que el oxígeno le retornara a los pulmones.

—Conseguí que la mitad de la banda de Esteban Roig toque para nosotros este fin de semana —logró decir medio ahogado por la carrera.

—¿La banda de quién?

—Los Happy Boys de Esteban Roig, los de la boda de tu hermana. Pero sólo tres de ellos; el resto se va a estrenar la temporada a Las Villas de los Catskills, éstos se quedan porque tienen trabajo en una obra y no lo pueden dejar.

Hombres de la Marina Alta alicantina eran los Happy Boys, unos cuantos varones entre tantísimos otros que abandonaron sus pobles y sus terretes cuando la filoxera pulverizó las viñas y mermó el centenario negocio de las pasas. Algunos marcharon a estados distantes, muchos se quedaron en Nueva

York y se hicieron albañiles, porteros de edificios, obreros en las fábricas; en su tiempo libre, la música era para algunos la forma de sumar un extra al jornal.

Seguía respirando Fidel con potentes bocanadas, incapaz de contener su euforia.

—Nos van a cobrar bastante menos de lo habitual: será sólo media banda y ni siquiera está el líder del grupo. El único problema es que tenemos que darnos prisa y adelantar el día de apertura, para que empiecen el viernes y los tengamos al menos dos noches enteras.

Mona soltó una agria carcajada.

—¿Tú estás majara? Estamos a martes, por si no te acuerdas.

—Perfecto; ahora mismo me voy a las oficinas de *La Prensa* a encargar los anuncios y a donde Argeo para lo de las octavillas...

—¿De verdad estás diciendo que sólo nos quedan mañana y pasado para terminar de prepararlo todo?

—You're absolutely right. El viernes por la noche levantamos el telón.

Mona se fue haciendo a la idea mientras frenaba la actividad unos breves minutos y ambos se sentaban encima de un par de cajones en la cocina, a compartir a deshora una simple lata de sardinas. Y con la fecha adelantada, surgieron mil preguntas. ¿Y si no acude clientela? ¿Y si no gustan los números? ¿Y si todo se hunde antes de empezar?

—La pena es que no tengamos a nadie que nos sirva de gancho, como cuando Gardel iba a El Chico. Alguien con poder de convocatoria que deslumbre con su presencia al menos el primer día, aunque venga tan sólo a tomar una copa. Alguien célebre, conocido... Pero rey del tango sólo hubo uno, y desde España no ha venido nadie interesante últimamente, maldita sea; en caso contrario lo sabría la colonia entera, y ya encontraría yo la manera de tirar del hilo.

Mientras Fidel continuaba lamentándose, algo sepultado entre los dobleces de la memoria de Mona saltó como un chispazo. Habían pasado unos cuantos meses, cierto. Aun así, por entonces él estaba recién llegado y su plan, según oyó, era quedarse una temporada.

—Yo sé de alguien que quizá... —tanteó sin demasiada seguridad.

Fidel la cortó incrédulo.

—¿Tú? ¿A qué figura conoces tú?

—A un marqués. O a un conde, no me acuerdo bien. Pero alguien de verdad importante debía de ser en cualquier caso, porque lo acosaron en plena calle unos hombres para hacerle preguntas y dispararle fotografías.

—¿Unos reporteros querían sacarle fotografías? —preguntó él arrugando el entrecejo—. ¿Y no recuerdas el nombre?

Negó con la cabeza mientras masticaba.

—Pero me dio su tarjeta —anunció con la boca medio llena—. Y se ofreció a ayudarme si lo necesitaba.

«Le quedo infinitamente agradecido; aquí tiene mis coordenadas por si en algo puedo servirla alguna vez.» Ésas fueron las palabras exactas de aquel hombre justo antes de perderse subido en su auto entre las luces nocturnas de la ciudad. Mona le libró de una caída que habría resultado demoledora; lo que él nunca supo era que, por ese motivo, ella tuvo que volver a casa caminando aterrorizada y sola, recorriendo en canal medio Manhattan entre las sombras de la madrugada.

—¿Y por qué no vas a tu casa y la buscas, que sepamos quién es? Por probar...

Antes de que terminara la frase, ya estaba Mona en pie sacudiéndose las migas de la falda mientras tragaba el último trozo de sardina. Con el dorso de la mano se limpió un resto de aceite de la barbilla; en unos minutos estaba de vuelta, ambos juntaron las cabezas para leer.

Alfonso de Borbón y Battenberg, ponía en la primera línea. En la siguiente, Conde de Covadonga. Después, tachado con una raya de tinta azul, una dirección en Evian, Francia.

Finalmente y a mano, el nombre de un hotel neoyorkino: St Moritz.

—¿Y tú crees que este tipo puede ser atractivo para alguien? —preguntó Fidel incierto todavía.

—Aquella noche lo esperaba todo el mundo como agua de mayo, y los hombres de la calle, ya te he dicho, parecían estar locos por saber de él. Así que para mí que sí, que seguramente podría venirnos bien.

El chico se rascó detrás de la oreja, Mona le dio una palmada en la espalda para subirle el ánimo, y al hacerlo se esforzó en silencio por convencerse a sí misma de que aquello no era un desvarío.

—Venga, Fidel, acércate a la funeraria y telefonea; tan sólo pregunta si sigue ahí alojado. Si te dicen que sí, luego volvemos a llamar, pedimos que nos lo pasen, y entonces hablo yo.

Sin darle opción al rechazo, ella volvió a sumergirse en el presente, en el viejo El Capitán que estaba a punto de pasar a la historia y en su umbral lleno de cachivaches, útiles y obreros a los que en ese instante se acababa de sumar Luciano Barona, contemplando el flamante toldo de Las Hijas del Capitán con la cabeza alzada, los brazos en jarras y los nudillos apoyados en las caderas.

—Bonito, ¿eh? —dijo Mona a su espalda a modo de saludo. Quizá debería haberle preguntado primero cómo estaba su madre, cómo iba la convivencia con ella en Brooklyn, pero estaba tan entusiasmada con la flamante adquisición decorativa, que alteró el orden.

El tabaquero movió el mentón de un lado a otro con la vista todavía concentrada en el letrero, escéptico. Seguía pensando que todo aquel asunto del night-club era un verdadero disparate pero a esas alturas, con el local manga por hombro y con su suegra retenida en su propia casa como si fuera un rehén, prefería no reiterar su opinión en voz alta. Debería haberles parado los pies, se recordó no obstante a sí mismo por enésima vez. Es más, debería haberlas convencido a todas para que cerraran también la triste casa de comidas, haber ayudado a las muchachas a buscar un trabajo menos endeble, menos expuesto y más seguro. Su primera esposa nunca trabajó, pero otras mujeres de la colonia sí lo hacían y en los periódicos aparecían a diario anuncios por docenas para chicas como ellas. Costureras en el Garment District, plisadoras de pantallas para lámparas, operarias en pequeñas fábricas de adornos; incluso en su propia casa podrían haber montado algo, haciendo piece-work. Sueldos parcos, cierto, pero ni siquiera necesitaban aprender inglés. Porque las deudas las seguían acuciando, y lo de la monja no llevaba visos de resolverse, y él tampoco andaba sobrado como para poder ayudarlas, y...

—¿O es que no te gusta, Luciano?

—Sí, si vistoso es... —musitó entre dientes sin desprender la vista del gran montaje de tela roja, sin dejar de pensar todavía.

Debería haber tomado cartas en el asunto, en efecto. Pero Victoria insistió en que debía apoyar a su hermana, y un hombre enamorado como él era capaz de comulgar hasta con ruedas de molino, pero le preocupaba la situación. Por eso precisamente había quedado en verse con alguien y a la espera estaba ahora de que ese alguien apareciera o no.

—¡Está! ¡Está! ¡Está!

Ahí venía Fidel de nuevo, cruzando la calle veloz como una liebre de monte, gritando a la vez que sorteaba un Chevrolet y hacía un regate al carro de un vendedor de cacharros domésticos. Ni el claxon ni los insultos del hojalatero le causaron el menor impacto.

—Tu ilustre amigo sigue en su hotel, ha estado indispuesto y lleva tres días sin salir —anunció a Mona con el aliento entrecortado—. Pero puede recibir visitas en su habitación y...

Sin dejarle terminar, la mediana de las Arenas lo arrastró del brazo y le lanzó un furioso chisteo: Barona seguía cerca, hablando ahora con uno de los carpinteros, constatando para su pesadumbre que aquello ya no parecía tener marcha atrás. No quería que su cuñado se enterara de a quién pretendían invitar, prefería que nadie supiera nada de momento.

—Tiene encargado a la telefonista —prosiguió Fidel rebajando su ardor tan sólo un ápice— que diga lo mismo cada vez que alguien pregunte por él: que se encuentra descansando, pero que cualquier interesado en visitarle sólo necesita anunciar su llegada y será atendido en su habitación, así que...

Un manotazo de Mona fue lo único que por fin le obligó a bajar la voz.

—Así que dejé dicho que avisen al señor conde de nuestra visita para esta misma tarde —anunció por fin en un susurro ardoroso—. A las seis.

59

Seguían en la acera entre tablones y cubos de pintura, expuestos a las miradas curiosas de cualquiera que pasase por la calle y se preguntara qué diablos estaba ocurriendo en el viejo establecimiento de El Capitán.

—¡Hombre, Tony, por fin! ¡Pensé que ya no venías!

En cuanto oyeron la enérgica exclamación del tabaquero, ambos se volvieron hacia su objetivo.

Las siguientes palabras de Fidel ya no le llegaron a Mona a los oídos; se quedaron flotando en el aire sueltas, perdidas. Para su desconcierto, aquel a quien acababa de dirigirse Barona con su eufórico saludo, el que se les acercaba desde la esquina con la Octava era él. El que siempre huía. El que desapareció resbaladizo y esquivo para evitar a la policía tras meterle sus pertenencias en el canasto de las compras, el que se escurrió escaleras abajo al término del banquete al mando de un retén de venta de ilusiones en formato de lotería clandestina. Ninguna de aquellas escenas se le había borrado a ella todavía del pensamiento: de cuando en cuando, inesperadamente, volvían. Por eso, al verle ahora aproximarse con la corbata algo suelta, una media sonrisa en los labios y aquel paso como deshuesado, sintió en las entrañas un caracoleo.

—¡Cuánto me alegra, muchacho, que hayas podido venir! —insistió Barona dándole un palmetón confianzudo en el hombro izquierdo.

Ella los miró confusa, sin embargo: no le cuadraba semejante actitud. O quizá le faltaban datos. Cuando el tabaquero le abordó en el convite de La Bilbaína declaró no conocerle siquiera; ahora, en cambio, lo trataba con una cercana cordialidad.

Ignoraba Mona que no era la primera vez que Luciano y él se encontraban después del día de la boda: tan empeñado en verle quedó el primero que empezó a moverse en su busca en cuanto retornó de su luna de miel. Preguntó para ello a conocidos y sondeó a compañeros de oficio, a través de terceros mandó su llamado a corredores de apuestas, banqueros de bolita, brokers y runners de loterías; no paró hasta tener constancia de que su mensaje le había llegado. El contenido era el mismo que le lanzó en el restaurante: quería conocer al hijo del que fuera su amigo, nada más. La noticia de la muerte de Antonio Carreño había volado rauda en su momento desde Florida hasta Nueva York: eran unos cuantos los vendedores a los que servía aquel asturiano espigado y simpático que trabajaba como representante de los grandes tabaqueros Cuesta y Rey, que, con los años, acabó dejando aquellos viajes constantes al norte como agente comercial para abrir con éxito en Tampa un establecimiento en plena ley seca; un local en el que lo mismo servía sándwiches cubanos y arroz con frijoles para el almuerzo, que, burlando la prohibición, ofrecía por las noches torrentes de alcohol y algunas de las partidas de póker más memorables de la ciudad.

De acuerdo, respondió por fin el joven ante el testarudo reclamo de Barona; acepto, vamos a vernos. Propuso un lugar de encuentro, tomaron unas cervezas y hablaron; sobre todo el tabaquero, que tenía últimamente la sensibilidad a flor de piel tal vez por aquello de su nueva condición de recién casado o tal vez porque el regreso de Chano a casa le había agudizado el instinto paternal. Sentados en sendos taburetes frente a la barra de un bar del Village, rememoraron juntos el ayer.

Con la espita de la memoria abierta, el marido de Victoria rescató anécdotas de las frecuentes visitas del padre cuando ambos eran dos hombres jóvenes con las familias lejos, unos cuantos dólares en el bolsillo y Nueva York a sus pies. El hijo le escuchó inicialmente en silencio, le costaba reconocer que sus recuerdos habían ido perdiendo contornos y matices, pero hubo ciertos detalles que le llegaron casi a enternecer: pequeñas anécdotas, la memoria de aquel juguete de lata, un porteador de equipajes negro cargando con una carretilla de la que asomaba la cabeza de un perro que el propio Barona le hizo llegar a la muerte del padre y amigo.

Era todavía un niño cuando ocurrió la sangrienta desgracia y la familia cubana de su madre lo mandó directo a un internado en Massachusetts a que terminara la secundaria y, con suerte, entrara en la universidad y no acabara siendo como su padre: un soñador insensato, incapaz de distinguir entre lo audaz y lo temerario. De él, no obstante, heredó mucho: la misma osamenta afilada, un pelo castaño claro normalmente despeinado y un par de ojos verdosos que se le achinaban al sonreír; también parte de aquella actitud vitalista un tanto proclive a ver siempre las cosas desde el ángulo menos reflexivo. Y el nombre, claro estaba, aunque en las calles de Nueva York lo conocían por Tony sin más, casi nadie sabía su apellido. Tony el flaco, Tony el bolitero, Tony el de Tampa, Tony el tampeño.

Acabaron de saludarse frente a la puerta del local, Barona señaló entonces a Mona con la palma de la mano.

—Y ésta es mi cuñada, la del negocio.

Habría deseado que se la tragara la tierra, desvanecerse, o salir corriendo a lo largo de la calle, cruzar las avenidas, llegar al río.

—No dio crédito Tony —prosiguió el tabaquero— cuando ayer le conté en qué andabas metida...

—Pues ya ve —zanjó ella.

La idea de huir se le quedó en el pensamiento y no vio otra manera de reaccionar más que disimulando su turbación detrás de un punto de altanería: si en algún momento había fantaseado con volver a encontrarse con aquel hombre, jamás habría sido en una ocasión así. Llevaba el pelo recogido a medias entre los nudos de un pañuelo, la ropa sucia y las manos mugrientas, en la cara tenía churretones de yeso y pintura, todo era caos a su alrededor. Andaba bregando desde las siete de la mañana, por fortuna había conseguido que doña Maxi le diera una semana libre —pero sin sueldo, ¿eh, niña?—; la engañó aludiendo a unas obras en el negocio de la familia, nada le dijo de su plan.

—Las Hijas del Capitán —leyó él alzando la mirada hacia el toldo, con las manos metidas en los bolsillos y una media sonrisa entre socarrona y apreciativa—. Sounds good...

—Pues estaba yo pensando que lo mismo puedes echarle una mano, muchacho.

Ambos, Mona y Tony, miraron a una hacia Barona con gesto de no entender. Para aclarar sus palabras, el tabaquero hizo un ademán que abarcó el local entero: la fachada, el acceso, los tablones y paneles amontonados, los papeles de periódico llenos de goterones de pintura desparramados sobre el suelo. Aunque no se lo hubiera dicho abiertamente, aquélla fue su intención al proponer al hijo de su amigo verse de nuevo después de contarle los afanes de la hermana de su mujer. ¿Me está hablando de la chica morena con vestido de flores que estaba en su boda junto a un perchero, a ésa se refiere?, preguntó él incrédulo. ¿Y me está diciendo que pretende abrir un night-club? Cuando el amigo del padre le corroboró tres veces seguidas que estaba en lo cierto y le propuso acercarse al día siguiente, Tony el tampeño no se resistió.

—Tú me dijiste ayer, chico, que habías trabajado en algunos locales nocturnos al llegar a la ciudad, ¿no? —prosiguió Barona con ella ahora delante—. Y con eso de la bolita estás acostumbrado a tratar con gente de la que se mueve por esos ambientes...

Mona lo cortó tajante:

—No. —No. No estaba dispuesta a que nadie ajeno se inmiscuyera en su negocio. Y menos él. No. Rotundamente no—. Se lo agradecemos en el alma, pero no es necesario. Todo está ya en orden, todo lo tenemos preparado, ¿verdad, Fidel?

Pero el tanguista no la estaba escuchando, tenía su atención fija en el otro lado de la calle y de su boca salía una maldición.

—Damn it.

En la acera de enfrente se encontraba su padre, esperando malencarado a que pasaran un par de camionetas para poder cruzar. Ahí venía ya, con la trancada nerviosa, los hombros cargados y ese rostro suyo que en algo recordaba a los cadáveres con los que convivía.

—¡Fidel! —gritó airado cuando todavía iba por mitad del ancho de la calzada. Mona, Barona, el recién llegado Tony y el puñado de obreros que por allí andaban se volvieron al oír los alaridos—. ¡Fidel!

El hijo soltó un bufido cargado de saña. No había noche que no se acostara pensando en largarse, en dejar aquel maldito negocio familiar e irse a vivir solo aunque fuera en un mísero cuarto compartido en un tenement del Lower East Side.

—¡Ven acá que hable contigo!

El chico se desgajó del grupo muerto de vergüenza; no quería que nadie fuera testigo de la forma en que su padre lo reprendía cual colegial de primaria.

—Verás tú, hija... —prosiguió Barona desentendiéndose de las diatribas entre los funerarios y dirigiéndose de nuevo a su cuñada—. Tony me comentó ayer que él conoce...

—He dicho que no.

—Pero déjame que te explique por lo menos, criatura...

Alejado pero a la vista, Fidel se estaba llevando una bronca monumental, con razón seguramente porque en aquellos últimos días de obras y preparativos apenas había asomado la cabeza por la funeraria. ¿Qué fue de las flores, qué fue de la esquela?, le gritaba el padre haciendo aspavientos con los brazos. Él musitó unas cuantas excusas con la cabeza gacha mientras se rascaba nervioso el cuello. ¿Cómo que un descuido?, bramó el otro, ¿cómo que un olvido?

—No hay nada que explicar, Luciano —remató Mona con aspereza.

El tabaquero se llenó el pecho de aire y se hinchó como un palomo, luego lo expulsó ruidoso. Estas hijas del bueno de Emilio Arenas, masculló para sí, pero qué tercas son, la Virgen. Pero qué tercas son...

—Anda, vete tranquilo para Brooklyn que mi hermana y mi madre te estarán esperando y aquí nos arreglamos perfectamente. Y a usted, gracias por acercarse en cualquier caso.

Esto último se lo dijo a Tony deprisa, amontonando las palabras, sin mirarle apenas. Prefirió no saber qué gesto pintaba él en su cara, cómo la contemplaba mientras balanceaba su cuerpo elástico con su media sonrisa colgada en la comisura izquierda.

Para dar por sentado que a partir de ese momento se desentendía del tabaquero y de él, Mona profirió un grito llamando a su cómplice en el incierto negocio; el funerario le seguía reprendiendo unos metros más allá mientras alzaba un puñado de papeles estrujados en la mano, cuestiones pendientes que el hijo debería haber resuelto hacía tiempo. Fidel, acobardado, ni siquiera pareció oírla, pero ella no estaba dispuesta a achicarse. Tenía prisa, urgencias, y Barona la estaba sacando de quicio con su insistencia, y Tony no le quitaba los ojos de encima.

—¡Fidel! —volvió a chillar—. ¡Que nos tenemos que ir!

El aspirante a tanguero respondió al fin: se dio una palmada en la frente, como diciendo se me había olvidado la cita con el conde, maldita sea.

—¡Vete tú, que yo no puedo! —respondió en otro grito nervioso—. ¡Y date prisa, que en menos de hora y media hay que estar allá!

60

No se le fue su imagen de la cabeza mientras caminaba hacia el apartamento: el cuerpo maleable, los hombros huesudos bajo la chaqueta de lino, el rostro flaco y la sonrisa irónica, los ojos medio claros, a la par mordaces, curiosos y admirativos. Maldito mal momento para reaparecer en su vida otra vez.

Era otro individuo muy distinto, sin embargo, aquel con el que se topó al llegar a su portal; casi chocan en el instante en que Mona iba a entrar y él se disponía a salir. Le vio sólo de perfil, tan empapada iba aún con la imagen de Tony que no se paró a recomponerle el rostro entero; al fin y al cabo eran tantísimas las caras de hombre con las que una se cruzaba a diario en aquella ciudad.

Él en cambio la reconoció en el acto, por eso volteó la cabeza, para no tenerla frente a frente y evitar el roce visual. Bajó luego en una única zancada los tres escalones que le separaban de la acera, miró rápido a un lado y a otro, y se dispuso a cruzar a la vez que Mona, suspicaz, se giraba. Le rechinó aquella actitud evasiva, esa precipitación. Sólo cuando vio alejarse al tipo con la gabardina clara sobre los hombros, cayó en la cuenta.

Alertada, se abalanzó escaleras arriba, subió los peldaños de dos en dos, gritó en cuanto vio entreabierta la puerta del apartamento.

—¡Luuuz!

No era una hora habitual para que su hermana estuviera en casa pero, a tenor de su errático comportamiento en los últimos tiempos y del hombre que acababa de marcharse, anticipó que iba a encontrarla allí.

—¡Luz! ¡Luz! —siguió gritando mientras corría por el pasillo.

La encontró sentada en el borde de la cama, sostenía las manos apretadas contra el rostro. Con los codos clavados en los muslos y la espalda encorvada, mecía el cuerpo hacia delante y hacia atrás.

—¿Qué te ha hecho? ¿Qué te ha...? ¿Qué te ha...?

La menor de las hermanas alzó una palma abierta mientras con la otra seguía tapándose el rostro, le pedía sin palabras que la dejara tranquila. Mona no le hizo ni caso y, agarrándola por la muñeca, le dio un tirón. Desprovisto de cobertura, mezclado con lágrimas y hebras húmedas de pelo, quedó a la vista el pómulo. Amoratado, hinchado, siniestramente feo.

No supo qué decir, ni siquiera le salió un insulto de la boca o una reacción compasiva, tan sólo la invadió una descomunal oleada de tristeza. ¿Qué había pasado entre ellas, cómo habían podido distanciarse en tan poco tiempo de esa manera, cómo no había sido capaz de ver las aguas negras en las que nadaba su hermana? Abatida y callada, se desplomó junto a Luz sobre el colchón desfondado. Sin ruidos ni palabras, le pasó un brazo por los hombros, la atrajo hacia sí, la dejó llorar.

—Va a hacerme una artista —balbuceó entre sollozos al cabo de unos minutos de llanto sordo. Tenía el rostro apretado contra Mona, casi no se le entendía—. Una artista de las buenas. Me... me... me admira, a veces hasta me dice que me quiere. Pero ayer discutimos a las bravas, me tiene prohibido que actúe en vuestro show, prefiere que me reserve, que me prepare... Y hoy yo no he ido al ensayo de todas las tardes porque seguía enfadada, me he quedado aquí aprovechando que no estabais ninguna, y él ha venido, y yo no quería abrirle, pero ha insistido y... y...

Por fin empezó a poner palabras a ese muro que se había

ido levantando entre ellas, a verbalizar todo eso que parecía haberla alterado hasta convertirla en alguien que nunca fue, con aquella melena cobriza tan chocante y esas cejas como cordeles y una actitud y unas maneras que se alejaban leguas de la Luz de siempre, tan vivaracha, tan adorable.

—Va a hacer de mí algo importante —insistió con la voz entrecortada todavía—. Me adora, me adora y me venera, y eso a mí me gusta y a la vez me da terror.

En los labios de Mona se quedó plantado un angustioso Santa Madre de Dios. A cambio, sacudiéndose las ganas de maldecir a grito limpio a aquel pedazo de hijo de puta manipulador y rastrero, tan sólo ordenó:

—Ya hablaremos despacio; de momento venga, arriba. Nos vamos.

Se puso en pie, la agarró y tiró de ella.

—Péinate y lávate esa cara, ponte un pedazo de patata a ver si se te baja la hinchazón.

—Pero ¿adónde quieres llevarme? —preguntó Luz aturdida.

—Tengo que hacer un recado y tú te vienes también.

Para cuando terminó la frase, ya había abierto el armario; con el torso hundido dentro, empezó a sacar prendas a puñados y a lanzarlas encima de la cama. Los vestidos de la boda de Victoria, las medias, las combinaciones. Intuía que el sitio al que iban sería rumboso y la ropa que les regaló Luciano para el día del casamiento era lo único decente que tenían; las prendas de la maleta de doña Maxi eran demasiado serias, demasiado tristes, y además las asociaba con su trabajo diario y no era ésa la sensación que quería.

—Pero ¿adónde? —siguió insistiendo Luz a la vez que intentaba sorberse el llanto.

—Ya lo verás.

Esta vez farfulló desde el suelo, arrodillada en busca de los zapatos que guardaban debajo del somier. De ninguna manera estaba dispuesta a dejarla sola, se la iba a llevar con ella a la fuerza si hacía falta en busca del conde de Covadonga.

—Vamos, por Dios, vístete...

—Mejor me quedo —propuso con voz lastimera.

—Que te vistas. Ya.

Pero Luz no se movió: siguió en pie confusa, tal cual la había plantado su hermana, con su nuevo pelo alborotado, los ojos rojos y el pómulo encendido. La agarró entonces Mona por los hombros y la sacudió casi violenta.

—Mírame, Luz, mírame. Para, ya está bien de lamentarte, ya no hay vuelta atrás. Pero ten claro que ese tío asqueroso ni te aprecia ni te quiere. Es un malnacido, y tú te vas a olvidar de él. Y ahora —ordenó implacable— ve poniéndote las medias, vamos. Deprisa, que es para hoy.

Quince minutos más tarde, con Luz tapándose el pómulo con la melena, medianamente sobrepuesta aunque protestando todavía, entraron en la boca de metro de la esquina con la Séptima avenida. Tras sus momentos de vulnerabilidad, la aspirante a artista había empezado a arrepentirse de su confesión a corazón abierto. Soy una tonta, se reprochó a sí misma mientras se secaba las últimas lágrimas con el dorso de la mano. En verdad no es para tanto, soy una exagerada, se recriminó a la vez que aspiraba los últimos mocos.

Ajena a sus tristes autoinculpaciones, Mona la arrastró hasta un plano del subway system colgado en vertical. Recorriendo la superficie con el dedo, intentó abrirse camino entre la diabólica maraña de calles, líneas y rutas entrecruzadas.

—¿Necesitan ayuda?

Se voltearon sorprendidas y a su espalda encontraron a Tony, el hombre que siempre huía deprisa y que ese día parecía estar incumpliendo tozudamente con su costumbre habitual. Para sobreponerse a su presencia, Mona volvió a recurrir a una aparente altivez.

—Ni pizca, muchas gracias.

Por no haberle parado los pies a tiempo al indeseable de Frank Kruzan, ahí tenía a su lado a la infeliz de su hermana embaucada y sometida, con la virtud perdida y el miedo agarrado a las tripas como un cangrejo. No, no necesitaba la ayuda de ningún hombre bien plantado y seguro de sí mismo. Con Fidel se valía, era el único en quien confiaba; ojalá la muy boba de Luz se acabara dando cuenta de la adoración que sentía por ella y se dejara de tipos como Kruzan, tan dominantes y arrolladores. Gracias, pero no.

—Podemos arreglarnos solas perfectamente.

Intentó ahora sonar serena y neutra. No quería que él le notara con qué fuerza, debajo de las flores del vestido, le bombeaba el corazón.

61

Había movimiento en la estación, gente que iba y venía con prisa desde los trenes o hacia los trenes, desde las salidas o hacia las bocas. En medio, ellos tres formaban un pequeño cogollo que estorbaba y obligaba a sortearlos, alterando ligeramente el tránsito de los viajeros que pretendían avanzar en línea recta.

—De paso quería pedirle también disculpas; desconocía que Luciano Barona tenía en mente pedirme que la ayudara —añadió él—. Tan sólo me sugirió que me acercara a su local...

En su español se mezclaban armoniosas cadencias caribeñas y asperezas peninsulares, una combinación de acentos con los que a diario convivía. Y no estaba mintiendo, de veras fue eso lo que Barona le propuso: sin tenerlo previsto de antemano, algo impulsó al tabaquero a intentar arrimarlo a su nueva familia. A lo largo del par de horas que pasó con él en aquel bar del Village, intuyó que la vida que llevaba el hijo de su viejo amigo Carreño no apuntaba hacia ningún sitio bueno desde que —según le contó el propio Tony—, a una semana de los exámenes del trimestre de otoño en su segundo año de universidad, decidió que los libros y las aulas no eran lo suyo, abandonó el muy católico College of Our Lady of the Elms que sus tíos maternos le buscaron en Chicopee, Massachusetts, se subió a un autobús y se plantó en Nueva York.

No conocía a nadie, pero no le resultó difícil encontrar gente como él, de los que se movían con comodidad absoluta entre dos lenguas, dos culturas y dos maneras de vivir, comer y mirar al mundo. Estableció contactos, hizo amigos, anduvo enredado en distintos negocios de poco lustre, trabajó de camarero, empezó a meterse en el mundo de los juegos de azar clandestinos de los inmigrantes hispanos. Con la bolita no se roba a nadie, se lo juro, le aseguró a Barona para defenderse de posibles suspicacias. No se estafa ni se engaña, no se abusa de la inocencia de ningún pobre incauto, todo es limpio y transparente. Simplemente, los premios no cotizan, son humo para las autoridades. Gana la banca y ganan los afortunados que aciertan, punto final. Y yo, como intermediario, tras pagar a mis chicos y cumplir con mis jefes, me ingreso un beneficio; en eso consiste mi trabajo. El dinero se limita a volar de un extremo a otro de la cadena sin que ni las instituciones locales, ni las estatales, ni las federales trinquen un solo centavo. Por eso queda al margen de lo legal y por eso se persigue con tanta saña. Pero no es tan malo, ¿verdad? Y si me llegaran a agarrar, estoy relativamente protegido: los de arriba me tienen prometido pagar mi fianza, hasta un abogado si la cosa se pusiera comprometida.

Igualito que su padre, se dijo Barona cuando unos segundos después le oyó anunciar: y además tengo un objetivo, un plan. Cuéntamelo, hijo, replicó tras dar un largo trago a la segunda cerveza. Verá, yo aspiro a llegar a montar mi propia banca, a tener a mi propia gente: mis propios controladores, mis propios recaudadores. Convertirme en un banquero de bolita dentro de un territorio concreto en el que sólo funcione yo, ésa es mi gran ambición. Dejar de ser un mero eslabón entre los runners y los poderosos, entre los que se trabajan uno a uno a los clientes en la calle y los que después se hacen de oro sin moverse de su casa. Porque yo ahora mismo estoy en el medio, e igual que empecé en lo más bajo, sé que puedo subir hasta arriba del todo, ¿me entiende, Luciano?

Te entiendo, chico; claro que sí, musitó el tabaquero. Y anticipo también cómo vas a acabar si sigues emperrado en moverte por ese pantano. Eso último no lo dijo en voz alta, claro estaba. Pero lo pensó. En el penal de Sing Sing, con un poco de suerte, aunque sin que ninguno de esos en los que tú confías acuda a llevarte siquiera un paquete de cigarrillos. O con un par de balas en la barriga, ésa es otra opción: como terminó sus días tu pobre padre, desangrado en cualquier acera al amanecer. Porque el tabaquero también tenía mucha calle a las espaldas y sabía cómo funcionaba el asunto: esos banqueros en cuyo selecto grupo Tony aspiraba a integrarse nunca funcionaban por libre, siempre contaban con alguien detrás. Mafias que cubrían las apuestas, que respaldaban las bancas y estaban al tanto de todos los movimientos de la cadena. Gangs, crime syndicates. Redes perfectamente coordinadas, organizaciones claramente estructuradas de italianos, de irlandeses, de latinos o judíos, a veces incluso interrelacionadas entre sí. Todos en busca de su jugosa porción del pastel, siempre chocando con lo legal.

Aquello fue lo que Tony le contó la tarde previa y a raíz de ello Barona pensó que algo había que hacer. Por la memoria de ese viejo amigo a quien tanto estimó en su día y por el propio muchacho, que era calcado al padre, algo tenía que poner de su parte el tabaquero para intentar que saliera de esa tentación envenenada. Y como la desazón por aquel demencial invento del night-club de su cuñada le seguía quemando por dentro, se le ocurrió que tal vez, uniendo ambos problemas, podría encontrar una solución.

—Pues ya le aclaro yo que no necesitamos ayuda, ni ahora mismo, ni para mi negocio —repitió Mona en medio de la estación recuperando aquel aire un tanto altanero—. Y a Luciano Barona no le haga ni caso porque en esto ni pincha ni corta, por muy marido de mi hermana que sea.

—Ok, queda entendido. Y lamento haberme metido en donde no me llaman.

Eso dijo Tony el tampeño con una fingida sonrisa conciliadora, porque en realidad no lamentaba nada; más aún, le complacía enormemente haberse acercado a la Catorce y enterarse de cómo se movían las cosas por allí. Gracias a la insistencia del viejo amigo paterno, ahora sabía lo que aquella atractiva chica española se traía entre manos, y eso le llenaba en partes proporcionales de asombro, admiración y curiosidad. No conocía a muchas mujeres dispuestas a agarrar las riendas de un negocio ruinoso en una ciudad tan compleja, y menos a sacar las uñas para intentar cambiarle el paso y reconducirlo hacia un porvenir más prometedor.

El silencio que quedó flotando entre ambos duró sólo unos instantes, lo quebró la voz de Luz con una pequeña venganza hacia su hermana por estar obligándola a ir con ella.

—Pretende ir a Central Park South, acaba de decirlo. Estaba buscando cómo llegar.

Mona le dio un pellizco disimulado. Calla, idiota, susurró mientras le retorcía la carne del brazo y la otra fruncía una mueca de dolor. No necesitaba que él fuera consciente de lo ignorante que era, prefería batallar sola con sus torpezas y sus inseguridades.

—Hacia allá más o menos voy también yo —aseguró él ahora con un impostado tono de sorpresa, qué casualidad—. Let's go; no es que insista en acompañarlas, es que no nos queda más remedio que tomar el mismo tren.

Mentía Tony de nuevo, claro. Como tampoco había sido fortuito el encontrarse en la estación: de hecho, llevaba aguardando a Mona un buen rato; antes de separarse de Barona, éste le había indicado que vivían allí. En la esquina, sin ocultarse del todo pero discretamente apartado, la estuvo esperando, hasta que la vio salir del edificio rojo de apartamentos peleando a viva voz con su hermana.

Estaban ya los tres en el andén, cercanos pero no juntos; él silbaba algo con un falso aire distraído mientras Luz seguía envuelta en sus dudas y Mona, con los ojos fijos en la negrura de las vías, sentía un creciente desasosiego. El destino de aquel viaje le pareció de pronto absurdo: en qué momento se le ocurriría a ella, una muerta de hambre que nada sabía de cómo se movía el mundo, pensar en pedirle a ese conde de Covadonga que le echara una mano para sobrevivir. Por fortuna, todavía no había puesto al tanto a su hermana de sus intenciones así que, cuando subieron al vagón atestado de gente y éste empezó a avanzar tambaleante por las profundidades del subsuelo y Tony preguntó como quien no quiere la cosa adónde iban exactamente, Luz se encogió de hombros con fastidio y señaló a Mona con un desdeñoso golpe de barbilla.

—Ella sabrá, no me lo ha querido decir.

El tren traqueteaba violento en la oscuridad, los tres permanecían en pie entre la multitud de pasajeros, agarrados a las argollas colgantes, bamboleándose a sacudidas. Si Tony vio el pómulo violáceo de la hermana menor, lo disimuló; aunque ella se esforzaba para colocarse el pelo una y otra vez sobre ese lado de la cara, el movimiento brusco a veces se lo dejaba a la vista. A diferencia de Luz, Mona se mantenía férrea en su postura y su silencio. Llegaron a una parada, entró gente, salió gente, volvió el zarandeo de cuerpos. Hasta que ella cedió. Un poco sólo. Por pura educación.

—A ver a un conocido, a eso vamos.

Y añadió unos segundos después:

—A un compatriota que vive en un hotel.

Tony la siguió mirando con sus ojos medio verdosos, como si quisiera saber más. O como si no se cansara de contemplar aquel rostro serio y contraído bajo las cejas espesas, y las pestañas largas y negras que le cubrían los ojos mientras ella miraba al suelo, y su pelo oscuro mal peinado porque no le había dado tiempo a arreglárselo en condiciones tras el largo día de faena, y su cuerpo esbelto dentro del mismo vestido floreado que llevaba la última vez que la vio. Tenaz, obstinada, desconcertantemente cautivadora, iba pensando él mientras empezaban a chirriar los frenos y todos los pasajeros se tambalearon y Mona perdió el equilibrio sobre los zapatos de tacón que no estaba acostumbrada a llevar. La última sacudida la hizo volcarse unos segundos sobre él: choque de cuerpos, roce de miembros, una cálida sensación de piel con piel a pesar de la ropa que los envolvía. Tony, rápido, la sostuvo. Ella musitó perdón y recuperó turbada la postura.

62

Llegaron a la estación en la esquina con la Quinta avenida, al salir los recibió el extremo sureste de Central Park. Dentro del parque, a unos metros, un cúmulo de verdes en parterres, arbustos y árboles; fuera, automóviles imponentes, niños con criadas de uniforme, señoras elegantes, señores elegantes, hasta perros elegantes había. Un poco más allá vieron lo que parecía una plaza con una gigantesca estatua dorada; alguien que en vida mucho tuvo o mandó mucho, a cuento de qué, si no, se le levantaba a nadie un monumento así. Frente a ellas, en la distancia, se alzaban unos soberbios edificios: intuitivamente, Mona supuso que allí debía de estar su destino. Un par de veces había pasado por delante empujando la silla de doña Maxi, no demasiado lejos estaba la clínica donde trabajaba su sobrino; al pensarlo, el recuerdo de César Osorio se le cruzó fugaz. Tan distinto a Tony a pesar de compartir más o menos edad y altura, el uno tan distendido y tan penetrante, el otro siempre en su sitio bajo una capa de solvente serenidad.

—Ha sido muy amable al acompañarnos —dijo a modo de despedida sacudiendo la cabeza, como si quisiera arrancarse de ella las comparaciones. Céntrate, so tonta, que bastante tienes encima.

Y con ese gesto y esas parcas palabras vino a indicar a Tony que los pormenores del encuentro que tenían pendiente no eran asunto suyo. Que las dejara en paz.

Luz, entretanto, exploraba disimuladamente el entorno buscando la manera de escapar. El trayecto entero lo había hecho pensando en Frank, en lo que había pasado esa tarde en el dormitorio, en que nada se habría torcido si ella no le hubiera plantado cara el día anterior para anunciarle que, contra su criterio, había decidido actuar en el espectáculo de su hermana.

Mona la sacó sin miramientos de sus reflexiones.

—Andando, tú.

Tony, por su parte, tampoco desistió. Le bullía la curiosidad, le reconcomía no ser capaz de intuir qué se traía entre manos aquella joven con los redaños suficientes como para pretender abrir por sí misma un night-club.

—Si me dice el nombre del hotel al que se dirigen, quizá pueda indicarles...

Una mirada elocuente bastó para acallarle: ¿no te he dicho que nos dejes tranquilas, imbécil?, vino a decirle sin abrir la boca siquiera. Él alzó por réplica las palmas de las manos. Ok, entendido, aclaró con ellas. No se hable más.

Un tirón del brazo de Luz la obligó a moverse, y allá fueron las dos. Aunque se resistía a pensar en ello, algo se le desajustó a Mona por dentro al distanciarse del bolitero: porque nunca había estado tan cerca de él, porque aún sentía su cuerpo y la manera en que la sostuvo con una firmeza ágil y natural. Qué más habría querido que no tener obligaciones: ni un conde desconocido al que convencer de un desatino, ni un negocio que echar a andar. Sentirse liberada de todo, quitarse los zapatos y decirle llévame a donde quieras: a correr por el parque descalza, a meter los pies en el estanque, a pisar la hierba fresca del atardecer. Pero debían irse, seguir su camino solas. Sabía que era mejor así.

La entrada del primer edificio al que se dirigieron resultaba imponente: seis grandes columnas sostenían una especie de pórtico, a media altura sobresalía una estructura metálica verde oscuro con profusión de dorados. Encima, una cristalera. Más arriba todavía, un puñado de banderas y sobre todo eso, alzándose al cielo, veinte plantas en esquina llenas de ventanas rematadas por un tejado que, aunque ellas no lo supieran, por capricho del arquitecto pretendía emular algo así como un château francés.

—¿Aquí venimos? —susurró Luz cohibida ante el desconcertante esplendor, no sabía que ni siquiera se trataba de la entrada principal.

—Vamos a ver...

Los porteros imponían tanto respeto como la propia fachada. Altos, grandes, rubios, uniformados y con gorra de plato como si fueran mandos de algún incierto ejército, con abrigos oscuros hasta los tobillos, llenos de galones brillantes como soles de verano.

Mona respiró dos veces antes de acercarse al de la izquierda.

¿Es esto el hotel St Moritz?, preguntó a su manera, comiéndose las consonantes finales con su acento andaluz. Y a la vez, con el índice como el cañón de una pistola, señaló el interior. El tipo, altivo, apenas se dignó a mirarla. Se sacó ella entonces la tarjeta del tirante del sujetador, donde la llevaba metida desde que salieron: se la mostró, el otro le dedicó una ojeada fugaz. No, indicó moviendo la cabeza tan sólo unas pulgadas. No es aquí.

Bajó los escalones alfombrados que la separaban de la acera; vámonos farfulló a Luz. Apenas habían dado unos pasos cuando las detuvo el chisteo de un joven botones.

—¿Qué tú andas buscando, chica, el St Moritz? —preguntó con acento caribeño sin frenar su labor.

Estaba cargando el maletero de un automóvil; había parado para mirarlas y, a pesar de la pésima pronunciación de Mona, logró entenderla.

—Esto es el Plaza; se confundieron —aclaró mientras metía a pulso una grandiosa maleta de cuero—. Caminen un poquito tan sólo; enseguida, en esta misma acera, lo van a encontrar.

La fachada era bastante menos majestuosa y los porteros no parecían coroneles prusianos, pero el hotel St Moritz, con sus treinta y seis pisos y sus cerca de mil habitaciones, tampoco desmerecía. Al leer el nombre en la placa, ni se detuvieron a preguntar: adentro fueron. El lobby, panelado en mármol granate oscuro cuajado de vetas blancas, las dejó con la boca entreabierta y los ojos sin un pestañeo; en uno de los laterales había una grandiosa chimenea, de otro colgaba una escena de cumbres nevadas, un tributo al pueblo de los Alpes que daba nombre al establecimiento. Había sofás, sillones y mesas distribuidos por gran parte de la superficie, camareros que atendían sin hacer apenas ruido, señoras enjoyadas, señores bien ataviados y un discreto rumor de conversaciones.

Plantadas sobre el dibujo geométrico de una gruesa alfombra, tardaron unos instantes en ubicarse: jamás habían pisado un hotel, era un salto excesivo que su primera experiencia fuera con un cinco estrellas en una de las aceras más cotizadas de Nueva York. Al fondo percibieron un amplio mostrador y, tras él, empleados que se movían con diligencia, contestaban al teléfono y parecían atender a los clientes. Sin estar segura, Mona supuso que allí podrían preguntar.

Con un manotazo, sacó a Luz del embeleso.

—Tira.

Hacia allá iban a encaminarse, sin ser conscientes de que alguien las observaba desde el mismo momento en que pusieron un pie en el interior. Alguien que estaba allí para eso, para advertir presencias que no correspondían al lugar. Y el ojo certero de aquel sujeto había detectado al primer golpe de vista que esas jóvenes mujeres no concordaban con el patrón.

Parecidas entre ellas, pensó el tipo; hermanas seguramente aunque una tuviera la melena morena y la otra pelirroja. Extranjeras sin duda, latinas o gitanas, con ese aspecto tan distinto, algo salvaje. Hermosas y atractivas a todas luces, pero no encajaban entre la clientela del establecimiento ni con calzador. Y ninguna traía equipaje; ni bolso siquiera llevaban. Sospechosas, en definitiva: fuentes potenciales de problemas. Más que hartos estaban en el hotel de que se les colaran señoritas de aspecto inofensivo que juraban acudir a visitar a un conocido o a un pariente de un pariente, y acababan desplumando a huéspedes tan adinerados como ingenuos, pobres incautos convencidos de que sus más tórridos sueños podrían hacerse posibles en esa ciudad colosal.

No habían avanzado más que unos pasos cuando aquel empleado, serio, envarado, vestido de calle y con la calva reluciente como una bombilla, las frenó.

—Ladies...

Le miraron desconcertadas, no entendieron el código: no sabían si lo que el tipo pretendía era saludarlas, o preguntarles algo, o invitarlas sin mayores miramientos a que se fueran por donde habían venido.

—Could you please let me know where are you heading to?

¿Qué dice este tío?, le susurró Luz a Mona entre dientes. No le entiendo ni papa, contestó la otra sin despegar apenas los labios. Pero ambas intuían que no expresaba nada invitador.

En un inglés paupérrimo y apoyándose en aparatosos movimientos de manos, la mediana de las Arenas le indicó que pretendían preguntar por el número de habitación de one friend.

—Ladies, please... —repitió el individuo con voz sorda. Y para que no les quedara duda de lo que sucintamente les estaba pidiendo, les señaló la salida enarcando las cejas y apuntando con la barbilla hacia la entrada.

Pero Mona no estaba dispuesta a desistir, todo lo contrario: aumentó los aspavientos, elevó la voz.

—Que venimos here para ver a one friend! —insistió en su inglés calamitoso.

Los clientes que se movían por el lobby giraron los rostros hacia ellas; en los sofás y los sillones cercanos se alzaron cabezas de señoras con tocados y turbantes.

Para pasmo del empleado, Mona se echó mano al escote dispuesta a sacar de nuevo la tarjeta del conde de Covadonga; éste malinterpretó el gesto y torció el morro más todavía.

—Get out of here —masculló.

Eso lo entendieron ambas a la perfección, ya no había duda de que querían echarlas, y menos aún cuando se acercaron otros dos hombres uniformados en gris. La tensión crecía; Luz se sumó a la gresca en defensa de su hermana, las explicaciones zarrapastrosas a voz alzada de ambas siguieron rompiendo la exquisita placidez del ambiente.

—One friend! —gritó Luz.

—One conde! —gritó Mona—. One person very important in España is waiting for nosotras!

Hasta que el nivel de la escena se hizo intolerable para el estándar de glamour del hotel, y se acabaron todas las contemplaciones. Intimidadas por tres tipos que les doblaban el peso y les sacaban media cabeza, apenas un minuto después estaban fuera.

Rabiosas, humilladas y confusas. En la puñetera calle. Otra vez.

63

—No hubo suerte, ¿ah?

Estaba acomodado en la terraza del elegante café que ocupaba los bajos del hotel, con las piernas cruzadas y un pitillo entre los dedos. Sobre el velador de mármol, un cenicero y una bebida con hielo.

Sin darles ocasión a responderle, le vieron barrer en derredor con la mirada, deslizándola rápida entre las mesas ocupadas por clientes distinguidos. Giró el rostro a la derecha, lo viró a la izquierda y remató su copa mientras se ponía en pie.

—Vámonos.

Abriendo los brazos, les puso a ambas las yemas de los dedos en las cinturas y las impulsó a cruzar hacia el parque: tan anonadadas estaban ambas que ninguna protestó.

A sus espaldas se oyeron gritos irritados, seguramente provenían de un camarero que le increpaba por largarse sin pagar. ¿Ochenta centavos por un trago?, rumió él. Nos hemos vuelto locos, or what?

Las hizo seguir apretando el paso hasta llegar a la acera opuesta, a la entrada a Central Park, hacia donde estuvieran seguros de que ningún empleado suspicaz iba a seguirlos: ni a ellas para asegurarse de que no volvían a colarse en el hotel, ni a él para pedirle cuentas del scotch que acababa de tomarse por la cara.

Tan pronto quedaron fuera de la vista, Tony se detuvo y preguntó sin rodeos a Mona:

—¿Cuánto interés tienes en ver a ese individuo?

Por primera vez en toda la tarde, ella advirtió en su voz y en su semblante un tono de seriedad. La ironía de antes, las ganas de mostrarse liviano y obsequioso habían volado. Y además ahora, más cercano, le hablaba de tú.

Se tomó unos segundos para reflexionar su respuesta. Le gustaría poder decir que ninguno, ni el más mínimo interés; si no me dejan verle, me voy a mi casa y santas pascuas, me olvido del asunto y que le den morcilla a esta gente tan engreída y tan malababa. Pero está el futuro del club, pensó, y su noche de apertura necesitaba algún gancho atractivo y, desgraciadamente, no tenían a nadie más a quien recurrir.

—Mucho —acabó reconociendo con la más desnuda franqueza.

—Perfecto entonces. Let's go, conozco a alguien que puede echarnos una mano...

No logró acabar la frase, la cortaron dos palabras:

—Yo no.

Ambos se volvieron hacia Luz.

—Yo no voy, yo me, me, me... —balbuceó—. Yo me tengo que marchar.

Frank no se le iba de la cabeza. Frank y su comportamiento, Frank y su manera de proceder. Y a medida que debatía consigo misma, cada vez estaba más convencida de que la bronca, en el fondo, había sido culpa suya: no tendría que haberle puesto a él en el disparadero, debería ser más agradecida por todo lo que estaba haciendo por ella, por su carrera, por su futuro. Por esa razón quería buscarle, volver a verle, decirle que no pasaba nada. Disculparse incluso, quizá fuera ella la que tuviera que pedir perdón.

—Tú no vas a ningún sitio —repuso Mona seca.

Desde que Tony las vio salir del apartamento, percibió la tensión. Luego, al abordarlas frente al plano del subway, apreció los restos del llanto en los ojos de la hermana pequeña y, en una de las sacudidas del tren, en un momento en el que las ondas de la melena se le movieron, se percató del pómulo violáceo e hinchado: pistas suficientes como para interpretar la actuación de una mano canalla. No obstante, prefirió callar.

—Tú te vienes con nosotros —insistió la mediana de las Arenas—, vámonos.

Sin tiempo para sopesar su propuesta, había decidido aceptar la ayuda de él: de perdidos al río, difícilmente podría irle peor. Con Luz refunfuñando y agarrada por un brazo, los tres volvieron a cruzar la Cincuenta y nueve, a una distancia prudente del St Moritz. Adentrándose en la Sexta avenida, acabaron por volver al edificio dando un pequeño rodeo, ahora estaban en su fachada lateral. Tony las guió hacia un callejón tan estrecho como sombrío emparedado entre dos alturas inmensas, unos metros más adelante encontraron una puerta de servicio grande y metálica, no estaba cerrada del todo. Asomó entonces la cabeza, escurrió el cuerpo dentro y se perdió de vista; tardó apenas un minuto de regresar. Por acá, ordenó.

Aguardaron unos instantes en un ángulo lateral, con las espaldas pegadas a la pared. De las cocinas cercanas llegaban olores y ruidos inequívocos: sonido de cucharones contra cacharros metálicos y loza que entrechocaba, el crepitar de unos cortes de carne en el grill. Una voz aguda lanzaba órdenes nerviosas al personal: come on!, come on!, come on!

Tony, alerta, vigilaba como un perro de caza a la espera de una presa incierta todavía. Pasó un hombre rechoncho y sudoroso cargando un paquetón de harina al hombro, ellas contuvieron el aliento, no los vio. Pasaron luego dos camareros con chaleco rojo, escapándose a fumar el último pitillo antes de empezar su turno seguramente; tampoco notaron que estaban allí y también Tony los dejó pasar. El tercero era un adolescente, llevaba entre las manos un bloque de mantequilla. Al oír el silbido afilado del tampeño, torció el cuello.

—¿Está dentro Marito el cubano? —preguntó en inglés.

El chaval tenía la cara llena de granos y aire de estar en la inopia, tardó unos segundos en asentir con la barbilla.

—Sácamelo y te ganas un nickel.

Los miró mientras procesaba la oferta, no parecía demasiado rápido de entendederas; cuando Tony se metió la mano en el bolsillo en busca de la moneda de cinco centavos, por fin pareció percatarse y dijo ok.

El tal Marito tardó poco en atravesar la doble puerta que separaba las cocinas del pasillo donde ellos esperaban; resultó ser un mulato con gorro de pinche y chaquetilla blanca, en el rostro traía pintado un gesto de malas pulgas.

—¿Qué tú haces acá, hermano? —exclamó sorprendido al ver a Tony.

El intercambio de frases fue rápido, como casi todos los trueques en la resbaladiza vida del runner de loterías. Esto es lo que necesito, y lo necesito ya. El otro chasqueó la lengua y volvió la mirada hacia las puertas, atento no fueran a pillarle escaqueándose justo a la hora en que bullía la cocina. Por fin cedió. Dame un minuto, a ver qué consigo; ¿cómo tú dices que se llama el tipo?

Tony miró a Mona con gesto interrogativo.

—Conde de Covadonga —respondió ella—. Alfonso de Borbón.

Desapareció con paso rápido hacia el extremo contrario del corredor. En su ausencia, ninguno abrió la boca: ni ellas preguntaron, ni Tony dio explicaciones. Hasta que el cubano regresó poco después.

—Room 2609. This way.

Vamos, les susurró el tampeño: ya tenía el número de la habitación, ahora debían seguir a su amigo, él los iba a guiar. Más pasillos y giros, accesos, distribuidores. Los aromas apetecibles que emanaba la cocina fueron sustituidos por olor a lavandería, un par de veces estuvieron a punto de cruzarse con alguien, pero las cuatro siluetas lograron esquinarse sin dejarse ver. Por fin alcanzaron un amplio espacio cuadrado, Marito accionó el botón de apertura de un montacargas con un recio golpe de la palma de la mano, las puertas comenzaron a deslizarse hasta quedar abiertas.

—Planta veintiséis y a mí nadie me vio.

Los dos hombres se palmearon rápidos las espaldas a modo de despedida. Ya te busco, brother, fue lo último que Tony le dijo a su amigo, o a su conocido, o lo que fuera: el concepto de hermandad era algo muy elástico entre los hispanos de la ciudad. Con ello quedaba implícito, en cualquier caso, que de alguna manera le habría de pagar el favor. Cuando las puertas empezaron a cerrarse con los tres dentro, el pinche de cocina se evaporó.

El montacargas arrancó su traqueteo mientras los elevaba a las alturas, sólo se oía el ruido chirriante del motor. Dos, tres. Una flecha indicadora marcaba sobre un semicírculo los números de los pisos. Cinco. Seis. Por compañía llevaban un gran carro cargado con ropa limpia: montones de sábanas blancas, pilas de toallas que iban subiendo con ellos, separándolos del nivel de la calle y de la vida exterior. Nueve. Diez.

—¿Qué hora es? —susurró Mona. En su vida había tenido ninguna de las Arenas un reloj.

—Un cuarto para las siete —contestó él.

Tarde, iba casi una hora tarde, había quedado a las seis. Igual ya ni está, pensó Mona; igual se cansó de esperar y se fue. O tenía otra visita. O sabía Dios. Doce. Trece. Catorce. Un puño invisible le apretó los intestinos con la fuerza de una tenaza, se le ocurrió entonces que quizá le debía algo a Tony. Algo así como una explicación.

—Conocí a ese señor hace unos meses, no sé si se va a acordar de mí.

Luz, aún enfurruñada y sumida en su abatimiento, se atrevió a preguntar con un hilo de voz:

—Pero ese tío al que vamos a ver ¿es un conde de verdad?

—Supongo. Es alguien importante y vengo a pedirle que nos eche una mano, que asista a la inauguración del show, a ver si con su presencia logramos captar clientes.

Él asintió conforme, Luz rebufó sin saber qué decir. Siguieron en silencio, hombro con hombro mirando al frente. Veinte. Veintiuno. Veintidós.

—¿Y cómo pretendes convencerle?

Veintitrés. Veinticuatro. Veinticinco. Al final, un parón seco los hizo rebotar. Planta veintiséis. Mientras las puertas empezaban a deslizarse hacia los flancos, Mona confesó:

—No lo sé.

Alzando la palma de la mano a modo de aviso, Tony les indicó que esperaran mientras él se asomaba para examinar la zona. Vía libre, dijo luego. Let's go.

Los pasillos eran lujosos, nada que ver con la funcionalidad austera de las zonas del sótano. Larguísimas alfombras, ornamentadas y espesas, paredes enteladas y apliques de pergamino que irradiaban una luz cálida y suntuosa. De detrás de algunas puertas salieron voces, alguna risa ahogada: los preparativos sin duda de gente rica y ociosa para salir a cenar, a bailar, a disfrutar de una magnífica noche de primavera en Nueva York.

La puerta estaba pintada en color crema, como todas. Dentro de un óvalo de bronce, cuatro números: 2609. Ya estaban allí.

Mona tomó aire cerrando los ojos y lo expulsó mientras se alisaba la falda y se repasaba el pelo sin demasiado fruto; acto seguido llamó con los nudillos, primero pausadamente, luego con un poco más de brío.

Una voz de hombre respondió desde dentro. Come in!

—Que haya suerte —musitó Tony a modo de despedida.

Ya estaba Mona empujando la puerta cuando el tampeño le acercó la boca al oído:

—Yo no lo dudaría si fuera él.

Notar su aliento tuvo la culpa. Sólo con sentirlo, a Mona se le erizó la piel. Entonces, sin pensárselo, sin mirarle siquiera, la mediana de las Arenas lo agarró por un brazo y lo arrastró con ellas al interior de la habitación.

64

Estaba en la cama pero no dentro: encima simplemente. Tenía la espalda acomodada sobre varias almohadas, las largas piernas extendidas, pantalón oscuro y camisa blanca con el cuello abierto, calcetines negros, descalzo. Un aparato de radio sonaba en la mesilla de noche: música melódica a un volumen quedo, sin cantante, sin voz. A su alrededor, sobre la colcha de brocado, había esparcidas unas cuantas cuartillas manuscritas y un par de sobres con sellos y remites extranjeros, revistas y catálogos, una pitillera, un cenicero repleto de colillas.

Mona apenas recordaba sus facciones, pero ahora que volvía a tenerlo delante lo identificó en el acto: alrededor de treinta años, rostro alargado, bigote fino y piel tersa, frente despejada con entradas, el pelo claro y liso peinado hacia atrás y los mismos ojos enormes, azules y acuosos que aquella noche lejana habían destilado pavor y esa tarde, en cambio, plasmaron un súbito sobresalto cuando vio adentrarse en su habitación a tres absolutos desconocidos.

—Muy buenas tardes, señor conde —susurró ella en un tono entre prudente y azorado.

Él incorporó el torso.

—Buenas tardes —respondió apretando el ceño. Sin ponerse en pie; con el cuerpo en ángulo recto, añadió cortante—: ¿A quién tengo el placer de saludar?

—Verá —dijo Mona avanzando un par de pasos—. Usted seguramente no se acordará de mí, pero hace ya un tiempo, una noche en que se le echaron encima unos hombres con preguntas y una cámara y estuvieron a punto de tirarlo al suelo, yo estaba cerca y le ayudé a sostenerse y usted, a cambio, me dijo...

La interrumpió punzante.

—¿Dónde ocurrió tal encuentro?

Probablemente se había visto acosado por la prensa en otras ocasiones, necesitaba más precisión para ubicarse. Pero los conocimientos de Mona en materia de geografía neoyorkina, a pesar de las salidas con doña Maxi, le impedían rememorar los datos concretos de la señora para la que trabajó aquella noche.

—Pues... —vaciló frunciendo los labios—. Justo al salir de casa de aquella señora importante a un costado del parque...

—¿Y de cuándo estamos hablando, exactamente?

—Pues... pues por marzo sería más o menos, creo yo.

El conde no pareció ubicar aquel impreciso momento; le chirriaba además la llegada intempestiva de ese trío y que nadie le hubiera avisado desde recepción. No sabía por eso si todo lo que la joven le estaba refiriendo era verdad o tan sólo una patraña para ganarse su confianza y luego sonsacarle información. Sobre su turbulento matrimonio, más que nada, que era el asunto del que todo el mundo pretendía saber. O sobre las constantes tensiones con su padre. O sobre la chocante actividad que realizaba últimamente, para pasmo de propios y ajenos, contratado por la British Motors Ltd.: el primer Borbón en la historia con una ocupación remunerada, aunque se tratara de algo meramente representativo y no un trabajo real, y aunque la cosa no le estuviera yendo tan bien como presuponían y por ahora sólo hubiese conseguido vender un automóvil en el concesionario de Lexington Avenue. De todo ello podría hablar largo y tendido a esos extraños para que después lo difundieran a los cuatro vientos en la prensa americana, en la española, en la europea... Sus declaraciones serían jugosas; podría incluso darles la primicia con respecto a su inminente divorcio, ahora que ya ni siquiera se escribía con su mujer. La noticia sería un bombazo seguro, a pesar de la íntima sensación de fracaso que a él le generaba saber que apenas tres años era todo lo que había durado su impactante y polémica historia de amor.

Mientras aquellas reflexiones pasaban por la mente del conde de Covadonga veloces como aquellos galgos de carreras que perseguían a una liebre mecánica en el Estadio Metropolitano al que lo llevó su padre un día de su infancia madrileña, Mona insistió para refrescarle la memoria:

—Y entonces, aquella noche, usted me dio su tarjeta. Aquí la tengo, mírela.

Sin esperar a que él la invitara a acercarse, avanzó unos cuantos pasos hasta el borde de la cama al tiempo que se sacaba la pieza de cartulina de su cálido refugio junto al pecho y se la tendía.

—Una de mis tarjetas, sí —musitó él.

No sería la primera vez que alguien se le aproximaba con intenciones espurias, siguió pensando mientras permanecía con la mirada fija en las líneas de su propia identidad. Incluso podría ser que lo que pretendieran fuera robarle, aunque ahí darían en hueso porque aparte de la pitillera de oro y el juego de cepillos de tocador en plata, apenas tenía más que unos cuantos dólares en la habitación; desde que Gottfried, su secretario y enfermero, le abandonó unos días antes, nadie manejaba sus calamitosos asuntos financieros. Y el toisón de oro, si aún siguiera en su poder, desde luego lo tendría a buen recaudo en la caja fuerte del hotel, y no allí.

Entre las paredes enteladas se extendió un tenso silencio, apenas llegaban ruidos de la calle a través de la ventana cerrada del piso veintiséis. Mona se retorcía los dedos, Luz y Tony se mantenían inmóviles en la retaguardia a la espera no sabían de qué, y el conde continuaba desconcertado y confuso sobre la cama con la tarjeta en la mano mientras Mona, en pie a su lado, aguardaba algún tipo de reacción.

—Resumiendo si me lo permite, señorita, ¿quiénes son ustedes y qué les hace venir hasta mí?

Por fin Mona vio un resquicio de optimismo: al menos se dignaba a escucharla. Impulsiva, atropellada, arrancó a contarle todo deprisa, comiéndose pedazos de las frases y esforzándose para concentrar hasta el extremo la esencia de lo que pretendía decirle: por si acaso a él se le ocurría cambiar de idea y ordenarles que se marcharan o requerir la presencia de los mismos empleados que las habían echado del lobby con tan malas maneras. Sus nombres y orígenes, sus planes, sus intenciones: todo eso le salió a borbotones de la boca mientras el hombre que pudo haber sido rey de España la contemplaba con sus enormes ojos claros, sin apenas parpadear.

—Vamos a ver si la he entendido. Entonces lo que usted quiere es ¿invitarme a una inauguración?

—Talmente, señor.

—¿Y dónde dice que se encuentra ese night-club?

—En la calle Catorce, señor.

—¿Y dice que usted es la propietaria?

—La familia entera, mejor dicho. Con mi madre y mis hermanas —aclaró girando la barbilla y señalando a Luz—, aunque yo soy la que se dedica más; ellas tienen otros quehaceres. Y luego está Fidel, que es quien me ayuda.

El conde se dio la vuelta para alcanzar un cuadernito de la mesilla de noche. Los tres le siguieron el movimiento con la mirada, sobre la superficie vieron entonces un teléfono, varios botes de medicinas, una jeringuilla y un paquete de algodón.

—¿Fidel Hernández? —leyó entre sus notas. El que comunicó su llegada para las seis en punto y no apareció: ahí estaba anotado, en efecto.

—El mismo.

—¿Y ese tal Fidel es usted? —preguntó el exheredero dirigiendo momentáneamente su atención hacia Tony.

Mona se le adelantó.

—No, señor; Fidel al final no ha podido venir.

—¿Y usted tiene también que ver con el night-club?

Las voces de ambos se solaparon al responder.

—Sí.

—No.

El tampeño frunció las cejas descolocado mientras Mona lanzaba su espontánea mentira con la más pasmosa frialdad.

—Él no es propietario; se trata de nuestro barman.

—Ajá. —En los ojos de Alfonso de Borbón despuntó un poso de ironía—. Así que, además de las dueñas de un prometedor club, tengo ahora mismo un experimentado barman en mi propia habitación.

—A su entero servicio, señor.

Con naturalidad y aplomo: así asumió Tony la falsa versión de Mona; seguramente ella lo había dicho para que el conde los tomara como un todo y no desconfiara. Aquel hombre postrado le estaba empezando a generar en cualquier caso al bolitero una grandiosa curiosidad; desconocía quién era, nada sabía de su abolengo, de su infancia entre oropeles en el Palacio Real, de su apartada y dolorida juventud cuando cazaba avutardas, criaba pollos y cuidaba un huerto en el palacete de la Quinta de El Pardo donde se refugiaba por temporadas para reponer fuerzas y alejarse de las turbulencias de Madrid.

La llegada de la Segunda República en abril del 31, la violenta reacción de las masas frente al Palacio Real, la marcha precipitada hacia el exilio: aunque ninguno de ellos tres lo supiera tampoco, no había noche en la que todos esos recuerdos no retornaran a la cabeza del otrora príncipe de Asturias. La salida del padre por un lado conduciendo su deportivo de madrugada hacia Cartagena, embarcándose luego hacia las costas francesas vestido de uniforme de capitán general, desembarcando en mitad de la madrugada ataviado con abrigo de alpaca y bombín como un ciudadano común. La reina y los seis infantes repartidos en automóviles hasta Galapagar, después en tren hasta Hendaya, de allí a París. A él lo sacaron de sus habitaciones en la planta baja como un fardo, sostenido por unos cuantos amigos, una nueva recaída le impedía tenerse en pie. Tampoco pudo moverse del coche cuando todos lo hicieron y un fotógrafo inmortalizó a su madre y sus hermanos en plena sierra madrileña, sentados sobre las piedras como meros excursionistas, asustados, sin acabar de hacerse a la idea de que partían al destierro; la reina fumando un cigarrillo, echando la ceniza a las zarzas y cubriéndose los ojos azules con una mano a modo de visera, quizá diciendo adiós a esa patria extranjera y ruda que jamás la trató bien.

La agria separación de sus padres en los meses siguientes: el rey español, instalado en Roma; la reina inglesa, en Fontainebleau. Los alojamientos familiares radicalmente alejados del lujo de la corte, las tomas de posición de los hermanos, sus hospitalizaciones en distintos sanatorios. La boda con Edelmira en Lausanne a la que no asistió ni un solo miembro de la familia, el parco alojamiento que había ocupado la pareja en Evian, la desoladora noticia de la muerte de su hermano Gonzalo antes de cumplir los veinte tras un derrame interno provocado por un accidente de automóvil aparentemente inocuo, lo mismo que le ocurriría a él en Miami dos años más tarde aunque todavía no lo supiera.

Las primeras desavenencias como pareja, las crecientes tiranteces entre Gottfried y Edelmira, los desajustes económicos, las alarmas de ella por sus excesivas inyecciones de calmantes, las presiones externas y las peleas desgarradoras, los desencantos de la vida conyugal. Las cada vez más turbias relaciones con su padre, las buenas relaciones con su madre, las interesadas intervenciones de las camarillas para que reconociera su error y dejara a Edelmira, las presiones en el Vaticano para conseguir la anulación. El primer anuncio de separación apenas año y medio después de la boda, la marcha de ella con su hermana desde Cherbourg sin despedirse, las cartas en ambas direcciones, el reencuentro en Nueva York cinco meses después. Sus irreflexivas declaraciones ante una prensa hambrienta de noticias, las supuestas ofertas para hacer cine en Hollywood que jamás llegarían a materializarse. La Habana, la familia de ella, la ardua vida común, las desavenencias ya insoportables entre Gottfried y su mujer. Su gravísima crisis el pasado febrero, el absceso en el muslo, la pérdida de consciencia, el nuncio papal dándole la extremaunción en la residencia que alquilaron en el Vedado, las transfusiones, la electroterapia, la mejoría, la visita de la duquesa de Lécera desde Francia con el fin de convencerle en nombre de su madre para que se dejara de tonterías y regresara a Europa con los suyos de una vez.

Todo eso se acumulaba en la vida del conde, pero ninguno de ellos fue capaz de intuirlo mientras él insertaba un Pall Mall en su larga boquilla de ébano, rasgaba un fósforo y lo encendía. Los observó al aspirar la primera calada y vaciló al saborearla, incapaz de calcular cuánto se estaría arriesgando si les daba una oportunidad. Las chicas eran sin duda atractivas, bellezas raciales de auténtico sello patrio vestidas con la gracia y ligereza americanas; el hombre tampoco tenía en principio aspecto amenazante, parecía hasta simpático, y lo que le proponían no sonaba del todo descabellado: en Nueva York había españoles a montones y desde su llegada ya le habían solicitado unas cuantas veces que acudiera a un negocio o a un encuentro simplemente a figurar.

Si optara por atenderlos y no se los quitara de encima como a unos meros intrusos, quizá les hiciera un favor a ellos y otro a sí mismo, sopesó: llevaba el día entero sin hablar con nadie a excepción de las cuatro palabras que cruzó con la antipática enfermera que le inyectó por la mañana y con el camarero polaco que le sirvió el desayuno y el almuerzo. Y las horas transcurrían con una lentitud angustiosa y, si no charlaba un rato fuera de lo que fuera con aquellos extraños, seguramente se adentraría en la noche sin volver a sentir ni una pizca de calor humano.

—Disculparán que no me levante —dijo a la vez que expulsaba una bocanada de humo— pero, por prescripción médica, cuantas más horas permanezca tendido, más beneficioso será para mi salud.

Giró de nuevo el torso hacia la mesilla de noche y agarró el pesado auricular de la horquilla del teléfono. Ellos contuvieron el aliento mientras el conde insertaba el índice en el disco de marcar y lo hacía girar sobre sí mismo, dejando un rastro de ruido y turbación. Creyeron que todo iba a desmoronarse: habían sido unos ingenuos al imaginar que alguien de tal categoría iba a avenirse a colaborar con una pandilla de ilusos en la tarea de echar a rodar un modesto negocio radicalmente alejado —tanto en el mapa de la ciudad como en la escala social— de las calles y las gentes que aquel hombre frecuentaba. O quizá sería más correcto saltar a un pasado remoto y mencionar las calles y las gentes que solía frecuentar tiempo atrás, porque llevaba dos semanas fastidiado de verdad y tres días postrado en la cama sin moverse, y nadie parecía acordarse de él.

Su hombre para todo, Gottfried Schweizer, le había anunciado sin apenas aviso que lo sustituía por un millonario hipotenso de Detroit, otro cliente del hotel al que conoció tras atenderle espontáneamente de un desvanecimiento durante un desayuno, y al que accedió a acompañar en su viaje a la Riviera Francesa a cambio del triple del salario que él podía permitirse pagarle; incluso por menos le habría abandonado seguro, tantas eran las ganas de despedirse de América como el suizo tenía.

Los monárquicos españoles que residían en Nueva York, por otra parte, una vez que acudieron a recibirle y le rindieron la imprescindible pleitesía, fueron reduciendo al mínimo sus visitas, invitaciones y llamadas, conscientes de que las relaciones entre padre e hijo se mantenían complejas; al fin y al cabo era Alfonso XIII el que seguía reteniendo la corona en el exilio, y quién sabía lo que podría acontecer en un futuro si se mostraban demasiado obsequiosos con el díscolo primogénito. Y otra actitud similar, aunque por razones distintas, percibía en los potentados cubanos que antes lo requerían para todo tipo de eventos y recepciones, fascinados por ese cuento de hadas que para ellos suponía el pintoresco matrimonio del que fuera príncipe de Asturias con una compatriota a la que conoció en un balneario suizo; también ésos habían dejado de agasajarle, ahora que la pareja había partido peras y la situación apuntaba a que ambos tardarían bien poco en recuperar la soltería. Nadie le llamaba tampoco para dar conferencias ni charlas radiofónicas como le prometieron, nadie le requería para nada. Y todos aquellos —españoles, cubanos, americanos, qué más daba—; todos aquellos oportunistas y amigos circunstanciales, en fin, que en los primeros días le acogieron con una cordialidad eufórica y hasta le jalearon en la distancia corta la colosal machada de haber sido capaz de renunciar a la sucesión al trono por amor; todos esos que le rieron ocasionalmente sus ocurrencias, o se dieron codazos por fotografiarse a su lado, o participaron en sus noches de vino y rosas cuando el horizonte sonreía prometedor en el moderno país de la democracia y las libertades, todos ésos se habían tornado mudos e invisibles. Se habían diluido como la sal en el agua, dejándolo débil, quebradizo y melancólico, un apátrida solo en la inmensa ciudad.

—Covadonga speaking... —dijo cuando por fin le contestaron—. Prepárenme el auto, creo que voy a salir.

Antes de que a ellos les llegara el alivio al rostro, depositó el auricular en su horquilla y anunció:

—De acuerdo. Accedo a pensarme si acudo a su club, pero con una condición. Sáquenme esta noche por ahí.

65

Con gesto resuelto y andares decididos: como si fueran unas distinguidas clientas alojadas en una de las mejores suites del St Moritz, así recorrieron el lobby Mona y Luz. Tony las seguía unos pasos por detrás; se cruzaron con algunos de los empleados que habían participado en la escaramuza previa y los ignoraron alzando la barbilla, cerca de la salida encontraron al calvo encargado de velar por el buen nombre del hotel, Mona le guiñó un ojo mientras a la cara del hombre asomaba un agrio desconcierto.

Caía la tarde cuando salieron, ya habían encendido las farolas y los focos de los autos proyectaban conos luminosos sobre la calzada.

—Yo ya sí que no voy a ningún sitio —advirtió de nuevo Luz.

Se había comportado correctamente en la habitación del conde, abrumada como los otros por su figura. Ahora que todo había pasado, sin embargo, sus propios problemas recuperaron el lugar principal.

—¿Ya estamos otra vez?

Ante un Tony atónito, entre peatones que desviaban el paso y huéspedes que entraban y salían, las hermanas Arenas se enzarzaron en una gresca a voz en grito. Otra más.

Con dificultad, a tirones casi, agarrando a cada una de un brazo, Tony logró separarlas de la entrada mientras ellas seguían escupiéndose reproches; una vez que estuvieron lo suficientemente alejados, las interrumpió sin contemplaciones.

—Señoritas, me temo que no es ni el sitio ni el momento.

Eran casi las ocho, tenían tan sólo dos horas por delante. Los espero a las nueve y media, les había dicho Alfonso de Borbón; no, mejor a las diez, que no tengo ayudante y tardaré en vestirme. Yo los invito, cenaremos tarde, horario español, no importará, ¿verdad? Los tres negaron con la cabeza, un tanto incrédulos todavía. ¿Adónde podríamos ir? Frotándose sus manos largas y huesudas mientras paladeaba anticipadamente el imprevisto plan, el conde dio un repaso a sus locales favoritos. ¿El Fornos quizá, que está cerca, tiene una cocina magnífica y siguen abiertos hasta medianoche? ¿O Jai-Alai tal vez, que su dueño Valentín Aguirre organizó el mes pasado un almuerzo en mi honor y seguro que nos sirve a pesar de la hora? O tal vez podríamos optar por algún sitio cubano con espectáculo; me muero por un buen daiquirí. ¿El club Yumurí? ¿La Conga? ¿Havana-Madrid? Aunque puede que a las señoritas les apetezca algo más americano, más... más... Dio una palmada sobre la colcha, sonrió. Decidido, vayamos al Waldorf, me vuelve loco su langosta con salsa de mantequilla y además seguro que está Cugui con su orquesta, pasaremos una noche estupenda, ya verán...

Ésas fueron las palabras del conde antes de que abandonaran la habitación; comentándolas descendieron los veintiséis pisos, incrédulos aún los tres. Por eso Tony las apremiaba ahora, metido como ellas hasta el cuello en el delirante plan.

—Pero yo... —protestó Luz otra vez.

Tony la cortó con un punto de ironía.

—Para que el mamarracho que te ha hecho eso en la cara te ponga igual el otro pómulo siempre hay tiempo, honey. Si tanto interés tienes en que te zumbe de nuevo, seguro que puedes esperar hasta mañana. Así que venga, en marcha.

—¿En marcha para qué? —preguntó atónita Mona—. Es temprano todavía...

—Para prepararnos; no pensaréis que vamos a ir al Waldorf Astoria así.

Con las manos abiertas, Tony abarcó los atuendos de los tres. Mona bajó la mirada hacia su vestido repleto de flores, hacia las medias de seda y los zapatos forrados: un dechado de sofisticación para unas muchachas que habían pasado media vida descalzas y habían desembarcado en Manhattan compartiendo una mísera maleta llena de burdas prendas caseras.

—Esto es lo mejor que tenemos —confesó.

—Podremos mejorarlo si logramos movernos, let's go.

Luz, ajena a lo que Mona y Tony discutían, daba vueltas en la cabeza a las palabras de él. No iba a haber más golpes, de eso estaba segura; lo de aquella tarde se había salido de madre tontamente. No conocían a Frank, ninguno tenía ni idea de lo que estaba haciendo por ella, de sus esfuerzos. Con todo, dudaba que pudiera encontrarlo a estas horas, era demasiado tarde para que anduviera en la oficina, las tiendas de discos habrían cerrado y no tenía otra manera de dar con él: a pesar de habérselo preguntado varias veces, jamás había sabido dónde vivía, ni cómo, ni con quién. Así que, aun con desgana y sin pronunciar palabra, optó por ceder y, cuando Tony silbó a un taxi y éste frenó junto al bordillo de la acera, ella se acomodó en silencio junto a su hermana en el asiento de atrás.

El trayecto fue breve; el tampeño no les dijo adónde iban, quizá pretendía sorprenderlas o simplemente se le pasó por alto, enredado como estuvo con el conductor en sus asuntos de siempre: números, anotaciones, billetes que cambiaron de mano. Se bajaron frente a un local comercial en la Tercera avenida, no entendieron el letrero que decía Pawn Shop ni adivinaron qué se trajinaba en aquel negocio cuyo escaparate lucía atiborrado con los objetos más dispares: aparatos de radio, sillones de barbería, lámparas, paraguas, violines, sombrereras.

Tony llamó con los nudillos sobre el cristal de la puerta cerrada, tardó poco en acudir a abrir un anciano encorvado que apenas le llegaba al hombro. Shalom, mister Bensalem, saludó con simpatía. Intercambiaron unas frases cordiales en inglés, probablemente él insertó alguna broma porque el viejo rió con timbre asmático.

Oh, you're coming from old Sepharad!, dijo cuando él las presentó como unas amigas españolas. Y empezó a hablarles en un extraño español que sonaba dulce y viejo, hasta que Tony le propinó en la espalda una palmada afectuosa.

—Tenemos un poco de prisa, mi querido amigo, ¿pasamos al almacén?

Avanzando delante de ellos con pasitos rápidos y dejando ver la kipá que llevaba en la coronilla, los condujo al interior. La cueva de Alí Babá les pareció a las Arenas la trastienda del sefardí: estanterías desbordadas, baúles y maletas por docenas, montones de cachivaches, pilas de trastos y enseres. Del techo colgaban bicicletas, trineos, cunas infantiles; en una esquina había cinco o seis pianos.

—¿Todo esto es suyo? —susurró Luz a la espalda de Tony.

—Temporalmente, sí; mientras sus dueños intentan reunir el dinero necesario para recogerlo, si es que lo logran alguna vez.

Una casa de empeño, eso era el negocio. Y al fondo del fondo, allí donde el desbordado almacén hacía un recodo, se encontraba la zona que Tony buscaba. Colgadas de largas barras se acumulaban centenares de prendas estrictamente organizadas. Abrigos, uniformes, ropa de niño, trajes de novia...

—Aki, prensesas, pueden bushkar y eligir —anunció el anciano usando el viejo judeo-español de sus ancestros mientras apoyaba una mano sobre la zona que sostenía colgados docenas de trajes de noche.

Tafetas, terciopelos, rasos, sedas; todas las hechuras, los colores y tamaños. Mona y Luz no salían de su estupor.

—Y para mi amigo de la bolita —añadió—, ven por aquí.

Se llevó a Tony unos metros más allá en busca de ropa de hombre mientras ellas, una vez superado el asombro inicial, comenzaron a rebuscar con manos ávidas. Revolvían, tocaban, sacaban, soltaban admiraciones, se ponían las perchas sobre el cuerpo para mostrarse una a otra sus hallazgos.

—¿Listas? —preguntó Tony al cabo de unos breves minutos. Él sí parecía estarlo: en una mano alzada llevaba una percha con varias prendas, en la otra un sombrero de copa.

Ambas respondieron con un rotundo no.

—Come on, ladies; cinco minutos y volamos, aún hay mucho que hacer.

Mona acabó eligiendo un vestido de seda color vino con los hombros al aire; Luz, más audaz, optó por un modelo en lamé dorado con la espalda descubierta. Ninguna se preguntó para quién fueron hechos, ni qué cuerpos los vistieron otras noches: no les dio tiempo a entretenerse con conjeturas porque las reclamó la voz del viejo judío.

—Sapatos agora, prensesas.

Les mostró entonces unas estanterías repletas y a ellas se les volvieron a llenar los ojos de deslumbramiento. Sandalias de piel teñida, escarpines forrados, calzado cerrado y abierto, tacón alto, tacón medio, tacón bajo. Dudaron, se probaron, descartaron, discutieron mientras Tony las espoleaba, vamos, chicas, vamos, vamos, que se nos echa el tiempo encima... Busque un par de bolsos para las señoritas, mister Bensalem, haga el favor.

Un cuarto de hora más tarde estaban de nuevo en un taxi, cargados de ropa y complementos sin haber desembolsado ni un solo dólar: un simple intercambio de papeletas y unas cuantas anotaciones fueron suficientes para sellar el trato. ¡Mañana por la mañana se lo traigo todo sin falta!, gritó Tony a través de la ventanilla abierta. El anciano diminuto asintió desde la puerta, sonreía, levantó la mano. Shalom.

El siguiente destino fue la Ciento dieciséis, bastante más al norte, en pleno corazón de la zona que algunos ya llamaban el Spanish Harlem. Había gente por la calle, olor a arroz con gandules y chicharrón frito, corrillos de viejos que fumaban mientras parlamentaban y reían con pocos dientes. Plantado sobre la acera, con los brazos desbordados de prendas y flanqueado por las chicas, Tony alzó la cabeza y, dirigiéndose a una ventana superior en un modesto edificio, gritó repetidamente:

—¡Adela!

Tardó poco en asomarse una mujer madura y rotunda con un vistoso pañuelo atado a la cabeza.

—¿Qué tú quieres a estas horas, loco?

—Un servicio para mis amigas.

—¡Ave María! Pero ¡si hace ya un buen rato que cerré!

—Tú sabes que voy a devolvértela; es una urgencia, mi amor.

La tal Adela contempló a las chicas desde arriba y reflexionó unos instantes.

—Van a darme trabajo esas melenas, mejor llamo a mi prima Josefita para que me eche una mano.

Era la segunda vez en su vida que Mona pisaba una peluquería, la tercera ocasión para Luz. La primera visita común fue para la boda de Victoria, las atendieron unas italianas en un establecimiento en la Dieciséis que les aconsejaron en Casa Moneo. A Luz la llevó después Frank Kruzan a un moderno salón pintado en un rosa rabioso próximo a Times Square; acá vienen todas las aspirantes a estrellas, baby, las encargadas conocen mejor que nadie qué deben hacer. Salió de allí con la melena peroxidada, la piel enrojecida allí donde antes estaban sus cejas y un gurruño de confusión en las tripas.

En poco se parecía a aquel otro sitio lleno de globos de luz, espejos enormes y jóvenes teñidas de rubio aparatoso al local que la puertorriqueña Adela ocupaba en el piso bajo de su bloque de apartamentos, un humilde negocio con dos destartaladas butacas caseras en el puesto de sillones profesionales, un par de espejos desparejados con manchas opacas, un único lavabo y una secuencia de recortes de revistas clavados en las paredes a modo de decoración. Pero aquello era todo lo que Tony conocía en la esfera de la estética femenina, porque la propia Adela le hacía de corredora de lotería entre sus clientas. Él se pasaba por allí todas las semanas para ajustar cuentas y, antes de irse, ofrecía a la mujer unos minutos de cháchara; por eso sabía que ella no iba a negarle el favor a pesar de que fueran más de las nueve de la noche y aún tuviera que acostar a un padre inválido, mantener la cena caliente para un marido que trabajaba en el segundo turno de una empaquetadora y contender con las llegadas sucesivas de tres hijos y dos sobrinos que aún vivían bajo su techo.

Siéntense, muchachas; vamos a ver qué logramos hacerles en el poco tiempo que el chivo loco del bolitero nos concede; ¿un recogido o cabello suelto, qué prefieren? Suelto, dijeron las dos a la vez. A golpe de cepillo, hierros calientes y tenacillas, afanadas a cuatro manos mientras con su acento dulce bromeaban y les narraban sin parar cosas del barrio y de su isla, entre las dos mujeres tardaron poco en conseguir unas brillantes melenas con raya a un lado y ondas marcadas. Y ahora, anunció Adela, un poco de make-up. Labios, pestañas, algo de crema coloreada para esconder el pómulo amoratado de Luz. Deja a ese hombre, chica; olvídate de ese canalla antes de que vaya a más, mira que una vez que empiezan no tienen fin... Esas frases le susurró la baqueteada peluquera mientras le pasaba cuidadosa la yema del índice por encima de la magulladura y Luz contenía un gesto de dolor. En ese instante entró Tony y la menor de las hermanas se libró de responder.

—¿Listas?

Las cuatro mujeres giraron las cabezas; tres de ellas estallaron en risas y entusiastas exclamaciones. El broker de lotería clandestina ya no llevaba el arrugado traje de lino claro con el que las había acompañado a lo largo de toda la tarde, sino un magnífico frac, pechera almidonada con corbata de lazo blanco y el pelo castaño claro peinado hacia atrás con brillantina.

—¡Imponente varón! —gritó Adela entre carcajadas.

Mona fue la única que no hizo ningún comentario. Sólo le miró.

Terminado el trabajo con las cabezas, lo único que les faltaba ahora era vestirse, y para ello les ofrecieron un oscuro cuarto trasero lleno de trastos. Sobre un jergón que seguramente ocuparía de tanto en tanto algún pariente llegado desde Puerto Rico, las chicas dispusieron sus vestimentas; delante de la peluquera y la asistente, se despojaron de las prendas de todos los días hasta quedar en ropa interior.

—¡Virgen del Carmen, pero así no pueden salir, muchachas!

El grito partió de la boca de Josefita, la treintañera de piel café con leche que había ayudado en el quehacer, y la causa la generó Luz al quitarse la camisola por la cabeza. Sin más razones, salió del cuarto y regresó con una cuchilla en la mano. Alcen los brazos, chicas, les dijo, que voy a dejarlas limpitas como culo de bebé. Con las axilas depiladas por primera vez en su vida, Mona y Luz se enfundaron los vestidos; las puertorriqueñas les ajustaron espaldas, largos y escotes, abrocharon corchetes y botones.

—Míralas, muchacho, ¿no están bellas? —le dijo orgullosa Adela a Tony cuando por fin salieron del cuarto trasero.

Él las contempló sin palabras, por un momento se le volaron las urgencias.

—Hasta con el rey de España podrían cenar esta noche si el buen hombre estuviera en Nueva York.

66

El tabaquero ansiaba regresar junto a Victoria tras su paso por Las Hijas del Capitán, incluso cuando en paralelo hubiera de soportar la cara larga de Remedios. A ver cuándo me lleváis de vuelta al barrio, no quiero que las otras dos sigan solas el día entero, seguro que andan por ahí como pollos sin cabeza, ojalá acaben de una santa vez la maldita inspección los del ayuntamiento y podamos volver a abrir...

Aquél era el embuste que le habían contado entre todos a la crédula mujer: que unos oficiales de sanidad del ayuntamiento tenían que inspeccionar las instalaciones y autorizarlas para seguir con el negocio. Aun de mala gana, se lo tragó.

Los planes de Barona, sin embargo, cambiaron de rumbo cuando, tras despedirse de Tony, se cruzó con Al el escocés, el propietario de la taberna vecina a Casa María al que también surtía él de tabacos. Un compatriota abre un negocio en Sullivan Street, cerca de la relojería española, puede ser una oportunidad, amigo, le dijo el robusto pelirrojo mientras él hacía unas rápidas componendas mentales. Por un lado estaba Victoria, sus ojazos, su olor a hembra joven y sus silencios, su compañía. Por otro, los vaivenes del negocio tabaquero, el coste nada despreciable de la boda, los gastos futuros en su nueva vida de casado, la intuición de que debería echar un cable económico a Chano ahora que, aun sin haberlo anunciado abiertamente, parecía que el chico estaba por dejar el boxeo. Colocando ambos lotes en la fría balanza de la responsabilidad, el segundo pesó bastante más que el primero, y por eso el tabaquero agarró sus cajas de habanos atadas con sus sempiternas cintas y le dijo al escocés que sí, que allá iba directo a ver si lograba hacerse con ese nuevo cliente del que le hablaba aun a costa de demorar el regreso a casa al menos un par de horas.

En Brooklyn, entretanto, Victoria y su madre habían matado el tiempo con una interminable caminata. Ver calle, gente y cielo, que le diera el aire en el rostro, eso era lo que la mayor de las Arenas ansiaba, escapar de entre las paredes de esa casa que la oprimía como un compartimento estanco en el que siempre, de alguna manera, todo estaba lleno de Chano.

Cuando él andaba presente, su atención plena giraba en torno al hijo de su marido: los ruidos que hacía al entrar o salir, al recorrer el pasillo, al abrir un cajón de la cocina en busca de un rollo de alambre o unas tijeras; todo se le clavaba a ella en el alma y en los oídos. La espalda ancha, las manos machacadas que agarraban pomos de puerta, grifos y cubiertos, el cuello fibroso, los labios agrietados que bebían agua, las huellas de mil golpes que le surcaban la cara: todo aquello también lo absorbía Victoria con la mirada mientras notaba esos ojos suyos que la contemplaban silenciosos cuando él creía que ella no se daba cuenta, los ojos callados que la perseguían, la aquilataban, la taladraban.

Estaba luego su ausencia, el rastro que dejaba cuando desaparecía trotando por la escalera, esas trazas que Victoria rescataba después una a una como si recogiera restos desperdigados por una playa tras el temporal. El olor de la almohada que abrazaba y olía cuando se adentraba sigilosa en su dormitorio, el saco lleno de su ropa sucia que él no permitía que le lavara, las camisas colgadas en el armario entre las que hundía el rostro, el peine de hombre que ella se pasaba lentamente por la melena frente al espejo, la cuchilla de afeitar que él deslizaba por su mandíbula cada mañana y que ella rozaba luego despacio con la yema de un dedo.

Aunque su madre, sin ser consciente, la mantenía al margen del despeñadero, el boxeador no se le destrababa del pensamiento; por eso quería Victoria salir a airearse a pesar de las protestas de Remedios, atemorizada ante esta nueva zona que no conocía aun cuando todo alrededor de Atlantic Avenue era infinitamente más reposado que el bullicio incesante de Manhattan.

Logró su propósito tras una larga insistencia: salieron a la avenida y empezaron a recorrerla dando la espalda al río, pasaron frente a algunos establecimientos con almas cercanas a su mundo, señal de los cuantiosos compatriotas que por allí había: una tienda de víveres españoles que se llamaba La Competencia, otra que respondía a La Bodega de Paco y otra cuyo propietario se llama Pidal; un pequeño teatro con el nombre Flora en grandes letras, un establecimiento bajo el cartel de ALCÁZAR BAR & GRILL.

—Ya tenemos bastante, ¿no? —preguntó seca Remedios tras este último.

Pero Victoria se resistía a volver, prefería esperar a que llegara Luciano para evitar mayor desazón, Chano no tenía horarios fijos, andaba buscando trabajo, se presentaba sin aviso y luego desaparecía otra vez; quería esquivarlo, sabía que era mejor así. Por eso insistió a su madre, la arrastró prácticamente y continuaron avanzando sin un destino claro. Vamos a recogernos de una santa vez, seguía refunfuñando Remedios de cuando en cuando, no sé qué leches hacemos dando bandazos de acá para allá... Pero Victoria se negaba, un poco más, madre, sólo un poco más. Quebraron la esquina en algún momento, por aquí volveremos antes, mintió para dejar de oír sus protestas.

Descendieron por la Quinta avenida de Brooklyn, nada era demasiado distinto de lo que llevaban visto hasta ahora: modestos inmuebles de tres y cuatro alturas, simples y estrechos, de ladrillo rojo visto o estuco pardo, casi todos con escaleras delanteras voladizas, algunos con negocios en los bajos: una droguería, el establecimiento de un chino que planchaba, la tienda de cachivaches de un judío, una candy store, un taller. Habían alcanzado para entonces la entrada de un edificio de fachada roja y tres plantas, uno de tantos que no habría llamado su atención de no ser porque un grupo de mujeres plantadas frente a la puerta les bloqueaba el paso. Se saludaban a voces, reían, cruzaban exclamaciones en su misma lengua y con acento cercano, iban vestidas modestamente pero con esmero.

Pararon en seco, desconcertadas. Miraron a las mujeres y las mujeres las miraron a ellas: tres de ellas las reconocieron tras unos instantes. Habían estado en la boda, eran paisanas de Luciano procedentes de Alhama, de aquel rincón cercano al Mediterráneo donde la falta de agua les ajó los parrales y empujó a sus gentes rumbo a la emigración.

Treinta o cuarenta familias del mismo origen se concentraban en Brooklyn alrededor del cruce de la Quinta avenida con Lincoln Place, algo al margen del resto de la colonia española, compartiendo eternamente memorias de su pueblo y empapando a sus hijos en los recuerdos de aquella tierra en la que habían dejado la mitad del corazón: la iglesia, la calle de los médicos, las fiestas de San Nicolás en diciembre, el cerro de la Cruz. Como si nunca hubieran salido de su mundo de casas blancas y bancales, perpetuaban los modismos, los nombres y los motes, los afectos y costumbres, las comidas cotidianas: fritada de pescado los viernes, papas con costillas y migas de harina, roscos y mantecados por Navidad.

Abrieron camino los hombres solos, ellas se les sumaron después, a los primeros niños los trajeron en brazos, casi todos nacieron luego. Los padres de familia salían de amanecida rumbo a sus trabajos, algunos a los astilleros y a las fábricas, muchos cargando con sus cuchillos rumbo a Manhattan; en las cocinas de los restaurantes y cafeterías duplicaban turnos, triplicaban a veces, bregaban en sindicatos y jamás se llevaban las sobras, tan sólo de tanto en tanto aquellos sacos de arroz ya vacíos e impresos con letras chinas que luego sus mujeres relavaban con lejía hasta dejar suave la tela para coserles a sus criaturas la ropa interior. Entregaban los sueldos íntegros en casa, iban a cazar conejos a Farmingville en temporada, asistían a los mítines políticos del Ateneo Hispano, bebían café de Bustelo porque decían que el americano les sabía a agua de fregar y mostraban ante sus hijos una ética de trabajo impecable, orgullosos de no tener que vivir de fiado a pesar de los esfuerzos, agradecidos a las oportunidades, sin quejarse nunca.

Ellas, por su parte, se quedaban en casa al tanto de todo, a veces incluso compartían las viviendas llenas de muebles de segunda mano. Con un ojo puesto en aquellos que dejaron y otro atento en los hijos que crecían, desayunaban tazones de leche caliente con pan migado, guisaban con aceite Ybarra, compraban en las tiendas de los italianos, lavaban la ropa a mano en las pilas de las cocinas, se resistían a aprender inglés y cosían en casa para talleres ajenos a centavo la pieza. No se concedían ni lamentos ni caprichos, se apoyaban unas a otras en los quebrantos, pagaban religiosamente sus alquileres, usaban a sus niños como intérpretes cuando necesitaban abrirse al mundo y tiraban hacia delante con coraje y dignidad, enviando cada tanto al otro lado del océano cartas que narraban pequeños y grandes aconteceres mientras escondían zozobras, preocupaciones y melancolías. Que todo marchaba en orden, relataban casi siempre aunque la crudeza del destierro les siguiera enseñando a menudo los dientes. Que llevaban una vida buena, relataban aunque a veces se sintieran monstruosamente solas en esa tierra ajena, tan lejos de los suyos, de sus campos y sus balcones, de sus hermanos, sus macetas, sus sabores y su sol. Que esperaban regresar dentro de no mucho, aunque con los días les fuera creciendo por dentro la amarga certeza de que esa vuelta que tanto ansiaban quizá nunca acabara llegando. Apenas ninguna hacía mención a los sacrificios y las renuncias, las adversidades, las nostalgias y el llanto callado que las asolaba algunas madrugadas; había, sobre todo, que sobrevivir.

Luciano y su mujer nunca residieron en el barrio porque a él le ofrecieron años atrás la vivienda encima de la tabaquería en la que empezó a trabajar, pero se conocían, cómo no iban a conocerse si casi todos los hombres llegaron juntos y en los años venideros compartieron billares y nochebuenas, tertulias políticas y pícnics de domingo en Prospect Park.

No hubo escapatoria: aunque no todas fueron invitadas por aquello de mantener los números, sí estaban al tanto del reciente casamiento de su paisano con aquella hermosa veinteañera, y las trataron con suma amabilidad.

—Suban si quieren un rato —les ofrecieron—. Aquí arriba, en el segundo, tenemos la sede del Grupo Salmerón. Hoy vamos a reunirnos para organizar una excursión a un campo en Long Island al que llamamos La Sartén; vamos a hacer una matanza y...

—No, muchas gracias, nos vamos ya porque...

No había terminado Victoria cuando notó el codo de su madre clavado justo debajo de las costillas.

—Pero ¿qué pasa? —susurró confundida.

—¿Por qué no me quedo yo? —propuso Remedios con timidez.

La aceptación fue unánime: pues claro que sí, mujer, cómo no. Eso le contestaron, aunque todas tuvieran presente el recuerdo de la difunta Encarna y entre unas y otras cruzaran miradas cómplices y alguna frase queda. Ay, hijica, si la pobre levantara la cabeza...

—Yo no... no... mi... ma... mi marido... —tartamudeó Victoria.

Sonaron varias voces de inmediato: váyase usted, muchacha, nosotras nos encargamos de su madre, nosotras la acompañaremos luego, no se apure. Sin dar todavía crédito, en apenas un minuto, madre e hija se vieron separadas: Remedios, siempre tan timorata y tan refractaria a lo desconocido, impulsada escaleras arriba, arropada por un buen montón de féminas a las que no había visto en su vida; Victoria, plantada junto a la puerta, desconcertada, sin asumir del todo lo que acababa de pasar.

Una necesidad orgánica de comunicarse con alguien que la entendiera fue lo que hizo flaquear los habituales recelos de Remedios y la empujó a dejarse arrastrar por aquellas mujeres tenaces que hablaban parecido a sus propias vecinas de La Trinidad. Escuchar palabras cercanas y expresiones conocidas, reencontrarse unos minutos con lugares comunes y anhelos similares. Nada más.

Y así, mientras Remedios, sentada en la silla que le indicaron, se sentía momentáneamente arropada por una mullida capa de imprevista familiaridad al escuchar a aquellas extrañas, Victoria emprendía sola el regreso a casa, turbada aún. Se iba haciendo tarde, se les había ido la hora, Luciano estaría de vuelta preguntándose dónde se habrían metido...

En eso seguía pensando un buen rato después, mientras abría la puerta y oía ruidos dentro: sí, ya estaba su marido en casa. Incapaz de retener el estupor por la insólita decisión de su madre, recorrió el pasillo narrándole en voz alta lo que había pasado. Oyó movimiento dentro del dormitorio, sería él cambiándose; continuó hablando mientras empezaba a desabrocharse la blusa para sustituirla por algún viejo vestido de percal, no fuera a manchársela al enredar con los peroles.

Alcanzó la puerta mientras terminaba de sacar de su ojal el último de los botones, quedó petrificada en el umbral. No era el padre quien estaba dentro, sino el hijo, bajando una gran maleta vacía de lo alto del armario. Ninguno emitió ni una palabra, los dos permanecieron mudos, como congelados ante la mirada del Cristo que colgaba flaco y doliente sobre el cabecero. Cuando lograron reaccionar, Victoria tragó saliva y se cerró la blusa, juntando los delanteros ante el esternón con las dos manos, él dejó la maleta en el suelo.

Sólo se oía el ruido del despertador en la mesilla de noche del tabaquero.

—¿Te vas a ir entonces?

Le costó un mundo a Victoria sacar de dentro las palabras; Chano asintió, se fue acercando.

—He encontrado trabajo en Manhattan, me mudo a un cuarto en el mismo edificio.

Ella no se había movido de debajo del dintel, él se aproximó hasta quedar frente a frente. Apenas los separaban dos palmos cuando le agarró las muñecas. Sin las manos de ella, la blusa quedó abierta en dos caídas paralelas, a la vista asomaron la combinación y el sostén sobre la carne desnuda. La contempló unos instantes, sin decir nada.

Despacio, en silencio todavía, el boxeador bajó el rostro hasta su escote limpio, rozándola con una delicadeza masculina y rasposa que a ella le erizó la piel. Descendió la nariz hacia el nacimiento del pecho, la olió como si en ello le fuera la vida. Subió luego acariciándola con la mandíbula, como si no quisiera rozarla con aquellas manos que tantas veces habían abierto heridas, partido dientes, roto quijadas. Se alzó hasta su cuello esbelto, deslizó por él la boca, se hundió en el hueco caliente del arranque del pelo. Con la garganta seca y una ola de calor que le ascendía desde las entrañas, Victoria se dejó hacer. Sintió entonces los labios resquebrajados transitando hacia los suyos, inconscientemente cerró los ojos y se pegó al cuerpo firme del hombre encendido.

Fue entonces cuando oyeron la llave en la cerradura.

67

El maître los recibió con maneras exquisitas, como probablemente había hecho con todos los grupos, parejas e individuos solos que aquella noche llenaban la imponente Sert Room del hotel Waldorf Astoria. Antes se habían reunido con el conde de Covadonga en el St Moritz; únicamente Tony se adentró en el lobby en su busca; apenas unos minutos después, salieron de nuevo. El uno, ágil e impecable dentro del frac que dejó empeñado en la tienda del judío Bensalem algún pobre diablo al que un mal día se le torcieron las líneas del destino. El otro, con una vestimenta idéntica aunque de su propio guardarropa: levita negra con faldones y solapas de seda, chaleco de piqué marfil, white tie y zapatos de charol: el clásico attire masculino para acudir en la ciudad a cualquier entorno de empaque después de las seis. Sólo que, a diferencia del irrefrenable bolitero de Tampa, el que fuera heredero de la corona de España en la mano derecha llevaba un bastón. Sobre él se apoyaba para sostenerse, aunque no logró enderezar la visible cojera y en la comisura de la boca se le plantaba a cada paso un gesto de dolor.

—¿Está seguro de que puede conducir, señor?

Junto a la acera los esperaba un imponente Aston Martin color verde malaquita; no era el mismo Lincoln al que Mona le ayudó a subir meses atrás. Omitió que no era suyo en propiedad, sino una cesión temporal del concesionario de autos británicos para el que se suponía que trabajaba.

—¡Muero si no lo hago! —dijo tomando las llaves que le

tendía un empleado—. Lamento decirles, señoritas, que irán un pelín estrechas en la parte trasera; espero que no se sientan incómodas en exceso.

Ni una protesta salió de las bocas de las hermanas Arenas a pesar de que verdaderamente iban como piojos en costura dentro de aquel minúsculo espacio más destinado a maletines, perros o sombrereras que a dos jóvenes mujeres de talla normal. En la cabeza de Mona seguía bullendo la necesidad de convencer al conde para que accediera a asistir a la inauguración de Las Hijas del Capitán; en la de Luz, Frank Kruzan seguía presente en un tira y afloja de sentimientos, pero recorrer las principales arterias del Midtown en un descapotable con la noche ya entrada fue una experiencia tan estremecedora que no se atrevieron ni a parpadear. Demorándose en recorrer bastantes más tramos de calles y avenidas de los que en verdad necesitaba para llegar desde el St Moritz hasta Park Avenue, el volante diestro del conde las arrastró entre rascacielos plagados de luces, centelleantes anuncios luminosos y concurrencias de automóviles de lujo, vestidos largos y trajes de etiqueta parados frente a las entradas de los elegantes clubs. Los hombros y las nucas de los dos varones en los asientos delanteros les servían de parapeto en las frenadas, el rugido del motor les retronaba en los oídos con cada acelerón, no pudieron evitar chillar en las curvas cerradas al quebrar esquinas, ni que sus melenas recién peinadas ondearan al viento por la velocidad. Tan deslumbradas, tan apabulladas iban, que recorrieron el trayecto entero con los costados pegados como si las hubieran cosido a puntadas, agarradas con fiereza de la mano, muertas ambas de miedo y de euforia y de nervios y de estupor.

El auto se detuvo con un chirrido de frenos. Hemos llegado, anunció el conde exultante. Cuando lograron poner los pies sobre la acera frente a la fachada art déco del Waldorf Astoria, las cabezas de las chicas giraban como si el mundo se les tambaleara alrededor.

Flanquearon las puertas doradas, las acogió un gigantesco hall con techo de altura infinita y el suelo enteramente enmoquetado en color sangre; por decoración, grandes jarrones de alabastro, columnas de estuco y palmeras frondosas de tamaño natural. Sobre sus cabezas se elevaban cuarenta y siete pisos y las mil cuatrocientas habitaciones más caras de toda Nueva York. Covadonga, conocedor del entorno, las dirigió hacia los escalones que conducían a la Sert Room.

Good evening, ladies; good evening, gentlemen. This way, please, indicó el maître con una leve inclinación del espinazo y una sonrisa profesional. Y ellas le siguieron aturdidas, escoltadas por Tony y el expríncipe, Mona enfundada en el vestido largo y granate que le quedaba como hecho a su exacta medida, con la melena oscura cayéndole sobre los hombros huesudos, con los ojos negros más negros y más brillantes que nunca a la luz de los centenares de bombillas que alumbraban la estancia; Luz, resplandeciente y sinuosa envuelta en el de lamé dorado, soltando destellos al caminar. Los acomodó alrededor de una mesa en un sitio excelente; en el momento en que dos atentos camareros les retiraban las butacas tapizadas en terciopelo para que se sentaran, ellas titubearon. Un guiño de Tony les indicó que todo iba bien.

El salón estaba rebosante: docenas de mesas redondas como la suya congregaban a lo mejor de la alta sociedad neoyorkina, a potentados empresarios de Chicago o de Dallas o de Pittsburgh que andaban de negocios por la ciudad y a acaudalados turistas europeos recién desembarcados del *Queen Mary* o el *Normandie*. En un flanco se alzaba una amplia tarima llena de instrumentos, pero estaban en el intervalo entre una y otra orquesta, por eso nadie tocaba y la pista de baile se veía vacía. Covadonga preguntó algo relativo a la siguiente actuación a un camarero: cuando éste asintió, él sonrió complacido.

En el aire sin música planeaban las conversaciones, el tintineo de copas y los ruidos de los cubiertos al chocar contra la porcelana, un grupo en un costado estalló súbitamente en una carcajada colectiva, apenas a unos metros de distancia sonó el descorche de una botella de champagne.

—Well, well, well...

Las palabras del conde sonaron a satisfacción gozosa mientras abría el menú: carpetas enteladas en color azafrán llenas de sugerencias que ellas fueron incapaces de entender no sólo porque estaban escritas en inglés, sino porque además ofrecían delicadezas cuyos nombres jamás habían oído: sabores de otras latitudes y propuestas que nunca saldrían de la mísera cocina de El Capitán. Brocheta de vieiras con salsa de calvados y arroz pilaf; gallina de Guinea au gratin potatoes. Pichón glaseado. Grilled chateaubriand.

Tony tomó las riendas con su naturalidad abrumadora, como si llevara media vida en comedores semejantes aunque fuera también la primera vez que pisaba un lugar de esa categoría. Pero le sobraba calle y cintura para adaptarse a lo inesperado con ligereza de prestidigitador y, en apenas un minuto, había cartografiado hasta el milímetro todo lo que le rodeaba: el ambiente en su conjunto, los gestos, maneras y humores del compañero de mesa y el impacto de las preciosas hermanas Arenas mordiéndose el labio inferior mientras se esforzaban por descifrar lo indescifrable pasando las yemas de los pulgares entre las líneas del menú, preguntándose qué demonios sería el glazed smoked ham. O el medallion of young lamb. O el lenguado a la meunière.

—¿Qué pedimos, Tony? —susurró Luz abrumada.

El conseguidor de fortunas clandestinas las salvó del mal trago y decidió por ellas.

—Pienso que a las señoritas les gustará empezar con el consomé.

El conde cerró el menú con un carpetazo súbito y se despreocupó; seguía fumando en su boquilla con una fina sonrisa plasmada en los labios, sin dejar de mirar a través de aquellos inmensos ojos azules, saludando de tanto en tanto a alguien que se acercaba unos segundos a la mesa o lanzando al aire un gesto cordial en respuesta a algún ademán que le llegaba desde la distancia.

La Sert Room los envolvía con sus grandiosos lienzos colgados en las paredes, quince murales pintados en grisalla y oro alternados entre las ventanas, vinculados todos a su patria aunque ellas no lo supieran y probablemente el resto de los presentes tampoco: por allí pululaban don Quijote y Sancho Panza en las bodas de Camacho, arropados por forzudos, funámbulos y trapecistas, toros, borrachos, danzarines, castellers y caballeros, dormilones de siesta, charangas bullangueras y gitanas que leían la buenaventura. Por todo aquello más la decoración completa de la sala, había pagado el hotel al catalán Josep Maria Sert unos años atrás la desorbitada cantidad de ciento cincuenta mil dólares, una fortuna en toda regla.

Ajeno en cualquier caso a los detalles artísticos, el entorno seguía burbujeante mientras los hábiles camareros les servían los primeros platos: consomé color ámbar para los tres. Con gusto habría pedido Tony media docena de ostras de Blue Point como las de Covadonga, total para una vez que alguien lo invitaba a un sitio así. Pero quería ponérselo fácil a las chicas, evitarles el mal trago de enfrentarse a viandas complicadas que intuía que no sabrían de qué manera comer, así que se les sumó al caldo concentrado de carne, algo que entrañaba escaso riesgo. Con todo, miró a derecha e izquierda para comprobar que ellas actuaban correctamente, advirtió a Mona alzando una ceja cuando vio que agarraba las asas de porcelana con ambas manos dispuesta a llevarse la taza a la boca, y musitó entre dientes suave suave a Luz al oírla sorber con un ruido excesivo.

Si lo que pretendían era no dejar en mal lugar a su ilustre anfitrión, no obstante, toda cautela estaba de sobra porque a Alfonso de Borbón lo mismo le daba si sus acompañantes desentonaban o no con el ambiente: estaba empeñado en disfrutar el momento y en apartar durante un rato de su cabeza los problemas que le machacaban de noche y de día. Verdaderamente le importaba entre poco y nada si las hermosas compatriotas que le acompañaban esa noche, a pesar de sus esfuerzos por estar a tono, usaban mal el tenedor y el cuchillo, gesticulaban en exceso, se reían más alto de lo correcto o señalaban con el dedo tieso todo aquello que les llamaba la atención.

—¿De verdad están buenos, señor conde, esos bichos con la pinta tan asquerosa que tienen?

La pregunta de Luz, acompañada por un indisimulado gesto de asco, hizo que los dos hombres se echaran a reír; a Mona le entraron primero ganas de propinarle una patada por debajo de la mesa, pero se acabó sumando. Todavía le escocía el no haber estado pendiente del camino pedregoso por el que había transitado su hermana de la mano de Frank Kruzan, le tranquilizaba verla por unos momentos desinhibida y graciosa como siempre, aunque aún le doliera el lado magullado de la cara que llevaba escondido tras el maquillaje y la cortina de pelo.

Los bichos a los que Luz se refería eran las ostras que estaba tomando el conde. Entre grises y verdosas, brillantes, amorfas.

—Exactamente lo mismo solía decir mi mujer.

A medida que escuchaba sus propias palabras, la sonrisa de Covadonga se le congeló en un rictus. Solía, había dicho, y el tiempo del verbo resonó en sus oídos como una pedrada contra un cristal. Solía decir mi mujer, ésas fueron sus palabras: había hablado de ella en pasado, como si ya no existiera, como si inconscientemente él hubiera asumido que su divorcio no tenía vuelta atrás. En verdad, el desenlace había sido algo natural: a pesar de lo mucho que se querían, el matrimonio había empezado a precipitarse por un despeñadero pocos meses después de la boda en Ouchy, cuando los cambios de humor de él comenzaron a enseñar el rostro y ella lo acabó plantando temporalmente frente a la jubilosa reacción de su padre y su entorno, que ya hablaban en público de una separación con todas las de la ley.

El aire del Atlántico y unos cuantos cables preñados de súplicas lograron por fortuna hacerla reflexionar durante la travesía y, cuando por fin Edelmira desembarcó en Nueva York en su tránsito hacia Cuba envuelta en el fastuoso abrigo de marta cibelina que él le compró para intentar reconquistarla, anunció risueña a la prensa que todo había sido un malentendido, que estaban juntos de nuevo. Seis meses después se reencontraron en Manhattan y viajaron juntos a La Habana y reemprendieron la vida común. Menos de un año más tarde, hacía apenas unos meses, ante las continuas desavenencias, peleas, ingresos hospitalarios y escenas desagradables, a pesar de los constantes reclamos de los suyos para que regresara a Europa, Alfonso de Borbón se trasladó otra vez a Nueva York. Solo, con su secretario y asistente por única compañía: Edelmira no podía ya con ninguno de los dos. Y acá seguía, enzarzado en una maraña de cablegramas, cartas, abogados, familia y amigos que intervenían en nombre de ambos a veces ayudando, a veces incordiando con sus mediaciones, a la espera ya de ninguna solución.

—¿Y dónde está ella ahora, si no es mucho preguntar?

Ahora sí que Mona estuvo a punto de lanzarle a Luz un currusco de pan para que dejara de ser tan indiscreta. Al conde, en cambio, no pareció incomodarle su descaro.

—En La Habana sigue. —Sonrió con un rictus entre el sarcasmo y la amargura—. Acostumbrándose a su nueva vida sin mí.

Se hizo un silencio mientras les retiraban las entradas y les servían los platos principales, el comedor continuaba animado, seguían flotando las charlas mullidas propias de la gente educada: un ambiente diametralmente distinto al de las bullas españolas, gritonas, acaloradas y jaraneras a las que ellas estaban acostumbradas.

Ignorando de momento la descomunal media langosta

que le acababan de poner delante, el conde abrió la pitillera de plata, extrajo un nuevo cigarrillo y lo volvió a insertar en su boquilla. Un camarero solícito le acercó una llama, la profunda chupada le adelgazó el rostro.

—No puede soportarme más.

Los impedimentos de su condición física, aquellos dolores que no daban tregua, sus largos días inmovilizado sin poder abandonar la cama, las injerencias externas, su dependencia de las inyecciones que Gottfried le proporcionaba.

Apenas dio la segunda calada a la boquilla, Covadonga aplastó el cigarrillo en el cenicero al tiempo que a la cabeza retornaba el eco de las quejas de su mujer, sus enfados, sus llantos. Mientras la langosta seguía intacta, ninguno de los compañeros de mesa osó empezar su segundo plato. Ternera a la parrilla había pedido Tony para los tres, la más jugosa que jamás habían probado ellas dentro de las muy escasas veces que se habían permitido el lujo de comer buena carne en su vida. Y se les estaba enfriando.

Creyó que serían capaces de superarlo, pero no: eso rememoraba Alfonso de Borbón mientras por fin se decidía a atacar el crustáceo y los demás le imitaban agarrando los cubiertos. La brecha entre Edel y él se fue haciendo cada día más grande. Todas las promesas, todas las generosas renuncias que ambos juraron asumir se acabaron desvaneciendo como volutas en el aire. La realidad se impuso veloz con toda su crudeza, y las palabras dulces y alentadoras que se habían susurrado durante aquellos días de idilio arrebatado a orillas del Lac Léman y en el viaje a Italia y en las semanas londinenses se tornaron en descarnados reproches mutuos y amargas acusaciones.

Mona y Luz cortaban los pedazos de carne a su manera, Tony había desistido de controlar a esas alturas el escaso conocimiento que las chicas tenían de las más elementales normas de etiqueta. Hablaban con la boca llena, bebían agua alzando el codo y haciendo ruido, rebañaban los platos con grandes trozos de pan. Estaban los tres demasiado concentrados escuchando al conde, atentos a lo que les narraba una vez que optó por desprenderse de la melancolía e hizo un esfuerzo por retomar la divertida velada que había planeado. Con humor sarcástico y pinceladas de agridulce desdén les siguió hablando acerca de las desavenencias con su mujer, con su familia política, con las amistades leales o interesadas: como si el suyo hubiera sido un matrimonio malavenido cualquiera y no el colosal escándalo que pasmó a Europa entera y a medio mundo civilizado tan sólo tres años atrás.

—Verdaderamente fue una lástima tener que dejar La Habana...

El movimiento que atisbó en ese instante en el escenario le hizo parar y volver el rostro hacia él. Tras la actuación de la primera orquesta de la noche, los componentes de la segunda se disponían a ocupar sus lugares y, como si fuera un niño que sustituyera un capricho por otro sin un parpadeo, el conde abandonó la langosta y zanjó la conversación, dibujó en la cara una sonrisa de oreja a oreja y arrancó a soltar unas sonoras palmadas.

El resto del comedor aplaudió también en cuanto subió al estrado el director. Cara ancha, nariz prominente, calvo y con fino bigote; sobre la camisa blanca plagada de chorreras, llevaba puesta una extravagante chaqueta de lentejuelas. Saludó entre los aplausos, soltó unas frases en inglés que ellas no entendieron pero que debían de ser bastante graciosas porque todo el mundo las acogió con una monumental carcajada.

El alborozo del público se fue apaciguando, tan sólo se oía a los músicos acomodando sus instrumentos. Ya estaba alzando el director la batuta cuando un grito masculino rasgó el aire de la sala, haciendo que todas las miradas se tornaran súbitas hacia la mesa de las hermanas Arenas.

—¡Cugui, canalla!

El director paró el movimiento, volteó la cabeza y detectó

al instante al conde de Covadonga. En lugar de mostrarse irritado, o al menos sorprendido, lanzó una carcajada.

—¡Alfonsito, bandido, qué bueno verte otra vez!

Apenas medio segundo después, culminó el ascenso de la batuta y los bongós, las maracas y las trompetas atestaron la Sert Room.

68

Cuatro personas se hallaban también sentadas a la mesa de los Barona en otra cena igualmente tardía, pero en nada más se asemejaba al Waldorf Astoria aquel estrecho comedor de Atlantic Avenue alumbrado por una tenue bombilla colgante. Tanto había insistido el tabaquero cuando al llegar encontró a su hijo en casa, que a Chano, a pesar de su rotunda intención de quitarse de en medio, no le quedó otra que ceder. Apenas te vemos, muchacho, le dijo echándole de nuevo un brazo afectuoso sobre los hombros; y menos vamos a verte ahora que piensas mudarte, tienes mucho que contarnos; además, así celebramos que acabo de conseguir un nuevo cliente...

—Entonces, Remedios, ¿no va a contarnos qué es lo que ha hecho con mis paisanas?

Barona le lanzó por tercera vez la misma pregunta mientras quitaba el tapón de corcho a la botella de vino peleón del que se abastecía semanalmente en la bodega de la esquina. Ante la férrea negativa de su suegra, él insistió con ironía:

—Mire que la curiosidad no nos va a dejar dormir esta noche a ninguno...

Pero ella no tenía intención de soltar prenda, no quería que se enteraran de que, después de concluir los planes para la futura excursión y la matanza, tres vecinas de Park Slope la habían ayudado, a petición suya, a escribir una carta. En realidad, ésta no contenía grandes secretos, pero prefería guardarse para sí el contenido. Porque a Remedios le iba creciendo dentro una bola de desazón cuyo tamaño aumentaba con los días y por ello, a espaldas de sus hijas, pretendía tenerlo todo listo para cuando llegara el momento: todo organizado, bien asentado. ¿El momento de qué?, podrían haberle preguntado su yerno y su hija en caso de que ella hubiera abierto un resquicio. De poder volver, claro, cuando el asunto de la maldita indemnización se enderezara de una vez. ¿Y qué era lo que le generaba tal inquietud? La evidencia creciente de que sus hijas iban cambiando con los días: Victoria ya con casa propia y su nuevo papel de mujer casada, Mona escapándose constantemente como una lagartija, Luz con esos pelos teñidos y esos descoques que cada vez le recordaban más a las mujeres sin asomo de vergüenza que se veían en los anuncios colgantes, hasta un sombrero se había comprado últimamente. Eso era lo que a Remedios le fustigaba el alma: la sospecha de que, cuando todo se arreglara, quizá ellas estuvieran tan inmersas en aquel nuevo mundo, tan acomodadas a él, que prefirieran no retornar.

El chaval de Luciano sentado frente a ella a la mesa le corroboraba sus premoniciones: la muestra palpable de cómo el hijo de una pareja de agricultores andaluces podía llegar a convertirse en alguien que apenas nada tenía que ver con sus mayores. Ni en cómo vestía, ni en cómo comía, ni en cómo hablaba. Si hasta había palabras que no sabía decir en la lengua de sus padres, Virgen santa, y para acompañar la comida había rechazado el vino tinto y estaba bebiendo un refresco con burbujas directamente de la botella. A vivir solo decía que se iba, soltero como seguía y teniendo un cuarto propio como tenía en casa de su padre; cuánta sinrazón, pensaba la mujer.

Ni loca estaba Remedios dispuesta a consentir que sus hijas se le americanizasen de aquella manera. Así que, para que no surgiera la duda en el momento en que sor Lito enjaretara el asunto y ellas recogieran los cuartos que les debían por la muerte del pobre Emilio, todo tenía que quedar bien amarrado de antemano: todo previsto en su barrio malagueño para salir zumbando. Y a ser posible, tal como le tenía pedido a la monja, con las dos pequeñas casadas también o, al menos, comprometidas con compatriotas que ansiaran el regreso. Para que a ninguna se le ocurriera plantearle la opción de quedarse. Ni hablar.

Todo esto lo pensaba Remedios sin soltar ni un ay, hasta que Luciano, aburrido de insistir, optó por llevar la conversación a otro derrotero. Le costó, no obstante: ni su mujer ni su hijo mostraban aquella noche demasiadas ganas de hablar. No había más que verlos a los dos, sentados frente a frente, con las miradas concentradas en sus platos, sin alzar apenas los ojos.

—Entonces ¿cuánto dices que piensa pagarte Magaña?

Dependiente en una ferretería de la Ciento diez, su nueva manera de ganarse la vida y la excusa para desaparecer de la casa familiar. No era gran cosa, cierto: sus padres siempre acariciaron el sueño de que estudiara y se abriera paso en un mundo mejor. Hacer de él un hombre de provecho en aquella América repleta de oportunidades, ésa fue siempre su ilusión: que acabara como oficinista, contable, agente de seguros, un empleado de los que trabajaban en un sitio bien acondicionado, volvían puntualmente al hogar todas las tardes y con los años lograban hasta apartamento en propiedad. Algo que le alejara del machaque del padre, de pulirse las suelas de los zapatos pateando día tras día el asfalto aferrado a un hatajo de cajas de habanos bajo la nieve, la lluvia o el sol inclemente, como llevaba décadas haciendo el propio Luciano. Para dejarlo bien asentado cuando ellos regresaran si él optaba por quedarse y no viviera marcado por el estigma de ser un inmigrante que hablaba un inglés mediocre con fuerte acento, para eso lucharon siempre sus padres; para que no fuera carne de cañón como decían sus amigos de Alhama, para que los auténticos americanos nunca lo miraran por encima del hombro.

Sólo consiguieron su propósito a medias: el chico hablaba inglés con un impoluto acento de clase trabajadora, no le gustaba el vino y, a pesar de los esfuerzos de su difunta madre, odiaba el pescado. Todas las demás esperanzas se quedaron en las entrañas del padre o se las llevó Encarna a la tumba: nunca en su vida había trabajado en una oficina, ni siquiera llegó a terminar el senior year en la high school. A una edad temprana, cuando recién llegado de Almería a Brooklyn le hacían mofa en el colegio por su deficiente inglés y le llamaban spic, empezó a usar los puños para sobrevivir en medio de la frustración y el desconcierto. Para su sorpresa, se supo fuerte y ganó respetos. Propuso entonces en casa inscribirse en el gym de un puertorriqueño en Pacific Street, sus padres lo vieron como una manera de hacer nuevos amigos y aclimatarse al barrio, le dieron el sí. Y la bola echó a rodar. Entrenamientos cuatro tardes más los fines de semana, encuentros de púgiles amateurs, un cuerpo curtido, adoración por los más grandes mitos de la colonia hispana: el prodigioso Kid Chocolate que llegaba de La Habana deslumbrando a los aficionados; Paulino Uzcudun, que triunfaba por entonces en Nueva York entre los pesos pesados: el Toro Vasco llamaban a ese titán guipuzcoano, capaz de convocar a veinte mil almas en el Madison Square Garden. A pesar de sus esfuerzos, sin embargo, Chano nunca triunfó a lo grande. Aspiró, prometió, se esforzó con tesón y coraje, tuvo algunos momentos fugaces de gloria. Pero no cuajó. Y ahora que se acercaba a la treintena, por fin la lucidez le había aconsejado que lo dejara antes de convertirse en un fardo medio tronado o de perder hasta la última muela; la sensatez le había puesto en aviso de que mejor era que se apartara de aquel mundo que ya no iba a ofrecerle más que amargura.

—De todas maneras —prosiguió Barona—, aunque el trabajo sea en la ciudad y no en Brooklyn, no entiendo por qué no te sigues quedando aquí, con nosotros...

Victoria empezó a recoger los platos sin abrir la boca, Chano apuró su refresco y se esforzó para no mirarla, para no fijar los ojos en ese cuerpo que había acariciado hacía tan sólo un rato, el que evocaba y ansiaba desde que la vio vestida de novia en la puerta de la iglesia de la Catorce. Ninguno de los dos iba a decirle a Luciano Barona que la razón por la que el hijo se marchaba de la casa era porque el hecho de quedarse irremediablemente los llevaría al abismo que ambos deseaban y temían a la vez.

—Pero bueno, si te empeñas... —prosiguió ignorante el tabaquero enzarzado en sus cautelas paternales, como si hablara al niño que Chano fue y no al hombre baqueteado que era—. Si te empeñas en irte, al menos asegúrate de que el sitio esté en condiciones; de que tenga todo lo necesario y...

A ella se le aflojaron los brazos cuando oyó lo que Luciano propuso a continuación:

—... y de todas maneras, podrías llevar allí a Victoria un día de éstos, antes de mudarte, por si hay algo que limpiar o que arreglar o que...

El estruendo de platos rotos cortó de cuajo la frase. Los trozos de loza rebotaron en el suelo, la salsa del esparragado salpicó los pies de Victoria y la parte más baja del papel de la pared. Remedios soltó un grito áspero recriminándola por su torpeza, Luciano se levantó súbito y exclamó cuidado, no vayas a cortarte. El único que permaneció sentado fue Chano, contemplándola. Las piernas flexionadas, desnudas hasta medio muslo bajo el vestido liviano de andar por casa. La columna delgada que se arqueaba, los brazos que se doblaban y estiraban alternativamente para recoger los pedazos dispersos de loza, el pelo oscuro sobre el rostro al fijar la mirada en su labor.

Todo lo demás se le diluyó al boxeador en el cerebro de una manera parecida a esos momentos en los que, desplomado sobre la lona al final de un combate, empezaba a perder la consciencia a fuerza de golpes mal encajados y la sangre le chorreaba y le nublaba la vista. La imagen de Remedios se le emborronaba, el perfil de su propio padre se desdibujaba, las voces de ambos se tornaban un eco remoto. Sólo ella permanecía en su retina: agachada, turbada, magnética. Y en su cerebro, como si las hubieran lanzado contra las cuerdas de un cuadrilátero, le rebotaban todavía las palabras que habían provocado que las manos de la mayor de las Arenas se tornaran blandas como la mantequilla.

Podrías llevar allí a Victoria un día de éstos, eso dijo el tabaquero.

Como si hubiera hecho sonar un gong invisible que empujara a su mujer y a su hijo hacia la traición.

69

Primero fue *El manisero*, luego *Cachita*, luego *Amapola*, luego *Siboney*. Luz y Tony bailaban con una gracia y un desparpajo que llamaba la atención. El bolitero lo hacía con cuerpo ágil, frescura y buen ritmo; al fin y al cabo, él mismo era hijo de cubana, como lo eran también miles de vecinos de su Tampa natal. Pero la que verdaderamente deslumbró fue Luz: como si a través del baile sacara de su cuerpo los demonios que llevaba dentro, pareció transmutarse en otra mujer. Con el vestido largo de lamé dorado que se le acoplaba a la silueta cual una segunda piel, con su gracia natural y los movimientos armoniosos y seductores que llevaba semanas ensayando en la academia de Revuelta, apenas parecía consciente de que varias docenas de ojos andaban embobados en sus ondulaciones cautivadoras y el balanceo cadencioso de sus caderas.

La responsable de haber montado aquella escena, sin embargo, no fue la propia Luz, sino Mona: ella los forzó a salir a la pista, dejándola sola en la mesa con el conde. Al principio Tony y Luz mostraron su rechazo por mera educación, conscientes de que el expríncipe no podría sumarse, su cuerpo no aguantaría semejante trajín de quiebros de pelvis y piernas. Pero Mona insistió, y Tony la miró con gesto interrogante y ella le susurró un quedo por favor. No necesitó más: puesto en pie de inmediato, el tampeño tendió una mano invitando a la hermana pequeña y ambos se perdieron entre la masa.

A pesar del empaque del entorno, de la presencia turbadora de Tony vestido de frac, de la desazón causada por la agresión a Luz y de las anécdotas a ratos divertidas y a ratos desoladoras de quien ya nunca sería rey, a la mediana de las Arenas no se le olvidaba el origen de su interés, la razón que los llevó hasta el St Moritz. Por eso buscó unos momentos para captar la atención del conde en exclusiva y, cuando finalmente se vio sola con él ya sin ninguna distracción periférica, disparó certera y sin contemplaciones.

—Entonces, señor, ¿acepta usted venir a nuestra inauguración?

Mientras expulsaba el humo de su enésimo cigarrillo, él la miró unos instantes con sus ojos transparentes. Hasta que parpadeó, como si de pronto cayera en la cuenta de algo remoto, casi olvidado.

—¡Ah, cierto, cierto! Tal era la razón por la que acudieron ustedes en mi busca esta tarde, ¿no?

—Eso es.

—¿Y cuál era el negocio exactamente? ¿Un restaurante, o un club español, o...?

Para su frustración, la respuesta se le quedó a Mona petrificada entre los labios: a la mesa se acababan de acercar en ese preciso instante un par de señores entrados en años que blandían un habano en una mano y una copa en la otra. No le conocían en persona, pero saludaron al exheredero en español con una mezcla de confianza, afecto y euforia; quizá por sus férreas convicciones monárquicas, quizá porque llevaban encima algún trago de más. Segundos después se les unieron sus esposas: distinguidamente deferentes con él, descaradamente curiosas con ella, preguntándose quién sería esa morenaza vestida de rojo oscuro, si tal vez no estaría ya sustituyendo a la cubana Edelmira en el alocado corazón del hijo de Alfonso XIII. Llegamos anteayer en el *Aquitania*, estábamos instalados en Biarritz desde que las cosas empezaron a ponerse turbias en España, dijo la mayor de las señoras, algo chaparra y envuelta en terciopelo morado. Madrid se volvió imposible, remachó la más joven, con tres vueltas de perlas al cuello y los dientes de conejo. Y prosiguieron las referencias a esos sitios y esas gentes vinculados a la familia del conde de cuya existencia ella no había oído hablar jamás: Montecarlo, Cannes, Londres, Lausanne, la reina, el rey, la boda de Beatriz con Alessandro Torlonia, la trágica muerte de Gonzalito en aquel triste accidente.

Para mostrarles abiertamente lo mucho que la importunaban, Mona, sin moverse de su butaca, les dio la espalda, apoyó un codo en la mesa, plantó la barbilla encima de la mano y miró altiva y descarada hacia otro lado. Le corroía las tripas la avasalladora llegada de esos extraños, el ser consciente de que, a aquellas alturas de la noche, el conde todavía no había dado un sí firme a su invitación. Eran ya abundantes las personas que se habían acercado a cumplimentarle; temía por ello que alguien lo acaparara, lo absorbiera y se lo acabara llevando sin lograr su objetivo. Al fin y al cabo, con ellos simplemente acordó salir a cenar, no formaban un grupo compacto de amigos fieles sino un frágil apaño de conveniencia.

El cuarteto inoportuno seguía acaparando al conde mientras la música llenaba la sala con sus ritmos tropicales, versiones edulcoradas de compases caribeños, sonidos afrocubanos primarios y callejeros reconvertidos en una moda mundana que empezaba a hacer furor; cada vez eran más las parejas que bailaban exultantes y ello no hacía más que echar carbón al desasosiego que a Mona le crecía dentro. No sólo no había atado aún la conformidad del conde de Covadonga como invitado de honor para la primera noche de Las Hijas del Capitán, sino que además la música que le retumbaba en los oídos no paraba de recordarle que quizá todo su proyecto de nightclub era un inmenso error. Aquello era lo que les había anunciado el indeseable de Frank Kruzan, el cazatalentos maltratador que le había partido a Luz la cara esa misma tarde: la rumba es el presente y el futuro, el caballo ganador.

Un sonoro aplauso la sacó de sus reflexiones: la orquesta hacía un descanso, los danzantes regresaron a las mesas. Luz se deslizó hasta su silla abanicándose con una mano y esquivando alguna broma subida de tono, algún que otro comentario tan sutil como procaz que más de un distinguido señor le dedicó a su paso. Tony se sentó de nuevo al lado de Mona y le susurró al oído ¿todo bien? Por respuesta recibió una mirada con un poso de angustia, él frunció el ceño. ¿Pasa algo? Nada, dijo ella cerrando los ojos y sacudiendo la cabeza. Nada, cosas mías. El broker de ilusiones ilegales no logró insistir: en ese instante llegó alguien a la mesa y se desató una algarada. Abrazos, voces altas, risotadas masculinas. Xavier Cugat, el director de la orquesta, se acababa de acercar a saludar a Alfonso de Borbón.

Venía limpiándose el sudor del cráneo calvo con un pañuelo de seda; de cerca se le apreciaba una nariz prominente y unos ojos listos y achinados. Un camarero negro le arrimó una butaca que colocó entre el conde y Mona, Cugat le lanzó un mandato:

—Dile al Flaquito que prepare unas copas para estos señores, Custodio...

Sin mirarlos siquiera, señaló con el pulgar al cuarteto de desconocidos que ahora quedaban tras él; ahí seguían en pie alrededor del conde como si le estuvieran guardando las espaldas, esperando poder seguir con sus monsergas.

—... y se las sirves en su mesa, no vayan a cansarse de estar tanto tiempo parados.

Las dos parejas de compatriotas no tuvieron más remedio que darse por aludidos y marcharse de mala gana: menuda faena, debieron de pensar mientras se alejaban, ahora que estábamos a punto de hacer doblete alternando con los dos compatriotas más célebres de Nueva York.

Fascinados dejó el músico a las chicas y a Tony con su soltura y su extravagante simpatía. Salpicando el español con gotas de inglés y hablando lo mismo con dejo cubano que con un fuerte acento catalán, pidió otra ronda de daiquirís, agitó las cocteleras como si fueran maracas y se empeñó en servir las copas él mismo. Bromeó, chufleteó, soltó grandes carcajadas y saludó a diestro y siniestro en la distancia, impidiendo a la vez férreamente que ningún obsequioso adulador atravesara el perímetro invisible que él mismo había marcado para proteger la espontánea reunión.

Porque así era Xavier Cugat en la distancia corta y en la larga: un individuo efervescente, excepcional. Catalán de nacimiento, trasplantado en Cuba durante la infancia, violinista brillante y precoz. Emigrado a los Estados Unidos al poco de cumplir los dieciocho y sin hablar media palabra de inglés, buscavidas, visionario, vividor, mujeriego. Optimista irredento, trabajador tenaz, dibujante de tiras cómicas antes de triunfar en la música, impulsor de lo hispano en el norte, introductor de los ritmos tropicales, de aquellos compases —fast and furious— que empezaban a llenar las pistas de baile de los Estados Unidos, una música vibrante y contagiosa que se ajustaba como un guante al dinamismo de las grandes urbes norteamericanas.

¡Cuando le diga al meu pare que me hice amigo tuyo no se lo va a creer, ja, ja, ja! ¡Él, que salió de Girona por inconformista, antimonárquico y radical! Aunque tú ya has perdido cualquier derecho al trono, Alfonsito; con tantas transfusiones como llevas en las venas desde que cruzaste el charco, tu sangre hace ya tiempo que dejó de ser azul, ahora es más democrática que la de cualquier hijo de vecino, ¡ja, ja, ja! Pero ¡aquí el único monarca eres tú, Cugui querido!, le replicó el otro siguiéndole la payasada. ¿Saben amigos cómo le conocen ya por toda América? Como el rey de la rumba. ¡El gran Xavier Cugat, el Rhumba King!

Continuó la charla un rato entre los dos hombres, Mona esforzándose por disimular su nervioso entusiasmo al comprobar que su tiro había sido certero: a tenor del revuelo que levantaba, aquél sería sin duda un invitado magnífico para su inauguración. Ya sólo faltaba que acabara de decir que sí, un último empujón. Hasta que el músico se apeó momentáneamente del tono jocoso de la charla y se dirigió a Luz:

—Te he visto bailar, nena. Y lo haces molt bé, molt bé... Me recuerdas mucho a una noia de origen español a la que conocí no hace mucho en el casino Agua Caliente de Tijuana. Tenía un número con el seu pare, un bailarín sevillano; una cosa que llamaba «Tardes mexicanas» aunque ninguno de los dos conocía México ni de lejos. La noia prometía, pero le chirriaban algunas cosas. El color de pelo, por ejemplo, y algo de peso de más. Le faltaba también sofisticación, no era seductora al caminar ni sabía mover las manos y tenía un apellido feo, poco apropiado para la rapidez con la que todo transcurre en este país; por eso yo mismo le propuse cambiárselo: de Cansino a Hayworth, que aquí suena molt millor. Fixa't tu la suerte que le traje, que ya está rodando films en Hollywood con la Columbia...

No alardeaba: no había parado de crecer como músico y como emprendedor, olía el talento a millas de distancia y tenía un ojo infalible para el show business. Luz balbuceó nerviosa, se había ruborizado; al acaloramiento del baile se le sumó la sorpresa por lo que acababa de escuchar. No sabía qué responder, no sabía si darle las gracias por el cumplido y reconocer abiertamente que esa tal Rita Hayworth era precisamente el modelo que Frank le proponía seguir.

—Estoy montando un espectáculo nuevo para dentro de unos meses, nena; si necesitas trabajo y estás dispuesta a pulirte y a trabajar duro, búscame. No tengo tarjetas, no las necesito, me conoce tothom. Tan sólo averigua por dónde ando y pregunta por mí.

Se despidió con otro par de bromas y un último racimo de carcajadas, se dirigió al escenario de nuevo. Ahí iba el Rhumba King con sus lentejuelas, su camisa de chorreras y su calva reluciente que en los años posteriores ocultaría bajo un tupido peluquín; a llenar de alegría tropical los rígidos cuerpos de aquellos rubios del norte, alterando la rumba legendaria que los negros cubanos bailaban en el calor de las noches del Caribe, robándole su autenticidad primaria y haciéndola universal.

Como si la marcha del músico hubiera supuesto la caída de un telón, la postura y el rostro de Covadonga cambiaron súbitamente: de pronto se mostraron asolados por una inmensa fatiga. Tan impactante fue el cambio que Mona no tuvo más remedio que preguntarle:

—¿Se encuentra usted bien, señor? ¿Quiere que nos vayamos ya?

Él asintió sin palabras; aquel castillo de fuegos artificiales que era Cugat parecía haberle chupado toda su energía. Tony le ayudó a levantarse, un camarero solícito le trajo su bastón y, sobre la cuenta que le acercó el maître, el conde garabateó apenas una firma deforme. Apretando la empuñadura y mordiéndose los labios para contener el dolor, Covadonga caminó con un esfuerzo supremo hacia la salida mientras el incombustible catalán volvía a teñir de euforia la Sert Room a golpe de trompetas y marimbas.

Atravesaron los cuatro el vestíbulo en silencio, salieron a la noche de Park Avenue, las chicas retornaron al cajetín trasero del auto, Tony acomodó al conde en el asiento del copiloto y se puso él mismo al volante sin necesidad de preguntar siquiera.

Ninguno habló durante el breve camino de vuelta, apenas había tráfico, cada cual se bandeó con sus propios pensamientos. Mona masticaba su desazón al saber que la respuesta definitiva del conde se le estaba escapando como agua entre los dedos. Luz continuaba enmudecida porque la inesperada propuesta de Cugat chocaba como un tren de mercancías contra el fantasma de Kruzan y sus ambiciones. El expríncipe de Asturias, entretanto, mantenía los ojos cerrados, la cabeza reclinada sobre la parte superior del asiento y un rictus de dolor en los labios apretados.

Llegaron al St Moritz, sólo había un portero soñoliento junto a la fachada, ni un alma en la acera. Mona, desde su cubil trasero, alargó el brazo hacia delante y posó una mano en el hombro del atribulado expríncipe. Suave y consoladora, compasiva a pesar del desencanto.

—Buenas noches, señor. Que descanse.

Conscientes los tres de que ayudar al conde a moverse llevaría tiempo y esfuerzo, en cuanto Tony salió del auto, Mona y Luz, subiéndose las faldas de los vestidos para no pisárselas, se dispusieron a hacer lo mismo ayudadas por él.

—Vamos a pedir un taxi, me temo que esto va a alargarse —propuso el tampeño mientras tendía la mano a Mona; acababa de hacerlo con Luz, la primera en pisar el suelo. Pero el bajo del vestido se le había quedado a ella enganchado en la punta de un tacón, soltarlo se le estaba volviendo complicado, volvió a sentarse para intentarlo.

—Voy yo a pedirlo —anunció Luz queriendo ganar tiempo. Sin esperar respuesta, se acercó al portero con su inglés de los montes—. One taxi, please!

Fue en ese preciso instante cuando todo se alineó: Luz se esforzaba por hacerse entender de espaldas al auto, el conde seguía trastornado y ausente, el tacón rebelde salió del dobladillo y Mona por fin pudo dejar que Tony le agarrara las manos para ayudarla a salir. En un segundo estaba prácticamente fuera; en dos, sus cuerpos quedaron plantados en la acera frente a frente.

—Buenas noches —susurró él acercando su rostro unas pulgadas, ella no se movió.

Lo siguiente fue un beso. Fugaz, brevísimo, pero tan tierno y tan cálido, tan conmovedor como si hubiera durado media eternidad.

La voz de Covadonga, inesperadamente, le puso término.

—Mona, cariño, acércate.

Desprendiéndose sin quererlo de Tony, de sus labios y sus dedos, Mona corrió hacia el lado del copiloto.

—Dígame, señor.

Él sonrió débilmente, con los ojos aún cerrados.

—Contad conmigo para vuestro negocio, preciosa —anunció con un hilo de voz—. Sea el que sea...

QUINTA PARTE

70

La cocina del apartamento seguía resultándoles extraña sin su madre y sin Victoria. Demasiado silenciosa. Tan vacía.

—Aclárate, Luz, por lo que más quieras, ¿sí o no?

Sin responder a Mona, la hermana menor continuó lanzando pequeños soplos a su tazón de leche con el gesto decaído. Sentadas frente a frente, las dos volvían a llevar la cara lavada y las mismas ropas gastadas de todos los días: los restos del maquillaje quedaron pegados en una toalla antes de irse a la cama y los suntuosos vestidos colgaban ahora de sendas perchas de alambre detrás de la puerta de la habitación, a la espera de ser devueltos al prestamista judío.

—Porque hay que saberlo cuanto antes; tenemos los días contados para abrir, ya lo sabes.

Más soplidos, más silencio por parte de Luz.

—Y como no vengas, nos hundes...

La insistencia de Mona la acabó desarmando, por las mejillas empezaron a correrle un par de lágrimas. Cuando intentó secárselas bruscamente con el dorso de la mano, al rozarse el pómulo magullado soltó una exclamación de dolor.

—Por Dios, Luz, y sobre todo tienes que quitarte de encima al desgraciado de Kruzan, eso es lo principal.

El llanto de la menor de las Arenas ya no tuvo contención. Demasiadas presiones, demasiado desasosiego para una simple muchacha emigrada a la fuerza cuyas únicas preocupaciones hasta hacía muy poco eran acudir a trabajar a la lavandería del barrio y ensayar un par de tardes a la semana un pequeño papelito en una humilde zarzuela de aficionados. Desde que Mona tuvo la estrafalaria idea de montar el night-club y Frank Kruzan apareció en su vida, sin embargo, la simple existencia de Luz se convulsionó entera: la ilusión mezclada con el miedo a defraudarle, la confusión en sus sentimientos, el consentirle que decidiera e hiciera a su antojo con su cuerpo y su voluntad sin negarse.

—No vuelvas a verle ni siquiera para dejarle plantado. Mantente lejos, no vayas más a esa escuela de baile, aléjate de él.

—Pero... Pero yo...

Yo pensé que le quería, pretendía decir; pero las palabras no le salieron. Eso creía en verdad, cegada por la dedicación obsesiva que él había volcado en ella durante el tiempo que llevaban viéndose. O quizá eso era lo que se había obligado a sí misma a creer. Sólo la noche previa se le empezó a caer la venda imaginaria que le tapaba los ojos. La oferta de Cugat, que, a diferencia de Kruzan, no le prometió un firmamento lleno de éxitos rutilantes sino un potencial trabajo conseguido a base de tesón y esfuerzo, vino a ser el contrapeso que la trajo de nuevo a la realidad. Y ahora... Ahora no sabía ni lo que quería, ni lo que sentía, ni lo que era mejor o peor.

—Pero... Pero él... él seguro, seguro que acaba volviendo a buscarme.

Probablemente tuviera razón y el malasombra del cazatalentos no aceptara su rechazo de buen grado. Habría que tener cuidado, estar atentas, pensó Mona; tendría que haber alguna solución.

—Por ahora trágate esas lágrimas, termina el desayuno y vámonos.

La acompañó a la lavandería, los Irigaray estaban abriendo el negocio en ese momento, metiendo llaves en cerraduras y descorriendo cerrojos. Mientras Luz se adentraba en el establecimiento con doña Concha, Mona, en la puerta de la calle aún, simuló consultar cualquier nadería con el marido y aprovechó para ponerle al tanto brevemente de lo que ocurrió el día anterior y de lo que quizá podría pasar ese día. Él frunció el entrecejo y asintió a la vez que terminaba de manipular los cierres para dejar el negocio abierto al público; por fin sabía qué era lo que había estado trastornando a su empleada en los últimos tiempos. Vete tranquila, chica, dijo a Mona. Ya nos encargamos.

Sólo entonces, con la certeza de que su hermana pequeña quedaba al resguardo del fornido vasco y su mujer, Mona emprendió el camino hacia su propio local. Cuando desde la acera opuesta percibió la fachada con su grandioso toldo y el estridente colorido de la pared, el estómago se le hizo un nudo y le entraron unas ganas súbitas de vomitar.

Se contuvo, abrió. Los pintores habían volado con sus latas y sus brochas, los carpinteros habían acabado la faena y ya no retumbaban los martillazos ni se oía el ruido rasposo de la sierra. El trabajo de los unos y los otros, aun sin prender las bombillas, se percibía no obstante en el olor: a pintura y a serrín, a barniz, a cola.

Distinguiendo los contornos y volúmenes tan sólo con la luz que entraba desde la calle, avanzó despacio hacia el interior. Incluso en la penumbra notó los cambios: de las paredes recién pintadas colgaban ahora aquellos carteles promocionales que prometían a los turistas de ultramar una idílica España repleta de sol, toros, geranios y guitarras; seguramente llegaron mientras ellas estaban intentando convencer al conde de Covadonga, y Fidel, tras la bronca con su padre, se dedicó a colgarlos. Las mesas y las sillas que durante los días anteriores permanecieron cubiertas y amontonadas en las esquinas estaban ahora dispuestas alrededor del nuevo escenario. Tras éste, a modo de telón de fondo, había suspendido un enorme pedazo de terciopelo granate de cuya procedencia Mona sospechó de inmediato: el mismo comerciante que surtía de tejidos y ropones a la funeraria Hernández debió de hacerle un favor al hijo de su cliente.

Había cien remates pendientes, se sentó un minuto en el

borde de la tarima a repasarlos. Su capacidad de concentración, sin embargo, andaba resbalosa esa mañana: su atención seguía pendiente de Luz. La Luz de siempre, ingenua, risueña, vivaracha y despreocupada: ésa era la que ella querría ver allí. Pero sabía que algo irremediable había cambiado dentro de su hermana; algo que le había hecho perder la inocencia y el candor. Y una vez más se maldijo a sí misma por no haber estado a su lado para impedirle que se asomara sola al abismo.

Enganchado al recuerdo de Luz a ritmo de congas y maracas la noche previa, como quien saca del agua una red llena de peces brillantes, salió alguien más. Tony. Tony el bolitero, Tony el tampeño, el que se movía en cualquier ambiente con la habilidad de un malabarista, el que se metió en el bolsillo al conde con sus actos y palabras, ayudándole con diligencia cuando hizo falta y arrancándole carcajadas cuando le contó que la rama paterna de su familia fue siempre lealmente monárquica trabajando para los proveedores de tabacos de la Casa Real, mientras en la materna corría una sangre criolla y patriota tan independentista que su propio abuelo luchó contra los españoles en la Guerra Chiquita al mando del general Moncada. Tony adaptativo y buscavidas, seductor sin proponérselo, dejando aquel beso en sus labios, tan elocuente como fugaz.

Se puso en pie de golpe y crujió la tarima recién montada, no quería seguir pensando en él. Lo principal de la noche anterior, más allá de sus sentimientos, era que había logrado su objetivo: ya tenían un padrino para la ceremonia. Y a juzgar por la expectación y las muestras de afecto que despertó en el Waldorf Astoria, sería un padrino excepcional. Zanjado ese asunto, las urgencias ahora eran otras, había faena a montones. Inmersa en ello pasó las horas siguientes, con un pañolón atado a la cabeza maquinando y limpiando, pensando y quitando polvo a los cacharros hasta que pasado el mediodía oyó la voz de Fidel gritar desde la puerta, disparando alocadamente una retahíla de excusas para justificar su tardanza.

Lo cortó radical.

—Calla y déjame hablar a mí, hay dos cosas importantes que debes saber. La primera, sobre el conde de Covadonga. Estuvimos anoche con él, ha dado el sí, asistirá a la inauguración.

Fidel lanzó una carcajada triunfal y, llevándose la mano al corazón, arrancó a bailar unos pasos de tango, como si abrazara a una escuálida pareja imaginaria y por el techo se colaran los compases de *La cumparsita*.

—Para, chalado —ordenó ella—. Para y escucha, hay más. El segundo asunto es Luz: creo que está dispuesta a volver con nosotros. Puede que no tarde en dejarnos, le han ofrecido otra posibilidad mucho más tentadora pero al menos, para empezar, parece que podremos contar con ella. Aunque hay un problema.

—Kruzan —adelantó el chico con voz opaca.

—Exacto. La tiene sometida, no la quiere bien. Ayer le partió la cara y antes que eso... Bueno, antes le hizo otras cosas igualmente asquerosas.

A Fidel se le fue demudando el rostro a medida que la escuchaba, una ráfaga de rabia le recorrió el cuerpo de la cabeza a los pies.

—No sé cómo, pero tenemos que ayudarla a librarse de él.

71

Si Luciano Barona hubiera conocido a Frank Kruzan, se habría parado a saludarle al verlo bajar del tren elevado de la Novena avenida. Y si se hubiera parado a saludarle, sin duda habría sospechado que algo no iba bien al percibir el gesto desencajado que le atravesaba la cara, las ojeras profundas y esas ropas arrugadas que llevaba puestas, algo poco habitual en un tipo generalmente tan atildado. Pero como ambos hombres no sólo nunca habían sido presentados, sino que incluso desconocían sus mutuas existencias a pesar de los lazos que los unían con la mayor y la menor de las hermanas Arenas, aquella mañana tan sólo se cruzaron en la estación rozándose brazo con brazo y cada cual siguió avanzando en un sentido opuesto, el uno tirando de su cargamento de tabacos, el otro empuñando con apatía un ramo de flores.

A lo largo de la caminata hasta el tramo de la calle Catorce donde palpitaba la vida española, lo mismo que durante el trayecto en el tren y lo mismo que durante las largas horas que pasó aquella noche en una sala de espera del Sloane Hospital for Women, Frank Kruzan no había parado de dar vueltas a una misma cuestión: Luz.

Lo cierto era que la chica le gustaba, le gustaba muchísimo: sus carnes prietas, su juventud exuberante y aquel desparpajo un tanto asalvajado que tenía, tan fresco y espontáneo, tan desgarrado. Y por encima de todo le interesaba su potencial. Por eso se había propuesto convertirla en su mejor inversión, y por eso le hervía la sangre al intuir que podría estar en un tris de perderla.

No contaba con que ella le acabaría plantando cara, estaba convencido de tenerla comiendo de su mano. Nunca antes le había pasado algo así, siempre fue él quien dio término a otras relaciones cuando lo creyó oportuno: cuando las chicas no respondieron a las expectativas y sus capacidades resultaron menores de lo que esperaba, o cuando otra opción más prometedora se le cruzó por delante. Tan sólo aquella Jenny le abandonó de pronto para irse con un productor que le propuso una comedia; la muy zorra se largó de un día para otro sin aviso previo y jamás la volvió a ver. Y luego estuvo esa otra, Melanie se llamaba, pero no le dejó por díscola sino porque se la terminó llevando el animal de su padre prácticamente a rastras de vuelta a su granja de Indiana. Lo de Luz, sin embargo, le había trastocado como pocas veces: una pobre inmigrante, una ignorante que se perdía por las calles y ni siquiera sabía inglés, y la muy insensata seguía emperrada en no aplicarse con él al cien por cien, y en compartir su talento con el insignificante espectáculo que estaban montando entre la ilusa de su hermana y un vecino medio idiota. Aquella demencial obcecación no tenía nombre.

Con Luz se le había presentado una oportunidad magnífica para salir del hoyo en que llevaba metido casi dos años; la coyuntura ideal para volver a hacer dinero y, de paso, librarse de Nina de una vez por todas. Nina, murmuró con una mueca amarga al recordarla. Nina, maldita sea. Las imágenes de la larga madrugada le volvieron en torrente a la memoria. Sus gritos, el apartamento revuelto, las sábanas empapadas de sangre, los aullidos de espanto y el taxi al hospital, su cuerpo en la camilla, la aspereza de la enfermera al salir a informarle al pasillo. Spontaneous abortion fue el dictamen. Un aborto natural era lo que había tenido Nina esa misma noche, sin haberse enterado siquiera la muy torpe de que estaba embarazada. Su última gran proeza, pensó Kruzan con amargura, for

God's sake. Menos mal que el feto no había avanzado más allá de unas cuantas semanas; lo último que necesitaba él a esas alturas era un hijo, ahora que estaba a punto de abandonar a esa tarada que lo llevaba frito con sus exigencias y sus reproches, maldito sería siempre el día en que confundió el arrebato carnal y sus supuestas aptitudes con una razón suficiente como para darle el sí quiero en la City Clerk Office con todas las de la ley.

Menos mal que los hermanos llegaron a primera hora al hospital y así pudo largarse temprano: en cuanto oyó las pisadas en la distancia e intuyó sus siluetas compactas avanzando deprisa desde el fondo del largo pasillo, él salió cortando por la escalera de incendios. No tenía nada que hablar con ese par de energúmenos irlandeses y el médico había dicho que ella estaba bien, que sólo necesitaba reposo, así que allí los dejó a los tres, a que lo pusieran a parir como hacían siempre, a que Nina lo denostara y lo denigrara y calentara a los otros dos hasta que acabaran jurando que a la próxima iban a partirle el alma. La historia de siempre, una y otra vez.

Harto estaba de ella, de ellos, de todo el mundo. Y la única salida viable e inminente era Luz: en ella debía concentrarse sin distracciones, ahora solamente tenía que ocuparse de enderezar la relación y asegurarse de que siguiera a su lado para sacarle el máximo provecho. Y ya sabía cómo proceder; para eso le había servido la noche entera en vela, para pensar. Lo primero que debía hacer era obligarla a que abandonara la lavandería y arrancarle de la cabeza de una vez por todas esa patética idea de actuar en el mísero club familiar. Convencerla con razones solventes, deslumbrarla de nuevo y a ser posible sacarla de aquel barrio. No tenía interés en convivir con ella, bastante había tenido con Nina, pero sí podría encontrarle un cuarto en un apartamento compartido con otras chicas, en el Uptown a ser posible, o en el Bronx, o en Queens, lejos en cualquier caso de aquella maldita calle Catorce. De todos modos, antes tendría que hacerse el firme propósito de no volver a perder los nervios con ella, eso era esencial también. El golpe de ayer fue un fallo, un descomunal error. No porque no se lo mereciera, que la muy estúpida se lo había ganado a pulso con su actitud, sino porque a ningún buen puerto iba a llevarle el tratarla con crudeza en esos momentos de vulnerabilidad en los que ella vacilaba. Lo que tocaba ahora era reconquistarla, eso determinó Frank Kruzan mientras se ajustaba el nudo de la corbata cuando ya sólo le quedaban unos pasos para llegar a la lavandería. Seducirla, cautivarla, invitarla a cenar en algún restaurante barato pero vistoso, total, ella no entendía; regalarle esas ridículas flores que había birlado frente a la habitación de una recién parida antes de abandonar el hospital.

—La señorita no tiene nada que hablar con usted.

Para su pasmo, aquélla fue la respuesta que recibió cuando entró en la lavandería Irigaray y pidió verla. En español primero y en un inglés con fuerte acento después, para que no le quedara duda: así se lo soltó el maduro propietario desde detrás del mostrador, con cara de poca broma y el pecho henchido.

La señorita a la que Irigaray se refería, Luz naturalmente, se encontraba mientras tanto con el aliento contenido en la parte interior del local. Llevaba desde primera hora trabajando dentro, sin salir a ninguno de los recados cotidianos. Con todo, como anticipaba que Frank podría aparecer en su busca antes o después, cada vez que sonó la campanilla u oyó entrar a algún cliente, el corazón le dio un vuelco. Hasta que a media mañana, cuando el ánimo se le había serenado, ahí estaba él.

En la parte exterior del negocio, entretanto, la disputa se iba encrespando. Kruzan insistía en verla, se había pasado la noche sentado en un banco de madera, no había dado más que un par de cabezadas con la nuca apoyada contra la pared y la capacidad de aguante se le estaba agotando. Irigaray por su parte se mantenía firme: no way, sir. Kruzan amagó entonces con entrar en la trastienda aun sin permiso, el otro le hizo frente abandonando su parapeto tras el mostrador. Bufidos, voces altas, improperios. De la boca del vasco salió un grito bronco exigiendo que se marchara, solapada llegó la respuesta airada del cazatalentos, la puerta de la calle se abrió haciendo temblar el paño de cristal, Luz se tapó los oídos con las manos, la dueña del negocio la cobijó entre sus grandes pechos mientras susurraba rítmicamente, chsss, chsss, chsss...

En apenas unos segundos los dos varones estaban fuera, proseguía la discusión cada vez más acalorada, algunos viandantes se pararon a observarlos, otros vecinos se acercaron curiosos.

—¿Hace falta echar una mano, don Enrique? —preguntó más de uno.

Se formó un corro alrededor de ellos, Frank Kruzan tenía los ojos enrojecidos y un faldón de la camisa se le había salido de la cinturilla del pantalón; en ese momento le puso al lavandero las manos sobre el pecho, empezaron los empujones. El americano era dos décadas más joven y estaba enrabietado; al vasco le sobraban años pero de joven fue aizcolari en su pueblo, un fornido cortador de troncos, y el que tuvo retuvo, así que no se dejó amedrentar. Prosiguió la refriega sin llegar todavía a los puños, se sumaron más mirones, no estaba claro quién iba a imponerse a quién.

Hasta que súbitamente, como caído del cielo, un cuerpo se abalanzó sobre la espalda de Kruzan. El impacto inesperado lo hizo trastabillar y lo impulsó contra la fachada; a duras penas recobró el equilibrio e intentó desasirse de los brazos flacos que le atenazan el cuello, su objetivo no era ahora enfrentarse a Irigaray, sino quitarse de encima a sacudidas a aquel individuo salido de la nada que se le había subido a horcajadas sobre el lomo y cuyo rostro no podía siquiera ver.

Los mirones gritaban, jaleaban: ¡venga, Gardel, dale fuerte!, ¡ánimo, Fidel, túmbalo! Se oyeron también voces en italiano, en inglés, alguna en portugués incluso. El vasco se echó a un lado y los contempló incrédulo, sin entender qué pintaba el chico de la funeraria en ese fregado. La escena empezó a resultar hasta cómica: Fidel permanecía subido a la espalda del desconocido como una garrapata y no cesaba de lanzarle improperios mientras el otro se revolvía colérico.

Para estupor de todos los presentes, fue Mona quien se abrió paso a empellones entre la concurrencia. Hasta la puerta de Las Hijas del Capitán había llegado el eco de la bronca y, alerta como estaba, había dejado el quehacer para acudir a la carrera.

—¡Para, loco, para! —chilló furiosa—. ¡Quieto, suéltalo ya!

Le costó arrancarlo de su presa, no había manera, tuvieron que ayudarla Irigaray y algún otro vecino, hasta que el muchacho, de mala gana, terminó cediendo y los testigos estallaron en un jocoso aplauso aliñado con unos cuantos silbidos.

La imagen de Frank Kruzan una vez liberado del abrazo aprisionador de Fidel era lamentable: la chaqueta medio descosida, el pelo revuelto, la corbata sobre un hombro, los faldones de la camisa por fuera, congestionado, con el rostro enrojecido y sudoroso, absorbiendo aire a bocanadas. En ausencia de palabras, mientras se esforzaba por recuperar el aliento con los ojos destilando rabia, alzó un pulgar amenazante que osciló entre Mona, Fidel y el dueño de la lavandería.

—You... You... You...

Pero no logró ir más allá del pronombre; incapaz de terminar la frase, respirando todavía con esfuerzo, recogió su sombrero caído y empezó a alejarse con paso bamboleante.

El vasco dio unas palmadas sobre el hombro de Fidel mientras los curiosos optaban por desmigarse. Mucho cabrón anda por ahí suelto, chico, dijo mientras sacudía la cabeza. No tenía la más remota idea de qué era lo que había impulsado al joven a actuar de esa manera, no sabía que por defender a esa Luz que adoraba habría estado dispuesto a saltarle a la espalda no sólo al indeseable de Kruzan sino aun a la misma Estatua de la Libertad.

Lo contemplaron hasta que dobló la esquina; luego, con un chasquido de lengua como única despedida, el dueño de la lavandería se dirigió al interior del negocio.

Fue entonces cuando Mona vio las flores en el suelo, junto a la pared de debajo del escaparate: un ramo astroso después de los violentos pisotones que le habían pasado por encima. Se agachó a recogerlas, intuyó con un punto de amarga ironía que probablemente estaban destinadas a Luz.

Al alzarlas, debajo de las flores aplastadas, encontró algo más. Una cartera. Una cartera de hombre de cuero marrón. Vuelta hacia la pared, se encorvó sobre sí misma para que nadie la viera. La abrió presta, rebuscó, salió de dudas. Unos cuantos carnets a nombre de Frank J. Kruzan confirmaron su suposición: era de él, se le debía de haber caído en medio de la pelea. Con dedos rápidos se la guardó en un bolsillo de la falda, no quiso que Fidel se enterara. Capaz era de ir en busca de su dueño y enturbiar la situación más todavía.

72

Mona andaba trajinando al fondo del local; cerca, un par de electricistas trenzaban filamentos y hacían empalmes para llevar la luz hasta el escenario. Era media tarde y no había parado ni para almorzar, estaba desembalando el pedido que les trajeron fiado desde Casa Victori, lo ordenaba en los estantes con eficiencia, de espaldas, concentrada en su trajín.

Antes de saludarla; antes siquiera de que ella notara su presencia, Tony la contempló desde la distancia. Espigada y diligente, armoniosa en su manera de moverse mientras doblaba el torso y se agachaba en busca de una lata de melocotón en almíbar o una botella de anís, se enderezaba de nuevo, giraba la cintura, se alzaba de puntillas y levantaba los brazos para poner cada cosa en su sitio. Nada puede pararla, pensó él con un punto de admiración. Nada ciertamente parecía capaz de tumbar el arrojo de aquella joven mujer que por fin, cuando oyó pasos a su espalda, acabó por volverse. Despeinada, desaliñada, tan adorable como la noche previa a pesar de ir ahora vestida con una gastada falda de hechura casera y una vieja camisa clara y liviana.

—¿Te echo una mano en algo?

—No hace falta, lo tengo todo más o menos organizado.

—¿Y tampoco tienes tiempo para salir conmigo a comer? Son casi las tres, debes de estar muerta de hambre.

Ni aceptó su ayuda ni la convenció para que se diera un respiro; ante sus firmes negativas, Tony se preguntó qué había sido de la chica vestida de seda color vino a la que besó fugazmente en la madrugada junto a la fachada del St Moritz, si seguía siendo la misma o quizá todo fue una quimera que voló con el primer soplo del amanecer.

A Mona, por su parte, no se le había ido de la mente aquel pequeño momento de intimidad: las manos de él sosteniéndole el rostro, sus labios, el roce de su piel. De hecho, había rememorado aquel instante constantemente: con él en la cabeza quedó dormida, con él pegado a la piel despertó y con él llevaba conviviendo toda la jornada. Ahora, sin embargo, se bandeaba entre dos aguas. Por un lado desearía que todo fuera fácil y fluido, carecer de obligaciones, presiones y retos inmediatos, retomar aquel breve beso y alargarlo hasta hacerlo eterno, dejarse llevar. Por otro lado, sabía que no podía desnortarse: tenía demasiado encima como para ceder a las tentaciones. Así que Tony, ante la actitud distante que percibió en ella, optó por replegarse y no rozarla, ni se le acercó siquiera; tan sólo se apoyó a medias en un taburete mientras la joven proseguía afanándose con su tarea y los electricistas continuaban probando los focos y lanzando broncas maldiciones cada vez que no funcionaban. Mejor que estén aquí estos dos extraños y hagan de cortafuegos, pensó Mona. Mejor.

Cruzaron tan sólo algunos comentarios banales, rememoraron estampas y momentos fugaces de la noche pasada. El Waldorf Astoria, Cugat... Y el conde de Covadonga, lógicamente.

—Acabé acompañándole hasta su cuarto, tuve que ayudarle a desvestirse. Antes de irme me pidió que volviera esta mañana, se ha empeñado en que desayunemos juntos, quería hablarme.

Hizo una pausa, encendió un pitillo y, entre las volutas del humo de la primera calada, en el aire pareció flotar la figura entumecida de Alfonso de Borbón.

—Me ha propuesto que trabaje para él.

Sus palabras paralizaron a Mona.

—Necesita con urgencia un asistente.

—¿Un enfermero? —preguntó ella sin girarse, apoyando las manos sobre un estante.

—No sólo. Secretario es el nombre que él le da al puesto. Alguien que se encargue de sus gestiones, le filtre asuntos y lo acompañe en las salidas y los viajes.

Aunque Tony lo callara, ambos sabían de antemano que el destino de aquellas salidas y viajes sería frecuentemente un hospital. El propio conde se refirió en varias ocasiones a médicos, tratamientos y a esos ingresos intermitentes que sufría a causa de la enfermedad genética que llevaba en las venas: la hemofilia, el triste legado materno que impedía que la sangre se le coagulara con la misma normalidad que al resto de los mortales.

—¿Y tú qué has contestado? —preguntó Mona aún de espaldas, retomando su quehacer y esforzándose por sonar natural. No quería que él notara el pellizco que se le había agarrado en las entrañas.

Tony dio otra calada y dudó unos instantes. Podría salir del paso restando importancia a aquella chocante propuesta que tenía la magnitud suficiente como para acabar desviando de forma radical el rumbo de su destino. Pero prefirió responder con sinceridad.

—Le dije que vamos a probar un par de semanas. Después decidiré.

Ninguno de los dos tenía la más remota idea de lo que conllevaría convertirse en la sombra de alguien de tal posición; de hecho, ninguno era consciente del todo tampoco de la situación del conde en la depuesta familia real. Aun obligadamente exiliado y voluntariamente defenestrado, al borde del divorcio y a un océano de distancia de sus padres y hermanos, Alfonso de Borbón seguía siendo una pieza crucial en la monarquía española en el exilio; a Mona y Tony, sin embargo, enredados en su ignorancia y en sus urgencias cercanas, sólo les interesaba el presente del conde y, como mucho, su futuro más inmediato. Y en ese sentido a Mona no le cupo duda de que Tony a su lado haría un buen papel. Nunca proyectó el bolitero pasarse el resto de su vida pateando las calles con sus apuestas de poca monta; le sobraba sagacidad y hambre de prosperar.

En un arrebato de fría sensatez, Mona presupuso no obstante la otra cara de la moneda: fuera cual fuera el porvenir de Covadonga, si Tony aceptaba convertirse en su sombra, ante él se abrirían nuevas gentes, nuevos mundos. Ambientes distinguidos y nombres de abolengo, autos descapotables, langostas grandes como conejos y soberbias mujeres enjoyadas que fumaban en boquillas de carey: alejado quedaría el bolitero para siempre de los negocios humildes y de la gente corriente que peleaba día a día para sobrevivir. Ni los prestamistas judíos, ni las peluqueras puertorriqueñas, ni las ilusas aspirantes a montar negocios inciertos tendrían cabida en los escenarios por los que transitaría su nueva vida hombro con hombro con alguien a quien durante más de dos décadas todos llamaron alteza. La Habana, Roma, Miami, Londres, Lausanne... Los conocimientos que Mona tenía de linajes reales y geografía universal eran insignificantes, pero le sobraban para anticipar que esa distancia arrancaría a aquel hombre de su lado antes de que nada llegara a cuajar entre ellos; por eso disimuló como pudo su desazón y retomó briosa la tarea de colocar en fila la tanda de botellas con una meticulosidad exagerada.

—Tony, ¿puedo pedirte un favor?

El último, estuvo a punto de decirle, pero se mordió la lengua.

—Cómo no.

Imposible encargarse ella misma, acuciada como estaba por las prisas, las mil cosas pendientes, todo lo que quedaba por hacer. Y postergarlo podría acarrear consecuencias calamitosas para Luz. Aun así, habría preferido no tener que rogarle nada; bastante hizo por ellas en el St Moritz y el Waldorf Astoria; conocerle de cerca había sido tan fascinante como fugaz, mejor dejarlo ir.

Se giró limpiándose las manos en los muslos, con las mejillas arreboladas y un mechón rebelde cruzándole la frente. Algo se le removió también dentro a él al contemplar su cara sucia y hermosa, pero se limitó a lanzarle una escueta media sonrisa, consciente de que su anuncio la había descolocado. Ella no pareció darse por aludida.

Agachándose, sacó la cartera de Frank Kruzan que mantenía escondida debajo del mostrador y la deslizó sobre la superficie; el desagrado que le generaba el mero hecho de tocarla hizo que la impulsara con una energía tal que sobrepasó el borde de la barra y estuvo a punto de acabar sobre el piso. Tony la cazó al vuelo. La examinó cerrada y abierta, cuero marrón, medianamente gastada, sin marcas particulares. Sacó entonces una licencia de conducir, leyó el nombre, no le sonó de nada.

—Es del hijo de mala madre que le dejó ayer la cara hecha un Cristo a mi hermana.

Tony asintió, ahora entendía. Volvió a fijarse en los datos con más curiosidad.

—Ha vuelto esta mañana a la lavandería, pretendía verla. Para que no lo hiciera, ha habido un buen follón en la calle y, en mitad de la bronca, se le ha caído esto al suelo. Imagino que se habrá dado cuenta de que más le vale no aparecer por aquí pero, por si acaso lo intenta al ver que la ha perdido, mejor devolvérsela y no darle ocasión.

Se calló ahí, de su boca no salieron más palabras, aunque el gesto fue elocuente. ¿Lo harías por mí, Tony?, pareció querer decirle, pero de inmediato agarró una botella y empezó a pasarle un trapo, retomando su quehacer. Su nuevo puesto junto a Covadonga, el abismo que se abriría entre ellos, mejor no seguir implicando afectos.

Él captó el amago, sin embargo; por ti lo que quieras, preciosa, como si me pides cruzar a nado el Hudson o colgarme de la aguja del Cities Service Building. Pero sus propuestas también quedaron sin articularse, meros fogonazos en la mente. Si ella prefería no acercarse, él no iba a obligarla. Sus palabras por ello fueron mucho más austeras que sus pensamientos.

—Yo me encargo, no te preocupes —dijo deslizando la cartera en un bolsillo de la chaqueta—. No vivo demasiado lejos, igual me paso y la dejo en su buzón.

O ya se me ocurrirá la manera, pensó.

73

Victoria y la madre acababan de volver de Brooklyn, todas chillaban y se abrazaban como si llevaran siglos sin verse, aunque sólo habían pasado separadas unos cuantos días. Las palabras les salían a borbotones; en el suelo del apartamento, a los pies del corro que formaban, habían dejado medio tiradas bolsas, trastos y tarteras. Aún tardaron unos minutos en serenarse.

Luciano Barona, apoyado contra el marco de la puerta, las contemplaba con las manos en los bolsillos y un gesto de incredulidad. Quizá algún día llegara a entenderlas pero, hoy por hoy, el clan que formaban esas cuatro mujeres seguía siendo para él un misterio. Se adoraban y un rato después se increpaban con el mismo ardor fogoso, se peleaban como gatas callejeras y a la vez se defendían unas a otras apasionadamente, se espetaban entre ellas las verdades del barquero pero serían capaces de sacarle los ojos a quien osara poner en entredicho a la madre o a cualquiera de las tres.

Cuando se calmaron, Remedios fue la primera en preguntar:

—Bueno, y por aquí, ¿qué?

El silencio cayó a plomo y entre las hijas esquivaron las miradas. Tras unos segundos, Mona abrió despacio el sobre que Fidel le había llevado a primera hora y sacó una octavilla del paquete que contenía.

Papel verdoso y barato, tinta negra fresca aún. Dos mil copias había mandado imprimir a cuenta en la vecina imprenta Hispania propiedad del asturiano Argeo, ya había reclutado a unos cuantos chavales del barrio para repartirlas por todas las zonas de la colonia, por tiendas y cafés, almacenes, bodegas, talleres y barberías. En un despliegue de entusiasmo desatado, los anuncios hacían uso de una retórica exagerada y grandilocuente; le había asistido algún empleado de la imprenta, porque el dominio lingüístico del chico no daba para tanto.

—Alguna noticia tenemos, madre... —se atrevió a decir Mona.

La suerte estaba echada, para qué esperar más. Pero Remedios se resistió a agarrar la octavilla que le tendía.

—¿A mí para qué me das papeles, si de sobra sabes que no los entiendo?

Victoria y Luz miraron a su hermana con un nudo atravesado en la garganta, ésta tragó saliva.

—Era sólo para que lo viera... Pero, si le parece, yo se lo leo del tirón y usted me escucha sin interrumpir. Y después, se lo explico todo despacito.

No había llegado Mona a leer el final de la sexta línea cuando Remedios descargó un puñetazo sobre la mesa; no sabía si vocear, maldecir o empezar a repartir mandobles entre sus hijas.

—Pero ¿es que queréis acabar conmigo y con la memoria de vuestro padre, cacho insensatas?

El chillido sonó como un latigazo. Ninguna se atrevió a replicar, durante unos instantes sólo se oyó el goteo del grifo sobre la piedra de la pila de fregar. Luego, de la laringe de Barona salió un carraspeo. Aún no había leído el anuncio completo y todo seguía pareciéndole una insensatez, pero intentó sembrar paz.

—Lo mismo la cosa funciona, Remedios, no se ponga usted así, mujer...

La voz del tabaquero actuó para las tres hermanas como un pistoletazo de salida. En cuanto la oyeron, todas se lanzaron al unísono a tratar de convencer a la madre, pero no lo lograron ni de lejos: Remedios se resistía como gato panza arriba, hasta llegó a taparse los oídos con las palmas de las manos a la vez que continuaba a gritos con el rostro desencajado:

—¡Sinvergüenzas! ¡Descaradas! ¡Malas hijas!

Cuando se le terminaron los improperios, como todavía le sobraba la furia a espuertas, la emprendió con él:

—¿Y usted...? ¿Y usted, Luciano? ¡A mis espaldas las ha estado apoyando en este disparate, no me diga que no! ¡Valiente marido se ha echado mi hija, valiente varón nos ha entrado en la familia, incapaz de pararles los pies a estas tres insensatas!

Barona apretó las muelas para no replicar con una salida de tono. Conteniéndose, cruzó una mirada con su mujer y ésta, con un gesto disimulado, vino a decirle vete, quítate de en medio hasta que escampe. Pero al tabaquero se le estaba acabando la paciencia y no parecía dispuesto a marcharse con el rabo entre las piernas, como si en verdad tuviera alguna culpa. Harto estaba de Remedios, de su perpetua cara de vinagre, sus desaires y sus protestas; de que delante de él y en su propia casa de Brooklyn hubiera seguido tratando a su hija como si fuera una niña llena de defectos a la que había que reprender constantemente, y no una mujer hecha y derecha, casada ya. Y Victoria estaba rara, cada día más rara; ausente y ajena, como en una nube a la que él no llegaba, y ya no se le entregaba con la buena disposición de antes, ahora se daba la vuelta en la cama por las noches y se ponía de cara a la pared y decía que le dolía la cabeza, o el vientre, o que estaba cansada, o que tenía calor... Incapaz de encontrar explicaciones que justificaran ese cambio de actitud en su joven esposa, el tabaquero echaba la culpa a la presencia de esa suegra desaborida que le había tocado en suerte. Hasta le había vuelto la acidez de estómago, maldita sea. Y su capacidad de aguante se agotaba.

Lo que Barona desconocía era que entre su mujer y su hijo Chano continuaba creciendo algo que no se veía ni se oía ni se palpaba; un algo etéreo pero magnético que los acercaba insensatamente cada vez más. Apenas cruzaban palabra entre ellos, no las necesitaban; lo que los unía iba más allá de los gestos y las frases. Algo instintivo y orgánico. Victoria intentaba fingir ante su marido, se esforzaba para que su vida cotidiana no se alterase, sabía que Luciano no merecía esa doble traición. Pero cada vez soportaba menos que la tocase porque ansiaba que fueran otras manos las que la recorrieran, se resistía a dejarse hacer el amor teniendo en la cabeza como tenía a otro hombre que no era él. Y aquella mañana, antes de salir de la casa de Atlantic Avenue para devolver a la madre al apartamento, mientras ella fregaba los cacharros y Remedios estaba en el cuarto preparando sus escasos enseres y el tabaquero terminaba una segunda taza de café, Chano se había servido un vaso de leche y después del primer trago había dicho con voz rasposa y sin mirar a nadie: me mudo mañana. Victoria, de espaldas, dejó que el agua del grifo siguiera corriendo entre sus dedos y apretó el estropajo como si fuese una tabla de salvación, ansiando y temiendo a un tiempo que Luciano repitiera lo que ya sugirió una vez.

Pero lo hizo. Incauto, ignorante de lo que pasaba, volvió a lanzar su propuesta candorosa: acércate tú hasta allí con él, comprueba que el sitio está bien, mira si necesita algo y dímelo, que se instale a gusto, que no le falte nada. Eso fue lo que Luciano Barona dijo de nuevo, en un generoso gesto de afecto paternal y en un sincero empeño por dar a Victoria una responsabilidad activa como el ama de casa que empezaba a ser. No sospechaba el bueno del tabaquero que con su bienintencionado ofrecimiento él mismo se estaba asomando temerario al borde de un barranco entre tinieblas.

Tan pronto como oyó a su marido reafirmarse en su propuesta, a Victoria comenzaron a temblarle las rodillas. Sí, claro que iré, cómo no, intentó decir, pero las sílabas le quedaron pegadas a los labios en un bisbiseo. Chano, por su parte, apuró el vaso de leche en un trago largo y sonoro, se limpió la boca con el dorso de la mano y salió.

Un par de horas después allí estaba el matrimonio, en el apartamento de la Catorce, cada cual con sus miedos apestillados en las entrañas, esperando a que Remedios se calmara, o se agotara, o encontrara la manera de no incordiar. Pero la madre no parecía dispuesta a apearse de su indignación. Peor aún: para sorpresa de todos, optó por huir. A empujones apartó a sus hijas para abrirse camino, no avisó de adónde iba, tan sólo se embozó en su toca oscura, echó mano a las llaves y salió con un portazo. Supusieron que iría a casa de la vecina; aliviadas, la dejaron marchar.

Aplacado el ambiente, Luciano Barona agarró entonces la octavilla que había quedado encima de la mesa y empezó a leer para sí el resto del anuncio que había generado el ciclón. Hasta que alcanzó la parte inferior, las líneas que Mona no había llegado a leer en alto y que hablaban del apadrinamiento del local por parte de Alfonso de Borbón. Y, para pasmo de las tres hermanas, masculló con un tono de sorda alarma:

—Pero tú, hijica, ¿tienes idea de a quién has metido en este fregado?

74

Remedios, efectivamente, bajó la escalera escupiendo maldiciones hasta alcanzar la puerta de la señora Milagros. La aporreó violenta con un puño; ese invento de los timbres eléctricos era para ella un engendro de Satanás. Ante la ausencia de respuesta, siguió bajando escalones precipitada hasta llegar a pie de calle, recorrió luego como una exhalación el tramo que la separaba de la casa de comidas; desde que se la llevaran a Brooklyn no había vuelto por allí. Una vez en la puerta, echándose una mano al corazón, contempló el gran toldo rojo y la estridente fachada recién pintada de un verde arrebatado. No necesitó más que unos instantes para hacerse a la idea de la dimensión del despropósito; luego, a su manera habitual, cruzó la calle sin mirar a los lados y respondió con los mismos malos modos a los conductores que le afearon la conducta con gritos y bocinazos. ¡Pítale a tus muertos, malasombra! ¡Anda y que te den morcilla, desgraciao!

—Vaya por Dios, Remedios, ya llevaba yo días echándola de menos...

Entre irónico y exhausto fue el saludo de sor Lito cuando la viuda de Emilio Arenas se plantó en Casa María y entró sin llamar a su estudio, descompuesta, con un mechón fuera del moño y dirigiéndose a ella con un chorro de acritud.

—Estará usted contenta, hermana; se habrá quedado descansando.

—Usted me dirá de qué.

—De no haberme puesto sobre aviso de lo que las frescas

de mis hijas estaban tramando, de esa casa de mala vida en la que pretenden transformar el negocio que su pobre padre nos dejó. —Hizo una trágica pausa, se metió para el cuerpo una enorme bocanada de aire—. No tiene usted perdón de Dios, no tiene usted compasión de esta pobre mujer, no tiene usted...

La religiosa encendió un Lucky Strike y, sin moverse de su sitio tras la mesa repleta de papeles, se apoyó en el respaldo de su butaca y permitió que Remedios liberara aquella rabia que la achicharraba por dentro. Estaba cansada la religiosa, la acuciaban los problemas y llevaba varias semanas sintiéndose mal; había pasado media noche dando vueltas en la cama acosada por dolores en un costado; lo último que le pedía el cuerpo esa mañana era ponerle buena cara al fatigoso desgarro de la viuda.

Hasta que al cabo de un rato de soltar sapos y culebras por la boca, a la madre se le fueron consumiendo las razones y la religiosa pudo intervenir.

—Ya no son niñas, Remedios; las hijas de usted mal que le pese son tres mujeres. Busca su bien, de eso no hay duda. Pero las presiona demasiado, las oprime y las ahoga. Y ellas, naturalmente, quieren volar.

Ante el desconcertado silencio de la otra, sor Lito se sacó una brizna de tabaco de la boca y la miró entre el humo arrugando los ojillos.

—¿Y lo que le pedí de unos maridos...?

El asunto de los maridos, es cierto, recordó. La verdad era que en un principio sopesó la petición de Remedios: ayudarla a buscar unos hombres buenos para las hijas pequeñas, intentar dar con unos honestos trabajadores bien asentados que protegieran a las chicas de las inclemencias de la vida. Pero el convencimiento duró poco en la cabeza de la monja irreverente: en un par de días echó al olvido aquella tontería. Ya encontrarían ellas por los cauces naturales unos compañeros con los que encarrilar el futuro o ya hallarían la manera de valerse por sí mismas. De lo que sí se había ocupado ella, en cualquier caso, era de pelear con todas sus fuerzas por el asunto de la indemnización haciendo frente a las zancadillas traicioneras que el abogado Mazza le había seguido poniendo a lo largo del camino. Hasta que el coraje comenzó a agotársele a medida que sus fuerzas se resquebrajaban, y empezó a cuestionarse si lo más sensato no sería acabar con aquel caso de una santa vez. Pero no tenía intención de hablar de eso ahora con la viuda, así que simplemente se mantuvo en el derrotero de la conversación.

—¿Los candidatos a enamorados de sus hijas dice? Ni uno encontré.

—¿Cómo que no? —chilló Remedios.

—Lo que oye, mujer; y mejor hará quitándose de la cabeza esa idea tan peregrina.

En la boca de la viuda se amontonaron los titubeos, el labio inferior empezó a temblarle y por las mejillas arrancaron a rodar lágrimas gordas como garbanzos. Quería abroncar a la monja, preguntarle por qué todo el mundo le daba a ella la espalda, por qué razón nadie la tenía en cuenta.

—Yo... —balbuceó nerviosa cuando entendió que se le habían derrumbado todas las defensas—. Yo lo único que quiero es irme de aquí, volver a mi tierra, sacar a mis hijas de esta asquerosa ciudad.

—Podrá hacerlo en cuanto todo se resuelva en los tribunales. Pero ya veremos si para entonces ellas quieren irse con usted, o no.

La crudeza de la religiosa la dejó desarmada, ya estaba harta sor Lito de tanta intransigencia.

—Mire usted, Remedios —continuó, haciendo acopio de un temple que empezaba a serle escaso—, las muchachas se están esforzando como leonas: la mayor accedió a casarse con un buen hombre al que apuesto a que no ama para traer a la familia un poco de seguridad, la segunda se está partiendo el lomo por sacar adelante el mísero negocio a la vez que trabaja con una tirana que le chupa la sangre, la pequeña hace doblete entre la lavandería y su sueño de convertirse en artista. Las arrancó usted a la fuerza de su mundo, las obligó a venir hasta aquí sin ellas quererlo y, aun así, pelean con uñas y dientes por sobrevivir. ¿De verdad que no tiene bastante con todo eso, mujer? ¿De verdad no le parece que merecen un mínimo reconocimiento por su parte? Debería ir pensando si no es usted la que va contra el viento y la que está perdiendo toda la razón.

Muda. Muda quedó la viuda de Emilio Arenas, como si le hubieran rebanado la lengua con una navaja bandolera. Hasta las lágrimas le habían dejado de caer.

—Yo no, yo no, yo no quiero... —tartamudeó tras unos largos instantes—. Yo no quiero que siga llevando las cosas de mi marido. Yo, yo, yo... yo ya no me fío de usted.

Sor Lito acabó por levantarse con esfuerzo de la silla, como si a pesar de su corta estatura necesitara estar de pie para conferir mayor solemnidad a lo que iba a decir.

—Eso no puede decidirlo sola, señora mía. Las hijas de usted son también mis clientas y como tales tienen capacidad propia de decisión.

Toda la rabia que Remedios llevaba aferrada al alma se transformó bruscamente en un áspero revoltijo de blasfemias disparatadas que raspó el ambiente con la aspereza de una lija de grano grueso.

—¿Sabe usted lo que le digo, hermana? Que se meta sus pleitos y sus palabrerías por donde le quepan, que maldita sea usted, y... y maldito sea este país de mierda, y malditos sean todos los jodíos cabarets y sus artistas y... y... y así acaben ardiendo en los infiernos todas las miserables monjas del mundo entero.

75

Luz dejó a sus hermanas discutiendo arrebatadas con el tabaquero sobre el contenido de los anuncios; bien poco le importaban a ella esas historias de monárquicos y republicanos, cosas políticas de las que no entendía ni quería entender. Abandonando el apartamento, emprendió sola el camino de vuelta hacia la lavandería: los Irigaray le habían concedido un breve descanso a media mañana para acercarse a ver a su madre a su regreso de Brooklyn, pero no quería excederse para no tensar más la cuerda, bastante mal rato les hizo pasar con la bronca en plena calle con Frank.

A pesar de que la dueña del negocio intentó entonces retenerla en la trastienda, ella acabó por soltarse, logró llegar al frente y contempló espantada la escena a través del cristal del escaparate; de no haberla agarrado con fuerza doña Concha, sin duda alguna habría salido disparada y se habría aferrado al cuerpo de él suplicándole que parara, prometiéndole volver.

Confusa, angustiada, nerviosa: así andaba todavía la pequeña de las Arenas a la mañana siguiente. De alguna manera sentía como si dos fuerzas tiraran de ella en direcciones radicalmente opuestas. Por un lado su hermana Mona, los dueños de la lavandería y el más elemental sentido común le decían apártate de ese ser despreciable, no es bueno para ti. Por el otro, sin embargo, estaban sus dudas, sus sentimientos. Nunca hasta ahora había sido capaz de encontrar sentido a esas letras que desgranaba en sus cantes: amores arrebatados, quereres imposibles, hombres que arañaban el alma y hacían sufrir.

Aquellas estrofas nunca fueron para Luz otra cosa más que ristras de palabras entonadas al compás; ya no. Ahora las hacía suyas, le parecía que todas las coplas hablaban de ella, como puñalás derechitas al centro de su corazón.

Estaba a punto de cruzar la calle cuando miró alrededor y calculó las opciones; a poco que se desviara estaría junto a la escalera del subway, en cuestión de segundos podría volverse invisible, desaparecer. Un hormigueo le recorrió las tripas, nadie tendría por qué enterarse. Los Irigaray supondrían que se había entretenido con su familia, su familia imaginaría que estaba con los Irigaray. Y ella, entretanto, podría arreglárselas para volar. Con la bata blanca del trabajo que aún llevaba puesta, sin un centavo en el bolsillo ni dar a nadie aviso podría bajar al andén, colarse, subir hacia el Midtown, buscarle y decirle que todo estaba olvidado.

—¡Eh, chica!

El grito bronco la sacó de su quimera.

—¡Eh, Luz!

Todo se tornó real súbitamente: la calle agitada, el sol contundente del principio del verano, los autos que circulaban ruidosos sobre los adoquines, un vendedor callejero de helados, transeúntes, algún furgón. La vida en la Catorce, un día más.

Quien la llamaba a voces desde la acera opuesta era su patrón: don Enrique aguardaba su regreso con celo de carcelero. Aunque Luz no lo supiera, aquélla era la misión que se habían propuesto su mujer y él después del incidente con Kruzan. Protegerla, evitar en la medida de sus posibilidades que ese indeseable se le acercara de nuevo, que a ella le flaqueara el ánimo y volviera a caer. Así que ahí estaba el vasco en camiseta de tirantes, que el calor del interior de la lavandería se estaba volviendo insufrible. Plantado con las piernas abiertas, la barriga ostentosa y el vello rebelde desbordándole el escote, los brazos y los sobacos, lanzándole con una mano ademanes elocuentes que decían venga, muchacha, a trabajar.

En cualquier caso, aun si Luz hubiera cometido la osadía de desatender la orden de don Enrique y en una carrera ciega se hubiera plantado en la estación, bajado de tres en tres los escalones, saltado la taquilla, subido a un vagón y alcanzado su destino, no habría conseguido nada: no habría habido manera de dar él, porque aquel día Frank Kruzan no había cumplido con sus rutinas. Ni compró la prensa de la mañana como hacía a diario, ni desayunó sus huevos fritos con hash browns en el café de siempre mientras leía el *Billboard* para estar al tanto de las noticias del mundillo, ni pululó por las habituales tiendas de discos, ni bajó a su oficina del Midtown. Aquel día, a la misma hora en que Luz dudaba, Frank Kruzan seguía en su apartamento, despatarrado sobre un sillón con la cabeza echada hacia atrás y un puñado de hielo envuelto en un pañuelo apretado en mitad de la cara, intentando contener el chorro de sangre que no dejaba de brotarle de la nariz.

Todo a su alrededor estaba revuelto y apenas quedaba rastro de las cosas de Nina. En el armario tan sólo colgaban las perchas de alambre desnudas, los cajones de la cómoda estaban destripados, en el baño no había más que un cestito de pinzas para el pelo y un tarro de crema Pond's prácticamente vacío. El cazatalentos no sabía si fue su propia mujer la que se llevó sus cosas al regresar del hospital, o si alguien se encargó de recogerlas y ella ni se molestó en volver. En cualquier caso, al retornar después de la pelea con los vecinos de Luz y de pasar el resto del día masticando desazón por las calles y pidiendo que le fiaran en los bares porque no sabía qué diablos había sido de su cartera, de la presencia de su esposa no quedaba más rastro que las sábanas revueltas cubriendo la cama deshecha. Pegados a éstas como marcados a fuego, los coágulos de lo que pudo haber sido su primer hijo convertidos en manchurrones oscuros e informes.

Durmió en el sofá, la mañana le pilló con la misma ropa puesta y un aspecto patético. La maldita cartera, tengo que encontrarla, balbució al levantarse: ése fue su primer pensamiento difuso cuando, sin tiempo siquiera para echarse un poco de agua fresca sobre la cara, acudió a abrir la puerta: la insistencia con la que llamaban le perforaba el cerebro, el sonido del timbre se le hizo insoportable. Tan embotado estaba que ni se paró a anticipar las consecuencias. Y así le fue.

El primer cabezazo le partió la nariz, luego vino el golpe en el lado izquierdo de la cara, el que provocó que todavía le pitara el oído como si llevara dentro el silbato de un jefe de estación. A continuación llegó el empujón brutal que lo tumbó llevándose por delante una mesa esquinera y una lámpara; luego, entre sordos mugidos, las patadas en la cabeza, en el torso, en los cojones. No fue capaz en su momento de identificar a los agresores, e incapaz continuaba siéndolo horas después. Implacables en su eficiencia, demoledores: así procedieron los dos hombres que fueron a recordarle lo hijo de puta que había sido con una mujer. Si buscaban vengarse de Nina o de Luz, seguía sin saberlo Frank Kruzan todavía, porque ninguno emitió ni una palabra: quizá eran unos matones que le enviaron sus cuñados irlandeses, o quizá no se trataba más que de un par de afilados españoles dispuestos a vengar el honor de la benjamina de una viuda del barrio, que aquella gente se ayudaba entre compatriotas como las criaturas de una misma manada.

A duras penas logró un rato después aferrarse a un sillón, despegarse de su propio vómito y, muy despacio, trepar y sentarse. Mientras la sangre le seguía brotando de la nariz, y la cabeza le vibraba como si se la hubiera coceado un caballo y el dolor de los testículos le mantenía atrofiado el cuerpo entero, en la muy escasa honra que le quedaba llevaba clavado todavía el no saber quién había sido, y a cada rato se juraba a sí mismo que iba a averiguarlo, que aquello no iba a quedar así.

76

El conde de Covadonga esperaba a Tony a la mañana siguiente en las instalaciones de la distribuidora British Motors Ltd. en Lexington Avenue; le unía a la empresa un cargo impreciso, una mezcla entre relaciones públicas y vendedor de lujo. Los balances de la casa no habían mejorado desde que le contrataron, pero por alguna difusa razón en la compañía consideraban interesante contar en su plantilla con aquel vistoso europeo bisnieto de la reina Victoria de Inglaterra y primogénito del rey de España, por muy desterrado que de momento estuviera.

Lo recibió con la boquilla entre los dedos, terno gris claro y una corbata de seda rayada, cordial, casi exultante: aquél era el primer día que había acudido al concesionario desde que Gottfried lo dejara tirado como una colilla, el primero en que había despertado con los dolores relativamente mitigados y fuerzas suficientes como para poder levantarse, asearse y vestirse por sí mismo. Prefirió por eso no pedir ayuda para sus rutinas matinales al flamante secretario a pesar de que ya estaban dentro de los márgenes de las dos semanas de prueba; mejor cuanto más suave fuera la adaptación al puesto, ya vendrían los días de cuchillos afilados. Dio una vuelta con Tony por el establecimiento, le mostró los autos magníficos que tenía en exposición, hasta le obligó a subirse a uno de ellos para que imaginase la impresionante velocidad que alcanzaría puesto en carretera. Veinte minutos más tarde salieron a almorzar.

En el fondo estaba eufórico: aunque por ahora fuese cauto y evitara insistir en el asunto, el antiguo heredero confiaba ansioso en que Tony le acabara dando un sí definitivo a su oferta. Por razones similares a las de Mona, pensaba que aquel norteamericano en cuyas venas se mezclaba sangre caribeña y asturiana reunía las condiciones idóneas para convertirse en su fiel escudero: bilingüe, resolutivo, con el empuje necesario para tomar las riendas si hiciera falta y ganas paralelas de pasarlo bien, sin ataduras familiares y capaz de rodearse de espléndidas mujeres que le ayudaran a olvidar a Edelmira de una vez por todas. Seguramente las cuestiones políticas españolas le resultarían tan ajenas como a un Cristo dos pistolas y quizá no tuviera la más remota idea de lo que significaba a todos los efectos la palabra *monarquía*, pero qué más daba, ya le iría poniendo al tanto. Menos aún sabía de su patria el maldito desertor de Gottfried, que tenía menos cerebro que una vaca de su Suiza natal, pensó el conde, y aun así había convivido con él más de tres años.

El Fornos era el destino, uno de los más conocidos restaurantes españoles en Manhattan. Había estrenado un nuevo local el año anterior, estaba cerca, en la Cincuenta y dos Oeste, pero aun así fueron en taxi; mejor no forzar el limitado aguante físico.

—¿Sabe que esta misma mañana me dejaron en el hotel los anuncios de la apertura del night-club de sus amigas? El programa parece de lo más entretenido, no me lo pierdo por nada del mundo, será un honor apadrinarlo.

Tony se preguntó qué acabaría pensando su insigne acompañante cuando sus pies cruzaran el modestísimo umbral de Las Hijas del Capitán; en cualquier caso, iría con él e intentaría suavizar la impresión inicial.

El establecimiento que los acogió tampoco era particularmente lujoso, pero se encontraba en un emplazamiento excelente en pleno Midtown. Al igual que El Chico, que las aspiraciones de Mona y que tantos otros locales españoles en Nueva York, su decoración era un apasionado tributo a la heterogeneidad regional: friso de azulejos toledanos a media altura, un mural de la Giralda de Sevilla, un horno gallego, una reja negra de forja separando la barra del comedor. A pesar de aquella promiscuidad estética, o quizá por eso mismo, el restaurante estaba prácticamente lleno. Por el tono de voz se percibía que el grueso de los comensales eran hispanos: españoles o, en su defecto, latinos. En ninguna mesa faltaba el vino, los jugos de frutas o la sangría, hablaban en tono elevado, subrayaban sus opiniones con contundentes movimientos de las manos y hasta algún puñetazo encima de la mesa, reían a carcajada limpia si había que reír y protestaban con airada energía si había que protestar.

Tan pronto los vieron entrar, el conde delante apoyándose en el bastón y Tony cubriéndole la espalda, entre los camareros saltaron cejas alzadas, llamadas y chisteos que pusieron sobre aviso a numerosos clientes y al dueño. Apenas tardó éste unos segundos en salir a recibirlos: un gallego con los cincuenta largos, el rostro ancho y un canoso tupé, Moure se apellidaba. Don Alfonso y compañía, bienvenidos sean, saludó.

Entre las mesas se sucedieron las miradas sin disimulo, corrieron como el fuego los comentarios de distinto cariz. Ahí lo tienes, un Borbón de la cabeza a los pies, dijo alguien; pues yo lo veo clavado a la madre, fíjate en esos ojos azules que tiene, ésos son de la inglesa; ¿dónde se habrá dejado a la cubana?, ¿qué tal le habrá sentado al rey que su primogénito trabaje vendiendo automóviles?, ¿volverá a congraciarse con la familia si finalmente se divorcia?, ¿podrá retomar sus derechos como heredero o los perdió para siempre al abdicar para casarse con la Puchunga? Todos esos rumores planeaban por la sala trenzados entre otros tantos. Parece que cojea, pero no tiene mala cara; ¿estará peor de lo suyo?, ¿estará mejor?, ¿estará igual?

—Me atrevo a proponerle una mesa en el patio, don Alfonso. Acabamos de abrirlo para la temporada, lo tenemos cubierto con el toldo y la temperatura es magnífica.

—Perfecto por mi parte, ¿te parece a ti bien, Tony? —preguntó volviéndose obsequioso; cualquier cosa con tal de agradarle, que eligiera él.

—Ningún inconveniente, señor.

Ni se le ocurrió al propietario preguntar en voz alta qué había sido de aquel fornido extranjero con cara de bulldog que había acompañado al conde las veces anteriores que visitó el restaurante en esta y otras estancias previas en la ciudad, se limitó a indicarles el camino: por aquí, por favor. A medida que avanzaba el expríncipe de Asturias, consciente de la curiosidad que estaba despertando, saludó a un lado y otro con gesto afable pero distante, sin fijar en nadie la mirada.

El patio resultó ciertamente grato: entoldado para evitar el sol, con profusión de plantas en los costados, una fuente en el centro y una gran estampa marinera pintada en la pared del fondo: las barcas, las velas, las manos fuertes de los hombres sin rostro, los corchos y las redes.

—¿Qué manjares nos ofrece hoy, amigo Moure? —preguntó con desparpajo Covadonga mientras desdoblaba la servilleta.

—Escudella catalana es el plato del día, señor. Y a la carta ya sabe usted, don Alfonso, lo que guste su paladar.

De la veintena de mesas que los rodeaban, más de tres cuartas partes estaban ocupadas y en aquellos momentos casi todas las cabezas, con mayor o menor disimulo, se habían vuelto hacia ellos. Algunas de las miradas eran cordiales, otras no.

Sin prestar la menor atención a las reacciones que despertaba, el conde ordenó la comanda frotándose las manos de dedos larguísimos ante lo apetecible del menú: se veía que lo mismo disfrutaba con un buen guiso de cuchara que con la media langosta del Waldorf, y que igual de cómodo se sentía entre moquetas, cubiertos de plata y grandes orquestas, que en establecimientos como aquél, pasables sin alharacas. Pidió una botella de Rioja, preguntó al propietario por su socio, por la familia, por la marcha del negocio. Tony, entretanto, se mantenía disimuladamente atento a las reacciones que la presencia del conde seguía despertando alrededor.

Los dejaron almorzar tranquilos, charlando sobre vaguedades: los tabaqueros de Tampa y el ron cubano, el presidente Roosevelt y el dinámico alcalde La Guardia, ese italiano del Bronx cuyo primer trabajo fue servir de intérprete a los miles de compatriotas que llegaban a la isla de Ellis en los tiempos de las grandes oleadas de inmigración. Al terminar el postre, sin embargo, pareció abrirse la veda.

Como si hubieran estado a la espera, a la mesa se fue arrimando un goteo de clientes, hasta formar un corro alrededor del primogénito del rey. Tanto se prolongaron los saludos que éste terminó por invitarlos a sentarse; uno a uno fueron arrimando sillas hasta formar en un flanco del patio un anillo compuesto por diez o doce hombres envueltos en conversación y humo denso de habanos. Ninguno conocía personalmente al antiguo heredero del trono, se trataba de una mera reunión espontánea de simpatizantes con la causa monárquica; en realidad menos de la mitad de los presentes pertenecía a la colonia española radicada en la ciudad, la mayoría eran viajeros de paso en Nueva York que aprovechaban deleitados el encuentro casual, al grupo se le sumaron un par de chilenos y tres venezolanos.

Hacía un buen rato que los camareros habían terminado de servir los almuerzos y ya no quedaban comensales en el patio del Fornos excepto aquel grupo, pero las mesas alrededor se mantenían tal cual las dejaron: sin recoger, con las superficies llenas de servilletas arrugadas, copas a medias y platos sucios. El mismo dueño era el único que seguía atendiendo la mesa del conde, rellenando las tazas de café y las copas de coñac.

—Pero coñac del español, ¿eh, Moure? —advertía el exprincipe de Asturias alzando su copa al aire—. Aquí, entre patriotas de pro, nada de beber ese mejunje de los gabachos, ¿eh? ¡Aquí sólo bebemos coñac de Jerez!

77

Mientras alrededor del conde el ambiente se mantenía cordial y distendido, fuera de la vista todo era un bullir. Al pobre de Moure le estaba costando un triunfo aguantar el tipo y atender a los clientes con profesionalidad, todo a sus espaldas era un desastre, un monumental problema del que no sabía cómo salir.

En los intestinos del restaurante se le había amotinado la tropa: nueve camareros, un cocinero, un par de pinches y su propia mujer, compatriotas todos y apasionados partidarios de la República Española, incapaces de entender por qué trataba al hijo del rey depuesto con tanta cortesía.

—¡Que aquí no estamos para hacer política, carallo! —insistía a voces ante las protestas y los reclamos cada vez que bajaba sudoroso y cargado de platos sucios a la cocina—. ¡Que aquí estamos tan sólo pa traballar!

Trece años llevaba partiéndose el alma por sacar adelante aquel negocio, desde que lo abrió en el 23. Para entonces acumulaba media vida faenando en lugares ajenos de aquella ciudad a la que llegó desde Sada, embarcado en un mercante cuando todavía era un rapaz. Empezó haciendo recados en el Downtown, en el Rincón de España de Coenties Slip, el más viejo de los restaurantes españoles, junto al muelle 8 donde atracaban los barcos de la Spanish Line; siguió en La Chorrera de Water Street, hizo horas eternas en la pescadería de Chacón del Lower East Side cociendo pulpo, se quitó el pan de la boca por ahorrar centavo a centavo aunque jamás dejó de mandar medio sueldo a los suyos ni faltó al pago de una sola cuota en la asociación que montaron sus paisanos, Sada y sus Contornos, con el fin único de ir enviando remesas de vuelta a su pueblo para construir la escuela que tanta falta hacía.

—¡Así que no falemos de lo que es apoyar a una República que defiende a los trabajadores, fillos de puta, porque aquí el más trabajador soy yo!

Eso les gritaba Moure a sus insurrectos empleados con el rostro enrojecido como un pimiento morrón.

—¡Y lo mismo que eu sou mais galego que la ría de Betanzos y aun así sirvo fabada asturiana, escudella catalana, callos a la madrileña y paella valenciana, lo mismo tengo alma republicana y no por eso voy a dejar de servir en mi casa al hijo del rey!

A pesar de su volcánico esfuerzo, no logró convencerlos, y la gresca siguió bullendo entre los fogones mientras fuera, en el patio, en el corro montado en torno a la mesa del conde, la conversación transcurría por unos derroteros paradójicamente cercanos.

—Pero yo sería un monarca demócrata al suceder a mi padre si nos permitieran volver, yo sería un rey avanzado —proclamaba Covadonga seguro de sí—. Nadie ama a España tanto como yo, pero el haber conocido este país me ha abierto los ojos a la modernidad y ahora entiendo mucho mejor el mundo.

Algunos de los que le rodeaban asentían con fingido agrado; por lo bajo y entre dientes, sin embargo, susurraban ¡menuda barbaridad! Otros plantaban en sus rostros gestos cargados de escepticismo; tan sólo los hispanos alababan la idea, inconscientes de lo disparatada que sonaría semejante ocurrencia en la convulsa España del momento. Pero el antiguo heredero estaba pletórico: se negaba a dar por perdidos todos los trenes a pesar de la renuncia a sus derechos firmada por su propia mano, y continuaba exponiendo planes e ideas que a menudo rozaban lo descabellado a tenor de la reali-

469

dad de la patria que bullía agitada y levantisca al otro lado del charco.

De haber estado allí sus padres, de haberle oído Alfonso XIII y la reina Ena, se habrían echado las manos a la cabeza, los dos al unísono, o cada uno por su lado ahora que ya no vivían juntos y apenas se hablaban más que por personas interpuestas. En cualquier caso, ambos habrían coincidido en su reacción: pero ¿es que has perdido la razón, my darling?, pero ¿cómo se te ocurre pensar que van a permitir que nadie de la familia real vuelva?, ¿se te ha olvidado ya, hijo mío, en qué condiciones tuvimos que dejar Madrid?

Tony, sentado a la izquierda del conde, iba absorbiendo palabras y reacciones con atención afilada: quería enterarse de todo para tener las cosas claras antes de decidir si aceptaría el puesto o no. Aún carecía de un mapa mental que conectara el ayer y el hoy de la familia del hombre que le había ofrecido ese singular empleo: los términos *rey, monarca, soberano* y *heredero* se le entremezclaban todavía sin orden con otros como *renuncia, rechazo* o *abdicación*, pero había preferido no preguntar abiertamente.

A la vez que escuchaba, no obstante, su olfato de chucho callejero detectó que algo ocurría alrededor: algo había en el ambiente que le alertaba, detalles que olían raro. El hecho de que las mesas del almuerzo siguieran sin recoger, por ejemplo, cuando hacía ya un rato largo que se marcharon los clientes que las ocupaban. O los gritos airados que de tanto en tanto subían desde la cocina, a aquella hora en la que todo debería estar sereno. Incluso el rostro abrumado del propietario cada vez que se acercaba a rellenar las copas limpiándose el sudor con la manga, haciendo un esfuerzo supremo el pobre hombre para que no se le notara la desazón que arrastraba. Todo aquello empezó a escamar al tampeño. Tanto que decidió averiguar que pasaba.

Se levantó discretamente de la mesa cuando alguien tomó la palabra para preguntar sobre la cuestión anticlerical, bien poco le importaban a él los curas españoles; tan pronto como quedó fuera de la vista, buscó la cocina. Estaba un piso más abajo, era larga y estrecha, con el techo ennegrecido, saturada de olores y gente, preñada con una tensión tan espesa como el enorme pedazo de tocino que colgaba de un gancho en un rincón. Tres de los camareros, frente a la pétrea negativa del patrón para plantar en la calle al antiguo heredero, se habían arrancado hacía un rato los dentales y se habían largado. El resto se lo estaba pensando. Y entre que lo decidían y no lo decidían, componían roscos con el humo de los cigarros, se chasqueaban los nudillos, miraban a las musarañas o hacían pajaritas de papel con las hojas de un periódico atrasado: cualquier cosa menos subir a recoger un simple vaso de encima de las mesas del comedor o el patio. Se negaban, en definitiva, a trabajar.

Tony, al asomarse, pintó en la cara un gesto de fingida turbación.

—Perdón, disculpen, creo que me perdí, estaba buscando...

Uno de los camareros se enderezó súbito:

—Usted es el que vino acompañándole, ¿no?

Rodeado por miradas poco gratas, dudó unos segundos: podría optar por mentir, o intentar ganárselos con su imbatible talento de vendedor de ilusiones, o usando cualquier argucia oportuna de las que a menudo se sacaba de la manga. Pero aquella gente indómita y malhumorada no le planteó opción.

—Pues haga el favor de decirle que aquí nadie lo quiere.

Quien así hablaba con rotundo acento gallego era el cocinero, un coruñés flaco con el rostro puntiagudo y el mandilón lleno de lamparones. Tras sus palabras, el silencio retornó a la cocina mientras el resto de la antimonárquica plantilla le contemplaba con gesto de pocos amigos.

Una mujer dio entonces un paso al frente, la única del grupo. Se trataba de la esposa del dueño: trabajaba codo con codo con su marido las mismas largas horas y los mismos largos días, aunque su nombre no figurara en ningún sitio. Pequeña, regordeta y con el pelo encrespado por los vapores y los calores; tenía cara de lista, hechuras de gaita y el genio vivo.

—Usted rapaz jamás puso un pie en España, ¿verdad?

Con un simple gesto, Tony le confirmó que así era.

—Pues déjeme explicarle en un momentiño nuestras razones y, luego, si quiere, sube y se las cuenta a ese señor.

El resto la secundó entre gruñidos y asentimientos: hable usted, señora Maruxa, fale vostede que se entere éste bien.

Tres minutos le bastaron para esbozar una panorámica. Hambre, atraso, olvido de los pobres, desesperanza. Eso era lo que la mujer asociaba con los tiempos en los que, siendo una meniña, tuvo que abandonar su aldea; tiempos en los que en España había una monarquía y, aunque el perfil del rey aparecía en las pesetas y los sellos de correos, poco parecía hacer para que la cosa cambiara.

—Pero ahora todo apunta distinto —añadió.

Como contrapartida, según le contaban en las cartas que recibía de sus hermanos y según oían en las reuniones del Centro Gallego, la actual República que mandó hace cinco años a la familia real rumbo al exilio prometía justicia, oportunidades, trabajo, más igualdad. Poco sabía ella, sin embargo, de las tensiones que se estaban sufriendo allá, de los vaivenes de los gobiernos y las reyertas callejeras; tan sólo tenía claro que ésa era la España prometedora a la que querría volver algún día.

Así fue como Tony, por su propia cuenta, empezó a pensar. Y en apenas cuestión de segundos, llegó a la misma conclusión que Luciano Barona cuando leyó la octavilla y vio que el conde de Covadonga apadrinaría Las Hijas del Capitán: que aquello había sido un descomunal error, una decisión contraproducente para el negocio de las Arenas, la peor manera de arrancar.

Por cordial que fuera su talante, por demócrata y moderno

que se reconociera a voces en el patio y por numerosos que fuesen sus palmeros entre las clases más elevadas, aquel hombre nació para ser rey y para perpetuar una estirpe que a la mayoría de la colonia —fogoneros, albañiles, camareros, clase obrera en definitiva— le resultaba profundamente antipática. Y así las cosas, lejos de resultar un reclamo atractivo a la hora de atraer clientela, su mera presencia acabaría siendo una razón contundente para no poner ni un pie en el night-club de la Catorce.

78

En paralelo a los vaivenes del Fornos, otro almuerzo muy distinto había tenido lugar en un pequeño restaurante siciliano del Village. Luciano Barona solía parar por allí de tanto en tanto antes de conocer a Victoria; el sitio no tenía ningún atractivo aparente, no era más que un modesto negocio familiar y barato que servía una comida que al tabaquero le recordaba remotamente a su tierra. Aquel mediodía, sin embargo, cumplió otra función: le permitió pasar un rato a solas con su mujer, distanciado de la tozudez cansina de Remedios.

Le costó convencerla: ella estaba emperrada en quedarse en la Catorce a fin de ayudar en los preparativos para la primera gran noche de Las Hijas del Capitán; fue la propia Mona quien insistió férrea mientras aún mantenía la octavilla con el anuncio agarrada en la mano y seguía esforzándose por asumir lo que su cuñado acababa de anunciarle con respecto a la presencia de Covadonga en la inauguración: que aquello era como pegarse un tiro en el pie.

En su ingenuidad desbordada y en su negativa a compartir la idea con nadie más que con otro ignorante como Fidel y con el impulsivo vendedor de fantasías que era Tony, Mona no fue capaz de separar el grano de la paja, no previó. Y ellos, tan distantes ambos de los asuntos de esa lejana España, tan ajenos como un banderillero vagando por Chinatown, tampoco la supieron ayudar. Y ahora, a un día sólo de que todo arrancara, la mediana de las Arenas necesitaba pensar, decidir la manera de subsanar su error. Y encima aún quedaban pendientes mil remates en el local. Vete, vete, repitió no obstante a Victoria mientras el tabaquero insistía en ir juntos a almorzar. Vete tranquila que en lo que yo tengo que hacer ahora tú no me vas a poder ayudar por mucho que quieras.

—¿Seguro que te encuentras bien?

Ya le había repetido Luciano a Victoria en tres ocasiones la misma pregunta en el breve rato que llevaban sentados a la mesa del restaurante siciliano, una por cada vez que la anciana patrona chasqueó la lengua dejando ver un colmillo de oro al retirarles los platos. Primero el pane cunzato con tomate y aceitunas negras que quedó casi íntegro, luego la pasta con sardinas sin tocar apenas, por último unos cannoli rellenos de requesón a los que sólo dio un par de mordiscos. Disgraziata, refunfuñó por lo bajo la vieja ante el escaso apetito de la joven.

Ignorándola, Victoria deslizó una mano por encima del mantel hasta posarla sobre los dedos de campesino de su marido, luego se la apretó con suavidad a la vez que susurraba que sí, hombre, que sí; que estoy bien, que no me pasa nada. Acompañó las palabras con una sonrisa que le costó un esfuerzo infinito: con ella pretendía parecer sincera aunque estuviera mintiendo vergonzantemente. No, no se encontraba bien ni de lejos: detrás de su rostro armonioso y de esa melena que ahora llevaba corta y de esos ojos de pestañas infinitas tan grandes y tan negros, Victoria estaba acobardada, consumida por la culpa, boqueando en un descomunal desasosiego.

El tabaquero apuró el último trago de vino rasposo y dejó bajo el vaso unos billetes, ambos se levantaron. La arrugada siciliana los contempló mientras se dirigían a la salida atravesando el estrecho pasillo que quedaba entre las mesas, luego sacudió con desagrado la cabeza. Él iba detrás con una mano sobre el hombro de ella, posesivo; su joven mujer, un paso por delante concentrada en sí misma, apretándose la fina chaqueta de punto con los brazos cruzados contra el pecho a pesar de la temperatura del mediodía, deseando huir. Algo esquivo farfulló la anciana en su dialecto cuando salieron, algo feo.

Caminaron juntos un trecho, hasta que él dio el alto a un taxi.

—Llevas la dirección apuntada y el dinero para el viaje de ida y vuelta, ¿no?

Victoria se señaló el bolso a modo de respuesta.

—Ya sabes entonces, revísalo todo de arriba abajo y anótate en la cabeza cualquier cosa que necesite.

Asintió con la barbilla, las palabras seguían sin llegarle a la boca. Él le depositó un beso sonoro en la frente, esperó a que se acomodara en el asiento trasero y le cerró la puerta.

—¡Nos vemos esta noche donde tu madre! —gritó inclinando el tronco, para que su voz le llegara a través del cristal. Luego dio un par de sonoros palmetazos sobre el techo y el auto empezó a rodar para enfilar su camino.

No giró Victoria la cabeza para despedirse; quiso hacerlo, pero le faltó valor. Atrás dejó a Luciano Barona, solo en la acera, cargando con su acidez de estómago y sus cajas de tabacos, ignorante, confiado, asomado sin saberlo al filo de la traición.

Jamás recordaría la trayectoria que siguió aquel vehículo hasta alcanzar el Harlem hispano; sólo supo que habían llegado cuando el conductor, volviéndose hacia el flanco derecho, le señaló en algún tramo de la Segunda avenida un estrecho edificio de cuatro plantas. En la primera se encontraba el escaparate de la ferretería en la que él iba a empezar a trabajar: grifos, caños, espitas, tornillos. OPEN FOR BUSINESS, abierto, decía el cartel. En el piso siguiente, una ventana con la hoja de guillotina alzada. Chano, sentado de costado sobre el borde, la vio bajar del taxi envuelta en un vestido celeste de verano.

Subió apoyando en los escalones tan sólo la mitad delantera de los zapatos, como si no quisiera hacer ruido, de algún apartamento de un piso superior salían voces discutiendo algo que ella no entendió. Él la estaba aguardando en la entrada, las mangas de la camisa enrolladas a la altura de los codos, el pantalón ligero. No se saludaron, no se dijeron nada. Como si hubiera llegado al final de un larguísimo viaje, Victoria tan sólo se aferró a su cuello y hundió el rostro en el hueco firme del arranque del hombro. Sobrecogido, él alzó al aire su cuerpo delgado levantándola por las nalgas, ella se acopló apretando los muslos alrededor de las caderas masculinas, tras ambos retumbó la puerta al ser cerrada de un empujón. Enlazados, estrujados, Victoria en vilo con los dedos aferrados a la espalda y la nuca morena de Chano, mordiendo bocas, juntando alientos mientras avanzaban a tumbos, trastabillando contra las paredes del pasillo.

La urgencia fue paralela, convencidos ambos de que no había escapatoria ni lugar para el aplazamiento o la demora. Ni una sola palabra cruzaron mientras llegaban al cuarto y se despojaban de las ropas precipitados, ni una procacidad compartieron, ni una risa; tan sólo la avidez de los cuerpos, las ansias que los unieron con una naturalidad orgánica, como si llevaran esperándose uno a otro la vida entera. Chano encajado en ella, el empuje de su torso y sus caderas, los brazos fuertes anclándola con firmeza, las manos anchas, ásperas, recorriéndole los costados llenos de huesos, los pechos, el vientre y la cintura, el culo prieto, notando a su vez la presión liviana de los muslos desnudos anudados a su alrededor, tensos ambos y a un tiempo flexibles, sintiéndola él en cada palmo de su cuerpo apaleado, sintiéndolo ella en cada poro de su piel acostumbrada a aceptar sin percibir, presente y consciente ahora, hermosa, esbelta, activa, el cabello revuelto, la lengua ágil, hincando labios, uñas y dientes, acogiendo el cuerpo poderoso del hombre sin timidez ni vergüenza, plena por una vez. Sudor, calor, saliva, los alientos sonoros, la agitación, el vértigo, el placer hasta quedar tendidos en paralelo sobre las espaldas, abandonados, deslumbrados, los dedos enlazados y las bocas entreabiertas.

Todos los golpes, toda la furia. Todas las frustraciones, las decepciones, los tambaleos acorralado contra las sogas, las palanganas y las esponjas y las toallas llenas de sangre; todas las noches de abatimiento tras las derrotas tirado en camas estrechas de hostales y fondas en ciudades ajenas, la soledad sin aplausos ni laureles junto a mujeres cuyos nombres se le habían borrado de la memoria. Todo había valido la pena, pensó Chano, si ello había sido para llegar hasta allí. Entonces pronunció su nombre en voz baja. Victoria. Era la primera vez.

Se incorporó sobre un codo, le apartó con el meñique un mechón que le cruzaba la cara, la miró al fondo de los ojos. Vámonos, susurró. Ella quiso preguntar adónde, pero se le quebró la voz. Vámonos lejos, repitió Chano. A donde nadie nos conozca, a donde nadie nos busque. A donde sea. Tú y yo.

Sólo entonces fue Victoria consciente del abismo al que ambos, agarrados de la mano, insensatos, temerarios y suicidas, acababan de saltar.

79

Había dejado a Fidel al mando de los remates y al cuidado de Luz mientras ésta ensayaba sin ánimo; se maldijo a sí misma tropecientas veces por no poder quedarse, con la cantidad de cosas pendientes que aún había que solventar. Pero convenía zanjar el asunto del conde cuanto antes, por eso llevaba Mona ya un par de horas a la vera del parque, haciendo guardia frente a la puerta del St Moritz. Todavía recordaba que en algún momento de la cena del Waldorf, antes de que Cugat se acercara a la mesa y el cansancio acabase haciendo mella en su cuerpo frágil, Covadonga había reconocido que para él la siesta era sagrada. ¡En pecado mortal quedo si no descanso un buen rato después de comer!, fueron exactamente sus palabras, aunque Mona era incapaz de rememorar a santo de qué vino aquella revelación que él mismo rubricó con una carcajada. En cualquier caso, a la espera estaba ahora de que el expríncipe retornara de su almuerzo, para hacerle saber que le agradecía enormemente su generosidad, que había sido muy considerado, que ella y su familia entera se sentían muy honradas. Pero que no, gracias. Que ya no era necesario que asistiera a la inauguración.

Consciente de que el tiempo le iba mordiendo los tobillos con ansias de zorro famélico, para dar con él no se había andado esta vez con timideces ni miramientos: se limitó a entrar resuelta en el lobby del hotel sin preocuparse de si alguien la miraba o no, y se dirigió derecha al mostrador de recepción.

—Mister conde de Covadonga, please —dijo sin titubeos en su inglés descacharrado.

Tras vacilar unos instantes, el empleado alzó el auricular del teléfono y marcó un número, pero no hubo respuesta: ella misma pudo oír el tono insistente, la señal inequívoca de que nadie atendía la llamada veintiséis pisos por encima de sus cabezas. Hasta que el recepcionista se encogió de hombros con un gesto elocuente, confirmando que el huésped no se encontraba en su habitación.

Mientras esto ocurría en la distinguida Central Park South, tan sólo siete calles más abajo el ambiente insurrecto de la cocina del Fornos había vuelto a alborotarse. A medida que pasaba el tiempo, mientras en el patio entoldado del restaurante la conversación política bullía cada vez más agitada, los ánimos abajo continuaban exaltados en una dirección del todo opuesta. Tanto tanto llegaron a tensarse empujados por el nerviosismo compartido, que algunos de los camareros optaron finalmente por subir. Moure, al verlos asomarse, les advirtió iracundo que se anduvieran con ojo.

—Cuidadiño —masculló áspero—. Cuidadiño que no quiero problemas; el que la líe ya puede irse olvidando de volver a trabajar en esta casa, que os quede bien claro.

Pero hicieron caso omiso, se prendió la discusión, saltaron voces enfurecidas. ¡Viva la República!, gritaron dos de los camareros adentrándose en el patio. La respuesta de los clientes distinguidos fue inmediata: ¡Viva la monarquía! ¡Viva el rey! Prosiguió el rifirrafe, el resto del personal abandonó la cocina y se sumó a sus compañeros, todos los comensales cercanos al heredero estaban ya en pie a esas alturas.

Todos menos Covadonga, naturalmente.

—Let's get out of here, sir —le susurró Tony en inglés doblándose hasta su oído. Alerta por lo que le habían contado los insurrectos, insistió—: Mejor será, señor, que nos marchemos cuanto antes de aquí.

Pero el antiguo príncipe se negó en redondo. Demudado e incrédulo, pidió al bolitero que le ayudara a levantarse.

La gresca encabronada continuaba junto a la fuente del patio, unos cuantos metros más allá. Los más valentones de cada bando dieron un paso adelante con los rostros enrojecidos y las venas de los cuellos tirantes, parecían a punto de llegar a las manos. Desde las respectivas retaguardias, algunos los alentaban y otros los prevenían. Aumentó el alboroto, las soflamas, los improperios. ¡Muera la República!, gritaban los de un bando. Y los otros contestaban ¡abajo el Borbón!, ¡abajo el rey!

A pesar de las cautelas del tampeño, Covadonga se puso en pie con esfuerzo, quiso aproximarse unos pasos, pretendía decir algo. Pero hacía rato que había perdido el protagonismo: aun siendo involuntariamente el germen de la bronca, su presencia ya no tenía el menor predicamento. Fue entonces, en medio del fragor de la trifulca, cuando alguien empujó a alguien, y ese alguien perdió el equilibrio y se precipitó sobre el borde de una mesa que se vino abajo. Para evitar llenarse de restos de vino y guisos, los que estaban cercanos dieron un rápido paso atrás, chocaron unos con otros, se produjo un efecto dominó y, antes de que Tony lograra sacarlo de en medio, el hijo del monarca acabó golpeándose el muslo contra el respaldo de una silla.

Con un reflejo raudo, Tony lo alzó en brazos para evitar que acabara en el suelo, pero la fatalidad ya corría por las venas de sangre azul.

—Sólo intentaba sembrar paz —musitó Covadonga con un hilo de voz.

80

Eran casi las nueve de la noche cuando las hermanas volvieron a reunirse en el apartamento. Cada una llegó por un lado envuelta en sus miedos y sus angustias, encerradas todas en sus caparazones, negándose a compartir con las demás aquello que las estaba corroyendo.

La primera en hacerlo fue Mona; desfondada, se dejó caer en un taburete de la cocina y echó hacia atrás la cabeza, la apoyó contra la pared y miró al techo sucio intentando diluir el desaliento entre las manchas. No había logrado dar ni con el conde ni con Tony en toda la tarde, ninguno de los dos apareció por el hotel.

Al poco fue el turno de Victoria, esquivando la mirada y las preguntas; sin mediar palabra, se encerró en el cuarto de baño un rato largo, se oyó el agua correr.

Finalmente apareció Luz con gesto de animal acobardado, el pómulo violeta y los ojos más tristes que nunca bajo sus cejas extrañas.

En algo recordaba aquella estampa a la de los primeros tiempos tras su llegada a Nueva York, cuando su padre se instaló a dormir en el almacén de El Capitán harto de sus desplantes altaneros y sus malos modos, y ellas, al saberse por fin solas, se desprendían de la máscara de insolencia que llevaban puesta durante el día y se mostraban como eran: vulnerables, desoladas, perdidas como cabecitas de alfiler en el mapa inquietante de una ciudad voraz.

Sólo al encontrarse las tres cara a cara fue cuando todas

arrugaron el ceño y soltaron al unísono una pregunta que retumbó entre las paredes del apartamento como un golpe sonoro de tambor:

—Y madre, ¿dónde está?

Recorrieron todos los rincones chocándose entre ellas, apenas tardaron unos segundos en confirmar lo que temían: no había rastro de Remedios. Bajaron apelotonadas la escalera y la hicieron retumbar como si fueran una manada de potros; se abalanzaron sobre la puerta de la señora Milagros, tocaron con toda la fuerza que les permitieron los seis puños cerrados; tampoco estaban ellas para timbres.

La vecina tardó poco en abrirles: llevaba décadas acostándose a la hora de las gallinas pero dormía con sueño ligero, por si acaso al marido que se evaporó hacía casi medio siglo se le ocurriera regresar cualquier noche. Las tres gritaron a la vez, descompuestas, arrolladoras. La réplica de la anciana fue tajante:

—Estuve casi todo el día fuera, en casa de mi hijo en Washington Heights, que tiene a su niña con el sarampión. A vuestra madre, desde que os la llevasteis a Brooklyn, no la volví a ver.

Llevaba la toca de lana mal echada sobre los hombros y algunas guedejas canas se le salían del moño, calzaba unas zapatillas viejas y el camisón de lienzo le llegaba a los pies. Entre las mil arrugas que le atravesaban el rostro, percibieron una ráfaga de preocupación.

Las hijas quedaron calladas unos instantes, incapaces de mirarse a los ojos mientras cada cual asimilaba su cuota de culpa: todas tenían una porción de ella y las tres lo sabían. Sin dedicarle un pensamiento siquiera ni comentarlo con ninguna, Victoria dio por hecho que, una vez que hubo devuelto a su madre a su propia vivienda, su responsabilidad para encargarse de ella quedaba diluida. Mona, por su parte, asumió justo lo contrario: que seguiría a cargo de Victoria al menos aquel día mientras ella se deslomaba en Las Hijas del Capitán. Y Luz... Luz, ahogada en su propia zozobra, simplemente se desentendió.

Pero no era momento de echarse a la cara reproches ni quejas, había que ponerse en marcha. Vamos a la calle, propuso Mona, aunque a ninguna se le ocurrió por dónde empezar a buscar. Voy a vestirme, dijo la vieja gallega. A través del hueco de la escalera, antes de decidir en qué dirección moverse, oyeron que alguien entraba en el portal y comenzaba a subir con pesadez los peldaños. Ágiles como cabras de monte, las tres asomaron medio cuerpo y miraron hacia abajo; sólo vieron una mano sobre la barandilla, la mano grande y cansada en la que un hombre se apoyaba para ayudarse.

—Luciano —musitó Victoria. El nombre del marido se le quedó medio atorado en la garganta—. ¡Luciano! —chilló.

Saltando de dos en dos los escalones, bajó angustiada los tramos que restaban hasta encontrarle; cuando alcanzó su altura, sus hermanas y la vieja vecina escucharon desde arriba lo que vino encadenado a continuación: primero cómo le espetaba la noticia de la desaparición de la madre, luego una tremolina casi incomprensible en la que la mayor de las Arenas amontonó súplicas, preguntas y explicaciones atropelladas, finalmente un llanto desolado.

—Tranquila, tranquila... —musitó el tabaquero mientras la acogía en su abrazo para intentar serenarla.

Pero Victoria machacaba insistente con la cara hundida en el pecho del hombre: hay que encontrarla, yo no pensaba, yo no sabía, yo no quería... Para entonces, las demás ya se les habían unido en el mismo descansillo.

—No tenemos ni idea de cuándo se fue —explicó Mona, la más entera—. No sabemos si es que no ha vuelto desde que agarró las llaves y salió esta mañana después de la bronca por lo del negocio, o si regresó y volvió a irse, o si...

—Pero ¿es que nadie ha estado aquí en todo el santo día? —preguntó Barona.

La luz amarillenta de la bombilla tembló sobre sus cabezas, se hizo un silencio perturbador.

Victoria se separó lentamente del torso masculino.

Siguieron unos segundos preñados de angustia.

La mayor de las Arenas se sintió morir.

—Fui a ver a tu hijo y... y... y luego...

Un fugaz destello de lucidez puso a Mona sobre aviso, pero en vez de gritarle a su hermana un contundente ¿no habrás sido capaz, insensata?, optó por echarle un capote con forma de mentira.

—Y luego hemos estado todas liadas con el local.

Salieron a la calle, corría un aire templado esa noche del inicio del verano. Apenas había transeúntes, los vehículos que pasaban eran ya escasos, a través de las ventanas a ambos flancos de la calle se veían algunas lámparas encendidas, otras estaban ya apagadas, los vecinos se preparaban para dormir.

Apretaron el paso en dirección a la casa de comidas; al llegar oyeron música dentro y a través de los cristales opacos percibieron algo de luz. Intentaron entrar, pero ni siquiera con las llaves lo consiguieron: la puerta estaba apestillada por dentro. Usaron de nuevo los puños, insistieron hasta que alguien se acercó.

—Who's there?

Era la voz de Fidel.

—¡Abre ahora mismo!

El chico obedeció lentamente y sacó la cabeza mientras se justificaba con un balbuceo difuso que nadie se molestó en escuchar: quería ensayar solo ahora que ya estaba todo prácticamente montado, perfeccionar, pulir detalles. Antes de que terminara, Luz empujó la puerta tajante:

—Quita de ahí, déjanos entrar. No estará aquí nuestra madre, ¿verdad?

Él se apartó cohibido; no había previsto que la cosa fuera de esta manera. Quería impresionarla en la noche del estreno, que ella quedara conmovida al comprobar cómo había mejorado su voz, cómo había logrado parecerse cada vez más a su adorado ídolo, pero Luz y sus hermanas se precipitaron hacia el interior y no detuvieron ni un instante sus miradas sobre él.

Ni se dieron cuenta de que había vuelto a teñirse y a plancharse el pelo, de que llevaba el rostro empolvado y se había puesto la ropa prevista para su actuación: traje gris perla con grandes solapas, corbata rayada, un pañuelo asomando del bolsillo. Desde la vitrola que él mismo había llevado desde su propia casa sonaban compases tangueros mientras ellas se desplegaban por todos los flancos: la cocina y el parco lavabo, el pequeño almacén donde el padre solía tender el jergón cuando se le hizo insoportable la convivencia con las cuatro mujeres.

Gardel seguía entonando *Mano a mano* desde el disco de pizarra, pero de Remedios no encontraron ni la sombra. Con la desolación en el rostro, las hermanas se encaminaron de nuevo a la entrada. Antes de alcanzar la puerta, Mona frenó a Victoria con una vaga excusa mientras los demás iban saliendo, cuando calculó que la distancia era prudente, le clavó los dedos en el brazo.

—No habrás tenido el valor... —le masculló al oído.

La mayor de las Arenas se soltó de un tirón.

Con Fidel añadido al grupo, el siguiente destino fue Casa María, apenas necesitaron cruzar la calle y caminar unos metros. La entrada por la cocina estaba cerrada a aquellas horas, no tuvieron más remedio que llamar a la puerta principal. Al reclamo de la novicia que les abrió, una solemne monja mexicana apareció unos momentos después para advertirles de que no eran horas, que sor Lito seguramente estaba ya acostada...

—¡Déjese de sermones, hermana, que esto es una emergencia! —chilló Luz—. Haga usted el favor de dejarnos entrar.

Tras un agrio tira y afloja, la monja accedió a dar permiso tan sólo a dos de ellas, entre todos acordaron que fueran la señora Milagros y Mona; antes de entrar, dispararon al resto unas cuantas órdenes. Luciano, ¿por qué no preguntas si alguien la ha visto en La Nacional, a ver si queda algún grupo de vecinos abajo en la cantina jugando al dominó? Tú, Victoria, ándate a donde doña Carmen la de Casa Moneo, que con ella suele pegar la hebra. Luz, pregúntale tú a los Irigaray. Fidel acércate a La Bilbaína, a ver si el dueño, que vive arriba, se la hubiera cruzado en algún sitio... No eran más que tiros al aire, golpes ciegos en la oscuridad. Pero nada más se les ocurrió en mitad del desconcierto así que, con las funciones repartidas, cada cual se encaminó a un destino distinto dentro de los límites de la manzana.

Sor Lito no estaba en su despacho, efectivamente, sino adormecida en la cama, la endeble luz de una pequeña lámpara le iluminaba sólo un flanco de la cara. Se había quedado amodorrada mientras leía, parecía más vieja que nunca, un puñado de papeles se le escurrió de la mano y se desparramó por el suelo cuando la señora Milagros le sacudió el hombro. Se despertó sobresaltada, las pequeñas gafas de lectura se le torcieron sobre el puente de la nariz.

—Estuvo aquí poco antes de mediodía, sí —reconoció mientras hacía un esfuerzo por incorporarse apoyándose en los codos sobre el colchón—. Conversamos un rato y se marchó hecha una furia, no sé más.

Siguió esforzándose para levantarse, pero se lo impidió un evidente dolor. Se llevó una mano al costado, se tendió de nuevo.

—¿Y de qué hablaron? —preguntó Mona—. ¿Qué le dijo ella, qué le dijo usted, qué..., qué...?

—De todo un poco —contestó sor Lito esquiva, recostada otra vez sobre la almohada.

—Aclárese, hermana, por Dios.

La monja las miró, le fallaba la vista, los cuerpos le parecieron como envueltos en clara de huevo.

—Le aconsejé tan sólo que las dejara en paz.

81

No había pasado ni un cuarto de hora cuando todos se amontonaron de nuevo en la acera frente a Casa María, bajo la luz del farol de hierro que colgaba sobre la entrada. Cada vez se veían menos ventanas encendidas en las fachadas alrededor.

Ninguno había logrado nada con su búsqueda en las proximidades, nadie había visto a Remedios por ningún sitio. Mona se mordía la uña del meñique intentando reflexionar, Luz lloraba a lágrima viva y el rostro de Victoria seguía como si se hubiera quedado sin sangre. Dónde, dónde podría haberse metido la pobre mujer. Apenas conocía a nadie, no sabía moverse por la ciudad; todo la abrumaba y la espantaba, no tenía recursos, carecía de iniciativa. Y sin embargo, se acercaba la medianoche y seguía sin dar señales.

—Habrá que expandirse entonces —resolvió el tabaquero.

—¿Y adónde vamos a ir? —preguntaron atónitas las tres hijas a una.

Ahora que la búsqueda excedía el perímetro de la Catorce, se alejaba de las viviendas de los vecinos y se abría hacia territorios que ellas no controlaban, Luciano Barona pareció sentirse en la obligación de asumir la responsabilidad.

—Acercaos vosotras al hospital de St Vincent, sabéis dónde, ¿no? Ahí mismo, en la esquina con la Once. Fidel, tú a ver si puedes ir hasta el French Hospital de la Treinta con la Octava en el coche de los muertos si hace falta. Y usted, señora Milagros, márchese mejor para su casa y estese atenta por si la oyera llegar.

—¿Y tú? —preguntó Victoria a su marido sin atreverse casi a mirarle a los ojos—. ¿Adónde vas tú?

—Al Bellevue.

No dio más explicaciones y para sí se guardó que a aquel gigantesco hospital público junto al East River iban a parar la mayoría de los desgraciados de la ciudad: los pobres de solemnidad, los locos y los criminales, los enfermos terminales, los alcohólicos, los inmigrantes a los que nadie reclamaba. Allí, hacinados, pululaban por los pasillos, ocupaban las camas de tres en tres o se acurrucaban arrumbados en el suelo, entre paredes sucias y olor a orina. Y para aquellos pobres diablos que acababan sus días tirados por las calles y los parques, en los muelles o contra las tapias de los solares vacíos, el Bellevue Hospital contaba también con la morgue más grandiosa de Nueva York.

En lugar de acobardarlas con sus presagios, sin embargo, simplemente remató:

—Y alguien tendría que recorrer las comisarías...

—Yo me encargo.

Todos miraron a Mona con gesto incrédulo; qué sabría ella de la policía. Pero no dio explicaciones, tan sólo añadió:

—Me las arreglaré.

Se desperdigaron entonces, cada cual emprendió el camino señalado por Luciano, menos ella, que volvió a llamar a Casa María. Tras atenderla de nuevo la recia religiosa mexicana, no tuvo más remedio que ceder a su petición y dejarla telefonear.

Por suerte se sabía el número de teléfono de memoria de tanto terciar en las llamadas de doña Maxi mientras trabajaba en su casa, y por suerte no fue ella quien respondió. Estoy allí lo antes posible, dijo el joven doctor cuando Mona le sintetizó la coyuntura en cuatro frases. No le falló: en veinte minutos aparcó su Ford Roadster frente a la iglesia y salió precipitado a abrirle la puerta del copiloto para que ella pudiera entrar. Veinte, treinta, cuarenta veces se le había ofrecido a Mona para llevarla a donde quisiera desde el día del reencuentro de ambos en Macy's, cuando él empezó a regresar a su domicilio antes de lo habitual sin que ella supiera que verla era la única razón que le movía.

El corazón se le había encabritado a César Osorio cuando oyó la voz de Mona al otro lado del hilo; desde que ella pidió unos cuantos días de permiso sin demasiadas explicaciones, su casa se había vuelto triste como un sarcófago y la mera existencia de su tía sin ella cerca le resultaba insufrible como el peor dolor. Estaba en la cama leyendo cuando sonó el teléfono, se levantó a contestar de un salto; ¡¿quién llama a estas horas?!, gritó desabrida doña Maxi desde su cuarto al colgar. Él pegó el rostro a la puerta de su tía mientras intentaba serenarse; una urgencia del doctor Castroviejo, no te apures, madrina, mintió. Voy a la clínica, no sé a qué hora volveré.

—Disculpe de verdad que le haya molestado pero...

Pero dudé entre dos hombres y ganó usted, primero porque al otro no tengo manera de encontrarlo, y segundo porque quizá así sea lo mejor, intentar arrimarme a él lo menos posible ahora que se ha escurrido de mi lado para convertirse en la sombra de alguien a quien yo misma busqué y que ahora no puedo quitarme de encima, le habría dicho Mona de haber sido sincera. Dejó la frase a medias, sin embargo, no hacía falta añadir más.

—A las comisarías de policía más cercanas es adonde quiere que vayamos en busca de su madre, ¿no? —dijo él sacando un plano de la guantera.

Venía sin corbata, con un fino sweater azul sobre la camisa limpia y el pelo impecable y medio mojado, se lo había peinado con agua antes de salir.

—No conozco mucho estos barrios —añadió—, pero seguro que no será complicado encontrarlas...

Callados ambos, él al volante y ella a su lado, primero se dirigieron a la police station de Charles Street. Apenas se cruzaron con nadie por las calles; tan sólo, ocasionalmente, vieron algún grupo ruidoso que entraba o salía de un club o un pequeño teatro; era el Village: zona de bohemios, pintores, artistas en general que se mezclaban con gente corriente, muchas familias de trabajadores de los cercanos docks del West Side.

El esfuerzo resultó vano: nada sabían allí de una inmigrante vestida de negro de pies a cabeza incapaz de hablar ni media palabra de inglés. Se lo confirmó a ambos un policía de pelo anaranjado cuando les llegó el turno, tras pasar sin ganas varias páginas de un estadillo. Mona volvió a la calle con la mirada gacha mientras de alguna dependencia al fondo salían gritos y ruidos de sillas al caer. Las gentes de los muelles, farfulló el policía de la puerta, have a good night. Una vez en la calle, César, con timidez, le posó una mano sobre el hombro izquierdo.

—Va a aparecer —murmuró—. Ya verás.

Era la primera vez que le hablaba de tú.

Mientras Mona y el oftalmólogo seguían con su recorrido, Victoria y Luz se mantenían a la espera en el St Vincent's Hospital. Junto con el Bellevue al que se encaminó Barona, aquél era otro de los hospitales más antiguos de Nueva York, nacido como una institución católica de caridad para acoger a los necesitados del sur de Manhattan independientemente de su religión. Ricos acudían pocos, sin embargo; pobres y desgraciados, por montones. Muchas víctimas de catástrofes, también: afectados por epidemias de cólera, náufragos del *Titanic,* o cuerpos achicharrados en incendios pavorosos como aquel que había acabado hacía unos años con la vida de más de un centenar de jóvenes costureras, inmigrantes italianas y judías casi todas, a las que tenían trabajando a destajo nueve horas diarias con todas las salidas bloqueadas en un cercano edificio de Washington Place.

Aquella noche, por suerte, no había habido ningún siniestro de envergadura y la sala de espera permanecía relativamente tranquila. Sentadas en un flanco aguardaban ahora la mayor y la menor de las Arenas, obedecían las órdenes de una de las monjas a cargo del turno. Wait right there, please, les dijo. Que hicieran el favor de esperar.

Apenas cruzaron palabra entre ellas, ambas prefirieron ocultar aquello que las reconcomía y las atormentaba. Por eso una hacía como que dormitaba con la cabeza pelirroja apoyada contra la pared, y la otra mantenía sus grandes ojos negros fijos en el trasiego de pacientes, enfermeras y religiosas.

A Luz le seguía martirizando el no saber de Frank Kruzan, se maldecía a sí misma por no haber sido capaz de ir en su busca y, en paralelo, le atemorizaba que, tras la bronca con su patrón y con Fidel, él pudiera regresar de otra forma más volcánica e intempestiva todavía. Dentro de Victoria, por su parte, seguían crudamente vivas todas las imágenes y sensaciones de aquella tarde: Chano, Chano, Chano. Chano y la proposición de él que ella se negó a aceptar.

Pasó un rato que se les hizo eterno, el silencio y la desconfianza continuaba separándolas como un cortafuegos. Ahora Luz se arrancaba los padrastros de las uñas mientras Victoria pasaba las páginas de una revista que alguien se había dejado medio arrugada encima de un asiento. Un mechón le caía sobre el rostro tapándole un ojo, pero daba lo mismo porque no leía nada: ni entendía la lengua, ni tenía interés.

El gran reloj sobre el mostrador de admisiones marcaba la una y veinticinco cuando se les acercó la misma monja que las había instado a esperar mientras hacía averiguaciones; a las dos las sacudió una ráfaga de alivio cuando la escucharon decir no, young ladies, su madre no está aquí.

Emprendieron el camino de vuelta a zancadas; a diferencia de otras veces no caminaron enhebradas y con el paso al compás, sino cada cual por su lado con los brazos cruzados sobre su propio pecho, sin rozarse, como extrañas.

Fueron las primeras en retornar al apartamento, ambas mantenían la ilusa esperanza de que quizá la fortuna se les pusiera de cara y su madre ya estuviera allí, áspera y quejosa como cada día, con su delantal raído y el moño mal peinado, protestando por todo, maldiciendo a América y a los americanos, lanzando permanentemente al aire las añoranzas del mundo del que vino, ese mundo que ella sola había idealizado desde la distancia hasta convertirlo en un paraíso idílico que jamás existió.

Pero tampoco hubo suerte; lo supieron tan pronto como abrieron el portal y la señora Milagros, al oírlas, asomó la cabeza por el hueco de la escalera. Ninguna abrió la boca: les bastó con verse las caras.

El siguiente en llegar fue Fidel, con el aire tanguero mortecino y el traje gris perla arrugado. Nada, fue lo único que dijo al entrar. Se tragaron la noticia en silencio, le señalaron un taburete, la vecina le sirvió un café. Eran casi las tres y cuarto.

Barona apareció media hora más tarde: tampoco había localizado a Remedios en la morgue del Bellevue. Su mujer le plantó delante otra taza y lo miró con fijeza pero no preguntó, él tampoco dio explicaciones: para qué ponerles las tripas negras narrándoles cómo, una a una, el lúgubre empleado había ido levantando las sábanas que tapaban a once muertas dispuestas en horizontal. Algunas eran tan recientes que parecían dormidas, otros cadáveres estaban ajados, marchitos. De todo había: una rubia veinteañera que se había lanzado desde un noveno piso, una asiática a la que había encontrado un remolcador flotando boca abajo en el East River con la larga melena expandida como patas de araña. Dos eran casi niñas, había una vieja tan obesa que desbordaba la pieza de mármol que la sostenía, cuatro habían sido abusadas, una de ellas con ferocidad lobuna. Todo aquello se lo fue comentando el empleado sin interés ni esfuerzo, como si mostrara un catálogo de productos domésticos o le informara de que las temperaturas iban a aumentar el fin de semana, mientras el tabaquero se apretaba un pañuelo contra el rostro y contenía las arcadas a duras penas. Aún le parecía que llevaba pegado al cuerpo el olor espeluznante de la sala, por eso nada más entrar en el apartamento se había quitado la chaqueta y en ese instante habría vendido su alma al diablo por una botella de coñac, una buena tina llena de agua y un estropajo con jabón.

La tercera cafetera borboteaba en el fuego cuando llegó Mona y, para pasmo del resto, tras ella apareció el doctor. Era la primera vez que él entraba en el domicilio de las Arenas; si le asombró lo humilde del entorno, no lo dejó entrever.

Un silencio pastoso se comprimió entre las paredes mientras la señora Milagros rellenaba las tazas de nuevo, faltaban cinco minutos para las cuatro. Nadie miraba a nadie, nadie decía nada, los rostros ajenos a la familia mostraban preocupación; los de las hermanas testimoniaban un abatimiento abismal, desoladas las tres por la ausencia de la madre y las vueltas de la vida, alteradas por sus actos, sus errores, sus problemas, sus amores. El único sonido que les llegaba a los oídos era el de las cucharillas al remover el café.

Fue entonces, en medio del silencio de aquella madrugada siniestra, cuando oyeron que alguien aporreaba la puerta. Todos se levantaron de golpe, tan precipitados que Victoria volcó su banqueta y a Fidel se le derramó media taza. Mona, la más cercana, corrió a abrir; los demás salieron en estampida tras ella.

Era un muchacho del barrio, Apolinar, el hijo de una pareja de burgaleses; trabajaba descargando paquetones de periódicos de un camión de reparto, por eso se despertaba a diario antes del alba.

—Me estaba vistiendo cuando oí los ruidos, me asomé a la ventana, pero el auto ya se iba y...

Para desconcierto de todos, no traía noticias sobre Remedios.

—Os han destrozado el local.

494

SEXTA PARTE

82

Corrieron, corrieron porque en ello les iba la vida; de repente sus piernas fueron otra vez las de aquellas niñas flacas acostumbradas a los bandazos callejeros y a esquivar en la playa las olas del mar. Corrieron como si las persiguieran perros hambrientos, no soltaron palabra, llegaron sin resuello.

Se abrieron paso a empellón limpio entre el puñado de curiosos que empezaba a arracimarse frente a la fachada; apenas pisaron el umbral, frenaron en seco. Allí donde estaba previsto que la noche siguiente hubiera cante, baile, aplausos e ilusiones desbordadas sólo encontraron desolación. La puerta reventada y montones de cristales rotos; las mesas y las sillas patas arribas, partidas a hachazos. Contra las paredes habían lanzado cubos llenos de brea y desperdicios, nada habían dejado entero: ni una botella, ni un plato. El gramófono de Fidel y los carteles turísticos los habían pisoteado; con los manteles, las servilletas y los discos de Gardel habían hecho una fogata encima del escenario de la que salía un humo pestilente y gris.

Las tres hermanas contemplaron la escena plantadas hombro con hombro anonadadas, sin reaccionar. En apenas segundos, a sus espaldas se apostaron el doctor y Fidel; Barona y la vieja gallega aún tardaron en llegar, intentando a duras penas recuperar el aliento.

De las bocas de los vecinos que contemplaban la escena salieron cuchicheos alarmados y exabruptos en varias lenguas. Holy Mary Mother of God, porca miseria. Hijos de puta, hace falta ser cabrón. Nadie alcanzaba a comprender quién las quería así de mal. La realidad, no obstante, apuntaba incuestionable en esa única dirección: habían ido a por ellas. Lo demostraba la obscenidad del estropicio, el empeño calculado para no dejar nada en pie, una embestida perversa que rezumaba insidia. Por eso flotaban dos preguntas en el aire mientras las últimas estrellas se iban desvaneciendo y el alba despuntaba en la Catorce, cuando los primeros vecinos salían hacia sus trabajos y los primeros carros y furgones empezaban a rodar. ¿Quién ha sido? ¿Por qué?

Despacio y en silencio, a tientas casi, las Arenas se aferraron una a otra y acabaron fundidas en un abrazo, como el trío cohesionado que fueron antes de que la vida las empujara en direcciones distintas y entre ellas surgieran los quiebros y las reservas. En mitad del revoltijo de melenas y cuerpos, Luz arrancó una especie de sorda letanía. Ha sido él, ha sido él, ha sido él: instintivamente, recelosa y acobardada, hacía a Frank Kruzan responsable de aquella devastación. Un desquite, una venganza por negarse ella a acogerlo de nuevo en su vida, otro rebote impulsivo: nada de ello descartaba. Como el golpe del pómulo, pero con un alcance más expandido, más doloroso todavía.

La mente de Mona, por su parte, anticipaba otros presagios distintos a los de su hermana mientras entre unos y otros se esforzaban por sacarlas del local casi a tirones. Venga, venga, muchachas, vamos para afuera, que aquí ya no hay nada que hacer. Las tres se resistían, como si una fuerza magnética les impidiera separar los pies del entorno desolado. Sólo tras una larga insistencia no tuvieron más remedio que claudicar y empezar a moverse hacia la calle.

El grupo de mirones crecía frente a la fachada a medida que la gente abandonaba sus viviendas con rumbo a los quehaceres cotidianos; serían ya cuarenta o cincuenta pares de ojos los que contemplaban la escena. Había hombres de todas las edades que vestían ropa de faena y llevaban en las manos tarteras de aluminio con el almuerzo camino a sus trabajos como engrasadores en la Standard Oil, maquinistas en el Interborough Rapid Transit, fogoneros en los ferries de Staten Island o albañiles que a diario se colgaban temerarios en los peligrosos scaffoldings que envolvían los rascacielos; había mujeres que salían rumbo a sus trabajos de limpiadoras de oficinas o costureras o a servir como criadas en alguna casa buena del Upper East Side. Cuando los más cercanos vieron volverse a las hijas de Emilio el Capitán, la pequeña masa humana se abrió respetuosamente para dejarlas salir.

Primero avanzaron Victoria y el tabaquero, él la llevaba sostenida por los hombros y en el hermoso rostro de ella, aun cabizbaja, resaltaba un abatimiento demoledor. Detrás iba Luz, junto a un Fidel con el rostro descompuesto, esforzándose en vano para rescatar una pizca de su aire tanguero a fin de acompañarla con hombría. Mona apareció la última, sola, con la barbilla alta, el pelo enredado, los labios prietos, intentando asumir con dignidad el brutal fracaso de su proyecto.

Los presentes las rodearon afectuosos, les lanzaron frases de ánimo y condolencia: estamos con vosotras, muchachas, así ardan en el infierno los desgraciados que os han hecho este estropicio. Hubo también quien apuntó alguna pista: a mí me pareció ver a tres hombres, adelantó alguien; no, para mí que fueron cuatro, rebatió alguien más. Que si llegaron y se fueron en un auto oscuro, que si el vehículo era azul. Se entremezclaban los datos, nadie se ponía de acuerdo, pero tampoco importó gran cosa. Lo fundamental era incontestable: unos cuantos hombres se ampararon en el final de la noche para destrozar el negocio y largarse limpiamente sin dejar rastro.

Hasta que llegó el instante en que no hubo más que decir: ni más palabras de apoyo, ni más conjeturas sobre los culpables. El grueso del grupo empezó a desmigarse, cada cual tenía una obligación y un destino, quedaron arropándolas los más cercanos y, como único elemento ajeno, el joven médico que acompañó a Mona durante la madrugada: aturdido y confuso, consciente de que aquél no era su lugar y a la vez incapaz de marcharse.

Allí se mantuvieron todavía un rato, conmocionados frente a la fachada que hasta hacía muy poco estuvo pintada en un verde brillante y optimista, y que ahora lucía inmunda llena de chorros de alquitrán y de mondas renegridas de plátanos y patatas. Hasta el toldo habían desgarrado a punta de cuchillo, rajándolo con saña y dejando su flamante tejido rojo convertido en un montón de tristes jirones.

83

Tan conmocionados estaban que nadie prestó atención a la camioneta que se detuvo al lado del grupo.

—Hombre, Sendra.

Luciano Barona fue el primero en reconocer al compatriota que salió de detrás del volante. A pesar de tratarse de un tipo bien conocido entre la colonia, no era común verle por la zona. Y menos a aquellas horas tempranas. Llegaba sin afeitar, sin corbata ni chaqueta, tan sólo en camisa sobre la camiseta interior, con los tirantes encima; daba la impresión de que le habían sacado precipitadamente de la cama.

Para extrañeza de todos, ni se molestó en mirar hacia el local, ni devolvió el saludo al tabaquero.

—He tenido que traerla casi a la fuerza.

Sin prolegómenos ni cortesías, se había dirigido a las hermanas mientras señalaba la camioneta, fue entonces cuando todos volvieron hacia ella la mirada. Tras el cristal de la ventanilla, encogida en el asiento con la cabeza gacha, estaba Remedios.

Luz lanzó un grito, Victoria abrió la boca con un grandioso suspiro de alivio y se llevó la mano al corazón, Mona amagó abalanzarse hacia la portezuela.

—¡Un momento!

Sendra sonó rotundo a la vez que abría los brazos como aspas de molino para frenarlas.

—Antes de nada, un consejo: no seáis demasiado duras con ella. Acaba de pasar la peor noche de su vida y para mí que anda un poco...

Hizo un gesto rotando la muñeca con los dedos abiertos: trastornada, quería decir. Las hijas le acribillaron a preguntas: ¿dónde estaba, por qué se fue sola, qué pretendía, cómo la encontró?

—Al parecer salió de aquí por la mañana con la intención de dar conmigo, pero las únicas indicaciones que tenía eran mi propio nombre, el de mi negocio, La Valenciana, y el de la calle, Cherry Street, pronunciado a la manera en que lo pronuncian los españoles que no hablan inglés: cherristrit. Aun así, con tan parcas referencias, sólo Dios sabe cómo se las arregló para casi llegar a su destino; lo habría logrado si no fuera porque, al atravesar Chinatown, la pobre mujer se asustó como un conejo, se perdió y se vino abajo.

Plantado en pie entre ellas y su vehículo como un muro de contención, Sendra les seguía bloqueando el acceso.

—Ha aparecido en nuestro barrio a eso de las cinco de la mañana, la traía una anciana pareja de cantoneses que la encontró acurrucada en plena madrugada en un solar. Que me muera ahora mismo si sé cómo coño llegaron a entenderse entre los tres, pero el caso es que la acompañaron el resto del recorrido hasta llegar a la puerta de mi negocio. Al verlo cerrado, los chinos la han llevado hasta la taberna de Castilla; por fortuna, ayer tarde atracó un vapor portugués y han mantenido la barra abierta toda la noche para la tripulación. Desde allí me vinieron a buscar, y luego yo...

—Pero ¿qué es lo que quería? —chilló Luz impaciente.

—Un montón de cosas sin pies ni cabeza. Que yo hablara con un abogado italiano para algo relativo al caso de la muerte de su padre, que consiguiera que las autoridades os cerraran este negocio, que os obligara a abandonar Nueva York...

Frenó unos instantes, aspiró aire ante la mirada atónita de todos los presentes.

—Mireu, xiquetes, jo crec que la vostra pobra mare no está muy en su sano juicio y por eso, casi a rastras, entre mi mujer y yo la hemos metido en la furgoneta y os la vengo a devolver.

Les pasa a algunos inmigrantes, no es la primera ni la última vez que he visto y veré algo así: no logran adaptarse y acaban perdiendo el norte, llega un momento en que todo los supera y hasta se les deteriora la razón.

Las tres continuaban repartiendo las miradas entre Sendra y el vehículo, mordiéndose la lengua para no interrumpirle, agarrotando los cuerpos para vencer la tentación de ir a sacarla.

—A pesar de que le hemos insistido, no ha querido comer ni beber un simple sorbo de agua. Y... —El hombre bajó la voz incómodo—: Y más vale que le deis un buen baño y la cambiéis de ropa porque, además de cagarse metafóricamente en mis muertos por negarme a sus propuestas y empeñarme en traerla de vuelta, para mí que se ha hecho todas sus verdaderas necesidades encima.

La sacaron del auto entre las tres mientras el dueño de La Valenciana, consciente por fin de lo que allí pasaba, preguntaba a los hombres por qué demonios el local presentaba aquel aspecto inmundo.

Apestosa, mugrienta, hambrienta, exhausta, así regresaba Remedios tras su insensata aventura, sin fuerzas para quejarse ni oponer resistencia, con los oídos atronados por los gritos de sus hijas, que se pasaron por el arco de triunfo los consejos del alicantino y la increpaban desatadas las tres a una. Pero ¿cómo se le ocurre, madre, pero cómo nos ha dado este susto, pero es que se ha vuelto loca?

Apenas habían logrado erguirla en la acera cuando una voz se interpuso contundente.

—A ver, por favor, déjenme un momento...

Era César Osorio, el doctor. No le hicieron ni caso, siguieron con su embestida: pero ¡viene usted hecha un asco, pero en qué cabeza cabe largarse así!

—Por favor, señoritas —repitió con autoridad.

Cruzaron miradas entre ellas, dubitativas.

—Permítanme que le tome el pulso, es importante.

Aun sin estar convencidas, las tres dieron un paso atrás.

—Voy a examinarla, señora. Será sólo un segundo, ya verá.

Presupusieron que sería cosa de unos instantes, que su madre iba a mandar al joven médico a tomar viento con cajas destempladas, pero la incredulidad de las tres fue mayúscula cuando comprobaron que ella, mansamente, se dejaba hacer. La córnea, la pupila, las parótidas, la lengua. Y más confundidas quedaron todavía cuando César Osorio, en apariencia satisfecho tras su breve examen, le tendió con amable cortesía el brazo y ella se lo agarró. Ni una sola mirada dedicó Remedios a sus hijas o al local causante de su agonía: aferrada al doctor, a pequeños pasos, echó a andar.

Tan confusas estaban, tan desoladas, que no reaccionaron hasta que Barona las impulsó a que emprendieran el paso tras la chocante pareja.

—Venga, muchachas, ya veremos luego qué hacemos con este desaguisado; de momento hay que volver con ella a casa; venga, venga, vamos todos para allá...

Recorrieron despacio la acera en un grupo más o menos compacto, a ninguno le quedaba en los huesos ni ánimo ni energía para hacerlo de alguna otra manera. Remedios y el doctor por delante; Mona y Luz un paso atrás, a los costados. Cerraban la comitiva el tabaquero sosteniendo a una Victoria agotada, la vecina gallega y un pobre Fidel que ya no era ni la sombra del morocho del Abasto.

Avanzaban por la acera sur de la Catorce, algunos vecinos que abandonaban sus casas y aún no se habían enterado del incidente los miraron con gesto curioso, otros que ya estaban al tanto les lanzaron frases de aliento. Pasaban a la altura de Casa Moneo cuando él salió de la cercana boca del metro y los vio venir de frente, componiendo un grupo cohesionado aun con las piezas bien definidas.

Acudía el tampeño en busca de Mona, ansioso, nervioso, dispuesto a aporrear su puerta, a sacarla de la cama si hacía falta. No tenía la menor idea de lo que había ocurrido en Las

Hijas del Capitán, tan sólo ansiaba contarle, ponerla al tanto del agrio percance en el Fornos, del golpe de Covadonga en la pierna, su doloroso derrumbamiento y su traslado urgente al hospital. De la situación crítica en que entró y de cómo él, Tony, con un súbito estupor, cayó en la cuenta de que el heredero del trono no tenía a nadie más. Ni familia, ni amigos verdaderos. Nadie excepto a él.

A lo largo de todas esas horas pavorosas en el Presbyterian Hospital junto a aquel hombre prácticamente desconocido de quien, por unas cuantas carambolas imprevistas, se había convertido en único valedor, sólo el recuerdo de Mona le sirvió a Tony de compañía y le proporcionó serenidad; ella era la única persona en el mundo que le unía al conde, la única que lograría entenderlo. Por eso iba en su busca cuando aún estaba entrando la mañana, con la esperanza de encontrarla ya despierta en el que creía que iba a ser el día del arranque de su valiente negocio: para hacerle saber que Alfonso de Borbón había escapado de la muerte por los pelos, para compartir con ella su alivio, reír a carcajadas ante el miedo pasado, sosegarla diciéndole que todo saldría bien en su gran noche, quizá besarla otra vez.

Traía el traje más arrugado que nunca y abierto el cuello de la camisa, el pelo endemoniado, la corbata en el bolsillo, un despunte de barba trasnochada y la euforia bulléndole en las sienes. Quería verla, necesitaba verla ya. El panorama del grupo a unos metros de distancia de la boca del metro partió su ímpetu de raíz.

Además de los rostros exhaustos y el andar alicaído, algo más chirrió al bolitero en aquella estampa. O mejor dicho, alguien más: el hombre joven de sweater azul que los acompañaba, el único miembro del grupo a quien no conocía. Con aspecto atildado y cuidado extremo, sostenía atento a la madre mientras ésta caminaba arrastrando los pies. El gesto solícito, sin embargo, le cambió al desconocido tan pronto oyó a Mona susurrar su nombre.

—Tony —dijo ella con voz ahogada.

Y el semblante del otro, al escucharla, se transmutó.

A pesar de la noche en vela y del tremendo susto pasado, el tampeño lo tuvo claro desde un primer instante, como si le hubiera iluminado un fogonazo de lucidez: a aquel tipo la pobre Remedios le importaba tres pimientos. Era Mona la que absorbía todo su interés.

84

Aguardó paciente, hasta que los vio salir juntos media hora después; observó todos sus movimientos mientras ella acompañaba al doctor hasta un Ford aparcado, al tiempo que cruzaban unas cuantas frases a modo de adiós y el otro dudaba un instante, como si no quisiera irse todavía o pretendiera concluir la despedida de una manera distinta, menos distante, más cálida. Cuando Tony comprobó que el auto se integraba en el tránsito de la Séptima avenida, salió de su refugio en el portal vecino.

—Cuéntame despacio qué pasó.

Al verlo de pronto, inesperado, próximo, parado junto a ella en medio de la acera, Mona cerró los puños y se clavó las uñas en las palmas de las manos; necesitó coraje para contener el impulso de aferrarse a él, refugiarse en su cuello y echarse a llorar. Tenía los ojos enrojecidos y agotamiento en el rostro, entre los mechones del pelo, más revuelto y rebelde que nunca, se le habían metido ceniza y virutas de porquería.

—Ya te lo hemos dicho antes —susurró conteniéndose—. No han dejado nada en pie.

Habían puesto a Tony al tanto nada más encontrarse con él, escuetamente. Y después lo plantaron en la calle, ajeno y solo, mientras todos entraban en el edificio de ladrillo rojo; César Osorio les cedió el paso uno a uno y se encargó de cerrar la puerta a su espalda, consciente de que él se quedaba atrás. La reacción que el doctor percibió en Mona cuando ella vio a aquel tipo flaco de pelo claro y aspecto descuidado le había puesto en guardia: de forma instintiva notó que entre ambos manaba una corriente de complicidad. No sabía quién era, ya intentaría averiguarlo, pero desde luego no se trataba de un simple vecino como el bobo del tal Fidel; aquel tipo tenía otro porte a pesar de su desaliño, transpiraba otro talante, otra seguridad. De momento, en cualquier caso, lo que le interesó al médico fue que ella subiera con todos hasta el apartamento, sin detenerse con él. Los aconteceres de la noche y la mañana le iban proporcionando unas oportunidades insospechadas para implicarse en su mundo, no estaba dispuesto el doctor Osorio a esas alturas a que todo se le volviera del revés, y menos por un desastrado que a aquellas horas llegaba sin duda de farra, con el traje hecho una pasa, los ojos febriles y un pico de corbata saliéndole de un bolsillo.

—Según están las cosas, supongo que este asunto del conde ya no te afecta ahora que no habrá inauguración, pero quería que supieras...

En un intento desesperado por animarla siquiera una pizca, le empezó a narrar lo que había ocurrido en el Fornos y el hospital, quiso sacar empuje y sonar animoso, desplegó sus mejores artes de vendedor de ilusiones. No logró ningún efecto en ella, sin embargo: era como si la capacidad de reacción de Mona se hubiera consumido tras las horas tremebundas que llevaba a las espaldas.

Seguían en pie los dos en plena calle, cara a cara; sin decírselo uno a otro, ambos compartían la sensación de que fue casi en otra vida cuando se colaron en el St Moritz, recorrieron la noche neoyorkina a bordo de un descapotable y cenaron en el Waldorf invitados por un frágil príncipe que ahora reposaba sedado mientras su regia familia, al otro lado del Atlántico, volvía a ser alertada por cablegrama.

—Tony, tengo que irme.

Con apenas un murmullo, Mona optó por cortar de un tajo la conversación. Qué más daba todo eso ya. El príncipe que nunca reinaría, la disputa entre monárquicos y republicanos en el patio del restaurante, la hemorragia y las transfusiones... Covadonga estaba fuera de peligro, eso le bastaba. Todo lo demás quedaba a una eternidad del interés de la mediana de las Arenas a esa hora en la que la mañana del incipiente verano ya se había asentado en la Catorce con toda su contundencia: gentes, autos, ruidos, prisas. Y aunque el hombre de cuerpo de mimbre y mirar verdoso que tenía enfrente le seguía atrayendo y habría dado cualquier cosa por consolarse con el rostro hundido en su pecho, aún le quedaba la lucidez suficiente como para saber que lo que más le convenía era apartarse.

—No sé adónde pretendes ir pero ¿me dejas que te acompañe?

Se miraron largamente, cansados ambos, desolados cada cual a su manera.

La respuesta salió firme de su boca.

—Mejor que no.

En Casa María la noticia del destrozo estaba corriendo por la larga mesa del desayuno junto con el pan tostado y la mantequilla, por eso surgieron chisteos de aviso nada más ver a Mona y el bullicio de la conversación cesó de súbito. Todas las mujeres, monjas y no monjas, le dieron los buenos días disimulando, ella respondió entre dientes y prosiguió su camino.

Para su desconcierto, no encontró a sor Lito en su estudio. Ni en su dormitorio. Ni en la parca biblioteca. La orientó al fin una monja añosa con la que se cruzó por la escalera.

—Prueba en la capilla, hija mía; hace un rato me pareció verla entrar.

Hacia allá se encaminó, abrió la puerta con sigilo. Fresca, pequeña y oscura, la capilla olía a cirio encendido. Ahí estaba sor Lito, en efecto, arrodillada en un banco delantero, con su cuerpo chato echado hacia delante, los codos apoyados sobre la parte superior y la cabeza sin toca hundida entre ellos.

No se acercó, simplemente se sentó al fondo, a esperar a que la religiosa terminara con sus devociones. Fijó su mirada exhausta en una Virgen con manto celeste y las manos extendidas que se erguía sobre una peana con forma de bola del mundo. Dios te salve, María, llena eres de gracia, el Señor es contigo, musitó de carrerilla con la boca seca; nunca fue la familia Arenas muy de fervores y liturgias, pero Mama Pepa le enseñó a rezar de niña y aún tenía las oraciones clavadas en los huesos. Antes del ruega por nosotros pecadores, la venció el sueño.

Por su mente pasaron raudos montones de fogonazos deshilvanados: seres anónimos que jaleaban y batían palmas alrededor de una hoguera junto al mar, el conde de Covadonga caído en el suelo, ella misma conduciendo el automóvil del doctor Osorio por las calles oscuras del Village, Tony que la abrazaba dentro de un ascensor que no llegaba a ningún sitio...

Se despertó con una brusca sacudida al notar que una mano le apretaba la rodilla, aturdida, totalmente desorientada; pasaron unos instantes hasta que las piezas encajaron en su mente y logró reubicarse: Casa María, capilla, mañana siguiente al desastre. No había ninguna fogata, ni Alfonso de Borbón ni el sobrino de doña Maxi estaban allí y a Tony, en vez de abrazarle como habría querido, acababa de dejarlo plantado en medio de la calle. Sentada a su lado tan sólo encontró a sor Lito.

—Venías a buscarme, supongo.

Asintió con la barbilla, le costaba un trabajo infinito sacar las palabras, su cabeza seguía entumecida.

—Nos han... Nos han...

—Les echaron abajo el negocio, ya sé.

—Y fue... Y fue...

—Mazza, el abogado, sí. O los hombres que él mandó, da igual.

Se hizo de nuevo el silencio mientras seguían sentadas en

el banco de madera con la vista perdida, frente a la Milagrosa y su mirada de escayola.

—Fue todo por mi culpa. Por mi cerrazón y mi testarudez.

—No diga usted eso, hermana...

—Lleva acosándome desde el principio, ya lo sabes tú. Y aunque no quisiste contarlo a nadie, sé que a ti te hostigó también.

Mona rememoró borrosamente la noche en que la metieron en un auto a la fuerza y la llevaron a aquel muelle, su carrera enloquecida, el inquietante sobrino, el terror. No hacía tanto de eso, pero le pareció que desde entonces hasta aquella mañana había transcurrido media vida.

—Tendría que haber cedido desde un principio, por el bien de ustedes —añadió sor Lito con voz apagada, como si hablara consigo misma—. Cuando un desgraciado semejante se te cruza en el camino, más vale tirar la toalla a tiempo. Pero me pudo mi propio orgullo, confundí sensatez con cobardía. Y me equivoqué.

—Ya da igual, hermana. Ya da todo igual...

La tajante negativa de la monja retumbó con eco entre las paredes de la pequeña capilla.

—¡No, no, no! —Detrás llegó un acceso de tos; cuando logró calmarla, volvió a bajar la voz—. Cada cual debe asumir sus errores y aunque...

Se paró unos instantes, respiraba con esfuerzo, Mona la seguía mirando. La penumbra envolvía el entorno, pero aun así podía apreciarla: demacrada, macilenta, con el pelo a trasquilones más cano y ralo que nunca, las carnes de la cara descolgadas, unas gigantescas bolsas bajo los ojos y centenares de arrugas profundas que le cruzaban la piel.

—Estoy enferma, muchacha. Llevo tiempo encontrándome mal, pero desconocía el alcance verdadero hasta anteayer. Fue entonces cuando supe que no iba a llegarme la vida para llevar hasta el final este caso de ustedes, y decidí que lo más sensato era claudicar. Quedé en verme con Mazza a mediodía para negociar finalmente; muy a mi pesar, iba a darle una inmensa satisfacción. Pero a media mañana vino Remedios con sus reclamos y sus asperezas... Y por la más pura e insensata insolencia, como si con ello le plantara a tu madre un sopapo en la cara, me envalentoné y no asistí a la reunión.

A Mona se le atoró la saliva en la boca, quería decir algo, cualquier frase de consuelo, pero no le salió.

—Lo que a ustedes les hicieron en el negocio no es más que una respuesta a mi espantada. Por pretender darle absurdamente una lección a la pobre mujer, puse a Mazza en el disparadero. Y, en un efecto rebote, yo, que tenía por misión protegerlas, mis niñas, acabé abriendo la puerta de los leones.

El silencio compacto volvió a llenar la pequeña capilla, ninguna se dio cuenta de que alguien las estaba escuchando tras la puerta entornada: un alguien que ahora lamentaba no haber tomado medidas tajantes, no haberse responsabilizado siendo ya como era, para lo bueno y lo malo, una parte integral de la familia.

La madera del banco crujió cuando ambas se pusieron en pie; Mona tuvo que ayudar a la monja tirándole de un brazo, le faltaban las fuerzas.

Luciano Barona, a sus espaldas, ya sabía lo que necesitaba y optó por marcharse sin hacer ruido. No llegó a oír la última frase de sor Lito cuando se persignó antes de salir y farfulló con el ceño contraído:

—Que me perdone el Altísimo, pero hay días en que la vida se vuelve un contradiós.

85

Le reconcomía la mala sangre.

A lo mismo que Mona había ido el tabaquero a Casa María: a saber si sor Lito compartía con él la conjetura de que el abogado italiano podría encontrarse detrás de aquella bestialidad. Lo que no imaginaba era que la religiosa lo iba a confirmar de una forma tan explícita, palabra por palabra, mientras él, sin dejarse ver desde la retaguardia, escuchaba su confesión.

Regresó a la calle sin hacerse notar, pasándose una mano lenta por la nuca mientras digería lo que acababa de oír. A partir de ahí, decidió actuar.

Tardó poco en hacer averiguaciones; Nueva York era una ciudad gigantesca, pero siempre había una punta de hilo por la que tirar del carrete en aquel pedazo de territorio del Downtown que él controlaba bien. En menos de una hora, tras preguntar acá y allá, había recopilado los datos necesarios. Después se dirigió a un quinceañero con la cara llena de granos que mataba el tiempo molestando a un gato en el bordillo de la acera.

—Medio dólar te ganas si me haces bien un recado —le propuso sin preámbulos a la vez que se echaba la mano al bolsillo. Recapacitó, se corrigió de inmediato—: No, mejor dos.

—¿Do-dos dólares? —tartamudeó el chico.

—Dos recados, chaval.

El primero de los encargos era pasarse por el apartamento de las Arenas para avisar a Victoria de que igual tardaba en volver. El segundo, el principal, que fuera en busca de su hijo a su nuevo trabajo en la ferretería de la Ciento diez.

—Dile que es urgente, que es muy importante, ¿te enteras? —insistió—. Que se trata de un asunto serio, un asunto de... de familia. Que venga lo antes posible a esta dirección; vamos, hombre, date prisa, no te quedes ahí pasmado.

El tabaquero descendió por la Séptima, tomó luego Bleecker Street y llegó a su destino en poco más de veinte minutos, sudoroso por el paso rápido y el sol inclemente del cercano mediodía. Tan ensimismado iba en sus pensamientos que apenas notó el calor y el cansancio; como si la rabia que le bullía dentro le ayudara a obviar la falta de sueño, la camisa sucia, los ardores que le abrasaban por dentro y el asqueroso olor a morgue que seguía llevando encima.

Insistentes como el redoble de los tambores, en su cabeza se fueron repitiendo a lo largo del camino algunas imágenes del pasado que de pronto recobraron una trascendencia demoledora: aquel día en que el italiano Mazza estuvo a punto de golpear a Victoria en la casa de comidas, sus bravatas y amenazas, el puñetazo con el que él mismo le hizo frente. Quizá no le faltara razón a sor Lito, pensaba, y tal vez la gota que colmó el vaso fuera la decisión de la monja de no comparecer en esa reunión en la que por fin el abogado iba a salirse con la suya. Pero aun así, la tensión venía de lejos y los desquites no resultaban siempre inmediatos, y por eso Barona era consciente de que seguramente él mismo había aportado en su momento un grueso grano de arena para que aquel asunto nunca alcanzara un buen final.

—Tendrías que haber puesto freno a todo mucho antes —farfulló para sí—. Tendrías que haber liquidado este asunto, tendrías que haberle dado una solución.

Sumido en sus remordimientos iba cuando alcanzó la esquina con Carmine Street. Allí le habían dicho que vivía y tenía su despacho el abogado Mazza, en pleno corazón del South Village italiano, frente a la iglesia de Nuestra Señora de

Pompeya, en un edificio esquinero de ladrillo, cinco alturas y molduras sobre las ventanas; una de las construcciones más vistosas en un barrio de claro sabor inmigrante y proletario lleno de modestos tenements y casas de vecinos, cordeles con ropa recién lavada y aromas a salsa de tomate, orégano y sardinas.

Nunca fue el tabaquero un hombre de natural agresivo, pero tampoco un manso complaciente. Estaba fogueado en los vaivenes de la ciudad y sabía que poner una denuncia formal contra el abogado no tendría sentido alguno porque carecían de pruebas certeras. Por esa razón prefirió ir a tiro fijo y hablar con él: para exigirle explicaciones; para increparle y gritarle que era un hijo de la grandísima puta. O... O... O, en realidad, no sabía para qué: lo único que tenía claro era que debía confrontarlo. Por la gravedad de la embestida. Por dignidad. Seguramente iba a lograr un resultado nulo, pero se sentía en la obligación; al fin y al cabo, ahora era el único varón de la familia Arenas, y su viejo orgullo español no le permitía quedarse cruzado de brazos tras haber visto cómo abusaban de las mujeres indefensas del que ya era, para lo bueno y lo malo, su clan. Tenía que intervenir, en definitiva. Y para hacerlo con más contundencia, movido por ese instinto primario que antepone la sangre compartida a cualquier otro recurso, reclamar a su hijo a su lado había sido su primera decisión.

A esperar a Chano con su atado de tabacos a los pies se sentó en una pequeña plaza frente a la iglesia y el edificio donde residía el italiano, en un banco a la sombra benévola de unos cuantos árboles. Había pájaros a montones y gente que iba y venía, chavales de todas las edades y viejos enjutos que echaban migas de pan a las palomas, pero apenas prestó atención a lo que se movía por allí; todo lo que le quebrantaba estaba en su interior, catapultándole insistentemente hacia el pasado. La bravuconería del abogado en El Capitán, los chillidos desatados de Victoria cuando intentó echarlo a la calle.

Las visiones se le empezaron a repetir en la mente con un ritmo febril mientras el piar desaforado de los pájaros le acribillaba los tímpanos. La mano de Mazza alzándose para acallarla con un bofetón, el golpe de él para frenarle, la manera en que luego la protegió acercándola a su pecho y sintió por primera vez su cuerpo joven, su tersura. En las sienes le retumbaban los gritos de los muchachos, los ruidos de los autos y los carros, las voces italianas de los viejos. No paraba de preguntarse por qué tardaba tanto Chano en llegar.

Había una fuente en el centro de la plazuela, Barona se levantó con esfuerzo y se acercó a ella, metió las manos debajo del chorro, se las llevó a la cara. Se frotó los ojos, el cogote, el mentón sin afeitar donde despuntaba la barba cana. Las mojó de nuevo, abrió los dedos y se los pasó entre el pelo que con los años le iba siendo más escaso. Acababa de cumplir los cincuenta y cinco pero, desde que Victoria entró en su vida, creyó ilusamente haber rejuvenecido de golpe. Ahora se sentía como si le hubieran caído encima dos décadas de plomo.

Regresó al banco, se le acercó una mujer de ropa procaz y ojos tristes que se sobó con descaro los pechos y murmuró toda tuya cuando quieras, honey; se le acercó un vendedor ambulante que empujaba un carro, ¡manzanas a cinco centavos!, iba gritando a la par que arrastraba su cojera. El tabaquero ignoró a ambos y hundió el rostro entre las manos, las imágenes volvieron a machacarle el cerebro con la fuerza obsesiva de un martillo pilón. Victoria aterrorizada frente al abogado, Victoria cobijada entre sus brazos, Victoria soberbia vestida de novia, Victoria en la cama desnuda y complaciente, Victoria nerviosa, huidiza y distinta esquivando sus ansias carnales, Victoria desolada frente al caos de Las Hijas del Capitán.

—Va bene, figlio?

La voz masculina le sacó del aturdimiento, sobre el hombro izquierdo se le había plantado de pronto una mano firme. Alzó la mirada, sacudió el rostro. A su lado encontró a un sacerdote anciano y recio bajo la larga sotana: el padre Demo, el párroco de la iglesia de Nuestra Señora de Pompeya, un referente entre los inmigrantes italianos del barrio. Seguramente había confundido con un compatriota al Barona desfondado que seguía sentado en el banco de piedra; al fin y al cabo todos eran hijos de idénticas hambres en las mismas tierras pobres del sur de la vieja Europa.

—Va bene, pater, va bene... —farfulló entre dientes para que le dejase en paz.

Pero el tabaquero atentaba contra el octavo mandamiento de la ley de Dios porque mentía sin atisbo de culpa. No, nada iba bene, todo marchaba malamente. En su sesera aturdida le retumbaban confusos los recuerdos y las reflexiones, las sensaciones, las intenciones. Y Chano no aparecía. Y él no aguantaba más.

Se levantó mientras la figura del cura se alejaba repartiendo bendiciones entre las cabezas infantiles que le salían al paso. Se arregló las solapas de la chaqueta, se ajustó el nudo flojo de la corbata y la alisó con la palma de la mano. Luego agarró sus cajas de tabacos, se aclaró el gaznate y lanzó un gargajo al suelo. Allá vamos, musitó. Y allá fue.

86

Algo más al norte, en la Catorce, su mujer y sus cuñadas habían emprendido el regreso a Las Hijas del Capitán, dispuestas a hacer frente a la desolación armadas con cubos, trapos y escobas. Antes, por la fuerza casi, habían conseguido lavar a su madre en un barreño de zinc plantado en mitad de la cocina, después pretendieron obligarla a que sorbiera una taza de caldo, pero ella apretó los labios y se negó. Y, por supuesto, tampoco lograron que les justificara su despropósito: ni una sola palabra salió de la boca de Remedios. Callada como una tumba, se marchó a su cuarto, se echó sobre la cama y se enroscó en un ovillo con el rostro vuelto hacia la pared.

Quizá ellas podrían haber hecho lo mismo: tumbarse, cerrar los ojos, caer en un sueño hondo y olvidarse del mundo. Al fin y al cabo, ya estaba todo perdido. Ni iba a haber inauguración, ni Luz iba a bailar sus rumbas o a cantar sus coplas, ni un falso Gardel entonaría *Caminito*, ni nadie abuchearía al hijo del rey exiliado por ocupar un lugar eminente entre el público. Nunca sonarían aplausos entre las paredes recién pintadas, nunca nadie pediría una jarra de sangría ni otra botella de tinto, jamás entraría un solo billete en el cajón. Ésa era, cruda y triste, la realidad.

Prefirieron sin embargo no caer en la autocompasión y las tres a una optaron por ponerse en marcha. No necesitaron palabras para distribuir la faena, todo se hallaba en un estado tan calamitoso que cada cual empezó por donde más a mano le vino. Victoria, por el suelo, por ir formando montones con los pedazos de loza y vidrio desparramados. Luz se hizo cargo de los restos de la fogata que yacían sobre ese escenario en el que ya nunca se subiría para lucir su gracia; una punzada dolorosa se le incrustó en el corazón al recordar a Frank Kruzan y su férrea negativa a que ella actuara allí, se preguntaba todavía si algo habría tenido él que ver en aquello. Mona, por su parte, la acometió con las paredes: baldeó cubos de agua, las restregó de arriba abajo con una escoba vieja. No había compartido de momento con sus hermanas la confesión de sor Lito acerca de quién fue el causante de la arremetida contra su sueño, todavía tenía que pensar.

Varias presencias imprevistas se les fueron sumando. Las primeras, unas primas cordobesas del piso de arriba; oyeron a las chicas trajinar y aparecieron cargadas con bayetas y estropajos. A medida que sacaban restos de inmundicia y muebles rotos a la calle, otras vecinas acudieron a echar una mano. Pronto hubo dentro ocho o nueve mujeres, luego una docena, luego casi veinte, y Las Hijas del Capitán se convirtió de repente en uno de esos pequeños milagros de solidaridad colectiva tan comunes entre los inmigrantes. Así funcionaban siempre, en los buenos ratos y en las adversidades, frente a las alegrías y ante los derrumbamientos: al fin y al cabo, eran como una balsa de compatriotas que flotaban contra viento y marea en la inmensidad de Nueva York. Si no se amparaban entre ellos, invisibles como eran tan a menudo, nadie más los iba a ayudar.

Alguien que trabajaba para una empresa de repartos les ofreció su camioneta para llevarse los restos inútiles a algún vertedero, otro les enchufó una manguera desde la calle para que dispusieran de agua con más facilidad, desde la Casa de Asturias les acercaron un par de jarras de limonada para refrescarse las gargantas llenas de polvo. En medio del ajetreo colectivo, una de las vecinas avisó a Victoria.

—Ahí afuera, chica, preguntan por ti.

Eran tantas las muestras de apoyo que la mayor de las hermanas acudió a la puerta sin demasiada curiosidad. Otra propuesta para arrimar el hombro, pensó mientras salía recomponiéndose el atado del pelo con una mano. La bayeta húmeda que llevaba agarrada en la otra se le cayó al suelo cuando lo vio.

Chano. Sin chaqueta como casi siempre, con un gesto de preocupación en el rostro esculpido a puñetazos, con su cuerpo firme bajo la camisa arremangada, aspecto de haber venido caminando deprisa y esas manos rudas que a ella le erizaban la piel.

Se miraron unos instantes, diciéndose a la vez todo y nada.

—Ya me he enterado...

Victoria se contuvo a duras penas para no buscar consuelo aferrándose a su cuerpo; rendida y rota como estaba, se moría de ganas de dejarse querer.

—¿Está aquí mi padre?

Ella negó con la cabeza, desconcertada.

—¿Y tú estás bien?

Asintió, sin palabras todavía.

No se habían rozado, ninguno se acercó más de lo correcto. Tan sólo se seguían mirando, fijos, hasta dentro. Nadie podría sospechar lo que hubo entre ellos el día anterior, ni la pasión desbocada que los arrastró primero, ni la reacción de ella cuando, exhaustos y plenos, él le dijo vámonos. Vámonos, vámonos lejos, le había repetido volcado hacia su rostro, apoyado con un codo en el colchón. Adónde, quiso preguntar Victoria, y Chano le propuso lejos, a California, a México, al Canadá; a donde a nadie se le ocurra ir a buscarnos. Una sensación de angustia empezó a apoderarse de ella, luego musitó no puede ser, no puede ser, no puede ser. Tres veces lo repitió antes de escabullirse de sus brazos. No puede ser.

—Me mandó a buscar hace unas horas —prosiguió Chano, en pie todavía junto a la entrada mientras el resto de las mujeres seguía faenando— aunque estaba repartiendo unos pedidos y no consiguieron darme el recado hasta bastante después. Me requería para algo urgente, una emergencia familiar; decía que me esperaba frente a una iglesia en el South Village pero cuando llegué, él ya no estaba allí.

Victoria le escuchaba sin despegar la vista de sus ojos y su boca, de sus hombros sólidos, de su cuello fuerte. Chano no había salido tras ella cuando, después de vestirse precipitada, abrió impetuosa la puerta del cuarto, abandonó la vivienda y se lanzó escaleras abajo, quizá porque de pronto fue consciente de su grandiosa traición. Tumbado en la cama había quedado el hijo de Luciano Barona, el boxeador que nunca alcanzó la gloria, entre desconcertado y avergonzado por su propuesta temeraria, enamorado hasta las trancas de la mujer más equivocada entre todas las hembras del universo.

Pero aquello fue el día anterior, y desde entonces la vida de todos ellos había dado un salto cuyo siniestro alcance nadie podía anticipar.

Encontrar a su padre en el sitio previsto le había resultado a Chano imposible, efectivamente, porque una vez que Luciano Barona optó por no esperar a su hijo y se levantó del banco, cruzó la calle, entró en un portal y subió dos pisos dispuesto a encararse con el abogado Mazza, ya nunca volvió a bajar por su propio pie.

87

El tabaquero llamó a la puerta del despacho del abogado sin tener certeza alguna de cómo iba a proceder. Le abrió un tipo joven, compacto, con una ancha corbata anaranjada, él reclamó ver a Mazza, el otro le dijo que estaba ocupado, Barona lo apartó de un empujón.

El italiano se encontraba hablando por teléfono detrás de su escritorio, en mangas de camisa y tirantes, de pie. Quizá en algún momento aquel lugar tuvo un cierto empaque, pero todo se mostraba ahora deslucido; el papel de las paredes se rizaba desencolado en algunas zonas, había manchas oscuras encima de los radiadores. Las ventanas permanecían cerradas a pesar del calor del mediodía de principio de verano; desde ellas, con la perspectiva que daba la altura y a través de los cristales sucios, se veía la misma plaza triangular que él había abandonado apenas unos minutos antes.

Mazza tenía el auricular negro apretado contra la oreja izquierda pero no hablaba, se limitaba a escuchar. Llevaba un rato intentando justificar su temeraria decisión con la excusa de la monja hija de puta que no acudió a la cita prevista, pretendía insistir en los obstáculos que aquellas zoccole, las zorras de las hijas del muerto Arenas, le habían planteado desde el principio. Pero su intervención acabó quedando en un montón de tartamudeos estériles: hablaba con alguien que aún tenía autoridad suficiente como para mantenerlo amedrentado.

Su tío. Zio Marcelo, ése era el hombre que gritaba como

un descosido desde el teléfono de un triste hogar de ancianos. Tres años atrás, un derrame cerebral lo sacó del tablero de juego de la abogacía, ahora lo cuidaban las Hermanas Misioneras del Sagrado Corazón en el asilo de los Holy Angels; tenían que empujarlo en una silla de ruedas porque era incapaz de andar por sí mismo y apenas podía mover las manos, la cabeza se le inclinaba sobre el pecho como si el cuello fuera de manteca, por la comisura izquierda de la boca le caía constantemente un chorro de baba. Con todo, aun gutural y áspera, mantenía la voz en pleno uso, y la mollera le funcionaba al cien por cien, y cuando alguna monja o cualquiera de sus visitas le sostenía el auricular pegado a la oreja, aún era capaz de poner firme a quien estuviera al otro extremo del hilo.

A pesar de sus muchas limitaciones, el anciano inmigrante italiano se las arreglaba para estar al tanto de casi todo lo vinculado a su antiguo universo de pleitos, demandas y tribunales; al fin y al cabo, aquel bufete del South Village seguía siendo nominalmente suyo. Y alguien acababa de informarle del despropósito que su sobrino había mandado cometer esa noche, y el viejo le estaba abroncando con la misma contundencia que cuando era un inexperto chaval lleno de espinillas, bruteza y retraimiento. Sei un buono a nulla!, ¡qué desgracia la mía tenerte como heredero! Así clamaba al cielo con la boca llena de espumarajos el abogado impedido, lamentando haberse visto obligado a poner su despacho en manos de semejante imbecille, decía, un vero cazzone que se dedicaba a hundir el negocio a base de desafueros y torpezas.

Hasta que Fabrizio Mazza logró colgar y, con el rostro enrojecido y la humillación aún temblándole caliente en el pecho, bramó al recién llegado:

—¿Y usted qué hace aquí?

Para entonces, Barona ya había avanzado hasta el centro de la estancia, y él le identificó de inmediato: el hombre que lo tumbó con un recio golpe en la mandíbula cuando salió en defensa de la puttana spagnola. Sabía que se acabó casando con ella, sabía que vivía en Brooklyn, lo sabía todo porque aquella porca familia se había convertido en su peor tormento y su gran obsesión.

—¡Tomasso! —bramó reclamando al tipo joven.

Pero Tomasso no entró; siguió en el pasillo con la espalda apoyada contra la pared, apretando con rabia los puños y los ojos, la dentadura y el entrecejo en un esforzado gesto por contenerse, luchando contra su deber.

—¡Tomasso! —volvió a gritar.

Debería acudir en auxilio de su tío, el chico lo sabía, ésa era su obligación. Desconocía si el español iba armado, sus intenciones, su...

—¡Tomasso!

El mismo caso omiso que el sobrino fue el que hizo el tabaquero a los gritos de Mazza: seguía acercándose con los ojos acuosos, temblándole el mentón. Su intención era hablar, pero le costaba encontrar las palabras para dar forma a sus argumentos; se vio incapaz de articular de un modo razonable la rabia visceral que sentía.

A falta de verbo, Barona tan sólo fue capaz de transmitir sus sentimientos mediante el cuerpo: como un toro bronco, se abalanzó sobre el italiano, lo sentó de un empujón en la butaca tras el escritorio y le aferró el cuello con sus manos grandes de antiguo jornalero, poderosas todavía.

Todo lo demás fue cosa de segundos.

Hay veces en la vida en que los desastres no los provocan las causas más inmediatas o aparentes, sino las frustraciones que llevamos clavadas en el alma. Así ocurrió con las dos partes implicadas en aquella ocasión.

Al tabaquero, en el fondo del fondo y aunque él mismo quizá no fuera consciente, no le estaba moviendo tan sólo el hecho concreto de que el italiano hubiera arrasado con las ilusiones de su familia política, sino también algo infinitamente más doloroso: la quemazón que le provocaba el sospechar que Victoria no le quería.

Otro tanto ocurría con Mazza en paralelo. La reacción del italiano en respuesta al ataque de Barona no la provocó tan sólo la necesidad física de defenderse; habría podido liberarse del español peleando con más coraje, quizá atizándole un certero rodillazo en los testículos o usando toda la fuerza de sus piernas para impulsar hacia atrás el sillón giratorio en el que se sentaba y escapar así de él. Pero no lo hizo. No lo hizo porque en las tripas le ardía algo más: el sentirse perpetuamente despreciado por su tío, los amargos reproches acumulados, el saber que a ojos del viejo cabrón todos sus actos y decisiones serían siempre los de un brutto stronzo, un pobre cretino. Por eso, tanteando a ciegas mientras el tabaquero seguía apretándole el cuello, Mazza logró abrir el segundo cajón de su escritorio y palmeó febril en el interior hasta agarrar la culata de la pistola que guardaba dentro.

El primer tiro a quemarropa fue mortal de necesidad.

Por si acaso, apretó el gatillo otras dos veces.

Desde la puerta ahora, Tomasso contempló la escena estrujando con fuerza su corbata chillona. Sin dar un paso, sin intervenir.

Esperaron a la caída de la noche para deshacerse del cuerpo, convocaron a los que siempre se encargaban del trabajo más ingrato, los mismos que la madrugada anterior hicieron los destrozos. Liaron el cadáver en una manta, lo bajaron por la escalera como si fuera un fardo, lo llevaron hasta la plaza entre tres pares de brazos y lo arrojaron con un plof sordo a la misma fuente bajo cuyo chorro Barona había metido antes las manos a fin de intentar despejar sus más turbios pensamientos y recuperar la lucidez. Para cuando empezaron a oírse los gritos alarmados de los viandantes, los hombres de Mazza ya se alejaban hacia los muelles en un furgón negro, bajando como almas que lleva el diablo por Carmine Street.

Poco tardó el padre Demo en plantarse en el sitio con paso brioso a pesar de sus muchos años: parte de su apostolado consistía en mediar entre los mil desmanes que constantemente asolaban el territorio de su parroquia, y siempre había alguien que corría en su busca tan pronto sucedía algo digno de su intervención. Unos cuantos chavales, sumergidos hasta las rodillas en la fuente, estaban ya sacando el cuerpo del agua verdosa teñida ahora con manchas rojizas de sangre licuada.

El sacerdote lo reconoció en cuanto lo tumbaron en el suelo, nada más verle el rostro. Las palabras va bene, pater, va bene se le repetían en los oídos mientras se arremangaba la sotana, se arrodillaba a su lado y, con el pulgar derecho, le hacía en la frente la señal de la cruz.

88

Lo trajeron entrada la noche, cuando ellas aún trajinaban entre los destrozos de Las Hijas del Capitán.

Lo llevaron hasta La Nacional directamente, a la casa de todos. Al fin y al cabo, allí fue donde se recibió la llamada: Luciano Barona llevaba en la cartera su credencial de la Sociedad Española de Beneficencia cuando lo sacaron del agua, era el único teléfono al que el párroco pudo avisar.

Lo dejaron momentáneamente sobre el suelo del salón. Empapado todavía. Tapado por una manta, con los ojos entreabiertos y tres balazos en el abdomen.

A pesar del intento por hacerlo todo de una manera discreta, resultó imposible evitar que unos cuantos vecinos presenciaran el trasvase. A partir de ahí, la noticia prendió en la calle con el fragor de una ristra de cohetes. Gritos de espanto y aviso, una onda expansiva que transmitía el suceso con tonos altos y bajos, aturdidos, anonadados, confusos. ¡Han matado a Luciano Barona, el tabaquero de Brooklyn! ¡Han asesinado al marido de la mayor de las chicas del Capitán! Hubo carreras y alarma, pavor, desconcierto. Al oír la escandalera, los últimos jugadores del día abandonaron la partida de dominó y subieron precipitados desde la cantina del semisótano; alguien les dio orden de blindar la puerta del salón hasta que llegara algún miembro de la directiva para tomar las riendas.

Eran cuatro varones y, aun así, no pudieron con ellas. Manotazos, zarandeos, improperios y hasta mordiscos: de todo soltaron las hermanas Arenas al plantarse con furia virulenta en la entrada. La barrera humana se acabó quebrando y los hombres no tuvieron más remedio que ceder y dejarlas entrar.

Se abalanzaron sobre el suelo, arrancaron de un tirón la manta que cubría el cuerpo. Los aullidos acuchillaron la noche a través de las ventanas medio abiertas: chillidos de espanto y sollozos desgarrados mientras la gente iba apelotonándose en el portal, en la escalera. Corrían murmullos de desconcierto, las mujeres se santiguaban, los hombres se quitaban respetuosos las gorras y los sombreros.

Chano estaba tomando una pinta de cerveza en la taberna de Al el escocés, extrañado todavía por el reclamo de su padre, a la espera de que diera señales mientras su cuerpo y su mente seguían llenos de anhelo por Victoria. Alguien dio también allí el aviso, salió aterrado, se abrió paso a empujones entre el gentío.

La escena le heló la sangre. Victoria, de rodillas, continuaba aullando como un animal malherido mientras sostenía entre las manos el rostro abotargado del marido muerto. A su lado, desplomadas asimismo sobre el suelo, Luz lloraba con la cara oculta entre la melena rojiza y Mona, con el gesto descompuesto, le agarraba al que fuera su cuñado una mano yerta.

Chano se plantó a los pies del padre: parado, los puños prietos, el rostro desencajado. Incrédulo, atónito mientras el presidente de La Nacional, recién llegado, a su espalda, le ponía despacio sobre el hombro una mano pesarosa.

A partir de ahí, todo fue efervescencia. Alguien tomó las primeras decisiones, llegó un médico para certificar la defunción, llegó un juez para ordenar el levantamiento del cadáver. Idas, venidas, lágrimas, abrazos, palabras de estupor y desconsuelo. La autopsia quedó descartada por expreso deseo de la joven viuda, ni hablar de destrozar ni un palmo más a su marido. Más gente, más pésames y frases de aliento, más conjeturas, mujeres que hablaban quedas entre suspiros y hombres que fumaban en silencio.

Pasaron unas horas, Victoria se apartó con Fidel a una esquina y le dio instrucciones entre hipidos. La policía, entretanto, interrogó en el South Village al padre Demo, a algunos testigos que presenciaron el lanzamiento del cuerpo a la fuente y a unos cuantos vecinos. Meros trámites, porque nadie aportó ningún dato relevante: o juraron no saber nada, o mintieron sin asomo de vergüenza.

Era casi medianoche cuando Victoria anunció que deseaba quedarse a solas. Intentaron convencerla para que se fuera a casa a descansar un rato, la funeraria se encargaría de preparar lo necesario; entre la desaparición de Remedios y el destrozo del futuro night-club, todas llevaban más de un día y medio sin dormir. Pero ella se negó rotunda y despachó a los presentes sin miramientos. Sus hermanas la dejaron hacer, ellas mismas ayudaron a echar a la calle al personal. A Chano lo arrastraron entre unos cuantos hombres de vuelta a la taberna de Al, a templarle el cuerpo con un par de tragos. A Remedios se la llevaron otras tantas mujeres a Casa María con la excusa de darle una tila; los vecinos que formaban corrillos acabaron marchándose en un goteo.

Llegó al fin la calma, Mona y Luz se apostaron al otro lado de la doble puerta cerrada. Tan sólo Fidel, por su oficio, se quedó dentro con la pareja, en la retaguardia del salón, envuelto en un silencio entre respetuoso y acobardado, sus siniestros útiles cerca para cuando llegara el momento.

Con el rostro contraído, la mayor de las Arenas optó por preparar a su marido para el último viaje a la manera del viejo mundo del que ambos provenían, como se hacía allá en el sur de una España que aún se aferraba a tradiciones atávicas que poco tenían que ver con los rituales modernos de las funerarias neoyorkinas, donde eran manos ajenas las que vestían a los muertos y hasta los maquillaban como mascarones.

Así, a la elemental usanza de su tierra, procedió Victoria con Luciano Barona. Con una delicadeza extrema le quitó la ropa hedionda, le arrancó cuidadosamente las tiras de tela pegadas a la carne quemada del abdomen, le saneó los desgarros y le rellenó los orificios de las balas con bolas de algodón. Mojándola en una palangana de agua jabonosa, le lavó con una esponja cada pulgada del cuerpo desnudo: el rostro, las orejas, el cuello, el vello del pecho, los flancos, los sobacos, los brazos y las piernas, el dorso y las palmas de las manos, los dedos, las ingles, el escroto oscuro, el pene encogido. Lo afeitó luego, lo peinó y le atusó las cejas pobladas, le apretó los párpados haciendo presión con los pulgares, le besó los labios, lo roció entero con chorros de agua de colonia y le ató una cinta de tela desde el mentón hasta la coronilla a fin de que no se le desencajara la boca. Sin pronunciar una sílaba ni lanzar un solo suspiro, trabajó con paciente entrega; no consintió que se le llegara a escapar ni una lágrima.

Fidel le ofreció un crucifijo para que se lo pusiera entre los dedos, ella no lo quiso; a pesar de que se casaron por la iglesia y de que lo acabarían despidiendo con responsos en latín, jamás percibió en su Luciano el menor apego por asuntos y razones que no fueran terrenales. Recordó entonces a las viejas de su barrio cuando plantaban sobre las barrigas de los muertos unas tijeras abiertas o un plato con sal: para evitar que se hinchen, solían decir las mujeres. A eso se negó también.

Le colocó finalmente las manos sobre la tripa reventada y le juntó los muslos, las rodillas, los pies. Después, ayudada por Fidel, lo amortajó con una sábana blanca; cuando terminaron pidió al frustrado tanguero que la dejara sola. Unos minutos más tarde, tras la última despedida, Victoria sacó la cabeza y le envió una señal.

Entraron entonces dos ayudantes de la funeraria Hernández con un ataúd vacío, remataron el trance. La caja quedó abierta sobre un mantón de terciopelo, encima de la amplia mesa de juntas. A partir de ahí, permitieron pasar a los demás: la directiva, los propietarios de algunos negocios cercanos, un buen puñado de vecinos...

Para entonces, Mona y Luz se habían vestido de arriba

abajo de negro y se habían peinado con moños sobrios y tirantes. La adustez de sus atuendos contrastaba brutalmente con una Victoria que aún llevaba puesta la misma ropa ligera de batalla con la que bregó por la tarde entre la porquería de Las Hijas del Capitán; el atado que debía sostenerle los rizos oscuros en orden hacía ya tiempo que había perdido su función y la melena a la moda que se cortó antes del casamiento lucía caótica y enmarañada.

Aun así, Chano no apartaba la mirada de ella.

—Voy a ver dónde puedo cambiarme —musitó a sus hermanas cuando éstas le tendieron un rebujo de ropas oscuras.

Hacia la puerta se dirigía, a vestirse de luto, cuando él se le plantó enfrente cortándole el paso. Victoria lo había evitado desde el primer momento, se había distanciado a conciencia y había asumido en solitario su papel de viuda, tomando todas las decisiones. No tenía razón alguna para hacerlo, evidentemente: Chano era hijo del difunto, sangre de su sangre, heredero también de lo mucho o poco que Luciano Barona dejaba en el mundo. Pero ella prefirió que fuera así, y él lo admitió.

Se miraron, y cada uno vio reflejada en los ojos enrojecidos del otro una tristeza honda como un abismo. Pero ninguno logró hablar. Al boxeador se le acumuló la saliva dentro del cuello poderoso y sólo fue capaz de mover la nuez; ella tenía los labios secos, ni siquiera los abrió. Al final, sin palabras, conscientes ambos de estar siendo observados, se estrecharon en un abrazo tenso y protocolario, torpe, fugaz, como si se tratara de meros parientes lejanos y no de amantes clandestinos. Como es natural, nadie sospechó.

Del resto se encargó La Nacional, como hacía con los decesos de todos los socios que pagaban sus cuotas cumplidamente: traslado, esquela en *La Prensa*, corona de claveles. No hubo coche de lujo ni tumba propia como ocurriera con Emilio Arenas, sino un simple hueco en un panteón compartido; los medios de la Sociedad Española de Beneficencia eran escasos y el muerto no tenía ninguna potente naviera detrás para proporcionarle un sepelio de campanillas.

Su nombre quedó grabado al final de la lista de compatriotas que se sucedían ordenadamente sobre la lápida según la fecha de defunción. Hombres, como él, que cruzaron jóvenes el mar aferrados a la ilusión de un futuro digno y, a la postre, no alcanzaron el sueño de volver.

89

La muerte de Luciano Barona conmocionó a la colonia entera, hasta *La Prensa* le dedicó en los días siguientes tres sueltos: uno centrado en el asesinato en sí, otro glosando la figura del difunto tabaquero, el tercero informando sobre el punto muerto en que se mantenía la investigación.

Las hermanas Arenas, trastocadas y confusas todavía, no tuvieron más remedio que subirse de nuevo al mundo y seguir girando con él, cargando sobre sus frágiles hombros un desconsuelo desolador.

Victoria no regresó a la casa de Brooklyn, volvía a dormir en el catre de siempre. A falta de la ropa de su propio armario de casada, se iba vistiendo con lo primero que pillaba entre las prendas de sus hermanas. Para escándalo de Remedios, ni siquiera se molestó en ponerse de luto; ningún sentido tenía vestir de negro como una urraca, pensaba ella, si toda la pena la tenía clavada dentro. La pena, y otro montón de sensaciones. La duda. El remordimiento. La desazón y esa angustia que la despertaba por las noches y le oprimía el pecho y hacía que le faltara el aire al respirar.

La cocina y el pasillo del apartamento estaban ahora abarrotados de cajas de cartón llenas de pedazos de tela y carretes de hilo: montar en casa cuellos y puños a destajo para una fábrica de confección se había convertido en la nueva fuente de ingresos una vez que se apagaron los fogones de El Capitán. El trabajo se lo proporcionó la señora Milagros a través de alguna conexión de sus viejos tiempos en el Garment District;

ella misma las instruyó para que aprendieran a hacerlo. Los viernes a las tres, un muchacho se llevaría las partes terminadas y traería otro cargamento; a centavo la pieza, igual de momento conseguían ir saliendo adelante. Ninguna era muy diestra en el arte de la costura, pero la faena era simple, cansinamente maquinal, y en ella pasaban el día Victoria y su madre, encorvadas sobre esas labores desde primera hora de la mañana hasta que no sentían los dedos: trabajando sin descanso, sin hablar apenas mientras cada una guerreaba por dentro con sus fantasmas.

En cuanto entraba en el apartamento, Mona se les unía, y todos los días se acostaba la última con los ojos enrojecidos por la fatiga y todos los días se levantaba la primera para adelantar quehacer a la luz de una tenue bombilla. Tras el descalabro de su sueño, se había reincorporado a pleno gas a su trabajo anterior, pero lo que ganaba con la casa del Upper West Side era un grano de arena en la playa inmensa de las deudas. Nadie le había reclamado urgentemente las facturas que debía, todo el mundo parecía consciente de las penosas coyunturas por las que pasaba la familia y no amenazaron con ahogarlas de inmediato, pero nadie tampoco contaba con echar en saco roto todas esas cantidades: más pronto que tarde habría de hacer frente a los proveedores y saldar cuentas por las bebidas de Casa Victori que nadie bebió, por los productos de Unanue que nadie consumió, los gastos de la imprenta, las bombillas que dejaron fiadas, el menaje que acabó hecho añicos, el maldito toldo que en maldita la hora se le ocurrió encargar.

El retorno a casa de doña Maxi fue como subir un monte con una losa de granito atada al espinazo: de alguna manera logró la madrileña enterarse de lo acontecido y a las demandas y los reproches de antes se sumó ahora un sarcasmo ácido y virulento. ¡Ay, alma de cántaro, pero cómo se te ocurrió semejante estupidez, hace falta ser insensata! Sólo cuando volvía César a casa, lograba Mona darse un respiro. César a secas, tan sólo César, así llamaba ella ahora al médico, él no cejó en su insistencia hasta conseguir que se apeara del doctor y del usted. De tú, más cercano desde la noche de angustia y perros negros en que recorrieron las comisarías en busca de la madre. Te bajo en el auto hasta Madison Square, voy con tiempo, le proponía varias tardes a la semana. O me han anulado esta tarde un par de citas en la consulta, déjame que te invite a un helado en el hotel La Estrella, a un refresco en La Alhambra, a cualquiera de los varios locales españoles de la zona donde ella se pudiera sentir menos extraña, más arropada. El caso era arrancarle tiempo que pasar con ella, diez minutos, un cuarto, media hora. A espaldas siempre de su madrina, ojo, precavido contra su furia tonante si llegara a saber los sentimientos que Mona le despertaba, sobre todo ahora que doña Maxi al fin se había salido con la suya y entre todos habían empujado al joven doctor a un trance que le convenía socialmente y a la vez le descorazonaba en lo más profundo. Pero de eso Mona no debía saber nada; el doctor sólo tenía que lograr que ella, con la voluntad abotargada todavía, siguiera a su lado.

A otro ritmo y por otros territorios trotaba entretanto la vida de la menor de las hermanas.

—Cugat preguntó por ti.

A Luz se le iluminaron los ojos detrás del mostrador cuando escuchó a Tony aquella mañana en que el primer calor de julio empezaba ya a apretar. Ni el cante ni el baile tenían cabida en sus ocupaciones desde la muerte de su cuñado y el destrozo de Las Hijas del Capitán, tampoco nadie le había vuelto a susurrar al oído que iba a ser toda una estrella mientras le metía la mano por el sostén o le bajaba las bragas; para su desazón unos ratos y su alivio otros, no había vuelto a saber de Frank Kruzan. Lo que sí hizo fue retomar a jornada completa sus faenas entre las planchas y los baldes de agua caliente, y en ese pequeño encuadre se movía: de casa al trabajo sistemáticamente, de la turbia amargura que flotaba en el aire del apartamento al eterno olor a detergente donde los Irigaray.

—Vino ayer a visitar al conde al hospital, me pidió que te recordara que andan contratando chicas para el nuevo espectáculo.

El rostro de Luz se iluminó como si acabaran de encenderla con un interruptor, pero Tony no sintió ni una chispa de remordimiento por contarle aquella pequeña mentira: al fin y al cabo, también le estaba haciendo un favor. En realidad, la cosa no había sido tal y como contaba: Xavier Cugat tenía demasiada estatura artística como para ir mandando mensajes personales a todas las docenas de chicas con aspiraciones que se le cruzaban en el camino. Fue el propio Tony quien le preguntó, interesada y descaradamente, en busca de una excusa para retornar al mundo de las Arenas ahora que la vida de todos ellos había dado un brutal vuelco y ya no estaban ni el tabaquero ni el futuro espectáculo como puente de unión.

Desde el percance del conde de Covadonga en el Fornos, los quehaceres del tampeño habían pasado de pronto a ser infinitamente más decentes y sofisticados: ahora contendía a tiempo completo con los asuntos de éste, y no porque le hubiera dado una respuesta afirmativa a la oferta de trabajar para él, sino porque los propios acontecimientos así se lo impusieron. Aparcados habían quedado de momento sus ilícitos vaivenes: no más apuestas callejeras, no más aquellas loterías clandestinas. Su tiempo lo consumía ahora el expríncipe de Asturias y ese universo distinto, absorbente, en el que él gravitaba. Los días transcurrían entre el hospital, haciendo de enlace con doctores y enfermeras, y el St Moritz, bregando con los curiosos, los advenedizos y la prensa que babeaba por una primicia del antiguo heredero: por saber si al final se divorciaba de Edelmira, si se avenía o no con su regio padre, si estaba en la ruina, si se seguía desangrando o le darían próximamente el alta y regresaría a La Habana, a Lausanne, a Miami, a París.

Sobre la marcha Tony iba aprendiendo además a ventilar

la correspondencia urgente y los precarios asuntos financieros del conde, le filtraba visitas indeseables y mantenía informada a la familia. Para su estupefacción, de la noche a la mañana el bolitero se había visto con vía abierta para comunicarse con el depuesto monarca desde los hoteles en los que Alfonso XIII se iba instalando como un nómada de lujo por media Europa; y lo mismo ocurría con la reina Victoria Eugenia mientras ella, reubicada en Londres, en una mansión de Porchester Terrace cerca de los suyos, esperaba a que los tribunales resolvieran su demanda de separación.

Absorbiendo las claves y las formas a matacaballo, el tampeño cablegrafiaba puntualmente a ambos poniéndoles al tanto de los partes médicos y después transmitía al primogénito las respuestas que sus padres, sus hermanos y sus personas de confianza le devolvían. Y en vez de frases elegantes y fórmulas protocolarias, le admiró percibir en aquellos mensajes ráfagas de profundo cariño y un poso evidente de calor: la constancia irrefutable de que eran una familia, al fin y al cabo. Exiliados, egregios, dispersos, a ratos malavenidos y a ratos congraciados: aun así no dejaban de formar un clan que basculaba entre las glorias y las miserias, como el resto de los humanos, y en las palabras que llegaban desde el otro lado del océano percibía Tony una preocupación honda y genuina por los aconteceres de Alfonsito, como a veces llamaban cariñosamente al hombre cuya vida permanecía colgada de un hilo en el Presbyterian Hospital.

No obstante, él aún no había aceptado en firme la propuesta que el conde le lanzó a fin de convertirlo en su hombre para todo. A medida que pasaban los días, era cada vez más consciente de la gigantesca envergadura de aquel cargo que conllevaría entrar en un mundo casi opuesto, marchar quizá con él a Europa como insistía la familia, alejarse de Nueva York, de sus calles y sus gentes. Reconvertirse, en definitiva, en alguien distinto.

El rey depuesto le insistía por cablegrama con una oferta

económica nada desdeñable, la reina le rogaba que no abandonara a su hijo, y el propio Covadonga a menudo le apretaba con gratitud la mano entre sueños y fiebres. De momento, sin embargo, Tony prefería esperar antes de comprometerse, y tan sólo lo acompañaba en esos días de desvalimiento sin contratos ni salarios de por medio. Por pura compasión. Y porque no dejaba de fascinarle la historia de aquel expríncipe doliente de fogosas pasiones y cuerpo de cristal.

90

Luz lanzó un grito hacia la parte trasera para avisar a los Irigaray de que salía un momento.

—Cuéntamelo despacio —ordenó ansiosa a Tony rodeando el mostrador de la lavandería.

—El Rhumba King vino al hospital a ver a don Alfonso, nos contó que va a preparar un nuevo show con su misma orquesta pero con números nuevos; dijo que, si te interesa hacer una prueba, puedes pasarte por el hotel cualquier tarde de esta semana a partir de las dos.

La menor de las Arenas lo escuchó con un gesto de estupor, llevaba puesta la bata blanca de faena y su ánimo, hasta que Tony apareció a media mañana, estaba en consonancia con la prenda: informe y desaborido, como todo en las últimas semanas. El bolitero en cambio vestía con otro empaque, más atildado en su atuendo de lo común en él: un nuevo traje de lino color arena de la casa de empeños del sefardí, la camisa sin arrugas, el nudo de la corbata en su sitio.

—Yo... —murmuró Luz—, yo no tenía pensado volver a dedicarme a... a eso desde que... pasó lo que pasó.

Se retorcía los dedos mientras hablaba, los tenía enrojecidos por los líquidos corrosivos y los disolventes; la raíz del pelo le volvía a despuntar con su color castaño de siempre por debajo del tinte cobrizo.

—Solamente quería que lo supieras.

La última vez que coincidieron fue unas semanas atrás en el entierro de Luciano Barona, pero Luz ni siquiera se acordaba, tan desgarrador y lúgubre como fue todo. La memoria que retenía del bolitero era la de la noche del Waldorf, vestido con aquel soberbio frac que algún rico empeñó en tiempo de vacas flacas. Rumbas, langosta, lamé y carcajadas: espejismos de unas horas brillosas y fugaces sentados a la mesa de un príncipe caduco, recuerdos hechos pedazos por las brutales pedradas que les había lanzado la vida en los últimos tiempos.

Tony por su parte, en su incesante vaivén entre el hospital, el St Moritz y las conexiones interoceánicas, de ellas sabía apenas nada. Que las hermanas se habían volcado en sus ocupaciones sumisamente y que casi no se relacionaban con nadie: como si los dos gigantescos impactos que sufrieron —el destrozo y el asesinato— las hubieran dejado aturdidas, sin capacidad de reacción, desprovistas de nervio y propósito, subidas en una noria cansina de trabajo y desolación, desolación y trabajo y vuelta a empezar.

A falta de trato directo con las Arenas, con quien sí había logrado Tony establecer contacto en aquellos últimos días fue con el hijo de Barona: nunca tuvieron oportunidad de conocerse y de alguna manera se sintió obligado. Y contra pronóstico, lo que comenzó como un encuentro formal para presentarle sus condolencias, acabó en una grandiosa borrachera de whiskey de centeno, unidos en la madrugada por la orfandad compartida, las mujeres erróneamente amadas y el desconcierto ante lo que a cada uno le estaba tocando encarar.

—Aunque igual deberías intentarlo.

A Luz se le removió algo dentro, seguían junto a la fachada de la lavandería.

—¿Tú crees, Tony? —susurró.

—Ya te dijo que prometías; yo te acompaño si quieres.

El tampeño no sabía si actuaba bien o no con aquella insensata insistencia, si le estaba siendo útil a la hermana pequeña espoleándola para volver al mundo de los vivos o metiéndose por la cara donde nadie le llamaba. Tan sólo era consciente de que al vuelco que había dado su propia existencia le faltaba una pieza. Y esa pieza era Mona, y la única manera que encontró de acercarse a ella tras su rechazo era haciendo algo por la familia. Y sólo se le ocurrió intervenir a través de Luz.

Ella se despidió con un voy a pensármelo.

—Ok; si te decides, llámame al St Moritz.

Cuando esa tarde regresó al hotel desde donde gestionaba la correspondencia y cursaba los cablegramas del conde, le entregaron un mensaje telefónico de la menor de las Arenas. Mañana a las tres.

Sólo necesitó un par de temas, el veredicto de Cugat fue contundente.

—Tienes potencial, nena, pero estás encara una mica verda. Para primera artista no me sirves, aunque no te digo que en un futuro no puedas llegar.

Luz sintió una especie de escalofrío. Perspectivas prometedoras, esperanzas de futuro, aquello le sonaba: de boca de Frank Kruzan había escuchado palabras muy similares. La diferencia la marcaba el entorno. Donde el cazatalentos del que creyó estar enamorada sólo tenía proyectos vagos y un mediocre despacho lleno de revistas y fotografías, Cugat la había recibido en una sala subterránea del majestuoso Waldorf Astoria, al compás de una orquesta de seis verdaderos profesionales. En las horas en que no tocaban en la opulenta Sert Room, allí era donde se reunían a ensayar: por las paredes sin ventanas no trepaban los murales del artista catalán, las luces eran más feas y más flojas y el techo notoriamente más bajo, nadie llevaba chaquetas de lentejuelas sino meras camisas de algodón común, pero apencaban duro y en serio, largas horas, día tras día.

—Lo que puedo ofrecerte de momento es un puesto de chica de conjunto en el sexteto que va a acompañarnos.

Vestía una guayabera color vainilla y entre los brazos sostenía un caniche, a su alrededor, todo bullía: los músicos sacándoles jugo a sus instrumentos, un puñado de jóvenes aspirantes a la espera entre nervios del turno para sus pruebas, la esposa de Cugat que disparaba órdenes con acento mexicano, ofrecía cacahuetes o hacía comentarios airados e intempestivos, una señora chaparra que entraba y salía dando la lata a todos y que debía de ser la suegra...

—Pero antes de decidirte, nena, hay una cosa importante que debes tener en cuenta. El show vamos a prepararlo a lo largo del verano acá en New York, pero a finales de agosto empezaremos a hacer un coast-to-coast que durará al menos todo el otoño.

—¿Un qué, don Xavier?

La carcajada ante el gesto de espanto de Luz hizo ladrar al perro.

—Nada raro, reina, no te asustes: un coast-to-coast, una gira atravesando el país de costa a costa, ¿entiendes?

El recuerdo de Marita Reid y su espectáculo ambulante por las colonias de españoles le retornó a Luz a la mente, pero el músico le corrigió el pensamiento.

—Algo grande, divino, los mejores hoteles, las mejores salas. El Book Cadillac en Detroit, el Palmer en Chicago, el Mark Hopkins en San Francisco, el Ambassador en Los Ángeles...

A pesar de su palmaria ignorancia, Luz seguía con el pánico incrustado en las entrañas. No, aquello no sonaba como el humilde proyecto de la gibraltareña por los teatritos de los pueblos y los galpones de las cuencas mineras, ni tampoco como las vagas promesas de Frank Kruzan. Aquello que mencionaba Cugat mientras rascaba la cabeza al perrillo diminuto presagiaba cosas muy distintas, inabarcables casi para su escasa experiencia y sus aspiraciones.

—Ara bé, una cosa debe quedarte bien clara, bonica: serán largos meses fuera, trabajando duro seven nights a week, sin familia cerca y haciendo la maleta cada dos por tres. —Se llevó el índice izquierdo a la sien, lo hizo tamborilear—. No sólo tienen que aguantarte las piernas, los pies y la voz, nena; también hay que andar bien preparada de aquí.

Bajaron Luz y Tony por Park Avenue en silencio, mientras el resto de las aspirantes seguía con sus audiciones. Él la acompañó hasta la parada de su autobús, apenas hablaron: demasiado desconcierto llevaba ella en su joven cabeza con aquello del coast-to-coast como para enzarzarse en una conversación banal. El bolitero, consciente, no quiso confundirla más todavía.

Estaban a punto de despedirse junto a Grand Central Station, a su alrededor se movía un enjambre de viajeros y transeúntes, gentes con prisa, autos privados y taxis que hacían sonar las bocinas, huéspedes del vecino y gigantesco hotel Commodore en el que, sin ellos saberlo, faenaban como pinches y camareros otro nutrido contingente de españoles.

El autobús que debía devolver a Luz a la Catorce acababa de frenar frente a ellos. Subieron cuatro o cinco pasajeros, llegó su turno: un pie, otro pie: ya estaba dentro, el vehículo arrancaba cuando se giró y vio la espalda del tampeño empezando a abrirse paso entre los viandantes.

—¡Tony!

Bajó de un salto en el instante en que la puerta estaba a punto de cerrarse tras ella, el conductor dio un brusco frenazo y bramó un improperio.

Él la miró confuso.

—¿Puedes quedarte un momento? Tengo...

Bajó el tono, tragó saliva. Aquella joven mujer, que apenas media hora antes había bailado frente al maestro Cugat meneándose con frescura y desparpajo, parecía de pronto una niña perdida en medio del tumulto.

—Tengo que hablar con alguien, y... y no sé con quién.

91

La enésima bronca de doña Maxi atoró esa mañana los oídos
de Mona, cuando la reprendió como una posesa por no haberle sacado unas entradas para la hora correcta en las taqui-
llas del Campoamor. Sor Juana Inés de la Cruz había llegado
a la gran pantalla, la diva mexicana Andrea Palma se metía en
el papel de la monja y, así tuviera que ir a rastras, su señora
jamás se perdía el estreno de ninguna película en cristiano,
como se obcecaba en llamar al español. Pero alguna confusión hubo, doña Maxi insistía en haberle dicho a las cinco,
Mona juraba haber oído a las tres, el caso es que la discrepan-
cia fue subiendo de tono.

—¡Hasta el gorro estoy de ti, niñata!

—¡Yo sí que estoy harta de cómo me trata usted!

—¡Pues búscate otra casa!

—¡Pues me la voy a buscar!

En el calor de la refriega, ninguna oyó llegar al sobrino.

—¡Ya está bien, por favor!

Ambas se volvieron, no estaban acostumbradas a oírle gritar así. La silueta del joven doctor Osorio quedaba enmarcada
dentro del vano de la puerta del salón, en una mano llevaba el
sombrero, en la otra su elegante maletín de cuero. Corbata de
lazo, el porte erguido, la eterna raya a un lado.

—No aguanto más —masculló Mona con desaliento.

El portazo hizo temblar el espejo de la entrada.

—Espera, espera, espera...

El oftalmólogo la alcanzó unos pasos más adelante, cuando

ya avanzaba arrebatada. Le agarró un codo por la espalda queriendo detenerla, ella se soltó y apretó el ritmo.

—Espera, por favor, Mona...

—¡Que me dejes tranquila!

—Mona, por Dios te lo pido...

Incapaz de frenarla, él optó por caminar junto a ella en paralelo, hombro con hombro.

—Búscate a otra imbécil que soporte a tu madrina, total no va a enterarse de si soy yo la que sigue en su casa o no; tan sólo necesita a cualquier pobre desgraciada a la que tratar como un trapo, con eso le basta.

César la agarró de nuevo, esta vez con más firmeza. Logró pararla, la sujetó por los brazos y la hizo volverse hasta quedar ambos cara a cara. Durante unos instantes de silencio, contempló su rostro hermoso a pesar de la rabia, o quizá por ésta precisamente. Los ojos soltando chispas, el rubor en los pómulos, la barbilla alzada en gesto desafiante.

—Quizá ella podría pasar sin ti, pero yo no.

92

La intuición avisó al tampeño: convendría no quedarse en plena calle, parados junto a la inmensa estación en medio de aquel hervidero. La arrastró por ello al interior, hasta encontrar un rincón tranquilo en una mesa del Oyster Bar. El gran espacio abovedado estaba prácticamente vacío; ni era hora de comer ostras, ni Luz las habría querido, tanto asco le dieron esos bichos al verlos en el plato del conde de Covadonga.

Un encogimiento de hombros fue lo único que recibió Tony por respuesta al preguntarle qué quería tomar. Cuando un camarero de gesto aburrido les sirvió a él una Blue Ribbon y a ella un simple vaso de agua, la menor de las Arenas se bebió la mitad de un trago y, rascando nerviosa con la uña un hilo suelto del mantel de cuadros rojos, arrancó a hablar. Y así, súbitamente, desconociendo ambos que se hallaban bajo las imponentes construcciones revestidas de azulejos que unas décadas atrás levantaron los valencianos Guastavino, Tony Carreño se convirtió para Luz en una especie de confesor en cuyos oídos por fin volcó esa angustia corrosiva que le quemaba por dentro.

Las presiones de Kruzan, los temores, las dudas. El haberle obedecido a ciegas a pesar de que las tripas le gritaban ¡no!, el haber dejado que usase su cuerpo a su antojo, el recelar de él y el pensar a la vez que podría quererle, el sometimiento mudo y la rabia luego, la incertidumbre al intuir que cualquier día podría reaparecer y el no saber qué iba a pasar si eso ocurría: todo eso salió de boca de Luz en un torrente de palabras repleto de la más desnuda y conmovedora sinceridad.

Ante la pena colectiva por el crimen del tabaquero y la compasión que despertó su joven viuda, frente a la conmoción por el salvaje destrozo de Las Hijas del Capitán y la lástima que generó Mona al verse roto su empeño, en medio de tanta adversidad y tanta desgracia acontecida a la mayor y a la mediana de las Arenas, nadie se acordó de la pequeña Luz. Ni de sus coyunturas. Ni de sus sentimientos. Y ella, por no sembrar más malestar del necesario, ocultó sus pesares hasta hacer con ellos algo invisible, como si no existieran, y sola se tragó la confusión y el miedo.

Seguía rascando el mantel con la uña de una forma mecánica, inconsciente; ahora las lágrimas le bajaban por las mejillas y ni se molestaba en secarlas. Tony la escuchó atento, aunque no habría necesitado tal vomitona de sinceridad: le bastaron las cuatro o cinco primeras frases para hacerse una idea clara de la situación. Cuando apenas llevaba unos minutos desgranando su abatimiento, él ya tenía claro cómo habría de proceder. Aun así, la dejó desahogarse y que llegara hasta el final.

—Dos cosas nada más puedo decirte, Luz —dijo mientras alzaba la mano para pedir la cuenta al camarero—. La primera, que ese imbécil no merece que le dediques ni un minuto más de tu pensamiento. La segunda, que no creo que vaya a volver a rozarte jamás.

En la habitación de Alfonso de Borbón en el St Moritz, dentro de un cajón del escritorio al que el propio Tony se sentaba ahora a diario a despachar los asuntos del conde, permanecía guardada la cartera que Mona le entregó. Tuvo intención de devolverla a su dueño en cuanto la salud del expríncipe se estabilizó mínimamente, incluso fue hasta el domicilio, que indicaba el más reciente de sus carnets, pero antes de meterla en el buzón o llamar a la puerta, prefirió ser cauto. Con la misma destreza sagaz que a menudo usaba en su resbaloso oficio, preguntó en los alrededores, averiguó de quién se trataba y, una vez que tuvo los datos necesarios, aguardó paciente hasta identificarlo desde la distancia tras la cristalera del café cercano en que se instaló a esperarle. Llegaba con el rostro magullado bajo el ala del sombrero, cojeaba, ni por lo más remoto se percató de que alguien le observaba. Una vez que Kruzan entró en su edificio y quedó fuera de la vista, Tony se acercó hasta el portal; el encargado, el super como por allí decían, estaba en ese momento faenando con los cubos de basura. ¿Cómo es que anda tan perjudicado el residente del 306?, le preguntó el tampeño tendiéndole dos dólares. Le dieron una paliza a cuatro manos, fue la escueta respuesta mientras el tipo proseguía con su quehacer. Con un billete adicional logró saber que los causantes fueron dos pelirrojos de un tamaño considerable, mientras ella los aguardaba en un auto, dijo el encargado del bloque; debían de ser familia, seguramente los hermanos. ¿Ella?, preguntó Tony sacando del bolsillo el cuarto dólar. La esposa de Kruzan, esa que era un bombón cuando llegó al edificio, y últimamente se pasaba el día poniendo machaconamente los mismos discos, comiendo Kisses de Hershey y lanzando los papeles plateados por la ventana, y cada día estaba más triste, más desmejorada, hasta que una noche salieron a la carrera, ella dejando un reguero de sangre, y desde entonces no la había vuelto a ver con él.

Con la imagen de un Kruzan fracturado en la retina, la información del super del edificio en la cabeza y la cartera todavía en el bolsillo, Tony retornó aquel día a sus nuevas obligaciones. Después de lo escuchado, su audaz sapiencia callejera le dijo que mejor sería quedársela. Por nada en concreto. Simplemente por si acaso.

Ahora que tenía más datos acerca del tal Kruzan, sus intenciones y sus maneras, mientras acompañaba a una Luz ya más serena de nuevo a su parada, pensó que quizá iba siendo hora de actuar.

93

La mesa de la cocina seguía repleta de pedazos de tela y carretes de hilo, las cajas alrededor rebosaban de piezas, unas recién cosidas, otras aún por coser. Encorvadas bajo la luz parca de la bombilla, con los ojos febriles, las cervicales agarrotadas y las yemas de los dedos enrojecidas, madre e hija, mudas y mecánicas, trabajaban sin parar.

—¿Y hoy tampoco hablarás con él?

La pregunta la lanzó la señora Milagros, acababa de subir al apartamento en una de sus visitas cotidianas; era la única persona ajena a la familia que allí ponía el pie. Sin levantar la mirada de sus pespuntes, Victoria torció el cuello de izquierda a derecha y de derecha a izquierda. No.

—Pero no puedes seguir así, mujer, deberías verle, habréis de arreglar documentos, tendréis que...

Había que liquidar el escueto patrimonio de Luciano Barona, ésa era la excusa a la que Chano se aferraba para intentar acercarse a ella. Y ante la férrea negativa de Victoria, la vieja vecina, apiadada del boxeador al verle apostado tarde tras tarde en la puerta del edificio, se había convertido en una de sus correas de transmisión.

Pero Victoria se negaba a dejarle entrar en su casa y ella no había vuelto a pisar la calle desde el día del entierro, no por el luto obcecado que pretendía imponerle su madre, sino por un mero instinto de protección. No había dicho a nadie nada de lo que hubo entre Chano y ella, ni de sus sentimientos arrolladores ni de sus encuentros furtivos, pero ahora que la vida de Luciano había terminado de una manera tan tremebunda, la mayor de las Arenas asumió que aquel despropósito habría de zanjarse de una forma radical.

—Tenéis que hablar —insistía la gallega—, desmontar la casa, firmar papeles...

Poco había que repartir: siempre vivió de alquiler, como todos en la colonia, y los ahorros, con los gastos de la boda, quedaron tan roídos como huesos de chuleta. Pero estaban los bancales que mandó comprar en su pueblo con el sueño de algún día plantar unas parras y hacerse un cortijo, y estaban los muebles y los enseres de la casa de Brooklyn, y un diminuto seguro del gremio de tabaqueros. Eso contó Chano a Mona, a Luz, a Tony, a la vecina: a todos a fin de que convencieran a Victoria para que se dejara ver. En paralelo, les ocultó que a él aquellos asuntos materiales le importaban lo mismo que a ella: nada. Lo único que ansiaba era tenerla cerca de nuevo, abrazarla, llorar juntos. Porque a Chano la angustia le carcomía las entrañas: además del peso de su deslealtad, no se le iba de la cabeza que —de haber llegado a tiempo— quizá habría podido evitar que a su padre le reventaran los intestinos.

—Que se quede con todo, ya lo he dicho setenta veces —musitó Victoria sin alzar la mirada de su faena—. Que haga lo que quiera, a mí cualquier cosa me parece bien.

Llegó Luz al rato, con la misma pepla; había pedido la tarde libre en la lavandería y, tras la audición con Cugat y tras desnudarle el alma a Tony, regresó a casa dispuesta a callárselo todo y a seguir comportándose como si fuera un día más.

—Abajo está otra vez el hijo de Luciano, yo creo que deberías asomarte.

Un bronco refunfuño fue la respuesta de Victoria, una tapadera para simular indiferencia y esconder las ganas de echarse escaleras abajo y lanzarse a su abrazo, fundirse con él, compartir el mutuo desconsuelo. Pero no, sabía que no podía ser. Y Luz no insistió, bastante tenía con lo suyo. Sin mediar más palabras, acercó un taburete a la mesa, enhebró una aguja y se sumó al quehacer común.

Mona tardó poco en incorporarse, pero ¿qué te cuesta hablar con él?, espetó a Victoria mientras se plantaba delante de una de las cajas de piezas sueltas.

—¿Queréis dejarme todas en paz de una puñetera vez?

Las tijeras acabaron tintineando al caer al suelo, sobre la mesa quedó la labor a medias mientras la mayor de las Arenas, como casi todas las tardes a esa hora en que sus hermanas regresaban de sus trabajos, harta del machaque al que la sometían, terminó ahogada en el llanto, encerrándose con un portazo en la habitación.

Esta vez, sin embargo, ni Mona ni Luz acudieron a consolarla mientras ella, tendida en la cama boca abajo, daba rienda suelta a la angustia que llevaba conteniendo desde que abría los ojos de amanecida. Ajenas a los sollozos que se colaban a través de las paredes, las hermanas menores se limitaron a seguir ensamblando piezas de tela, concentrada cada cual en sus puntadas, absortas y en silencio mientras Remedios soltaba su enésimo suspiro y la vecina sacudía la cabeza con gesto descorazonado. Ninguna de las mujeres sospechaba ni por lo más remoto el abatimiento impenetrable que asolaba a las tres hijas, cada una a su manera.

Por la mente de Luz, entre puntada y puntada, seguía resonando la propuesta de Cugat. El sexteto de chicas del que formaría parte, el espectáculo de costa a costa, el buen sueldo más la ropa de las actuaciones, habitación compartida, el transporte y las comidas, le había dicho el catalán entre ladridos de caniche. Una propuesta firme, concreta. A cambio, nena, voy a hacerte sudar tinta china, pero va a ser tu mejor escuela, ja veuràs. El recuerdo siempre amenazante de Frank Kruzan, sin embargo, no la acosó con la fuerza de otros días: hablar con Tony la había sosegado, le había venido muy bien sacar toda esa pesadumbre que se le estaba enquistando dentro, quizá era el momento de empezar a olvidarse de él.

Al mismo ritmo agitado y guardándoselo igualmente para sí, el cerebro de Mona hervía después de que César Osorio le abriera el corazón. No te vayas, no nos dejes, le había dicho con una franqueza conmovedora; significas mucho para mí. Luego le agarró una mano. Pase lo que pase, lo que oigas y sepas, sigue aquí, por favor.

Ninguna alzó la mirada cuando Victoria retornó a la cocina al cabo de un rato. Con los ojos rojos, floja tras el brote de llanto pero consciente de que había que seguir adelante, se escurrió en su taburete, agarró su pieza y clavó la aguja por enésima vez.

Así continuaron hasta bien entrada la noche, no se levantaron para ayudar a su madre cuando ésta se dispuso a hacer la cena, engulleron sus parcas raciones sin moverse del sitio ni alzar la mirada. Distanciadas entre ellas como nunca a pesar de la cercanía física, sumidas en la labor ingrata y el desasosiego, atrincheradas entre los muros de sus secretos, sus reservas, sus silencios, sus mentiras.

94

Era media mañana del día siguiente, Luz salía de entregar el paquetón semanal con los uniformes limpios de las dependientas de Casa Moneo. Al verlo se le heló el corazón.

—Hey, baby.

No llevaba Frank Kruzan echada sobre los hombros aquella gabardina clara de los primeros días, ahora gastaba traje de verano color melaza y una corbata a rayas: verdes, granates, amarillas. A pesar del optimismo que irradiaba la prenda, bajo el ala del panamá se le entreveían ojeras y los párpados hinchados, pequeñas costras de sangre ya seca a un lado de la cara. Sostenía un par de revistas dobladas debajo del brazo izquierdo; al sonreír, le brilló la dentadura.

A Luz empezaron a temblarle las piernas, literalmente.

—How're you doing, honey? ¿Cómo estás?

Lo tenía enfrente, apenas a unos metros de distancia. El territorio era seguro: su mundo, la luz del día, gente alrededor. Aun así, ella quedó paralizada, como si los pies se le hubieran incrustado en el cemento de la acera.

—Me enteré de lo que ocurrió con el negocio y el marido de tu hermana, lo siento enormemente.

Para enfatizar su condolencia, se llevó al pecho la palma de la mano.

Ella continuaba sobrecogida dentro de su bata de faena, sin reaccionar, insegura, dudando entre tratarle con la cercanía que antes tuvieron, o mantenerse cauta, distante. El sosiego que creyó haber alcanzado tras la charla con Tony saltó por los aires: los recuerdos retornaron súbitos, como violentos fogonazos lanzados desde dos frentes. De un lado, las promesas y su admiración sincera, las ilusiones que despertó en ella, los momentos de complicidad que creyó que compartieron. Del otro, sus exigencias, sus ansias y arrebatos, la ira cuando lo contrariaba, su incapacidad para aplacarse ante las negativas.

—Veo que sigues trabajando...

Luz bajó la mirada hacia su bata blanca y sus manos ásperas y enrojecidas, asintió sin palabras.

—Pero las noticias vuelan en esta ciudad, you know: he oído que ayer hiciste una audición para Cugat. Por allí andaba un amigo con su chica; también ella aspiraba a un puesto, pero no fue tan afortunada como tú. Casualmente, coincidimos anoche en un bar de Broadway y me lo contó.

En otro momento, delante de otro hombre, Luz habría soltado un desafiante sí, ¿y qué? Ahora, en cambio, tan sólo volvió a asentir tímidamente con la barbilla.

—That's wonderful, baby —susurró con voz ronca—. La fama de tu compatriota ha crecido a lo grande en los últimos tiempos, tiene una orquesta magnífica, está muy bien relacionado tanto acá en New York como en Los Ángeles, trabajar con él será un principio insuperable para ti. —Ensanchó al límite la sonrisa, los dientes amañados relumbraron con toda su blancura—. ¿Ves como tenía yo razón cuando te dije que debías olvidarte de lo folklórico? Look at you now, la pequeña Lucy a punto de formar parte del show del Rhumba King...

Sonaba sincero, genuino; por fin Luz logró serenarse una pizca y a sus labios asomó un minúsculo gesto de satisfacción.

—Estoy muy orgulloso de ti, cariño; so, so proud of you.

Dio un paso hacia delante, le acercó una mano al cabello rojizo y la acarició levemente, a ella le recorrió un escalofrío de la cabeza a los pies. No, no era tan miserable Frank Kruzan como todos pretendieron hacerle creer, pensó mientras él seguía desgranando elogios. Y pensar que hasta sospechó que podría ser el culpable de lo que le hicieron a Las Hijas del Capitán. No, él era de otro tipo, de otra pasta. No debería haberle confesado nada a Tony, ya sabía ella que tenía un temperamento vivo, pero también un fondo bueno, digno. Se alegraba de que pudieran reencontrarse y despedirse así, habiendo hecho las paces, sin resquemores ni amarguras enquistadas...

Un gesto de pasmo, sin embargo, se estampó súbito en el rostro de la menor de las Arenas cuando le oyó decir:

—Esta tarde, cuando termines de trabajar, te recojo y vamos juntos al Waldorf.

¿Qué? ¿Juntos? No, no, algo no estaba claro ahí. A pesar de aquella escena de reconciliación callejera, sería mejor no juntar su camino de nuevo con él.

—Hay que concretar varios asuntos —prosiguió el buscador de talentos con esa aplastante seguridad que gastaba siempre—. Negociar algunas condiciones, dejar claros ciertos detalles...

Por fin Luz logró poner una voz tímida a sus pensamientos.

—No, Frank, no...

—No what, honey?

Su gesto de sorpresa parecía auténtico: las cejas arqueadas, el ceño fruncido.

—Que ya no quiero que estemos juntos. Que esto de Cugat es una cosa distinta, algo que él me ha ofrecido a mí por mi cuenta. Que... que tú aquí no tienes nada que ver.

La carcajada ácida la desgarró como una cuchillada.

—My dearest Lucy, mi dulce e ignorante Lucy —musitó Kruzan deslizando su mano bajo la solapa izquierda de la chaqueta. Del bolsillo interior sacó unos papeles doblados en tres pliegues, amagó con tendérselos pero cuando ella acercó la mano, los retiró—. Tú y yo tenemos un contrato, tú misma lo firmaste en mi oficina, ¿no te acuerdas? Soy tu representante a todos los efectos, estamos vinculados para los próximos diez años, me corresponde el cuarenta por ciento de tus ingresos y no puedes tomar ni la más mínima decisión sin mí.

95

Veinte calles más al norte, ajena al aturdimiento de Luz, la mañana de Mona transcurría febril a pesar de las palabras transparentes que soltó a su llegada.

—Vengo a cobrar lo que me debe, señora. Me despido, no voy a volver.

Aquélla era su decisión definitiva tras largas horas de desconcierto; algo refunfuñó doña Maxi desde la cama con la boca llena de pan frito mojado en azúcar, Mona no la entendió.

El dormitorio estaba todavía medio en penumbra, su primera función diaria era descorrer del todo las cortinas, pero esta vez no lo hizo. Olía a alcohol alcanforado y a desayuno aceitoso, a exceso de carnes mustias.

—Son tres días los que tenemos pendientes, lunes, martes y miércoles —aclaró haciendo acopio de paciencia.

No sumaba mucho el monto, ciertamente. Pero era el resultado de su trabajo, y cada centavo que echaba al tarro de cristal de la cocina suponía una diminuta brazada en el océano de sus muchas deudas. Por eso había regresado Mona aquella mañana con la puntualidad de siempre, para cobrar y decir adiós. Claramente, no podía seguir allí. Ni soportaba a la patrona, ni podía consentir que César le siguiera doblando el sueldo a escondidas, sabiendo ahora lo que sabía de sus sentimientos.

Las palabras del joven doctor se mantenían frescas y vivas en su recuerdo: quizá ella podría pasar sin ti, pero yo no. Todos sus gestos, todos sus actos, cobraban ahora un sentido especial. La atención con que la trataba siempre, sus detalles y aquellas largas miradas, la insistencia para acompañarla a casa, el trato deferente con la salud de su madre: nada era banal, todo tenía un significado. No eran simples muestras de agradecimiento por contender con el carácter insufrible de su tía. Detrás, por fin Mona tuvo constancia, había otra realidad.

—Pues vas a irte en el peor de los momentos... —farfulló la señora cuando por fin logró tragar el final de su rebanada—. Con lo de mañana...

Algo tenían previsto para ese mismo viernes, doña Maxi llevaba nerviosa ya varios días a cuenta de ello. Un compromiso, cualquier evento absurdo en la residencia de aquella marquesa donde Mona vio por primera vez a los Osorio, tía y sobrino, cuando ella estaba recién llegada a la ciudad y aún no sospechaba que sus destinos se acabarían reencontrando. Allí esperaban a ambos de nuevo para algo sobre lo que Mona nunca se molestó en preguntar; los quehaceres de aquella bruja tirana, fuera de sus horas de trabajo, a ella ni le iban ni le venían.

—Ya sabe lo que me debe —repitió.

Seguía plantada a los pies de la cama, negándose a realizar ninguna de sus tareas cotidianas. Ni pensaba retirarle la bandeja del desayuno que sostenía sobre el vientre voluminoso, ni la iba a ayudar a enderezarse, ni iba a quebrarse la espalda tirando de ella para acomodarla en la silla. Ni iba a ayudarla a asearse, ni iba a aguantarla más.

—¿Le acerco el monedero, o me lo da del cajón?

Doña Maxi se llevó a los labios su taza de chocolate espeso, luego se pasó la lengua por la mancha que le quedó en el bigote y masculló algo indescifrable.

—¿Que lo coja yo, dice?

—Que te pago tres dólares más si te quedas hoy, hay un montón de cosas pendientes.

Lo sopesó unos instantes y la frialdad de las cuentas venció a las ganas de salir corriendo.

—Pero me voy a la una en punto.

—A las dos.

—A la una y media, usted verá.

El caso era desaparecer antes de que llegara César. No, no quería volver a verle ahora que conocía sus sentimientos; estaba confusa, turbada. Tan ajena a todo había vivido, absorta en sus propios problemas, que no había sido capaz de distinguir una cosa de otra. Cierto que entre ellos había habido siempre una mutua complicidad, una corriente de cercanía; cierto también que él le pareció siempre un hombre atractivo a su manera. Pero no. No, no, no. Sus mundos eran distintos, y los afectos de ella por el doctor, a pesar de no ser inexistentes, no eran tan sólidos y profundos como los que él confesó sentir. No, aquello era un desvarío, un sinsentido que tenía que cortar de raíz. Aun así, las últimas palabras que le dijo el día anterior le seguían retumbando por dentro; se le quedaron incrustadas en los oídos mientras ella se despegaba de él y subía apresurada al autobús. Pase lo que pase, oigas lo que oigas, yo te quiero a ti.

—¿A qué estás esperando entonces para sacarme de la cama, niña? ¿A que nos llegue el juicio final?

La aspereza de doña Maxi la hizo retornar al presente. Último día, se dijo mientras descorría las cortinas de un tirón. Último día y, después, nunca más.

Las órdenes empezaron a rejonearla con virulencia. Los zapatos nuevos, lústramelos hasta sacarles brillo. Acércate a la floristería, diles que te den las muestras y vuelve a la carrera. Llama a la peluquería y pide que me adelanten una hora la cita de mañana. Márcame el número de la Valencia Bakery, que voy a cambiar el pedido de los pasteles. Estate atenta a la puerta, que tienen que venir a traer el terno de mi sobrino.

Su sobrino, su sobrino, su sobrino. Aun sin estar presente, a medida que pasaba la mañana, la casa le parecía a Mona más llena que nunca de él. En sus constantes idas y venidas, no pudo evitar cruzar varias veces por delante de su habitación. A través de la puerta entreabierta se veía la cama hecha con precisión cuartelaria, los gruesos tomos médicos ordenados en los estantes, el ropero lleno de prendas discretas con buenos tejidos y buenas facturas, la réplica de un ojo gigante sobre la mesa, los retratos enmarcados en plata de quienes debieron de ser sus padres.

Sería fácil dejarse querer, pensó recostándose con abandono contra el quicio. Era sin duda un buen hombre, era cordial y porte no le faltaba, bien plantado y tan seguro. No se le aceleraba el pulso cada vez que lo veía, pero se sentía a gusto a su lado. Después de las monstruosas bofetadas que le había dado la vida, sería agradable que alguien se preocupara por ella, que la cuidara, la protegiera con seguridad económica, una casa caliente, un futuro ajeno a las tormentas. No parecía César Osorio un hombre de grandes exigencias; a cambio de su sí, nunca le requeriría el amor apasionado que ella jamás sería capaz de darle, seguramente se conformaría con una entrega tibia. Por la columna le recorrió un ramalazo de algo desconcertante. ¿Y si aceptase? ¿Y si se esforzara y aprendiera a amarle?

—¡Niña!

La voz de grulla la sacó del ensueño; cuando fue consciente del desvarío por el que se deslizaba, Mona sacudió enérgica la cabeza.

—Acércame ahora mismo al teléfono —ordenó doña Maxi blandiendo el periódico del día entre las manos como si fuera una bandera, acababan de llevárselo—. Voy a llamar ahora mismo a *La Prensa*, me van a oír esos imbéciles.

Con el auricular en la mano, la oyó protestar, reprochar, discutir, exigir. ¡Póngame ahora mismo con Camprubí, el director! ¿Cómo que no está, cómo que no se encuentra?

Cortó la comunicación finalmente estampando el auricular en la horquilla.

—¡Inútiles! ¡Todos son unos inútiles! ¡Mira que le dije a mi sobrino que lo dejara bien claro, que el anuncio tenía que salir hoy, no mañana!

Prosiguió gritando colérica, enrojecida, el busto le subía y le bajaba al ritmo de su rabia: César, su futuro, sus obligaciones... ¡A ver qué le decimos ahora a la marquesa! ¡A ver cómo se toman que no hayan publicado el anuncio todavía! ¡Van a pensar que somos unos dejados, que no estamos a su altura, que el chico no tiene categoría para entrar en la familia!

Un paso, dos pasos, tres pasos: el presagio de algo incómodo impulsó a Mona hasta situarla frente a la silla de ruedas.

—¿De qué anuncio habla usted, doña Maxi?

—¡Del de la pedida! —gritó fuera de sí.

—De la pedida ¿de quién?

Respirando con bocanadas ansiosas, la miró con un gesto de desprecio infinito, como si fuera una descerebrada.

—La pedida de Nena, la hija de la marquesa, ¿de quién va a ser? No va a pedirle la mano el idiota de mi ahijado a una muerta de hambre como tú.

96

Coincidieron Mona y Luz en la esquina de la Séptima, arrastrando cada una su pesadumbre como quien tira de un saco cargado de piedras negras. Turbadas, frustradas, rabiosas. Una salía del trabajo, otra llegaba desde la parada del autobús. Al tenerse frente a frente, ambas dudaron unos instantes, vacilando entre seguirse ocultando sus pesadumbres o compartirlas como siempre hicieron. Habían sido tantos los desaciertos y los errores, tan profundos el desencanto y el dolor, que ambas parecían haber perdido la capacidad de sincerarse.

Qué te pasa, iba a preguntar Mona al ver el rostro apesadumbrado de Luz; por qué tienes esa cara descompuesta, iba a decir la pequeña de las Arenas. Pero ninguna lo hizo porque, tan pronto estuvieron cara a cara, alguien se interpuso.

—A su casa iba a buscarlas ahora mismo, señoritas. Sor Lito quiere verlas, dice que es urgente.

Era una de las chicas de Casa María, poco más que una niña rescatada de la depravación y la crudeza de las calles.

Se miraron las hermanas, conscientes de que las dos silenciaban algo. Sin palabras aún, acordaron postergar el contarse lo que a cada una la corroía. Tanto llevaban callado que no iba a hundirse el mundo por demorarse otra media hora.

Ni se les ocurrió subir al apartamento a poner al tanto a su madre y a Victoria del aviso de la monja; para qué, si la una resultaría más que una carga latosa y la otra iba a negarse a bajar.

No encontraron a sor Lito tras su mesa, sino reclinada en

un sillón orejero. Tampoco vieron el barullo de legajos, libros y trastos que antes siempre campaba a sus anchas por todos los rincones: parecía como si una mano voluntariosa hubiera apaciguado el caos. Todas las superficies lucían ahora ordenadas, los volúmenes cerrados y colocados verticalmente, las carpetas formaban pilas compactas en un orden melancólico: tristes evidencias de que la religiosa incendiaria ya no podía trabajar.

A duras penas consiguieron morderse la lengua y no soltar un exabrupto compasivo. Pero, hermana, por Dios bendito... Su cuerpo parecía haberse consumido dentro del hábito, la carne cetrina se le desparramaba en pliegues por los carrillos y la papada.

Al lado, sentado en una simple silla, había un hombre que al verlas llegar se apresuró a ponerse en pie. Corbata discreta, lentes redondas de montura fina y cabello claro con entradas. Treinta y tantos, ni alto ni bajo, ni gordo ni flaco, ni guapo ni feo.

—Adelante, muchachas, adelante.

La voz cascada de la religiosa, en otros tiempos tan llena de ironía, sonaba ahora fatigosa y frágil.

—Pensaba decírselo más adelante yo sola, cuando todo estuviera ya rematado, pero según me encuentro, creo que es mejor que lo conozcan ya.

Alzó los hombros con gesto de impotencia. Se agotaba sor Lito, se le iba la vida.

El tipo se adelantó un par de pasos, William Lanford, pleased to meet you, dijo con tono educado, profesional. O así sonó al menos. Les tendió la mano apretando los labios y estirándolos luego, asintiendo con el mentón aunque no había nada a lo que asentir: era su forma de indicar con cortesía que no hablaba español. Ellas respondieron al saludo alargando lentamente unos dedos flojos, sin alma: no supieron reaccionar de otra manera.

Economizando frases para evitar ahogarse, sor Lito las puso al tanto.

—Trabaja para un despacho que lleva algunos casos similares, mis niñas. Cada vez que necesite reunirse con ustedes, dejará recado en La Nacional. —Hizo una pausa, respiró hondo un par de veces—. Irá con un traductor, el bufete de mister Lanford correrá con esos gastos.

Giró el rostro hacia el abogado, volvió a absorber aire.

—Es buen profesional —musitó—, seguro que va a esforzarse...

Apenas la escuchaban, habían captado el grueso de la noticia y todavía estaban asimilándolo: sor Lito traspasaba su suerte a unas manos ajenas porque la vida se le iba de entre las suyas. Así de penoso era, así de real. Si el orden de la habitación rezumaba tristeza, el rostro de la religiosa lo verificaba más todavía: no sólo por los estragos de la enfermedad, sino también por la sensación de fracaso que tenía grabada entre las arrugas, la frustración por no haber logrado cumplir con su responsabilidad hasta el final. Derrotada, así se sentía aquella mujer que escapó de las más hondas miserias y a la que nada ni nadie, ni las adversidades más amargas, ni los desaprensivos más ruines, consiguieron nunca tumbar. Hasta ese día.

Prosiguió un penoso rato de conversación entrecortada sobre plazos y maneras, el abogado se acabó marchando llevándose bajo el brazo una carpeta de cartón granate repleta de papeles: todos los expedientes y documentos legales relativos a la muerte de Emilio Arenas. Allá iban las denuncias, las declaraciones, las cartas exculpatorias de la Trasatlántica, las ofertas dolorosamente rechazadas, los reclamos posteriores, las preocupaciones de los largos meses que llevaban a la espera. A esas alturas, mejor no preguntarse si todo aquello había valido la pena, si no habría sido más sensato haberse embarcado de vuelta con los pasajes y los dineros que desde un principio les pusieron encima de la mesa. Tantos pesares se habrían ahorrado, tanto desconsuelo.

Tampoco tardaron ellas en retirarse, sor Lito estaba exhausta, debía descansar. Conmovidas, con la sangre helada, apenas salieron se quedaron paradas junto a la puerta de Casa María, como si les faltaran las razones para moverse hacia ningún sitio.

Fue Luz quien tomó la iniciativa. Enlazando su brazo con el de Mona, se apretó contra su cuerpo y la impulsó a caminar en dirección contraria a su casa, abriéndole por fin el corazón. Hacia el río iban sin rumbo fijo, se alejaban de su entorno más cercano, serias y abstraídas, intentando serenar sus mentes alteradas, recomponer entre ellas la confianza que los golpes y los quiebros les habían obligado a perder.

A punto estaban de cruzar la Novena cuando Mona tiró bruscamente de su hermana, sacándola de la acera. Ambas quedaron medio escondidas en el hueco del escaparate de una farmacia.

—Pero ¿qué haces? —preguntó Luz alarmada.

—¡Calla! ¡Calla y mira!

Señalaba con la barbilla hacia la puerta de un café vecino, de él salían dos individuos. En cuestión de segundos, se estrecharon las manos, musitaron unas brevísimas palabras de despedida y separaron sus caminos: uno avenida arriba, el otro hacia un Chevrolet aparcado junto a la acera.

El primero era el abogado Lanford con el que acababan de reunirse en el despacho de sor Lito; llevaba las manos vacías.

El segundo, un joven achaparrado, anodino, moreno de frente estrecha, con el cabello rizado y brillante. Del cuello le colgaba una corbata chillona y bajo el brazo portaba algo que ambas reconocieron al instante. Su identidad la aclaró Mona en un susurro nervioso:

—Es Tomasso, el sobrino de Mazza.

No hizo falta que vieran cómo, momentos antes, un fajo de billetes había pasado de mano en mano por debajo de la mesa que ocuparon, ni cómo el americano dejó estampada su firma en el documento que el otro le puso delante por orden de su tío. La carpeta granate que ahora agarraba Tomasso fue evidencia suficiente: abusando de la debilidad de sor Lito y engañándolas a ellas con insultante descaro, Lanford acababa de traicionarlas. Todo debía de estar previsto: el encuentro en el café, la entrega de los documentos. Después de codiciarla tanto, la suerte de las Arenas era por fin propiedad del miserable Mazza. Y con la constancia de ese burdo trueque, Mona y Luz tuvieron plena consciencia de que sus opciones de salir a flote se encogían hasta hacerse chiquitas chiquitas. Los medios, los asideros, la ansiada indemnización que les permitiría retornar a su mundo con un respaldo para sobrevivir se volatilizaban delante de sus propios ojos. Sin que ellas reaccionaran. Sin posibilidad de volver atrás.

Se apretaron cuerpo con cuerpo todavía, ocultas tras los cristales del escaparate de la botica, compartiendo estupor entre anuncios de tabletas de magnesio y botes de ungüentos musculares. Algo sin nombre empezó a recorrerlas por dentro, trepando desde los pies.

Hartas. Hartas. Hartas estaban de hombres que no las querían o las querían malamente. Hombres que pretendían usarlas a su antojo sin que les importara si las defraudaban, o las humillaban, o las degradaban, o las herían. Frank Kruzan y sus abusos. El doctor César Osorio y su vergonzante engaño cuando estaba a punto de comprometerse, sin tener la hombría de confesarlo, con otra mujer de su mismo nivel social. Aquel abogado oportunista que acababa de venderlas, el sobrino achantado y cobarde de la corbata amarillo limón. Y por encima de ellos, con su ciega brutalidad homicida, Fabrizio Mazza. El peor. El más perverso.

La voz de Mona sonó sorda y seca, pero firme.

—¿Y hasta cuándo vamos a seguir nosotras tragando mierda? ¿Hasta que ese cerdo nos ahogue una a una y se libre de las tres?

97

Nunca fueron niñas dóciles, corrían descalzas, trepaban por las tapias y los terraplenes, siempre camparon a sus anchas y plantaron cara hasta al lucero del alba. Eran bien chicas cuando aprendieron a pelearse a pedradas y empellones con los chavales del barrio, se sublevaron contra las imposiciones desde que les salieron los dientes, sabían silbar como arrieros. Se sumaban a jolgorios y a trifulcas callejeras, replicaban con descaro a los incordios y, cuando les crujían las tripas, en los puestos de la plaza mangaban lo que fuese sin sombra de miramiento. Se buscaron siempre la vida con descaro y picardía, tenían desparpajo a espuertas, audacia, osadía, arrestos.

La llegada a Nueva York y la muerte del padre las quebrantó temporalmente, dejándolas desnortadas, desprotegidas frente a las inclemencias. Pero lograron sacar cabeza. En un mundo inquietante y ajeno, solas y a contracorriente, fueron capaces de perfilar un futuro, pelearon por trazar un horizonte al alcance de los dedos. Entonces vinieron los golpes y, tras la embestida contra Las Hijas del Capitán y el asesinato del tabaquero, las irreductibles hermanas Arenas no tuvieron más opción que achicarse, se metieron como caracoles en sus caparazones, parecían haber firmado su rendición sin presentar batalla. Tanto, que incluso consintieron involuntariamente que otros hombres siguieran royéndoles el alma, abusando de su momentánea fragilidad.

Sin embargo, el hecho de haber sido testigos aquella tarde de la escena entre el sobrino y el abogado traidor les sacudió la conciencia como quien apalea una estera. Todo era demasiado soez y sanguinario: una nueva arremetida, otra cuchillada profunda y traicionera. A diferencia de las ocasiones previas en que quedaron fracturadas e incapaces de reaccionar o dar respuesta, esta vez fue como un revulsivo.

Algo tenían que hacer; no sabían qué todavía, pero de alguna manera debían desafiar las embestidas y las vilezas, el dolor generado. Por su propia dignidad, por desagraviar el coraje traicionado de sor Lito. Por liberarse de la angustia que las carcomía por dentro, para poder seguir adelante con sus vidas sin un pesado saco de amargura a las espaldas.

Un cruce presuroso de frases bastó para que Mona y Luz se pusieran de acuerdo, por algún sitio había que empezar.

Lo primero que acordaron fue averiguar dónde vivía. Decididas, retornaron con paso brioso hasta su manzana y entraron resueltas en La Nacional en busca del directorio telefónico de Manhattan. El oficinista les tendió un libro voluminoso, Luz casi se lo arrancó de las manos. Si quieren las ayudo, propuso con timidez el hombre; un treintañero cohibido ante la llegada impetuosa de esas jóvenes mujeres que unas semanas antes estuvieron velando el cadáver del cuñado en ese mismo edificio. Rechazaron el ofrecimiento sin contemplaciones y salieron de la oficina, entraron en una pequeña habitación anexa, plantaron el directorio encima de una mesa con un golpe sonoro. Después arquearon las espaldas y acercaron los rostros, sin estar del todo seguras de cómo abrirse paso entre aquella monstruosidad de letras, números y códigos.

Encontraron lo que buscaban tras un rato pasando páginas adelante y atrás, recorriendo con el índice montones de largas ristras de apellidos y calles impronunciables. Mazza, Fabrizio. 228 Bleecker. CHelsea 3-3207, ahí estaba. Luz recurrió de nuevo al hombre en busca de un lápiz y un papel donde apuntar, él se lo entregó sin mirarla a los ojos, escondiendo un poso de vergüenza: no había podido resistirse a contemplarlas desde la distancia, los cuerpos juncales doblados, las piernas desnudas, las caderas y los glúteos hacia fuera cubiertos tan sólo por la tela leve y desgastada de los vestidos.

Quisieron preguntarle cómo llegar hasta allí, pero al volver a asomarse sólo vieron la silla vacía detrás de la mesa. Trotaron entonces escaleras abajo sin molestarse en retornar el tocho a su sitio: ahí quedó, abierto y abandonado, a la espera de que al oficinista se le bajara el calentón, saliera del lavabo y acudiera en su busca. Acabaron preguntando a un tipo que subía en ese momento desde la cantina, allí solían reunirse los compatriotas para ponerse al tanto de novedades del otro lado del charco, o saber de ofertas de trabajo, o jugar sus partidas de dominó.

Unos metros más allá pasaron necesariamente por la puerta de la funeraria. Hacía tiempo que no veían a Fidel: tras el destrozo de Las Hijas del Capitán, cuando llegaron a oídos del padre los favores y gastos excesivos que el zángano de su hijo había hecho a cuenta de la casa, a modo de correctivo lo trasladó a trabajar al negocio filial del Uptown, a la otra funeral home familiar del Harlem hispano, lejos del local en el que había soñado cantar sus tangos y de esas hermanas desvergonzadas que habían sorbido el seso al chico a ojos del funerario.

Estaba el padre abriendo la puerta con un manojo de llaves cuando ellas pasaron a su altura, Fidel le esperaba detrás cargando entre los brazos una caja de aspecto pesado. Amagaron con pararse unos instantes: él, momentáneamente estremecido por el reencuentro; ellas, debatiéndose entre el agrado de volver a verle y las prisas por seguir su camino.

Apenas las intuyó, el funerario farfulló antipático:

—Disculpen, señoritas, pero estamos ocupados.

Para que no quedara duda, dio un empujón al hijo en la espalda, haciéndole tambalear por el peso de la carga y obligándole a entrar a trompicones en el establecimiento.

Continuaron solas su camino hacia la dirección prevista dejando atrás a un Fidel consternado, ninguna imaginaba que ese mismo trayecto fue el último que recorrió Luciano Barona por su propio pie; no sabían tampoco que en el parquecillo al que llegaron después de un rato de caminata pasó el tabaquero sus últimas tribulaciones, ni que fue esa misma fuente la que acabó acogiendo el cadáver entre sus aguas sucias.

Encontraron el número del portal que buscaban, la atención de las dos se concentró sobre la gran fachada de ladrillo rojo recorrida en parte por el zigzag de una escalera de hierro. Contemplaron las ventanas festoneadas por relieves de piedra clara, se preguntaron detrás de cuál andaría el indeseable, si es que estaba.

—¿Y ahora qué hacemos? —susurró Luz.

Mona sopesó varias opciones, a cuál más temeraria. Subir, plantarle cara en caso de dar con él, decirle que era un hijo de puta y un... un... Antes de ir más lejos en sus desatinos, pronunció las tres sílabas del verbo más sensato:

—Esperar.

No sabían con qué fin, seguían sin tener un propósito, pero de momento aquélla era su única opción.

Se acomodaron en un banco de la plaza, mirando hacia el edificio: por si entraban, por si salían. Cómo imaginar que sentado justo en el banco de al lado, en el mismo que ahora ocupaba una pareja de marchitos ancianos calabreses, pasó el marido de Victoria las horas más angustiosas de su existencia preguntándose en qué había fallado para que ella le dejara de querer.

Las importunó primero un grupo de adolescentes a cuyas provocaciones ni se molestaron en replicar, un vendedor callejero intentó convencerlas para que le compraran flores de trapo, después se les arrimó otro que les abrió delante de las narices un saco lleno de zapatos con toda la pinta de ser robados. Una mujer fondona con pañuelo en la cabeza intentó preguntarles algo en una lengua incomprensible, un varón flaco de andar arrastrado cruzó un par de veces delante de ellas palpándose obsceno la entrepierna. A la tercera, Luz se puso en pie de un salto, le ladró un par de barbaridades y el muy cagón se achantó y se fue.

Así permanecieron hasta que el sol comenzó a ocultarse detrás de los edificios y la luz previa a la anochecida fue tiñendo los contornos de dorado. A esas alturas, les flaquearon los ánimos y las dudas les cayeron encima con todo su peso: seguramente aquel empeño no era más que una pérdida de tiempo y un soberano despropósito. Entonces, justo entonces, lo vieron salir. Mona aferró una mano al muslo de Luz, Luz clavó los dedos en el antebrazo de Mona, el corazón empezó a bombearles acelerado a las dos.

Ahí estaba Fabrizio Mazza, en la acera de enfrente, abandonando la entrada de su edificio embutido en un traje verdoso, poniéndose un sombrero de verano sobre el pelo oscuro repleto de brillantina. Se hallaban a cierta distancia, había vehículos que rodaban en distintas direcciones y gente que cruzaba y caminaba y formaba corrillos hablando con los vecinos; en medio del bullicio, era bastante improbable que él las detectara sentadas en la plaza. Por si acaso, Mona se ladeó y bajó la cabeza y Luz se tapó disimuladamente el rostro con el pelo.

Detrás salió Tomasso, el sobrino al que habían visto unas horas antes despidiéndose del abogado traidor. A lo largo de la espera en el parquecillo, Mona había puesto a su hermana al tanto del día en que se conocieron, cuando se la llevaron de la Catorce y Mazza intentó acobardarla en una siniestra explanada junto a los muelles. Cómo olvidar el trance, aunque nunca hasta esa tarde hubiera compartido con ninguna de sus hermanas lo que ocurrió aquella noche; para sí se guardó esa sensación de miedo clavado en lo más hondo, pensó que no valía la pena preocuparlas, que bastante tenía con haber sentido ella misma ese pavor. Creyó ingenuamente que en algún momento las cosas se acabarían enderezando, encontrarían su lugar natural.

Ahora sabía que se había equivocado de arriba abajo, y pronunció el nombre del joven con una cadencia lenta. Tomasso, volvió a decir sin despegar los ojos del triste sobrino, el que acataba sumiso las órdenes de su despreciable tío aunque la noche de los muelles por dentro le bullera la mala sangre al verse tratado como un despojo frente a la desconcertante insolencia de la mujer. Por esa razón seguramente —no por prevenirla a ella sino por arremeter contra él—, la puso sobre aviso al devolverla a su calle. Está asustado, fueron sus palabras refiriéndose al abogado. Y cuando a un miserable le corroe el miedo, añadió, puede volverse muy peligroso.

Mazza avanzaba delante, el otro le seguía dos pasos por detrás: aunque ellas no lo supieran, repetían milimétricamente un antiguo esquema común en la familia, cuando el viejo abogado ahora postrado en un asilo de ancianos llevaba las riendas del despacho con poderío y el entonces joven Fabrizio era tan sólo un subalterno medroso y torpe.

Doblaron la esquina frente a la iglesia de Nuestra Señora de Pompeya y les dieron la espalda, ellas se pusieron de pie, avanzaron un par de pasos al frente y estiraron los cuellos para no perderlos de vista, pero los hombres torcieron de nuevo apenas unos segundos después: su destino era tan sólo un pequeño solar vacío en el que había un automóvil aparcado. El mismo que habían visto hacía unas horas. El mismo en cuyo asiento trasero Mona sintió aquel profundo pavor.

Con Tomasso al volante, el auto tardó poco en ponerse en marcha, entró en la Sexta avenida y, conforme avanzaba, se fue mezclando con otros vehículos hasta perderse en la distancia.

—¿Y ahora vamos a subir? —musitó Luz con un nudo de pánico.

98

Encontraron los datos labrados en una placa de latón bruñido, subieron al segundo piso para dar con lo previsible: una puerta cerrada. Dudaron entre llamar o no al timbre, optaron por hacerlo; de haber abierto alguien, habrían aparentado una inocente equivocación. Pero nadie atendió, ni a la primera, ni cuando insistieron con largos timbrazos para asegurarse. Bajaron de nuevo, retornaron al parque. Ya tenían el sitio exacto localizado, el segundo paso dado tras averiguar la dirección.

El tercero se le ocurrió a Luz.

—¿Y si llamamos a Fidel?

Tenía habilidad con las manos, tenía herramientas en el negocio, y era tan imprudente y tan arrebatado como ellas mismas; si lograba zafarse del padre, no se negaría. Al fin y al cabo, aquello también era asunto suyo, a él también le había hecho un boquete en el alma el destrozo de Las Hijas del Capitán.

Lo telefonearon desde un establecimiento cercano; por suerte fue él quien respondió al teléfono. Ok, ok, ok, dijo a todo; cómo iba a negarse el pobre Fidel al reclamo de aquellas chicas que habían entrado en su vida para sacudirle entero aunque todo el proyecto que montaron en común hubiera acabado en el fracaso más monumental. Lo que ellas quisieran pedirle era ley para él, la vida entera habría dado por aquellas tres hermanas osadas y cautivadoras que durante un tiempo le ayudaron a soñar con un futuro al margen de su patético quehacer, un porvenir lleno de tangos, aplausos y hermosas mujeres que nunca llegó a cuajar, pero a cuya quimera seguía él cada noche durmiendo aferrado en su triste dormitorio. Cualquier cosa por ellas. Y, sobre todo, por Luz.

Llegó en breve, sin resuello pero pletórico, estaba ya anocheciendo. Prefirió no contarles cómo se había escapado saltando por dos patios traseros y la que iba a caerle encima cuando su padre se diera cuenta de que tendría que contender a solas con el cadáver de una vieja portuguesa de la Dieciséis. El contenido de la bolsa de cuero que le colgaba del hombro sonó metálico al darle un par de palmadas: en él cargaba su utillaje de palancas y ganzúas.

Se escurrieron de nuevo dentro del edificio, retornaron a la planta precisa. Los cuerpos de Mona y Luz le sirvieron de parapeto para ocultarse, aunque la precaución fue innecesaria: durante el breve tiempo que tardó en forzar la puerta, nadie pisó el descansillo ni salió de ninguna vivienda contigua. Ni cuando entraron los tres de golpe en el domicilio ajeno. Ni cuando cerraron tras de sí.

El alivio se les mezcló con el pánico al verse en el oscuro recibidor, olía a falta de ventilación, a sudor y a humo estancado. En silencio absoluto, acobardados, guiados por la intuición de una leve claridad al fondo, avanzaron por un pasillo central pisando la tarima cuidadosamente, intentando evitar que crujiera sin conseguirlo del todo. Al final del breve corredor se abría la estancia que hacía de despacho, con tres ventanas voladas sobre la plaza. Ya había caído la noche, a través de ellas entraba tan sólo el resplandor flojo de las farolas, se negaron a encender la luz eléctrica.

Mona se asomó a una, lanzó el aviso.

—Hay que ir mirando, por si regresan.

Empezaron la búsqueda entre las sombras, su objetivo primario era la carpeta granate de sor Lito con los expedientes. El secundario no lo sabían: cualquier cosa.

Mona y Luz se inclinaron sobre la mesa grande y pesada, tanteando medio a ciegas sobre la superficie; Fidel se alejó hacia las otras habitaciones, oyeron cómo encendía un mechero.

Calladas como tumbas, las cuatro manos de las Arenas alzaron cuidadosas otras carpetas y carpetillas, legajos, archivadores, documentos cosidos, documentos sueltos. Nada. Allí no estaba lo suyo. En algún momento, sin querer, Mona dio un codazo a un tomo que se estampó sonoro contra el suelo, creyeron que el corazón se les paraba. Alternativamente, una ahora, otra después, se fueron asomando de tanto en tanto a observar la calle a través de los cristales sucios, no los vieron. Abrieron luego cajones, de todo hallaron en ellos: facturas, lápices, secantes, sobres, botes de tinta, plumines. Al llegar al tercero de la parte izquierda, Luz clavó los dedos en el brazo de Mona.

—Mira —susurró con voz ahogada.

Dentro se vislumbraba el volumen oscuro de una pistola.

Todavía la contemplaban acobardadas cuando oyeron los pasos de Fidel resonando en la distancia, acercándose sin asomo de cautela; se dirigía hacia ellas rezumando urgencia, traía algo entre las manos.

—Esto estaba en el armario de un dormitorio, al fondo, tapado con una manta.

Las distinguieron inmediatamente bajo la luz del encendedor. Luz se tapó la boca para frenar un grito, Mona apretó los ojos con fuerza, como si quisiera evitar que aquella imagen siniestra le entrase en la retina.

Tres cajas apiladas de cigarros Cuesta-Rey, con la inconfundible imagen de la casa tabaquera sobre las tapas: el perfil de una hermosa joven de traje blanco, perlas al cuello y flores rojas insertadas en la melena. Made in Tampa, leyeron. Venían atadas con aquella tira de tela que tan familiar les era: el testimonio de que Luciano Barona había estado en esa casa con su mercancía.

—Vámonos, vámonos... —susurró Mona con voz desmayada.

Los otros, aterrorizados, no se movieron.

—¡Venga, vámonos! —insistió alzando el tono—. ¡Fidel, deja esas cajas en su sitio, Luz asómate a la ventana!

Ella entretanto dio otro barrido febril a la estancia, recorriendo las superficies entre las sombras mientras sentía una opresión en el pecho que casi la ahogaba. La certeza le machacaba las sienes como un tambor alocado: ahí había estado el pobre de Luciano cargando por última vez con sus cajas de tabacos, apretando por última vez el cordón de algodón entre las manos.

Hasta que vio súbitamente lo que llevaban buscando ya un rato largo: la carpeta con sus expedientes, sobre un estante junto a la puerta, como si estuviera aguardando a que alguien la trasladara a otro destino tan pronto arrancase la mañana. En ese preciso instante, oyó el grito aterrado de Luz.

—¡Vienen! ¡Ya vuelven los dos!

Fidel llegó a la carrera, Mona plantó las manos sobre la carpeta, dudando, con la mente medio atrofiada, esforzándose por recobrar la calma. Demasiado previsible, acertó a pensar finalmente con un ramalazo de lucidez. Demasiado acusador contra ellas mismas si se la llevaban. La devolvió a su balda, lanzó una orden en tres palabras:

—¡Vamos, fuera, ya!

Salieron sin precaución, como potros.

—¡Arriba! —ordenó.

Subieron en tropel, alcanzaron el descansillo del piso superior en el momento en que los hombres enfilaban la escalera. Con las espaldas apretadas contra la pared, apelotonados entre ellos con la respiración contenida, escucharon los pasos del tío y el sobrino llegar a su planta, acercarse a su vivienda, proferir una blasfemia al ver la puerta violentada.

—What the hell!

En cuanto los oyeron adentrarse en el apartamento, las hermanas y Fidel se precipitaron hacia la planta baja saltando de tres en tres los escalones como si los persiguiera el mismo Satán. Pisaban las baldosas del portal cuando Tomasso asomó la cabeza y medio cuerpo por el hueco, lanzó entonces un grito amenazante, pero no logró verlos. Aún retumbaba su bramido entre las paredes cuando ya estaban fuera.

99

Deambularon con paso raudo por una maraña de calles cortas y oscuras, haciendo deliberados quiebros al camino por si acaso se les ocurría seguirlos. En algunos portales había tertulias de italianos en camiseta que hablaban a voces mientras fumaban; en algunos tramos, grupos de varones adolescentes que se metían unos con otros y reían soltando gallos.

No se detuvieron en ningún momento, no hablaron entre ellos, tan sólo se dejaron llevar por el impulso de sus piernas jóvenes hasta llegar a las luces de la Séptima avenida.

—Hijo de perra... —musitó Mona cuando el horizonte por fin se le hizo más ancho y menos siniestro.

—¿Y ahora qué vamos a hacer? —preguntó Luz todavía anonadada.

—Volver a casa y pensar. No se me ocurre otra cosa. —Hablaba Mona con tono desfallecido, como si todo lo visto y hecho le hubiera consumido la energía—. Y además, a madre estará a punto de darle un síncope, sin saber de nosotras a estas horas.

La mención de las horas hizo a Fidel darse un palmetazo en la frente.

—¡La esquela!

Ellas le miraron sin entender a qué se refería.

—A partir de las once de la noche no admiten más esquelas ni más anuncios ni más nada en *La Prensa*, ¿qué hora es?

Se abalanzó contra un viandante para preguntarle, pero

no llevaba reloj; paró luego a una pareja. Las once y diez, dijo la señora.

—La esquela de la portuguesa, damn it, mi padre me mata como no salga publicada mañana, pero ya no me contestan al teléfono seguro —masculló encadenando frases con un ritmo arrebatado—. Tengo que bajar a Canal Street, a las oficinas del periódico, ¿os importa subir solas hasta la Catorce? Estamos cerca, no va a llevaros más de...

—Fidel, eso de los anuncios y las esquelas —le interrumpió Mona dubitativa— ¿cómo funciona?

Todo lo acontecido en las últimas horas había empujado hasta el fondo de su memoria el amargo trago en casa de doña Maxi: la ratificación de que César Osorio era un cretino que le juraba un afecto apasionado mientras en paralelo pedía la mano de una joven aristócrata. Otro canalla, el doctor, otro mal hombre sin escrúpulos, dispuesto a pisotear su dignidad.

—Pues tú los encargas, dices qué quieres que pongan...

—¿Y hay que pagarlos a toca teja?

—Depende —dijo precipitado—. Otro día te lo cuento, ahora he de apurarme.

Mona lo agarró imperiosa.

—Espera —ordenó—. Necesito que me contestes ahora mismo.

El otro suspiró resignado.

—Pues si eres alguien a quien no conocen, una persona cualquiera que quiere sin más un anuncio o un aviso o una esquela, supongo que sí, que lo tendrás que pagar en cash. Nosotros en cambio no porque somos clientes fijos, no pagamos nada de momento y nos pasan la factura a fin de mes.

—Y tú, tú, tú, Fidel —tartamudeó Mona—. ¿Tú podrías hacer por mí una cosa?

Le contó lo que se le acababa de ocurrir, el hijo del funerario se rascó con furia detrás de una oreja: lo hacía siempre que las cosas le venían grandes.

—Como decís los españoles, me metes en un lío de cien pares de cojones.

—Ya. Pero para mí es importante. Importante de verdad.

Mentía porque no, no lo era. No era importante ni urgente; no iba a pasar nada si Mona se tragaba su desengaño y su humillación, si dejaba que el tiempo calmase la decepción que le generó saber que el doctorcito, tan solvente y tan atento como parecía, jugaba con dos barajas, el muy ruin. A modo de réplica, la idea espontánea era tan sólo un fugaz resarcimiento contra la déspota de la madrina y el cobarde de su ahijado. Carecía de medios para defenderse pero tenía claro como el agua que no quería volver a ver a ninguno de los dos en su vida. Y Fidel, sin saberlo, había prendido en ella una pequeña llama, una ocurrencia imprevista para sacarse rápidamente la espina de aquel desprecio.

Suspirando profundo, el hijo del funerario se sacó del bolsillo de la camisa un pequeño cuaderno y un pedazo de lápiz roído.

—Dime deprisa lo que quieres que pongan.

100

La noche fue larga y fue triste. Esperaron primero a que Remedios se durmiera; sacaron entonces a Victoria de la cama. Cobijadas las tres como chinches en costura dentro del parco cuarto de baño, entre susurros para no despertar a la madre, la pusieron al tanto de lo acontecido en el despacho de sor Lito, del posterior encuentro entre el abogado y el sobrino de Mazza y cómo decidieron irrumpir en su domicilio a la busca de la carpeta con los documentos y los expedientes. Por último, eligiendo con cuidado las palabras para no hacer más daño del justo, le narraron lo que allí encontró Fidel, en el fondo de un armario y el hecho coincidente, como después él en persona confirmó con números atrasados de *La Prensa*, de que en la misma fuente de la misma plaza fue donde arrojaron el cadáver de Barona.

La reacción de Victoria no fue ni un llanto caudaloso ni un grito desgarrado. Con sus bellos ojos secos, un rictus de dureza y la voz rocosa, tan sólo musitó cinco palabras:

—Esto no puede quedar así.

Por primera vez desde que el mundo se les dio la vuelta, las tres se desnudaron el alma sin blindajes e inventariaron la rabia que llevaban dentro. Entre todas recordaron, sopesaron; del revés y del derecho revisaron uno a uno los agravios y vilezas, el dolor indebido, la pena innecesaria. Tan sólo lograron agarrar el sueño al final de la madrugada, cuando en las fábricas y en los muelles sonaban las primeras sirenas. Apenas descansaron, a la hora temprana de todos los días ya estaban en pie. Lúcidas, seguras, firmes: las tres lo tenían claro.

Luz partió a la lavandería con la apariencia monótona de cada mañana.

Victoria fingió sentarse cansina a coser el enésimo pedido de puños y cuellos.

Sólo Mona alteró la rutina: ella iba a encargarse de todo lo necesario.

—Llegas tarde a casa de doña Maxi —gruñó Remedios con las manos sumergidas en el agua jabonosa de la pila.

—Se acabó ese trabajo, madre. Hoy tengo otras cosas que hacer.

Sin más explicaciones, se marchó con un portazo.

Primero intentó localizarle en el St Moritz desde el teléfono de un local de desayunos para oficinistas junto al Banco de Lago, pero no dio con él. Bajó entonces al subway, el recorrido fue largo como una noche de invierno, bastante más de cien calles hubo de subir hasta llegar a Washington Heights.

Intentó no dejarse apabullar por la gigantesca envergadura del Columbia-Presbyterian Medical Center, preguntó como buenamente pudo, dio vueltas y recondujo los pasos. Tras equivocarse cuatro o cinco veces, logró dar con la entrada correcta al Harkness Pavillion.

—Please the room of mister Alfonso de Borbón —solicitó en su inglés agreste.

De nada le sirvió la insistencia, los ruegos o el alzar la voz: como era natural, el personal le impidió el paso sin miramientos. Todos parecían nerviosos, expectantes, reacios a distraer la atención con cuestiones menores. Para entonces era casi mediodía y la desazón empezó a acuciar a Mona: al cansancio de la noche medio en vela se le sumaban las sensaciones atribuladas del día anterior, y a todo ello se le añadían las dudas, el pensar si aquello que entre las hermanas habían acordado no sería más que otro monstruoso desatino. Descorazonada y exhausta, se sentó en un escalón de granito frente a la entrada, protegiéndose bajo una marquesina del sol crudo de aquel mediodía de principios del verano, con los brazos alrededor de las rodillas y la cabeza encajada entre ellas.

La sacaron del aislamiento los motores de los autos, alzó la cara. El de delante y el de detrás eran de la policía, el diferente era el del centro. Negro y lustroso, opulento, enorme. Se abrieron las portezuelas delanteras, el chófer y el copiloto salieron rápidos para ayudar a descender a la ocupante del asiento trasero.

Lo primero que vio Mona de ella fueron los zapatos forrados en satén color caldero al pisar la acera, luego los tobillos sólidos envueltos en finas medias de seda y el bajo de un sofisticado abrigo de verano. Al salir por completo le impactó su estatura, la solemnidad del porte, las espléndidas perlas que llevaba al cuello y el par de inmensos ojos azules bajo el ala del elegante sombrero.

Ocho o nueve hombres habían descendido simultáneamente de los otros vehículos, algunos de uniforme, otros de paisano; del pabellón salieron otros cuantos responsables del hospital con el doctor Valentí Mestre a la cabeza, en la acera se formó de pronto un pequeño tumulto de varones que la rodearon con ademanes deferentes. Madame, señora, her majesty, alteza...

—Pero ¿qué haces tú aquí, Mona?

La voz desconcertada la sacó del embeleso; seguía sentada en el escalón, se puso de pie de un salto. Ahí estaba Tony, parte de la comitiva que acompañaba a la regia dama, algo al verle le chasqueó a ella por dentro. Más peinado que otras veces, llevaba un traje distinto, con más empaque de los que acostumbraba. Igual de flaco, los ojos verdosos alerta y un gesto de estupor en el rostro.

—¿Es la madre del conde? —musitó ella—. ¿La reina?

Llegaron otros autos, se oyó el rechinar de los frenos, quedaron mal aparcados. Volvieron a abrirse portezuelas y a la calle saltaron otros hombres, menos formales, con más descaro: fotógrafos con las cámaras alzadas y reporteros que lanzaban preguntas insidiosas sobre el rey depuesto, la cubana, el divorcio y la renuncia, la sangre, los hermanos, la familia...

En medio del barullo creciente, Tony asintió mientras vacilaba, dudando entre seguir hablando con la mujer a la que tanto había ansiado tener cerca o desprenderse de ella y cumplir con su responsabilidad como secretario informal o asistente o lo que fuera del expríncipe de Asturias. La madre de éste, la que durante un cuarto de siglo fuera reina de España, acababa de desembarcar del *Conte di Savoia* tras una travesía de seis días desde el Mediterráneo; él debería poner de su parte para blindarla de los reporteros que la acosaban, ayudarla a entrar para que viera lo antes posible a su primogénito.

En el rostro del tampeño, Mona percibió un rastro de tensión que ella no conocía; parecía nervioso, cansado. Indiferente a los protocolos y formalidades que rodeaban a la excelsa dama, a los gritos exigentes de los de la prensa y al personal hospitalario descolocado ante la bulla, Mona se le aproximó hasta quedar en una cercanía turbadora.

—He venido a buscarte, Tony; te necesito esta noche.

Se alzó de puntillas hasta llegar a su oído, le susurró unas palabras.

Él, estupefacto, arrugó el entrecejo.

—Tony, right here! —se oyó en la distancia.

Alguien lo reclamaba, la algarada de los periodistas era cada vez más atronadora. ¡Cuéntenos de su marido, madame! ¿Va usted a volver con el rey, señora? ¿Vino también a ver a su hijo Edelmira desde La Habana? Incómoda, escudada por los hombres que la custodiaban, doña Victoria Eugenia se abría paso hacia el interior del hospital.

—Nos vemos a las nueve en la taberna de Al —concluyó Mona en medio del revuelo. Le clavó entonces sus ojos, tan hondos, tan negros—. Por lo que más quieras, Tony, no nos falles.

Él seguía sobrecogido cuando Mona le agarró una mano.

—Y dile al conde de mi parte —susurró en voz queda, apretándosela— que me alegra que vaya mejorando.

101

Chano acudió a la Catorce esa tarde y, como siempre, se apostó en la puerta del edificio; apenas llevaba allí unos minutos cuando se dirigieron a él sin prolegómenos.

—Victoria tiene que hablar contigo.

Las miró aturdido, como si lo hubieran lanzado contra las cuerdas con un brutal izquierdazo.

—Espérala donde Al. A las ocho y media.

Ninguna de ellas había entrado nunca en Al's Tavern a pesar de ser casi vecinas, las mujeres de su mundo no frecuentaban las tabernas. Pero sabían que aquel establecimiento se había convertido en el cuartel general del hijo de Barona desde que, a partir de la muerte del padre, él hiciera tan cotidianas como inútiles sus visitas al barrio en busca de la mayor de las Arenas. La elección del boxeador tenía su razón de ser: todo el mundo se conocía en la cantina de La Nacional y en los cafés y bares españoles, en ellos no habría sido más que el hijo del tabaquero asesinado, el boxeador sin futuro que por alguna razón incierta ahora pululaba por allí como un alma en pena. En aquel local oscuro y silencioso propiedad de un escocés, un sitio que apenas frecuentaba la colonia, había encontrado Chano, si no el anonimato, sí al menos un refugio al margen de los pésames, las compasiones y los ojos curiosos. Y ellas, empeñadas en pasar desapercibidas, para esa tarde asumieron también aquel negocio como punto de encuentro.

Ya sólo les faltaba librarse de su madre; para ello acudieron como tantas otras veces a la vecina.

—Pídale que se quede a dormir esta noche con usted en su casa; invéntese cualquier cosa, que necesita compañía porque tiene pesadillas, o retortijones, o los nervios malos. Pero llévesela, señora Milagros, quítenosla de encima hasta mañana por la mañana, por lo que más quiera.

La gallega deslizó sobre ellas una larga mirada con su único ojo bueno, inescrutables sus pensamientos entre las arrugas. En los rostros suplicantes que tenía enfrente le costó reconocer a las jóvenes levantiscas y ruidosas con las que tantas grescas había tenido en las primeras semanas, cuando plantaban cara a todo con una frescura insolente y todavía ignoraban en qué medida el curso canalla de las cosas iba a alterarles el porvenir. A bofetada limpia, a fuerza de sinsabores, fracturas y pérdidas, se habían integrado en la ciudad y habían cuajado como mujeres; ahora le pedían que les echara una mano, sin dar explicaciones. No preguntó la razón, igual sospechaba algo, igual incluso lo dio por bueno.

—Decidle que baje a recogerme dentro de un rato, pasaremos las dos la noche en Casa María con sor Lito.

—Ayer estuvimos allí con ella.

El tono de Luz expresaba el espanto que les causó verla, la anciana también estranguló su voz hasta convertirla casi en un susurro.

—Se agota por momentos, no quiero que muera sola.

Dentro del apartamento, a la espera, se instalaron en una calma tan cotidiana como ficticia. En la cocina seguían por medio los útiles de trabajo y las cajas llenas de piezas recién montadas y por montar, el ambiente sosegado, el mismo transcurrir mortecino de todos los días.

Remedios aceptó sin quejas la invitación de la señora Milagros para velar el sueño terminal de la monja; antes de irme os dejo la cena hecha, dijo tan sólo. Empezó a pelar patatas y a batir huevos para cuajar la tortilla que ilusamente pensó que comerían: a ninguna le habría cabido ni un bocado en el estómago pero contrariarla no iba a llevarlas a nada, así que tampoco la frenaron.

Mientras por las estrechas estancias resonaba el ruido del tenedor contra el borde de loza de un plato sopero, Victoria, encerrada en el cuarto de baño, se miró al espejo cuarteado bajo la luz de la bombilla amarillenta. Se miró sin verse, sin embargo: no fue consciente de las ojeras oscuras bajo los ojos, ni de la cara angulosa y huesuda que se le marcaba porque en los intestinos tenía un nudo permanentemente atado. Se contempló tan sólo por sentir la compañía de su propio reflejo, mientras tragaba aire a bocanadas y por enésima vez se repetía que iba a reencontrarse con Chano y se preguntaba adónde iba a llevarlas lo que estaban a punto de hacer.

En la puerta de entrada sonaron entonces unos nudillos cautos. No los oyeron ni Remedios pegada a su fogón ni Victoria volcada en su inquietud, pero Mona y Luz, alerta como estaban, acudieron a abrir de inmediato.

—¿Todo listo? —preguntaron a Fidel en un susurro con la puerta entreabierta.

—Casi, sólo me falta recoger el taxi; lo mismo tardo un poco.

El día entero llevaba toreando al padre y esquinando obligaciones mientras trataba de localizar el sitio más idóneo para lo que pidieron. Brincando por su telaraña de conocidos, se informó, consultó y comprobó hasta tenerlo claro.

—Intenta darte prisa, anda.

Estaban a punto de cerrar cuando él recordó algo.

—¡Un momento! Te he traído también esto, Mona.

De un bolsillo se sacó un ejemplar de *La Prensa* enrollado como un tubo, ella lo sacudió y pasó las páginas con avidez.

El propio empleado de la imprenta se encargó de añadir la frase habitual de rogad a Dios por el alma de la difunta.

Rogad a Dios por el alma de la difunta
DOÑA MAXIMA OSORIO,

fallecida a causa de una infección en la lengua
provocada por una enfermedad maligna
de su enfermo corazón.

A la boca de Mona acudió una amarga media sonrisa.

—¿Y el anuncio?

—Aparece dentro de la sección de notas de la colonia. Ahí está, en la página siete; al final de la columna, léelo.

NOTAS DE LA COLONIA

El doctor don César Osorio

anuncia que cancela la pedida de mano
de la señorita Nena de la Mata,
hija de la marquesa de La Vega Real,
prevista para este viernes,
por no sentirse lo suficientemente hombre
como para asumir tal compromiso.

Podría haber soltado una carcajada y, sin embargo, un ramalazo de melancolía recorrió la piel de Mona.

—No sé quién es esa gente ni qué tienes que ver con ellos, pero me parece que entre todos la hemos liado bien gorda —añadió Fidel—. Esta mañana han llamado pidiendo explicaciones, exigiendo respeto y que rueden cabezas; el director está que arde y parece que al linotipista se le va a caer el pelo...

—¿Y tú qué has dicho?

—Que me acojo a la confidencialidad de nuestros clientes; me he hecho pasar por mi padre, a él le respetan más que a mí.

Fidel, tan fiel como su nombre aunque Mona no entendiera de latines: la lealtad del muchacho era enternecedora. Igual que fue su cómplice en el desastroso negocio del night-club, ahora se había brindado a insertar sus disparates en el periódico y se había sumado a ciegas a la nueva conjura de las hermanas; a cualquier cosa que ellas propusieran habría dicho amén. Muchos en el barrio lo tenían por un pobre diablo, un infeliz acogotado por el padre, con unos pájaros en la cabeza que a menudo le piaban más alto de la cuenta. Para ellas, aun con su candor, sus bufonadas y sus extravagancias, a esas alturas se había convertido en lo más cercano al hermano que nunca tuvieron. Quizá aquel Jesusito cuya muerte prematura hundió el temple de su madre para siempre podría haber llegado a ser alguien parecido a él.

Mona volvió a enrollar el periódico lentamente, pensativa. Respeto, había dicho Fidel que exigían, y la palabra le retumbó en los oídos. Respeto era lo que ni la madrina ni el ahijado tuvieron con ella, la una con su tiranía y su soberbia, el otro con su galanteo tramposo. La venganza de Mona había sido minúscula en comparación: ponerlos a ambos negro sobre blanco en la picota del cotilleo social, hacer que se murieran de vergüenza. No era gran cosa ciertamente, pero al menos le había servido para sacarse la punta de la espina.

Cuando las ocho páginas del diario quedaron encogidas de nuevo en un cilindro, ella las retorció con fuerza entre los dedos.

—Date prisa, Fidel; remata lo que falta, y en un rato nos vemos.

102

Las tres iban vestidas de oscuro. No de luto exactamente, tan sólo en tonos sombríos. Había pocos clientes en la parte delantera de la taberna, seis o siete varones solitarios trasegando con desesperanzas mientras apuraban sus vasos; tan silentes y resbaladizas entraron ellas, que casi ninguno se dio cuenta de su llegada. Luces flojas, pulso calmo de fin del día. De espaldas, el propietario escocés ordenaba las botellas de licores con un delantal blanco atado bajo la panza abultada.

Avanzaron hacia el fondo, el serrín que cubría el suelo les amortiguó los pasos. Al verlas acercarse, Chano se levantó del taburete. Frente a él, en la barra, quedó sin tocar su segunda cerveza.

Mona y Luz optaron entonces por permanecer en la retaguardia y dejaron a su hermana mayor hacer sola el resto del camino. Él, entretanto, se limitó a contemplarla.

Había perdido peso y la melena le había crecido desde que se la cortó antes de la boda; ahora le alcanzaba los hombros, se la lavó esa misma tarde en un intento por empujar el tiempo hacia delante y evitar que la desazón la corroyera, aún tenía las puntas húmedas. Por lo demás, aparte del pelo oscuro, nada brillaba en ella: ni el rostro demudado, ni los grandes ojos cargados de pesadumbre. Aun así, a Chano le pareció que encima de la tierra no podía haber un ser más atrayente.

Los separaba tan sólo un breve espacio, los dos quedaron parados, indecisos. El boxeador fue el primero en separar los brazos del cuerpo; ella dio un paso, otro paso, despacio. Hasta que sus cuerpos se rozaron y se reconocieron y se encajaron en un abrazo, los flacos huesos de ella abrigados por la fibra musculosa del hijo del que fuera su marido. No hubo besos ni urgencias carnales, ninguno sintió deseo. Tan sólo se fundieron piel con piel, como dos cirios de cera caliente mientras las lágrimas les atoraban las gargantas.

Se acabaron sentando los cuatro en una especie de cubículo: dos bancos de madera con altos respaldos separados por una mesa. Victoria y Chano en un lado, asimilando todavía la emoción agridulce del reencuentro. Mona y Luz enfrente.

—Sabemos quién mató a tu padre.

El rostro del boxeador apretó una mueca desencajada; por debajo de la mesa, Victoria le agarró una mano mientras Mona proseguía.

—Fue el mismo cretino que nos destrozó el negocio. Sabemos también dónde vive y con quién, cómo se mueve, dónde guarda el auto.

En un puñado de brochazos le puso al tanto mientras él mantenía el horror y el desconcierto entre las cicatrices que le recorrían el rostro.

—Hemos decidido que esto no puede quedar así. Por lo que nos hizo a nosotras, por haber acabado con la vida de él, por haber pisoteado a sor Lito de esa manera. Así que hemos pensado actuar.

Sólo había un calificativo para el plan que Mona le detalló: demencial. Una maquinación desquiciada con montones de papeletas para que se torciera y se les fuese de las manos. Un desatino con consecuencias tremebundas si algo fallaba.

Incapaz de asumirlo de golpe, ponerse en pie fue la reacción de Chano.

—Creo que necesito un trago.

Estaba levantando su cuerpo grande para acercarse a la barra cuando Tony entró en el local. Desde la puerta miró a un lado y a otro; apenas quedaban cuatro o cinco parroquianos. A ellas no logró verlas, resguardadas como estaban en el cubículo de madera. Pero sí distinguió al hijo de Barona al fondo, alzándose del banco, y hacia allí se dirigió con sus zancadas elásticas.

Mona sintió en las tripas un alivio nervioso mezclado con algunas otras sensaciones para las que no tenía nombre. El reloj en la pared detrás del mostrador marcaba las nueve menos cinco: incluso se había adelantado. Estiró entonces el cuello para ver qué llevaba en las manos y su principio de euforia le estalló como un globo pinchado: las traía vacías. Una iba en el bolsillo del pantalón, la otra la usó para estrecharse con Chano en un fugaz abrazo. Para su contrariedad, a pesar de la petición que ella le hizo, no llevaba nada.

—¿Ya has dejado a la reina? —preguntó a modo de saludo. Por ganar tiempo, para que la decepción no se le notara.

Sin responder, Tony agarró una silla y la arrastró hasta la mesa.

—Que alguien me cuente qué locura es ésta.

Chano se aproximó con dos pequeños vasos de whiskey y los apoyó con golpes secos contra la madera de la mesa, ninguna de las hermanas quiso beber nada. Algo dijo entonces en un inglés que ellas no entendieron, pero el gesto de Tony en respuesta fue elocuente: lo que había escuchado no era grato, ni positivo, ni bueno.

La aspereza de Mona los cortó de cuajo.

—Haced el favor de hablar en cristiano.

De inmediato se mordió la lengua: aquélla era una expresión de doña Maxi, y no le gustaba. Y además, ella no era quién para exigirles nada. Mantenían inquebrantable la decisión que habían tomado las hermanas encerradas en la madrugada previa dentro del cuarto de baño; si ellos optaban por ayudarlas y todo podía hacerse esa misma noche, perfecto. En caso contrario, se las arreglarían solas. Esperarían, seguían teniendo a Fidel de su lado; de un modo u otro obtendrían antes o después lo que necesitaban.

Tony mantuvo el gesto contraído, no había rastro en él de

la simpatía liviana de otros momentos. Ahora sí habló su español con deje cubano, para que quedara bien claro.

—Os volvisteis locas de atar.

—Nos sobran las razones.

—No tenéis ni idea de dónde os estáis metiendo.

—Está todo pensado.

El diálogo iba y venía entre Mona y Tony, rápidos ambos como lanzadores de cuchillos; los otros se limitaban a escuchar atentos. Victoria se mordía un labio, Luz se estaba poniendo cada vez más nerviosa, Chano aguardaba prudente, digiriendo todavía la propuesta y su alcance. Aun así, no había dicho que no. Ni iba a decirlo.

—Nadie te obliga a ayudarnos.

—Tú viniste a buscarme.

—Creía que estabas con nosotras.

—Pero hay otras maneras.

—Seguramente. Pero ésta es la que hemos elegido. Y si no la aceptas, será mejor que te vayas.

Tony absorbió aire con fuerza. Sí, eso sería sin duda lo mejor. Que se fuera. Que se olvidara de esa calle Catorce y de aquella familia de mujeres turbadoras; que volviera al St Moritz, donde ahora vivía alojado al tanto de día y de noche de los asuntos de Covadonga, lejos de su destartalado apartamento en Queens, al margen de las calles y las loterías clandestinas, las apuestas, los bares y los amigos. Eso sería, en efecto, lo más sensato: que retornara a su nueva burbuja de formalidades y protocolos, detallados partes clínicos, cablegramas a Europa y huevos poché con cubertería de plata en el desayuno.

—Pero pensé que lo harías al menos por Luciano.

Él la miró largamente.

—Con todo el respeto por la memoria del amigo de mi padre y padre de mi amigo —dijo señalando a Chano—, ni siquiera por él me metería en este fregado.

Apuró entonces su copa de un trago.

—Si me implico, Mona, será sólo por ti.

Desde el principio fue consciente de que no podía negarse: se sentía demasiado atraído por aquella mujer que en ese mismo instante había borrado de su cara el gesto de indómita osadía para transformarlo en otro de deslumbramiento. Desde que la vio esa misma mañana sentada en un escalón frente a la entrada del pabellón hospitalario, supo que no había salida; desde que la contempló con las rodillas desnudas aferradas entre los brazos, sola y distinta como un día luminoso en medio del invierno, audaz, resuelta, hermosa, ajena a aquel inflexible universo de requerimientos clínicos y responsabilidades de terceros al que la vida chocantemente le había empujado.

—Tengo fuera el auto de Covadonga, con lo que me pediste dentro.

103

El teléfono sonó insistente en una mesa rinconera del despacho, hasta que Tomasso se acercó a cogerlo dando trompadas por el pasillo.

—Hello?

—Quiero hablar con el abogado Mazza.

La voz que sonaba en inglés al otro lado del hilo era la de Chano; él conocía mejor que ninguno la manera de hablar del sitio desde el que supuestamente llamaba; al fin y al cabo, se crió allí. Y desde allí telefoneaba.

—Who's calling? —De parte de quién.

El reloj de la estantería marcaba la una menos diez de la madrugada, a su lado acababa de plantarse su tío, escamado asimismo por la llamada intempestiva. Llevaba el pelo grasoso y revuelto, camiseta de tirantes y pantalón de pijama a rayas, apretaba el entrecejo con gesto intrigado, se estaba rascando la entrepierna. Enmarañada entre la pelambre del pecho, asomaba una cadena de oro con su crucifijo.

—Ha habido un accidente. Póngame con él, por favor.

—Wait a second.

Dubitativo todavía, Tomasso le tendió el auricular.

Fidel se había pasado la tarde recabando la información que Chano estaba a punto de desgranar; terminaron de componer el guión en la taberna de Al, mientras el propietario enjuagaba los últimos vasos y se marchaban solitarios los últimos clientes.

Se había producido un serio percance esta noche en el

muelle de la Norwegian America Line, en Brooklyn, contó Chano. Hablaba desde el teléfono público del Montero, un bar portuario propiedad de un gallego cercano a su casa de Atlantic Avenue que a menudo estaba abierto la noche entera; los demás, estrujados a su alrededor, lo escuchaban con el aliento contenido. Fue por culpa de una maniobra chapucera y fuera de hora, añadió en tono seco. Un vigilante nocturno ha resultado herido de gravedad, se lo han llevado al hospital luterano, iba sin sentido y sangraba a mares. Yo soy otro de los vigilantes, no me han dejado ir con él, tampoco han avisado a la familia, me ha dicho un compañero que le ponga sobre aviso... Aliñó la escueta narración con un chorreo de palabras coloquiales y expresiones propias de las gentes de los muelles; al fin y al cabo eran multitud en Brooklyn, la familia Barona vivió siempre cerca del waterfront y harto estaba de oírlas.

Nada de lo que escuchó le resultó inverosímil al abogado, todo respondía a su modo común de actuar: manteniendo bien engrasada a una cadena de soplones había logrado algunos de sus mejores clientes. No eran demasiados, cierto. Pero sí un puñado discreto, aunque al cabrón del viejo nunca le parecieran suficientes. Lo raro era que lo reclamaran a estas horas; normalmente le avisaban cuando el personal ya estaba en su puesto de trabajo, cuando tenía lugar la estiba y el resto de las maniobras y operaciones, y había mayores posibilidades para los accidentes. Pero no andaban las cosas como para enredarse con suspicacias, y además el tipo había dicho a las claras que se trataba de un vigilante nocturno, así que lanzó un gesto imperioso a Tomasso para que anotara.

—Dígame el nombre del accidentado.

—Paulo Ferrara, es portugués.

No necesitó estrujarse demasiado el cerebro, así se llamaba un compañero suyo de la Secondary School.

—Y recuérdeme en qué muelle de Brooklyn está exactamente la Norwegian.

—En el 9, señor.

—¿Dirección del siniestrado?

—¿Perdón?

—Dirección del hombre que sufrió el accidente.

—Ah, disculpe. Fuck, en algún sitio de... de... de South Brooklyn, no sé la dirección exacta.

—De acuerdo, no importa, ya la localizaremos. Una cosa más.

—Tengo que cortar, me están, me están...

—Identifíquese antes, por favor.

Lo siguiente que oyó Mazza fue un pitido intermitente que le atravesaba el tímpano. El auricular chocó contra el suelo cuando lo dejó caer furioso, ni siquiera se molestó en devolverlo a su horquilla. Brooklyn piers, Norwegian America Line, Brooklyn piers. Los nombres se le repetían en la cabeza, el sueño se le había desvanecido por completo, todo eran ahora cavilaciones. Sabía que los muelles de Brooklyn estaban bajo la tutela de los Gambino, que por allí también mangoneaba Emil Camarda, que Anthony Anastasio presidía con mano dura el sindicato de estibadores. Dudó, pensó que tal vez debería telefonear a su viejo tío y pedirle consejo para evitar injerencias de las que después podría arrepentirse; él no solía operar con el otro lado del río aunque tuviera extendidas por allí sus redes por si acaso. Seguía dudando, volvió a rascarse la entrepierna, luego la pelambrera del pectoral, luego el sobaco izquierdo.

—¡Tomasso! —gritó al cabo, cuando el ansia y la ambición ciega acabaron ganando la partida—. ¡Vístete, nos vamos!

En unos minutos estaban listos, sin apenas asear y con las mismas ropas arrugadas y sudadas de la jornada anterior. Antes de cerrar la puerta, soltó un manotazo sobre el hombro del sobrino y le señaló el escritorio.

—Sácala y llévala en la guantera. Por si acaso.

Ni un alma andaba por la calle cuando salieron, no había cerca lugares de recreo ni espectáculos, tan sólo los recibió la silueta imponente de la iglesia, los gritos de un par de borrachos que se peleaban en el parquecillo y la rodada de algún vehículo aislado. Caminaron hasta el solar, se introdujeron en el Chevrolet Six, Tomasso se dispuso a arrancar. Pero no hubo manera. Holy shit!, masculló Mazza. Lo intentó otra vez sin suerte, tampoco la hubo a la tercera. Ni a la cuarta. Tras una catarata de insultos e improperios por parte del tío, ambos salieron del auto, Tomasso levantó la tapa del motor y contempló aturdido sus entrañas. Al solar sólo llegaba la tenue luz de una farola, no había forma de saber qué pasaba.

—¿Hace falta echar una mano?

Ambos se giraron: al percibir sus siluetas inclinadas sobre el mecanismo, un taxi acababa de parar a su altura. El conductor les gritaba afable desde detrás de la ventanilla abierta; a modo de respuesta, Mazza le lanzó un gesto imperioso para que se acercara. Por supuesto que necesitaban ayuda, imbécil, por supuesto que sí.

Como ninguno conocía a Tony Carreño, ni se les pasó por la cabeza que aquel tipo alto y flaco que en ese momento dejó el vehículo aparcado junto a la acera y se adentró decidido en el solar no fuera un taxista profesional sino un bolitero devenido en secretario de un expríncipe doliente. El préstamo del taxi lo gestionó Fidel, otro de sus apaños.

Saludó el tampeño a tío y sobrino con una palmada rápida en sendas espaldas, acto seguido hundió el rostro hasta pegarlo al motor. Olisqueó, introdujo las manos, movió cables y bujías refunfuñando. Cómo iban a imaginarse los italianos que él mismo, apenas un rato antes, se había encargado de realizar el destrozo que ahora fingía querer arreglar. Tras hurgar unos largos minutos, su última maniobra consistió en alzar un trozo de algo innombrable entre el pulgar y índice.

—Mucho me temo que esta noche no van a poder ir a ningún sitio, amigos. Esto requiere de un mecánico experto, habrá que cambiar la pieza y no crean que...

—Llévenos usted entonces —zanjó Mazza—. Tenemos que ir a Brooklyn, muelle 9.

El supuesto taxista fingió pensárselo, aunque la realidad era que se estaba tomando unos segundos para calibrar a quién se enfrentaba. Dos tipos comunes, morenos, algo sudados, vestidos a la carrera, con la barba incipiente, negra y rasposa asomando al mentón. No parecían demasiado fuertes, aunque lo fundamental era saber si iban armados. Un movimiento en el brazo derecho del abogado le llevó a ponerse en guardia.

—Pago por adelantado y doblo la tarifa si hace falta, es una emergencia.

Una corriente de alivio recorrió la columna de Tony cuando se dio cuenta de que el gesto de Mazza iba simplemente destinado a sacar la cartera.

—Ok en ese caso, suban.

—A Brooklyn entonces —farfulló Mazza—. Y vuele.

104

Los demás aguardaban en un muelle prácticamente encajado bajo la cabecera del puente; hasta allí habían llegado en el auto del conde de Covadonga con Chano al volante. Frente a ellos, las aguas negras del East River y el imponente perfil luminoso de Manhattan, miles de luces que brillaban como estrellas terrenales en medio de la noche.

En realidad, lo de la Norwegian America Line no era más que una patraña: ni la naviera noruega tenía ningún buque atracado esa noche, ni había ocurrido ningún accidente en su pier. Preguntando acá y allá entre conocidos de fiar, sin embargo, Fidel supo que aquel muelle llevaba unos cuantos días casi inactivo, el movimiento de gentes y mercancías entre Nueva York y la península escandinava no era últimamente demasiado intenso.

Los focos del taxi alumbraron la explanada vacía mientras las ruedas rechinaban sobre la gravilla; ellos esperaban en un flanco fuera de la vista, con el aliento contenido y las espaldas apretadas contra los tablones de madera de un hangar.

La soledad del entorno escamó de inmediato a Mazza y a Tomasso: en cuanto la percibieron, agarrotaron los cuerpos mientras sus miradas ansiosas traspasaban los cristales y rebotaban contra la negrura de la madrugada. Tony había intentado mantenerlos distraídos durante el trayecto, soltando trivialidades que apenas tuvieron réplica. No, no eran gente incauta el abogado y el sobrino aunque los hubieran pillado con la guardia baja y hubieran entrado al trapo como un par de cabestros. No, no estaban acostumbrados a fiarse ni de su madre. Por eso, en cuanto percibieron la calma melosa del sitio, sospecharon a la primera que algo pintaba raro.

Apenas tuvieron opción para reaccionar, sin embargo: dos siluetas oscuras acababan de abalanzarse sobre las portezuelas traseras, abriéndolas al unísono.

—Hands up. Get out.

Eran Chano y Fidel, cada uno apuntaba con un arma. Como refuerzo, Tony se volvió hacia los italianos desde el asiento delantero, encañonándolos con una tercera.

Aquello fue lo que Mona había pedido a Tony esa misma mañana, susurrándole al oído frente a la puerta del hospital. Tres pistolas. El resto del día lo pasó el tampeño batallando con sus dudas, debatiéndose entre ceder y convertirse en cómplice o negarse en redondo y perder su confianza para siempre. Atentando contra la prudencia y el sentido común, terminó al cabo ganando lo primero, no fue capaz de negarse. Y por ello esa tarde, tras dejar al conde en su pabellón clínico y a su madre la exreina en el Plaza, se encaminó una vez más al prestamista sefardí.

Tres pistolas necesito, amigo mío. Mañana las tiene de vuelta, se lo juro. Al despedirse, el viejo no le sonrió con su sorna asmática ni le dijo adiós en su español cadencioso y antiguo, simplemente le advirtió sombrío: be careful, young man. Ten mucho cuidado, y que el Dió te avilumbre. Que Dios te alumbre, quería decir.

Mazza y Tomasso no les hicieron frente. El primero descendió del coche respirando por la nariz como un caballo mientras alzaba las manos, conteniendo la rabia al saberse víctima de una emboscada. El segundo salió encogido del auto, la cabeza hundida entre los hombros, como si quisiera hacerse aún más pequeño e insignificante de lo que de por sí ya era.

Antes, durante la espera, Chano había descerrajado con un patada el candado de un pequeño cobertizo cercano. Rollos de soga y sacos, viejas balizas, ganchos oxidados y pedazos de cadenas, eso era lo que había dentro. Apuntándolos por la espalda, hacia allá los llevaron con los brazos en alto.

Habían encendido un viejo candil de aceite que colgaba de un clavo, ésa era la única luz. Una vez dentro, los empujaron sin miramientos contra la pared del fondo, los obligaron a apoyar las espaldas contra la madera y a presenciar cómo, en cuestión de segundos, las pistolas cambiaban de mano.

Mazza abrió entonces los ojos con estupor desorbitado, un estremecimiento helador le recorrió la espina dorsal. A su lado, Tomasso permanecía impávido.

Las hermanas españolas, las hijas del muerto, las bellas morenas a las que él mismo había acosado, hostigado, amenazado y agredido por no doblegarse ante sus intenciones, le estaban ahora apuntando, apenas a unos pasos de distancia. Al pecho, a la cabeza, a la entrepierna: no estaba del todo claro hacia dónde dirigían las armas; seguramente era la primera vez en su vida que agarraban una pistola, tendrían una puntería pésima, sus brazos flacos apenas soportarían el peso. Pero ahí estaban las tres con los ojos brillantes y el gesto apretado a la luz del candil, heridas pero firmes, rezumando desprecio, rencor y osadía, componiendo una estampa hermosa y tremebundamente siniestra. Y a una distancia tan corta que, a pesar de su impericia, difícil iba a ser que los disparos, si llegaban, no le alcanzaran de pleno.

Las piernas del abogado empezaron a temblar cuando recordó en catarata sus coacciones y amenazas, el destrozo sanguinario del negocio, el tabaquero muerto sobre su propio cuerpo, el amaño para que la monja le traspasara el caso mediante un hombre de paja. Todo tenía sentido, pensó con una gélida lucidez. Muy a pesar suyo, todo encajaba.

El primer puñetazo de Chano lo pilló embarullado en aquellos pensamientos, mientras adquiría conciencia de a qué se enfrentaba. Sin ocasión para intentar prevenirlo, le partió la mandíbula y le arrancó de cuajo tres o cuatro dientes. No le había dado tiempo a preguntarse entre vahídos quién era aquel animal cuando el segundo derechazo le reventó la nariz; boqueaba como un cerdo en busca de aire en el instante en que el tercer golpe le aplastó el ojo izquierdo contra el cráneo.

Apenas veía, apenas respiraba, notaba la boca llena de sangre espesa, su cerebro atarugado era incapaz de seguir pensando quién sería aquella mala bestia. Pero qué más daba, si en el fondo eran tantos los que tenían justificaciones para desear que ardiera en el infierno. Incluso los que no estaban presentes, como la monja peleona que agonizaba a esas horas con un hachazo en mitad del corazón. O como el bueno de Emilio Arenas, cuya patética muerte desencadenó toda aquella larga ristra de desencuentros.

A Fidel le había truncado de raíz su aspiración de convertirse en artista: en el ataque a Las Hijas del Capitán no sólo ardieron los discos de Gardel, también los anhelos del muchacho, sus ingenuas ilusiones, su patético sueño de deslumbrar a Luz. Jamás habría llegado a nada en el mundo del espectáculo, no era más que un soñador, un pobre iluso, pero al menos ese empeño lo mantenía medio feliz. Ahora, desfondado y sin proyecto, no veía más futuro que los ataúdes, los cirios y las esquelas, un negro túnel sin claridad.

A Tony le quitó a un referente: el único humano que en Nueva York se preocupó por el rumbo desviado de su trayectoria en vez de alentarle a seguir ganando dinero fácil a costa de cualquier cosa. Y, sobre todo, tal como confesó veladamente a Mona en la taberna, le hirió en lo más hondo porque también machacó el porvenir de la mujer de la que empezaba a enamorarse.

A Chano, Mazza le arrancó al padre al que traicionó con su propia mujer, y por eso su muerte le dolió el doble. Aunque la vida le alcanzara para cumplir un milenio y el tiempo le atenuara una a una las cicatrices, jamás lograría cerrar del todo aquella herida.

Y a Victoria, Mona y Luz les sobraban las razones.

Todos contaban, en definitiva, con motivos para desear

ver muerto al patético individuo de rostro ensangrentado que tenían enfrente. Unos eran más descarnados y otros más morales o difusos, no importaba. El caso era que allí estaban casi todos los afectados por sus últimos desafueros, convocados por las hermanas Arenas para verle caer.

Chano paró por fin los golpes por su propia iniciativa: había optado por esa venganza privada y previa y ninguno lo frenó, hasta que decidió dejarle. Sólo entonces obligó a Mazza a incorporarse, a mantenerse en pie con la espalda apoyada contra la pared y se reunió con Tony en la retaguardia. Tensos y alerta, a la expectativa, blindándoles hombro con hombro las espaldas a esas mujeres que les habían transtornado la vida. Para lo bueno y lo malo, dispuestos a apoyarlas hasta el final.

Al verse indemne, al sobrino se le escapó un bufido de alivio; después el silencio envolvió el cobertizo, sólo se oían los sonidos guturales de Mazza al echar a borbotones por la boca una asquerosa mezcla de sangre, vómito y trozos de dentadura.

El protagonismo les correspondía ahora enteramente a ellas: eran las que debían decidir lo que a continuación vendría. Las tres seguían apuntando en una dirección única alumbradas por la luz débil del candil, con los rostros serios, sin pizca de nerviosismo aparente. Pero por dentro las dudas no les daban tregua.

A partes iguales urdieron la fantasía de terminar con la existencia del italiano, y en un principio no hubo espacio para la vacilación. No era más que un desaprensivo hijo de puta, no dejaba viuda ni hijos, nadie lo añoraría, ni siquiera el infeliz del sobrino parecía tenerlo en estima. Que Fabrizio Mazza acabara muerto se convirtió para ellas en un asunto de pura justicia elemental, quizá por eso se creyeron invulnerables y en ningún momento pensaron en la propia dureza del acto en sí. La noche y los hombres que las amaban les servirían de escudos protectores, Luciano Barona las arroparía desde allá donde estuviera; era tan sólo cuestión de mantenerse firmes y no amilanarse, nada iba a salir mal.

Ahora, sin embargo, empezaba a cuartearse aquella supuesta coraza de seguridad. Aunque ese despojo humano siguiera provocándoles náuseas con la sangre que le resbalaba por la cara y las arcadas que le subían a la boca, en las hijas del Capitán crecía por instantes la conciencia de que no. No, no iban a ser capaces. El gran cabrón les había hecho añicos la vida, pero a ellas les faltaba vileza o quizá les sobraba integridad, daba lo mismo en cualquier caso.

Por eso, tras unos momentos de tensión angustiosa, se miraron entre ellas y, sin necesidad de palabras, alcanzaron un consenso.

No, no podían acabar con él.

Una mancha oscura se le extendió al italiano alrededor de la bragueta cuando, con el único ojo que le quedaba entero, percibió que las chicas bajaban los brazos lentamente. Se estaba meando encima.

Por el aire corrió una tromba de alivio mudo, Tony dio un paso adelante y les tendió las palmas de las manos para que depositaran sobre ellas las armas, Chano se frotó los nudillos aplacando la zozobra. Sólo Fidel amagó con protestar, pero entre ambos lo frenaron.

Fue entonces, en medio de esos brevísimos instantes en los que Mazza dejó de ser el centro de todas las miradas, cuando casi les estallan los oídos.

Se giraron a una, despavoridos contemplaron cómo el cuerpo del abogado se precipitaba al suelo con un tiro en mitad de la frente. Primero se le doblaron las rodillas, luego se le arqueó la espalda, finalmente se ladeó despacio y cayó de costado.

Del cañón de la pistola de Tomasso todavía salían volutas de humo.

Se les había olvidado que el sobrino era una víctima más.

105

Emprendieron el retorno a Manhattan atravesando el puente de Brooklyn, aún no eran las cinco de la mañana, apenas se cruzaron con nadie salvo algún anónimo vehículo. Ninguno abrió la boca, todos llevaban la vista al frente, concentrada en las luces majestuosas que esbozaban el perfil de la ciudad.

Aún no habían empezado a sonar las sirenas de los talleres y las plantas industriales, los negocios y oficinas todavía no habían abierto, apenas circulaban los transportes públicos, las obras seguían paradas. Pero Nueva York tardaría poco en despertarse, en breve siete millones de seres abrirían los ojos y se pondrían en pie. Más de una tercera parte eran gentes llegadas de otros mundos, nacidas en tierras distantes en las que se hablaban otras lenguas y la vida se percibía de una manera distinta. El hambre, la incertidumbre, las guerras, los anhelos e inquietudes los arrastraron a aquel nuevo mundo y ahora formaban parte imprescindible del tejido de la ciudad. Desde los primeros holandeses que arribaron en esas costas llamándolas Nieuw Amsterdam, «Nueva Ámsterdam», hasta las hermanas Arenas llegadas desde el sur de la vieja España, Nueva York había sido a lo largo de los siglos un imán.

Ucranianos, franceses, polacos, cubanos, ingleses, albaneses, griegos, alemanes, noruegos, italianos, irlandeses, argentinos, salvadoreños, suecos, portugueses, puertorriqueños, rumanos, españoles... Todos habían tenido cabida y, con su esfuerzo diario, todos habían aportado un grano de arena para que la ciudad siguiera funcionando engrasada. Lavaban platos, conducían camionetas, adoquinaban las calles, freían pollo y patatas, barrían las aceras y descargaban las mercancías, servían ríos de café, subían a los andamios y ponían ladrillos en los rascacielos, empaquetaban azúcar y echaban paletadas de carbón a las calderas, imprimían diarios y revistas, vigilaban accesos, fregaban con brío suelos y escaleras: de todo hacía aquella gente. Y a su vez creaban hogares y traían hijos al mundo que después llenarían las escuelas, trasegaban añoranzas y establecían con sus compatriotas redes entrañables de solidaridad colectiva, prosperaban en la medida en que su audacia y su tesón se lo permitía: unos cuantos triunfaban, muchos lograban mantenerse a flote, pocos fracasaban del todo, algunos conseguían volver, otros se quedaban. Se deslomaban casi todos, en definitiva, y retornaban cada noche a sus humildes hogares con el cuerpo entumecido y los pies hinchados, soportando un presente duro como las piedras en busca de un futuro mejor. Y a veces la fortuna les daba la cara y en otras ocasiones les ponía la zancadilla y les plantaba en medio del camino a individuos despreciables como Fabrizio Mazza, cuyo cadáver acababan de dejar dentro del cobertizo antes de partir.

Callados todavía, los seis retenían la imagen del muerto en el pensamiento mientras cruzaban el puente sobre el East River y por debajo navegaban algunas barcazas; aún no había empezado el tránsito febril de embarcaciones que vendría con el nuevo día. Mucho tiempo habría de pasar para que la siniestra estampa se les desvaneciera de las memorias.

Para impacto de todos, Tomasso acabó reaccionando con una frialdad suprema. Let's get out of here —vámonos de aquí—, dijo tan pronto como quedó patente que el alma del abogado vagaba ya camino de las tinieblas. Antes de marcharse, le sacó la cartera del bolsillo y le quitó el reloj, la sortija de la piedra granate y la cadena con el crucifijo. El hijo del funerario, más por pura deformación profesional que por piedad verdadera, se agachó a fin de enderezarle los miembros al cadáver hasta dejarlo en una postura medio digna, luego le cerró el único ojo intacto y lo tapó con unos cuantos sacos. Tardarían seguramente varios días en encontrarle, el cobertizo no tenía aspecto de ser muy transitado. Además, sin identificación y con el rostro destrozado, lo más probable era que acabase entre los pobres desgraciados de la morgue del Bellevue, donde Barona buscó en su día a su suegra.

La serenidad de las Arenas resultó conmovedora. Se equivocaron al pensar que matar a un hombre era sencillo y se les heló la sangre al ser testigos de la reacción imprevista del sobrino, pero asumieron sus papeles en consecuencia y no permitieron que el pánico les royera las entrañas. No hubo gritos, ni aspavientos, ni sollozos desatados; mantuvieron la calma y apretaron las muelas, supieron estar en su sitio. Tony devolvió las armas al bolsón de cuero del judío, Chano al salir se agachó a lavarse las manos en un balde de agua; por sucia que estuviera, siempre sería menos inmunda que la sangre de Mazza. Después, mientras Tomasso les daba la espalda y se perdía entre las sombras, ellos subieron a los autos y retomaron el camino de vuelta.

Seguían traqueteando sobre el puente, se iban acercando a la orilla del Lower East Side, a los alrededores de Cherry Street donde en sus primeros tiempos se instalara Emilio Arenas. Pero no pensaban en él: en esos momentos, anonadados como estaban todavía, ninguno era capaz de enfocar su pensamiento hacia algo que no fuese lo que acababa de acontecer.

La vida, sin embargo, ya tenía unas coordenadas previstas para cada uno de ellos a partir del cierre de esta historia, mientras terminaban de cruzar el puente de Brooklyn y se adentraban en Manhattan con el sol a sus espaldas empezando a despuntar.

La relación de Mona con Tony prosiguió azarosa durante el
tiempo que duró más o menos la insistencia por parte del expríncipe de Asturias y su entorno para que el tampeño accediera a convertirse en su secretario formal; en compensación
al compromiso, le ofrecían naturalmente prebendas e influen-
cia, un sueldo solvente, contactos. Él sopesó la oferta y valoró
pros y contras tanto en lo material como en lo intangible, el
afecto sincero hacia el conde no fue un peso menor. Y en última instancia accedió a medias: estaba dispuesto a cambiar
de vida pero no a abandonar la ciudad. Aceptaría ser su sombra en tanto en cuanto Alfonso de Borbón residiera en Nueva
York.

En cuestión de meses, sin embargo, el heredero que ya
nada heredaría optó por emprender vuelo y seguir sin Tony el
resto del camino. Con la salud y el empuje anímico medio re-
cobrados tras su hospitalización en el Presbyterian y la visita
materna, buscó un nuevo asistente, un tal Jack Fleming que
nunca tuvo la simpatía y el descaro desbordante del vendedor
de espejismos callejeros, pero asumió igualmente sus obligaciones con responsabilidad. Junto a éste, Covadonga se em-
barcó en otras aventuras cada vez más temerarias y menos propias de su regia condición: rubricó el divorcio con Edelmira,
se negó a retornar a Europa y cortó toda relación con su padre
al casarse por lo civil un año más tarde con una despampanante modelo habanera en la Embajada de España en Cuba y
en presencia del presidente Laredo Bru. El matrimonio dura-

ría apenas dos meses; tras su segunda separación matrimonial, cada vez con menos energía y menos medios económicos, vendría un trasiego por ciudades, hoteles, hospitales y clubs, hasta que una noche de casino y copas, circulando por el Biscayne Boulevard de Miami en el auto de una joven cigarrera, se estamparía contra un poste de líneas telegráficas. La fragilidad de su cuerpo no soportó los efectos del impacto y aquel hombre rubio y esbelto que había nacido destinado a ser el monarca de veinticinco millones de almas acabó muriendo, para conmoción de su familia y escaso conocimiento de sus compatriotas, en el Victoria Hospital a causa de una incontenible hemorragia interna. La prensa escribió que al fallecer lo acompañaban tan sólo su secretario y un doctor, que sus últimas palabras fueron para llamar a su madre. Sobraron los dedos de una mano al contar los asistentes a su entierro en un mausoleo del Graceland Memorial Park Cemetery, tenía treinta y un años. Cinco décadas después, sus reales restos fueron trasladados a España por decisión de su sobrino el rey Juan Carlos y sepultados en el Panteón de Infantes del Monasterio de El Escorial.

De aquel accidente tuvieron conocimiento Mona y Tony por los periódicos; nunca volvieron a ver al conde de Covadonga aunque siempre conservaron afectuosamente vivo el recuerdo de ese príncipe desgraciado que, en gran medida, fue quien los empujó sin saberlo a construir un futuro en común. A lo largo de los tiempos venideros, juntos emprendieron otro proyecto también al servicio de la colonia aunque por fortuna resultaría más rentable que Las Hijas del Capitán: un saneado negocio de importación que fue evolucionando al ritmo de los vaivenes de la población española e hispana en la ciudad.

El primero de los enclaves en desintegrarse fue el de la zona de Cherry Street, cuando se comenzaron a demoler algunas viejas secciones urbanas del waterfront. Sobre las superficies donde un día estuvieran La Valenciana de Sendra, el Centro Vasco-Americano, el café El Chorrito o la barbería de

Monserrat, se levantaron entonces enormes complejos de viviendas públicas; nada en absoluto quedó para rememorar a los miles de inmigrantes que durante las primeras décadas del siglo XX construyeron un microuniverso en aquel rincón a la sombra del arranque de los dos puentes, frente a los muelles y los barcos que llegaban del otro lado del mar.

El ambiente de la Catorce y sus alrededores, por fortuna, perduró bastante más, acompasándose a los flujos migratorios que desde la Península fueron decreciendo a medida que Nueva York se tornaba cada vez más numéricamente latina. Con el paso de los años, no obstante, se sumaron nuevos vecinos y negocios que aún se mantienen en la memoria de muchos: restaurantes como el Oviedo, el Coruña, Trocadero o el café Madrid, librerías como Macondo o Lectorum y tiendas de ropa como La Iberia cohabitaron a lo largo de las décadas junto a establecimientos e instituciones incombustibles como Casa Moneo, la iglesia de Nuestra Señora de Guadalupe o La Nacional, que siguió siendo el centro de la vida social de los compatriotas y hoy continúa honrosamente activa como el nostálgico remanente de lo que un día fue aquel encaje entre Chelsea y el Greenwich Village que incluso algunos dieron en llamar Little Spain, donde la gente comía arroz con pollo los domingos y cortaba la calle a finales de julio para sacar al apóstol Santiago en procesión.

Sólo cuando Mona y Tony fueron cumpliendo primaveras y empezaron a soplar vientos turbios que convirtieron la zona en un lugar menos seguro, la pareja abandonó el gran apartamento en el que construyeron su hogar, dieron por terminada su vida laboral y decidieron mudarse a St Petersburg, a una hermosa casa frente a la bahía de Tampa, bajo el sol de la Florida, cerca de otros montones de compatriotas y de los recuerdos con aroma a fábricas de tabaco de la infancia de él; allí acudirían sus hijos y sus nietos y sus muchos amigos, lejos en el tiempo y en el espacio de aquella tremebunda madrugada en un muelle de Brooklyn que siempre evitaron rememorar.

Chano y Victoria, por el contrario, tardarían muy poco en separarse. Aunque ninguno lo intuyera aquella noche, apenas faltaban unas horas para que en España estallara una guerra entre hermanos que iba a partir el país en dos y habría de laminar drásticamente el anhelo de retorno de tantísimos inmigrantes. Con la excepción de doña Maxi, el doctor Castroviejo, doña Carmen Barañano viuda de Moneo y los propietarios de algunos otros negocios boyantes, la mayor parte de la colonia residente en la Gran Manzana se posicionó sólidamente del lado de la República: al fin y al cabo, como bien habían explicado los camareros del Fornos y el bueno de Luciano Barona, casi todos eran meros trabajadores, asalariados que se deslomaban para labrarse un futuro sin llegar a ganar poco más de quince dólares a la semana.

Por eso se volcaron con la causa antifascista, se agruparon en torno a las legendarias Sociedades Hispanas Confederadas y mes tras mes siguieron consternados los avances y noticias a través de la publicación *La Voz* y luego de *España Libre*, de lo que contaban aquellos que arribaban desde la patria sangrante, de la BBC y de programas de radio de onda corta como «La voz de la España combatiente» que escuchaban arracimados en las azoteas. Con la sangre inquieta y el corazón contraído, asistieron a montones de mítines, hicieron llamamientos, colectas y donaciones, marcharon las mujeres hasta Washington en una heroica caravana reivindicativa que merece otra novela, y enviaron al otro lado del océano ropa y alimentos, dinero, ambulancias, medicinas y muestras constantes de solidaridad.

En medio de aquella triste coyuntura fue cuando Chano tomó una decisión: alistarse en el batallón Lincoln y acudir a luchar a la tierra de sus mayores. Quizá algo tendría que ver en aquello su jefe y mentor ferretero en la Fifth Avenue Hardware, Manuel Magaña, el aragonés presidente del Club Obrero Español encargado del reclutamiento de voluntarios en el Harlem hispano. Más allá del puro compromiso político, no obstante, en el impulso del hijo del tabaquero hubo también otras razones íntimas que nunca confesó ni a Victoria, ni a Magaña ni a nadie, ni siquiera a sí mismo. Expiar su conciencia, desagraviar al padre muerto, separarse de ella, reconstruirse. Para eso peleó con las armas y no con los puños junto a las Brigadas Internacionales en el Jarama y en Brunete y en Teruel; sobrevivió y, una vez derrotada la causa republicana, regresó durante un tiempo a América sólo para volver a sumarse más tarde a las filas del ejército estadounidense en la Segunda Guerra Mundial. Total, decía, it's the same goddam war —es la misma puñetera guerra—. Lo enviarían al Pacífico, lo herirían en la isla de Leyte en las Filipinas, lo repatriarían con la vida pendiente de un hilo a un hospital de Massachusetts. Hasta que una mañana de otoño, al abrir los ojos aún titubeante como cuando lo tumbaban sobre la lona en sus tiempos de boxeador, a un lado de su cama, apretándole la mano, intuyó la silueta de una mujer. El propio U.S. Army puso al tanto a Victoria del estado de Chano, como única familiar que tenía: Victoria Barona fue, desde el casamiento con el tabaquero, el nombre oficial de la mayor de las hijas de Emilio Arenas.

Ambos estaban para entonces seguros de que habían cumplido una penitencia lo bastante dura como para que su pecado quedara absuelto, él combatiendo sin tregua, ella echándole de menos con coraje y entereza, quitándose pretendientes a dos manos, soportando seguir viviendo sola con su madre cuando sus hermanas menores emprendieron sus propios caminos. Siete años habían transcurrido desde que bailaran aquel pasodoble en el convite de La Bilbaína; nunca más se separaron.

Para Luz, en cambio, las cosas fueron más fáciles, quizá porque su propio temperamento le hizo tomarse las vueltas del destino de otra manera. De Frank Kruzan jamás volvió a oír; nunca llegó a saber por qué el cazatalentos no volvió a buscarla. Sus hermanas, en cambio, sí lo supieron: Tony fue el culpable, el que decidió agarrar el toro por los cuernos después de aquella conversación bajo los arcos de Guastavino en Grand Central Station. Insertando un grosero montón de papeletas de la bolita en la cartera de Kruzan, el tampeño se encargó de que ésta llegara a las manos de aquellos mismos policías que poco antes andaban como perros de caza tras sus andanzas clandestinas. La detención fue rauda y la sentencia firme: cinco meses de condena en la prisión de Sing Sing por trajinar con lotería ilegal. De nada le sirvieron al ojeador de promesas sus insistentes exculpaciones, tampoco tuvo constancia plena de que el causante de aquello fuera alguien cercano a la pequeña Luz pero, por si acaso, creyó sensato no volvérsele a acercar.

Con todo, ella tampoco regresó al Waldorf Astoria para aceptar la propuesta del coast-to-coast que le lanzó el catalán; tras retornar del cobertizo de la naviera noruega en Brooklyn, supo que jamás sería capaz de desmembrarse de sus hermanas, así que optó por olvidarse de aquel prometedor mundo de maracas, trompetas y tours en autobús para centrarse en una existencia más a pie de tierra. Más normal. Lo máximo que hizo fue representar su papelito en el estreno de la zarzuela de aficionados en el Campoamor, ahí acabaron sus ansias de convertirse en estrella. Y cuando los Irigaray decidieron retirarse a Long Island y cerraron la lavandería apenas un año después, ella empezó a aprender inglés y encontró trabajo en un salón de belleza junto a Union Square. Hasta que una noche de viernes salió a celebrar cualquier cosa con sus compañeras y propuso El Chico como lugar de reunión. Y al compás de las rumbas cubanas y los acordes flamencos, destacando entre sus torpes nuevas amigas americanas, la pequeña de las Arenas volvió a lucirse espontánea y chispeante en medio de la pista con tal gracia que dejó deslumbrado a todo el contingente masculino que aquella noche cenaba en el siempre abarrotado local del asturiano Collada que un día inspiró el sueño de su hermana Mona. Entre ellos, en una de las mesas cercanas, se encontraba un explosivo hombretón con quince años más que ella y dos divorcios a la espalda que fue incapaz de resistirse a cortejarla, no con la promesa de convertirla en una estrella rutilante como hizo el cretino de Kruzan, sino para hacerla la mujer de su vida, enamorado como un colegial.

Los gritos de Remedios se oyeron hasta en el Hudson cuando supo que la menor de sus hijas pretendía casarse con un tal Henry, banquero judío de ascendencia polaca que no hablaba ni papa de español, mantenía a un par de exmujeres en sendos apartamentos e iba a llevarse a su criatura a vivir al Upper East Side. ¡Antes preferiría al pánfilo del hijo del funerario!, berreaba la pobre mujer, inconsciente de que Fidel ya tenía más que asumido que para Luz y las otras seguiría siendo la vida entera un amigo querido y fiel pero nada más; casi el sustituto de aquel Jesusito que nunca cuajó. Contra los negros augurios de la madre, sin embargo, el matrimonio funcionó, aunque algunas mañanas de invierno con la ciudad envuelta en lluvia o en nieve o en viento o en niebla, cuando Henry se había marchado a su despacho y sus hijas estaban en el colegio o en la universidad o emprendiendo otros senderos, la benjamina de la familia Arenas reconvertida para entonces en Lucy Janowski se encerraría en su dormitorio enmoquetado con vistas a Central Park, pondría un disco de Xavier Cugat y su orquesta, y bailaría rumbas en combinación delante del espejo, moviendo una melena ahora teñida de rubio ceniza y unas caderas que serían ya un tanto voluminosas mientras las lágrimas le rodaban por las mejillas recordando aquel tiempo que se le escapó de entre los dedos sin darse cuenta apenas, los días crudos, turbulentos e inolvidables de su juventud.

Todo esto ocurrió a las hermanas Arenas a medio y largo plazo, pero en el futuro más inmediato hubo también otras cosas que convendría recordar. Que cobraron finalmente, por ejemplo: al cabo de unos meses tras la noche en que el alma oscura de Fabrizio Mazza descendió a los infiernos, ellas recibieron la correspondiente indemnización por la muerte del padre, aunque el juez al final estimó que la negligencia de la empresa y del propio puerto fue tan sólo relativa, y que la víctima del percance también tuvo una buena parte de culpa en su propio siniestro. El dinero que acabaron recibiendo fue por tanto magro, poco más que el ofrecido en un principio por la Compañía Trasatlántica, al que descontaron además una sustanciosa aportación para Casa María.

Y mientras depositaban los cheques en la cuenta común recién abierta en el New York Bank for Savings de la esquina con la Octava avenida, ninguna pudo evitar cuestionarse por qué razón se dejaron llevar por un espejismo de abundancia tan desatinado y qué habría sido de ellas si hubieran optado por aceptar las condiciones que en su día les ofrecieron el agente de la naviera y el capitán del *Marqués de Comillas*, cómo habrían transcurrido sus vidas si hubieran decidido retornar a su mundo y nunca se hubiesen embarcado en la aventura de Las Hijas del Capitán.

Abandonaban el grandioso edificio de columnas corintias y emprendían el regreso al apartamento con la duda aún batiéndoles en las cabezas, cuando el espíritu de sor Lito, fallecida semanas antes en su estrecha cama de Casa María, las sobrevoló bajo el sol ya tímido del otoño, con un pitillo entre los labios y un guiño irónico de satisfacción. Al fin y al cabo, parte del objetivo de la monja estaba cumplido: las había ayudado a valerse por sí mismas. Las había enseñado a sobrevivir.

AGRADECIMIENTOS

—

Como en mis novelas anteriores, vuelven a ser sinceros, profundos y cuantiosos los agradecimientos a todos aquellos que me han acompañado a lo largo del fascinante proceso de reconstrucción de unos escenarios y unas coyunturas vitales sobre cuyos andamiajes me he tomado la libertad de construir una ficción.

A James Fernández, profesor de la New York University, descendiente de asturianos, conocedor como nadie de aquel mundo neoyorkino y co-autor de *Invisible Immigrants, Spaniards in the US 1868-1945*, quiero expresar —first and foremost— mi gratitud infinita por su trabajo ingente y apasionado, y por haberse convertido en mi generoso y valiosísimo informante, asesor, confidente y, sobre todo, cómplice y amigo. A Marisa Carrasco, su media naranja mexicana y heredera también de otras diásporas, por su inmensa calidez. A Luis Argeo, la otra pieza fundamental en el tesoro que compone ese archivo, por contar conmigo para la ilusionante muestra que está a punto de llegar.

A Luz Castaños, hija de Avelino Castaños y nacida en La Bilbaína de la Catorce, mi reconocimiento por recibirme en su casa de Rocky Point, Long Island, y por brindarme sus nítidos recuerdos y sus preciosos álbumes fotográficos. A Max Vázquez, hijo de comerciantes de la misma calle, por haberme proporcionado algunas coloridas pinceladas. Por ayudarme a imaginar lo que fue La Nacional en los años de la colonia, un guiño a Robert Sanfiz, Elizabeth Fernández, Michelle Mirón,

Elena Markinez y Elena Pérez-Ardá, que se dejan la piel para mantenerla activa. Y a Celia Novis, por ese documental que arrojará una mirada maravillosa sobre el devenir del edificio y la institución.

Por ayudarme a restaurar la memoria de Cherry Street y su entorno, mis más sinceras gracias a mi colega Teresa Morell, neoyorkina y profesora de la Universidad de Alicante, hija y nieta de inmigrantes y autora del estudio *Valencians a Nova York*. A la memoria de su padre, Claude Morell, que dejó su entrañable autobiografía en *The Lower East Side Kid That Made It Good*. A Manuel Zapata, coruñés emigrado en la infancia, por acogerme con cordialidad en su casa de Woodside, Queens, y permitirme acceder a su copioso arsenal de datos sobre aquel rincón que tristemente dejó de existir.

A Manuel Alonso —nacido en Brooklyn de padres asturianos—, a Dolores Sánchez —nacida de padres gallegos en el Lower East Side y verdadera recepcionista del doctor Castroviejo— y a su hija Andrea —orgullosa legataria del mundo de sus mayores—, mi gratitud por su hospitalidad y sus recuerdos en Shoreham, Long Island, y por arrancarnos carcajadas con algunas anécdotas que me reservo.

A Maruja Gulias por atenderme tan cariñosamente desde Washington DC.

Por ayudarme a descubrir otro capítulo esencial de esta aventura migratoria, mi afectuoso aprecio a Mari Carmen Amate, autora de *El grupo Salmerón en Brooklyn, alhameños en Nueva York*. Y entre los propios protagonistas de aquel admirable núcleo, transmito mi cariño a Virtudes Arcos, Manolo López, Enriqueta Gálvez, Ángel Castillo y Hetty Castillo por abrirme en Elwood, Long Island, el arcón de sus nostalgias; a Chris y Mary Tortosa por su afectuosísimo recibimiento en Aguadulce y por tantos detalles jugosos en la correspondencia posterior; a Elisa Castellón por nuestras charlas plagadas de memoria junto a la catedral de Almería y en las calles de Nueva York.

Aunque a un nivel menos personal, me han resultado también de gran interés el libro de *The Basques of New York* de Gloria Totoricaguena y los documentales *Little Spain* de Artur Balder y *Del Montgó a Manhattan. Valencians a Nova York*, de Juli Estévez, por lo que agradezco a los autores sus esfuerzos y logros. Igualmente, a fin de adentrarme en el mundo de los tabaqueros, me han sido enormemente ilustrativos los testimonios personales del escritor Prudencio de Pereda recogidos en su novela *Windmills in Brooklyn*.

A mi agente neoyorkino Tom Colchie —que aún se acuerda de algunos de aquellos viejos establecimientos españoles—, deseo hacer llegar mi afecto y mi respeto por leer y valorar estas páginas con su criterio siempre acertado. Y a Elaine, por ser partícipe también en el resultado final de mis letras.

Mucho más al sur de Nueva York pero igualmente cálidos y cercanos han estado a lo largo de este camino unos cuantos tampeños que me han brindado su apoyo para recomponer tiempos pretéritos y difundir mis historias. Mi admiración al gran Tony Carreño —que cualquier día se nos vuelve también bolitero— y a Bill Wear, por su entusiasmo y su hospitalidad. A John Rañón, presidente del Centro Español de Tampa, por velar para que el legado de aquel viejo mundo permanezca vivo. A Aida González, por sus testimonios tan desgarradores como tiernos y emotivos. A Laura Goyanes, por sumarse.

Sin abandonar la Florida, de nuevo me quito el sombrero ante la eficiencia de mi colega Gema Pérez-Sánchez y de los bibliotecarios de la University of Miami Beatrice C. Skokan (Caribbean Collections) y Martin Tsang (Cuban Heritage/Latin American Collections), por proporcionarme un diligente acceso a las memorias de Edelmira Sampedro, primera esposa del conde de Covadonga.

De vuelta ya en el otro lado del charco, mi reconocimiento más cordial a Carolyn Richmond, viuda de Francisco Ayala, por abrirme su puerta y esforzar los recuerdos. A María Beguiristain y Javier Expósito de la Fundación Santander, por facilitarme la visita a los impresionantes murales de Josep Maria

Sert que un día decoraron el comedor del hotel Waldorf Astoria. A Paloma Anso de Casso por su precioso mapa. Y a la orden siempre de Antonio Yelo y su tropa, por el ojo crítico y la camaradería.

A mi incombustible y querido equipo de Planeta, por mantener la pasión intacta libro a libro. A Raquel Gisbert y Lola Gulias por ver crecer a las hijas del Capitán, a Belén López Celada por confiar en ellas, a Carles Revés por lo enfático y por tanto más. A Isa Santos y Laura Franch por pergeñar la mejor manera de lanzarlas al mundo. A Ferran López Olmo y su equipo de Diseño por convencerme. A Dolors Escoriza, Esther Llompart, Merche Alonso, Maya Granero y Zoa Caravaca por sus ojos tan atentos y certeros. A Marc Rocamora, Lolita Torelló, Silvia Axpe y todo el equipo de Marketing por su entusiasmo contra reloj. A Raimon Català y el equipo comercial por expandir sus redes. A Rosa Pérez por su afectuosa atención. A los de arriba por mantener el circo abierto y a los de abajo por echar carbón a las calderas. A todos, uno a uno, gracias de verdad.

A Estela Cebrián y Luis Ortiz, activos también de la casa, por ayudarnos a remar para que algunos de los inspiradores de esta novela logren ver la luz.

A Antonia Kerrigan, por pelear con la garra de siempre para seguir paseando mis historias por el mundo. Y a sus estupendas colaboradoras, por hacerme la vida más fácil en tantas cosas de todos los días.

A los amigos que siempre andan cerca.

A mi familia, que ganaría un pulso a las Arenas en fiereza y corazón.

Y a mi padre, que nos ha dejado mientras esta novela entraba literalmente en su último tramo. Por el honor y el inmenso privilegio de haber sido su hija. Por todo lo que le vamos a extrañar.

Banquero de bolita
sentenciado a Sing
Sing en N. Y. ayer

las autoridades p
reen haber termin
gran banca de b

El conde de C
sufre una indisp

En sus habitacione.
St. Moritz hállase rec
el domingo último el
de los ex reyes de
como conde de Covad
en Nueva York hace
ses. Una ligera indis
obligado a guardar
príncipe de Asturias
su llegada de retorno